Galíndez

Manuel Vázquez Montalbán

Galíndez

Prólogo de Manuel Vilas

EDITORIAL ANAGRAMA

BARCELONA

Ilustración: © Album / De Agostini Picture Library

Primera edición: noviembre 2018

Diseño de la colección: Julio Vivas y Estudio A

© De «"Galíndez": una novela peligrosa», Manuel Vilas, 2018

© Manuel Vázquez Montalbán, 1990, y Herederos de Manuel Vázquez Montalbán

© EDITORIAL ANAGRAMA, S. A., 2018
  Pedró de la Creu, 58
  08034 Barcelona

ISBN: 978-84-339-9866-8
Depósito Legal: B. 24682-2018

Printed in Spain

Black Print CPI Ibérica, S. L., Torre Bovera, 19-25
08740 Sant Andreu de la Barca

«GALÍNDEZ»: UNA NOVELA PELIGROSA

Manuel Vázquez Montalbán eligió un apellido sonoro para titular esta excelente novela: Galíndez. Eligió un apellido capaz de simbolizar, concretar y resumir los tiempos convulsos de la historia reciente de España, de la historia de la República Dominicana e incluso de la política exterior de los Estados Unidos en la década de los años cincuenta del pasado siglo.

Galíndez, digámoslo cuanto antes, es una novela sobre eso que ahora llamamos «el Mal». No sabemos llamarlo de otra forma. No sabemos llamar de otra forma a la barbarie, a la ausencia de verdad, a la ausencia de justicia. A la barbarie de la historia en el año 2018 la llamamos «el Mal», con mayúscula. Y de eso habla este libro. Habla de las abominaciones y de las corrosiones morales, habla de la malignidad del poder político, habla del subdesarrollo inherente a cualquier forma de manifestación política de España y de sus hijos latinoamericanos.

Galíndez es la historia de una tortura y de un asesinato.

El 12 de marzo de 1956 Jesús Galíndez, político nacionalista vasco, y español en el exilio, fue secuestrado en la Quinta Avenida de Nueva York y conducido a la República Dominicana, en donde el Generalísimo Trujillo lo esperaba para reventarle la vida, para someterlo a las más salvajes humillaciones, vejaciones, atrocidades y suplicios físicos. Para «darle chalina», es decir, para ahorcarlo.

Ya no vería Jesús Galíndez la prodigiosa primavera neoyorquina de 1956.

He de confesar que cuando leí *Galíndez* tuve miedo. No sé si Vázquez Montalbán lo tuvo cuando escribió esta historia. Todo lo que tiene que ver con el dictador dominicano Rafael Leónidas Trujillo da pánico. La novela de Vázquez Montalbán se publicó en 1990. No hacía tanto tiempo que Trujillo había muerto. Pensé que aún habría trujillistas en activo. También pensé en Mario Vargas Llosa y en su novela dedicada al dictador, *La fiesta del chivo,* que se publicó en el año 2000, y en el propio Jesús Galíndez, a quien le costó la vida escribir sobre Trujillo, pues fue el autor del libro *La era de Trujillo.* Pensé que al único de los tres a quien escribir sobre Trujillo le costó la vida fue a Galíndez. Algo pasó en el mundo, algo cambió para que –treinta años después– escribir sobre Trujillo ya no te costase la vida. Me refiero a los treinta años que van desde la década de los sesenta hasta la de los noventa.

No es tanto tiempo, treinta años. No es tanto tiempo el que separa la libertad de escribir sobre Trujillo sin que te maten de escribir sobre Trujillo y ser secuestrado y morir a golpes y que tu cuerpo desaparezca.

Nunca fue encontrado el cadáver de Jesús Galíndez. Se lo comieron los tiburones. Se lo tragó el océano. Nadie lo sabe. Nadie ya lo recuerda. Sin cadáver, no hay materia. Sin materia, no hay nada; o tal vez más tristeza, que brota de la misma tristeza. Imagino algún resto óseo a cien metros de profundidad, resistiéndose a desaparecer.

El problema del caso Galíndez tiene nombre de país, y ese problema son los Estados Unidos. Por eso, Vázquez Montalbán crea el personaje de Muriel Colbert, una estudiante e investigadora norteamericana que escribe una tesis sobre el caso Galíndez. En el personaje de Muriel descansa la trama, porque el novelista también construye una novela negra, una novela de intriga, con esa mezcla o convergencia tan original entre el género negro y la novela política que caracteriza el arte literario del escritor barcelonés.

Galíndez es la novela de un marxista melancólico que escribe con la pericia de un consumado narrador de intrigas detectivescas. Este novelista narra muchas veces desde una segunda persona arrebatadora: Muriel Colbert o el propio Jesús Galíndez se comunican con el lector desde esa segunda persona, que Vázquez Montalbán maneja como nadie. Narrar desde una segunda persona es muy difícil, lo saben bien los novelistas. Solo por eso, *Galíndez* ya es una obra maestra, porque borda esa segunda persona, que permite al lector un conocimiento maravilloso y extraordinario de los personajes que dan vida a esta historia. Por ejemplo, el lector entra en el alma de Jesús Galíndez, entra en su destrucción y su muerte. Desde la mente de Galíndez nos llegan las palabras del Jefe, los turbulentos insultos del Generalísimo. El Jefe, ese era el nombre popular y tropical de Rafael Leónidas Trujillo.

Entrar en el ánimo de Jesús Galíndez y de Muriel Colbert es entrar en almas tristes, porque los dos son dos derrotados. A Vázquez Montalbán le gusta indagar en ese tipo de personajes, en donde él mismo se sentía reflejado. Son gente que tuvo ideales, y de esos ideales solo queda una melancolía inteligente, lúcida, aplastada. Las mentes de Galíndez y Muriel son hermosas. Especialmente, la de Muriel. El lector acaba enamorado de esa mujer, a quien no le espera sino un final terrible.

Muriel es pura melancolía. Es dulzura. Y es terror. Terror y trópico. Terror y humedad caliente, eso es este libro.

Y desde Muriel Colbert nos llega la paranoia de un país entero que hizo de la lucha contra el comunismo una de las banderas más sórdidas y despreciables de la historia. El epicentro moral de esta novela está en la corrosión ética de la democracia estadounidense. El escándalo del que parte la novela no es otro que el de la complicidad de los Estados Unidos con el régimen del general Trujillo. Esa complicidad es la que hace posible que un ciudadano sea raptado en plena Quinta Avenida neoyorquina y trasladado a una cárcel del Tercer Mundo para ser sacrificado como un cerdo.

La maravillosa Nueva York, la ciudad de cien mil películas,

de cien mil canciones, de cien mil poemas, de cien mil libros, amparó el secuestro de un ciudadano libre. La ciudad que inspira la portada del segundo disco de Bob Dylan es la misma ciudad, con apenas siete años de diferencia, en la que Galíndez es vendido a Trujillo y empaquetado para Santo Domingo por el gobierno de los Estados Unidos.

Trujillo convirtió la República Dominicana en un matadero porque a los Estados Unidos les pareció muy oportuno. Galíndez fue asesinado porque a los Estados Unidos les pareció un acierto y a las personas involucradas directamente en su muerte un buen negocio. Trujillo fue derrocado porque a los Estados Unidos les pareció que ya le tocaba el derrocamiento y porque para entonces el Jefe solo era un adefesio insoportable que afeaba su política exterior. Todo este trasfondo político está en la novela de Vázquez Montalbán, pero suministrado en forma de trama, con diálogos brillantes, con un sofisticado entendimiento de cómo era el mundo en la década de los años cincuenta.

Porque si hay algo que conoce bien el escritor de esta novela es la complejidad del capitalismo, del comunismo, del fascismo, del totalitarismo, de las dictaduras latinoamericanas, de las luchas anticomunistas, del franquismo, del nacionalismo, de la estupidez en toda forma y lugar, de todo aquello que es capaz de conducir a la historia hasta el acantilado del terror y de la ferocidad de los hombres contra sí mismos.

La imposibilidad de conocer la verdad histórica es otro de los abismos que Vázquez Montalbán traslada a esta novela. En definitiva, la perversión política acompaña a la humanidad desde siempre y hay que narrarla. Narrar la perversión es la única pedagogía que nos queda.

Los personajes perversos hablan de manera magistral. La historia no tiene culpables: tiene gente que habla. Hay un agente de la CIA, llamado Robards, que hace del anticomunismo todo un arte filosófico, no exento de lirismo e incluso de sentencias ideológicas sofisticadas. Un policía hablando del poeta T. S. Eliot, qué ironía tan magnífica. Los habladores anticomunistas son en esta novela especialmente brillantes. Son arte literario. Allí, en la confección ideológica del anticomunismo, Vázquez Montalbán quiso ser complejo, arriesgado, refinado y cosmopolita, sobre todo en lo que afecta a los anticomunistas estadounidenses. Los anticomunistas latinoamericanos solo son unos asesinos sin más, con intereses tan obvios como ruines. Le interesaba a Vázquez Montalbán la fricción entre libertad de expresión y capitalismo que se da en los Estados Unidos. Muchas veces *Galíndez* es una novela sobre los Estados Unidos.

Todo mira a los Estados Unidos, porque es el país del que se espera algo relevante. De la República Dominicana no se espera nada. Hay un momento brillante de la novela en que Trujillo exclama que no se come todo lo que produce el país, que deja que los demás coman. Trujillo reparte. Ahí radicó el éxito del Jefe, en el reparto de la riqueza entre una élite de mandos militares, policiales y políticos, y en un desarrollo económico visible y real de la República Dominicana.

Se busca una dualidad a la hora de mirar a Estados Unidos. Por un lado, Muriel Colbert representa a la intelectual responsable, honesta y con conciencia. Y por el otro, el profesor Radcliffe simboliza un modelo de intelectual de izquierdas hipócrita y aprovechado, que a la mínima de cambio es capaz de vender a su madre por un puñado de dólares. Vázquez Montalbán necesitaba mucho a un personaje como Radcliffe, porque expresa una acerada crítica contra la izquierda de salón, la izquierda pija, que diríamos ahora, la izquierda a quien la derecha neoliberal mantiene en una situación de comodidad material y de vida ociosa y disipada y le paga las facturas y los apartamentos de lujo.

En el sentido más abstracto, y más humano, *Galíndez* es una novela que anhela un justo, un hombre digno, un ser humano honesto. Nadie es honesto las veinticuatro horas del día, nos dice Muriel, pero de esas veinticuatro hubo una hora en que Jesús Galíndez creyó en la justicia, o mejor aún: en la libertad.

Esa hora salva el mundo y salva la historia.

Porque Jesús Galíndez no era un héroe, ni su hoja de servicios estaba inmaculada. Hay muchos grises en esa vida, que

11

Vázquez Montalbán revisa a través de los descubrimientos e investigaciones de Muriel. La relación de Galíndez con la CIA y el FBI es uno de los aspectos más oscuros de este nacionalista vasco. No tuvo escrúpulos a la hora de servir de informador a la inteligencia norteamericana. Puede que esa fuese la única forma de conseguir un poco de oxígeno político en los Estados Unidos para la causa del nacionalismo vasco. Un nacionalismo vasco que tenía delante a la dictadura de Franco. La gama de grises en que se desarrolló la vida política de Galíndez es amplia y enmarañada. Por eso lo eligió Vázquez Montalbán, porque Galíndez es escurridizo y juzgarlo resulta una temeridad. Salva su ejecutoria política ese final, ese momento en que el personaje se juega la vida por la libertad. Y la pierde.

Todo queda perdonado en el momento en que Galíndez decide denunciar la dictadura de Trujillo.

Y eso lo hace en los Estados Unidos, en el país que negociaba con esa dictadura.

Era evidente que Vázquez Montalbán tenía que escribir esta novela, porque en la vida de Jesús Galíndez está contenida también la comedia. Por eso, y porque además la historia es cínica, la causa de la rabia de Trujillo contra Galíndez es de orden personal y va referida a las dudas sobre la paternidad de Ramfis Trujillo, hijo del Jefe, que Galíndez manifestó por escrito y en público.

También es irónico que el final del Jefe lo precipitase el asesinato de Galíndez. Trujillo se vio obligado a borrar las huellas de ese crimen, y en esa limpieza cometió el error de liquidar al piloto norteamericano Lester Murphy, al mando del avión encargado de llevar al político vasco desde Nueva York a Santo Domingo. Fue la familia de Murphy la que removió Roma con Santiago intentando aclarar la muerte de su hijo. Asesinar a un estadounidense fue su error.

Trujillo, en el caso Galíndez, se dejó llevar por la ira y por sentimientos tan descontrolados como vulgares. Para Trujillo, acabar con Jesús Galíndez fue algo personal. Deseaba vengarse por cuestiones que en realidad no tenían ninguna trascendencia política, como el hecho de que se supiera de quién era hijo Ramfis Trujillo. A Trujillo le venció la vanidad de macho. Algo patético, sin duda.

El final de la novela apuesta por un eterno retorno del crimen político. La inmolación de los justos es el precio para que la historia camine. Pero hacia dónde camina la historia. ¿Hacia la libertad? Puede ser. Ya he dicho antes que Vázquez Montalbán y Vargas Llosa pudieron escribir sobre Trujillo sin que los asesinaran.

Si hay herederos actuales de Trujillo, esos serían los narcos. Creo que hoy Vázquez Montalbán escribiría sobre narcotraficantes con la misma voluntad política con que escribió *Galíndez*.

Recuerdo a Vázquez Montalbán en una comida en un restaurante de Zaragoza. Correría el año 1998. Es decir, era cinco años antes de su muerte. Yo no había leído *Galíndez* entonces, lástima. Solo vi una vez en mi vida al novelista barcelonés y fue esa. Recuerdo que hablamos de poesía. Me inspiró ternura. No sé por qué, pero ese fue el sentimiento que me produjo.

¿Quedan trujillistas en activo?

Yo creo que sí, aunque se llamen de otro modo.

Pienso que esta novela es una advertencia y un recuerdo de que la libertad siempre está amenazada, de que hay que seguir luchando por la libertad, en cualquier momento de la vida y del tiempo. Justamente para eso se escribió *Galíndez,* para recordarnos que una palabra puede valer una vida.

MANUEL VILAS,
Madrid, octubre de 2018

Galíndez

A Rosa, en el quincuagésimo aniversario de nuestro encuentro. In memoriam

Lo único cierto es que este drama, iniciado con la muerte de Jesús Galíndez y cerrado con la de Trujillo el 30 de mayo de 1961, devoró a todos cuantos tuvieron en él alguna participación directa o indirecta.

La palabra encadenada,
JOAQUÍN BALAGUER,
presidente de la República Dominicana

J'ai peur du sommeil comme on a peur d'un grand trou
Tout plein de vague horreur, menant on ne sait où
Je ne vois qu'infini par toutes les fenêtres.

(Tengo miedo del sueño, ese agujero gigante
lleno de vago horror, que lleva a no sé dónde,
solo veo infinito en todas las ventanas.)

Le gouffre,
CHARLES BAUDELAIRE

«En la colina me espera... en la colina me espera...» El verso te da vueltas por la cabeza, como si fuera un surco rayado de un viejo disco de piedra. «En la colina me espera en la colina me espera...» «Y volveré... volveré o me llevarán ya muerto... a refundirme en la tierra...» Ni siquiera eso fue posible, Jesús, musitas, y te parece hablar con ese extraño compañero enquistado que desde hace años llevas dentro de ti. El viento limpia el valle de Amurrio y te levanta las faldas sobre esta colina de Larrabeode, la colina escogida como si fuera la colina, exactamente, la colina que esperaba a Jesús de Galíndez. Tienes frío y los huesos aguados por el viento que pule el pequeño monumento funerario dedicado a Jesús Galíndez y por la humedad retenida en el depósito que se cierne sobre el valle con su amenaza, promesa de agua. La estela de piedra parece ridícula y amedrentada por el colosalismo del depósito, poco más que un pretexto para no perder del todo la memoria, una memoria, un homenaje residual y probablemente incómodo. «No dudamos de que su pueblo natal querrá sumarse gustoso al mismo y con tal fin acompañamos a este escrito una relación de actos a celebrar para conocimiento y aprobación del Ayuntamiento de su digna presidencia, al mismo tiempo que solicitamos la concesión del permiso necesario para utilizar una pequeña parcela de terreno (de 15 a 20 m²) de propiedad municipal, en la mencionada colina de Larrabeode, a fin de poder instalar en dicho lugar un

21

monolito de piedra y sirva para la delimitación del entorno en que quede enclavado.» Pliegas una vez más la fotocopia de la carta del Sr. Félix Martín Latorre, diputado foral de Cultura, dirigida al Ilustrísimo Sr. Alcalde, presidente del Ayuntamiento de Amurrio. Hace un año que sobre estas colinas se celebró el ritual de descubrir el monolito y también, también conservas el recorte donde se da noticia del acontecimiento en el diario más vasquista de la tierra, el más radicalmente vasquista de la tierra. Y, sin embargo, en él la noticia de la inauguración es casi tan escasa como el mismo monumento.

–Muriel, tengo frío. Hace frío.

Cinco metros más abajo, Ricardo reclama. Te ha concedido cinco minutos para la necrológica o la necrofilia, ¿no es lo mismo? Está hasta los huesos del frío, de la humedad, de niebla que amenaza sustituir el viento y de tu peregrinaje tras la sombra vaciada de Jesús de Galíndez, desaparecido en Nueva York, en la mismísima Quinta Avenida, el 12 de marzo de 1956, y treinta años después no hay otra presencia de él que este pedrusco que parece una galleta de piedra. «Mrs. Muriel Colbert. Departamento de Historia Contemporánea, Universidad de Yale. En mi condición de concejal de Cultura del Ayuntamiento de Amurrio, tengo a bien comunicarle que estoy a su disposición para facilitarle cuanta información precise sobre la vinculación de Jesús de Galíndez con el pueblo de sus antepasados, Amurrio. Precisamente hace escasos meses fue inaugurado un monolito dedicado a la memoria del ilustre mártir de la patria vasca y esperamos pueda comprobar directamente el respeto y la memoria que nuestro pueblo sigue dedicando a uno de sus hijos más ilustres y sacrificados.»

–Muriel, ¿no te da lo mismo seguir llorando en un tascorro, ante un cafelito bien caliente o un chiquito? Te veo las piernas y el culo, y se te han puesto moradas hasta las pecas.

El viento podría llevarse esos huesos esbeltos de Ricardo, arropados por un anchísimo abrigo color de rata gris, según se lo describes cuando quieres excitarle el amor propio de *yuppie* vestido en las tiendas *prêt à porter* de Adolfo Domínguez.

–A los yanquis os entusiasman los trajes de cuadros príncipe de Gales de color amarillo, combinados con los zapatos de color naranja.

Ahora te envía una súplica casi total, con el cuerpo encogido, las manos unidas para un rezo al dios de tus decisiones y la delgada cara aún más afilada por el frío. Tratas de concentrarte en la piedra, de convocar la memoria de Galíndez, su espíritu, pero no acude, sigue siendo una piedra pretexto para que nunca pueda decirse que Galíndez no fue recuperado por el pueblo vasco liberado del franquismo. Si te emocionas y se te llenan los ojos de lágrimas es por lo que llevas dentro de ti, por lo que sabes y lo que imaginas, no por este escenario mezcla de lavabo y cementerio, en el que el depósito de agua tiene más importancia que Galíndez, ni por el panorama de un Amurrio que nada tiene que ver con el pequeño pueblo idealizado por Jesús de Galíndez desde su infancia, casi desde el mismo momento de su nacimiento en Madrid, hijo y nieto de vascos, de vascos de Amurrio, *Amurriotarra* fue el seudónimo que utilizó para firmar muchos de sus textos durante el exilio. En la biografía que le construyó Pedro de Basaldúa, veinticinco años después de su desaparición, aún le concede nacer aquí, en Amurrio, un 12 de octubre de 1915, pero en realidad nació en Madrid, donde vivían y trabajaban sus padres. Es cierto que períodos enteros de su infancia los pasó en la finca de su abuelo paterno, en Larrabeode... «situada en un altozano, a cien metros de un histórico recinto donde desde siglos atrás junto al árbol del Campo de Saraobe, hoy desaparecido, se reunían las juntas de la tierra de Ayala. Desde la finca adonde llegan por igual el repiqueteo de las campanas de Amurrio y Respaldiza, se divisan los picachos verdes de las montañas. Más de una vez en su adolescencia, abierto su espíritu a la imaginación y los sueños, ha llegado en breve paseo a Quejana, hasta la iglesia de Tuesta, joya de los primeros años del siglo XIII, y se ha conmovido ante el sepulcro de piedra del gran canciller Pedro López de Ayala, personaje de singular prestigio y señor de estas tierras que habían de dejar profunda huella y definitiva en su alma. Fallecida su madre, cuando Jesús era una criatura...».

–Muriel. Por última vez. Yo me voy.

–Ya bajo.

«Fallecida su madre, cuando Jesús era una criatura...» La frase de Basaldúa la retuviste especialmente, entonces, cuando leíste por primera vez el libro bajo el consejo de Norman, en Nueva York, en 1981. «Fallecida su madre, cuando Jesús era una criatura...» Y aún musitas la frase cuando te reciben los brazos de Ricardo, un abrazo fugaz de agradecimiento y luego su mano fría coge una de las tuyas y tira de ti para brincar por el sendero y llegar cuanto antes al coche que os aguarda con su promesa de pequeño calor y viaje al caserío de los Migueloa, propiedad de un tío materno de Ricardo.

–Tardé en darme cuenta de que mi segundo apellido era vasco. Antes de que ETA empezara a matar españoles tener un apellido vasco era un motivo de orgullo. Era como ser algo diferente, fuerte, misterioso. Aunque los niños lo asociábamos al Athletic de Bilbao. Un club virtuoso, como esos críticos de la política que siempre son un modelo que nadie está dispuesto a seguir. El tío Chus se va a emocionar cuando vea que su sobrino madrileño le lleva nada menos que a una investigadora norteamericana de vascongadeces.

Te provoca pero no le secundas. Tal vez porque estás plácidamente cansada de lo que él llama provocaciones españolistas, como si asumiendo el pecado original ablandara la agresión del pecado. O porque ha metido la mano bajo tus faldas y te acaricia los muslos fríos y te dice otra vez, una vez más, que la piel de las pelirrojas lima las manos, como un suave papel de lija.

–¿Qué tal el monumento?

–Ridículo.

–Ya te dije que aquí nadie sabía quién era ese Galíndez. A mí como si me hablaras de Tutankamón.

–Para ti la prehistoria terminó hace diez años.

–Más o menos. Y estoy tranquilo sin memoria o con muy poca memoria histórica. La verdad es que no entiendo por qué tú vas por la vida fisgando en las memorias históricas ajenas. Ni siquiera vives bien de eso. Te han dado una beca miserable.

Atardece pero la niebla aún filtra claridades que revelan todos los colores del verde, bajo esa luz del norte que degusta los matices. Ricardo conduce ahora con mansedumbre, ya no es el piloto kamikaze que te ha traído desde Madrid con el coche disimulando sus jadeos con las bravatas del tubo de escape doble. Abres la monografía sobre Amurrio que te han dado en el ayuntamiento y te sorprende que haya sido escrita en 1932 en olor a sacristía, prologada por el obispo de Vitoria y a él dedicada por el autor, el párroco de Amurrio José Medinabeitia... no, no digamos todos, pero sí la mayor parte de los valores espirituales y materiales que supone y encierra Amurrio... el magnífico templo parroquial con su maravilloso altar mayor, las devotísimas ermitas de la villa, las antiguas y actuales cofradías y hermandades de perfecta organización... la historia del Santo Hospital, Casa de la Caridad, casa y hotel de Dios, las casas solares de Ayala, mejor dicho de Amurrio, verdaderas cunas de hereditaria y originaria nobleza... el brillo de sus linajes, las casas armeras, los apellidos patronímicos y toponímicos, gestas gloriosas de sus varones egregios y eclesiásticos, civiles y militares, ordenanzas formidables que defendían y garantizaban una sólida paz cristiana, envidiable libertad y convivencia fraternal, floreciente industria en el presente... y muy muy acertadamente dedica el autor varias páginas al reformatorio de niños más que delincuentes mal educados o desgraciados...

–¿Quién ha escrito estas gansadas?

–Un cura.

–¿De ahora?

–No. De mil novecientos treinta y dos.

–En esta tierra todo lo han fraguado los curas. Tanto el tradicionalismo carlista o nacionalista como el marxismo-leninismo de los etarras de hoy. Es un pueblo de curas y madres. Siempre me lo ha dicho mi padre, que no puede tragar a los curas y sospecho que no soporta a mi madre.

25

«Fallecida su madre, cuando Jesús era una criatura...» Habías discutido mil veces con Norman sobre la relación entre la madre perdida y la tierra vasca usurpada, volver a la tierra, volver a la madre, con la violencia de un vasco que casi nunca ha podido vivir en el País Vasco, un país de memoria y deseo, un país ligado a la imagen del abuelo, exalcalde de Amurrio, que le ha enseñado a caminar por senderos entre helechos gigantes, serpenteantes por laderas empinadas hasta la verticalidad. Ni siquiera su padre, vasco, había entendido jamás la querencia vasquista de Jesús, un hijo que le había nacido soldado de una patria, soñada o imaginada. «A mí me admira –proclamó Xabier Arzalluz, presidente del Euzkadi Buru Batzar– que sean tan pocos los que se acuerden hoy de Jesús de Galíndez. Y no es que fuera del PNV, ya que luchó mucho más allá de lo que es la lucha por Euzkadi. Luchó como puede haber gente que combate hoy por Nicaragua...»

–A ver. Creo oír mal. Tendrá huevos este tío, ahora resulta que es sandinista... Vuelve a leer...

«Luchó como puede haber gente que combate hoy por Nicaragua. Estuvo contra la tiranía por tierras y gentes que no eran suyas...»

–Este Arzalluz es un camaleón. Tal como lo dice igual puede referirse a los sandinistas o a la Contra. Los dos dicen luchar por Nicaragua.

–¿Y, según tú, quién lucha realmente por Nicaragua?

–No creas que lo tengo tan claro como tú. Luchar por la democracia significa instaurarla mediante instituciones democráticas. No creo en los mesianismos sandinistas ni en la contrarrevolución que dirige Reagan.

–Tú crees en la democracia.

–Eso es.

–¿La suiza?, ¿la norteamericana?

–¿Por qué no?, ¿hay otra?

–¿Y eso lo preguntas tú, un socialista?

–Te lo pregunto a ti, que tienes la suerte de vivir en una democracia desde que naciste.

–Cuando yo era niña vi cómo la policía democrática cazaba *black panthers* por la calle.

–*Black panthers,* ¿qué es eso?

–Eres demasiado joven, déjalo correr.

–Sí, mamá.

Te gustaría tener alguna vez un hijo tan hermoso como Ricardo, tan delgado, tan flexible, tan moreno, con la doble elegancia de ser hijo de familia ilustrada y funcionario de un Ministerio de Cultura socialista, la elegancia de cuna y la elegancia de un moderador de la historia. «Galíndez es algo así como el árbol de Guernika. *Eman eta zabal zazu.** Él llevó la libertad y la justicia luchando por ella a través de todo el mundo y eso es admirable. No se dan demasiados ejemplos en este mundo de gente que arriesga su vida y la pierde de una forma cruel por defender la libertad y la justicia.» Pero Ricardo ya solo atiende a la carretera, que se ha estrechado, como afilando su puntería en busca del caserío recóndito de los Migueloa. Está cansado de Galíndez y de Arzalluz y merodea un pacto sobre discusiones políticas.

–Oye, bonita. No me enzarces en una discusión política con mi tío, que es un vasco de no te menees. Y además está mi primo, que ha sido etarra y ahora se dedica a la escultura y a la pintura, en plan un poco majara, porque nadie que no esté un poco majara se dedica a eso del terrorismo. Yo te presento como una investigadora de la cuestión vasca, de Galíndez si quieres, damos carnaza a la fiera, luego comemos unas alubias que mi tía hace de puta madre y nos vamos a dormir y mañana a Madrid, que esto es Albania. Y cuidado que el país me tira, me gusta y, viniendo de la estepa como vengo, todos estos árboles y estos prados me impresionan. Aunque no sepa ni el nombre de esos árboles.

–Robles.

–¿Y aquellos de allí?

* «Da y extiéndelo» (fragmento del himno oficial del PNV-Gernikako Arbola).

27

–Castaños... y al lado las hayas y junto al camino está lleno de avellanos, mezclados con los endrinos, los escaramujos, los enebros y los acebos.

Ricardo frena suavemente el coche y te pellizca un muslo.

–Oye, bonita, tú te estás quedando conmigo.

Te da risa que tu erudición le haya provocado una indignación cómica, no el pellizco que conservas como una agresión que carece de sentido, incluso que carece de cariño.

–Y esos arbustos tan verdes, parecen pestañas...

–Eso sé lo que es, helechos, helechos gigantes.

–¿Y aquel de allí?

–Me rindo.

–Equisetos.

–¿Todo eso lo aprendiste en la Universidad de Nueva York o en Yale?

–No. Todo eso lo aprendí leyendo a Galíndez, porque a veces él habla del paisaje de su país, o bien en los libros de geografía e historia sobre el País Vasco.

–Escaramujos... equisetos...

–¿Sabes tú que esos helechos son hembras?

–Con esas pestañas que tienen no podían ser otra cosa. Tú tienes las pestañas muy espesas. Yo creía que las pelirrojas no teníais pestañas.

El camino se angostó aún más cuando enfiló decididamente un caserío que parecía un recortable de cartón en el *cul de sac* del origen del valle. Le acaricias una mejilla con el dorso de la mano.

–¿Nos harán dormir en habitaciones separadas?

–Aunque sean vascos ven la televisión y van de vez en cuando al cine. Que un sobrino se acueste con una yanqui no es pecado. Todo lo que es cosmopolita ha dejado de ser pecado.

La casona detiene con su presencia total la voluntad del coche, desde sus volúmenes nítidos sobre el horizonte verde y de los cobertizos que ayudan a enmarcarla salen sonidos de trabajos. Ricardo suspira y salta del coche con la sonrisa puesta, es la sonrisa de un sobrino que vuelve y ha de pedir disculpas por lo descastado que es, un descastado como su padre, será lo primero que le dirá su tío, un hombrecillo con cara de gitano y narizotas de vasco.

–Aunque la culpa de que tu padre sea un descastado la tiene mi hermana, porque ella es de aquí y no se le nota.

Y la mujer aparece secándose las manos con una toalla de cocina y solo entonces el tío te mira francamente, como si la presencia de su mujer le convirtiera en anfitrión y no en un hombre con boina que contempla a una extranjera pelirroja. Pero dinos de una vez cómo se llama esta chica. La mujer te mira como si te hubiera parido. Te está diciendo que podría ser tu madre, que no le importaría serlo, y no reprimes el abrazo y besarle las dos mejillas y has roto el plástico del precongelado porque tanto a ella como a su marido se les han humedecido los ojos y te lanzan miradas blandas.

–Si no es porque quería que tú nos conocieras, Muriel, este descastado ni acordarse de que tiene unos tíos y un primo.

–¿Está aquí Josema?

–Está. Estará, supongo.

–Por estar está.

–Con sus monstruos debe de estar. Detrás en la antigua corraliza o por los montes pintando bosques.

–¿Pinta paisajes?

–No, pinta sobre los árboles.

Ricardo te parpadea en morse que no te sorprendas, que ya te había advertido que el primo estaba algo loco.

–¿Pinta árboles?

Insistes en tu sorpresa y es la tía Amparo la que te coge por un brazo y te empuja hacia la casa.

–Dejad los bultos dentro, asearos y luego, antes de que oscurezca, iremos a ver lo que hace Josema, si es que te interesa.

–Claro que nos interesa.

Asume Ricardo con una vehemencia que traiciona su falta de interés. El tío se queda remoloneando por el empedrado zaguán y la tía os precede en el ascenso por una escalera de baranda de madera labrada, sensación de espacio y penumbra, el olor a panochas de maíz y a recónditos sofritos, un contraste de calor que agradeces, que te alegra las junturas del cuerpo, y de pronto una habitación abierta con dos camas y una indicación fugaz, casi inaudible.

–Os he preparado esta habitación, ¿os va bien?

–Perfecto.

Ha contestado Ricardo, y ha aliviado a la mujer que circula por la habitación como invitando a apoderaros del espacio que surca.

–Aquí hay un aguamanil que había estado en la habitación de tu madre, Ricardo, cuando era niña.

–Un aguamanil.

Dices, y acaricias la porcelana desconchada. A Ricardo se le ha escapado un ah sí, mientras trata de reconocer quién o qué es un aguamanil entre todos los objetos e identidades que pueda haber en la habitación.

–El cuarto de baño lo tenéis en el descansillo a la derecha. Poneos cómodos y bajad cuando queráis, pero si queréis ver cómo trabaja el primo tiene que ser antes de que anochezca.

Tú ya te hubieras ido detrás de esta cincuentona poderosa que se peina el cabello canoso con cola de caballo de *teenager* de los años cincuenta, pero Ricardo quiere decirte o hacerte algo, con las manos te aconseja quietud, con los ojos te pide tiempo y asegura a su tía que no tardaréis ni diez minutos.

–Cinco.

–No hay prisa. Si no lo veis hoy será mañana.

–Mañana regresaremos a Madrid todo lo temprano que podamos.

–¿Mañana ya?

–Tía. Yo he pedido un permiso muy especial, muy especial, y Muriel tiene entrevistas programadas.

Pero es él quien quiere salir cuanto antes de esta encerrona con una parte de la familia en la que le han nacido y con la que ni siquiera comparte recuerdos.

–Todo ha ido bien, pero, por favor, no te enganches. Si insisten en que nos quedemos secúndame, te lo pido, no te dejes llevar por tu complejo de culpa yanqui.

30

–¿Mi complejo de culpa yanqui?

–Sí. Los yanquis progres tenéis complejos de culpa y vais por el mundo diciendo que sí a todo. No es mala gente, ¿verdad?

–¿Tus tíos? Son cojonudos.

–Vuelve a decir cojonudo, bonita, que te sale muy bien.

–Cojonudo.

Te besa y te manosea, pero esta vez con ternura.

–Y ahora a por el pintabosques. Tú, veas lo que veas, tranquila. Son primitivos, pero en el fondo no son mala gente.

El tío os espera techado por la chapela y abrigado con una zamarra que le engorda hasta la ridiculez en contraste con su cara pequeña.

–Vais poco abrigados y con esta humedad el bosque hiela los huesos. Mientras la tía se lía con las cazuelas vamos a ver qué hace Josema.

Atravesáis un prado domesticado como corral, pajar y garaje para coche y multicultor, cercado por tótems de maderas oscuras y duras ancladas en la tierra, a manera de empalizada en la que la escarpa ha abierto oquedades irregulares, pintadas de blanco o rojo o azul marino. En contraste con la leña amontonada en el garaje o en el soportal del balcón, los tarugos totémicos alcanzan la dignidad de una propuesta artística y te detienes y pides información y Migueloa os dice que Josema dejó de esculpir «cosas parecidas» para hacer esto y luego irse al bosque a pintar árboles.

–Son traviesas de ferrocarril. Según Josema, cada traviesa le sugiere una modificación diferente e igual te saca una cara de esas de la isla de Pascua como un palo de esos de las películas indias. Ya os lo explicará. A mí me gusta lo que queda, pero no puedo trasladaros su explicación. Lo del bosque es muy hermoso. Acuden gentes de los caseríos de alrededor a verlo y los domingos se traen la merienda, vienen con los chicos y pasean entre los árboles pintados.

Se empina de pronto el sendero entre helechos que acarician los muslos al pasar y tú buscas el contacto de esas hojas rizadas que te dan la bienvenida del bosque.

–Las talas se han cargado los árboles autóctonos y casi solo quedan pinos. No es que yo sea un fanático racista y diga, como otros, que hay que expulsar a los pinos y los eucaliptos del País Vasco, porque son árboles impuestos por la especulación de los madereros y las fábricas de papel. Al eucalipto sí que no lo puedo tragar. Pero a los pinos les tengo cariño. Y Josema también. Josema nunca ha sido un fanático en cuestión de los árboles. Le gustaría meter la escarpa o el cepillo en los pinos para sugerir otras formas, nuevos ritmos visuales, pero el pacto con el propietario del bosque es tajante: pintar sobre las cortezas pase, pero dañar el árbol, nada de nada.

Ricardo convoca tu complicidad mediante guiños de ojos, mientras remontáis tras el ágil viejo que se abre camino entre los helechos apartándolos suavemente con un bastón.

–En cuanto veamos a Idéfix no tardaremos en llegar a donde está Josema, son como el árbol y su sombra. Idéfix es nuestro perro, bueno, el perro de Josema. Se ha aficionado a esto de pintar bosques y cada día se viene con él, hasta que discuten y el animal se cabrea y se vuelve para el caserío.

–¿Se discuten?

–Se discuten, sí. Tendríais que verlo. Josema gasta mucha paciencia, pero Idéfix tiene mucho genio y a poco que no esté de acuerdo se va por donde ha venido, vuelve al caserío, abre la puerta, sabe abrirla, y se va a buscar consuelo con la Amparitxu o conmigo. Ya te has cabreado, Idéfix, le digo. Tienes muy poca cuerda. Pero en cuanto nota que Josema está al volver sale a esperarle y mueve la cola para reconciliarse. A este perro solo le falta comer con cuchara. Bachillerato le tenía que haber hecho estudiar.

Te ríes cada vez con más ganas y el viejo está contento de que te rías.

–Este perro en Deusto no desentonaba. Es más listo que todos esos cabezas de huevo que fabrican los jesuitas para seguir mangoneándolo todo. Entre los jesuitas y el PSOE lo mangonean todo.

Se ha dado cuenta tarde de que su sobrino es del PSOE y se

vuelve para ofrecerle la cara colorada por el frío, el esfuerzo, la vergüenza y una excusa.

—Perdona, chico. Lo dije por decir.

—Es ya un lugar común.

—Eso es. Un lugar común.

Pero ya callará hasta que el sendero os deslice hacia un llano iluminado por el penúltimo rayo de sol en lucha con la niebla y a contraluz se os aparece una tosca escala hecha con ramas y cuerdas a cuyo pie os ladra un perro en defensa del cuerpo larguirucho a ella encaramado que dibuja un ojo violeta en el último nudo del árbol, antes de que la copa distribuya sus ramas hacia los cuatro horizontes del atardecer. Los pinos forman un crómlech natural y os miran con ojos amarillos de pupila azul, mientras, más allá, el sendero promete una ruta de pinos pintados con muescas azules que marcan la ruta hacia el ensimismamiento final de la fragua. Los ladridos del perro detienen los brochazos y el pintor se vuelve hacia los intrusos, tarda en asumiros el tiempo que tarda en volver de su sueño, reconviene al perro y finalmente baja con destreza la escalera de Robinson. Se ha puesto una sonrisa tímida de vicioso sorprendido, se limpia las manos en los culos del pantalón tejano y os ofrece su rostro largo y oscuro, donde la nariz brutal de su padre no consigue anular una mirada romántica de ojos negros y pestañas largas. Arrugas en torno a los ojos y una perilla rala de barbilampiño le equidistan entre la madurez y la adolescencia, aunque las manos que descubren los guantes de cuero raído al retirarse son de príncipe joven que alguna vez en su vida pasó por una dura experiencia de leñador. Hay demasiada alegría en Ricardo al reconocerlo y curiosidad huidiza en los ojos del pintor al mirarte y luego repasar tu cuerpo de reojo, como si no lo estuviera haciendo, como si no quisiera que tú te des cuenta de que lo está haciendo.

—Por nosotros puedes continuar, aún te queda mucho bosque.

Le alienta Ricardo. Él se encoge de hombros y busca palabras para responderle, pero no las encuentra, porque opta por guardar pinturas y brochas en una mochila e insta a Idéfix a que os marque el camino de regreso. Eres tú la que te resistes a marchar y merodeas por el bosque buscando las diferentes rutas abiertas por la pintura. Ricardo y su tío respetan tu búsqueda, pero Josema la alienta sin decirte nada, permanece cerca de ti a tu espalda y notas su empujón en tu nuca, sigue, sigue, encuentra mis huellas en este bosque, ojos amarillos que miran y son mirados, surcos de rayos posibles pintados de amarillo, flechas que marcan dirección para los pasos y las miradas, simples trazos como tatuajes rituales de la naturaleza.

—Es fantástico.

Le gritas, y le conmueve tu entusiasmo hasta el punto de ponerse a tu altura y guiar tu mirada por entre los pasillos de los árboles en busca de nuevas propuestas rítmicas.

—Esos ojos. Los ojos.

Te ofrece su voz para contarte la teoría de lo que hace. Tiene teoría de lo que hace, teoría tímida, reservada, alarmada, agredida, de lo que hace.

—El ojo para mí es ella, la naturaleza, la vida. El ojo en el árbol es el ojo en el tótem. La naturaleza que te mira desde su profunda vejez. Las otras señales marcan rutas y ámbitos. ¿Has visto los crómlechs que he hecho con traviesas junto a la casa? Esos ámbitos forman parte de la relación entre el hombre vasco y la naturaleza y los artistas más vinculados a lo popular, a lo étnico si quieres, lo hemos respetado. ¿Conoces a Ibarrola, a Oteiza? Para Oteiza el crómlech delimita un ámbito religioso metafísico, para Ibarrola y para mí no, yo soy materialista y veo en esos ámbitos los espacios que el hombre, el aldeano, necesita delimitar para hacer posible su vida. Los claros del bosque para que pasten los animales, la plantación de árboles de hoja perenne para que le protejan siempre, como un techo de la naturaleza... la misma orientación de los caseríos... Hay una relación entre rito y necesidad marcada por la ley de la naturaleza. Lástima que hayan exterminado nuestros árboles, el fresno, el álamo, los sauces, los tilos, los chopos junto a las riberas y en el monte el castaño, el fresno, la haya y el roble, sobre todo el roble... Ha sido el árbol más perseguido, casi tan perseguido como los hombres.

–Oscurece. Explícaselo mientras bajamos.

Pero en cuanto abandonáis el claro del bosque, calla y sigue la senda cerrando la expedición, rumiando signos para el día siguiente o esperando quizá un ámbito, un pasaje propicio para seguir aleccionándote. Tal vez esté molesto por haberse confesado tanto o porque de vez en cuando ladeas la cabeza en busca de su expresión, como si te interesara sobre todo establecer un vínculo con él y robarle su misteriosa relación con el bosque, la madera, la tierra. Ricardo y su tío hablan de la familia y del trabajo. Ricardo trata de despolitizar al máximo sus funciones como técnico del ministerio.

–Muy burocrático. De hecho no tengo poder. Apenas si puedo orientar algo la distribución del presupuesto. Por mí pasan los rockeros y los teatreros, los que quieren montar obras de teatro. Todo el mundo se caga en el gobierno, en el Estado, en el poder, pero, a la hora de la verdad, mano tendida a ver qué les cae del presupuesto.

–Y así nos va. Yo ya estoy jubilado y también pongo la mano a ver qué me devuelve el Estado de la plusvalía de mi trabajo. Menos mal que aquí las necesidades son mínimas y el mismo bosque te regala algo, cuando no son castañas son setas y cuando no un conejo o frutos silvestres. ¿Te gustan las ensaladas de hierbajos? Por aquí en los ribazos se encuentra la pamplina y la achicoria. Luego tu tía siempre tiene gallinas y la leche es buena y barata. La mejor la tiene Gorospe, el fabricante de ataúdes, buen fabricante, es un artesano que hace ataúdes para todos los muertos de los caseríos de estos valles. Hizo uno cojonudo hace diez años y le gustó tanto que se lo quedó para él.

–¿Y no viajas nunca? ¿A Vitoria, a San Sebastián? ¿A Madrid?

–Ya viajé demasiado, por gusto y a la fuerza. Hasta treinta conducciones me he hecho yo esposado con un guardia civil a cada lado, que cada follón político que había se lo cargaba el Migueloa y luego solo faltó que me saliera Josema abertzale, de ETA. Aún llegamos a estar casi juntos en la misma cárcel, yo por comunista y él por etarra. Pero no saques el tema delante

35

de tu tía que se echa a temblar y a llorar en cuanto hablamos de política. ¿Has visto la casona? Pues me la incendiaron hace poco más de diez años y ya se había muerto Franco, no creas. Vinieron unos guardias civiles de paisano y me la incendiaron. Había que tocar los cojones al Migueloa y a su hijo.

–Ahora, tranquilo. Ya todo está en calma.

–Y una mierda. Tranquilo no. Amnésico. Yo si no estoy amnésico no estoy tranquilo. Pero no me muevo para que este no se mueva, que un día me lo iban a traer acribillado y eso no lo soportaría la Amparitxu, ni yo.

Oyes la conversación que el pintor finge no oír, tal vez porque se sabe el destinatario final de las palabras de su padre.

–Huelo a pochas.

Grita Ricardo, y fuerza el descenso que ya ha ultimado el perro, alzado ahora sobre sus patas traseras, apoyado en el marco de la puerta con una pata, mientras con la otra golpea el baldón hasta inclinarlo. Lo mantiene así y mete el hocico por la ranura apenas abierta, luego el cabezón mientras se deja caer y ya con el peso de todo el cuerpo deja la puerta de par en par.

–¿Será posible?

–Qué te he dicho yo. Ciencias Exactas tenía que haber estudiado el animalito.

Se agradece el calor de la casa, aunque domine un olor en lucha entre la creosota que recubre las traviesas omnipresentes en caprichosas formas y los aromas de los guisos de la mujer que no suelta prenda sobre el menú, como si la sorpresa formara parte de su derecho al éxito.

–Que no te lo digo, sobrino.

–Pero ¿hay pochas?

–Claro que hay pochas. Ya recuerdo que te gustan.

El comedor es la antigua cocina con la campana ahumada por fogatas de miles de noches, incluso esta. Al desnudo las vigas entrecruzadas como nervios, ramas muertas de una casa árbol. Entre las brasas se asan choricillos que el tío ofrece como aperitivo en la punta de una horquilla larga, mientras Josema abre botellas de chacolí que se trajo de Guetaria.

—No tengáis miedo que durante la comida no tomaremos chacolí. Para traguear, bueno. Para comer, algo serio. El chacolí es como una limonada.

Y llegan las pochas entre aplausos de Ricardo, en una cazuela ahumada por mil triunfos de Amparitxu, judías rojas con tocino y morcilla, que tú comparas con las mil latas de judías que comiste en las acampadas cuando seguías primero la ruta de Tom Sawyer y luego la de Hemingway en *Al otro lado del río y entre los árboles*. Las alubias de tu tierra y estas pochas tienen un diferente sentido del tiempo, tan viejo y oscuro como la sangre de esta morcilla que hace unos años hubieras rechazado con repugnancia o este pedazo de bárbaro chorizo casi disuelto por una cocción llena de parsimonia. Suenan dos botellas de vino tinto al destaponarse, Marqués de Murrieta, apuntas el nombre, lo apunta todo la hija de puta, dice Ricardo, que ya ha bebido más que todos los demás juntos.

—Apunta, apunta, chica, que aquí no hay secretos.

Y un platito de kokotxas para que las pruebes. Y pruebas esos misteriosos tumores de pescado gelatinosos, aromatizados por el ajo y el perejil, y no te gustan, pero pones cara de éxtasis porque la situación sí te gusta y te gusta esa mujer casi vieja, casi joven, que es feliz porque ya no le queman el caserío, porque su marido ya no está en la cárcel y su hijo ha dejado la lucha armada.

—Las kokotxas para abrir boca, ¿y después qué?

—Bacalao al pil pil y leche frita.

—Como una boa, me voy a poner como una boa.

Grita Ricardo entusiasmado, y piropea a su tía, la auténtica gloria de la familia.

—Tú te pones a guisar así en Madrid, tía, y te forras.

—Pues ya se nota lo que te gustan mis guisos, con lo poco que vienes.

—Yo a veces me voy a la otra punta de Madrid, a un restaurante que le llaman La Ancha, y sobre todo porque hacen unas alubias que me recuerdan estas, pero es que no puedo venir más por aquí, ya me gustaría, ya, e imagínate a mamá, que suspira por su País Vasco todos los días.

—Me vas a decir tú a mí que no tienes tiempo. Si en los ministerios no pegáis ni sellos.

—Que hay mucho trabajo, tía, que hay mucho trabajo. Esta vez no podemos quedarnos por el trabajo y por lo que lleva Muriel entre manos. Cuéntaselo. Anda.

Jesús de Galíndez Suárez. Jurista y escritor vasco nacido en Madrid en 1915. Murió su madre a temprana edad y fue educado por su padre, que era médico. Jesús de Galíndez estudió en la Universidad Complutense de Madrid y fue un joven profesor adjunto de Sánchez Román, catedrático de Derecho Político que tuvo como profesores adjuntos tanto a un futuro ministro del Interior de Franco como a juristas leales a la República. Durante su etapa madrileña, Galíndez militó en las juventudes universitarias del Partido Nacionalista Vasco y cuando estalló la guerra fue uno de los ayudantes de Manuel de Irujo, ministro de Justicia, y vasco también. De hecho, se dedicó a salvar paisanos perseguidos por los incontrolados, incluidas monjas, y su lealtad hacia la República era una estricta lealtad hacia el País Vasco, cuyas libertades estaban amenazadas por el franquismo. Al acabar la guerra huyó a Francia y de allí pasó a la República Dominicana, donde ejerció de profesor de Derecho y abogado laboralista. En 1946 se trasladó a Nueva York, donde desarrolló una gran labor como organizador de grupos antifranquistas, llegando a ser representante del PNV en la ONU y ante el Departamento de Estado. Mientras tanto, preparaba su tesis sobre Trujillo, el dictador dominicano, que presentó en la Universidad de Columbia en febrero de 1956, a pesar de las presiones del propio Trujillo y sus colaboradores del *lobby* dominicano de Estados Unidos para que no la presentara. Días después, exactamente el 12 de marzo de 1956, era secuestrado y nunca más se volvió a saber de él.

—¿Qué es un *lobby*?

Josema se te anticipa.

—*Lobby* quiere decir pasillo en inglés y se utiliza como sinónimo de grupo de presión. Es decir, es un grupo de presión que trafica con influencias por estar bien situado cerca del poder.

–¿Y aquel chorizo de Trujillo tenía gente pagada, en Estados Unidos?

Ahora eres tú la que interviene.

–Hasta el propio hijo del expresidente Roosevelt estaba al servicio de Trujillo.

–Me cago en diez y qué poco sabemos de nosotros mismos. A mí lo de Galíndez me suena, pero no mucho. Claro que en aquellos años la prensa no hablaba de estas cosas y yo me pasaba más tiempo en la cárcel que fuera. Pero tampoco ahora se ha hablado demasiado de Galíndez, ni los del PNV siquiera, ni los etarras. No lo entiendo. Es un patriota, un abertzale, un héroe vasco. Pero tú sabrás mucho de él si estás estudiándolo. ¿Y cómo fue el dedicarte a eso, a un vasco precisamente?

–Yo estaba redactando una tesis sobre la ética de la resistencia, y mi profesor, bueno, Norman, el que me la dirigía... me habló de los grupos de exiliados españoles en Estados Unidos. Le fascinaban. Allí llegaron los no comunistas y muchos actuaron como informadores anticomunistas, cuando estalló la guerra fría. Casi todos ellos buscaron una coartada: defendían sus causas democráticas o nacionalistas y eso era más importante que no colaborar con el Departamento de Estado o el FBI.

–¿Incluso delataban?

–Para ellos no era delatar. ¿Acaso el comunismo no era un sistema represivo de la democracia y las nacionalidades? A cambio recibían vagas promesas de apoyo al retorno de la democracia a España y en algunos casos ayuda económica o apoyo para sus carreras, otras veces cobraban algo más elemental: que les renovaran el permiso de residencia.

–¿Y Galíndez era uno de esos?

–Galíndez era un nacionalista vasco... Pero eso no me interesa. No quiero saber toda la verdad sobre el caso Galíndez, solo quiero saber una verdad.

Son tan discretos que no te la piden, aunque los ojos de Josema quisieran atravesarte la frente, como si fuera la puerta de la caja de tus caudales morales, y la madre esté casi alelada, como el niño que espera el salto mortal a los acordes de los tambores anunciantes, y el viejo Migueloa se ajuste la boina por enésima vez fingiendo no tener nada mejor que hacer o esperar. Has de decirles algo, aunque tú misma no puedas responsabilizarte totalmente de tu respuesta.

—Creo saber lo que quiero. Pero no lo sé del todo.

—Quiere prohijar a Galíndez y amamantarle con sus pechos.

—Calla, Ricardo, cojones.

Y todos se ríen porque te ha salido la palabra cojones más desgarrada de lo que es, como si pronunciar la jota te hubiera arrancado la piel de la garganta.

—Quiero saber... Tal vez, por qué se la jugó.

—¿Y eso es lo que quieres saber? Mira, bonita, yo soy medio vasco, no lo olvides, y conozco el paño. Aquí hay mucho espíritu de apuesta, hay apuestas hasta entre comedores de cazuelas de alubias, ¿no es verdad, tía? Y para ese señorito que tanto te obsesiona la guerra fue una apuesta, la posguerra otra y pasarse por los cojones, con perdón, a Trujillo y a la madre que lo parió, pues otra apuesta.

—No es tan sencillo, sobrino. ¿Por qué me he jugado yo el tipo toda mi vida? ¿Por apuesta? ¿Por chulería? Hay muchos códigos, no solo el penal, y en un momento de tu vida te haces un código para ti, o muy sencillo o muy complicado, y ya para siempre vivirás pendiente de ese código, respetándolo o saltándotelo a la torera, pero ahí está el código, como un fantasma, pero como un fantasma que existe, que está ahí.

—Y en nombre de ese código están justificados tus sufrimientos y tus sacrificios, pero también los de los demás. Eso es lo que me jode de los que te pasan por las narices aquellos tiempos de la guerra y la posguerra llena de héroes de una pieza. Eran como bloques de granito. Nada les hacía mella, pero pobre de aquel al que le caía el bloque encima. Morían por su código pero mataban por su código y todo estaba justificado en nombre del código. Prefiero a la gente que se apunta el código de cada día en la agenda y al día siguiente cambia de página y no se acuerda del código del día anterior.

–Con esa filosofía, sobrino, solo se vive al día y no hay esperanza de cambiar nada, de mejorar colectivamente.

–Las cosas cambian solas, muy lentamente, y lo más que puedes hacer es darles un pequeño empujoncito para que caigan en su hoyo, eso es, el hoyo, como en esa jugada del golf, cuando basta darle a la pelotita suavemente y pum, se mete conformadita y tranquilita en el hoyo...

–Pero algo o alguien ha llevado la pelota hasta ahí.

–A mí lo que me chifla es empujar la pelotita, darle el último golpe, ¿no es verdad, bonita?

La botella de un supuesto calvados vasco, un aguardiente tan difícil de encontrar que no se encuentra, ha hecho sus efectos en Ricardo y, tras cuestionar el código de su tío, busca pendencia sonriendo irónicamente a Josema.

–¿Estás tranquilo ahora, Josema?

–¿Qué quieres decir?

–Si te deja tranquilo la policía.

–Sí. Hace dos años que ni se asoman, pero a veces noto en el cogote la mirada de la patrulla de la Guardia Civil. Yo sigo pintando ojos en los árboles o lo que sea y me tienen por loco.

–Has cambiado de código.

–Sí. Ya he oído lo que decías y aparentemente estoy de acuerdo.

–¿Aparentemente?

–Me cansé de estar seguro de mis razones para morir y para matar. Pero no me convence que tú estés tan seguro de tu filosofía de la agenda. En el fondo no te quieres enterar.

–¿De qué no me quiero enterar?

–De que otros te han llevado la pelotita al borde del agujero para que tú precisamente hagas lo que esperan que hagas, acabar de meterla en el agujero.

–Ah, vamos, la eterna alianza impía entre el capitalismo internacional y la socialdemocracia gestionadora.

–¿Por qué no salimos afuera? Hace una noche de luna llena y las esculturas de Josema son preciosas bajo la luna.

No solo lo ha dicho Amparitxu, sino que os abre marcha y

os arrebuja en rotundos jerséis que ha sacado del fondo de las arcas profundas y aún huelen a naftalina y a jabón de olor. Cuando tu calor interior choca con el canto afilado del relente, notas una sacudida activadora, como bajo una ducha fría, y no os ha abandonado la alegría interior de la buena comida y el alcohol pero sí las telarañas de las ideas, combadas por una brisa de aire y luna y finalmente alejadas hacia el vértigo oscuro del valle. A la luz lunar, las estacas de Josema adquieren toda su grandeza de naturaleza corregida. Amparitxu os ha propuesto que os cojáis las manos y ella misma retiene con una a su hijo y con otra a Ricardo. La tuya la acaricia con llamadas nerviosas y cálidas Ricardo y la otra te la guarda la mano cuadrada del viejo Migueloa. Amparitxu está contenta y casi llora cuando canta:

Ez nau izutzen negu hurbilak
uda betezko beroan
dakidalako iratuen duela
orainak ere geroan
nolabaitezko kate geldian
unez uneko lerroan
guztia present bihurtu arte
nor izanaren erroan.

La canción prosigue sin otra música que el frufrú de las hojas del bosque y el bisbiseo de Migueloa que la secunda. Le pides que te la traduzca.

—Es una canción de Mikel Laboa y más o menos dice que no le asusta el próximo invierno, aunque ahora sea el verano, porque el presente permanece en el futuro, como una cadena, como una cadena quieta. No, tampoco le asusta el frío al amanecer, los campos escarchados, cuando todo parece una naturaleza sin vida, porque el corazón conserva la luz de los soles que se fueron y en los ojos permanecen los recuerdos del pasado. Y no le asusta morir porque los sarmientos igual traerán el vino nuevo y nuestro presente asentará el mañana de los otros. Y lo que más me gusta es la última estrofa, Muriel, fíjate qué maravilla: No me entristece el recoger las últimas flores del jardín, el andar sin aliento, más allá de todo límite, buscando una razón, el humillar todos los sentidos a la luz del atardecer, ya que la muerte trae consigo un sueño que apaciguará los sueños para siempre... ¿Te gusta?

Estás llorando pero no se lo dices y en cambio le contestas que te entristece la idea de la muerte como liberadora de la esclavitud del soñar. Hasta Ricardo está contagiado por el encanto del aquelarre de los brujos que espantan sus fantasmas a la sombra lunar de los tótems de Josema y regresa a la casona abrazando a su tía y contándole cosas de su hermana que la hacen reír. Tú tienes esa sed de saber que, como dice Ricardo, antes, antes era yanqui, bonita, pero ahora ya la habéis traspasado a los japoneses, y les encanta a Migueloa y a su hijo que preguntes por Mikel Laboa, un viejo cantautor popular, tienen todos sus discos y están dispuestos a ponerlos en un viejo tocadiscos que haría sonreír a cualquier niño urbano de cualquier rincón del mundo y tal vez por eso hace sonreír a Ricardo.

—¿Va con pedales?

—Ríete, ríete, que suena muy bien.

Y tú te entregas a las canciones de Laboa y a las traducciones de Migueloa o de su hijo y alucinas, y lo dices, alucino, alucino...

—¿Qué quiere decir alucino, sobrino?

—Quiere decir que está asombrada pero en bien, en muy requetebién, que está de puta madre, vamos.

Alucinas, alucinas ante una canción de Laboa surrealista en la que sale Rimbaud y los protagonistas se sientan en la hierba a comer relojes... «alguien cerró tus ojos, adiós, adiós, y amanecía sobre las zanahorias, sobre la huerta cuando te enterramos, oh *petit poète,* sin canciones, sin cohetes, colocado cuan largo eras entre los terciopelos de un hueso de albaricoque».

—Es una canción dedicada a Lizardi, un bertsolari, un poeta popular.

Y otra canción y otra, para ti todas, insaciable de tu descubrimiento y ciega voluntaria a los bostezos reclamantes de Ricardo. Josema canturrea y traduce con especial sentimiento: Si fuera lícito huir, si hubiera paz en algún lugar, no sería el amante de las flores que lindan tu casa. No sería el miserable abatido por el dolor, hijo de la desesperanza, destinatario endurecido del grito. No sería para nadie causa de escándalo, ni planta desarraigada sembrada en tierra fría. Si estuviera permitido huir, si fuera posible romper la cadena, no sería un navegante impotente carente de barco.

–Muriel. Hay que madrugar. He de estar en Madrid, a lo más tardar, a media mañana.

Es la tercera vez que te lo dice y no quieres humillarle ni permitir que Josema se te acerque más con su escondido cuerpo cálido y sus palabras que te estremecen.

–Anda, bonita, que total vamos a vivir dos días.

Te retienen los ojos de Josema, el ensimismamiento melancólico de Migueloa lamido por las sombras de las llamas del hogar que alimenta y conduce Amparitxu como una sacerdotisa dueña, por fin, de su templo secreto. Y sigues a Ricardo encogiéndote de hombros, disculpándote, disculpándole, agradeciendo el fresco que te engulle a medida que te alejas de la zona dominada por el fuego de la chimenea. Ya no os ven cuando Ricardo te amasa las nalgas al tiempo que te empuja escalera arriba y te detiene en el rellano para fusilarte con un beso, con una lengua caliente que te sabe a alcohol y manzana. Tu cerebro no le desea, pero se te han puesto duros los pezones y adelantas el pubis sin querer, como si tu pubis fuera un rompeolas que saliera al encuentro del mar. Cuerpo a cuerpo, Ricardo exagera su querencia, porque teme que puedas rechazarle. Te manosea y te besa frenético, como si temiera no tener ganas de manosearte y abrazarte, y esperas que se canse, que se duerma. O no. Nada más entrar en la habitación desaparece su pasión y se convierte en un compañero de cama que se desnuda mientras comenta todo cuanto ha ocurrido desde que habéis llegado al valle.

–A la tía Amparo la he encontrado espléndida, ¿no te parece? Bueno, tú no la conocías pero esta mujer ha pasado mucho.

Primero su marido empeñado en derribar él solo la dictadura y luego el hijo, de guerrillero, de Che Guevara vasco.

—¿Tampoco te convence el compromiso de tu tío?

—Todos los comunistas se empeñaron en exagerar la lucha, en desmadrarla, y de hecho apuntalaban el franquismo, porque al quedarse solos los unos contra los otros se justificaban los unos a los otros. ¿Entiendes? A los comunistas les encantaba que los metieran en la cárcel, tener mártires. Eran como curas, bueno, me lo han contado compañeros mayores que los vieron actuar, sobre todo después de la guerra, cuando se reorganizaron a partir de los años cincuenta. Te montaban una huelga general cada tres meses y solo servía para llenar las cárceles de gente.

—¿Qué hubieras hecho tú?

—No me gustan los martirios ni los mártires, ni los héroes. Solo me gustan los héroes del rock y las heroínas en la cama. Anda, bonita, ¿por qué no te desnudas?

—Eres como un becerro.

—¿A qué viene ahora el insulto? ¿Prefieres que te recite poemas en vasco? Estos tíos están para el loquero. Se ponen tiernos cantando, te abren el estuche del violín y sale una pistola o una botella con amonal. ¿Te gusto?

Se había metido entre las sábanas y de pronto las destapa para enseñarte su cuerpo casi adolescente, del que sobresale el sexo empinado como una serpiente alegre pero al acecho, y eres tú la que se inclina para que sus manos se apoderen de las tuyas y tiren de ti y te hagan caer sobre su cuerpo, sobre la urgencia oscura y ensimismada de ese sexo que busca cobijo entre tus muslos, a la espera de un refugio menos provisional, y es el ritual el que te convence de que estás bien, de que te gusta que juegue con tus senos, que te lama tus bocas con sus bocas, como si no se agotaran todas las posibilidades de vuestros labios. Y te despeinan esos dedos largos y fuertes que te convertirán la nuca en un muelle loco y la cabellera pelirroja en una ráfaga que va y viene abofeteando tontamente su pecho infranqueable. Y te castiga.

–¿Te la meto o te canto una canción vasca, bonita?

–Becerro, eres un becerro.

Pero te resbalan las sílabas y él se da cuenta de que te ha vencido la voluntad y te empuña las nalgas con las manos y sientes cómo te las abre y te las cierra para que oigas avergonzada el chasquido de los labios de tu vulva, húmedos, derretidos, al besarse frustrados a la espera de esa piedra oscura que sigue creciendo entre tus muslos. En sus ojos ves la malicia del que presiente una victoria y te sientes tan irritada contigo misma como con él y tratas de helarle los nervios, pero es tu sexo el que se convierte en una ventosa de su sexo y lo posees de arriba abajo sorprendiéndolo, tal vez disgustándolo.

–¿Ya?

Ya, ya, ya, van diciendo tus labios mientras fuerzas el ritmo sin saber si se trata de acabar cuanto antes o superar cuanto antes tus resabios, pero cuando la onda concéntrica que sale de tu sexo succionador te enerva hasta el último rincón, él reacciona con dureza y te descabalga a pesar de tus gritos y te penetra mientras balbucea incoherencias de jinete y es como si te hubiera roto en dos mujeres, la que goza bajo sus acometidas de cuerpo joven, duro y ligero, y la que puede mirar por encima de sus hombros por la ranura de unos ojos llorosos, hasta hacer inventario de las vigas ramas y descender hasta la puerta del mismo color marrón oscuro, que crees entreabierta, en la que percibes el parpadeo fugaz de un ojo inmenso, el de Josema, o será tal vez un ojo pintado por Josema que ha bajado del bosque para contemplaros. Una de las dos mujeres que te escinden diría:

–Ricardo, alguien está en la puerta.

Pero la otra quiere acabar cuanto antes esta escena de sexo y se disuade, se contradice, no has visto nada, son tus sueños, y cuando notas que Ricardo se ha vaciado dejas que finja una potencia que le ha abandonado y que sustituye con una impecable gimnasia de abdominales y jadeos guturales. Teme no haberte dejado satisfecha y lo estás tanto como no lo estás. Lo estás como para sentirte relajada, pero no lo suficiente como

46

para abrazarle y recompensarle con cariño. Ha cumplido, has cumplido. Eso es todo, y cuando se desmorona el jinete para convertirse en un muchacho enrollado sobre su propio sexo húmedo te limitas a darle una palmadita en el hombro, aunque luego entretienes los dedos y le regalas algo que parece una caricia. Él no dice nada porque sabe que no ha sido un contacto perfecto y espera oír el tono de tu voz para sentirse seguro de sí mismo o para dormirse.

–¿Duermes?

Has procurado hablarle como una amiga y él te ofrece su rostro lleno de dudas en penumbra.

–No. ¿Y tú?

–Duerme. Hemos de madrugar.

Le has liberado de la servidumbre del cariño y se revuelve para hacerse un espacio donde dormir, ajeno a ti, a tu insomnio colgado del techo. Barres con un reojo el ángulo visual de la puerta y está cerrada. No lo estaba. Eso sí te consta, y el ojo negro profundo de Josema se sustituye por los ojos pintados del bosque y de pronto por la piedra del monumento a Galíndez. En los miles y miles de páginas que escribió apenas expresó otro amor que el que sentía por la patria-madre-País Vasco, pero el comienzo de *Estampas de la guerra* insinúa una escena de amor delegada en los supuestos protagonistas del libro. Un hombre ocupa su posición en el frente y está muy próximo a un lugar en el que fue feliz con una muchacha que se llama, o se llamaba, Mirentxu: «Caía la tarde y el sol se había escondido tras los picachos. Como cuando, estrechándote el talle, gustábamos pasear por la carretera... mas entonces el ambiente era tibio y la frescura de tus carnes, bajo el vestido estampado, emborrachaba mi sangre, ¿te acuerdas, Mirentxu, te acuerdas de aquellas tardes al caer el sol? Y llegué a nuestra piscina, la que reflejó tu belleza y se rasgaba voluptuosa al contacto de tu juventud. Debajo de la peña, protegida contra los rayos del sol, día a día la fuimos haciendo, buceando para arrancar las piedras del remanso y apilarlas en la garganta del torrente, y el agua fue subiendo lentamente, hasta cubrirnos. ¿Te acuerdas,

Mirentxu, te acuerdas de aquellas mañanas de paz? Pero es invierno y las crecidas se han llevado el muro y el remanso, la piscina se fue con nuestro amor. Fue tan fiel que no quiso sobrevivirte. La noche se acercaba y mi alma se vistió de luto al recuerdo del pasado, que no ha de volver.» ¿Es bueno? ¿Malo? ¿Sincero? «La frescura de tus carnes, bajo el tejido estampado, emborrachaba mi sangre.» Malo. Encantadoramente malo. La literatura ya había avanzado lo suficiente en los años treinta como para no poder describir así un sentimiento amoroso y de deseo sexual, escribirlo así con voluntad de libro. A veces la prosa de Galíndez te ha producido la sensación de correcta escritura de bachiller con ganas de enviar cartas a los otros. Un buen redactor de cartas. Pero la imagen de la piscina hecha con sus manos y destruida por el invierno, las crecidas del río, la guerra. Esa situación metafórica no estaba mal.

—¿En qué piensas?

Ricardo tampoco duerme y te arrepientes de tu respuesta cuando ya no puedes retenerla en tus labios.

—Pensaba en un fragmento de Galíndez, en la introducción a *Estampas de la guerra*.

Y suspira y vuelve a darte la espalda y se ríe de ti con una cierta acritud mientras comenta:

—Eres como una viuda. La señora viuda de Galíndez.

La viuda de un muerto sin sepultura.

—Sí, estuve en Nueva York, en la NyU, como se llama popularmente a la Universidad de Nueva York, hasta 1982. Luego conseguí el contrato aquí en Yale y aquí espero jubilarme.

—¿Tan joven?

—Ya no soy joven, pero tengo cara de serlo, toda mi familia, sobre todo los hombres, tienen cara de niño.

—Yale es una meta.

—Desgraciadamente en mi caso es la última.

—Profesor de Ética.

—Profesor de Ética.

—Enseña ética. Yo la practico. Yo estudié en Pennsylvania, pero me especialicé en Literatura y concretamente en Poesía Norteamericana. En la Universidad Estatal de Pennsylvania, sí señor, no es una universidad competitiva, no pertenece a la Ivy League, como Yale y otras universidades de Nueva Inglaterra.

—En este país tenemos tan poca historia que hay que conservar la poca que tenemos.

—Tenemos poca historia escrita, pero controlamos la historia. La hacemos. Yo hago historia, señor Radcliffe, Norman Radcliffe, profesor de Ética. ¿Qué tiene que ver la ética con el caso Galíndez?

—¿Galíndez?

—Jesús Galíndez Suárez, profesor vasco, exiliado de la España de Franco, desaparecido el doce de marzo de mil novecientos cincuenta y seis en Nueva York, después de dar una clase en el salón 307, del edificio Hamilton, del Departamento de Español de la Facultad de Estudios Generales de la Universidad de Columbia.

–Conozco el caso, por una circunstancia más personal que universitaria... Una alumna...

–Muriel Colbert.

–Muriel.

–Consta como beneficiaria de una beca Holyoke para realizar un estudio sobre la ética de la resistencia, bajo la dirección del profesor Norman Radcliffe, es decir usted, beca concedida en marzo de mil novecientos ochenta y tres y prorrogada en abril de mil novecientos ochenta y seis.

–¿Es usted inspector de becas?

Es entonces cuando el hombre cúbico, rubio pero calvo, de fuerza contenida en una gabardina armadura, una torre beige en referencia a la neogótica Harkness Tower del campus, saca una manaza de uno de los bolsillos y le enseña un carnet que Norman ya ha presentado desde el comienzo de la conversación.

–¿Qué ha pasado?

–Simple rutina. ¿Conoce usted el paradero de Muriel Colbert?

–No. Lo cierto es que la he perdido de vista. A veces me escribe, casi siempre desde Nueva York, está o estuvo casada con un pintor español o portugués, no recuerdo bien.

–Chileno. No llegaron a casarse. Se separaron en mil novecientos ochenta y cuatro y ahora ella está en España, pero pronto viajará a Santo Domingo.

–Si sabe usted tantas cosas de Muriel, ¿en qué puedo servirle?

El hombre cúbico ha presentido la fragilidad de fondo del esqueleto moral del profesor. Le huyen los ojos demasiado hundidos en las ojeras y mueve el esqueleto con el falso embarazo de un alumno de la escuela de Strasberg, como un James Dean envejecido, se dice el hombre cúbico y le mira de hito en hito implacable, empujándole contra un invisible muro de recelo primero, luego de miedo, aunque la placidez de los prados del Old Campus, entre arquitecturas Tudor, relativice el sentido de algo que es un interrogatorio.

–Nunca se sabe lo suficiente de una persona. Además, usted tuvo relaciones muy particulares con Muriel Colbert.

–¿También sabe eso?

–Hemos de colaborar, Radcliffe, y lo mejor sería ponernos cómodos y no proseguir esta conversación al pie de la Harkness Tower. No le pido que nos traslademos a su departamento para no molestar a la joven señora Radcliffe, tengo entendido que se ha vuelto usted a casar hace poco, un año, y que tiene ya un hijo, una niña de pocas semanas. Enhorabuena. Le admiro. Se necesita ser muy optimista para tener hijos y tenerlos además a su edad, que más o menos es la mía, ¿cincuenta y seis años? Cito sus datos de memoria y puedo equivocarme, tampoco los he memorizado demasiado, no hay que exagerar el sentido de este encuentro. Como este tengo a veces cuatro o cinco al día. El Estado necesita saber.

–La teología de la seguridad.

–Veo que conoce usted la jerga de nuestros enemigos. A los intelectuales les gusta acuñar frases brillantes que no quieren decir nada. Usted, que es profesor de Ética, por lo tanto un filósofo, un hombre que domina con gran precisión el significado de las palabras, ¿qué quiere decir *teología de la seguridad*? Nada. Un Estado libre necesita unas ciertas garantías frente a esa libertad sin límite de los ciudadanos y una de esas garantías es la información, saber qué uso hacen los ciudadanos de su libertad y así estar en condiciones de detectar el momento en que esa libertad se orienta contra el Estado, es decir, contra el bien común.

–Y para conseguirlo todo está permitido, como si el Estado hubiera recibido un mandato divino. Precisamente eso es la teología de la seguridad.

–En cualquier caso, convenga en que es una metáfora y yo soy de hecho un encuestador, las metáforas no me sirven. De todas maneras, si me han escogido a mí para este caso es atendiendo a su especial condición de profesor de Ética, de profesor vinculado con las Humanidades. Tengo colegas, excelentes encuestadores, que son más incómodos que yo y no dejan que el otro se salga del sí o del no. A los encuestadores de verdad les horrorizan las metáforas. A mí en cambio me divierten. Soy un graduado de una universidad menor, pero soy un graduado. No es que presuma de ser un intelectual, pero estoy en forma. He seguido leyendo. Mi trabajo suele realizarse entre personas muy parecidas a usted y a Muriel Colbert y conviene estar en forma. Vuelvo al tema de las metáforas: esconden la inseguridad del conocimiento. Cuando el conocimiento es certero recurre a las palabras que lo expresan más directamente. Veo que le gusta conversar a la sombra de la Harkness Tower.

–Mi casa queda excluida.

–¿Qué le parece si buscamos un rincón relajante? Podríamos ir hacia el Long Wharf, en plena bahía, o a la desembocadura del Mill. Si le gusta conducir puede ir con su coche, a mí me encanta ir de pasajero, me relaja. Me encanta que otros conduzcan.

–Tengo el coche en mi bungalow y tendría que dar explicaciones a Pat.

–Entonces no he dicho nada. De hombre a hombre, cuantas menos explicaciones se den a la mujer propia, mejor. Así se mantiene el misterio. A la esposa solo habría que darle el nombre y la graduación, como los oficiales prisioneros que se acogen a la Convención de Ginebra.

–Nunca he tenido secretos para Pat.

–Pero este conviene que lo tenga. Según mis datos, su esposa actual procede de una rica familia de New Hampshire. Otra exalumna. Gran cosa esto de la enseñanza porque establece una relación muy hermosa entre el alumno y el profesor. No todos los profesores están maduros para asumir esta relación sin aprovecharse de la jerarquía cultural, biológica. Comprendo que al principio cueste mucho contenerse: las alumnas son jóvenes, el profesor también. Con los años se alcanza la madurez y el profesor aprende a mantener las distancias o al menos a curarse en salud y proponer el matrimonio a las alumnas que seduce o le seducen.

—¿Va usted a hablarme de aquel lío con la familia O'Shea? Hace más de treinta años.

—O'Shea contra Radcliffe, año mil novecientos cincuenta y siete. El padre de la chica se enfadó mucho con usted y se salvó por los pelos de una condena por corrupción de menores gracias a los testimonios de otras alumnas que pusieron verde a la pobre señorita O'Shea. Poco menos que como una buscona que se metía en las braguetas de los profesores para tocarles el cerebro. Pero no, no es el único caso. Tal vez sea el único que llegó ante los tribunales, pero en su currículum hay dos asuntos parecidos, sin contar el de Muriel Colbert, que ya era una mujer hecha y derecha cuando coincidió con usted en la NyU a comienzos de los ochenta. Casos que ni siquiera tienen ficha policial convencional.

—Pero que están en su fichero.

—Muy recientemente, si he de ser sincero. Había escasas referencias sobre usted en relación con supuestos comportamientos subversivos o sospechosos de serlo, especialmente a partir de mil novecientos cincuenta y nueve, año en el que usted participa en una manifestación de protesta contra el gobierno Eisenhower por el asunto del U-2, del derribo de un avión espía norteamericano en territorio de la Unión Soviética. A continuación disponemos de los datos previsibles, casi inevitables por parte de un profesor de universidad progresista. Ha protestado usted por todo lo que tenía que protestar, desde la invasión de Cuba hasta la de la isla de Granada. Si sus opiniones no han preocupado nunca demasiado a mis jefes ha sido porque usted es un profesional excelente pero modesto, es decir, nunca ha intentado hacer una gran carrera y conseguir así ser un profesor escuchado por miles o incluso millones de seguidores. En los ambientes universitarios se dice que usted es superior a su obra, ya sé que esto suele molestarles mucho a todos ustedes, pero a mí me parece un cumplido.

–En su caso puedo entenderlo. Es posible que usted sea mejor que su obra.

–¿De verdad de verdad tanto le gusta la Harkness Tower? No puedo exigirle nada, porque no quiero llevar esta simple encuesta al terreno de lo oficial, por lo que usted podría acogerse al derecho a declarar formalmente y en presencia de un abogado. Pero ¿le interesa a usted todo esto? ¿Le interesa a usted que lo que solo usted y yo sabemos pase a dominio público?

–¿Qué es lo que usted y yo sabemos?

–Todo ese currículum admirable, por otra parte, de profesor enamoradizo. La actual señora Radcliffe es la tercera de sus mujeres legales y como toda esposa joven es, o debe ser, muy suspicaz con el pasado de su marido. A las esposas jóvenes les irrita que sus maridos tengan pasado y suelen odiar incluso a los amigos que sus maridos conservan durante muchos años. Imagínese si, a pesar nuestro, se oficializa la cuestión y empiezan a aparecer no amigos, sino amigas, muchas amigas. Nada hay como una conversación relajada. Además se acerca la hora de comer y yo tengo un enorme corpachón cuya maquinaria se resiente cuando no le echo combustible. Le propongo el espectáculo del mar y una inmensa hamburguesa.

–Detesto las hamburguesas.

–Es un dato tan insólito, incluso en un profesor de Ética norteamericano, que ni siquiera figura en su fichero.

–Voy a telefonear a Pat. Iremos con su coche. No recuerdo su nombre.

–Robert Robards, es un nombre muy fácil de recordar.

De las dos cabinas adosadas solo está libre la destinada a minusválidos, y el profesor se curva como un medio arco neogótico para caber dentro de la cúpula de plástico verde. Sostiene una conversación dividida en dos partes, en la primera comunica, en la segunda se justifica, casi se excusa.

–¿Dificultades?

–Ninguna.

–Las mujeres jóvenes son muy difíciles de conformar. Las jóvenes y las guapas, y si son jóvenes y guapas las cosas se complican aún más. Una vez me contaron algo de los holandeses que merece ser verdad. Me dijeron que los holandeses prefieren casarse con mujeres no muy agraciadas porque salen más baratas y dóciles.

—Las holandesas son muy guapas.

—Si usted lo dice... Debe haber muchas solteras, en consecuencia. Mi coche está a cien pasos, pero insisto, si quiere usted conducir, para mí es un alivio. Detesto conducir, pero a ochenta millas de Nueva York era absurdo que viniera en cualquier otro medio.

—No conozco su coche. Debe de ser automático y no me entiendo con los coches automáticos.

—Su coche debe de ser europeo. ¿Un Volkswagen quizá?

—Un Volkswagen. ¿Es otro dato de su fichero?

—Es el coche que le va. Un signo externo de su rebeldía contra las formas de vida americanas. Una reacción muy común, pero la marca del coche le delata la edad. Es el coche de los progres seguidores de Stevenson, incluso de McGovern, pero después de McGovern llegaron otras marcas europeas y ahora los progresistas van en bicicleta, algunos incluso reivindican el coche americano como una seña de identidad frente a la invasión del capitalismo salvaje japonés. Yo, un Ford. Mi padre siempre tuvo Fords y yo siempre he tenido Fords.

Se sienta en el coche como si no fuera suyo. Inspecciona los mandos por si faltara alguno. Suspira liberando aires de preocupación y pone en marcha el coche, ancho y plateado platillo volante que avanza hacia el horizonte de torres neogóticas del Old Campus como si fuera a sobrevolarlas.

—Oriénteme para encontrar la salida hacia Mildford. Por el camino nos desviaremos e iremos a un pequeño restaurante desde el que se ve Long Island. No tema. No está obligado a comer hamburguesas, hay otras cosas.

—Conoce bien esta zona.

—Buena parte de mi trabajo lo he realizado en campus universitarios y esta ruta la conozco bien. Además amo los bosques de Nueva Inglaterra, sobre todo ese salto que da el paisaje en

Rhode Island. Allí desaparecen los álamos amarillos, ¿lo ha observado usted?

—No. No soy especialmente sensible a la naturaleza. Me encuentro a gusto en los bosques pero no distingo un abeto de un castaño.

—Ustedes los intelectuales tienen demasiados paisajes interiores como para apreciar realmente los exteriores.

—Excelente apreciación.

—Dudo que sea mía. Ya le he dicho que leo mucho. ¿Cómo se interesó usted por el caso Galíndez?

—Fue un caso llamativo. No es frecuente que secuestren en plena Quinta Avenida a un profesor de la Columbia, en el siglo veinte, y desaparezca para siempre sin dejar rastro. Creo haber leído por entonces un par de excelentes reportajes en *Life*, tan excelentes y objetivos que no parecían de *Life*.

—¿Por eso se lo inculcó a su discípula?

—Muriel escogió un tema muy proceloso, la ética de la resistencia, y lo orientaba hacia el terrorismo, hacia la violencia revolucionaria. El terrorismo en el Cono Sur, los terroristas vascos de ETA, por ejemplo. De pronto me vino a la cabeza el caso Galíndez, un personaje complejo que luchaba contra Franco y que a esa lucha condicionaba todo su sistema de valores, incluso colaborar con el FBI y probablemente la CIA a cambio de ganar la confianza del Departamento de Estado para la causa del independentismo vasco. Era un héroe resistente ambiguo, rigurosamente real y condenado al martirio. El personaje fascinó a Muriel e hizo lo que suele hacerse en estos casos.

—¿Qué suele hacerse?

—Concretar el título y el propósito de la tesis: «La ética de la resistencia: el caso Galíndez».

—Treinta años después.

—Si usted no entiende el interés de Muriel por Galíndez, menos entiendo yo el interés de ustedes por la obsesión de Muriel. Ni que fuera un secreto de Estado de primera magnitud.

—No estoy en condiciones de elegir la magnitud de los secretos de Estado.

—Por más que me esfuerzo no comprendo el sentido de esta conversación. Durante muchos años he tenido la sensación de que ustedes me enviaban gente, y casi siempre han aparecido bajo coartadas intelectuales. Estudiantes o graduados que solicitaban mi consejo o mi información para sus tesis. Colegas empeñados en trabajos paralelos a los míos, a veces convergentes. He olido a agente del gobierno unas veces, otras no. Cualquiera que se me hubiera acercado para un supuesto trabajo sobre Galíndez o sobre un tema parecido al de Muriel hubiera sido bien recibido por mí e incluso hubiera podido sonsacarme información sin yo sospecharlo.

—Dios mío, ¿se ha fijado usted en esa espesura de robles? Es el árbol más majestuoso de la creación, el que más me sugiere idea del poder, de la fuerza de la naturaleza. Connecticut es una tierra privilegiada. Mi familia es de origen sueco y mis abuelos ya anglosajonizaron el apellido, pero el roble o el abedul han sido árboles permanentes en los paisajes recordados por mi familia. Son árboles divinos en todas las mitologías y lo son porque atraen el rayo, porque son los intermediarios con la cólera de los cielos: el Árbol de la Vida, el árbol de Thor. Es curioso que Abraham reciba las proféticas revelaciones de Yahvé junto a una encina y Ulises en la *Odisea* consulte a Zeus, convertido en un roble, sobre el destino que le aguarda. Zeus y Juno eran robles, el vellocino de oro está guardado en un roble... El roble es como un templo. La cruz en que clavaron a Cristo era de roble.

—Produce una madera resistente, eso es todo. Pero no me ha contestado usted mi pregunta, el porqué de su asalto directo, predisponiéndome a colocarme a la defensiva.

—Los expertos prefieren el castaño, bueno, según su punto de vista materialista, por su uso. Es tan duro como el roble y se deja cortar mejor. El roble crece muy lentamente y necesita buena tierra para desarrollarse. Pero no hay nada tan hermoso como el tacto de las herramientas con los mangos de roble. Yo tengo una pequeña cabaña en Long Island y dedico mis horas libres a trabajar en un pequeño bosquecillo incluido en la casa que mi madre heredó de sus padres. Nunca la apreció. Yo sí. Mi mayor hazaña artesanal es hacer toneles, de roble, naturalmente. Me encanta conservar licores en mis toneles de roble. Lo más difícil es hacer las duelas a mano, con el hacha. ¿Sabe usted qué es una duela?

–No.

–Son los listones arqueados que dan la forma al tonel, y no son otra cosa que zoquetes, es decir, tiras de madera de roble contorneadas con el hacha para tener la forma de duela. Es una madera cuya nobleza se nota cuando la sierras o cuando la cortas con el hacha, sobre todo cuando la cortas con el hacha.

–No ha contestado mi pregunta.

–¿De verdad no prefiere proseguir la conversación técnica ya sentados en el restaurante? Me gustaría que utilizáramos el viaje para hablar de gustos personales. Ya le he contado mis amores secretos por la naturaleza y mis aficiones de fin de semana, pero usted es una persona cerrada. Todo lo que sé sobre usted me lo debo a mí mismo. Tengo entendido que ha comprado una preciosa mansión en Newport, con ayuda de sus suegros, pero también arriesgándose con un fuerte crédito. Newport. Una mansión. No lo asocio con su trabajo, sino más bien con el deseo de agradar a su joven esposa.

–Está usted bordeando la impertinencia.

–Lo sentiría mucho, pero es la información que me dio el agente inmobiliario que los asesoró. La señora Radcliffe estaba entusiasmada y el señor Radcliffe remiso, un poco angustiado. Lo comprendo. Más de ochocientos mil dólares es mucho dinero para un profesor de universidad, aunque tenga usted algún dinero de familia. Tengo entendido que está a punto de conseguir un contrato importante, dirigir una Historia de las Ideas en Estados Unidos. Un proyecto muy ambicioso y subvencionado por un montón de fundaciones. Sería dramático que perdiera el soporte de esas fundaciones. Esa obra puede ser libro de texto en todas las universidades del país, promoción tras promoción... la casa de Newport.

—¿Qué mansión cree usted que me he comprado? ¿La Marble House?, ¿la Elm? ¿Qué pretende?

—La que más me gusta es The Breakers, construida por los Vanderbilt. Aquellos millonarios de hace un siglo sí sabían lucir su riqueza. ¿Su casa de Newport no es una mansión? Yo he visto las fotografías en la agencia y los planos, no se queje, no es la Marble House pero es una señora casa. ¿Sabe usted lo que más me gusta de la antigua mansión de los Vanderbilt? El hall.

—Mi casa no está exactamente en Newport, sino en Middletown.

—Mejor, así tiene todas las ventajas de Newport y ninguno de sus inconvenientes. Se la merece usted, como se merece haber recibido ese encargo tan importante. Hasta ahora solo había publicado dos libros, de escaso éxito público aunque muy apreciados por los especialistas: *Las raíces de la vida moral* y *El anticomunismo y la moral isotópica*. El segundo no llega a libro.

—Es un trabajo de juventud. Mi tesis.

—Exactamente. La he ojeado, quizá con una cierta prevención porque nuestros expertos la han adjetivado como «gravemente procomunista».

—No es procomunista, es objetiva ante el anticomunismo desplegado en este país en los años cincuenta. Es una respuesta a la caza de brujas, a la moral en que se sustentaba.

—¿Qué quiere decir isotópica, Radcliffe?

—Es una transferencia del significado de isótopo, como un cuerpo que ocupa el mismo lugar que otro, pero con distinta constitución y sustancia. Es una alusión a la falsificación de un cuerpo moral. La tesis era que los anticomunistas disfrazaban las verdaderas razones de su anticomunismo.

—Eso lo he entendido perfectamente. Usted viene a decir que la moral verdadera de la burguesía pretende defender su bolsillo y disfraza esa moral real de otra apariencia moral: la defensa de los valores espirituales frente a los valores materialistas del comunismo.

—Más o menos... Ese era el espíritu de la reacción de los años cincuenta, en este país.

—¿Y ahora?

—No. No hubiera escrito lo mismo.

—Es de sabios evolucionar. Solo los fósiles no evolucionan.

—Cierto.

—Pero una vez un compañero mío de estudios que después siguió un camino muy diferente en la vida me dijo: Robert, desengáñate, un comunista siempre seguirá siendo un comunista, aunque reniegue, como un cura renegado seguirá siendo un cura. ¿Qué le parece?

—Yo nunca fui comunista.

—Tuvo usted correspondencia y contactos más o menos regulares con los responsables de la *Monthly Review* y con el círculo de estudios antiimperialistas de Nueva York: Sweezy, Nickolauss, Samir Amin... ¿le dicen algo estos nombres? Los tenemos clasificados como rojos y enemigos a muerte de Estados Unidos.

—También he cruzado correspondencia con Lippman en mi etapa de estudiante.

—Lippman. Qué falta nos hace un pensador objetivo, equidistante, liberal como Lippman. No ha salido otro igual.

—Era el *catsup* del pensamiento americano.

—Digamos que la tesis de *El anticomunismo y la moral isotópica* responde a la conciencia cómplice de un compañero de viaje, aunque usted, es cierto, nunca tuviera carnet del partido. Criticar y hostigar el anticomunismo es hacer el juego al comunismo. Del otro libro, *Las raíces de la vida moral,* temo no haber entendido nada. En resumidas cuentas, Radcliffe, ¿qué defiende usted? ¿Hay unas raíces eternas, inmutables de «lo moral»? ¿Esas raíces son convenciones culturales que responden a necesidades de cada poder hegemónico y cambian con la historia? He aquí la cuestión.

—No solo en ética.

—En efecto, no solo en ética.

—Mi tesis es más madura en este libro, en el supuesto de que en mi libro anterior hubiera una tesis dominante, no lo creo o era demasiado obvia. En mi segunda obra apuesto por la libertad de elegir, a pesar de la duda o incluso desde la duda y el pesimismo. Es imposible guiar una posibilidad de conducta desde la certeza en una verdad absoluta y elegir implica riesgo a mancharse, a equivocarse, incluso a ser cruel, individual, colectivamente.

—Esa moral la puedo tener yo y la puede tener usted. Es muy interesante, pero demasiado ambigua, ¿no cree?

—Solo desde la ambigüedad de fondo se pueden tomar decisiones auténticamente unívocas.

—Pocas veces se tiene la oportunidad de una conversación tan interesante, pero tengo el estómago vacío y me parece que estamos a una milla del restaurante, a partir del desvío que voy a coger. De pronto aparecerá el mar como un horizonte total. Le aseguro que me emociona el mar.

Y permaneció en éxtasis desde que el mar preinvernal emergió plomizo bajo un sol insuficiente, con la silueta velada de costas lejanas prometidas.

—Long Island, allí, al fondo. Yo que usted hubiera preferido tener una casa en Nantucket, hacia el océano ballenero, abierto. ¿Recuerda usted la presencia de Nantucket y New Bedford en *Moby Dick?* Todas las ciudades portuarias de Nueva Inglaterra se hicieron gracias al aceite de ballena. Hoy la única aventura que nos queda es la pesca del atún en Galilée, en septiembre. Es un concurso y dan una copa. Siempre quedo de los últimos.

El corpachón cúbico sale del coche con una agilidad que revela gimnasias y vuelve a introducirse en el platillo volante en busca de una gorra que cubra la calvicie braquicéfala. Radcliffe se sube la cremallera de su cazadora hasta la barbilla, encerrando su largo esqueleto aterido y convirtiendo la cabeza delgada en el cierre definitivo, con la barbilla puntiaguda clavada sobre el pecho y los ojos sobre el camino descendente hacia la escalera de madera que lleva a un restaurante colgado sobre el mar. Pero debe detenerse, porque Robards se ha convertido en un tapón en el descansillo superior de la escala. Paralizado ante el espectáculo del mar recita unos versos en el bajo tono de una oración.

El río está dentro de nosotros, el mar está alrededor de
    nosotros,
el mar es también el borde de la tierra, el granito
que alcanza, las playas adonde arroja
sus insinuaciones de una creación anterior y diversa
la estrella de mar, el cangrejo de herradura, el espinazo de
    la ballena,
las pozas donde ofrece a nuestra curiosidad
las algas más delicadas y la anémona de mar.
Arroja nuestras pérdidas, la red desgarrada,
la nasa de langostas destrozada, el remo roto
y las pertenencias de extranjeros muertos. El mar tiene
    muchas voces,
muchos dioses y muchas voces.

—Hay dos clases de poemas sobre el mar, Radcliffe, y usted
como profesor debe saberlo.
—Detesto la poesía.
—¿Qué clase de profesor es usted?
—Y sobre todo detesto la poesía americana postemersonia-
na. Usted recitaba un fragmento de Eliot y detesto a Eliot.
¿Puedo detestar a Eliot sin ser sospechoso de pertenecer al Par-
tido Comunista?
—No me meto en los gustos ajenos, pero déjeme decirle que
hay dos clases de poetas sobre el mar...
—Venga.
—Los poetas que lo describen y los poetas que te lo meten
dentro sin necesidad de ser descriptivos; ese es el caso de Eliot.
—A mí no me gusta que me metan nada dentro.
—Lee el poema y nada le sitúa, salvo el título, en un mar
concreto, pero los que amamos Nueva Inglaterra sabemos que
no podría ser otro mar que ese: las Dry Salvages, las rocas de
Cape Ann, en Massachusetts.
A pesar de que el restaurante se subtitula Sea Food, su ámbito forrado de maderas oscuras y pavimentado con un parquet
víctima de todos los naufragios huele a *catsup* y a pasteles em-

papados en jarabe de savia de arce. La camarera tiene palidez de mar de otoño y una inmensa alegría de ser una camarera que reproduce mesa a mesa. Nada que ver con la alegría con la que Robert Robards pide su menú: ensalada de avocado, una hamburguesa doble, patatas fritas y un pedazo de pastel con jarabe de arce. Con los ojos insta a que Norman Radcliffe se decida tras repetidas y concienzudas lecturas de la carta.

—¿Paga el Estado?

—No estoy autorizado.

—En ese caso pediré según mi gusto. Una ensalada y un *clambake,* si es cierto que el *clambake* lo hacen según el ritual tradicional.

—Lo hacemos en las rocas, allí abajo, junto al mar. Usted podrá verlo solo con que asome un poco por la barandilla.

—En ese caso, un *clambake.*

—Suena a cosa muy importante.

—Me resulta difícil creer que un enamorado de Nueva Inglaterra desconozca uno de sus platos más sofisticados y tradicionales.

—Cada día se aprende algo. Dígame en qué consiste y me lo apuntaré.

—¿Acaso no lleva usted grabadora encima?

—Sí, pero esta será una anotación particular. Por favor.

—El *clambake* se cocina sobre las rocas, junto al mar. Primero se calientan las rocas con montones de teas, sobre esas ascuas se ponen algas y sobre las algas langosta, almejas, maíz, en capas superpuestas, todo cubierto por una tela embreada, que actúa como la carpa de un horno. No sé por qué pero el resultado es exquisito, sabe a mar y a maíz.

—Un plato poético.

—Aprecia usted mucho lo poético, Robards, y me sorprende. De pronto he recordado una película polaca que hicieron hace poco en Yale, en una semana de cine polaco crítico. Se llamaba *Yesterday* y me quedó grabada una escena grotesca e inquietante. Cuenta la historia de unos jóvenes polacos en los años sesenta, fanáticos de los Beatles, que tratan de crear un conjunto parecido con las dificultades que eso conllevaba entonces en Polonia. Eran vistos como agentes de una cultura extranjera, y aparece la figura de un represor, casi un policía, que los odia por su occidentalización. Hasta que de pronto un día, simplifico mucho pero no tengo ganas de explicarle toda la película, ese agente represor, ese perseguidor, asume a los Beatles y se convierte en el cantante de sus canciones en una fiesta de fin de curso. El Estado se ha apropiado de los Beatles y los Beatles pierden entonces su carácter contestatario.

—¿Ha terminado?

—Sí.

—¿Qué tengo que ver yo con esta fábula?

—Usted se ha apoderado de la poesía, de lo poético, de los bosques de Nueva Inglaterra, del mar, de la emoción de la naturaleza, de los poemas de Eliot.

—¿Los funcionarios han de ser ajenos a todo eso?

—Son naturalmente ajenos a todo eso y todo eso existe precisamente y tiene valor porque no pertenece a la policía. En el momento en que ustedes recitan poemas de Eliot esos versos dejan de ser poemas y se convierten en tecnología de interrogatorio.

—No lo he aprendido todo en los libros, se lo juro. Yo recibí una formación muy convencional, y para que pierda parte de sus prejuicios voy a contársela. Yo estaba haciendo el servicio militar en Europa, en Alemania concretamente, a comienzos de los años cincuenta. Yo ya había empezado mis estudios de Literatura Comparada y tal vez por eso me enviaron a una escuela especial, muy especial, de Oberammergau donde aprendí ruso y las técnicas más elementales de espionaje y contraespionaje. Luego me trasladaron a la frontera de Alemania Oriental y allí me sentí muy emocionado jugando al pulso de la guerra fría, con auténtico idealismo, patriotismo, sentido de la causa occidental. Era un anticomunista muy poco isotópico. Estaba en primera línea frenando la expansión del comunismo. Volví a Estados Unidos, mal acabé la carrera y me especialicé en kremlinología. Luego me reclutaron y pasé un año en servicios clandestinos, ya me dediqué a análisis de coyuntura internacional, todo muy cerebral y burocrático... hasta que se produjo el caso Galíndez y fui uno de los encargados de investigar qué posibles derivaciones tenía para la Compañía. El FBI estaba por medio. La Compañía también. Pero ¿sabe usted qué hacía yo en mis horas libres? En invierno leer hasta entrada la noche y en verano viajar hasta Cape Ann, siguiendo a la inversa el precepto de Eliot de «El entierro de los muertos», en *La tierra baldía:* leer hasta entrada la noche y en invierno viajar hacia el sur.

—¿Tan importante era Galíndez?

—No. Nada. O casi nada. Lo importante era todo lo que le rodeaba. Era una pieza estratégica, independientemente de su propio valor y sin que él lo supiera.

—Lo que no puedo entender es qué hacía un kremlinólogo como usted en el caso Galíndez.

—No estoy autorizado a contarle las derivaciones que me llevaron a investigar el caso o al menos a colaborar en la investigación, pero sepa que durante un cierto tiempo prosperó la sospecha de que Galíndez era un agente cuádruple, un caso insólito: FBI, CIA, PNV y KGB, y sobre todo, claro está, KGB. Esta tesis se divulgó cuando se consumó su desaparición y se dijo que era solo una triquiñuela, una cortina de humo para entorpecer la investigación. Es posible, pero en muchos cerebros de la Compañía durante muchos años quedó la sospecha de que Galíndez estaba riéndose de todos nosotros en Moscú, junto a Philby, Burgess o Maclean y Pontecorvo.

—¿Siguen pensando lo mismo?

—De hecho, el caso Galíndez se cerró cuando fue asesinado el responsable final de su secuestro, Rafael Leónidas Trujillo, el Benefactor de la República Dominicana, a comienzos de junio de mil novecientos sesenta y uno, cinco años después de la desaparición de Galíndez. Ningún Estado mostró entonces el menor interés en resucitar el caso Galíndez y menos que nadie el propio Estado español, del general Franco, que había visto en Galíndez a uno de sus principales hostigadores desde Estados Unidos. Solo algunos grupos vascos, sobre todo de Santo Domingo, trataron de interesarse entonces por la suerte de Galíndez. Un médico forense dominicano había ordenado conservar en formol algunos cuerpos de las víctimas secretas y públicas de la dictadura. Cuando murió Trujillo fue posible identificar esos cuerpos y algunos vascos de Santo Domingo examinaron aquellas naturalezas muertas, una por una. No. Ninguno de los cadáveres era el de Jesús Galíndez. Casi todos eran guerrilleros fracasados que habían tratado de invadir Santo Domingo desde Cuba o a través de Haití y habían sido detenidos y muertos a palos por la policía trujillista, la policía y el ejército, claro. Galíndez había dejado de interesar. Yo incluso lo había olvidado, hasta que de pronto llegó un informe rutinario de los clasificados con una clave de aviso, no una clave alarmante, sino simplemente la advertencia de que hay un intruso en la paz de nuestra memoria, en la paz de la memoria de la Compañía. Yo soy el único superviviente en activo de los que llevaron el caso Galíndez en mil novecientos cincuenta y siete, un caso más del Buró de Personas Desaparecidas de Nueva York, y sobre mi mesa dejaron la carpeta. Dentro había una serie de télex cifrados de corresponsales de España y Santo Domingo: una tal Muriel Colbert, becaria norteamericana de treinta años de edad, persigue el rastro de Galíndez, hace preguntas, bajo la coartada de un trabajo de investigación. De momento la investigadora se ha movido por la periferia del sistema y me ha sorprendido rehuyendo los dos epicentros del terremoto: Nueva York y Santo Domingo. Es sorprendente que se haya ido a España. No se entiende. Usted quizá pueda aclararnos ese viaje.

—No. Al comienzo Muriel no daba un paso sin consultarme, pero últimamente va a la suya. El último plan de trabajo que me envió no me gustó. Discutimos por carta y por teléfono y desde entonces sus comunicaciones han sido muy rutinarias.

—¿Razones de la discrepancia?

—Me dio la impresión de que el trabajo había dejado de ser científico, incluso de que ya no era ni siquiera especulativo. Muriel se había tomado el caso Galíndez como una cuestión personal.

66

—Es decir, que en estos momentos están ustedes distanciados.

—Exacto.

—Distanciados humanamente y distanciados como profesor y alumna.

—Así es.

—Lo siento. Es una lástima y habrá que hacer algo para arreglarlo. Tiene buena pinta su plato. Hay que ver lo que puede la imaginación aplicada a la cocina. ¿Y el vino? No puedo soportar el vino, ni siquiera el californiano, y en cambio me gustan los licores, preparo licores. A veces me tomo un vasito de vino rosado portugués, que a mi exmujer le gustaba mucho, pero eso es todo.

—No tenía la intención de arreglar nada. Muriel es un capítulo pasado. Cuando termine su trabajo lo valoraré y eso será todo.

—Ese trabajo no debe terminarse, Norman. Ni siquiera debería proseguir.

—¿Por qué?

—Tendemos a pensar que el tiempo corre muy de prisa, que todo lo viejo es viejísimo, y no es así. ¿Sabe usted qué edad tendría hoy Jesús Galíndez? Setenta y tres años, solo setenta y tres años. Es cierto que buena parte de los que intervinieron en el caso Galíndez han pasado a mejor vida, asesinados o muertos en extrañas circunstancias, pero nunca se llegó a la causa penúltima; a los que instigaron a Trujillo al secuestro y los que lo hicieron posible por sus influencias en Santo Domingo y Estados Unidos. Algunos de los implicados sobreviven y son poderosos, aún son muy poderosos, tanto en Santo Domingo como en Estados Unidos. Por otra parte, el FBI y la Compañía se vieron salpicados y en los reportajes de *Life* de Jean Terney ya se insinuaban toda clase de complicidades, insinuaciones que se taparon en diciembre de mil novecientos cincuenta y siete, cuando el Tribunal Federal de Washington condenó al exagente del FBI John Frank por haber actuado como mercenario trujillista urdidor del secuestro de Galíndez. John Frank era el chivo expiatorio. Desde aquella condena simbólica han pasado treinta y un años. Y ahora llega su amiga Muriel y nos destapa las carpetas y las cabezas.

Y el hombre cúbico se inclina sobre la mesa, sus pectorales parecen a punto de empaparse con los restos de pastel y su cara súbitamente acercada a la de su interlocutor ha subido de color al tiempo que su voz ha bajado de tono para ser casi un silbido amortiguado que azota la parpadeante imperturbabilidad de su compañero.

–No estamos dispuestos a que cuatro rojos melancólicos resuciten inútilmente a muertos inútiles.

El profesor sabe que debería arrojar la servilleta sobre la mesa, ponerse en pie, decir algo sobre su inapetencia para oír groserías y marcharse, pero los ojos verde sucio del agente le retienen, como si fueran dos orificios de cañones de revólver.

–No estamos dispuestos a que nos toquéis los cojones, profesor.

–¿Está borracho?

–No. No estoy borracho. Quiero que retenga todo lo que hemos hablado, pero muy especialmente lo que voy a decirle a partir de ahora. Usted debe detener ese trabajo. Yo pensaba que iba a ser más fácil porque había relación estable entre usted y su alumna, pero no es así y estoy improvisando, es posible que más adelante le dé nuevas instrucciones, pero se me ocurre la siguiente línea de comportamiento. Usted reclama a Muriel Colbert el estado actual de sus investigaciones y le comunica que hay una cierta impaciencia por el tiempo que se ha demorado. Cuando tenga su respuesta, la desanima totalmente y le dice que deje de perder el tiempo. Tiene una edad en la que ya no puede perder demasiado tiempo y le propone una sustitución de la línea de investigación a todas luces muy gratificante. Podemos conseguir fondos triples o cuádruples para que esa señorita deje de fisgar en el caso Galíndez y se vaya detrás de otra historia. A fondo perdido.

–Lo que usted me pide es indignante y peligroso para ustedes. Imagínese que mañana denuncio esta presión en los medios de comunicación.

68

—Primero, será su palabra contra la de... ¿quién?... ¿Sabe usted cómo me llamo?

—Robert Robards.

—¿Cree usted que alguien puede llamarse Robert Robards? Se me ha ocurrido mientras venía. He leído un artículo sobre Hollywood y he unido el nombre de Robert Redford con el apellido de Jason Robards.

—Retengo la matrícula de su coche.

—Tengo una colección completa de coches y matrículas.

—¿Por qué habría de hacer lo que usted me pide?

—Espléndido, Norman, ahora empieza usted a hablar como un profesor de Ética. ¿Sabe usted qué definición de Ética recuerdo de mis tiempos de estudiante? Anótela por si no la sabe: la eficacia de la razón en las normas de la conducta. Ser ético es en definitiva aplicar la razón, siempre.

No solo sus palabras aplaudían, también una manaza golpeaba como si fuera de tenue guata el antebrazo que el profesor mantenía abandonado sobre la mesa.

—Voy a darle una colección completa de razones por las que usted va a ayudarnos. La primera y la última y las de en medio se relacionan con un único motivo. Tú estás cagado de miedo, muchacho.

Y la manaza fortalecía sus golpes hasta ser una maza que repicaba sobre el delgado brazo de Norman Radcliffe, un brazo paralizado aunque sus ojos trataban de transmitir enojo y dignidad.

—Tú estás cagadito, cagadito de miedo, muchacho. Te has metido en un buen lío: una mujer joven, las pensiones que acumulas de tus antiguos matrimonios, tienes cuatro hijos contando el que acaba de parir tu joven y rica mujer, la presión vigilante de tus aún jóvenes suegros... Tu suegra es más joven que tú, Norman, y no solo te vigilan como marido, sino también como socio, como socio de la operación de comprar esa casa de Newport o de Middletown, es lo mismo. Ochocientos mil dólares, Norman.

Y silbaba, silbaba progresivamente con más fuerza, hasta

que los círculos concéntricos que salían de sus labios ocuparon todo el restaurante y provocaron las miradas interesadas de otros comensales.

—¿Es preciso que llevemos esta payasada hasta el escándalo?

—Perdone. No me había dado cuenta de que estábamos tan acompañados.

—No tengo nada de que avergonzarme. No hay nada que me dé miedo.

—Saldrán todas las historias de faldas, con chicas casi menores o menores, alumnas o no. Las fundaciones retirarán los fondos para esa obra que es su gran esperanza de conquistar respaldo económico frente a sus suegros... la casa... la casa de Newport o de Middletown. Si estalla un escándalo, ¿qué universidad va a contratar a su edad a un hombre que hasta ahora solo ha publicado un libro y medio y uno de ellos titulado *El anticomunismo y la moral isotópica?* Si no consigue la dirección de esa obra magna sobre la Historia de las Ideas en Estados Unidos, es usted profesor y hombre muerto. Solo le quedaría ese esqueleto de tenista viejo que le ha quedado. No me gusta la gente con percha de tenista, tal vez porque siempre he sido muy paquidermo, muy percherón. No me gustan los rojos rosa como tú que siempre han nadado y guardado la ropa. No me gusta la gente que escribe panfletos y los disfraza con títulos como *El anticomunismo y la moral isotópica* y al final tratan de pegar un braguetazo y de enriquecerse para comprarse una casa en Newport o en Middletown. Pero mis gustos no cuentan. No tienes elección, muchacho.

Ahora el esqueleto de tenista se ha levantado, pero con movimientos suaves y una caricia de su delgada y larga mano derecha sobre un rostro cansado y ensombrecido. Busca la salida con andares de que va a volver y ya fuera se acoda sobre la barandilla, mirando sin ver el lucerío lejano y parpadeante de Long Island, más allá de un mar que pasa lentamente del gris a la noche.

—Lo siento, señor, pero tal vez haya olvidado pagar la cuenta.

Le sonríe la camarera pálida aunque alegre por ser camarera, y le está tendiendo pugnativamente una lengua de papel tan gris que parece sucio.

—Pensaba volver. He dejado a un compañero.

—Su compañero ha pagado su parte.

—Lo siento. Pensaba que pagaría él y luego dividiríamos.

—No ha sido así.

La muchacha empezaba a estar impaciente y solo cuando el hombre anochecido le tiende la tarjeta de crédito recupera la plenitud de su alegría de ser camarera y regresa al interior del local por el espacio que le deja el corpachón del agente, que ha contemplado la escena desde el umbral. Y permanecen, así, a quince metros de distancia, hasta que la camarera vuelve con su alborozo pálido y sus resguardos en regla y un interés por cómo han comido que desaparece en cuanto los dos hombres se ponen en marcha escalera arriba en busca de la carretera y el anochecer prematuro, roto por los estampidos de los *long vehicles* lanzados a la conquista de la ruta de Boston. El hombre cúbico llega a la carretera sonriente y afable.

—Recibirá un número de apartado de Correos y allí enviará las copias de toda la correspondencia que se cruce con Muriel Colbert, así como una relación de cuanto hablen entre ustedes, en el caso de haber contactos telefónicos.

El agente se mete en su coche y no abre la puerta a su compañero de viaje, y como si volviera del ensimismamiento que le provoca el reencuentro con el cuadro de mandos, pulsa el botón que mueve el cristal de la ventanilla y lo baja ante la estampa del profesor paralizado por el desconcierto.

—Olvidaba decirle que no puedo devolverle a Yale. Pero a cien metros hay una parada de autobuses. Si todo va bien no volveremos a vernos. Si todo va mal, nos veremos tanto que usted se arrepentirá toda la vida de la tarde de hoy.

Y la ventanilla volvió a alzarse como una cortina de hielo, al tiempo que Norman Radcliffe salía de su desconcierto y caminaba gimnásticamente, con las manos en los bolsillos de su tabardo en dirección a la próxima parada de autobuses. El platillo volante maniobraba a sus espaldas y por un momento le lanzó una ráfaga de luz amarilla que acentuó su alto y encorvado caminar voluntarioso por el arcén, vigilando de reojo las ráfagas demoledoras de los camiones acerados. En el interior del coche, el hombre cúbico se había convertido en un volumen calmoso en el que apenas se movían las manos nivelando la dirección y los ojos adecuándose al túnel de la autopista anochecida. De pronto, los músculos faciales del conductor se conmovieron y de sus labios salió una canción interpretada a medias con voz masculina, a medias con voz femenina. Interrumpió la canción para escupir simbólicamente contra su propio parabrisas y gritar:

—¡Norman Radcliffe, eres una asquerosa basura!

Luego empezó a declamar diez, veinte veces los títulos de las obras del profesor, con una voz de soprano canalla, en diferentes entonaciones, todas ellas sórdidas: Las raíces de la vida moral, El anticomunismo y la moral isotópica, Las raíces de la vida moral, El anticomunismo y la moral isotópica, Las raíces de la vida moral, El anticomunismo y la moral isotópica... ay, sí, que me corro, Norman, métemela, Norman, que me corro... méteme el isótopo más, Norman, que me corro... Las raíces de la vida moral, El anticomunismo y la moral isotópica, Las raíces de la vida moral, El anticomunismo y la moral isotópica, Las raíces de la vida moral, El anticomunismo y la moral isotópica... Doctor Radcliffe, oh, doctor Radcliffe, la tiene muy gorda, doctor Radcliffe... ¿Me la va a meter toda, doctor Radcliffe?... Hasta que le cansa el juego que sostiene consigo mismo, reflexiona, memoriza, adopta el continente de un rapsoda, con los brazos distanciándole el cuerpo del volante, y recita:

¿Cuáles son las raíces que se aferran,
qué ramas crecen de esta pétrea basura? Hijo del hombre
no lo puedes decir ni adivinar, pues solo conoces
un montón de imágenes rotas sobre las que se pone el sol
el árbol muerto no da cobijo, ni el grillo tregua
ni la piedra seca da rumor de agua. Solo
hay sombra bajo esta roca roja

(entra bajo la sombra de esta roca roja)
y te enseñará algo diferente, tanto
de tu sombra por la mañana caminando detrás de ti
como de tu sombra al atardecer saliendo a tu encuentro,
te enseñará el miedo de un puñado de ceniza.

¿Qué me enseñarás, Norman? ¿Qué me enseñarás, dímelo, que me vuelves loca?

Y fue casi al llegar a Nueva York cuando dejó de cantar, declamar y suponerse una doncella amenazada por un profesor promiscuo para recuperar sus anchos límites de conductor grave, como si estuviera impresionado por el hosco horizonte del Bronx que se le echaba encima.

Pero aún musita, porque le queda un resto de vómito que de pronto asciende agrio hasta los labios.

–Teología de la seguridad. Bastardo. Ya te daré yo a ti teología de la seguridad.

«Los vascos, una raza misteriosa y de leyenda.» ¿Por qué te repites una y otra vez el título de aquella conferencia, como si fuera lo único que pudiera articular tu cabeza rota, o no, peor que rota, blanda, llena de un agua pesada y sucia? Agradezco al Generalísimo Rafael Leónidas Trujillo la acogida que ha dispensado a los exiliados españoles y nos tendrá a su lado para contribuir al engrandecimiento de este país que con tanto acierto dirige. O no fue exactamente así lo que dijiste en la introducción, contemplado con cortesía pero con cierta displicencia criolla por las fuerzas vivas en las primeras filas del Ateneo de Santo Domingo. Ya sabías entonces que el Dictador estaba molesto por la composición profesional del lote de españoles que le había tocado: escritores, abogados, médicos, psicólogos, artistas plásticos... ¿Para qué necesito yo a todos esos pendejos tullidos? Yo necesito agricultores, médicos, sementales que me blanqueen la raza en la frontera de Haití y nos hagan más hispanos que cafres, hay que dominicanizar la frontera y compensar con españoles a todos esos judíos que he dejado establecer en Sosúa... Jesús, te llamas Jesús Galíndez... te repite la voz que comprueba la profundidad de tu sueño. «Los vascos, una raza misteriosa y de leyenda.» A cincuenta dólares el visado. Cincuenta dólares por un vasco, por un semental vasco, culto, exiliado, con la esperanza muerta, te habías quejado amargamente a tus compañeros y te habían contestado: estamos vivos. Jesús, te llamas Jesús Ga-

74

líndez... no, no vuelve, a ver si nos hemos pasado. ¿En qué se han pasado? Todo te huele a vacío, a vómito, como si te estuvieras cayendo por un abismo y esa caída oliera, oliera en silencio, y algo te pega patadas en el estómago por dentro y tus párpados no quieren abrirse hacia la luz cenital. Oscurecía en el campus de la Columbia hace un momento y Evelyn se ha sobresaltado cuando le has dicho que querías atravesar Harlem a pie: le acompañaré al metro, como siempre, he traído el coche. No, no, me apetece atravesar Harlem, esta noche hay una misa pentecostal y me entusiasma la religión con acompañamiento de rumbas y merecumbés. Está loco, profesor. Vosotros los yanquis estáis muertos de miedo, jamás habéis tenido jaleo en casa desde que ganasteis a los indios y no sabéis lo que es un bombardeo. Hay que venir de Europa o del sur de Río Grande para saber lo que es el peligro de verdad. De vez en cuando me encuentro con Germán Arciniegas en el campus de la Columbia, le doy un baño de Harlem, de negritud y puertorriqueños, en los comercios de la calle Ciento Veinticinco, velas de siete colores, para el amor, el dinero, las venganzas, los exámenes. Amansaguapo para recuperar al marido o conseguir un novio o volver humilde al marido gritón y abusador, filtro en raíz, polvo o líquido y luego atravesamos Harlem mal iluminado y Arciniegas se caga de miedo y yo le bailo sobre los bancos rotos como si fuera Fred Astaire, Fred Astaire, prefiero a Fred Astaire, me gusta más que Gene Kelly. Pero te metiste en el coche de Evelyn y te sentiste un profesor que da consejos a la alumna Evelyn Lang y al oírte a ti mismo piensas en el largo camino que te ha llevado desde las clases de Sánchez Román a este viejo coche en el que tus palabras de orientación compiten con los ruidos del tráfico y el desconcierto sonoro interior del propio vehículo. Calle Cincuenta y Siete, Octava Avenida. Adiós, Evelyn, y rompes la caricia que ibas a hacerle en la mejilla, porque te gusta acariciar a las mujeres y sabes que Evelyn lo entendería. Luego desciendes los escalones del metro con esa elasticidad de hombre delgado y piernilargo, cuerpo de bailarín, te decían las damas galantes en Santo Domingo cuando las zarandeabas en los vaivenes del fox-trot.

75

—Qué loco estás, Jesús, y qué poco lo parece.

Esa era Gloria, Gloria Viera. Gloria y Angelito. Como una ráfaga aparecían juntos Gloria, Angelito, el Cojo. Jesús Galíndez, se llama usted Jesús Galíndez... Jesús Galíndez, musitas, y el rostro se aleja con una sonrisa diluida... Ha hablado, avisa al capitán. ¿Dónde estás?

—¿Dónde estoy?

—Tranquilo, amigo, enseguida llegará el capitán.

El aire huele a comida, a comida fría. No es posible que hayas cenado. Aspirabas a hacerte un bocadillo con cualquier cosa que encontraras en el frigorífico, redactar las notas para el encuentro del Comité de Desfile hispano y mover a Ross para que presione sobre el gobernador y dé el permiso.

—¿Dónde estoy?

Se te acerca un techo blando y con él un olor a fritos fríos que sabes puedes localizar, que están aquí o en un lugar concreto de tu memoria, arepitas de auyama, arepitas de auyama, arepitas de auyama, y repetías los nombres de comidas de sorprendente eufonía hasta convertirlos en un ritmo, bailable, naturalmente. Jesús, que tienes piernas de bailarín, báilame un fox, un fox-trot, un swing, un bugui, un bugui más qué importa, arepitas de auyama, arepitas de yuca, casabe cibaeño, lerén, lerén, lerén, locrío de gallina, maguey, mofongo, mazamorra de auyama, mazamorra de auyama, mazamorra de auyama, lerén, lerén, lerén, almohaditas de queso para tus lágrimas de aguají, qué cosas tienes, Jesús, amor con celos, alegría de coco con azúcar, dulce de carambola.

—¿Qué ha dicho?

—Dulce de carambola, me parece.

—Pues sí.

La otra voz te fuerza a mover la cabeza en su dirección, pero solo ves un túnel de nada más allá de la columna de luz que sube hasta la lámpara cenital.

—Este pendejo decía nombres de comidas.

—Gimiquea. Está paralís.

¿Me han dicho que baila usted muy bien, Galíndez? No

tanto como Su Excelencia. Los antillanos llevamos el baile en la sangre, por muy pura que la tengamos, en el Caribe se mueven hasta las raíces de las palmeras. Atrévase a meterse en el círculo conmigo, español. Te gritaba Trujillo, único bailarín en un círculo formado por los cortesanos que coreaban ¡pavo!, ¡pavo! ¡A ver esos pendejos de la orquesta si me siguen, que me están destrozando el ritmo! Y el dictador terminaba por subirse a la tarima con ayuda de sus guardias y arrancaba la batuta de la mano del director. Los negros de la orquesta de tan pálidos parecían blancos a medida que los escrutaba el dictador con la batuta en la mano. Por lo visto necesitan una lección de música de este viejo soldado. Atención. Y la batuta enloquecía y los instrumentos se echaban a temblar y solo el dictador era un bloque de mármol grandilocuente con la cabeza llena de los aplausos unánimes de los cortesanos. ¿Se saben el merengue *Y seguiré a caballo?* Era la señal para que los aplausos se convirtieran en ovación y entonces la estatua de mármol se descomponía relajada por la emoción y la risa y el dictador abrazaba a los músicos y les prometía una paga especial. Y seguiré a caballo, Galíndez, porque mi pueblo me lo pide y yo le debo el sacrificio de mi vida privada, se lo debo a esa confianza que leo en el fondo de los ojos inocentes de mi pueblo. Benefactor de la Patria, Restaurador de la Independencia Financiera, Generalísimo, Primer Maestro, Primer Periodista, Primer Escritor, Dios y Trujillo.

<blockquote>
Y seguiré a caballo,
eso dijo el general,
y seguiré a caballo,
ese hombre sin igual.
</blockquote>

Seguiré a caballo y nosotros te seguiremos a pie, el jefe es justo hasta cuando castiga. Mi experiencia en República Dominicana, Evelyn, es un capítulo cerrado como si hubiera asistido a una representación teatral llena de color y de furia, de oboes y sombreros de plumas. ¿No recuerda usted la foto que le enseñé cuando Trujillo estuvo en Madrid para visitar a su compinche Franco? Hasta a los franquistas les resultaba ridículo aquel payaso, y tras el cabezón empenachado de Trujillo se advierte la risa contenida de los jerarcas franquistas. ¿Y vosotros habéis desfilado en honor de Trujillo? Nos lo pidieron. Los españoles exiliados y los judíos al final del cortejo. Y tú lo harías en desfiles sucesivos, bajo la mirada adusta del dictador, y Pepe Almoina se encogía de hombros desfilando a tu lado, aunque luego se partía de risa cuando os reencontrabais los exiliados para la comida de ahorcaditos y mozos gandules en La Barraca. Jesús, no hagas tonterías, el Benefactor está dispuesto a comprarte el libro que has escrito contra él, ¿qué más puedes esperar de un asesino? ¿Para eso has venido a Nueva York, Pepe, no te ha condenado a ti mismo al exilio en México? Es tu oportunidad, Jesús, y quizá la mía. Véndeles el libro y dejará de perseguirnos, a ti, a mí. ¿No estás cansado de huir, Jesús? No hemos parado de huir desde 1936, han pasado veinte años, Jesús, veinte años corriendo. Almoina se inclinaba con elegancia, allí, a contraluz del Palacio de Relaciones Exteriores donde le regalaban el quehacer de estadista a Ramfis, el hijo mayor del dictador. Almoina era su preceptor y te invitaba a reírle las gracias al señorito caballista que convertía el nombre de su dama en la clave oculta del nombre de sus cuadras de caballos, Haronid. Almoina se inclinaba bien pero demasiado, como cuando escribió una obra de teatro luego firmada por la mujer del dictador y se inclinó bien pero demasiado el día del estreno triunfal en el Teatro de Bellas Artes. *Falsa amistad.* Así se llamaba la obra, y mientras Almoina se inclinaba bien pero demasiado, las damas cercaban y ovacionaban a la Trujilla, sorprendidas y maravilladas por su genio teatral aunque por la platea circulaba que las iniciales del título de la obra representaban una clave burlesca de autoría dejada por el propio autor. Falsa amistad/F.A. Fue Almoina. Fue Almoina. Fue Almoina. Lo cierto es que Almoina cayó en desgracia y en México escribió un libro aséptico sobre su experiencia como secretario de Trujillo y otro lacerante, cruel, con odio aplazado que firmó con el seudónimo Bustamante. ¿Y tú me pides que destruya mi obra, Pepe? ¿Y la tuya? Harán borrón y cuenta nueva, Jesús. Estamos unidos por un destino igual. Somos perdedores. Jamás me he inclinado como tú ante Trujillo. Pero te has inclinado. Cuando uno se inclina no tiene derecho a criticar cómo se inclinan los demás. Esta vez no, Pepe. Santo Domingo. El Benefactor, toda su estirpe, es un capítulo cerrado para mí. Aquí no me llegará la mano del Benefactor. ¿Quién te envía? Félix Bernardino, Félix Bernardino y su hermana Minerva, ya sabes cómo son. Félix Wenceslao Bernardino, alias Buchalai, Morocota, cometió su primer asesinato a los doce años y durante su etapa como embajador de Trujillo en La Habana creó un grupo de asesinos que fue exterminando a los principales dirigentes de la oposición exiliada. Infancia de matón de barrio, reclutado por Trujillo para que siguiera ejerciendo pero a su servicio hasta convertirlo en agregado cultural de la embajada en Washington para montar el lobby trujillista en Estados Unidos, luego embajador en La Habana y cónsul general en Nueva York, ahora, ahora. Me envía Bernardino, Jesús, ya sabes cómo es. Esto es un país libre. Jesús, ya sabes cómo son. Esto es un país libre. Jesús, ya sabes cómo es. ¿Quién? El Benefactor. La primera vez que su retrato se convierte en tu recuerdo fue en la antesala del consulado dominicano en Burdeos. 1939, esperabas un visado de entrada en República Dominicana junto a otros exiliados tan cansados y escépticos como tú y allí estaba un cabezón oscuro aunque noble coronado por un sombrero bicornio cuajado de plumas caedizas. ¿Es ese el presidente? No, no, os contestaron, ese es el Benefactor. ¿Y tú me pides que no cuente todo eso, Pepe? Siempre has sido el correo de tu propio servilismo, Pepe Almoina. Tengo memoria y te veo llevando recados de Trujillo escritos en sangre, como cuando escribiste a Periclito, exiliado en Colombia, pidiéndole que no se metiera más con Trujillo porque peligraba la vida de su padre don Pericles A. Franco, presidente de la Corte de Apelación de San Pedro de Macorís. Estoy cansado de huir, Jesús, me muerden los talones todas las ratas del mundo. 25.000 dólares, Jesús. No. 50.000 dólares, Jesús, no dará ni un dólar más, es el precio de tu vida y de la mía. No. Adiós, Jesús, me condenas a muerte y te condenas a ti mismo. Trujillo no es de los que cierran los ojos para matar y se aprovecha de los que cierran los ojos para vivir, y tú has escrito que Ramfis no era hijo legítimo de Trujillo, que se lo hizo a la Trujilla cuando ella aún estaba casada con el cubano. Estoy en Nueva York, Pepe, el escaparate del país más fuerte y libre del mundo. ¿El señor Jesús Galíndez? Le estoy llamando desde la portería de su casa, aquí mismo, sí. ¿Sería tan amable de recibirme? Tengo cosas importantes de que hablar con usted, soy Manuel Hernández, puertorriqueño, marino mercante y luchador caribeño contra Trujillo. Y allí está el Cojo, un cojo, pero aún no sabías que se llamaba el Cojo, una figurilla de ojos pardos, pero el uno de cristal y un tic nervioso que le rompe el rostro intermitentemente, bajo un pelucón mal hecho que le reduce la cara a un pequeño escaparate de su falsedad, y sientes como una corriente de rechazo que te hace dar dos pasos atrás, los mismos pasos que él da hacia delante con la pata coja, precedidos por una voz que acentúa en puertorriqueño pero que entona en español. Necesito hablar con usted privadamente, ¿no podemos subir a su apartamento? Este es un buen lugar para lo que tenga que decirme. Tenemos amigos comunes en República Dominicana y me envían porque confían en usted. Yo dispongo de la lista de agentes secretos de Trujillo en Estados Unidos. Prefiero no conocer esa lista. Y le diste la espalda aunque de reojo observabas su pedigüeño avance, renqueante, como si ahora cojeara de las dos piernas. Comprendo su reserva, no me conoce de nada, en realidad mi apellido es Velázquez, pero los documentos son genuinos. La puerta del ascensor os separa y mientras subes ya sabes que llamarás a Silfa para que te confirme al personaje. Silfa ha de saberlo, él conoce toda la trama de la oposición trujillista en Nueva York. Llama a la policía, Jesús. Tiene toda la pinta de ser un agente de Trujillo. Los agentes del FBI te dijeron lo mismo pero nada más y nada más añadieron cuando denunciaste la segunda aparición del falso puertorriqueño, también en el vestíbulo de tu casa, edifi-

cio número 30 de la Quinta Avenida, con la misma salmodia
pedigüeña y tú con el asco impregnando tus palabras de desprecio aunque tu corazón latiera de miedo y tus piernas acelera-
ran hacia el ascensor con prudencia. Y fue rabia lo que te dio
hace apenas unos días volver a verle, en el mismo sitio, con sus
ojos turbios y rotos, su peluca ignominiosa, su cojera exagera-
da, su babeante demanda de confidencia, y tenías rabia de tu
propio recelo y escogiste increparle, casi zarandearle, amenazar-
le con la policía, y notaste que su cuerpo se entregaba a la duda
y a la confusión, pero en sus ojos rotos y fríos estabas tú, tú
mismo, roto y frío. No se fíe de lo que le hayan dicho de mí, don
Jesús. La mayor parte de los dominicanos que usted conozca
en Nueva York son agentes de Trujillo. ¿Qué quiere de mí?
Unos minutos de atención, en privado. Déjeme en paz. Y otra
vez el ascensor te devolvió a la seguridad de tu almena, de tu
correspondencia atrasada, de esa carta a Irala que no acaba de
salirte o esa llamada a Ross que acelere los trámites del desfile.
El olor a aceite frito y frío te vuelve a abrir los ojos en su búsqueda y te traslada a una cucharada de paella, la última cucharada de paella que cogiste de los restos de arroz que habían
quedado en la cocina de los Silfa cuando entraste en ella para
dejar parte de los vasos manchados por un vino español demasiado espeso. Brindo, brindamos todos por el profesor Galíndez,
que acaba de ver laureada su tesis en la Universidad de Columbia, una tesis que está en el sentido de nuestra lucha de dominicanos demócratas. ¡Brindemos por Galíndez y por la libertad
de República Dominicana! Les agradezco, amigos, que hayan
aceptado celebrar mi modesto triunfo en esta noche en que
tantas cosas tenían que hacer. Y se rieron porque habían pla-
neado ir a «piquetear» la fiesta oficial de la Independencia de
Santo Domingo promovida por el cónsul Bernardino en el ca-
sino Palm Garden. Se dice que Espaillat anda por Nueva York,
el Navajita está en Nueva York, y ese hombre, como el viento
helado, no se mueve nunca porque sí. No le dijiste a Silfa que
sabías perfectamente ya quién era aquel cojo macilento que te
perseguía con sus oficios, que se llamaba Martínez Jara y que

había sido agente doble de todos desde la guerra de España, agente de Franco y de la República, matón en México, conspirador a favor y en contra de Trujillo, y que en sus listas de colaboradores de Trujillo, aquellas listas que te había metido bajo los ojos mientras cantaba algunos nombres, estaba el propio Silfa, Nicolás Silfa, cabeza del Partido Revolucionario Dominicano en el exilio. No se lo dijiste porque no lo creías o porque te reservabas el dato, pero empleaste aquella noche en estudiar a Silfa con doble interés y en echarte a reír internamente, porque daba risa la condición de doblez en la que todos vivíais mientras hacíais proclamas públicas de unicidad y entereza hasta la muerte. Germán Arciniegas filosofaba a veces sobre la doble moral y la juzgaba inseparable de la democracia. Solo los totalitarismos pueden intentar imponer una moral, aunque fracasen en el empeño. La democracia necesita un poder dispuesto a construir y practicar la doble moral, de lo contrario perece por culpa de su propia inocencia e indefensión. Tú proclamabas que el fin no justifica los medios, pero sabías que te mentías. En un momento de la cena te sacó a bailar una morocha dominicana, atraída por tu fama de bailarín, sin otra virtud que la ligereza y longitud de las piernas y la delgadez del cuerpo, y notaste entre tus brazos aquella fruta, aquella mujer fruta, en olor a canela y caña nueva, esa presencia de mujer que solo puede darte una caribeña, tan distinta de aquel volumen ensimismado de Mirentxu en aquellas tardes de sexo y trinchera, con ese calor que solo puede sentirse en un verano de guerra, junto a las aguas de un río retenidas por peñascos graníticos. Caía la tarde y el sol se había dejado caer tras los picachos. Como cuando estrechándole el talle te gustaba pasear por la carretera; mas entonces el ambiente era tibio y la frescura de sus carnes, bajo el vestido estampado, emborrachaba tu sangre. Mirentxu. ¿Te acuerdas de aquellas tardes al caer el sol? Y llegaste a vuestra piscina, que reflejaba su belleza y se rasgaba voluptuosa al contacto de su juventud. Día a día, bajo la peña, fuisteis haciendo aquella piscina protegida de los rayos del sol, buceando para arrancar las piedras del remanso y apilarlas en la garganta del torrente, y el agua fue subiendo lentamente hasta cubriros. Mirentxu. Recuerda aquella mañana en paz, aquellas mañanas en paz. Pero es invierno y las crecidas se han llevado el muro y el remanso, la piscina se fue con vuestro amor. Fue tan fiel que no quiso sobrevivirte, la noche, la noche se acercaba y llevas el alma de luto por un pasado que no ha de volver. Gloria, mi nombre es Gloria Estefanía Viera Marte, pero llámeme Gogi, profesor. Usted es una leyenda en todo el Caribe, profesor, un símbolo de la lucha por la libertad, profesor, que me lo han dicho en Puerto Rico, el mismo Muñoz Marín, y Betancourt dice que es un vasco de cuerpo entero, que no se doblegó ante Franco ni tampoco bajo Trujillo, ahorita me lo han dicho en Cuba también, profesor, que yo trato de luchar por la libertad de Santo Domingo, pero no solo de Santo Domingo, que todo el Caribe es mi patria y mi patria ha de ser la libertad. Qué bonito escribe usted, profesor. ¿Conoce usted a Fidel Castro? Un líder de la Legión del Caribe, demócrata y cristiano revolucionario, pues me dijeron que eran usted y él compadres, en idea y todo eso, compañeros de hacha y machete, como dicen las gentes del campo en mi tierra. Qué bonito escribe usted, profesor, en *El Bahoruco,* se me ponen los vellos de punta cuando le leo la historia de Enriquillo, Guarocuya, que ustedes los españoles lo primero que hacían era cambiarle el nombre hasta a la Santísima Trinidad, aunque usted es vasco y los vascos son diferentes. ¿No son españoles, profesor? Usted ha escrito que durante la guerra civil española bastaba decir soy vasco y se te abrían todas las puertas, que lo he leído casi todo de usted, profesor, que casi todo toíto lo llevo leído y no me canso. Gloria te hacía salir de esa fría reserva ante las mujeres de la que te han acusado solo los hombres, como si ellas detectaran tras tu distancia tus deseos de superarla. ¿Cómo dice usted que se llama? Gloria, Gloria Estefanía Viera, Gogi. De noche en la inmensa patria de las sábanas de la cama, Gloria era un cuerpo oscuro que te esperaba arrebujado, traicionada su carne de guayaba madura por los fríos neoyorquinos, todos los fríos, que se mete un frío por aquella rendija mi amor y otro por aquella, que yo tengo carne de Caribe mi amor y mira que me estás matando, que estás acabando con mi corazón de tan tarde que vuelves, de tanto que te reúnes, ¿dónde has estado? Deja que te huela por si hueles a mujer, que ya me gustaría ver si hoy ha ido de puertorriqueños o de españoles o de haitianos, que pareces la conciencia del mundo, mi amor, ¿por qué no me llevas? ¿No sabes que yo me he movido por todo el Caribe, que llevo diez años, casi diez años luchando contra las tiranías? ¿Cómo ha dicho usted que se llama? Gloria, Gloria Estefanía Viera, Gogi. ¿Gogi? Es un diminutivo familiar. Cuando caiga Trujillo, y eso no puede tardar, volveré a Santo Domingo y tú volverás conmigo y serás recibido como uno de los héroes de la libertad. Fue cuando le dijiste que Almoina te había pedido el libro. ¿Qué libro? El que voy a publicar, mi tesis. *La era de Trujillo.* El Benefactor quiere comprarme. Y tú no te vas a dejar, mi amor, ¿verdad? No. No. Descuida. Hazme el amor, diez, mil veces, y cuando volvamos a Santo Domingo seré la mujer más orgullosa de la tierra. Gloria, Gloria Estefanía Viera, alias Gogi. No. No es exactamente un *alias,* no empleen ustedes esta palabra. Es como un diminutivo, como si de Robert sacaran Bobby, es casi lo mismo. Gloria Estefanía Viera, Gogi. Sí, tenemos ficha, hay un expediente en la central.

–¿Se despierta?

–El huevón no se despierta.

–Y míralo, con una pata masacaíta y otra masallaíta. Le voy a dar una patada en los huevos a punto metío.

–Déjalo, que el capitán lo quiere de cuerpo entero.

Aquí consta, Gloria Estefanía Viera Marte, Gogi, compañera de Jesús Martínez Jara, alias el Cojo, y podría ser agente de Trujillo. ¿Gloria? Gloria Estefanía Viera Marte. Gogi. Martínez Jara, Trujillo. Aquella noche Gloria te pidió el mismo amor que otras veces y cada vez que arrimaba su cuerpo al tuyo se interponía la presencia fría de Mirentxu, no para separaros sino para protegerte. Qué lejos estás, amor. ¿Qué te preocupa? Y le dijiste que no te podías fiar de nadie, que te constaba que Trujillo te cercaba, que había dado dinero a un sicario para que viniera de Cuba a matarte, que había delegado a Almoina para que te convenciera. ¿Quién será el próximo o la próxima? ¿La próxima? ¿Tú crees que intentará colarte a una agente, Jesús? ¿Quién sería el putón que haría una cosa así? Tienes que dar vuelta, amor, a todo lo que se acerque. ¿Dar vuelta? Sí, vigilar, dar vuelta. Y no hagas caso de tanto rumor, que la gente habla y habla sin saber, se vuelven boca y todo se les va por la boca. ¿Esta noche no? No. Esta noche no. Pues esta noche me apetecía porque soy feliz, la mujer más feliz del mundo, del mundo es mucho, pero de Nueva York seguro. Tendremos un hijo, Jesús. Y no sabías si desconfiar de ella o de ti mismo, pero el informe no te dejó vacilar y te escuchaste decir: piérdelo y ella lo oyó, lo oyó tanto que parecía tener las orejas y los ojos llenos de vibraciones que primero no entendía y luego le hacían daño. ¿Me has entendido? Sí. ¿Y has dicho que lo pierda, sí? Y no era comedia su mueca de miedo, su retroceder a gatas por la cama y el hilillo de grito que le salía de los labios como si ensayara el grito. Te miraba las manos, te miraba la pasividad, casi la inmovilidad con que respaldabas a tus ojos acusadores, o miraba el bolso, demasiado lejos de sus manos. Implacablemente le abriste el bolso y lo volcaste sobre la cama. ¿Quieres que mire todo lo que llevas dentro del bolso? No llevo nada, nada que te interese. Pero ya se vestía a manotazos, pretextando una prisa olvidada o perdida. Mañana, mañana hablaremos con más calma sobre lo del niño.

—Se me ha enfriado la manduca.

—Yo estuve de chepa porque cuando trajeron al pendejo ya había comido y tomado un cafesito y un palito de ron.

—¿Otro palito de ron, compadre?

—Me tiro otro traguito, cómo no. Que esto va para largo.

—El capitán no viene.

—El que nace barrigón, aunque lo fajen...

—Es la acabosa, tener a este pendejo drogadito y no comer a gusto porque se le oye y no se le oye.

—Gimiquea.

—Pero está paralís.

—¿Y quién será el pendejo?

—Me ha dicho el capitán que le repita: te llamas Jesús Galíndez.

—Qué raro me suena, ¿así pronunciado?

—Así, porque es español.

—Español de mierda. No hay español bueno.

El olor a frito frío se hace concreto, pasa por tus narices y en tus ojos se convierte en arepitas, de auyama o de yuca y algo de carne, cargada de especias y grasa, y es esa imagen la que te hace abrir los ojos sin abrirlos y por la ranura comprender dónde estás. Es una habitación cerrada donde dos dominicanos han dejado enfriar su comida mientras te cuidan o te vigilan. Reprimes la llamada, el dónde estoy que te aclararía el dónde estás y para qué. Aún no quieres que te lo digan, prefieres adivinarlo y examinar esas espaldas llenas de carne y esos cogotes morenos que te tapian el paisaje apaisado que te permiten los ojos entornados. Y ha tardado en llegarte el olor a fritos porque estás empapado de cloroformo, de olor a guerra, a frente, a tienda de campaña sanitaria, tú mismo eres un botellón de cloroformo y solo el reconocerlo te da náuseas y las reprimes para no advertirles de que estás despierto. Evelyn. Ross. Ross espera tu llamada, has de preguntarle si tiene el permiso para el desfile y si no llamas se alarmará, o Silfa o Evelyn, no, Evelyn no porque se iba de viaje, se iba mañana de viaje, ¿mañana? ¿Qué día es hoy? ¿Dónde estás?, ¿para qué? Para nada bueno, y comprenderlo te hiela la sangre pero te acelera el corazón y te pone en la boca del estómago una angustia de examen. Será una bravuconería, una chulada trujillista para amedrentarte, y del inmediato pozo del tiempo, del que ya sales por una O negra, recuperas la subida en ascensor a tu departamento, con el maletín marrón en la mano y el abrirse de la puerta, entonces los otros, tres, cuatro, dos desde luego detrás y en tus espaldas el empujón de manos rotundas. ¿Jesús Galíndez? Sí. ¿Y ustedes quiénes son? Y entonces una amenaza viscosa y llena de olor amenazante sobre la cara, tu rechazo y un pulpo de brazos sujetándote, un golpe en la cabeza, otro en la sien, y en el estómago, la esponja viscosa sobre la cara, aplastándote los labios que aún decían racionalidades o pedían racionalidades. ¿O todo ocurrió después?, ¿en la calle?, ¿dentro del coche? Angelito. ¿Qué hacías tú allí, Angelito? Vamos a ver. Piensa. O no pienses, ya lo sabes. Esto es un secuestro y Trujillo mata y tú mismo has compuesto elogios fúnebres para sus víctimas. Requena. Tu oración fúnebre por Requena, asesinado. Aquí en Nueva York no le faltan apoyos, te consta, bien comprándolos con dólares, bien con favores de chicas y chicos de alquiler, te consta, Trujillo corrompe cuanto toca o lo destruye. Aquí en Nueva York. Pero ¿estás en Nueva York? El aire no huele a asepsia, el aire huele a polvo y vida y hace un calor húmedo que te recuerda el trópico, que te instala en el trópico. Quizá Miami. Sin duda Miami. Es imposible que no sea Miami, te dices, pero el peso sobre el estómago ha aumentado y el recuerdo de todos los asesinados por el largo brazo de Trujillo termina en un puño, en un enorme puño que es precisamente el que te tapona el estómago, te lo sepulta con odio en el fondo de tu cuerpo. ¿No era por Miami donde se movía el Cojo? Sin duda estás en Miami y Frank, John Frank, tu contacto sobre asuntos dominicanos, el hombre de las fichas de Silfa, de Gloria, de Martínez Jara, te lo dijo bien claro: Trujillo precocina en Miami lo que luego guisa en Nueva York. Pero Bernardino está por aquí, y Espaillat, y fue Bernardino el que hizo matar en Cuba al líder sindical dominicano Mauricio Báez y el que había reventado los sesos de un policía con su propia pistola, durante un partido de *baseball* en el Play, el estadio de Santo Domingo, y baleado a su examante Chabela, en el Cibao. Y como cónsul en Nueva York había creado un ejército de «paleros» destinado a dar palizas y sabotear manifestaciones antitrujillistas, mientras el propio Bernardino compraba conciencias y se las devolvía a Trujillo en aviones especialmente fletados para los antitrujillistas arrepentidos, y cuando fallaban sus persuasiones, pagaba diez mil dólares para que le asesinaran a Silfa y a Requena. Me salvé por los pelos, Galíndez, te dijo Silfa cuando se descomponía de indignación ante las acusaciones de que era agente trujillista. Nos habían convocado a una reunión, a Requena y a mí, los asesinos solo fueron a por Requena, pero Bernardino les había pagado para que nos mataran a los dos. No me mande más basura, Bernardino. La basura se la queda en Nueva York. Mándeme arrepentidos de dos huevos, Bernardino, y a los que no quieran arrepentirse me los capa. Así le había traspasado Silfa sus informaciones sobre el papel desempeñado por Bernardino en Nueva York y la reacción de Trujillo. ¿Muertos por Trujillo en Nueva York? Bencosme, Requena, y matar a Requena era exponerse a un escándalo. Y ahora sudas, sudas de miedo o de trópico o de Miami y te contestas que sudas de Miami. Bernardino, lo que mejor limpia una boca es una bala y hay mucha boca sucia en Nueva York contra mí. Sí, Benefactor. Y dígales que me combatan de frente, no por la espalda conspirando contra mí. Que se me enfrenten de hombre a hombre, no a escondidas como comadres. Que me desafíen y yo corresponderé a ese reto. Que se fajen conmigo, frente a frente y no desde Nueva York o desde Cuba o desde México, pendejos. Aquí en su tierra se los bota del empleo o del trabajo por remolones y sinvergüenzas; entonces se asilan en una embajada, van al extranjero, viven de pulgones en los países idiotas que los acogen, reciben dinero y viven como reyes, disfrutando de las bonanzas y exquisiteces de la buena vida. El exilio dominicano es solo una olla de ambiciones, de chismes, de intrigas y bajezas desmedidas, es un pozo de mierda y de gusanos, donde cada uno quiere hundirle la cabeza al primero que quiera sacarla. Aún le recuerdas en aquel último encuentro, tras la huelga azucarera de 1946, la huelga organizada por el pobre Báez, que estaba tan asustado por su triunfo que te miraba desconcertado, como si esperara que tú, asesor del Ministerio de Trabajo, tuvieras saber o lenguaje para explicarle su victoria. Pero no era Báez quien tenías ante ti amedrentado, sino un Trujillo airado sin espacio suficiente en aquel salón para sus paseos de toro. Primero os había enviado al general Fiallo para comunicaron, comunicarte, el disgusto del general por la falta de firmeza con que el ministerio había dejado hacer a los huelguistas. Luego Almoina, siempre Almoina, cuidado,

Jesús, que te has distinguido demasiado. Pero ¿qué he hecho? Más bien piensa en lo que no has hecho. Y es lo que te dice Trujillo, lo que te reclama es lo que no has hecho y en cambio lo que has dejado hacer a los huelguistas. ¿Es cierto que usted recomendó una solución pactada? ¿Es cierto que usted recurrió a articulajos y articuleches para demostrar que esos pendejos tenían razón, con las leyes en la mano? ¿Quería usted dejar en ridículo las instituciones de la República, a mí mismo? ¿Es cierto que usted convocó a una serie de periodistas para que reprodujeran el texto de la reunión «pacificadora»? ¿Es cierto que entre todos me han metido el comunismo en el país bajo palio, entre todos esos españoles de mierda que en mala hora llegaron a estas costas? Y tú esperando en la entrada para decirle que las leyes, sus leyes laborales, las que él mismo había ratificado, daban la razón a las reivindicaciones obreras. Que la huelga había sido espontánea, que te había sorprendido la capacidad de organización de los sindicatos y de respuesta de los obreros. Que eran datos que cualquier político debía anotar. Y claro que los anoto, vaya si los anoto. Yo lo anoto todo, abogado, y ahora le dirán a usted todo lo que he anotado. Te lo dijo Almoina, cuando el dictador se había retirado no sin antes detenerse ante ti mirando tu cara como si buscara sitio para las bofetadas que prodigaba a sus inferiores, tuvieran la graduación que tuvieran. Jesús, esto tenía que llegar, Trujillo tiene un informe sobre ti que te deja en evidencia. Has criticado que nos haga desfilar a los exiliados juntos, como si fuéramos galos atados al carro victorioso del césar. No me lo niegues. No sé cómo lo ha sabido, pero me consta. Te has negado a elogiar a Trujillo en tus clases, cuando entre tus alumnos había ganchos que trataban de sonsacarte elogios y solo has respondido con silencios. El dictador lo sabe. Como sabe que has suspendido a más de un alumno porque ha tratado de disimular su ignorancia con odas al Benefactor. No has dedicado ninguno de tus libros a Trujillo, ni siquiera *El Bohoruco,* que ganó el premio literario en el Primer Centenario de la República Dominicana. A la isla de Quisqueya, crisol de razas y antesala de América, por cuyas selvas y ruinas vagan todavía espectros románticos de indios masacrados y aguerridos colonos, de osados piratas y esclavos de negra piel, susurrando leyendas y recuerdos de siglos y raza, que fueron; en el primer centenario del pueblo que surgió de ella, con herencia de siglos y optimismo de juventud... como tributo sincero de gratitud hacia los hombres que en la desgracia me brindaron un hogar. ¿Recuerdas, Galíndez? ¿Dónde, dónde está Trujillo en tu dedicatoria? Los falangistas de la colonia española empiezan a conspirar contra nosotros y le inculcan a Trujillo que hemos sido los que le hemos metido el comunismo en el país. El 17 de diciembre de 1945 publicaste un artículo en *La Nación* que ha sido interpretado como una apología indirecta de la huelga posterior y se rumorea que eres *José Galindo,* el firmante de artículos contra Trujillo que se están publicando en el extranjero. Te has negado a asistir a mítines de solidaridad con Trujillo ante los ataques que le están, que nos están infligiendo los venezolanos. Trujillo lo dice en privado, dice que ha sido un error meter a estos rojos que empezaron luchando contra Franco y acaban luchando contra él. Se equivocaba. La mayoría de los rojos que lucharon contra Franco estaban demasiado cansados de luchar y perder y los más se marcharían a otros lugares, como tú mismo, bajo la mirada benevolente de Almoina y la tristeza de tus amigos vascos. Los comunistas habían sido inventariados y acorralados hasta que empezaron a marcharse en 1944, en la goleta *Jaragua,* en la *Ruth,* en la *Santa Margarita,* y con ellos algunos anarquistas que Trujillo consideraba demasiado peligrosos para su proyecto de líder del anticomunismo del Caribe, estimulado por los agentes norteamericanos. No nos mueve un afán inquisitorial, señor Galíndez. Usted es vasco y cristiano y sabe las buenas relaciones que hay entre el Departamento de Estado y el gobierno vasco en el exilio. Nos interesa saber el nivel de organización y actividad legal e ilegal de los comunistas españoles exiliados en Santo Domingo. Es una medida preventiva. El comunismo no es su causa, señor Galíndez, y la excelente colaboración entre nacionalistas vascos o catalanes y el Departamento de Estado forma parte del esfuerzo de guerra del bando aliado. Hay que aplastar a los nazis, pero no hay que hacerse ilusiones con el comunismo. Un comunista es un visionario totalitario, allí donde esté, aunque esté exiliado. ¿En qué lugares de Santo Domingo son fuertes los comunistas? ¿Ciudad Trujillo, San Pedro de Macorís, Santiago, La Vega, Puerto Plata? ¿Los miembros más activos? Es difícil saber quiénes son los afiliados y quiénes son los militantes. Un inventario aproximado. Driscoll te citaba en el coche aparcado en las callejas del barrio de San Miguel y allí salían los nombres desgranados, desde la fuente de tu buena memoria primero y luego en un inventario escrito que Driscoll se guardó con una sonrisa de ánimo: Valeriano Marquina, Vicente Alonso, Luis Salvadores, Clemente Calzada, Ivon Labardera, Ríos Chinarro, Miguel Adam, Ángel Valbuena, Gil Badallo, Manuel Alloza, Laura de Gómez, Marian de Periáñez y Domingo Cepeda, el jefe, el último en marcharse cuando la situación se hizo insostenible y los demás os lamentabais, te lamentabas tú también de que se hiciera insostenible. ¿Simpatizantes? A veces hay intelectuales que flirtean con el comunismo, sin saber muy bien con quién se la juegan. Vicente Riera Llorca. ¿Centros de reunión que pueden encubrirlos? Centro Democrático Español, Club Juvenil Español, Liga de Mutilados de la Guerra de España, Comisión de Solidaridad de los Refugiados Españoles, Unión General de Trabajadores, Hogar Español, Club Català. Publicaciones. Sí, publicaciones. *Por la República, Catalonia, Eri...* En *Eri* colabora usted, ¿no? Es unitaria. Pero han publicado la reproducción de la Constitución de la Unión Soviética, y presentándola como la Constitución más democrática de la historia de la humanidad. Es una revista unitaria, yo no puedo condicionarla. Pero Driscoll no te acosaba, y tras él aparecía el gesto silencioso pero afirmativo del lehendakari, de Aguirre, cuando os visitó en Ciudad Trujillo y te dijo: Quieren información pero no saben qué hacer con ella. Nos lo agradecen y están dispuestos a armar un ejército de vascos voluntarios que reconquisten Euzkadi en cuanto se hunda el frente alemán. Estamos en el mismo lado, Jesús. No hay que hacerles ascos a los aliados. Driscoll te insistía especialmente sobre Alonso Faustino y Domingo Cepeda, el primero exoficial del ejército republicano empleado en una empresa comercial y el segundo trabajador en una tienda de zapatos de Arzobispo Portes, pero líder indiscutible de los comunistas españoles en República Dominicana. Domingo Cepeda te impresionaba, como el líder anarquista Serra Tubau. Tú tenías la liberación de Euzkadi en la cabeza y ellos la de una humanidad abstracta, global. Tu paraíso era verde y tenía límites. El de ellos no. Te tomaste como un sarcasmo que Trujillo, ya tú en Nueva York, te incluyera en el Libro Blanco sobre el comunismo, no tenías entonces a Driscoll para comentárselo con sorna, pero sí lo hiciste con Aguirre o Irala en vuestros encuentros de Nueva York o Francia. Alemania ha perdido la guerra, Jesús, y Franco también la ha perdido y un ejército de gudaris cruzará el puente sobre el Bidasoa y realizaremos el sueño de Euzkadi libre. Lo tengo pactado con los norteamericanos y pronto seleccionaremos un grupo de élite para que, preparado por oficiales norteamericanos, empiece la reconquista de Euzkadi. ¿Adónde fue a parar ese grupo de élite? ¿Adónde los sueños de Irala y Aguirre? No hay que desmoralizarse, Jesús, y hay que seguir inspirando confianza a los norteamericanos. Me han prometido que presionarán a Franco para que abra la mano y seremos los nacionalistas vascos los primeros en sacar partido de un cambio democrático en España. Irala volverá al continente y tú te quedas en Nueva York, no te descuides, ni nos descuides a los yanquis. Jesús, son nuestro único respaldo, ningún gobierno europeo entiende la cuestión nacional vasca y a estos yanquis les interesamos para presionar a Franco. Mejor que lo hagan en el sentido de nuestros intereses. Cepeda fue el último comunista que abandonó Santo Domingo, y como ningún país le daba el visado, el propio Trujillo lo metió en un avión con Berdala y el anarquista Serra Tubau y los aterrizó en Camagüey, donde los detuvieron e internaron. Ahora Cepeda tiene una tienda de zapatos en México, conspira entre nostalgias y espera que le envíen lotes de turrones de España cuando se acercan las navidades y se acuerda todavía de cuando os reuníais en su casa de Santo Domingo, Santiago Rodríguez 38, para discutir los planteamientos unitarios republicanos, siempre en contacto con Mije, residente en México. Recuerdo, Galíndez, que cuando los camaradas empezamos a organizarnos en Santo Domingo todo lo que ganábamos lo metíamos en un jarrón, sin llevar cuentas de quién metía más, quién metía menos, y cada cual vivía según su sentido de la solidaridad y sus necesidades. He pensado que llegará un día en que el comunismo triunfe en el mundo y funcionará algo parecido a lo del jarrón. Todo estará lleno de jarrones y la gente meterá la mano y sacará lo que necesite para vivir. Estará asegurada la producción de jarrones, Cepeda. Tú, Galíndez, siempre tan guasón. A los vascos solo os interesa Euzkadi y la cocina, sois sentimentales y tripones. Driscoll, no veo el interés que tiene por los comunistas. Yo prefiero pasarle información sobre los nazis que se mueven como Pedro por su casa porque el Benefactor no sabe a qué carta quedarse y los submarinos nazis respetan los barcos dominicanos, sin el menor incidente, por algo será. Los nazis no son problema, Galíndez, pero informe sobre ellos si lo cree necesario. Galíndez, alias Rojas, agente número 10, centrado en Santo Domingo, red de informadores en San Pedro Macorís, Sabana de la Mar y Montecristi, le voy a dejar el informe que voy a cursar a Washington para que le reciban con los brazos abiertos: «Ha suministrado información de valor y confiable relativa a todos los diferentes tipos de refugiados españoles, incluyendo comunistas, así como sobre falangistas, y no titubea en dar información que tuviera relativa a actividades comunistas. Se le considera una fuente valiosa de información con referencia al Partido Comunista.» Cada viernes por la noche, Driscoll aparcaba su Chevrolet 1937 en una calle convenida el viernes anterior del barrio de San Miguel, y cuando el coche no aparecía sabías que encontrarías al yanqui en el café Hollywood, a las seis, a las seis en punto de la tarde. A veces te planteabas qué podían pensar los habitantes de aquel barrio popular de casas de madera con techo de cinc, siempre con olor a ron y acompañamiento de música de guitarra o de armónica, de aquel par de «blancos» metidos en un Chevrolet 1937. A veces la cita se concertaba en la esquina José Reyes con Restauración y en la puerta del ventorrillo se mecía un balancín y sobre él una oscura dueña a la que nunca viste vender nada. La Tiva se llamaba y Tivita su hija, tan oscura como ella, y mientras Driscoll hablaba, se justificaba, te justificaba, como si estuviera escribiendo la historia en las páginas de su agenda y en clave secreta, tú desconectabas tu oído y tu cerebro y te mecías con tu abuelo en la mecedora bajo el porche de la casona de Amurrio, sobre sus rodillas de piedra o que a ti te parecían de piedra.

—¿Me lo tienen preparado?

—Cogido y bien cogido. Pero no despierta.

—Que no le pase lo que aquel que se murió porque iba a morirse.

—De muerto nada. Dormido y bien dormido. Y gimiquea.

—Y habla de comida, porque le he oído hablar de auyama.

—Eso es el olor de ese pringue que tienen en el plato.

—Pues si huele vive, mi capitán.

—Habrán estado echando palitos sin atenderle.

—Unos palitos sí nos tiramos, mi capitán, pero sin quitarle ojo.

—A ver si tiene boca.

Y el aire ha abierto un pasillo por el que avanza el capitán y aprietas los párpados para que no vea que le ves pero ha captado el movimiento porque te coge un párpado con la punta de los dedos, te lo levanta y te pasea una cerilla por la pupila.

—¿Jesús Galíndez?

Abres los ojos como si te sintieras convocado del más allá y hablas en inglés, como si te situaras en un lugar lógico o como si aún creyeras que estás en Miami, desesperadamente aferrado a Miami como quien se aferra a la punta de una patria.

—Hable español. Aquí no hay gringos. ¿Jesús Galíndez?

—Sí. Me encuentro muy mal. Me da vueltas la cabeza. Tengo náuseas.

—Denle de beber. ¿Qué prefiere, agua o un palito de ron?

—Agua.

94

Te incorporan cuatro manos que huelen a arepitas, que habrán cogido las arepitas exprimiéndoles el aceite pesado, y una náusea real te sacude el cuerpo y amenaza vómito hasta el punto de que se apartan y te dejan caer de espaldas otra vez sobre el jergón. Es un jergón. Cara a un techo maltratado por las humedades y las desidias, y ese techo te dice que tal vez estás en un rincón del mundo del que sea imposible regresar. Ha dejado de ser el techo blanco de los primeros minutos y es un techo sórdido, sucio, desconchado, que nunca ha cobijado a personas respetadas.

—No se ponga nervioso y haga cuanto le diga. Conteste a lo que le pregunte y luego haga lo mismo cuando lleguen mis superiores. Le ha visto un doctor y está bueno, muy bueno, o sea que nada de nervios y no se resista. Será peor.

—¿Dónde estoy?

—No puedo decírselo.

—¿Nueva York?

—No puedo decírselo.

—Deme más agua.

Te manipulan el cuerpo con movimientos neutros y te sientes con fuerzas como para levantarte y mirarles cara a cara, pero el recelo te aconseja que te refugies en la debilidad y se la creen.

—Le han dado dosis de caballo.

—Es que la han repetido porque se despertaba de lo nervioso que estaba.

—Parece un tipo difícil.

—Está muy flaco.

—Difícil de la cabeza.

—Que no le pase lo que al pavo aquel de hace semanas, que mucho hablar y cuando lo paleó el capitán se metió el pelo pa dentro y suerte que se anudó la lengua, porque si habla se la traga.

—¿Ya no bebe?

—Se tira todavía un traguito.

—Pero ya está vivito y coleando.

Los otros dos se quedan en la penumbra del fondo, y el oficial se destaca bajo la lámpara cenital. Es un hombre cuadrado y con bigote negro y fino, moreno y de ojos negros almendrados, como cientos de tipos de la clase criolla, aunque te suena ese rostro, te suena incluso de haberlo oído hablar pero no sabes dónde, ni cuándo. Se ha inclinado y contempla tu postración con una reserva que interpretas como respeto y una cierta compasión.

—¿Qué quieren de mí?

—Obedezco órdenes.

—Dígame al menos dónde estoy.

—No puedo decírselo.

—Esto no es Nueva York, ¿verdad? ¿Miami? ¿Estamos en Miami? ¿En otro punto de Florida? ¿En alguno de los cayos de la costa?

Cabecea negativamente y te sigue escrutando, como calculando qué podrá sacar de ti.

—Jesús Galíndez.

Repite, y se saca un papel del bolsillo derecho de la guerrera para leer algo que a ti te es obvio, que te llamas Jesús Galíndez Suárez, que naciste en Madrid, que tienes cuarenta y un años de edad, que das clases en la Universidad de Columbia, y, como si fuera una jaculatoria más del enunciado ronroneado con desgana, se despega una pregunta con intensidad imprevista.

—¿Desde cuándo milita en el Partido Comunista Español?

—Nunca he sido comunista. Pertenezco al Partido Nacionalista Vasco, soy nacionalista vasco, el representante del Partido Nacionalista Vasco en Nueva York. Llamen al Departamento de Estado y les darán razón.

—Todo a su tiempo, pero más vale que no me engañe, porque yo tengo paciencia pero mis jefes no y aquí me piden que le pregunte si es usted comunista.

—Nunca fui comunista.

—¿Por qué fue a ver a Cepeda cuando viajó a México?

—Fue un encuentro casual. Nos habíamos conocido en Santo Domingo.

—¿Con qué miembros del Partido Comunista Dominicano en el interior mantiene contactos y preparaba una invasión?

—Con nadie. Desconozco si queda algún miembro del Partido Comunista en el interior.

—Pendejadas no, Galíndez.

—Solo conozco a las gentes de Nueva York; hace diez años que dejé Santo Domingo.

—¿Y Silfa? ¿No conoce a Silfa? ¿Y a Juan Bosch?

—No son comunistas.

—Si Bosch no es comunista yo soy maricón.

Las risotadas vibraron como si llegaran de lejos, pero la cara del oficial la tienes más cerca y no es curiosidad lo que hay en sus ojos, ni reserva, ni compasión, sino su verdadera mirada de dueño de la situación.

—Esto no ha hecho más que empezar, Galíndez. Estamos hasta los huevos de que desagradecidos como usted nos monten la bronca en el extranjero tergiversando la obra del Jefe, el Generalísimo Trujillo, echando mierda sobre el buen nombre de todos los dominicanos. Y no se me haga el huevón porque nadie va a venir en su ayuda, y aquí no hay nadie que quiera ayudarle.

El miedo abre tus ojos, todos tus ojos, incluso los ojos que has tenido cerrados Dios sabe cuánto tiempo, y te ves zarandeado en el aire, con el estómago revuelto y tratando de buscar quién te zarandea, quién te zarandea. Ahora comprendes que el ruido de fondo que te lapidaba los oídos era el de un avión, que viajabas en un avión en el momento en que otra vez la esponja viscosa ha renovado tu sueño. Los vascos, una raza misteriosa y de leyenda. Madrugada de una noche víspera de Navidad, la gran ciudad neoyorquina duerme en silencio y la pluma corre sola, pergeñando cuartillas, pobres cuartillas que nunca verán la luz porque fueron sinceras, demasiado sinceras. Esta sola se salvó. Eres vasco y nada más tienes en la vida que el orgullo de serlo. Algunos se ríen cuando lo dices, sobre todo si son españoles, ese pueblo sin límites que desprecia cuanto ignora, entre otras cosas el sentido del límite. Otros tienen dinero, comodidades, los placeres de un hogar y lo que ellos creen ideales nobles porque supone poder. El poder de dominar a otros. Yo me rebelo contra todo eso, y no puedo aguantarlo, aunque de madrugada llegue a casa solo y amargado y nadie pueda comprenderme. Soy vasco y porque lo soy lucho. Estás solo, solo con tus angustias, y nadie te comprenderá en esta Babilonia. Pero algún día me tenderé a dormir junto al chopo que escogí en lo alto de la colina, en un valle solitario de mi pueblo, a solas con mi tierra y con mi lluvia. Ellas te comprenderán al fin. Escribiste y ahora lo rumias, lo musitas, te lo rezas para que no te tiemblen los huesos y el oficial no vea que te has orinado encima y la mancha, como un aceite infame, se extiende pantalones abajo hasta convertirse en goteo por la pernera y llenarte el calcetín de húmeda miseria de ti mismo, miserable gusano arrojado sobre un jergón bajo un techo que te odia. Y que no vean los orines, por Dios, porque presientes que en cuanto los vean perderán el poco respeto que te tienen y se echarán sobre ti para despedazarte. Y es tanta tu ansia por ver si lo han visto que incorporas la cabeza para mirarte la bragueta y el capitán te caza la mirada, la sigue en su brevedad y exclama:

—¡Cómo que...!

—¿Qué pasa, mi capitán?

—Que este pendejo se ha meado.

—Pues es verdad, que jiede el pendejo desde aquí.

—Igual se ha cagado.

Y te picotean sus miradas sonrientes.

—Y si no se ha cagado se cagará.

Ahora las manos te levantan para que tu cara se acerque a la del capitán, de cuya boca sale una vaharada de tabaco rancio, ron y desprecio.

—¿No querías saber dónde estás?

Asientes solo con los ojos.

—Pues estás en la República Dominicana, Galíndez.

Tú no abres los ojos.

—Bajo la hospitalidad del Jefe, del Generalísimo Trujillo, al que tanto has jodido, Galíndez.

Y casi te ves en el mapa, en un mapa sin salida cuando concluye:

—A poco de San Silvestre, en la cárcel privada del Generalísimo Trujillo.

Pero tal vez ni siquiera eso sea cierto.

«Querida Muriel. Deseaba tanto tus noticias que he decidido provocarlas. En parte porque ya sabes que me gusta saber de ti y en parte porque me urge saber y que sepas el estado actual de tu trabajo. He conseguido localizarte gracias a tu hermana Dorothy, la de Salt Lake, que como toda mormona es desconfiada y ha sido necesario que le enviara copias de la documentación sobre la beca de tu trabajo para que comprendiera mis razones "técnicas" y no sospechara de las personales. Vamos primero por las cuestiones técnicas y dejemos para el final de esta carta y para un futuro, que deseo, las cuestiones personales. Los de la beca Holyoke me pidieron información sobre el estado actual de tu trabajo, como tutor responsable del mismo, y me expresaron sus dudas sobre lo que estabas haciendo. Al parecer no les satisfacen las pruebas de investigación que les has enviado y han tratado de informarse sobre el caso Galíndez hasta decidir que había perdido casi todo interés científico y que tampoco tú vas por el camino correcto y ejemplar metodológicamente. Ya ves que soy crudo, tan crudo como lo fueron los emisarios de tan digna fundación. No es que hayan decidido ya no prorrogar la beca según tu solicitud de hace tres meses y que yo desconocía (¿por qué desconozco tanto lo que haces?), pero lo están reconsiderando y me he tomado la libertad de actuar como abogado de tus intereses. Según el comité asesor de la Holyoke, tu planteamiento introductor, el que justifica la

100

primera parte del título, "La ética de la resistencia", es muy válido y sugerente y en cambio la concreción en el caso Galíndez ha perdido interés e incluso saben que hasta en España y en el País Vasco Galíndez es un perfecto desconocido. En cambio, yo no sé qué cabeza de huevo será el responsable de esta parte del informe crítico, considerarían de sumo valor académico, científico y, cómo no, becario, es decir inversor, que culminaras la investigación comparando la ética de la resistencia tal como se entendía en la moral civil y política de los años treinta y cuarenta con las filosofías posmodernas actuales, que cuestionan la naturaleza ética misma de la resistencia, es decir, todas las teorías normalizadoras de la escuela italiana que surgen como una reacción asqueada contra el terrorismo y su inutilidad. Así planteada la crítica, vi que tenías, que teníamos, porque yo también estoy implicado, una salida abierta y que incluso le podías sacar un mayor partido. Me peleé como un *cowboy* de los de antes en defensa de su dama y les hice ver que un giro tan imprevisto en tus investigaciones forzosamente las retrasaba y te obligaba además a cambios de escenarios, por ejemplo abandonar la ruta Nueva York-Santo Domingo-País Vasco-Madrid e irte hacia Francia e Italia, donde te esperan todos los fugaces, eso espero, profetas de la inutilidad del compromiso. De amigo a amiga y de profesor a alumna, te confieso que este viraje me parece interesantísimo, con más futuro, con más brillante final y más aprovechable para ti, por si un día te decides a dejar el vagabundeo y empiezas a acumular currículum. No es eso todo. Ante mi vehemente estrategia atacante, que en realidad era defensiva, he conseguido no solo que te prorroguen la beca en caso de aceptar estas sugerencias, sino que la propia Holyoke negocie la adhesión de otras dos fundaciones ligadas a las relaciones culturales entre Estados Unidos y la Comunidad Europea, lo que repercutiría en una asignación económica dignísima, diría yo que generosa, y que tú misma podrías ensanchar si te pusieras pesada e insistieras en la "jugada" que te hacen. Lamentaría haber hablado y actuado en vano y comprenderás, estoy seguro, que cuanto he hecho ha sido en tu defensa, no en la mía, y te ruego que la misma celeridad que yo he puesto en salir al paso de esta maniobra la demuestres tú dándome tu parecer y transmitiéndolo paralelamente a la Holyoke. Y basta ya de correspondencia académica. ¿Qué haces? Sé de dónde vienes, pero no sé adónde vas, y perdona la elementalidad de la paráfrasis pero últimamente me siento algo deshabitado, demasiado presionado por el trabajo y por las recientes obligaciones, aunque agradables, como esposo y padre. Lo de esposo lo sabías, lo de padre no, aunque sé que no te conmueve porque tú solo crees en las madres. Tiraría todas estas obligaciones por la borda de cualquier embarcación de estos mares de Nueva Inglaterra si te decidieras a venir por aquí e intercambiáramos estos tres últimos años de oscuridades mutuas que nos separan. Te protejo a distancia y a cambio me conformo con tu recuerdo, uno de los mejores, si no el mejor, que he tenido. Tal vez un cambio de estrategia en tu trabajo posibilite este reencuentro, porque los padrinos están dispuestos a pagarte cuantos viajes sean necesarios para reciclarte. Son inquisidores jóvenes y sin piedad que antes de mover un músculo ya conocen el resultado de ese movimiento. Pero no te asustes. Si vienes, ya estará a tu lado el viejo Norman para defenderte. Posdata: Lo de viejo no es una chanza.»

«Querido Norman. Te escribo con la celeridad que me pides y con una indignación que no deseo y que te juro no dirijo hacia ti. Me consta y te consta que otros trabajos similares han tardado siglos en realizarse y que los temas eran menores y no afectaban a la historia misma de Estados Unidos. ¿Cómo es posible que nos digan que Galíndez no interesa cuando acaba de publicarse un trabajo de Manuel de Dios Unanue, editado en Nueva York además, por una tal Editorial Cupre, situada en 123-60 83 Ave. Suite 5 F, Kew Gardens, NY 11415, e impreso en República Dominicana, supongo que porque les sale más barato? Sospecho que el estudio de Unanue habrá sido ignorado, pero es el inventario más completo que se ha hecho hasta la fecha del caso Galíndez, desde la perspectiva, todavía confusa, de que fue un agente anticomunista al servicio del FBI y de la

CIA, tanto como un agente de los nacionalistas vascos. Del libro de Unanue se desprende que el caso Galíndez está vivo, como vivos están los testimonios más interesantes que se construyeron para "explicar" su desaparición, tanto el informe Porter como el siniestro informe Ernst. Es cierto que de Galíndez no se habla, sorprendentemente, ni siquiera en España después de la muerte de Franco y la llegada de la democracia, y eso sí se integra dentro de esa tesis sobre la ética posmoderna que me piden esos hijos de puta, y perdona que se me haya contagiado la sanísima costumbre española de emplear tacos. ¿Acaso el olvido de Galíndez no es consecuencia de esa voluntad de ahistoricismo que lo invade todo, que quiere librarse de la sanción moral de lo histórico? En el País Vasco el olvido de Galíndez obedece a la incomodidad de su gestión real como correa de transmisión del dinero que iba del Departamento de Estado al PNV o del dinero que recaudaba el PNV entre círculos norteamericanos y latinoamericanos simpatizantes. También a la todavía hoy confusa relación de Galíndez con el FBI y la CIA, desde la etapa de Santo Domingo, aunque este extremo lo veo cada vez más claro y Galíndez no hizo otra cosa que aceptar disciplinadamente los consejos de Aguirre. Tal vez tú no llegues a saber quién era Aguirre, pero sabes quién es Reagan y sabes que es impensable por ejemplo que North se metiera en el Irangate sin que lo supiera Reagan, ¿o me equivoco? Pero que Galíndez sea discretamente omitido no resta valor a su ejemplaridad, más aún, la aumenta. ¿Por qué no se quiere recuperar a Galíndez? ¿No ha habido recientemente en toda América Latina suficientes casos de brutalidad, de terrorismo de Estado, para pensar que eso no es arqueología? Te mentiría si te dijera que todo lo tengo claro, que sé lo que busco. Te admito, solo a ti, que mi trabajo es todavía una obra abierta y que quizá busca una respuesta imposible. ¿Cómo asumió Galíndez la evidencia de su muerte, de que iba a morir, y hasta qué punto le sirvió ese «sentido de lo histórico» del que tú nos hablabas en tus clases? Y me doy cuenta de que esta pregunta, al hacérsela a un cadáver, me la estoy haciendo a mí misma, a la apátrida Muriel

Colbert, carente de sentido histórico porque pertenece a un país que se ha apoderado de la historia y no quiere ser consciente de ese secuestro. Pero esta desviación ya no sería una tesis, un ensayo o un trabajo científico, sino una novela, y no estoy por esa labor. En conclusión. No pienso dar ese giro que me piden, que me pides también tú con la mejor de las intenciones. Les dices a los de la Holyoke que se vayan a tomar por culo y que si no quieren prorrogarme, que no me prorroguen. Estoy cerca del final de la acumulación de testimonios pero lejos, muy lejos de meterme todavía en la escritura definitiva, es decir, que si me retiran la beca me hacen polvo. Pero estoy dispuesta a asumir ese riesgo y les dices que envíen a un astronauta a estudiar la ética posmoderna italiana o francesa. El único aspecto negativo de mi decisión irrevocable es que no facilita nuestro reencuentro en ese barco, en ese mar de Nueva Inglaterra, tan literario y que no podremos todavía echar por la borda fantasmas propios o ajenos. Mi etapa española termina, no sin desgarramientos, porque he vivido situaciones personales complejas, afectivamente complejas. No me he casado, ni he tenido niños, pero mantengo una relación amorosa con alguien que es casi como un niño y que en cierto sentido participa de esa filosofía de la normalidad de la gentuza de la Holyoke. Pero en el caso del amigo español es fruto de un cansancio histórico por tanta anormalidad y el deseo de pasar por la experiencia de que los españoles se parezcan a los suizos o a los japoneses. Tal vez sea un ensayo provisional o tal vez sea una instalación para siempre en ese punto del no retorno crítico al que tú, tú también, tantas veces te has referido en tus clases. ¿Verdad que me comprendes? Nadie mejor que tú para entender mi actitud, tú que eres uno de los que la han cimentado, formado, alentado. Por eso te quiero y te recuerdo tantas veces, como un punto de referencia de tantas cosas. Échame una mano si puedes, y si no puedes, sabes que te agradezco por igual el intento. Te adjunto una copia de la carta que envío a la fundación razonando, sin tacos, los motivos que me inducen a continuar en la investigación "ética", insisto, "ética", del caso Galíndez. Muriel.»

En la plaza Mayor hay un trajín de montajes de casetas de feria, Navidad se acerca y la presientes desde el balcón del estudio de Ricardo. Tienes desaliento y frío, como resaca de la acalorada vehemencia de la carta, pero también una furia resuelta, una furia de ofrenda en el altar que has construido en tu corazón a Jesús Galíndez. No le dejarás solo en su pozo sin fondo y compruebas que cada vez te duelen más los comentarios despectivos que recoges al paso de tu peregrinación por las madrigueras de exiliados que volvieron y le conocieron. Tanto como la liturgia reverencial de los santos vascos, aquella presencia vieja y placentaria en una estancia confortable de San Juan de Luz. Puedo asegurar, señorita, que todos esos infundios sobre Galíndez, sobre su supuesto trabajo como informador de los norteamericanos, son la resaca de la operación de desprestigio que construyeron los trujillistas entre 1956 y 1958, hasta que se sancionó legalmente su desaparición. Yo le conocí bien y estuve siempre en antecedentes de las iniciativas de Aguirre y hago mías las palabras que le dedicara Basaldúa. Galíndez fue un mártir de la libertad y eso es todo. ¿Le parece poco, señorita? Haga caso del juicio de Basaldúa o del de Germán Arciniegas: «Galíndez no está muerto, pues vive, más vivo que antes, porque se ha multiplicado en la conciencia de los hombres libres.» Precioso, precioso, pero te sonaba a discurso de Lincoln memorizado. Es el retrato de Galíndez sacrificado activista en Madrid, Santo Domingo, Nueva York, especializado en la lucha de vascos, dominicanos y puertorriqueños contra sus respectivos opresores, presidente del Círculo de Escritores y Poetas Iberoamericanos de Nueva York, estudioso de la historia y el derecho vascos, comentarista político, fisgón en todos los mundos singulares de Nueva York, tanto de las ingles de Harlem como de los bailes con orquestina de lujo de los hoteles de la Quinta Avenida. El testimonio de todos los que habían sido invitados por él a su residencia-oficina del mítico apartamento 15 F del número 30 de la Quinta Avenida, a un paso de Washington Square, del brillante submundo del Village y sobre todo del restaurante Jai Alai de don Valentín Aguirre, en el 82 Bank

Street, adonde iban en busca de cazuelas y de marinos vascos de paso por Nueva York, como aquel capitán Fresnedo, con pose de galán de película de barco hundido, aquel capitán que trató de invadir casi solo Santo Domingo, en compañía de un grupo de *echaos palante,* como diría Ricardo. Ha muerto Fidel Fresnedo, escribió Galíndez. Ha muerto repentinamente, casi a la misma hora que su hijo moría en un colegio del lejano País Vasco. Era un vasco exiliado que había adoptado Venezuela como su nueva patria y la sirvió con lealtad hasta caer, su hijo era venezolano de nacimiento y ha muerto en el País Vasco, al que su padre no pudo regresar. Otro signo de algo muy hondo, de los estrechos lazos que nos han unido a todos los exiliados con los países que nos acogieron y al mismo tiempo del lazo imperecedero que nos une con el país de nuestros sueños. No, Fresnedo no era un político. Ignoro siquiera si llegó a pertenecer jamás a partido alguno. Fue uno de tantos vascos que en 1936 lucharon por la libertad de su patria y después se desparramaron con la rosa de los vientos. El piloto del *Mar de Vizcaya* surcó el Caribe bajo la bandera venezolana de Bolívar, vizcaíno de ascendencia. Una gorra de oficial galoneada de oro marcaba su ascenso, pero en los restaurantes de Nueva York prefería vestirse de paisano para charlar en la encrucijada de todas las rutas. Los años pasan y las bajas van cribando nuestras filas, pero no sé por qué hay muertos que siguen viviendo en nuestras tertulias. Estoy seguro de que el próximo día que entre en el Jai Alai veré sentados en su rincón al viejo don Valentín Aguirre y al capitán Fresnedo y no me sorprenderá. Ya ni siquiera sé si yo estoy también muerto y vivo en un mundo fantasmagórico de sueños sin realizar. Porque toda nuestra vida desde hace veinte años ha sido eso, sueños y anhelos. ¿Me pregunta usted por Galíndez, señorita? No. Yo no le traté en España, aunque no era ajeno al círculo de discípulos de Sánchez Román, una de las eminencias del derecho español republicano, comparable a un Jiménez de Asúa. Ni luego coincidimos tampoco en nuestro exilio americano del sur, y ya nos encontramos en Nueva York, creciditos él y yo. Él se movía por círculos vascos y centroamericanos, siempre muy misterioso, hablando a medias, ocultando cartas, y la verdad es que los españoles no le hacíamos demasiado caso. Veíamos sus idas y venidas por la ONU, por los círculos de inmigrados, siempre en un pulso definitivo con Franco, el mismo pulso que el famoso capitán Gustavo Durán. Pero Gustavo era otra cosa. Tenía más clase. Era un hombre armónico, y en cambio a los españoles, al menos los de mi círculo, los del círculo de profesores, Galíndez siempre nos pareció un, un, zascandil, eso es, un zascandil. Y corriste al María Moliner para saber qué era un zascandil: de ¡zas candil!, frase con que se acompañaba o se representaba la acción de tirar el candil al suelo para que se apagase en caso de bronca. Acción o suceso brusco. Hombre aturdido, informal o ligero, o sea falto de aplomo, formalidad y estabilidad. (V. ligero de cascos, chafandín, chiquilicuatre, chiquilicuatro, cirigallo, danzante, danzarín, enredador, sin fundamento, sin juicio, saltabancos, saltabardales, saltaparedes, sinsentido, sonlocado, tarambana, tararira, títere, tontiloco, trafalmejas, trasto, aturdido, botarate, informal, mequetrefe. En desuso, hombre astuto, engañador, por lo común estafador.) Un zascandil. La verdad es que no nos lo tomábamos en serio y que él no pareció nunca darse cuenta de ello. Suelo ser bastante selectivo con mis amistades y no hice demasiados esfuerzos para tratarlo, solo cuando me lo encontraba en casa de Margarita Ucelay de Da Cal, con los otros profesores españoles que estábamos por Nueva York, recuerdo a Emilio González López, al Dr. Negrín, el hijo de Negrín. A los demás parecía divertirles, pero tampoco creo que se lo tomaran en serio. De alguien que presume de lo que no tiene decíamos antes que tenía mucha tierra en La Habana, es decir, allí donde no puede comprobarse si la tiene o no la tiene. Galíndez tenía mucha tierra en Euzkadi y siempre estaba tejiendo intrigas inútiles y batallas sin pólvora. ¿Le parezco duro? Tiene fama de serlo este escritor exiliado durante tantos años, uno de los pocos escritores exiliados que, vuelto a España, ha sido reconocido por la sociedad intelectual, y él acoge este reconocimiento con una cierta ironía y hasta tiene cara de halcón irónico, Francisco Ayala. Te recibe en un piso clásico del bienestar madrileño de antes de la guerra, escalones de madera hasta una puerta noble y espacios amplios. Tal vez González López, si vive, creo que vive pero es muy mayor, pudiera serle más útil que yo. A él le gustaba el politiqueo al estilo de Galíndez, y a mí nunca me ha gustado el politiqueo, he preferido tener ideas políticas pero ¡politiquear! ¿Ya ha hablado con González López, en Nueva York? Claro. Es lógico. El encuentro con González López te lo había procurado Carmen Nogués, de la Casa de España, y ante ti apareció un anciano presumido por la lucidez de su ancianidad. Llevaba en la cabeza la historia de la República, que era su propia historia, y en ella Galíndez, como él mismo, era un resto de la resaca de aquella tragedia. Apreciaba en Galíndez su capacidad de acción, lo que los otros españoles de Nueva York menospreciaban, y te aseguró haberse tomado siempre en serio cuanto hacía y la amenaza trujillista premonitoria. ¿FBI? ¿CIA? Hay retranca gallega en la punta de los ojos de don Emilio. Esos llamaban a todas nuestras puertas. Lo que pasaba después, eso ya es cosa de cada cual. Y nada se le escapaba de tus primeras o segundas intenciones, pero tampoco los tenedores bien llenos de paella que se llevaba a la boca, como si recibiera plasma de la España lejana. Está muy mayor, pero debe pertenecer a la clase de los que no se sorprendieron cuando la desaparición de Galíndez, demostró que parte de lo que nos contaba debía ser cierto. Bueno, a mí no me contó demasiadas cosas. La verdad es que procuraba evitarle. A veces las afinidades pueden ser electivas. Vicente Llorens también le conoció, creo que en Santo Domingo, y algo dejó escrito sobre «el vasco». Le llamábamos «el vasco», y se lo merecía, porque ejercía de vasco, y eso que ni siquiera era vasco propiamente dicho. A mí los nacionalismos me ponen nervioso y casi todos los nacionalistas me recuerdan a Hitler y a Perón. Hay que ser algo simplón para ser nacionalista. Yo he visto nacer dos nacionalismos tremendos, el uno de criminales y el otro de botarates. Cuando estuve en Berlín, algunos matrimonios amigos nos pedían que no expresáramos nuestras ideas en voz alta porque no se fiaban de la de sus hijos. Era el nazismo adolescente. En los años treinta. Un nazismo adolescente que asustaba hasta a los padres de los nazis, si no eran tan desalmados como sus hijos. Una vez formaron un cordón de adolescentes nazis para impedirme dar una conferencia, y todo porque yo había publicado un artículo contra el *Anschluss* en *El Sol,* me lo había pedido Ortega y Gasset. Hasta esa información tenían. El otro nacionalismo fue el argentino, el de Perón. Aquello era de botarates. El totalitarismo italiano había sido grotesco, el hitleriano siniestro, y el argentino fue abyecto. Perón invitó al ministro de Exteriores de Franco a visitar Argentina y le montó una concentración de compinches «descamisados». Me fui con otro amigo exiliado a ver el espectáculo. Era la multitud de siempre, desbordada y gritona, que dejaría arrasado el césped después de haber merendado, meado y cagado en él durante horas. Ya ve. El mundo es un pañuelo. El ministro de Franco era un antiguo compañero de estudios mío, Martín Artajo, y se quedó tan horrorizado ante aquella chusma que comentó: «En España nosotros nos levantamos para impedir que gente como esta saliera a la calle.» En el fondo el peronismo, como el franquismo, era de los de a caballo, el de los militares con la coartada de los descamisados. Pero todo nacionalismo rima con irracionalismo y arranca de la miseria idealista alemana del siglo XIX. ¿Galíndez? Estaba en la fase inicial. Le ponía poesía y cuento teórico al invento, pero de haber conseguido instalar su nacionalismo en su Euzkadi, todo hubiera acabado igual: raza y desfiles, himnos y masas meándose y cagándose en los prados. La verdad es que le traté poco porque yo entonces aún no me había establecido en Nueva York y trataba como visita a mis compañeros españoles, repartidos en diversos centros docentes. ¿Es usted de Nueva York? No. Casi nadie ha nacido en Nueva York. Es algo parecido a lo que pasa en Madrid. ¿Quién ha nacido en Madrid? Recuerdo mi primera impresión de Nueva York, cuando pude decir que conocía la ciudad, fue una impresión de muerte. ¿De muerte? De muerte. Pasear por la ciudad en horas yertas es pasear entre distancias irreales, lejanos pero cerrados horizontes de muerte.

Y por todas partes te asaltan máscaras, gentes disfrazadas, tal vez porque están muertas, deshabitadas. Recuerdo un día que yo iba por el campus de Columbia, contemplando arriates en flor, relajado, maravillado, y de pronto me atrajo un círculo de curiosos que contemplaban algo que estaba en el suelo. Me acerqué, en mala hora, y compartí aquellas miradas: una muchacha aplastada contra el asfalto. Se había tirado desde una ventana. Muerta. Y no es una impresión exclusivamente personal, porque si usted relee *Poeta en Nueva York* de Lorca también percibe ese hálito de muerte. Es curioso que usted relacione la muerte con la imagen de Nueva York. ¿Ha leído usted a Mendoza, a Eduardo Mendoza? Sé quién es. También él ofrece la imagen de la muerte ligada a Nueva York. Quizá sea una asociación de ideas surrealistas, señorita, porque Nueva York es como un inmenso decorado que está vivo, vivo como un hormiguero, a la altura de la calle, pero en cuanto se levantan los ojos se tropieza con una ciudad de nichos ambiguos. Mendoza describe un cadáver neoyorquino, como un paquete de muerte, alguien que ha muerto en una reyerta en una taberna irlandesa, envuelto en un saco de lona, sujetado con correas de cuero, en Jackson Square, sobre un fondo de ciudadanos que protestan por la instalación de una hamburguesería. ¿Una protesta en Nueva York por la instalación de una hamburguesería? En mis tiempos hubiera sido impensable. *No McDonald's in this neighbourhood.* También el viento, sobre todo si es frío, suscita premonición de muerte, y Manhattan está abierta a todos los vientos. Galíndez sintió a veces que Nueva York era su Getsemaní. Nadie me comprende en esta Babilonia. No comparto su entusiasmo por el personaje, señorita, aunque respeto el testimonio de su muerte. Incluso fíjese en esta comparación de Nueva York con Babilonia. ¿No le parece una comparación de sermón de cura integrista? Babilonia o ciudad del pecado. Yo lo interpreto como ciudad llena de extranjería, donde era imposible afirmar tu propia identidad. Quizá. Y se puso la boina para acompañarte a la calle e invitarte a un café que no podía ofrecerte en su casa-biblioteca porque estoy a medio instalar y aún cruzo el charco para dar algún curso, un cursillo, corto y luego vuelvo con miedo por si me han quitado el espacio. Los exiliados vivimos con el complejo de que nadie nos guarda el vacío que hemos dejado y no nos equivocamos. Camina y mira con la arrogancia de un halcón al que se le han envejecido los ojos pero no la mirada y te recita nombres más imprescindibles que él en tu búsqueda: Malagón, Vela Zanetti, Granell, Serrano Poncela, pero, qué digo, Serrano ha muerto, como Vicente Llorens. Han muerto tantos de mis compañeros de exilio que a veces me pregunto ¿estás vivo, Paco, o simplemente te estás leyendo?

—*Gora Euzkadi Askatuta!**

Ricardo ha llegado con la sorna puesta. Vuelve a gritar *Gora Euzkadi Askatuta!* cuando se precipita sobre tu espalda, te tapa los ojos y enseguida baja las manos para apoderarse de tus pechos.

—Tú sí que eres un zascandil.

—¿Un qué?

—Un zascandil.

—Suena mal, pero no sé qué quiere decir.

—Ligero de cascos, chiquilicuatre, tarambana, tontiloco.

—Y tú una gilipollas.

—Mequetrefe, botarate.

—Hija de puta.

—Yo me limito a darte todos los sinónimos de zascandil. Hoy he aprendido el significado de la palabra y te lo hubieras pasado bien porque se la han aplicado a tu apreciado Galíndez.

—¿Quién ha sido el genio que ha llamado zascandil a Galíndez?

—Don Francisco Ayala.

—Los viejos y los niños siempre dicen la verdad. ¿Y con la otra profesora de Nueva York qué tal?

El mundo de Ayala es un pliegue del Madrid del Prado, en las calles nobles que van a parar al Congreso y conservan tiempo, memoria, estancamientos del comportamiento, incluso me-

* ¡Viva Euzkadi Libre!

lancolía. En cambio Margarita Ucelay se asoma a Rosales desde la atalaya de un sobreático, como si hubiera encontrado en Madrid un sobreático de Sexta Avenida sobre el Central, aunque Rosales se le convierte de pronto en campo ilimitado, bajo cielos goyescos pero pintados por Bayeu, que era cuñado de Goya. Desde la atalaya te mira, con una extraña diversión íntima y una cierta sensación de irrealidad de sí misma. No se considera la más adecuada para hablar de Galíndez, aunque le conoció, le trató, fue su invitado en Nueva York, tantas veces. Ni alto ni bajo. Ni listo ni tonto. Se comportaba como un vasco esencial, eso que llamaban antes chicarrón del norte, pero sin tener la apariencia física de un bravucón. Más bien al contrario. Podía ser suave en los gestos y en las palabras, aunque le gustara hablar alto, con esa alta voz de los vascos que parecen tener el tórax de cemento. No. Nunca le vi con mujeres, en lo que exactamente quiere decir eso, aunque tenía fama de mujeriego. Evelyn. Era su alumna, la conocimos, sí, una muchacha encantadora. La verdad es que jamás nos tomamos en serio a Galíndez, en eso coincido con lo que le ha dicho Ayala. Le gustaba insinuar que estaba metido en todo, que nada se le escapaba, que en Nueva York no se movía nada ni nadie sin que él lo supiera. Y vasco, era tan vasco que nos hacía reír. Tenía la inocencia primitiva de un nacionalista y a veces un exhibicionismo de niño. Le gustaba presumir de que iba de piquete en piquete, protestando por esto y aquello, saboteando todo lo que fueran manifestaciones de normalidad del trujillismo o del franquismo y siempre contando historias de amenazas, de persecuciones que nadie se creía del todo. Cuando empezó a circular el rumor de que había desaparecido más de uno pensó que Galíndez se estaba haciendo el interesante, que quería dar que hablar, y cuando, por desgracia, se confirmó que había desaparecido, que nunca más le veríamos, entonces tal vez descubrimos que nos hacía reír, pero también nos inspiraba una cierta ternura. Creía demasiado en lo que decía y trataba de ejercer su fe en medio de nosotros, que ya estábamos algo cansados y desencantados. ¿Un militante? Sí, probablemente era eso, un militante.

Era un hombre cariñoso y le gustaba jugar con las criaturas, con nuestros hijos. Es cierto. Tenía mucha paciencia con los niños, pero eso suele suceder con los solterones que van de visita, tratan de conquistar el corazón del anfitrión elogiándole los hijos, el gato, el perro, la biblioteca, el vino, y en el fondo Galíndez suscitaba una sonrisa oculta, de una cierta conmiseración. ¿Como Peter Sellers en *El guateque?* Afortunadamente no ha visto *El guateque,* porque tal vez entonces hubiera captado la acumulación de despecho que llevas dentro ante este segundo juicio despectivo sobre Galíndez en un solo día, de compatriotas relativos, compatriotas de la gran patria del exilio, de culturas parecidas, separados por un tono vital, por una capacidad de distancia diferente. Galíndez era un agitador y ellos no querían ser agitados. La guerra de España había agotado su cupo de pasión y derrota y asistíamos a las idas y venidas de Jesús por toda América o por Nueva York con la impresión de que cada cual pierde el tiempo a su manera. Él se metía sobre todo en reivindicaciones dominicanas o puertorriqueñas, se le veía mucho entre puertorriqueños, en una época en que eran considerados como peligrosos, después del atentado contra Truman en la Blair House. No entendíamos cómo Galíndez podía tener tan buena relación con las autoridades norteamericanas, al menos de eso presumía, y al mismo tiempo codearse con puertorriqueños independentistas como Isabel Cuchi y Coll, la principal impulsora de la campaña prolibertad de los fallidos magnicidas de Truman, especialmente de Óscar Collazo, condenado a muerte. Jesús nos hablaba de sus contactos, de sus relaciones con Figueres, el presidente de Costa Rica, o con Betancourt o Muñoz Marín y nosotros le sonreíamos. No. No creo que él se diera cuenta de nuestra ironía. Era de esos hombres que jamás admiten ni la más remota posibilidad de que alguien les pueda tomar el pelo. Era alegre, pero no tenía sentido de la ironía. No es lo mismo. Era increíblemente alegre y no parecía tener motivos para ello. Nosotros habíamos reconstruido nuestras vidas en torno a una familia y manteníamos lazos con los familiares que habíamos dejado en España. En cambio Galíndez era un ser solitario y no se llevaba del todo bien con su familia española, su padre no entendía la pasión vasquista de su hijo y su hermanastro era falangista o casi. Recuerdo el disgusto que tuvo Jesús cuando vino su hermano a visitarle a Nueva York y tuvieron una dura disputa política, aunque él lo justificaba, el muchacho habla de lo que oye y el franquismo está intoxicando a todos los españoles. Luego el hermano cambió de criterio. Sí, claro. Lógico. Tampoco tenía un gran nivel de vida. En los primeros años en Nueva York se ganaba la vida escribiendo relatos o artículos que enviaba a concursos de toda América Latina, colaboraba como «negro» en un libro que estaba escribiendo Aguirre, el lehendakari le concedió un cargo subalterno, en el Centro de Estudios Vascos de la Universidad de Columbia. Luego fue estabilizándose y consiguió ocupar la plaza de Aguirre cuando se marchó a Europa.

—¿Hago cena o vamos por ahí?

La voz de Ricardo te rompe el merodeo por los apuntes y los recuerdos, intermitentemente detenido por las voces electrónicas que suelta la cinta del magnetofón. Estás cansada y nerviosa, un nerviosismo alarmado, ofendido, cuyo origen rastreas hasta encontrar la carta de Norman y la descarga de alarma y rabia que has tenido nada más leerla.

—Te digo que si cocino o si nos vamos por ahí.

—Haz lo que quieras.

—Bueno. Bueno. Estás de muy mala leche, bonita, lo he notado nada más ver cómo estás sentada.

—¿Cómo estoy sentada?

—Tensa. Con el culo en el canto de la silla. Mira, bonita, yo me pongo cómodo, me desempolvo el cerebro de todas las chorradas que he tenido que atender hoy. Me veo un vídeo de Sting, me tomo un güisquito, me tumbo en el sofá, sin zapatos, desde luego, y allí espero que la señora se desnuble y decida qué quiere hacer. O igual me lo monto en plan de baño con sales en la bañera y me quedo roque. Cuando oigas los ronquidos ven a vigilarme para que no me ahogue.

Te arrepientes de tu brusquedad y él te reclama indirectamente quejándose de lo caliente que está el agua, tratando de romper con su voz de niño asustado el corredor de hielo que os une y os separa. Está con el agua hasta el cuello, los ojos pícaros te esperaban y los brazos aparecen como tentáculos cuando te arrodillas junto a la bañera para apoderarse de ti y empujarte a un beso que te sabe a sales de aromas de violeta y jabón Badedás.

—¿Te metes conmigo en el agua, bonita?

—Tengo la regla.

—¿Otra vez? Las mujeres siempre tenéis la regla.

No te rechaza, pero los brazos se aflojan y puedes volver a ser tú misma ante el espejo, arreglándote el pelo, secándote las humedades adheridas; tratando de volver a ser no sabes qué, pero volver a ser algo o alguien que no eres.

—Ricardo.

—Qué.

—Salgamos.

—Bueno.

Tardas en coordinar los movimientos que necesitas. Dejas de ser la rastreadora de caligrafías y voces, voces de hoy y voces de una algarabía en la que el nombre de Galíndez resuena con todas las entonaciones posibles, también dejas de ser la amante compadecida que ha tratado de dar lo que no tiene, un cariño que solo sientes como posibilidad o como compasión, aunque eres una ilusa, Muriel, una rematada ilusa si piensas que le estás dando algo más que sexo y el exotismo de la compañía de una mujer madura. Norman tenía contigo la misma relación que tú tienes con Ricardo, con ese muchacho de energías recuperadas tras el baño que aparece ante ti como si nada hubiera pasado, como si nada le hubiera pasado. Y ahí tal vez estaba la cuestión. Nunca le había pasado nada. Todo había pasado antes de que él naciera o fuera un adulto. Y con las energías ha recuperado la decisión por salir, que tú le has propuesto como una huida de la caja cerrada de este piso, en la que estabais obligados a chocar y agrediros, sin el recurso esta noche de convertir la agresión en sexo. Te vistes mediocremente, tan mediocremente que pareces la tía de Ricardo, y te desvistes y te cambias y te vuelves a cambiar y él se divierte.

—Pero ¿qué te pasa, Muriel? ¿Te ha cogido el baile de San Vito? Parece como si llevaras la moviola aplicada.

Y te rindes ante esa definitiva mujer muy sonrosada y suficiente que te dice su edad desde el fondo del espejo del armario del cuarto vestidor. Treinta y cinco años, Muriel. A la mitad del camino.

—¿De postín o cocina antropológica?

—¿Qué entiendes tú por postín o por cocina antropológica?

—Pues postín es El Amparo o Zalacaín o Horcher y cocina antropológica desde Casa Ciriaco a todas las tascas que pueblan el infinito madrileño.

—Casa Ciriaco está aquí al lado.

—Si vamos aquí al lado, ¿para qué salir?

—¿No sería más fácil que dijeras de una vez dónde quieres ir?

Se ofende porque le has descubierto el juego, pero refunfuña agravios, siempre piensas que él lo tiene todo calculado, que te instrumentaliza. ¿Quién instrumentaliza a quién? ¿Quién ha pedido salir esta noche?

—Anda, vamos a La Ancha que es donde quieres ir y tengamos la fiesta en paz.

—No te pases de lista. Pues ahora no quiero a La Ancha.

Salís a la plaza que te envuelve de empaque recatado, para ti siempre un redescubrimiento de que estás en Madrid, en España, y para Ricardo algo que ya tiene tan asimilado que se ha convertido en irrelevante e innecesario escenario. Detienes el caminar lo suficiente como para sentirte en esta plaza y no contrariar los pasos acelerados de Ricardo, impulsados por el hambre o un exceso de frustraciones complementarias. Cuando desembocáis en la calle Mayor, él se detiene, cruza los brazos, espera tus decisiones, y tú llamas un taxi y nada más cerrar la portezuela emites el veredicto.

—A La Ancha, Príncipe de Vergara, 264.

—Es cosa tuya, que conste que yo no he despegado mis labios.

–¿Qué haría mi cachorrito si esta noche no pudiera comerse una tortilla de patatas con callos a cucharadas?

–Cualquiera diría que tú le haces ascos a la comida.

–Y luego dos kilos de judías pintas con oreja.

–Vale, vale, tía. No te pongas aguda que me traspasas.

Es él el que empieza a deshelar el silencio cuando tomáis asiento entre todos los parabienes del servicio, que os conoce como si estuvierais abonados y los saludos que Ricardo reparte entre otras mesas, pobladas por compañeros de trabajo o de política, aunque en su caso era lo mismo. Cuando se sienta sabe que hay dos maneras de cenar y la peor sería aplicar la tensión a masticar y no a paladear la tortilla en cazuela con callos que ha pedido. Y al contarte sus tribulaciones del día carga sobre ellas la responsabilidad de inmediatas incomprensiones y te propone que hagas lo mismo. Y lo haces. Se lo debes.

–Sí, no he tenido un buen día, leche.

–Así me gusta, Muriel. Un buen taco a tiempo limpia los pulmones.

–Hoy me he dedicado a profesores españoles en el exilio y he observado que jamás se tomaron en serio a Galíndez.

–El zascandil.

–Sí, el zascandil.

–Si han coincidido, hay que pensar que lo era.

–No. Me parece que los dos tienen una cierta reacción corporativa. Cuando conocen a Galíndez lo único que tienen en común con él es la condición de exiliados. Galíndez era un nacionalista vasco, ellos no. Galíndez era un solterón, ellos en cambio tienen estabilizadas sus vidas, mediante la familia, aunque sea en el exilio. Galíndez sigue siendo un activista y vaya activista, en cambio los profesores desdeñan en el fondo la política, prefieren historificarla y utilizarla como materia de inventario o reflexión o investigación. Galíndez se ensucia, cada día, mil veces. Ellos no. Y entonces me topo otra vez con la parábola de Rashomon.

–¿De qué parábola hablas?

–Es una parábola cinematográfica y no tiene valor universal, pero Norman la utilizaba habitualmente y me la traspasó. Tampoco soy tan vieja como para tener en la memoria una película de los años cincuenta. En la película se cuenta un mismo hecho mediante distintas apreciaciones de diferentes testigos y el espectador ha de hacer el esfuerzo de elegir una de las versiones o ir reuniendo elementos de una y de otra. A mí me ocurre con Galíndez. Los contactos que el editor Santolaya me buscó por el País Vasco me dieron una imagen mitificada de Galíndez, mitificada pero sospechosamente silenciada. El círculo de Nueva York se divide entre apologetas y detractores, detractores relativos, como Ayala y Ucelay, que se limitan a reflejar su sorpresa ante la comprobación de que Galíndez no era tan fabulador como ellos creían. Pero para aceptar eso ha tenido que ocurrir la muerte de Galíndez.

–Tal vez su muerte fuera también un ejercicio de fabulación.

–Ha desaparecido de verdad, fue torturado de verdad, asesinado de verdad.

–Pero, insisto, quizá se apuntó a todo eso para estar a la altura del personaje que él mismo se había forjado.

–¿Por eso no aceptó el dinero a cambio de no publicar el libro?

–Por ejemplo.

–¿Y luego la tortura?

–¿Qué sabes tú de lo que dijo o pensó mientras le torturaban?

Te ha dejado con la boca llena y paralizada y se desentiende de tu discurso para introducir el suyo. Qué harías tú, dime, bonita, con toda sinceridad, qué harías tú si se te presentara en el despacho un punky que parece una cotorra y te hace un atraco al tiempo que te hace un favor, el favor de atracarte, según dice. No es la primera historia parecida, pero esta no es tan parecida como las demás. Yo ya me entiendo. Resulta que me viene a ver José Souvejón, un director de escena de vanguardia, de esos que te montan movidas llenas de ladridos y de maricones que se retuercen mientras las chicas ladran, y el tío tiene el morro de pedir cincuenta millones para el montaje y asegura tener contactos con el festival de Avignon para llevar la obra y con

118

una multinacional italiana de Berlusconi para grabarla en vídeo. Yo hago mis averiguaciones y resulta que su única relación atada y bien atada con el festival de Avignon es que practica el sadomasoquismo con uno de los capos, un capo menor, del festival, y en cuanto a lo del vídeo, pues por ahí más o menos. Yo me leo la obra y pse, un rollete para que humeen las calvas de los jóvenes críticos calvos y poca cosa más, pero uno de esos embolaos que has de hacer porque si no lo haces de joven se te echan encima los perros rabiosos de la Movida. Que en vida de Tierno se apoyaba más. Que parece mentira que los socialistas seáis tan carcosos y tragones. Consulto con la eminencia gris del director general y vamos a por el Souvejón, quince millones, lo tomas o lo dejas, y el Souvejón coge un pisapapeles de granito de El Escorial y lo tira contra el cristal de la ventana de mi despacho, y todo esto sin casi moverse y mirándome a los ojos, la secretaria traspuesta, yo cabreado como una mona y el Souvejón en plan teórico sobre la función del Estado. Partamos del hecho comprobado de que el Estado es un chorizo sin imaginación, un atracador que al mismo tiempo es poli. Si lo padeces en una dictadura pues te lo tragas y a esperar mejores tiempos, pero en una democracia lo mejor que puedes hacer es sacudir al Estado, darle una patada en el culo y a ver qué sale. Yo le he escuchado hasta aquí, con paciencia progresiva para no crispar más a la pobre chica, que parecía electrocutada delante del procesador de textos. Pero en cuanto me dice que hay que darle una patada en el culo al Estado, es decir, a mí, que en aquel momento soy el representante del Estado, para ver qué sale, me levanto y le digo, majete, que eres muy majete y muy teórico, pues bien, considera que le has dado una patada en el culo al Estado a ver qué sale y salen quince millones. Los tomas o los dejas. ¿Es un ultimátum? Lo es. Voy a convocar una rueda de prensa y voy a declarar que, ante la majadería de los funcionarios del Ministerio de Cultura, no tengo más remedio que ofrecer mi obra a un gobierno autonómico, por ejemplo a Pujol. Pujol no te da ni un bocadillo de pan con tomate, melón, que eres un melón. ¿Cómo va a subvencionar Pujol una obra escrita, no ya en castellano, sino en madrileño? La obra no tiene apenas texto. Casi todo se reduce a gruñidos. Más a mi favor. Quince millones para unos cuantos gruñidos y un poco de aerobic no está tan mal. Y aquí ya se subió por las paredes y me dijo de todo, pero en plan muy muy pero que muy maricón. Y no es que yo sea racista sexual y si quiere ser maricón que lo sea, pero que no me haga mariconadas. Luego lo he comentado con el director general, ha consultado con el ministro y está vacilando. Como vacila tanto yo he llamado a Ferraz para hablar con Clotas y consultar el punto de vista del partido en caso de que hubiera lío de prensa y tampoco está Clotas muy seguro de la reacción del ministro porque me dice que este ministro es independiente, que no tiene carnet y que por lo tanto no se debe a los criterios culturales del partido. ¿No te jode? Pues así estamos, a la espera de que el ministro me dé o me quite la razón y mientras tanto el punky desplumado ese alborotando todo el gallinero.

–¿Cómo se titula la obra?

–*Esplín,* y lleva un subtítulo: *La furcia y el resol.* Me ha explicado que se llama *Esplín* porque el personaje central es Baudelaire, la furcia puede ser cualquiera de las chicas que sale y el resol es la sombra de la realidad y lo encarna un actor, un actor ha de gesticular como si fuera el resol. ¿Qué harías tú si fueras el resol?

Y te vienen ganas de hacer la payasa, te levantas y te pones a gesticular como si fueras el resol instalándose en una habitación.

–Pero ¿qué haces?

Hay risas y aplausos que brotan de las mesas como vapores de simpatía, pero Ricardo se ha levantado ruboroso y rígido y te fuerza a sentarte.

–¿Qué tornillo se te ha aflojado?

–Espontaneísmo creador.

–Esto está lleno de gente del Ministerio y se van a pensar, qué sé yo lo que van a pensar.

–¿Te he puesto en un compromiso?

120

–¿Te parece que no?

–¿Quieres que me vaya?

–¿No hay un término medio, o hacerme quedar en ridículo o marcharte?

No te da tiempo a contestarle la aparición junto a la mesa de una pareja a la que tu memoria tarda en ponerles nombre, Pilar y Mario, dos compañeros de trabajo y de partido de Ricardo.

–Vaya marcha lleváis. ¿Podemos sentarnos?

Os han salvado y además propician que Ricardo repita la historia entre carcajadas que poco a poco se os contagian. Cuentan a su vez historias parecidas y teorizan sobre la condición del Estado y las instituciones como empresarios de cultura. Por una parte estimula la creatividad, por otra la facilita demasiado y en una economía de mercado la sanción final la tiene el público y el público no está para hostias.

–Estamos atrapados. A veces también a mí me cuesta informar positivamente muchas propuestas, porque en este país mucho cargarse el Estado, a los socialistas y el clientelismo, pero todo el mundo quiere ser cliente del Estado, gobierne quien gobierne.

Sus voces se confunden con el runrún de fondo, un ronroneo de gatos definitivamente alimentados y tibios, por dentro y por fuera. Del fondo de la bruma de respiraciones y humos de cigarros habanos se te aparece la enjuta vejez pulcra de Francisco Ayala, esta mañana, falcónico y culto, con una memoria profunda, tan joven en el gesto. A pesar de la discrepancia sobre Galíndez te has sentido protegida por su ejercicio de experiencia y saber, su implacable mirada sobre el pasado. Nueva York, la muerte y Princeton, una de esas islas de transmisión y reproducción de saber que me dieron mucho que pensar sobre el poder científico y espiritual. Como usted sabe, Princeton es una universidad de la llamada Ivy League, Liga de Hiedra, sí, como Yale, eso es, son universidades de postín y ese postín se refleja en sus muros dignificados por la hiedra, la hiedra representa el aristocraticismo espiritual en Estados Unidos, una facilidad para estudiar desconocida en otros lugares de la tierra y sobre todo en España, en la España de mi juventud. Cuando yo era joven, el cotarro intelectual español ya se batía sobre el tema de la modernidad, o modernidad o casticismo, una simplificación que enfrenta a Ortega y Unamuno, ambos tan respetables por tantos conceptos. Yo me inclinaba más por Ortega porque siempre me ha molestado la España de charanga y pandereta y el casticismo, el profundo tradicionalismo unamuniano, podía ser caldo de cultivo, coartada de altura para tanta bajura. Paseando por el campus de Princeton con Vicente Llorens o dialogando con Américo Castro, hemos comparado tiempo y espacio. ¡Qué fácil era saber en Estados Unidos y qué difícil era saber en España! Un pensador idealista o esencialista lo ligaría a una forma de ser, a rasgos del carácter, pero yo sabía, sé, que no es así, no es que sea socialista pero soy algo sociólogo y he ejercido de sociólogo. La economía crea la hegemonía. Los países ricos tienen la obligación de saber más. Además la riqueza elimina la envidia, porque la envidia es fruto del miedo al poco espacio que te dejan los demás. Yo ocupé la plaza de Vicente cuando dejó Princeton y me dejó tres herencias: la casa, un gatazo que parecía un tigre, una criada borracha que hacía un baldeo general un día a la semana, por lo que se desplazaba desde lejanas montañas de Pennsylvania. Un día se empeñó en llevarse el gato porque aseguró que estaría mejor en su casa de las montañas y tiempo después nos comunicó que el animal había desaparecido. Me imaginé el calvario del animalito y le insté a que lo buscara, a que no se desentendiera de su suerte. Pasaron meses, muchos meses, y un sábado, lo recordaré siempre, se acercaban las navidades y ¿qué veo?, más allá de los cristales de la ventana, acumuladores de témpanos y vapores interiores, me pareció distinguir un cuerpo en movimiento, y al abrir la ventana se me vino encima el gato pródigo. Había recorrido kilómetros y kilómetros para volver a casa, movido por un misterioso programa mental, en dirección a la felicidad perdida. Nunca escogemos lo malo. De una u otra manera nos lo imponen y continuamente hay que estar en camino hacia un referente óptimo, hacia lo óptimo. ¿Y no cree usted que en el caso de Galíndez hay mucho de la historia del gato, de un gato que quiere volver a donde fue feliz? No se lo discuto, e insisto que tuve un conocimiento muy superficial del personaje. Me sugiere un dístico de Hölderlin que alguna vez aplicaron a mi obra: «Si tienes un intelecto y un corazón, muestra uno solo de los dos. Si los muestras juntos, te maldicen.» Tal vez Galíndez era demasiado visceral, era una de esas personas que aseguran ir siempre con el corazón en la mano y hablar sin tapujos. Este tipo de personas quizá sean excelentes, pero son unos pesados, casi siempre. Hágame caso, y es un consejo válido frente a cualquier persona o pueblo, cuando alguien le diga que no tiene pelos en la lengua, aléjese de él, más tarde o más temprano le escupirá o le ladrará.

—¿Estás en Babia?

—Muriel, le proponíamos a Ricardo ir a tomar una copa por ahí. A un sitio tranquilo donde podamos hablar.

Un coche barato con tablero de coche caro, advirtió Mario, una advertencia que le salió bien construida, como si la hubiera repetido demasiadas veces bajo psicosis de ostentación. El único lujo de verdad que lleva el coche es la dirección asistida, se la hice instalar porque eso sí que es necesario. Todos los coches deberían tener la dirección asistida, pero si te compras uno que ya la lleve incorporada has de meterte en una de esas marcas que están mal vistas. Y cometes la ingenuidad de preguntarle por las marcas mal vistas, por qué están mal vistas. Ricardo y sus dos compañeros se miran cómplices y dicen casi al mismo tiempo, robándose las palabras, devolviéndoselas, confundidos pero convencidos, porque inmediatamente te acusan con el dedo y se infla el globo de la corrupción socialista. La derecha no puede con nosotros políticamente y por eso se dedica a desprestigiarnos, con ayuda, claro está, de los comunistas. Esos no han podido digerir que el voto de izquierda se fuera con los socialistas y están esperando a que nos estrellemos para recoger los restos. ¿Has leído las últimas declaraciones de Anguita? Ese tiene más morro que un califa con morro. Y se cree que todo el mundo es tonto y se va a dejar convencer con sus sermones morales. Marx no ha muerto. Pues muy bien. Y dicen que son alternativa de poder. ¿Tú te imaginas a Anguita como presidente del gobierno? Anda, exprímete los sesos y ofréceme un gobierno comunista. Por ejemplo, de Interior, dime tú un comunista como ministro de Interior.

–O de Defensa.

–Es que estos tíos no registran realidad y lo peor es que ni pueden hacer ni dejan hacer a los que pueden.

Te recuestas en el asiento para no tener que intervenir y Pilar hace lo mismo hasta juntar su cara casi a la tuya y poder susurrarte:

–¿Qué le pasa a Ricardo?

–¿Qué le pasa?

–Lo veo muy nervioso últimamente. Al empezar lo vuestro le sentó muy bien, le vi más equilibrado que nunca. Le iba de puta madre y lo comentábamos todos. Tenía más aplomo, más seguridad, pero últimamente está siempre crispado. Nos ha contado su punto de vista sobre el follón con Souvejón, pero él ha contribuido a dramatizarlo y ahora a ver quién lo arregla.

Ricardo y Mario continúan quejándose o burlándose de la intransigencia comunista. El rostro vuelto de Pilar no te deja escapatoria y aceptas la conversación como un compromiso. Te acabas de dar cuenta de que Ricardo no te interesa, ni crispado ni sin crispar.

–Tal vez sea por el trabajo.

–No creo. Es como si se sintiera cuestionado, como si tú ya no le dieras seguridad, sino al contrario. ¿Os peleáis mucho?

–No. Estamos en tensión, pero casi siempre lo tomamos a broma.

–Ricardo teme que te vayas.

–¿Por qué? ¿Te lo ha dicho?

–Sí.

–¿Lo teme?

–Sí.

Miras ese rostro espléndido en su perfil de penumbra, esa

124

boca que se mueve lanzando argumentos a borbotones, extrañamente apasionada, y si cierras los ojos lo tienes todo entero, desnudo, junto a ti en la cama, cuando le regalas la estatura de un poderoso amante o cuando lo aceptas en su fragilidad de amante inseguro. Empiezas a decirle adiós, aunque tus labios le digan a Pilar que todo es pasajero, que es un mal momento, quizá, de *impasse* tanto en su trabajo como en tus investigaciones.

—Es un trabajo ingrato, el nuestro. Nadie te lo agradece. Se ha creado la imagen social de que somos tecnócratas sin ideas que trabajamos en la administración o para el partido sin otro objeto que ganarnos la vida cómodamente y rehuir el paro. Acaban por hacérnoslo creer. Pero sería inimaginable que de pronto se derrumbara la hegemonía socialista y tuviera que improvisarse todo, miles de cuadros que vendrían de la derecha y desharían todo lo positivo que hemos hecho. No. No lo pongas en duda. Dentro de cincuenta años los historiadores compararán nuestra gestión con la de Carlos III. Nunca se había hecho un esfuerzo similar para modernizar España. Tú la conocías de antes y la ves ahora. ¿Qué cambio has notado?

—Pasé como turista cuando era casi una adolescente y me pareció un espléndido país de novela de Hemingway.

—¿Y ahora?

—Ahora me recuerda más las novelas de Scott Fitzgerald.

—No las conozco.

—No importa. Es una impresión subjetiva, tan subjetiva, quizá, y falsificadora como la de Hemingway.

Los dos hombres vuelven de vez en cuando la cabeza y picotean en vuestra conversación.

—Estas nos están poniendo verdes.

—Va de literatura.

Cuando descendéis del coche, Ricardo y Pilar se adelantan, tal vez ella quiera darle el parte de vuestra conversación, y Mario decide caminar a tu lado y aprovecha para decirte:

—Te he oído. Yo sí he leído a Fitzgerald y no entiendo tu comparación.

—He comparado dos posibles imágenes de España en rela-

125

ción con dos subjetividades literarias, la de Hemingway y la de Scott Fitzgerald.

—Eso ya lo he oído. Y no lo entiendo.

—Hemingway creía en la épica y España le parecía un país épico lleno de toreros heroicos y guerrilleros tenaces y fatalistas. Scott Fitzgerald parte de una sensación de derrota, el mundo se divide en ricos y pobres, en perdedores y ganadores, para siempre.

—¿Esa es la España que tú ves?

—Digamos que os habéis normalizado. Que podéis calcular vuestras esperanzas y rechazar los sueños inútiles. Os dividís en pragmáticos triunfalistas y pragmáticos nostálgicos de la revolución.

—Olvidas a los otros.

—¿Qué otros?

—A los de siempre, a la derecha de siempre.

—Está desorientada.

—¿Solo desorientada?

—Vamos a dejarlo. Tengo la cabeza muy espesa para hablar de política norteamericana, imagínate de la española. Estoy demasiado obsesionada con el trabajo.

Hay noches que se arrastran borrachas y noches que se arrastran sin ni siquiera emborracharse. Los otros tres salían de vez en cuando de sus códigos particulares para abrirte una puerta y solo la sonrisa que les ofrecías los tranquilizaba, porque tus palabras te resbalaban por la lengua sin querer decir casi nada. Ni siquiera cuando Ricardo quiere meterlos en tu terreno y te incita a que hables del encuentro con Ayala y Margarita Ucelay lo aprovechas, y das una versión desganada que tú sabes cautelar, como si te doliera quemar en una pequeña fogata algo que será una hoguera en cuanto te dejen a solas y puedas releer la carta de Norman, manosear tus carpetas, tus fichas, tu vida en suma de los últimos cuatro años siguiendo el rastro de Galíndez. Sobre un fondo de hiedra el último encuentro con Norman en Yale, sus instrucciones, tu recién adquirida seguridad. Te pedía que no mitificaras, que lo peor de una investigación sobre un personaje es quedar seducido u horrorizado por él, contribuir a la mitificación en positivo o negativo. Para escandalizarte o vacunarte te dijo que había leído artículos, poemas y cartas de Galíndez y que como escritor le había parecido igual de mediano que como pensador. Ni una idea original, de hecho es un publicista. Y te enzarzaste en una pelea sobre el carácter del personaje. ¿Acaso lo investigo por su pensamiento?, ¿por su escritura? ¿No le investigo por una manera de morir lógica en relación con una manera de vivir? No te predispongas. Al final puede salirte el retrato de un monstruo. Cuando recuerdas esta disputa cargada de guiños y complicidades, buscas en la carpeta de iconografía la serie de seis fotografías que te enviara José Israel Cuello desde la República Dominicana. A la izquierda Aguirre, como tomando impulso para hablar, con un tórax de deportista y facciones de hombre empecinado. Al otro extremo otra vez Aguirre, ante un micrófono, con los ojos cerrados y los puños tendidos hacia el público, como expulsando del fondo de sí mismo la expresión más conmovedora, la que mejor puede traducir su sinceridad. Y en las otras tres fotos Aguirre comparte protagonismo con un hombre más alto que él, estrecho, prematuramente calvo, con zapatos bicolores, sombrero de trópico y trajes holgados años cuarenta. Aguirre y Galíndez. Santo Domingo 1942 y un coro de vascos exiliados, pero ante todos ellos el hombre estrecho y el hombre fuerte, Galíndez y Aguirre concretamente en una fotografía, Galíndez ha podido adelantarse a Aguirre, que se cala el sombrero y avanza hacia el fotógrafo, con media sonrisa y una mirada obstinada que va más allá. Qué delgado estaba. Y te conmueve.

—Este verano podríamos alquilar una roulotte y dar una vuelta al Mediterráneo. Llegar hasta Grecia y allí embarcarnos en un ferry de regreso. Te lo repito porque aunque no hemos hablado de otra cosa durante toda la noche tú parecías ausente, como si Piluca y Mario te cayeran mal.

—No. Qué va.

—Perdona si nos hemos enrollado demasiado en lo nuestro,

pero tú cuando te enrollas en lo tuyo pareces una persiana, cerrada, ensimismada.

–Es cierto.

–¿No lees esta noche?

–No. Tengo ganas de que apagues la luz para pensar. Para escribir yo misma con el pensamiento lo que quiero leer.

–Comprendida la indirecta.

Ha apagado la luz y le notas despierto y tenso, preguntando al techo qué os pasa, qué os pasará. No quieres decir una palabra liviana que pudiera engañarle sobre la fugacidad de la crisis. Pero tampoco le dices adiós. Has cometido la grosería de no participar en las preocupaciones de estos tres muchachos y te has justificado diciéndote que este es para ti un país de paso. ¿Y Galíndez? ¿Por qué Galíndez tiene puntos cardinales y en cambio el país que te ofrecen Ricardo, Piluca y Mario es como un mapa blando, como un mapa deshaciéndose, como un reloj surrealista de Dalí?

–Muriel.

–Dime.

–A veces pienso en ti. Cuando tengo un disgusto, una rabieta. Quisiera coger el portante y volver aquí, contigo.

Le das la espalda como si buscaras construir con tu cuerpo un espacio para el sueño. Pero es que tienes ganas de llorar. Morbosamente. Sentir el placer de los ojos abotonados por lágrimas cálidas y casi sólidas.

Metió el cuchillo en el tarro de cristal lleno de pasta blanquiverde y lo sacó repleto de la farsa que distribuyó sobre una rebanada de pan de molde. Luego con los dedos separó anchoas de su lecho de aceite, en su ataúd de lata, y las colocó sobre la pasta, para a continuación cubrirlo todo con otra rebanada de pan. Se chupó los dedos para limpiarlos de las adherencias de pasta y aceite de anchoa y repitió la operación con otras dos rebanadas de pan. Situó los dos bocadillos el uno sobre el otro y con un cuchillo dentado recortó los bordes hasta eliminar la blanda costra del pan de molde. Separó los bocadillos y envolvió cada uno con una lámina de papel de estaño para colocarlos dentro de una caja de cartón rotulada Marvel, sin que hubiera otra referencia sobre su origen o destino. Observó los bocadillos en su nuevo aposento y movió los dedos en el aire, como si sus manos fueran aves cerniéndose sobre nuevos objetivos. Allí estaban los huevos duros, el pepino y el mismo tarro con el unto verdiblanco en su interior. Colocó otras cuatro rebanadas de pan, una junto a otra, las unió con el engrudo del tarro, colocó sobre dos de ellas rodajas de huevo duro y láminas de pepinillo y las cubrió con sus hermanas gemelas. De nuevo recortó los bordes y dudó en cortar los nuevos bocadillos en diagonal, incluso acercó el cuchillo hasta los cuerpos recién construidos, los dientes de sierra del cuchillo llegaron a rozar el pan, pero se detuvo y decidió envolverlos con otras dos láminas

129

de papel de estaño. Fueron a parar al interior de la caja y la cerró definitivamente.

—Parecen hechos por un profesional.

Volvió a lamerse los dedos y tanto le gustó el sabor que metió uno de ellos dentro del tarro y lo retiró con una carga suficiente como para sentir la boca llena de los picores de la salsa de rábano suavizada por la crema de leche y la pasta de requesón. Se llevó el tarro hasta el cuarto de baño y volvió a untarse el dedo y a relamérselo, antes de lavarse las manos con parsimonia bajo el chorro del grifo. Pasó por la habitación y de entre las sábanas y mantas revueltas extrajo una carpeta liviana que se llevó bajo el mismo brazo del que dependía el tarro. La soltura de su manipulación del bote de cristal se convirtió en torpeza cuando tuvo que buscar un espacio libre donde dejar la carpeta. Apartó con un brazo todo cuanto contenía la mesa de la cocina, pasó un trapo sobre el espacio liberado y allí dejó la carpeta. Se sentó ante ella, puso los codos sobre la mesa y bajó la cabeza hasta recibir el soporte de las palmas de las manos. Luego despegó una mano y abrió la carpeta. Ante él aparecieron folios escritos y los contó con la yema de un dedo que primero se examinó y olió, tratando de descifrar si dominaba el olor a pasta de rábano o a jabón. Tres folios. Los colocó sobre el tablero mesa, como si fueran tres cartas, por fin descubiertas, en el comienzo de una jugada decisiva.

—A ver qué nos dices, Norman.

Sacó del bolsillo del pijama un rotulador de punta roja poderosa y lo cernió como un ave de rapiña sobre la escritura que releía como si la oyera: «Querida Muriel. Deseaba tanto tus noticias que he decidido provocarlas...» Merodea, merodea, mascarita, a ver cuándo te decides a dar el picotazo. Y cada vez que creía descubrir el picotazo rodeaba con un círculo la frase que le alertaba, «... Los de la beca Holyoke me pidieron información sobre el estado actual de tu trabajo, como tutor responsable del mismo, y me expresaron sus dudas sobre lo que estabas haciendo». Buena introducción, sí señor, ya aparecen los culpables de todo, los culpables más razonables, «Los de la beca Holyoke», y Norman, buen chico, sabe de qué mal ha de morir y colabora, «... han tratado de informarse sobre el caso Galíndez hasta decidir que había perdido casi todo interés científico y que tampoco tú vas por el camino correcto y ejemplar metodológicamente. Ya ves que soy crudo, tan crudo como lo fueron los emisarios de tan digna fundación». Admirable esta distancia crítica con respecto al verdugo, pero siendo al mismo tiempo el mensajero del verdugo, «... me he tomado la libertad de actuar como abogado de tus intereses». Adelante, adelante, Norman, que aparezca cuanto antes el profesor, el intervencionismo del profesor con deseos de aliarse y dar la vuelta a la propuesta del verdugo, «... que culminaras la investigación comparando la ética de la resistencia tal como se entendía en la moral civil y política de los años treinta y cuarenta con las filosofías posmodernas actuales, que cuestionan la naturaleza ética misma de la resistencia, es decir, todas las teorías normalizadoras de la escuela italiana que surgen como una reacción asqueada contra el terrorismo y su inutilidad. Así planteada la crítica, vi que tenías, que teníamos... una salida...». En esto no te equivocas, Norman, aquí está vuestra única salida, no te equivoques, «... les hice ver que un giro tan imprevisto en tus investigaciones forzosamente las retrasaba y te obligaba además a cambios de escenarios, por ejemplo abandonar la ruta Nueva York-Santo Domingo-País Vasco-Madrid a irte hacia Francia e Italia, donde te esperan todos los fugaces, eso espero, profetas de la inutilidad del compromiso». Hay que descubrirse ante los intelectuales, cómo matan y reviven esperanzas con las palabras, cómo te tientan y te salvan a través de la tentación y te devuelven a la virtud aunque hayas pecado, hay que quitarse el sombrero y esa propuesta de viaje de película, Francia, Italia y cuando la lectora está sorprendida y vacilante, ahí va la confidencia cómplice definitiva: «... De amigo a amiga y de profesor a alumna, te confieso que este viraje me parece interesantísimo, con más futuro, con más brillante final y más aprovechable para ti, por si un día te decides a dejar el vagabundeo y empiezas a acumular currículum.»

—¡Genial! ¡Absolutamente genial!

El hombre se ha levantado exhibiendo los folios hacia las naturalezas muertas que le rodean, un vaso vacío velado por la leche que ha contenido, las que fueron tostadas con mantequilla y melaza de las que solo quedan los bordes mordisqueados, abandonados en el borde de un plato, un puzle a medio hacer que insinúa el puente de Brooklyn, seis rotuladores, una caja de puros Macanudos, un cenicero donde cenizas y cerillas extintas sirven de lecho a medio puro apagado con la punta deshebrada y empapada de saliva casi seca, la caja con los bocadillos y frente a las cuartillas aladas, las alacenas de una cocina revuelta desde hace días. «No es eso todo...» Muy bien, sigue golpeando, Norman, sigue golpeando, «... Ante mi vehemente estrategia atacante, que en realidad era defensiva, he conseguido no solo que te prorroguen la beca en caso de aceptar estas sugerencias, sino que la propia Holyoke negocie la adhesión de otras dos fundaciones ligadas a las relaciones culturales entre Estados Unidos y la Comunidad Europea, lo que repercutiría en una asignación económica dignísima, diría yo que generosa, y que tú misma podrías ensanchar si te pusieras pesada e insistieras en la "jugada" que te hacen». Es decir, la jugada ya va entre comillas, ya no es una jugada, es una jugada solo para culpabilizar al enemigo y sacarle más presupuesto, y una vez hecho el servicio dialéctico la racionalización de la propuesta, ahí va el trémolo de violín sentimental por si algo queda en el corazón de los viejos amantes, «... últimamente me siento algo deshabitado...», «... Tiraría todas estas obligaciones por la borda de cualquier embarcación de estos mares de Nueva Inglaterra si te decidieras a venir por aquí e intercambiáramos estos tres últimos años de oscuridades mutuas que nos separan...».

—Tres años de oscuridades mutuas. Me suena a Emily Dickinson.

«Te protejo a distancia y a cambio me conformo con tu recuerdo, uno de los mejores, si no el mejor, que he tenido.» El hombre golpea con la otra mano las cuartillas comprobándolas, chasquea la lengua, las devuelve con cuidado a su sobre, donde consta el rótulo «Confidencial», y trata de resucitar el puro macilento. Escupe la punta desgajada. Vuelve a encenderlo y se lo mete en la boca por la parte encendida, sopla para que los humos salgan por la punta ensalivada, se lo vuelve a sacar de la boca y retorna la punta con dos labios sólidos y cargados de satisfacción. Traspasa todos los restos de la mesa sobre el plato y lo transporta al fregadero donde descansan sucios *atrezzos* de otras comidas solitarias.

–Que los limpie la señora Tate.

Va hacia un cuarto de baño iluminado por un rectángulo de bombillas que enmarcan un gran espejo apaisado. Se limpia los dientes con un cepillo eléctrico y luego se repasa la dentadura con la yema de un dedo, pieza por pieza. El espejo le devuelve las muecas que se dedica a sí mismo y acerca la cara hasta depositar un beso sobre sus propios labios. Qué fríos están siempre los labios en el espejo. Se quita el pijama mientras va a una habitación tan previsible como el día que le espera. Con el desorden contrasta la impecable entereza de un traje en un perchero que se alza como una construcción vertebrada, como si el traje fuera el mensaje de otro orden de cosas, de otra parcela de su misma vida. Y cuando se lo pone y vuelve ante el espejo para comprobarse y aceptarse, se siente elogiado por el cristal pulimentado.

–Te conservas bien, Edward. No podrán contigo.

De esta afirmación deriva el que no espere el ascensor pesado de madera de caoba, con adornos de vitrales *liberty,* y baje los escalones con toda la soltura que le permite su rotundo cuerpo, y el cuidado con el que conserva la caja de bocadillos bajo el brazo. El portero dice ser indio pero es chicano o dice ser chicano pero es indio, no tiene tiempo de preguntárselo, nunca tiene tiempo de preguntárselo porque es un hombre de perfil, siempre huidizo entre su garita y el mostrador llavero al que solo se asoma con gesto cansino cuando le llamas.

–¿Me esperan?

El portero afirma con la cabeza. En segunda fila aguarda el taxi y dentro se agita la figura rechoncha de Somes instándole a que se apresure.

–Te has hecho esperar. Tenemos la mirada de un guardia en el cogote.

Hoy el taxista es Duncan y se vuelve para sonreírle y permitir que le reconozca. Se aprieta la nariz con dos dedos y pregunta en el más puro acento de esclavo negro:

–¿Adónde quieren los señores que los lleve?

Es su broma preferida y la ríe solo mientras despega el coche de la hilera y con la punta busca el inmediato horizonte ocupado por el Madison Square Garden. Mientras tanto Duncan pulsa el elevador del cristal separador, sin distraer el objetivo de meterse en Broadway Street, pero antes de que el cristal le separe de los asientos traseros le llega la voz recordatoria de Somes.

–A mí déjame en el Village.

Y cuando el cristal ha consumido su alzamiento, Somes parece querer mover las palabras al ritmo del poco tiempo que va a seguir en el taxi.

–El retraso me fuerza a ir al grano. ¿Cómo está todo?

–El profesor ha cumplido el encargo, perfectamente.

–Eso ya lo he visto. ¿Se le ha vigilado por si trata de corregir la carta por otro conducto? ¿No se ha puesto en contacto con la chica?

–No. Ahora esperamos la respuesta.

–Es estúpido pero las cosas son así. Las patadas recorren los escalones jerárquicos, pero siguen siendo patadas. A mí me la dan y yo te la doy a ti. Este asunto no puede eternizarse y no se puede crear el más mínimo factor desestabilizador en Santo Domingo, con un presidente ciego y a punto de pasar a mejor vida. No se pueden soportar dos focos de tensión en la misma isla, con una frontera por medio, Somes, me dice otra vez Su Eminencia, y me lo dice como si yo fuera tonto y no supiera que tiene hilo directo con el Departamento y que se está tapando lo que queda de la trama del cincuenta y seis.

–Treinta años no son nada.

–Para según qué cosas no son nada, pero no filosofemos. Hay que esperar la respuesta de la chica y leerla con especial atención. Yo no acabo de fiarme de que no haya un código cifrado establecido entre los dos.

—Me parecen dos conjurados literarios, no dos conjurados políticos.

—A ti te pierde la literatura. Su Eminencia no es de la misma opinión. Su Eminencia sigue pensando que los rojos no cometen acciones gratuitas.

—¿Cuándo se jubilará Su Eminencia?

—Nunca. A ciertos niveles no se jubilan nunca. Nos jubilan a nosotros, a los mandos intermedios o a los peones.

—Más o menos somos de la misma quinta. ¿Tú cuándo empezaste?

—Me estrené con lo de Suez de mil novecientos cincuenta y seis. Mi contribución fue mínima, como esos actores debutantes que salen al escenario a decir: «La cena está servida.» Dije algo parecido.

—¿Qué más? No creo que hayas venido para hacerme compañía durante cuatro manzanas.

—No. Escucha con atención. Si la chica no se echa atrás hay que seguir todo el proceso y movilizar inmediatamente la fase siguiente.

—Daré instrucciones.

—No.

—¿Qué quieres decir?

—La fase siguiente la interpretas tú y dejas a los de servicios especiales para una intervención posterior, si es necesaria, pero totalmente desconectados de la gestión que tú hagas. Tú te has de limitar a movilizar a don Angelito.

—¿Esa momia?

—Esa momia.

—El retorno de las viejas momias.

—Tú eres una momia, yo soy una momia.

—Esta historia empieza a oler a sarcófago egipcio.

—No huelas. No te pagan para que huelas.

—Es cierto.

—Lo demás ¿bien? La familia, por ejemplo, los chicos.

–Somes, sigo divorciado desde hace diez años. No sé dónde paran los chicos.

Somes no se lo cree. Conoce la historia del hombre y ha leído una ficha, pero tal vez no sea la del mismo hombre.

–¿Bromeas?

Pero el suave frenazo del coche impide la respuesta y le alivia, tanto que mueve su corpachón como si aún fuera de músculos y se arroja sobre el asfalto para recomponer allí la figura y volverse hacia su interlocutor con la mejor sonrisa.

–Recuerda.

–Recuerdo.

Luego el taxi callejea por el Village como si lo rozara. Duncan ha suprimido el muro de cristal y le habla de la soledad de la ciudad a estas horas de la mañana del sábado.

–Siempre debería ser así. A veces paseo por el Financial District el domingo por la mañana. No hay otra calma como la de Wall Street un domingo por la mañana y las personas que haraganean por Battery Park parecen de otra ciudad, de otro mundo.

El taxi rodea el Civic Center y se apodera de la entrada del puente de Brooklyn, tránsito fugaz bajo las lentas estelas de los corredores que patean los viales de madera, resoplando vapores como si salieran de sus tubos de escape. Desembarca en las Alturas de Brooklyn y el hombre pregunta:

–¿Recuerda una película de Danny Kaye titulada *El asombro de Brooklyn?*

–No me gustaba Danny Kaye. Era demasiado payaso. Siempre he preferido a Bob Hope.

–Bob Hope.

Musita y se pregunta si está vivo.

–¿Vive Hope?

–Vive y aún trabaja. Vino a vernos cuando estábamos en Corea. ¿Estuvo usted en Corea?

–No.

El coche enfila una calle de viviendas simétricas de ladrillos rojos y escaleras de incendio excesivas. De vez en cuando una mella deja ver las aguas turbias del Buttermilk Channel y a lo lejos, roto, el *skyline* de Manhattan. El hombre pide la cuenta y la paga a cambio de un recibo. Solo un gesto les despide y los doce escalones que conducen a una puerta de madera labrada y cristales enrejados los sube con potencial de atleta. Sostiene la caja de cartón con una mano y con la otra mete una ficha de plástico en una ranura situada junto al rótulo Development Agency y la puerta se abre. Aparentemente nadie en el recibidor con suelos de mosaico, pero a ambos lados dos sombras uniformadas se insinúan tras cristaleras opacas y vigilan su avance por el pasillo hasta una sala ocupada por veinte mesas para ordenadores abandonados a su suerte de domingo. Y es junto al ordenador aparentemente más abandonado donde consta una reproducción fotográfica mural, Nueva York a una supuesta vista de pájaro, 1922. Pero la foto se desliza sobre las placas de falsa madera de la pared cuando el hombre mete la mano bajo el tablero de la última mesa como si quisiera enganchar un chicle ya insípido y en cambio encontrara un pulsador que abre la cueva de Alí Babá. Más allá de la reproducción de Nueva York 1922, otro pasillo, otra puerta y de pronto un despacho de ejecutivo de telefilme, ni muy poderoso ni lo contrario, y tres hombres que arquean las cejas y los hombros cuando le ven entrar y encaminarse con decisión de jefe a una mesa de madera auténtica sin que en ella conste la referencia del bosque original de Nueva Inglaterra que la hizo posible. Y una vez tras la mesa, miradas y sonrisas se reconocen, el recién llegado pone la caja de cartón sobre el tablero, escoge un rotulador de los cinco o seis que yacen en la escribanía y garabatea sobre un papel en blanco: «Rojas, informante confidencial NY-5075».

—Supongo que han estudiado los dossiers y ya saben de qué va. Ahora devuélvanlos a los archivos y memoricen todo lo posible. Y lo imposible lo codifican.

Mientras hablaba garabateó sobre lo escrito, hizo una bola con el papel, se levantó, tiró la bola de papel por la ventana, en dirección al Buttermilk Channel, pero no llegó. Llevaba diez años intentándolo y la bola solo tenía fuerzas para caer sobre el patio interior, ni siquiera podía llegar hasta la brecha entre los edificios a través de la que se veía un pedazo del puente de Brooklyn, un coche y medio por mirada, zum zum.

–Robert Robards. Cuanto se reciba a este nombre me lo pasan, pero sin identificarme. A todos los efectos sigo siendo Edward Hook. Vigilancia discreta de Radcliffe, sin asustarle, pero firme. Sobre todo lo que comunique con España, con Muriel Colbert. El caso *Rojas, informante confidencial NY-5075* debe cerrarse cuanto antes.

Abrió la caja de cartón identificada con el rótulo *Marvel* y cuatro bocadillos en forma de pirámide yacente quedaron a la vista de los cuatro pobladores de la oficina.

–Hay para todos. Comamos y voy resumiendo el estado de la cuestión.

–A efectos de archivo, el caso Rojas, Nueva York-5075, ya está cerrado a partir del juicio ante el Tribunal Federal de Washington de John Frank, nueve de diciembre de mil novecientos cincuenta y siete, bajo la acusación directa de ser agente de Trujillo y la implícita de ser el responsable del secuestro y desaparición de «Rojas», es decir, Jesús Galíndez.

–Bien observado, Yerby. Pero hay expedientes que se llenan de carne y hueso en los cajones y aquí vuelve a estar Rojas o el fantasma de «Rojas». No quiero enterneceros, chicos, pero estamos ante el caso de un colega. Este bocadillo es de rábano y anchoa. Tiene una pinta espléndida, Yerby. Para ti, que has hablado. ¿Alguien quiere hacer una observación inteligente? Se admiten incluso observaciones no inteligentes. Bueno. Dejad que me coma el bocadillo y resumo.

Tiró de un cajón de la mesa y vinieron a ver la luz del día seis latas de cerveza que chocaron entre sí, precipitadas en su intento de salir del reducto. Las fue cogiendo una a una y arrojando a sus compañeros de habitación.

–Si hubierais visto lo que se comía el cabeza de huevo de Yale seguro que os daba el vómito. Una manera de comer traduce una manera de pensar, y cuando ves a esos tíos comiendo cosas retorcidas comprendes que no pueden ser otra cosa que unos retorcidos. Pero no perdamos más tiempo. Jesús Galíndez «Rojas», secuestrado en Nueva York, trasladado a la República Dominicana por un comando trujillista pero con la intervención de norteamericanos, así en la logística de la operación como en el traslado. Conocéis todos los detalles. Rojas había colaborado con el FBI y con la Compañía y eso Trujillo lo desconocía, por lo que el caso le estalló entre las manos y hubo que concertar una explicación pública verosímil después del fracaso de una campaña de desprestigio de Galíndez. Un senador por Oregón, Charles O. Porter, pidió explicaciones por la muerte de Murphy, el piloto que llevó a Galíndez hasta Santo Domingo y empezó a desenrollar la madeja. Porter era uno de esos kamikazes liberales que tanto abundan en este país. No solo arremetió contra Trujillo, sino que denunció de paso la inhibición del FBI, la Policía de Nueva York y distintos personajes del lobby trujillista. El tío se creyó Davy Crockett e inició una cruzada continental contra Trujillo que tuvo siempre como trasfondo el caso Galíndez, aunque él, en primer plano, siempre reivindicara la clarificación de la muerte de su paisano Murphy. Porter fue investigado y no se le pudo encontrar ninguna relación con grupos subversivos, nada que pudiera relacionarlo con actividades antinorteamericanas. Se pasó de liberal y acabó molestando a todos los políticos porque se consideraron acusados indirectamente de proteger a Trujillo. La carrera política de Porter se acabó en mil novecientos sesenta y uno, curioso, el mismo año en que Trujillo fue asesinado, era la victoria casi póstuma del senador, porque fue su batalla la que deterioró la imagen de Trujillo y nos hizo intervenir incluso a nosotros para desplazarlo.

–¿Usted vivió todo aquello?

–Sí. Me pasaron el expediente Galíndez poco después de producirse, cuando Hoover se lo había tomado muy a pecho porque Galíndez era básicamente un agente suyo y temía que le salpicara su negocio. Para Hoover el FBI era como una tintorería que había montado con los ahorros de toda la vida. La muerte de Trujillo tapó muchas bocas y mientras tanto había aparecido Fidel Castro, el enemigo público número uno. El caso Galíndez se dio por liquidado, además se desplazó toda la responsabilidad sobre John Khane, es decir, Joseph Frank, un renegado del FBI que actuaba de falso informante de Galíndez y era realmente agente de Trujillo. Por otra parte se contaba con el *Report and Opinion in the matter of Galíndez* de Morris L. Ernst. Todo lo que Porter había puesto en blanco, Ernst lo puso en negro. Era un abogado de prestigio al que le pidió un informe para exculpar a determinados personajes del lobby trujillista, entre otros al hijo de Roosevelt. Ernst llegó a la conclusión de que Galíndez estaba simplemente «desaparecido», cimentando la sospecha de que era un agente comunista y se había fugado a la URSS bien forrado de dólares, a hacer compañía a Pontecorvo, Burgess, Maclean, Philby. Porter se enfadó tanto con el informe de Ernst que lo afrentó públicamente. ¿Dónde está el gran liberal de ayer? ¿Dónde el gran abogado? ¿Por qué prostituyó su talento por Trujillo? Al pobre Porter no le entraban según qué cosas en la cabeza, pero por si acaso la confusión estaba sembrada, Trujillo asesinado, ni un superviviente entre los ejecutores del secuestro y muerte de Galíndez; Balaguer, el sucesor de Trujillo, ordenó quemar todos los archivos. Porter contra Ernst, Ernst contra Porter. Nuestros agentes se habían movido mucho en Santo Domingo para zarandear a Trujillo y consideraron lógico un período de liberalización tras la muerte del dictador. Por eso el nuevo gobierno democrático pidió al gobierno norteamericano que abriera diferentes casos de víctimas de Trujillo, y entre ellos sobre todo el de Requena y el de Galíndez. Se interrogó a varios sicarios de Trujillo, sobre todo a Bernardino, que estaba en la cárcel de Santo Domingo, y conseguimos saber que Galíndez había sido sentenciado a muerte en mil novecientos cincuenta y cuatro y que, durante su viaje a España, Trujillo había pedido informes sobre Galíndez al gobierno de Franco. Repasen las carpetas y comprueben lo que digo: el treinta de agosto de mil novecientos sesenta y tres el asistente del fiscal de la Corte de distrito de la testamentaría de Manhattan daba oficialmente por muerto a Galíndez, asesinado en República Dominicana por orden de

Trujillo. Se decidió entregar al padre de Galíndez las pertenencias de su hijo y treinta y siete mil dólares de indemnización. Y así quedaron las cosas hasta hace cuatro años.

De nuevo tiró del cajón y las latas trataron de conquistar la libertad entrechocando entre sí. Los demás no repitieron. El hombre cúbico, rubio pero calvo, alzó el precinto con la punta de una uña larga y dura y el gas explotó provocándole una mueca de satisfacción.

–Treinta y siete mil dólares de indemnización.

–Treinta y siete mil dólares de los de mil novecientos sesenta. Eso era dinero.

–El padre de Galíndez no lo necesitaba. Era un ginecólogo o un dentista, no sé, de Madrid, bastante adinerado, y me parece que presidente de un club de fútbol.

–¿Del Ajax?

–El Ajax no está en Madrid, Sullivan.

–Siempre había pensado que era un equipo de fútbol español o griego.

–Qué importa. ¿Me siguen? Hace cuatro años recibimos noticias de que una tal Muriel Colbert, discípula de Norman Radcliffe, divorciada de un pastor mormón, compañera de un fotógrafo chileno, compañera ocasional porque hasta hacía muy poco había sido amante de Radcliffe, está metiendo las narices en el caso Galíndez. Carpeta doce, memorándum Radcliffe. Suena la señal de alarma cuando lo remueve todo en Nueva York, incluso visita a Ernst y a los círculos donde actuaba Galíndez, círculos supervivientes. Presumimos que su ruta iba a encaminarla hacia Santo Domingo y sonó la alarma. La verdad es que yo no sé quién la hizo sonar, ni quién movió lo que tuvo que mover para que se me convocara a una reunión de alta seguridad. Había que crear unas zonas calientes, y si Muriel Colbert se metía en zonas calientes había que pararla, pero mientras tanto más vale prevenir que curar. Cuando todo estaba preparado para desorientarla en cuanto llegara a Santo Domingo, da un brusco viraje y se va hacia España. Primero al País Vasco, donde se entrevista con supervivientes exiliados que habían conocido las andanzas de Galíndez. Luego se traslada a Madrid, seguida de cerca por nuestros servicios de información, y se hace amiga de un funcionario de Cultura, amiga íntima.

—Es una chica sensible.

—Cálida.

—Tal vez todo se resolvería pegándole unos azotes en el culo.

—¿Con qué se los darías?

—No desenfrenen la imaginación. La estancia en Madrid de la chica la aprovechamos para darle un toque a Radcliffe. Ese toque lo doy personalmente y descubro que Radcliffe es de mantequilla, de mantequilla vieja. Tiene tanto miedo que se mearía encima ante la simple posibilidad de perder su piscina. Es un radical de boquilla que quiere conservar la radicalidad y el nivel de vida. En sus manos está la patata caliente. Una de dos, o consigue convencer a la Colbert para que deje de investigar el caso Galíndez o hay que introducir nuevos elementos de desorientación antes de que la cosa vaya más allá.

—¿Todo está preparado por si vuelve a ir hacia Santo Domingo?

—Todo, pero ya no estamos tan seguros como presumíamos. En Santo Domingo ha cambiado el talante de los que pueden decir algo. Los cómplices del asesinato se han hecho viejos y blandos y los dispuestos a tirar de la manta han perdido el miedo a la sombra de Trujillo. La prueba es que Muriel Colbert recibió de pronto un envío de José Israel Cuello, propietario de una casa editorial de Santo Domingo, hombre muy respetado en los círculos intelectuales, excomunista, un excomunista importante que en sus tiempos se movió mucho por el Caribe e incluso viajó a la Unión Soviética. Cuello le manda documentos autóctonos sobre el caso Galíndez y la oferta de trasladarse a Santo Domingo, donde podrá proseguir sus investigaciones y «ambientarlas». Ella acepta la invitación pero no concreta su viaje, es una posibilidad que aún no ha concretado. En Santo Domingo establecemos una zona de seguridad, y si la supera aún queda una penúltima posibilidad, que me reservo. Si supera ese penúltimo obstáculo intervienen ustedes.

142

Es entonces cuando el hombre cúbico y rubio aunque calvo pasa revista a sus tres compañeros y se sorprende por su laxitud. Le escuchan con una atención profesional y miran el reloj de vez en cuando por el mismo motivo que él tiene para abreviar toda la exposición de la explicación.

–El partido no es hasta las siete.

–Yo tengo dos horas hasta llegar a casa.

–No os entretendré mucho rato más. Tenéis las carpetas y quiero que os lo aprendáis todo de memoria, memorizad las fotos y los textos. En el caso de que tengáis que intervenir, no lo espero, estas carpetas deben desaparecer.

–En el caso de tener que intervenir en directo, ¿quién dirigirá el grupo?

–Yo.

El hombre agradece que sus compañeros se sorprendan. Cualquiera se sorprendería de que le destinaran a él como director de grupo operativo, a él, uno de los jefes de zona con más experiencia.

–Pues sí que le dan importancia.

–O se la quitan.

Salieron desperezándose, quizá simplemente desentumeciendo musculaturas demasiado afinadas para un excesivo reposo. De pie y retirándose se percibían mejor sus cuerpos agresivos y elásticos bajo el disfraz de ejecutivos sorprendidos por el domingo, el calzado deportivo y muelle sobre las baldosas de corcho barnizado, tres gatos de ojos alertados recuperando el calmo mediodía de las Alturas de Brooklyn. El hombre cúbico, a solas, se come los dos bocadillos restantes y desdeñados y vuelven a rodar las latas en el cajón, ya con menos esperanza de huida. Quedan dos y se las bebe lentamente, la una a la espera de la otra. Luego se palpa el estómago hinchado y lo compara con el de los recién salidos. Un motivo para el recuerdo de su propio cuerpo que siempre ha sido más poderoso que musculado.

–Un mueble, Edward, pareces un mueble. Eres un hombre con cuerpo de hipopótamo y alma de rosita de pitiminí.

En eso habían coincidido sus tres mujeres, aunque utilizando un vocabulario diferente.

Un hipopótamo de ancho lomo
descansa la panza en el fango;
aunque nos parezca tan firme
es meramente carne y sangre.

–Te pierde la literatura, Edward.
Lo dice con su voz y luego imita la de Somes.
–Te pierde la literatura, Edward. ¿Y la familia y los niños?
Se ríe y recupera la verticalidad para enfrentarse una vez más al panorama desde la ventana, panorama al que arroja tres latas vacías que surcan los aires y mueren sin alcanzar el horizonte. Vuelve por donde ha venido a través del dormitorio de ordenadores, se sabe mirado por los centinelas biselados y recupera la calle en un mediodía que se ha vuelto soleado. Camina acelerado hacia la terminal del metro de High Station Brooklyn y atraviesa la noche sumergida del canal, con los ojos hacia el techo del vagón, pensando en la cantidad de agua que tiene su cabeza. Desciende en Greenwich Village y callejea ganado por la bonanza del día, entre vellones de familias blandas que buscan donde comer o curiosean las tiendas abiertas de *gadgets* y de ropa de segunda mano, con una parsimonia aldeana, mezclada con la devota lentitud de los turistas sorprendidos ante este escenario de repente europeo y lleno de mitos del jazz y la literatura, con una retícula caprichosa de calles que nada tienen que ver con el Manhattan construido con tiralíneas. Por estas calles pasearon Edgar Allan Poe, Melville, Henry James. En Washington Square florecen los *happenings* y el payaso negro rodeado de curiosos apacibles coexiste con el ciclista acrobático y los punkies claveteados sin otro público que ellos mismos. De pronto el Village adquiere la frialdad universitaria de la New York University y vuelve atrás, con una mueca de repugnancia en la cara, como si hubiera estado a punto de pisar el alma blanda de Norman Radcliffe. Busca un Burger King y lo

encuentra. Se extasía un momento ante la montaña barroca de un bocadillo de hamburguesa doble, para luego morderla con voluntad de que dure, con la boca dominada por la acidez del *catsup* y los dientes buscando los sonidos duros de la cebolla y la lechuga. Se limpia con la punta de la lengua todas las esquinas y rincones de la boca, para dejar territorio al pastel de manzana y crema que le aguarda y engulle a cucharadas que ya no son lentas, como si precipitaran la masa hacia las profundidades del estómago. Está saciado y siente un escalofrío que compensa con un gran vaso de café. Cuando sale del *fast-food,* el Village se ha vaciado. Los restaurantes se han llenado y ve a los comensales tras los cristales, de cintura para arriba, aplicados sobre menús italianos, chinos o hindúes, en plena excepción de domingo. Bordea el arco de Washington Square y enfila el origen de la Quinta Avenida, ya en Nueva York otra vez, con la promesa de horizonte de rascacielos. Pero se concede una parada ante el 30 y acaricia con los ojos la fachada de ladrillo, la puerta bajo dosel, mira alrededor y se imagina a Galíndez bajando por las aceras, con un paso elástico probablemente, moviendo bastante la cabeza porque recuerda borrosamente su estructura de hombre alargado, de cuello poco poderoso y en cambio cabeza notable. Se imagina dos manos grandes y oscuras sobre el cuello de Galíndez y cierra los ojos para que se borre la imagen, al tiempo que se le impone una sensación de prisa y convoca un taxi. Ya en el asiento vuelve la cabeza para contemplar el progresivo alejamiento de la fachada noble del 30 y desatiende las sucesivas preguntas del taxista.

—¿Quiere que le lleve a alguna parte o que le pasee?

—Déjeme ante el Madison.

No es una carrera excesiva y el taxista refunfuña. El hombre cúbico se mira los pies, pronto tendrán sesenta años y los recuerda hinchados, irregulares, llenos de rojeces e indignados. Los pies le agradecen el descanso del taxi, pero vuelven a indignarse cuando los pone a prueba en el definitivo regreso a su guarida. Ni rastro del portero indio o chicano, y lo agradece para evitarse el ritual del saludo que el otro no contesta a no ser que lo repita y detenga el paso. Nada más respirar el aire encerrado de su apartamento se siente cómodo, como si respirara mejor, y se quita los mocasines con los pies, para dejarlos abandonados en el recibidor, y avanza con los pies regocijados hacia la cocina *office,* pero al pasar junto al *living* de reojo capta la sorpresa de un cierto orden. Alguien ha puesto orden en su desorden y no puede ser la señora Tate, hoy domingo, y se mete la mano bajo la chaqueta para palparse el pecho y deslizarla hacia la pistola sobaquera. Pero enseguida la ve, tumbada y dormida sobre el sofá de terciopelo raído. La reconoce, con las piernas delgadas, con su piel entre el blanco y el gris, luego la falda de cuero amontonando el culo golosina, la única golosina de aquel cuerpo, y la espalda con la blusa blanca sobre la que cuelgan los rizos casi deshechos de un trabajo de peluquería venido a menos. La mujer protege su sueño con un brazo que le sirve a la vez de almohada y de aldaba para sus ojos afrontados por el respaldo del sofá. Junto a la puerta de comunicación con el dormitorio una bolsa de viaje y por doquier detalles de que ha querido corregir todos los abandonos del inquilino. Incluso en la cocina, los platos están limpios y ya secos, ni rastro de la batalla alimentaria de la mañana, y el mismo orden se reproduce en el interior del frigorífico. El aire huele a ambientador de pino y el hombre recuerda con vergüenza que ha dejado los zapatos abandonados en el pasillo. Vuelve hacia ellos pero le paraliza el reclamo de una voz.

—¿Edward?

—Judith, qué sorpresa.

—Edward.

Está sentada pasándose las manos por su cara de un gris más pálido que el de sus piernas, tratando de liberarse de las luces internas de sus ojos aplastados por el abrazo, y poco a poco sus facciones se normalizan, se apoderan de la situación, le sonríe.

—¡Edward!

—Te suponía a doscientas millas de distancia.

—Ya te explicaré.

Considera si le gusta o no le gusta que esta mestiza se haya metido en su casa y otra vez en su vida.

—Ponte cómoda.

—Ya lo estoy. He hecho un viaje infernal.

Se siente paralítico de cintura para abajo cuando se la imagina desnuda sobre ese mismo sofá, como otras veces.

—¿Por qué no me avisaste?

—Todo se precipitó, ya te contaré. ¿Me sirves una copa? He puesto la botella de whisky en su sitio.

¿Cuál es el sitio de la botella de whisky? Y recuerda que en la casa hay un mueble bar, incluso con barra abatible, lleno de libros amontonados y de botellas a medio consumir. Allí está, en una esquina del *living*. Los libros han recuperado su estatura y las botellas les sirven de apoyo.

—Has hecho un trabajo a fondo.

—He comprendido que tardarías y me aburría. O pensaba, o lloraba o me aburría.

Tiene los ojos grandes de mestiza enrojecidos y los labios hinchados por la fiebre interior de las desesperaciones. Suspira el hombre y se convierte en barman por el simple procedimiento de mediar dos vasos con el contenido de una botella de Old Crow. Siente pereza de volver a la cocina y pregunta.

—Yo lo prefiero sin hielo, ¿y tú?

—También.

Le tiende el vaso y se sienta frente a ella. Beben parsimoniosamente. Él trata de anticiparse a la historia que va a oír. Ella piensa en cómo contarla.

—¿Puedo quedarme en tu casa unos días?

—Claro.

Pero ella ha notado cierta vacilación en la respuesta.

—¿Te creo problemas? ¿Vives con alguien?

—No. No es exactamente eso. Tengo una mujer que me limpia esto, sí, aunque tú no te lo creas. Viene una vez a la semana o dos, creo que son dos. Yo le tengo dicho que limpie pero que no ordene demasiado. Yo tengo mi orden. En mi trabajo soy muy ordenado y en mi casa me gusta no serlo.

–Lo siento.

–No. Has obrado bien. Todo tiene un límite, y reconozco que esta mañana todo esto parecía una pocilga.

–¿Se va a escandalizar tu ama de llaves?

–No es ama de llaves, es una negra muy curiosa.

Se muerde los labios después de haber pronunciado la palabra negra, pero Judith no se da ni siquiera por parcialmente aludida.

–Quédate unos días, pero piensa que por mi trabajo debo ser discreto, muy discreto.

–¿Cuál es tu trabajo, Edward?

–Información comercial. Hago informes comerciales.

–Tienes libros de profesor. Pocos, pero son libros de profesor. Poetas. En cambio cuando te conocí en Chicago me dijiste que eras viajante.

–Tal vez entonces fuera viajante. Es cierto. Viajo mucho.

–Las veces que había estado en este apartamento no me había preocupado por todo eso. Siempre estuve de paso. No quiero imponerte mi presencia, pero quisiera encontrar trabajo en Nueva York. He terminado con Richard.

¿Quién es Richard?, piensa. Pero asiente comprensivo y la contempla más allá del primer plano del vaso vacío que ha alzado hasta la altura de la cara para ocultar la expresión de su disgusto interior.

–Tengo dinero, pero no el suficiente como para meterme en un hotel. Tal vez uno barato.

–Por la Columbus puedes encontrar hoteles dignos y relativamente baratos. Incluso tienen la ventaja de que las cucarachas son más pequeñas. Están peor alimentadas que en el Plaza o en el Waldorf.

–Si no te importa quisiera darme un baño. Estoy muy tensa.

Le mostró generoso el camino del cuarto de baño y contempló su caminar elástico, a pesar del amontonamiento excesivo del culo; aún sentía en la yema de los dedos la memoria de aquel culo, frío, una piel casi blanca llena de arenillas y de pronto la vulva húmeda de pelos negrísimos y lacios, como un ojo de cíclope entre pestañas gigantescas y mojadas. Cerró los ojos y trató de imaginarse las ventajas de su nueva situación. Ninguna. Seguía paralizado de cintura para abajo, como si el cerebro se negara tozudamente a convocar los deseos. Se sirvió otro Old Crow. Y otro. Reconstruyendo los pasados encuentros con Judith, un polvo ocasional de viaje de trabajo convertido en relación intermitente casi olvidada. ¿La llave? ¿Quién le había abierto? ¿En qué momento de majadería etílica o sexual le había dado la copia de su llave? Se acercó hasta la puerta del cuarto de baño y gritó:

—¿No te ha dicho nada el portero?

—No estaba, pero me conoce.

—¿Te conoce?

—He hablado con él en otras ocasiones.

—¿Tú has hablado con el portero? Yo aún no lo he conseguido y vivo aquí desde hace cuatro años.

Ruido de agua al ser removida por una pierna. Se imagina la pierna gris emergiendo perpendicular sobre las aguas jabonosas. Podía haber sido una mestiza canela o casi blanca o bien negra. ¿De dónde había salido ese color gris, como de negra enferma? Aunque tenía un cuerpo gracioso y un culo amasable y dos pechos bailarines con el pezón casi tan grande como el resto. Pero se negó a comprobar que todo aquello seguía en su sitio y regresó al *living* y a la botella de whisky. La cabeza caliente por la bebida, la respiración ya algo acelerada, como las imágenes y los pensamientos, incontrolada la voz cuando dio la bienvenida a la mujer envuelta en una toalla blanca, también envueltos sus cabellos con otra toalla a manera de turbante.

—Pareces una maharani.

—Y tú un hipopótamo de visita en tu propia casa.

Recitó con los labios torpes:

> El hipopótamo de ancho lomo
> descansa la panza en el fango;
> aunque nos parezca tan firme
> es meramente carne y sangre.

–¿Lo ves? Eres un poeta.

–Pude haberlo sido. Pude haber sido profesor.

–¿Por qué no lo fuiste?

–Lo fui durante un tiempo, pero había que elegir entre leer o vivir.

Ella abrió la toalla que le cubría el cuerpo y le enseñó un desnudo en la penumbra de lo que ya empezaba a ser el atardecer.

–¿Te apetece?

–Más tarde.

Y volvió la toalla a ocultar el cuerpo y la mujer se fue tras la barra a servirse otro vaso.

–Lo que tenía que pasar ha pasado. Durante años he luchado por engañarme y engañar a Richard, pero las cosas son como son. ¿Quién dijo aquello de que en América las cosas son siempre como son? Me lo enseñaron en la escuela, en la escuela primaria.

–Calvin Coolidge. Fue su mejor frase.

–¿El presidente?

–El presidente.

–Y es cierto. Las cosas son como son. Tú ya conoces a Richard.

–No. No tengo el gusto.

–Te lo presenté. Lo recuerdo muy bien.

–No. No olvido fácilmente a todos los Richards que me han presentado.

–¿Estás borracho?

–Un poco.

Va ella hacia la bolsa de viaje y extrae un pequeño neceser y de él un estuche de útiles para las uñas. Se sienta ante él, cruza las piernas, delgadas, grises, algo más brillantes, y se aplica a sus uñas como si de ellas dependiera la armonía universal. El hombre recuerda un antiguo propósito y se levanta bruscamente.

–¡El partido!

Busca con los ojos algo que debe ser imprescindible y no lo encuentra.

–¿Dónde has puesto el mando a distancia?

150

Le señala con la barbilla el lomo del televisor y allí está el criado electrónico reclamando su tacto. Lo empuña y se deja caer en el sofá mientras dispara el número del canal. Del fondo de la nada emergen las imágenes sobre un universo verde iluminado ya por la luz artificial. Jets y Giants se amontonan y revuelven en el coso y la voz del locutor parece guiar las evoluciones de los muñequitos de acero policrómico.

—Jamás olvidaré la final de la Superbowl en mil novecientos ochenta y seis, en Pasadena, entre los Giants y los Denver Broncos. Aquello significó el renacimiento de los Giants. Nueva York lo necesitaba.

Ha sido un monólogo que ella no recoge. Dos goterones de lágrimas traicionan la fijación que le merecen sus uñas perseguidas por tenacillas de puntas voraces. Pero tampoco él asume el mensaje de las lágrimas y devuelve a la pantalla toda la atención que le merece, en lucha contra la cerrazón intermitente de los párpados, que le avisan de la llegada de la somnolencia de siempre, esa compañera que acude con la bebida y el televisor, como un bálsamo excesivo que inicialmente rechaza, pero que termina por llenarle los ojos de paz, de sueño, de nada. Y cuando despierta han enloquecido millones de insectos en la pantalla del televisor, pero no ha sido el zumbido del aparato lo que le ha sacado del pozo del sueño, sino una llamada insistente del interfono que le comunica con la portería. Le cuesta levantarse y aceptar el mensaje que rebota contra el corcho de su cerebro, aunque lo asume a medida que se acerca tambaleándose al comunicador. La voz del portero indio o chicano le parece menos impersonal que otras veces. Está irritado.

—Llevo media hora llamándole.

—Dormía.

—Aquí abajo hay un mensajero. Muy importante ha de ser el mensaje, porque ya son las dos de la madrugada. Me ha despertado.

—Lo siento.

—Yo también. ¿Le digo que suba?

—¿Lleva credencial?

–Lleva credencial.

–Que suba.

Le espera con la puerta entreabierta, para ver antes que ser visto y ahí llega un insecto de cuero con casco en la cabeza y gafas oscuras. Sobre el casco la credencial de la mensajería de la Compañía. Y sin decirse nada intercambian el sobre y el acuse de recibo. Cierra la puerta tras de sí, deja el sobre encima de una consola, se refresca la cabeza bajo el grifo de la cocina y llena un vaso en el que arroja dos alkaseltzers. Apura el vaso de un trago, recupera el sobre, se deja caer en el sofá, molesto por un ruido que tarda en localizar en el televisor aún inútilmente encendido. Hasta mañana no sabrá cómo han quedado los Giants y los Jets. Fulmina la pelea de los insectos luminosos y el silencio le alivia el dolor de cabeza. Del sobre salen cuatro folios. En el primero la cifra que lee como si tuviera en la cabeza un procesador automático de cifras y los tres restantes una carta firmada por Muriel Colbert y dirigida a Norman Radcliffe. La lee por encima pero es como si no la leyera, como si solo recibiera un mensaje que le inquieta y le obliga a volver a la cocina, abrir el frigorífico, beberse una cerveza ansiosamente, hasta el punto de que el líquido le desborda la boca y le humedece la barbilla, la pechera, el estómago hinchado bajo la camisa. Se palmea el estómago humedecido con una mano y musita:

–Hay que recuperar el equilibrio ecológico.

Y ahora se aplica a la carta con ojos de cirujano de sentidos ajenos. Coloca los tres folios sobre la mesa de la cocina, como si fueran tres cartas, por fin descubiertas, en el pleno de una jugada decisiva.

–A ver qué nos dices, Muriel.

Y busca automáticamente el lápiz rojo que por la mañana llevaba en el bolsillo del pijama. ¡Judith! ¿Dónde estaba Judith? Sin duda en la cama, y la visión del lápiz en su sitio, colgado junto a un bloque de anotaciones situado junto al frigorífico, le distrae de su pensamiento sobre la intrusa. Vuelve a sentarse con el lápiz entre los dedos y a leer y a anotar. «Querido Norman. Te escribo con la celeridad que me pides y con una indignación que no deseo y que te juro no dirijo hacia ti.» Muchacha, muchacha, no te indignes, no te ciegues, por tu bien. «... ¿Cómo es posible que nos digan que Galíndez no interesa cuando acaba de publicarse un trabajo de Manuel de Dios Unanue, editado en Nueva York además, por una tal Editorial Cupre...» Muchacha, no te ciegues, es un trabajo que habrán leído cuatro radicales nostálgicos, publicado en español, suficientemente desconocido para que nadie haya fruncido el ceño. «... es el inventario más completo que se ha hecho hasta la fecha del caso Galíndez, desde la perspectiva, todavía confusa, de que fue un agente anticomunista al servicio del FBI y de la CIA, tanto como un agente de los nacionalistas vascos.» Lo sabes y no te importa o quizá no quieras admitir que lo sabes, porque por encima de todo está la pasión por esa momia, convertidos sus restos en agua de mar frente a las costas de Santo Domingo, plancton de sobras de un festín de tiburones... «... Del libro de Unanue se desprende que el caso Galíndez está vivo, como vivos están los testimonios más interesantes que se construyeron para "explicar" su desaparición, tanto el informe Porter como el siniestro informe Ernst.» Pobre Ernst, zarandeado por la historia casi treinta años después de la pacificación de la conciencia política norteamericana. «¿Acaso el olvido de Galíndez no es consecuencia de esa voluntad de ahistoricismo que lo invade todo, que quiere librarse de la sanción moral de lo histórico?» La sanción moral de la historia. La sanción moral de lo histórico. ¿Qué es eso, muchacha? ¿Cuatro líneas en una enciclopedia? «¿Por qué no se quiere recuperar a Galíndez? ¿No ha habido recientemente en toda América Latina suficientes casos de brutalidad, de terrorismo de Estado, para pensar que eso no es arqueología?» Muchacha, aún crees que la historia tiene culpables. No hay sitio en los diccionarios enciclopédicos para la culpabilidad, o apenas una línea en la que no caben ni siquiera las víctimas. «Te admito, solo a ti, que mi trabajo es todavía una obra abierta y que quizá busca una respuesta imposible. ¿Cómo asumió Galíndez la evidencia de su muerte, de que iba a morir, y hasta qué punto le sirvió ese "sentido de lo histórico" del que tú nos hablabas en tus clases?» ¿Tú hablabas de eso en tus clases, Norman? Menudo sinvergüenza. Tu sentido de lo histórico es conservar la radicalidad y la cuenta corriente de tus suegros y el coño fresco de tu mujer joven, hijo de la gran puta. «En conclusión. No pienso dar ese giro que me piden...» Muchacha, muchacha, no te equivoques, no concluyas tan precipitadamente. «... ese punto del no retorno crítico...» ¿Qué es eso? ¿Qué artilugio rojo te estás planteando? ¿De dónde no se vuelve? ¿De las cosas tal como son? ¿Se ha vuelto alguna vez de la evidencia? ¿Para qué escapar de la evidencia? «¿Verdad que me comprendes? Nadie mejor que tú para entender mi actitud, tú que eres uno de los que la han cimentado, formado, alentado.» Tú, Norman, y miles de hijos de puta como tú alientan en el mundo la lucha contra lo evidente e irreversible. Insensibles ante el fracaso, ante los cadáveres de los demás. Colocó los folios uno tras otro y estudió la letra de la firma, recuperando casi olvidadas enseñanzas sobre grafología. Parecía la firma de un músico y no recordó a qué firma de músico le recordaba.

–Una inocente. Aún quedan inocentes. Estúpidos inocentes. Son lamentables.

Temió que su voz hubiera sido oída por Judith desde la cama y fue de puntillas hasta la habitación para comprobar su sueño. Pero la cama estaba vacía y ni siquiera tenía el hueco reciente de un cuerpo. Tampoco había ropas de la mujer, ni halló su bolsa de viaje en el *living,* pero sí un papel bajo la botella de Old Crow.

«Me voy a buscar habitación. Adiós, cerdo.»

No hay para tanto. No había para tanto. Simplemente había dudado de su propio apetito y desconfiado de su propia memoria. Pero ahora le habría agradado tener la mujer a su lado, entre las sábanas, las manos amasándole el culo entre sueños, aun a riesgo de recibir en las narices su aliento de mestiza gris. Regresó al cuarto de baño y separó de la pared el espejo que se llevó su imagen prisionera y tras el espejo apareció una caja fuerte empotrada. Pulsó la clave y se abrió la puertecilla movida por un disparador eléctrico. Dejó en el nicho abierto el informe recién recibido y escogió una carpeta azul entre las que estaban allí cuidadosamente apiladas, la una sobre la otra. Sobre la portada figuraba el nombre «Don Angelito» y el hombre musitó:

—Es la hora de la resurrección de las momias.

–Y es que los ricos también lloran, doña Carmen.

–Yo no sé si los ricos lloran o no, Voltaire, pero yo no paro desde que empieza el serial.

–Llorar es sano, doña Carmen.

–Pero quizá no tanto, Voltaire.

–¿Y si me pusiera un café con una copita de ron?

–A estas horas y a sus años.

–Pues por eso, doña Carmen. Así empiezo el día con una buena circulación.

–Pero aún he llorado más por lo de esas pobres mujeres, don Voltaire.

–¿Qué mujeres?

–¿No se ha enterado? Es lo de siempre, la maldita emigración. Un barco clandestino lleno de mujeres de Martinica y me las han tirado al agua a las pobreticas, dentro de cajones de madera, para que llegaran a la costa, pobreticas, que se han ahogado doce y solo han llegado seis.

–Pues de la Martinica es nuevo, doña Carmen.

–Toda América quiere llegar a Miami.

–No sé dónde vamos a meterlos. Cuantos más se coman las barracudas, mejor.

–Qué malo, pero qué requetemalito es usted, Voltaire. ¿Acaso no vino usted aquí alguna vez?

–Cuando yo vine aquí solo había gringos y más gringos, un

156

puñado de cubanos y pelotaris vascos, que por eso vine, doña Carmen, que ya sabe usted que me va la pelota y no hay quien me saque de los Jai Alai. Y me quedé atrapado, por eso digo que para mí Miami ha sido como un pantano, un pantano en el que estoy hace cuarenta años. Cuando yo vine aún no estaban puestas las calles.

–Bien que le ha ido, que tiene usted piel de muchacho a sus años y una figurita de bailarín.

Rió Voltaire y enseñó una rutilante dentadura postiza, rutilante en su rostro moreno surcado por las sombras blancas en los pliegues de tanto pellejo. Bebió un traguito de ron y el resto lo echó en el café con dos terrones de azúcar.

–¿Y cómo dice que se llama eso?

–Carajillo. Lo aprendí en España y no hay mejor tónico.

–Hay que ver el mundo que usted ha visto, don Voltaire, y cómo le envidio. Yo desde Sagua a Miami, más un viaje que hice a La Habana cuando me casé para conocer al padrino de mi marido, que en paz descanse.

–Hasta que llegaron los barbudos yo iba a La Habana cada semana, como quien va a Miami Beach, me hospedaba en un hotel sobre el Malecón, el Riviera, allí había juego, o me iba al Centro Gallego a tomar España en Llamas.

–¿Y qué es eso tan raro, don Voltaire?

–Coñac y sidra, que a mí me gustan las mezclas, doña Carmen, porque soy mezclado y me gusta todo lo mezclado. Voltaire me puso mi padre en homenaje a la más grande revolución de la historia, O'Shea, porque él era descendiente de libertos de la Guayana de la finca O'Shea, y Zarraluqui, porque mi madre era española, vasca, de la tierra de donde vienen los pelotaris. Mi padre era destilador y mi madre profesora de música. ¿Quiere más mezcla?

–Mi marido en paz descanse fue machetero hasta que nos vinimos aquí por culpa del Caballo y sus Barbudos y yo modista de muy buenas manos, que se me apreciaba en toda la región y había cosido para señoras importantes de Josua.

–Pues yo la tenía a usted por santera, doña Carmen.

–¿Santera, yo?

Se persignó la mulata y contuvo la risa con una mano gorda y blanda.

–Qué malo, qué malito está usted hoy, don Voltaire. No tengo otra imagen en mi casa que la de la Virgen de la Caridad y ahora la tengo con una orquídea preciosa que me trajo mi hijo de una excursión del uiquén.

–Buena yayalocha estabas tú hecha.

–¿Yayalocha, yo? Como siga siendo tan malo le voy a cobrar el ronesito y el cafetito y me voy a olvidar de lo mucho que le quiero, don Voltaire.

Se ladeó el viejo el sombrero de paja hasta que casi le tapó un ojo, se abotonó la entallada americana blanca, examinó el brillo de sus zapatos y se pasó una servilleta de papel por el bigotillo entre blanco y amarillo.

–Me voy al parque, a ver jugar al ajedrez y de paso a caminar, que el médico me ha recomendado mover el esqueleto para mover la sangre. Cuando me muera me gustaría que mi esqueleto tuviera un excelente aspecto.

–¡Virgen de la Caridad!

Pero el viejo ya daba vueltas como un bailarín que se acompañara a sí mismo y canturreaba con los ojos sonrientes y la barbilla temblorosa:

> Amor con amor se paga
> dice un refrán conocido,
> pero el bien que se ha perdido
> no hay bien que lo satisfaga.
> Nada en el mundo le halaga
> al que fue tu fiel amante,
> el amor puro y constante
> es cosa que nunca muere.
> Por eso de mí no esperes
> que yo te olvide un instante.

Y salió a la calle bailando perseguido por las carcajadas de la cantinera.

—Viejo pendejo, qué sal que tiene.

Y buscó apoyo para su afirmación entre la clientela, que apenas había alzado la cabeza ante el show de don Voltaire, tal vez porque eran jóvenes latinos afanados sobre su plato de moros y cristianos, tan afanados que los tenedores cargados dejaban caer frijoles, arroz y manchas de grasa sobre las pecheras de sus camisetas donde constaban los rostros y los nombres de Barry Manilow, Bruce Springsteen o El Puma. Don Voltaire ya estaba en la calle, saludó al propietario de la funeraria, que se estaba abanicando con una hoja de palma, y pasó de largo ante el escaparate lleno de santos, libros de devoción y propaganda anticastrista. El aire olía a fritos de restaurantes cubanos y flores ácidas en los jardines encharcados por la reciente lluvia y cerró los ojillos olisqueando y prometiéndose entereza para no pecar con todos los platos que deseaba, un buen plato de moros y cristianos, picadillo criollo o ropa vieja, langosta enchilada o un asopao espeso de camarones con arroz y luego un coquimol bien empapado de licor de ron o un futú lleno de aromas. Cuanto antes llegara a las anchuras de la calle Ocho, antes dejarían de perseguirle las frituras y las tentaciones.

—¿Don Voltaire, hace un roncito?

Le gritó el mala sombra de Evaristo Ripoll, desde aquella cabecita achicada por un jíbaro y abandonada sobre una pirámide blanda de grasa.

—Me acabo de tomar una carta de oro con un cafecito.

—Pues un peñerito para abrir boca y además alimenta.

—Si me da un vaso de pomelo sin ron se lo agradeceré, Evaristo, pero no quiero empezar el día jodiendo el hígado y poniendo la presión a cien.

Le ofreció Evaristo pasar al interior del apartamento, pero Voltaire prefirió sentarse en la mecedora bajo un ficus gigante, contemplando el balanceo del mazo de una platanera con las hojas maltratadas por el pedrisco. Salió don Evaristo con la bandeja tiritando y fue el viejo quien saltó ágil para cogérsela e impedir la catástrofe.

—Parece usted un pez eléctrico, Voltaire.

–Y usted un cachalote, que ya no tiene sitio para tanta grasa.

–Es que no quemo.

–Es que no para de tragar. Si hiciera usted como yo, por la mañana un juguito, luego un cafetito con su ron, otro juguito, una carne al grill con su ensalada, a media tarde unas hierbas y por la noche fruta. Aquí me tiene.

–¿Y eso es comer? ¿Para qué tanta salud a sus años, don Voltaire? Aunque le envidio. El otro día escuché su plática sobre música antillana desde Radio Mambí y pensé, qué cabeza tiene don Voltaire y cuánto sabe. Otro día le oí hablar de literatura y de las viejas rutas de los piratas y no siendo cubano sabe más de Cuba que los ochocientos mil cubanos que vivimos en Miami. Qué interesante esa figura del corsario Hayn, obligando a los españoles a bajarse los pantalones en Matanzas, y los cincuenta mil pesos de oro y plata que Morgan se llevó de Camagüey. Ha leído mucho, don Voltaire.

–Y he viajado, ya lo decían los latinos, *vivir no es necesario, navegar sí,* y ese fue el lema de mi vida hasta que me quedé empantanado en Miami, cuando aún no estaban puestas ni las calles, como quien dice, y para lo único que servía Cuba era para ir a verla y hablar de ella en el Club Americano. Aquí no había entonces ni un haitiano, ni un nicaragüense, solo los cubanos que ponían tierra y mar por medio escapando de los guardacostas gringos por cosa de la política. Pero eso ya fue más tarde, con Batista.

–El mulato lindo, qué lástima de hombre. Me cortaría la lengua por haber hablado mal de él cuando era nuestro presidente y nos protegía de los piojosos comunistas. Y usted, don Voltaire, que conoce a tanta gente y se mueve entre periodistas, allá en la radio, que ha leído tanto y tan viajero, ¿le parece que esta vez sí, que el piojoso se tambalea?

–¿Castro?

–Ese miserable.

–Ese nos entierra a todos.

–No diga eso, no sea derrotista.

–Miami es el paraíso de los fanáticos, y si ustedes quieren

acabar alguna vez con Castro deben tener la cabeza clara y fría, tan clara y fría como el enemigo.

—O lo derribamos nosotros o no lo derriba nadie, Voltaire. Yo escucho a la juventud, a mis nietos, por ejemplo, y para ellos Castro es como el emperador de la China, aunque lo tengamos a tiro de piedra. Yo me vine en la primera emigración, la del cincuenta y nueve, y mi mujer y mis hijos salieron a mediados de los setenta. Nada que ver con la pandilla de pendejos, putas y maricones que Castro les coló a los gringos desde Mariel. Pero mis nietos piensan como yanquis, y el rock y el *baseball*, y en diez años se perderá la llama. Quiero volver a La Habana, a mi Habana libre, no a esa miserable Habana que los castristas han dejado caer porque odiaban su pasado.

—Usted nunca volverá a La Habana. Confórmese con estos nueve kilómetros de Little Havana. Nunca vivirá tan bien como en Miami. ¿Para qué volver? El mismo clima, las mismas comidas, aquí dentro solo se habla español y están todo el día dándole vueltas a Castro. Cállese y escuche las voces y las músicas que salen de todas esas jodidas radios de todas esas jodidas ventanas abiertas, ¿hablan de otra cosa? Castro, comunismo, Castro, comunismo... no se extrañe si sus nietos se tapan las orejas.

—Si no le conociera, don Voltaire, pensaría que usted es un derrotista filocastrista.

—¿Filocastrista yo? He visto la crueldad del comunismo en medio mundo. La vi en España. Recorrí Europa después de la Guerra Mundial y me di de narices contra el Telón de Acero. ¿Me va a enseñar a mí qué es el comunismo?

—No se enfade, don Voltaire, y beba, que le traigo otro juis.

—Ya me puso de mala leche, don Evaristo, y me voy al parque Maceo, a ver jugar al ajedrez o si me dejan los compadres meterme en una partida de dominó.

—Aquí tiene un amigo siempre, don Voltaire.

Le persiguió la oferta mientras punteaba la acera, que abandonó bruscamente para comprarle un *Miami Herald* a un muchacho negro que lo vendía a los automovilistas en mitad de la calle. Inmigración: dilema de Reagan. Trasladan a haitianos. El atletismo es el padre de todos los deportes. El Poeta y el censor: el caso de Ángel Cuadra... Inmigración, el problema de Reagan. Refunfuñó el titular como si fuera un pensamiento suyo. Ojeó el diario mientras caminaba y alzaba o bajaba la vista alternativamente para no trompicarse con los transeúntes que se le cruzaban o con las bocas contra incendios. A medida que se acercaba a la calle Ocho, el horizonte se ampliaba y en las casas se percibía el color, la forma, el volumen del dinero. Voltaire había adquirido una aceleración excesiva que algunos transeúntes contemplaban de admirado soslayo, porque el viejo parecía movido por una poderosa corriente interior. Y fue él mismo quien decidió acomodar sus pasos al esplendor aposentado de la calle Ocho mientras comprobaba que seguían allí los rótulos que anunciaban la llegada al corazón vertebrador de la Little Havana. «Bienvenido a la calle Ocho.» Se topó con un trío de muchachas doradas y de ojos azules. «¿Os habéis perdido, caperucitas?» Le sorprendía aquella mancha de raza anglosajona en la palidez morena del barrio cubano *chic* de Miami y consiguió las risas y la sorpresa ante aquel viejo que las miraba bajo el sombrero de Don Ameche y les enviaba besitos con la punta de unos labios finos y lilas. Siguió Voltaire su camino hasta el parque Maceo y respiró aliviado cuando vio a su pandilla todavía no instalada ante la mesa de dominó, como esperándole.

–¿Me esperabais?

–Pues no, don Voltaire, pero no había *quorum.*

–Querrás decir que no erais los suficientes.

–Usted siempre dice *quorum,* don Voltaire.

–No seas pollino, Germinal. *Quorum* es una palabra latina, un genitivo plural de *qui,* y significa el número de asistentes necesarios para llegar a un acuerdo.

–Pues a eso iba, don Voltaire, porque una partida de dominó de cuatro tiene el *quorum* cuando son cuatro.

–Germinal, lo que no se ha aprendido a los setenta años ya no se aprenderá nunca.

Removió las fichas el ex maestro cigarrero de Vuelta Abajo

y sus manos palas ocultaron la totalidad de las fichas. Un viejo pájaro seguía vigilante los movimientos de aquellas manazas con su nariz en punta y sus ojos en picado y el cuarto era un manco con camiseta sobre su musculatura vieja pero aún poderosa en la que aparecía el rostro de Don Johnson.

—¿Y quién es ese que llevas en el pecho, Alberto?

—¿No ve la televisión, don Voltaire? Es Crockett, el personaje de *Corrupción en Miami*, aunque su verdadero nombre es Don Johnson.

—¿Te ha dado ahora por llevar sobre los pechos a los guapos de la tele, como una pollita de quince años?

—Me la regaló mi nieto para mi cumpleaños.

—Pues yo no saldría de casa disfrazado de vendedor de periódicos.

—Usted va siempre como un figurín, don Voltaire.

—Se nota que no ve la televisión.

—Claro que la veo, y me sé los nombres de los que salen en ese disparate, Tubbs, teniente Castillo, ¿a que sí? Pero la veo porque me da risa, me da risa que a eso le llamen *Corrupción en Miami* y que sea la propaganda de esta ciudad en todo el mundo, esa serie y los maricones, drogadictos y putas que vinieron con los marielitos. ¿Ese Johnson se parece a los policías que conocéis? ¿Sabéis lo que gana un policía a la semana? Cuatrocientos cincuenta dólares, la mitad de lo que le cuestan los calzoncillos de seda a ese guapo.

—¿Y cómo sabe usted que lleva los calzoncillos de seda, Voltaire?

—Porque leo los diarios. Cosa que vosotros no hacéis. Y a mí no me dan gato por conejo, Alberto, que yo estaba aquí en Miami cuando aún no habían puesto las calles.

—Doble pito.

—Pues le va el pito cinco.

—Y yo me doblo, que esta ficha es más negra que un coño.

—Cuando aquí aún no habían puesto las calles había corrupción de verdad y bandas que se acribillaban con Uzis y Mac 1 en todas las esquinas.

—Esas son armas nuevas, Voltaire.

—Pues con las que fueran, ¿o es mentira que aquí la gente se ha acribillado con Uzis y Mac 1?

—Pero eso fue más tarde.

—Esta es una ciudad de gángsteres, que vive del cuento, de blanquear dinero de la droga y de turistas.

—¿Y qué tiene eso de malo, Voltaire?

—Los turistas no ven la basura que hay debajo del sol. Ellos se creen que esto es Tahití y esto es Beirut.

—¿Qué es Beirut?

—La capital del Líbano.

—Yo tengo un concuñado que es libanés y eso está en África.

—¡El seis doble!

Estalló Voltaire cuando pudo colocar la ficha y tanto le entusiasmó que dejó sin respuesta, pero no sin reojo, el dislate geográfico de Germinal. Y con el mismo reojo vio cómo se acercaba el hombre pequeño, con su traje brillante de todos los días y una corbata que parecía antibalas.

—Ahí llega el hombre ahorcado en su corbata.

—Juguemos y como si nada.

Entre los brazos del que se acercaba aparecía un retrato de una pálida figura que él portaba como si fuera en ofrenda a la nula curiosidad de las gentes del parque, aunque alguna mujer se santiguara a su paso y algún hombre hiciera amago de quitarse el sombrero. Se detuvo ante la mesa de unos ajedrecistas y le sonrieron aunque prosiguieron sus estrategias, tanto que el portador del retrato cambió la posición de firmes por la de descanso y luego rompió la fila que él solo formaba, según la descripción retransmitida de reojo que Voltaire dedicaba a sus compañeros.

—Y ahora se acerca con el general en brazos.

—Y como le dé usted conversación, se nos engancha y nos jode el día, don Voltaire, que le conocemos y a usted le gusta tirarle de la lengua.

Cerró los ojillos don Voltaire mientras las manazas de Germinal volvían a mezclar y erosionar los lomos negros de las fichas. Ya llegaba hasta ellos el portador del retrato, les saludó con una inclinación de cabeza y les tendió la efigie de cartulina aviejada por tanto paseo y tanta exposición al sol, que hasta se le estaba deteriorando el marco, pobretico mi general, apuntó Voltaire, que ya está bien, don José Manuel, de pasearlo como si fuera la exposición del Sagrado Corazón.

—Poca memoria queda del general don Fulgencio Batista, y yo seré su último soldado y lo expondré ante todos los cubanos ingratos que le dejaron caer y luego pisotear por la barbarie roja.

—En eso tiene más razón usted que un santo, pero me han dicho que usted ni siquiera conoció a don Fulgencio.

—Tuve el honor de darle la mano en una visita y de cartearme con él en su doloroso exilio.

—Exilio sí, pero no doloroso, don José Manuel.

—Desde aquel oprobioso uno de enero de mil novecientos cincuenta y nueve en que fue arrojado de la patria hasta el infausto día de mil novecientos setenta y tres en que muriera en la alevosa España fue la tristeza la que abrevió su vida, la vida del cubano más grande de este siglo.

—Yo respeto mucho la memoria del general —terció Alberto— y no hay cubano en Miami que no se arrepienta de la ingratitud del pueblo cubano. Aquí nos hubiera hecho falta para reconquistar Cuba y fue un error exiliarse a Santo Domingo primero y luego a España.

—No le habrían dado el visado.

—No diga blasfemias, don Voltaire.

—¿Os creéis que los yanquis son tontos? Los yanquis no apuestan nunca por nadie que ya haya perdido. No sabéis nada de historia, pero así ha sido. Los yanquis no apuestan nunca por un caballo que ya ha caído. Batista en Cuba lo tenía todo y lo perdió todo, ni siquiera supo salir como Trujillo, con los pies por delante.

Se iba nublando la frente del último húsar del general y masculló:

—La cagó por blando. Si en vez de cortar los cojones a los

del cuartel de Moncada les hubiera cortado la cabeza, de otra manera nos veríamos.

Se levantó don Voltaire y le tendió la mano.

—Ahora empieza a hablar como un soldado del emperador.

Correspondió el batistiano al saludo y quedó tan perplejo como los demás ante la nueva pirueta dialéctica de Voltaire. Consciente de la expectación causada y mientras protegía las fichas que había escogido de la mirada de los otros, les aclaró la digresión.

—Don José Manuel García, el abanderado de Batista, aquí presente, me recuerda al último soldado del emperador. Un francés como hay pocos, porque los franceses suelen ser tan ligeros como su ropa interior, y este en cambio, cada año, cuando se cumplía el aniversario del desembarco de Napoleón tras el destierro en la isla de Elba, se vestía de húsar imperial y acudía a depositar una flor simbólica ante Les Invalides, cada año.

—¿Usted lo vio?

—París y yo éramos inseparables y yo tenía anotada precisamente la fecha del desembarco de Napoleón...

—¿La recuerda, don Voltaire?

—El uno de marzo de mil ochocientos quince.

—¡Lo que no sepa este hombre!

—¿Y ha dicho usted que cada año se vestía de húsar imperial y llevaba una flor?

El batistiano estaba interesado y don Voltaire se levantó para abrazarle y ratificarle.

—No se preocupe usted por lo de la flor, que con el retrato ya cumple.

—Es que lo llevo a todas partes. Donde yo voy va conmigo. Soy vendedor de cepillos y viajo por toda la ciudad y conmigo viaja el general Fulgencio Batista. Y yo le informo. Le doy el parte de cómo están los cubanos, los de Little Havana o los cubanos pobres de Union City o New Jersey. Fue un padre para todos y el general venía de abajo, era un mulato, mulato lindo le llamaban, porque era guapo y no como el oso que le sustituyó, que era un jodío criollo hijo de explotadores. Y le digo: mi general, los cubanos triunfan en el mundo entero. Cubano es el jefe ejecutivo de la Coca-Cola, cubano el diseñador de los vestidos de Nancy Reagan, cubano el *recordman* del mundo de los ochocientos metros, cubana la primera bailarina de América.

–Ahora sí que estoy perdido, porque no me salen las cuentas y no se me ocurre quién es el *recordman* ni quién la bailarina.

–Juantorena y Alicia Alonso.

–Pero esos son castristas.

–¿A usted le consta? ¿Cómo puede ser castrista alguien que está por encima de los demás? El castrismo es la mediocridad.

–Bien dicho.

Había acuerdo y hasta Voltaire lo estaba aunque sonara a chiste lo que aportó como cierre de la reflexión.

–Con razón se dice que Cuba es más universal que nunca, porque la isla está en el Caribe, el gobierno en Moscú, el ejército en África y la población vive en Miami.

Todos rieron con la nariz, conteniéndose, a trompicones, pero no el soldado póstumo del general Fulgencio Batista, quien se cuadró sin abandonar el retrato, giró sobre sus talones y se fue hacia otro grupo.

–Le cogió fuerte. Siempre le veo en el Pub Calle Ocho, tomándose su cortadito, con el retrato sobre las rodillas. Ni siquiera se atreve a dejarlo en el suelo.

Suspiró don Voltaire, se dobló con el cuatro doble y musitó:

–Está enfermo de melancolía.

–Muy bonito, Voltaire. Exactamente eso. ¿Qué cubano no está enfermo de melancolía? El otro día dijo usted una frase que me llegó al alma, una frase sobre el exilio.

–No hay éxito comparable al del exilio.

–¿Es de Martí?

–No, pero podría serlo. Es de un escritor cubano exiliado, muy famoso, y la pronunció en esta ciudad, ante vuestras narices, al menos ante las tuyas, Germinal, porque yo estaba en el mitin y tú también.

–Fue Carpentier.

—Ese era un rojo. Ese no se exilió. Fue Cabrera Infante. El autor de *Tres tristes tigres* y *La Habana para un infante difunto*.

—Pues vaya títulos.

—Una isla tan pequeña y tanto talento.

—El otro día vi por la tele al loco Estrella y óiganme, de loco nada. Dice que piensa morirse sin hablar una palabra de inglés y que los yanquis tendrían que besar la tierra que pisamos, porque hasta que llegamos nosotros Miami no era nada, pero es que nada. Un villorrio.

—Eso sí que no, Alberto, que yo estaba en Miami cuando aún no estaban las calles y esto daba gloria. Entonces los gángsteres se llamaban Al Capone y no eran gángsteres de televisión, como esos guapos de *Corrupción en Miami*.

—Yo he dicho lo que oí. Pero me consta que el dinero que conseguimos traer de Cuba en mil novecientos cincuenta y nueve, bueno, los que tenían dinero en divisas y consiguieron sacarlo, fue la base para la prosperidad de esta ciudad.

—Cierro.

—Y parece que no juegue el pendejo, parece que esté con los tristes y con los tigres y luego nos deja con las fichas en la boca. El viejo pendejo.

—Se acabó el dominó y se acabó la nostalgia, que ya me están saliendo champiñones en los ojos, compañeros, de tanto llorar. El año que viene en La Habana.

—Así me gusta, don Voltaire, que no sea un jodido derrotista.

—Rezad a la Virgen de la Caridad o coged el Orisha y rezad a Oloff, para que os proteja Ochún, o, mejor para vosotros, Orula, el gran vidente del porvenir, o su amante, Changó. Cuando vuelva mañana a La Cubanísima, me acercaré a una tienda de botánica, donde se venden pócimas y escritos mágicos, y en lugar de comprar amansaguapos para encontrar novio o Amárrame al Hombre para que no me deje mi marido, me compraré una efigie de Orula, a ver si esta vez nos dice con toda certeza: el año que viene en La Habana.

No esperó a recibir el efecto de sus palabras, se caló el sombrero y se marchó tan ágil como había llegado, buscando el pri-

168

mer semáforo de la Ocho y luego las calles del norte que le devolvían a su casa. Se reía interiormente, consciente del desconcierto provocado, y tanta fue la risa acumulada que se le rompió el gesto y tuvo que apoyarse en una esquina. Trataba de contenerse pero de pronto le venía la imagen de García con el retrato o de García días atrás pregonando que Batista hacía milagros y que incluso después de muerto podía aliviar la sequía, como él mismo había demostrado.

—Puse el retrato del general sobre mi coche y un altavoz. Conecté el disco del general y recorrí las calles de Miami difundiendo el sonido de aquella voz profética. Y la voz trajo la lluvia. Llovió.

Se ladeó exageradamente Voltaire, como si le costara dejar paso a dos muchachas elásticas sobre sus calcetines blancos y zapatos deportivos.

—¡Ay, si quisierais pisar mi corazón!

Rieron las muchachas, Voltaire siguió su camino y a medida que se adentraba en su territorio aumentaban sus reconocimientos y saludos. Se detuvo ante una casa de vecinos, blanca y verde, descolorida por los soles y las lluvias, pulsó una clave en el portero automático y se abrió la puerta por un resorte. La portera de carne y hueso baldeaba las losas sintéticas de la entrada y era todo culo, que retiró al percibir la proximidad de don Voltaire.

—Esas manos, quietas.

—¿Te he hecho algo, Dolores?

—Negativo. Pero por si acaso.

Subió Voltaire los escalones que le separaban del primer piso y en la primera puerta se introdujo. Nada más entrar recibió un muro de lamentaciones de los cinco gatos que se vinieron hacia él con toda clase de atrasadas demandas.

—Cada cosa a su tiempo, señoras, que Voltaire tiene gazuza y habrá para todos.

Del frigorífico, tan viejo como él aunque de peor aspecto, sacó una bolsa de plástico llena de hojas de lechuga previamente lavadas, un pedacito de carne que volvió a pesar en una balanza de cocina y junto a la balanza aliñó la ensalada con limón y dos gotas de aceite y paseó el filetillo por la plancha caliente sin salarlo. Colocó la magra comida en un plato sobre la mesa y se sirvió un vaso lleno de zumo de cereza, para luego ir a la alacena en busca de una caja de croquetas sintéticas. Los gatos emergían de su estatura con sus belfos y sus bigotes alzados entre maullidos hacia la caridad del viejo.

–Glotonas, que solo pensáis en comer y os va a dar algo.

Distribuyó cinco montones de croquetas sintéticas en diferentes lugares de la cocina, así en el suelo como sobre una silla, y el más próximo y abundante lo colocó a dos palmos del plato donde reposaba su ensalada. Cada gato conocía su montón y fue una gataza blanca de belfo rosa la que compartió los honores de la mesa con don Voltaire. Comían viejo y gata con la misma pulcritud y meticulosidad.

–Qué bien cruje lo que comes, Dama Blanca, me gustaría a mí tener tus dientecillos y no esta dentadura postiza que me llaga.

En cuanto terminaron de comer, compitieron los gatos en restregarse en sus perneras y solo la Dama Blanca avanzó lenta y elástica para colocarse de un sabio salto sobre los hombros de don Voltaire.

–Solo el habla os falta, y estudios debería haberos dado. Sin duda mejores resultados habríais obtenido que muchos zopencos.

Y al mencionar la palabra estudios tuvo una duda que había rumiado durante el camino y se levantó con la gata en hombros para andar los cuatro pasos que le separaban de su ordenado dormitorio, en el que la pared más abundante estaba ocupada por una estantería llena de diccionarios enciclopédicos: la Británica, el Colliers, una Gran Enciclopedia Billiken, el Larousse Illustré, el Espasa y el Salvat en veinte tomos, así como otros volúmenes de saber enciclopédico y global, fueran de la Uthea o del Fondo de Cultura Económica. Consultó el Larousse y buscó la voz Napoleón: «Vuelto a Fontainebleau, se vio obligado a abdicar por la presión de los mariscales (4-6 abril). El tratado de Fontainebleau (11 abril) le permitió conservar el título de emperador y le otorgó el gobierno de la isla de Elba y una pensión a expensas del erario francés. Después de intentar envenenarse (12 abril), el emperador se resignó, mientras el Congreso de Viena hablaba de deportarle lejos de Europa. Entonces trató de aprovecharse del descontento de los franceses con los Borbones. El 1 de marzo de 1815, Napoleón desembarcó en Golfe Jean...»

–¡El uno de marzo! ¡Eureka! ¡Voltaire, no pierdes facultades!

«... y reconquistó Francia con su solo prestigio, sin disparar ni un tiro; este hecho se denominó "el vuelo del Águila", y a partir de entonces se iniciaron los llamados Cien Días.»

–¡El vuelo del Águila! ¡Majestuoso vuelo, Dama Blanca!

La Dama Blanca cerró los ojos cuando don Voltaire cerró el grueso volumen del diccionario y lo devolvió a su retiro. Se metió en el cuarto de baño, llenó de agua un vaso y diluyó en el líquido las gotas de un elixir marrón para hacer a continuación enjuagues y gárgaras que el gato soportó desde su atalaya, adaptándose a los movimientos de su dueño, incluso respetando su súbita inclinación sobre el lavabo para escupir. Con dos dedos diestros como pinzas de precisión se sacó Voltaire la dentadura postiza y su pequeña cara se redujo a la mitad, mientras la dentadura caía como una sonrisa esquemática en el vaso otra vez lleno de agua. Se lamió Voltaire la caverna liberada, con especial cuidado para las erosiones que adivinaba en las encías maltratadas. De una caja de cartón dorado y letras en relieve sacó dos cápsulas de ginseng y las tragó con una complacencia nutridora.

–Cuando seas más vieja, tan vieja como yo, Dama Blanca, también te daré un pedacito de pastilla, y así serás hermosa hasta tus últimos días y te envidiarán todas las gatas de la cuadra, especialmente esa asquerosa *Rosalía* de la puta Gertrudis, que es puta e hija de puta como su madre.

Invitó al gatazo a que le precediera en la ocupación del lecho y, cuando lo vio aposentado en un hueco que al parecer lo esperaba, se quitó Voltaire los zapatos y dejó caer su pequeño cuerpo con cuidado, para quedar inmediatamente casi inmóvil, con una mano meciéndose sobre el pelo del animal, apenas rozándolo como en un rito propiciador del sueño. No llegó a cerrar los ojos y solo le cambió la respiración hasta hacerse sonido de silbido en sordina, mientras un hilillo de saliva le salía de los labios como lubrificante sobrante del sonido. De las ventanas del patio salían canciones superpuestas, la más poderosa la de El Puma, la más tenue la de José Luis Perales y en medio la de Julio Iglesias: «Siempre hay por quién luchar, a quién amar...». En duermevela atendió las canciones, se sobrepuso a lo que tenían de molestia y se apoderó de ellas canturreándolas, ante la paciente curiosidad de la gata, que trataba de oler la orientación de tanta melodía. Y del cantar pasó a la realidad del techo de su habitación, al estatismo tenso del ventilador cenital de aspas de madera falsa. Se incorporó para recuperar su situación y la de la gata.

—En la cama el tiempo justo para dormir, nunca para morir, Dama Blanca.

En el cuarto de baño se peinó, desaguó la dentadura para secarla con una toalla y se la encajó en su sitio, castañeteando los dientes para comprobarlos. Volvía a tener la cara entera y con ella se asomó a la ventana sobre el patio interior ocupado por una gigantesca palma.

—¡Vecinas! ¿No hay manera de que me achiquen la radio, que no dejan dormir a los viejos ni a los gatos?

Se asomó un rostro grande y brillante de mujer y su sonrisa.

—La música amansa a las fieras, don Voltaire.

—No a las de este zoológico. Me gusta más cuando cantan ustedes.

—¿Qué quiere que le cante, don Voltaire?

—Lo que le salga de la pechuga, que para eso la tiene, y abundante. Cánteme *Marasuá,* que le sale muy bien, vecina.

—Qué viejo, si esa canción es de los tiempos de mi madre. Y la canto cuando la recuerdo.

—Recuerde a su madre, vecina, y cierre Radio Manguí, que tienen todo el día puesto a Perales.

Se retiró la vecina de la ventana entre risotadas y al rato por el espacio de su ausencia salió la canción que con toda el alma dedicaba a Voltaire.

> Marasuá es la reina de un pueblo oriental.
> Todo su amor concentrado en el rey siempre está,
> mas cuando se va, en su ausencia un príncipe azul
> le hace el amor a la reina Mará, Marasuá.
> ¡Oh dulce Marasuá,
> para ti mis amores serán!
> Déjame soñar mi dulce bien,
> antes de volver allá
> quiero yo probar si para mí
> has de ser Marasuá.
> Mi corazón late siempre con gran emoción
> por si tu rey me pudiera aquí ver,
> déjame soñar, mi dulce amor,
> que tu amor y señor soy yo...

Continuaba la canción y Voltaire mascullaba «canta como una rana la japuta...», pero se asomó a la ventana y gritó:

—¡Trovadora! ¡Trovadora!

—¿Es a mí?

La sonrisa era más ancha que la ventana.

—Trovadora. Es la canción de un trovador, se lo aseguro.

—Se la cantaré siempre que quiera.

—Y siempre que no esté su marido, porque podría tomarme la canción al pie de la letra y hacerle una visita.

—De visita lo que quiera, don Voltaire.

La ventaja que tienen los gatos es que solo maúllan, refunfuñó el viejo, sacudido por la señal intermitente del teléfono al que respondió con un ya va continuado hasta que lo descolgó.

—¿Sí?

Las preocupaciones que traía consigo se convirtieron en otras a medida que escuchaba.

—Afirmativo.

Dijo como único comentario, y colgó mientras se estremecía. Apartó con el pie suavemente a la gata que se afilaba las uñas en su pernera, se arrepintió a pesar de la suavidad del gesto, pero no pidió disculpas al animal aunque pensó hacerlo. En el dormitorio tiró del primer cajón, metió las manos entre la ropa interior funcionalmente repartida y la separó en dos bandos para descubrir el centro del receptáculo. Presionó con los dedos y corrió el contraplacado hacia la derecha mostrando un segundo fondo en el que destacaba una bolsa de gamuza. La extrajo, tiró de la cinta que la ahogaba y del interior sacó una Beretta en su funda y con sus tirantes sobaqueros y una navaja automática. Comprobó el cargador de la pistola y la soltura de la navaja para desdoblarse y enseñar su alma de acero. Se metió la navaja en el bolsillo, se colgó la pistola bajo el sobaco y ante el espejo se probó cómo le quedaba la americana. Se ladeó el sombrero sobre la oreja izquierda.

—Adiós, señoras, y pórtense bien, que yo me entero de todo.

Dijo a los gatos. Ya en la calle volvió al caminar elástico mientras con los ojos vigilaba la llegada de un taxi desocupado. Cuando lo halló se metió dentro y tardó en concentrarse porque le distrajo el olor dominante del ambientador de fresa.

—Cuánto perfume, ¿va de fiesta, hermano?

Mas no era cubano el taxista, ni nica, era un haitiano que hablaba una mezcla de créole y español.

—Lléveme al Barnacle, que quiero comprobar si sigue allí.

No le entendió la broma el taxista y Voltaire olisqueó por si era cierto lo que decían los cubanos, que los haitianos huelen mal y todos son portadores del sida. Sentía aprensión en las posaderas, como si el sida fuera a entrar en su cuerpo desde el tapizado de plástico. Le esperaba un largo recorrido y procuró distraerse contemplando la progresiva vejez del paisaje, la señal de que iba acercándose al centro del antiguo Miami, a la ciudad en la que aún había tenido tiempo de ser joven.

—Cuando yo llegué a Miami aún no estaban puestas las calles.

El taxista tampoco le había entendido esta broma pero le sonreía.

174

–¿Es usted haitiano?

Volvió a sonreírle mientras cabeceaba sonriente.

–¿Cómo consiguen salir del Krome? Me habían dicho que el control era más duro que en la isla de Ellis.

–*Avec* paciencia.

–Y cada vez hay más haitianos en Miami. Estuve en su barrio cuando festejaron la caída de Duvalier. Todo el tráfico quedó atascado entre la Segunda Avenida nordeste y la calle Cincuenta y Cuatro. No se podía dar un paso. Había gente que estaba bailando desde el amanecer. Y todo lleno de banderas con los colores azul y rojo y los cláxons sonando todo el día. *À bas* Duvalier! *À bas* Duvalier! *À bas* Duvalier!

Contagiado por el ritmo de su grito, el taxista lo secundó con la bocina mientras reía a carcajadas.

–¿Es usted cubano?

–No. Pero como si lo fuera y no lo fuera. Yo soy ciudadano del mundo y librepensador, como el que me puso nombre, Jean Baptiste Arouet, «Voltaire».

–¿Era haitiano?

–Francés. Yo Haití solo lo he visto desde la frontera, durante los años que viví en Santo Domingo. Nunca estuve allí, pero era muy amigo de los pintores haitianos establecidos en la capital de la Dominicana. Muy buenos.

–Los haitianos pintamos muy bien.

Lo aseguraba con la cabeza orientada ya hacia la aparición del mar en Bahía Biscayne y la presencia de la vegetación en los parques y jardines de Coconut Grove.

–Pero yo no me marché de Haití por política.

Le aclaró, y luego volvió la cabeza y se llevó la mano convertida en un pico hacia la boca.

–Porque me moría de hambre.

–Duvalier era un tacaño. Me refiero al padre de ese mequetrefe al que ahora han destronado. No era un estadista. Era un usurero. Yo conocía bien a Trujillo y era tan tirano como Duvalier.

–Trujillo muy malo. Mataba a haitianos a palos.

—Era tan tirano como Duvalier pero no era un tacaño. Duvalier utilizaba impresos antiguos, incluso después de haber sido nombrado presidente vitalicio, y añadía con su propia letra *à vie,* para no gastarse dinero haciendo nuevos impresos.

Estaba de acuerdo el taxista.

—Lo bueno que tienen ustedes es que son humildes.

—Sí, nosotros somos muy humildes.

—En cambio los cubanos son muy fanfarrones.

—¿Qué quiere decir fanfarrón?

—Fanfaron.

—¡Ah, fanfaron! Sí, *ils sont des fanfarons.*

—Y unos racistas, que desprecian a los negros cubanos y a ustedes porque son negros.

—Son muy racistas.

—Y Castro también es un racista. Todos los dirigentes de la revolución son blancos, ¿dónde están los negros?

—Aquí, los negros están aquí.

—Los últimos barcos cubanos llegaron cargados de pendejos, drogadictos y ladrones negros...

—Esto está lleno de negros.

Afirmó el taxista negro, preocupado por la evidencia.

—Si fuera por los cubanos, no dejarían entrar ni a un haitiano en Miami, los dejarían que se pudrieran en el Krome.

—Usted es un gran amigo del pueblo haitiano.

—Es que los haitianos son humildes, y yo estaba aquí antes de que pusieran las calles y los cubanos creen que lo han hecho todo, que Miami no existiría sin ellos.

—*Ils sont des fanfarons.*

—Además, les tienen manía porque ustedes se sublevaron contra un dictador reaccionario y todos los cubanos aquí son reaccionarios. Y les decía Duvalier es un asesino, y ellos me contestaban que Castro era peor que Duvalier. ¿Qué le parece, hermano?

—Yo no entiendo, la política no me da de comer.

El taxi se había introducido en el Peacock Park y buscó la construcción del Barnacle.

—Déjeme aquí, hermano, me acercaré dando un paseíto.

Y cuando hubo bajado se volvió para saludar con el puño cerrado al taxista.

—¡Viva Haití libre!

Se rió el taxista pero no secundó el gesto de su cliente, aunque le sonrió mientras le vio avanzar por el prado, bajo las palmeras que crecían desde redondeles de arena dorada, pequeñísimo y menudo don Voltaire, en comparación con los robles, los quimbombos y los caobos que jalonaban el avance hacia The Barnacle, con sus apenas cien años de historia de madera conseguida del desguace de barcos naufragados. Voltaire dejó de lado la casa museo de los Munroe para asomarse al océano, enfrentado a los islotes de la bahía y al Cayo Biscayne en el más remoto horizonte. Aún quedaba algo salvaje en aquellos mangles, tan distinto el islote de Miami Beach, en la lejanía, con su línea de cielo marcado por los hoteles de lujo asomados al infinito océano, como un prefabricado escaparate del esplendor de Florida. Recostado en una barandilla de madera, Voltaire oteaba todos los senderos que iban a parar al Barnacle y vio cómo llegaba el que le había citado, con aquella cabeza de panocha y el traje aún demasiado ancho para su esqueleto. Le recordaba una mueca de animal disgustado de estar donde estuviera, siempre con los ojos inquietos y el deseo de estar en cualquier parte menos allí. Venía solo y casi solitario estaba el parque. El flaco panocha se metió en el Barnacle y Voltaire aún aguardó unos minutos, husmeando todos los horizontes por si aparecían otras gentes. Solo cuando un autobús escolar dejó sobre el césped una cincuentena de niños ruidosos y dorados Voltaire se les adelantó para meterse en el edificio antes de que llegaran aquellas ciegas y fieras hormigas. Alcanzó al flaco en el salón donde se exponen las fotos del antiguo condado de Dade tomadas por el viejo Ralph Munroe.

—Parece mentira que eso fuera Miami y lo que es ahora.

El hombre panocha se ha sobresaltado, y al volverse tarda en reconocer a un Voltaire feliz por haber tomado la iniciativa.

—Yo llegué aquí cuando, como quien dice, no estaban puestas las calles y ya entonces esta vieja mansión de los Munroe parecía historia. ¿Ha visto usted los muebles? ¿La biblioteca? Ah, esto es uno de los pocos sitios de Miami donde se huele a historia, a historia yanqui, desde luego, a historia de ustedes, porque solo ustedes son capaces de convertir en histórico que la electricidad llegara a esta casa en mil novecientos trece o que en el ático esté un sistema de refrigeración de aire tan primitivo como modernamente estudiado por los arquitectos. Con todo eso en Europa harían concursos de radio locales y aquí ustedes hacen historia. Bendito pueblo.

Parpadeaba el panocha ante el discurso y recelaba tanto del viejo como de los ecos de la anunciada invasión de escolares.

–Sigue siendo el mismo.

–Uno sigue siendo el mismo hasta que se muere.

–Quiero decir que se conserva muy bien.

–Me cuido.

–Pronto recibirá visitas.

–Creí que me habían olvidado.

–Recibirá una llamada del hotel Fontainebleau Hilton, de un tal Robards. No se preocupe en utilizar el nombre porque es un nombre a extinguir después de la operación.

–¿De qué va la pachanga?

–¿Qué quiere decir pachanga? Hace años que no me muevo por Miami y he perdido vocabulario de ustedes.

–Para qué se me requiere.

–Caso Rojas, Nueva York.

Es un temblor total el que el viejo reprime, aunque se le escape un castañetear de dientes que suena realmente a castañuela y se le enturbien los ojos turbios y el fino bigote se le convierta en un ángulo blanquiamarillo mal teñido de juventud.

–Todavía eso.

–Yo no sé de qué se trata. Esta vez me utilizan solo como su contacto habitual. Todo lo demás, ¿bien?

–Paso los informes según lo convenido, aunque todo esto ya está firmado y sellado, visto para sentencia. Cada mochuelo en su olivo, los cubanos, los picas, los haitianos, paraguayos...

Han peleado durante años para derribar a sus tiranos y ahora o están cansados o viejos o tienen hijos con el culo bien sentado en Miami y no hay quien los mueva.

–Los contra, los nicas contra, esos son preocupantes porque no se sabe cuánto infiltrado tienen.

–No son mi especialidad. A mí cubanos y haitianos, y sobre los haitianos le diré que desde la caída del joven Doc aquí solo han quedado los hambrientos. Los otros están conspirando por el Caribe y Centroamérica. Miami para ellos es una trampa. Hay mil informadores como yo que no les quitan el ojo de encima. Una cosa que quería decirle, amigo, es que los filtros que hacen ustedes en Krome cuando cogen a los inmigrantes clandestinos no sirven para nada. Aquello debe estar lleno de burócratas con interrogatorios de manual, peor aún, de catálogo.

–¿Qué quiere que hagamos? ¿Que les apliquemos la picana?

–Lo mío es informar y no darles consejos, que por el Krome se les colaría a ustedes hasta el Che Guevara disfrazado de corista del Copacabana.

–Bien. Don Angelito.

El viejo aguardó a que el yanqui terminara de pronunciar el nombre en toda su extensión, con aquella «o» alargada hasta cerrarse y convertirse en una «u». Pero cuando hubo terminado le miró a los ojos y escogió la voz más dura que le permitió su dentadura resbaladiza.

–¿Es necesario que me saque el nombre a pasear?

–Para nosotros usted es don Angelito y por ese nombre consta en los archivos, pero no se preocupe, el contacto conoce su nombre actual y no cometerá errores.

–¿Conozco al contacto?

–Lo conoce. Se conocen desde hace muchos años. Según la ficha, ustedes dos entraron por primera vez en relación en mil novecientos cincuenta y siete.

–¿Para cuándo?

–Depende. Incluso es posible que el contacto no llegue a producirse. Me han avisado que esté usted preparado y que tenga en cuenta todo lo referente al expediente Rojas, Nueva York-5075. Y ahora me voy.

Y al decirlo miraba por encima del hombro de Voltaire la avanzadilla de escolares que en aquel momento se apoderaba del salón de fotografías rancias del antiguo condado de Dade. Atravesó el bosquecillo de niños y Voltaire aprovechó la senda abierta para retirarse, con la vista fija en los talones del flaco panocha, pantalones demasiado cortos y calcetines caídos, enseñando un pedacito de pierna blanquísima y pecosa, pecas grandes, pecas de vejez. Cuando Voltaire salió al parque, el otro era ya una figurita que buscaba la normalidad de Miami, mientras Voltaire remoloneaba entre vegetaciones y buscaba la línea del mar, otra vez los horizontes lejanos de los islotes, el lomo quebrado de los rascacielos contra el cielo oceánico, opuestos a la soledad del Atlántico, como un fondo inapelable y total por el que avanzaban sus propios recuerdos y sobre ellos un paseo con Galíndez en Ciudad Trujillo junto al mar, por las aceras de la avenida George Washington, repletos de comida y batidos, coco locos y aromas de puros Elegantes. De todo lo vasco, Angelito, lo que más me conmueve es lo marinero, tal vez porque la patria de mis mayores, Amurrio, esté tierra adentro y yo haya vivido tanto tiempo, demasiado tiempo, en Madrid. Aquí en Santo Domingo hay pocos vascos, Angelito, y necesito asomarme al mar para imaginármelo lleno de capitanes de Euzkadi. Donde esté un vasco está Euzkadi, aunque sea como en tu caso, Angelito, que eres medio vasco y medio negro yoruba cubano. Lo de los yorubas ya es memoria, Jesús, que mi padre ya era muy clarito y llegó a ser violinista en la orquesta de La Habana y profesor del conservatorio y mi madre era tan vasca como tú, Jesús, hija de un marino de Zarauz establecido en Santiago. ¿Quieres que te la cante, Jesús? Me la sé tan bien como tú, o mejor que tú. La cantamos juntos, Angelito, aquí frente al Caribe, para que se la lleve el Atlántico y llegue a Euzkadi. Cantaba Voltaire en el recuerdo, pero también sus labios se movían ahora hasta convertirse en voz ante el mar estanco de Bahía Biscayne.

Gernikako Arbola da bedeinkatua
euskaldunen artean guztiz maitatua.
Eman ta zabal zazu munduan frutua
adoratzen zaitugu arbola santua.

Fue en un café, en un café, Angelito, donde el gran Iparraguirre cantó por primera vez esta canción que sería el símbolo musical de la patria vasca. Será en un café, Jesús, pero tú no la cantes que desentonas. Vuélvela a cantar, Angelito, que me gusta mucho ese deje de bailongo caribeño que le da tu acento. Y la volvió a cantar, entonces y ahora, solo la primera estrofa ahora, porque solo la primera estrofa recordaba. Me la enseñó mi madre, Jesús, me dejó este recuerdo. Y a Jesús bastaba mencionarle una madre, la que fuera, para que se le nublaran los ojos y si estaba borracho incluso se echara a llorar, o se pusiera a cantar: «*Alouette, gentille Alouette...*» Siempre cantaba esta canción. Se la había traído de Francia en uno de aquellos barcos cargados de fugitivos de terrores europeos, barcos de nombres europeos: *Delassalle, Flandre, Venezia.* Cincuenta dólares por un visado. Cada inmigrante recibía una silla y una cama y si era una familia también se le entregaba una mesa. Les esperaba la propuesta de irse como colonos a las tierras vírgenes, a las colonias de Pedro Sánchez y de Dajabón, de donde volvían con las fiebres y con las manos despellejadas. Hombres de letras o de ciencia abriéndose paso por la selva baja con machetes que apenas si podían mover con soltura. Galíndez trataba de asistirles en colaboración con la agrupación benéfica de los cuáqueros norteamericanos o con The British Committee for Refugees. Sobre todo trataba de salvarlos del destino de colonizadores en los ingenios y algunos tuvieron un final peor, cadáveres flotantes por el Ozama, víctimas de un malentendido, de una venganza, de la búsqueda de un camino demasiado fácil. Los catalanes ayudaban a los catalanes, los vascos a los vascos y en el café Hollywood se encontraban todos para recuperar un territorio de tertulia o simplemente de encuentro. Recordaba un paseo con Galíndez por la calle Conde, parque Colón y entre las vegetaciones un hombre sentado con la pierna enyesada. Es el presidente Peynado. Un títere de Trujillo. ¿Y no tiene miedo de estar aquí? Está más sentado en esta silla de enea que en el sillón presidencial. No cuenta. Otro recuerdo concreto, en el cine Travieso, una película americana de Clark Gable y Claudette Colbert, una copia vieja, arañazos sobre la imagen, silbidos. Luego el inevitable paseo con el danzarín andarín Galíndez hasta la línea del mar, a la espera del barco correo quincenal de La Habana, con el pescuezo de Jesús alargado por si veía la huida en el horizonte o quizá Euzkadi. *Alouette, gentille Alouette.* Al vasco le gustaba también meterse por los barrios de los desgraciados, junto al mar, sin urbanizar, barracas de madera y planchas de desguaces, negros multiplicados por su propia negritud, niños famélicos, basuras. O le obligaba a acompañarle a sesiones de vudú menor, de un vudú sin crueldad, prudente, de un vudú respetuoso con todas las prohibiciones de una dictadura. O a los sermones de la secta protestante de los *cocolos,* en la calle del Arzobispo Meriño, oradores impecables. ¡Qué bien hablan, Angelito, los protestantes! ¡Qué bien cantan! Las reuniones religiosas de los protestantes me emocionan, porque carecen de la grandilocuencia de las catedrales católicas. Son religiones de *living-room,* Angelito.

182

¿Por qué te ha venido a la cabeza este fragmento de canción en la voz de Eduardo Brito como vuelve un regusto al paladar? «Esclavo soy, negro nací...», como si aún se filtrara por las ventanas abiertas de la calle Conde, Santo Domingo o Ciudad Trujillo, 1941. «Negro es mi color, negra es mi suerte...» Tal vez porque la canción sonara como fondo de alguna conversación de café, con Martínez Ubago en uno de sus viajes a la capital, desde Sabana de la Mar, o con Vicente Llorens, y a la canción asocias nombres de aquel tiempo: Serrano Poncela, Paz y Mateos, Bernaldo de Quirós, Granell, Gausach, Almoina... Y luego los comunistas, solo los comunistas nos interesan, señor Galíndez, o solo los comunistas nos interesan, pendejo, hijo de la gran puta, que te vamos a deshuevar con una navaja sin filo, maricón. Alaminos, Adam Lecina, Vicente Alonso, Luis Salvadores, Badallo Casado, Barberán Roca, Berdala Barco, Clemente Calzada, López de Sardi, Hernández Jiménez, Cepeda. ¿Fue en el Hollywood? ¿Con quién estaba? ¿Driscoll? ¿Angelito?

—Ahora vas a hablar de tus contactos en México con Cepeda.

¿Hablar? ¿Con qué boca, con qué lengua? Tienes la lengua como una patata hinchada, magullada por tus propios mordiscos cuando te bailaba la quijada al compás de las descargas eléctricas, y no les grites desde la hondura de tu miedo, porque en sus ojos ves lo que dicen sus palabras.

—Cuando gritas nos molestas y aquí no te oye nadie. ¿Quién

se acuerda de ti? ¿Quién va a molestarse buscándote? ¿Quién reclamará tu ausencia? ¿Franco?

Ross. Ross estará extrañado. Y Silfa. Toda la organización del desfile estaba pendiente de tus contactos con Ross, del permiso del alcalde.

—Y cómo te comunicas con los rojos del exterior y el interior, porque tú eres una mierda de agente soviético, aunque te disfraces de profesor, de demócrata, de vasco, de español piojoso. Tú eres un rojo. Desde hace diez años tenemos a los comunistas dominicanos o entre rejas o bajo tierra y los que quedan son asilados políticos, carroña y carroñeros, se alimentan de sus propios mártires en México, Cuba, Guatemala, Argentina, Costa Rica, Nueva York. Háblanos de Nueva York. Qué hay detrás de Silfa.

—Soy delegado del Gobierno Vasco.

—¿De qué gobierno? No me hables de fantasmas. Háblame de rojos, esos no son fantasmas.

Les has dado todos los nombres que sabían, nombres que rebotaban contra la torpe expresión de los subalternos o contra la sonrisa aparentemente plácida del oficial.

—No quiero dejarle en manos de estos matones, profesor. Yo soy un mandado, y si usted me facilitara las cosas aún podría salir bien librado.

—Soy agente del FBI. Mi organización les pedirá explicaciones.

—No se haga el cojonudo, profesor. Nadie pide explicaciones eternamente. Y usted está aquí. En la eternidad.

Pero, entonces, ¿por qué, para qué esta saña? Te pregunta por preguntar, dentro de un rito que ellos solo dominan y que tiene en tu cuerpo la eucaristía. Las corrientes no, por Dios. ¿Por qué Dios, pendejo?, ¿por qué Dios? ¿Qué quiere decir Dios para un comunista? Te duelen los brazos de tanto como los has opuesto a los golpes, de tanto protegerte esta cabeza desorientada sobre la que se ciernen sus puños protegidos por anillos de hierro.

—No, no me le estropeen la cabeza, carajo, que es un profesor y es en la cabeza donde estos huevones tienen todo, todito

184

lo que piensan. Igual me lo inutilizan y luego no sirve para nada, porque con esos cojoncitos que le cuelgan poca cosa puede hacer. Mire, profesor, que conmigo aún puede entenderse y quizá el Jefe le perdone toda la basura que le ha tirado encima si presta algún servicio a la Patria. Porque el Jefe, como ha hecho toda su vida, pone el interés de la Patria por encima de su vida, una vez más, una vida dedicada toda ella a emancipar al pueblo dominicano de la postración en la que le habían dejado todos los que habían venido aquí a despojarnos de lo nuestro. Entre ellos, ustedes, que en mala hora vinieron y nos pagaron la hospitalidad dejando el país lleno de huevos de serpiente. Franco los echó a correazos y ustedes pusieron los huevos allí donde les dejaron ponerlos, aprovechándose de la hospitalidad de hombres de corazón generoso como nuestro Generalísimo Trujillo. ¿Por qué no está en España sembrando víboras? ¿No se atreve a volver a España a luchar allí por lo que piensa? ¿Por qué se ha metido bajo los faldones de la estatua de la Libertad? Profesor, ¿por qué? ¿Qué puede saber usted si todo lo que sabe lo ha utilizado para escribir esta basura? Lea el título, léalo, que es gratis, no le voy a cobrar ni un peso porque me lea el título, profesor. ¿Qué dice aquí? ¿Cómo ha dicho? *La era de Trujillo,* muy bien, el profesor sabe leer. *La era de Trujillo,* sí señor. Y ya hay malicia, malicia de mal nacido en el título. Ridiculizan la evidencia de que con Trujillo empieza una nueva era. ¿Acaso no es cierto? ¿En la historia de la República no hay que distinguir el antes y el después del Jefe? ¿Pero es que se cree que los dominicanos somos tontos? No te rompas las manos, Berto, que tiene la cara más dura que tus puños. Dale con la toalla mojada y pícale con la vara la planta de esos pies de risa que tiene. ¿Se acuerda usted de lo que dijo con motivo del hijo de puta de Requena, allí en Nueva York, creyéndose bien protegido bajo las faldas de la estatua de la Libertad? ¿Recuerda? Se lo voy a refrescar, profesor. No se pierda ni una palabra, son suyas. «Hace un año, un exiliado dominicano fue asesinado en las calles de Nueva York. Su asesino quizá se crea ya a salvo, porque el tiempo hace olvidar muchas cosas. Pero sus amigos nos hemos reunido en el mismo lugar donde cayó fulminado para recordar su memoria. Quizá algunos piensen que protestas simbólicas como esta no pasan más allá y el asesino de turno se ríe de las aparentes plañideras. ¡Cuántos luchadores de la libertad han caído este año en la primera línea de combate y qué pocas líneas se han dedicado a su memoria, si es que siquiera se conocen sus nombres! Desde el dirigente socialista español Tomás Centeno, asesinado en los calabozos de la Dirección General de Seguridad de Madrid, a los millares de anónimos campesinos colombianos sucumbidos en los últimos meses de la dictadura. ¿Acaso sirve para algo luchar?» ¿Se ha contestado usted alguna vez esta pregunta, profesor? ¿De qué le sirve ahora? ¿Quién va a venir en su ayuda? Haga la lista. Para empezar, no tiene usted ni patria. Franco le rechaza como español y usted mismo no se considera español, sino vasco. ¿Qué es eso? ¿Tienen la bandera puesta en la ONU? ¿Tienen fronteras? ¿Aduanas? ¿Moneda? Ni siquiera tienen moneda los vascos, carajo, que usted cobra en dólares, en dólares de los yanquis, profesor. O quizá cobre también en rublos. ¿Quiere que siga leyendo? ¿Prefiere que hablemos de lo nuestro? ¿Está dispuesto a hablar de sus contactos en Ciudad Trujillo? Ciudad Trujillo, Puerto Plata, Macorís, Sabana de la Mar. ¿Qué le dice este nombre, Sabana de la Mar?

–Allí vive mi amigo, el doctor Martínez Ubago. Pero todo el mundo sabe que Martínez Ubago no es comunista, heredó mi representación de los nacionalistas vascos.

–Martínez Ubago. Los dominicanos adoran a ese doctor, un santo, un santo que hace mucho bien. ¿Os ha curado alguna vez a vosotros ese doctor? A mis compañeros no les ha curado nada, ni a mí tampoco. Pero veamos esta correspondencia que tengo en mis manos. ¿Reconoce su firma? Esta carta se la envía a Sabana de la Mar el seis de julio de mil novecientos cuarenta y uno, cuando usted vivía en la calle Lovatón. ¿Recuerda la calle Lovatón?, tan cerca y tan lejos. Bueno, es una carta muy sencilla, con saludos a la señora y al niño. Ya no es un niño. ¿No será el hijo de Martínez Ubago uno de sus contactos? Pero no nos entretengamos. En una carta con fecha de dieciocho de diciembre de mil novecientos cuarenta y cinco usted le dice a su amigo, a ese santo, que un tal Lendakari le ha propuesto ir a Nueva York, a trabajar con él. ¿Quién es Lendakari?

—Es el tratamiento político del jefe del gobierno vasco en el exilio. El nombre verdadero es Aguirre.

—Aguirre, ya he aprendido quién es Aguirre. Estuvo por acá ese buen hombre. Incluso tengo fotografías en las que usted aparece a su lado, aquí en Ciudad Trujillo. Tenía usted mejor aspecto, si he de ser sincero, los años no pasan en balde. Aguirre. Y usted llama Lendakari a Aguirre. ¿Por qué no llamarle directamente Aguirre?

—Es como si usted dijera el Jefe, así no es necesario decir Trujillo.

—Decir el Generalísimo Trujillo.

—Decir el Generalísimo Trujillo.

—Decir el Generalísimo Rafael Leónidas Trujillo.

—Decir el Generalísimo Rafael Leónidas Trujillo.

—Lendakari. Bueno, voy a admitir que Lendakari es Aguirre, aunque lo comprobaré, por si usted ha pensado que yo soy tonto. Usted le dice a ese santo doctor que una vez se haya ido de República Dominicana, alguien ha de ser el delegado vasco aquí. Escuche bien, profesor: «... hay dos posibles candidatos, Zabala y tú, de ambos sinceramente creo que tú serías preferible, sobre todo porque tienes más medios de defenderte solo. En todo caso, al que quede puedo trasladarle algunas cosillas que tengo relacionadas con la delegación, especialmente una corresponsalía con la prensa francesa, que creo que nunca bajará de ciento cincuenta pesos al mes...» Aquí hay que aclarar algo. ¿Qué quiere decir «... más medios de defenderte solo»? ¿Qué está insinuando?

—Usted mismo lo ha leído. Es una cuestión económica. No es que el doctor Martínez Ubago sea rico, porque es un médico que atiende a los enfermos prácticamente sin cobrar nada o muy poco, según lo que puedan pagarle. Pero algo gana. En cambio Zabala tenía que ganarse la vida muy estrechamente y quizá no hubiera dispuesto de tiempo para el trabajo de la delegación.

—Ni para escribir artículos para la prensa francesa calumniando al Jefe, calumniando a todos los dominicanos. ¿Quién es José Galindo?

—No lo sé.

—Vamos, entre Galíndez y Galindo solo falta una patita, una patita de mosca. Galindo, Galíndez. Galindo, ese cabrón que ha escrito artículos por toda la América Latina ensuciándose, o mejor dicho tratando de ensuciar la efigie del Jefe, porque toda la mierda que envía vuelve a él.

—Yo no soy Galindo.

—No. Usted es Galíndez. Muy bien. Ya tenemos a Martínez Ubago como conspirador, como su sustituto en la conspiración, y usted se va a Nueva York, a ver mundo y a hacer carrera. Pero antes de irse envía otra clave, otra carta, bueno, otra clave a Martínez Ubago. Lea, lea lo que pone en esta línea.

—«Saludos y enhorabuena por el incienso recibido a tu orfeonismo.»

—¿Y eso qué quiere decir en cristiano? ¿Qué le trata de decir para que ninguno nos enteremos?

—Martínez Ubago había organizado un orfeón, a la manera vasca. Música coral. Un coro de cantantes.

—¿Vascos?

—No. Era imposible montar en Sabana de la Mar un orfeón solo de vascos. Había otros españoles y algunos dominicanos.

—Ahí es donde se lo trabajaban bien. Reuniendo a gente para tocarse los huevos y de paso adoctrinarlos, ponerles la cabeza gorda contra el Jefe y llevarlos hacia el comunismo.

—A los vascos nos apasiona la música.

—¿Por qué no le hace cantar, oficial?

—Porque el profesor no es un orfeón.

—Si me lo deja a mí, capitán, le cantará lo mismo que eso, lo mismito que un coro de cien mil boquitas. Cantará el *Claro de luna.*

—Creámonos lo del orfeón, aunque vaya manera más rara de escribir. Incienso recibido por tu orfeonismo.

—Le habían dado un premio a su orfeón.

—Un premio.

—Es una metáfora.

—Una metáfora... como no sea una metáfora, que no se me ocurre a mí qué coño hace una metáfora en una carta, le aseguro que se va a acordar de nosotros. Aunque no sé si me permite hablarle en este tono, porque usted me impresiona, profesor, me pone tieso, me cuadra cuando veo que ya en la próxima carta a Martínez Ubago, desde Nueva York, quince de febrero de mil novecientos cuarenta y seis, le escribe en papel oficial, lleno de rótulos y títulos y subtítulos, como si usted fuera el zar, el zar de Rusia, profesor. *Basque Delegation in the USA*, me atraganto, profesor, que este bolo es muy gordo para mí. Y sigo. *Euzkadiko Lendakaritza*. ¿En qué chino escribe mi hermano? Lendakaritza, algo tiene que ver con Lendakari. ¿Me equivoco? No, no me equivoco. 30 Fifth Avenue, New York, N.Y. Tel. Gramercy 3-3556. Bien. Ya hemos llegado a Nueva York.

Y desaparece de pronto de tu vista, en la medida en que tus párpados hinchados ya no soportan su propio peso y porque se ha retirado del centro del resplandor para esconderse en el fondo de una negrura infinita. Que no vuelvan los otros dos, que no vuelvan, por Dios, que no ocupen ese resplandor con sus mil brazos llenos de dolor y esos ojos de vidrio hueco. Ahí permanece el vacío iluminado, por el que todo puede llegar, en el que todo puede representarse en el próximo acto, aunque tus ojos dañados aún vean los volúmenes oscurecidos de los actores en el fondo de tinieblas. Te dan tiempo para que recuperes la razón, pero no te confíes, porque vives dentro de la suya. Te han golpeado sin decirte por qué, aunque sabías que te golpeaban en nombre de Trujillo, en nombre de la lógica de toda tu vida. Y han conseguido que la perdieras, que te sintieras solo un cuerpo amenazado que pide compasión, que pide perdón por lo que ha hecho y por lo que no ha hecho. Sí, señor, sí, señor oficial, usted me ha juzgado mal, nunca he sido comunista, odio el comunismo, soy un luchador anticomunista. Usted probablemente no esté bien informado porque yo soy un agente al servicio de Estados Unidos, ya aquí, sí, aquí, señor oficial, fui informante del agente Driscoll, en nada que pudiera complicar las buenas relaciones entre el Generalísimo Trujillo y los poderosos Estados Unidos, ni siquiera, señor oficial, fíjese en lo que voy a decirle, insistí demasiado en la evidencia, que a usted le consta, de que Trujillo, perdón, el Generalísimo protegiera, perdón, asilara a nazis y filonazis, a pesar de que República Dominicana declaró la guerra a la Alemania nazi. Y ya en Nueva York he prestado servicios informativos democráticos, en total sintonía con mis jefes, fueron mis jefes naturales, mis jefes vascos, quienes me convencieron de que una buena relación con Estados Unidos es la única clave para que algún día vuelva la democracia a España y con ella las libertades del pueblo vasco. ¿Tiene usted un bisabuelo vasco, comandante? La semilla vasca es fecunda en todo el mundo. Pero luego irrumpían ellos, reñían al oficial respetuosamente y él se retiraba sonriente, como un niño sorprendido en la travesura de hablar con la víctima, y las dos moles de carne oscura te provocaban el grito, un grito que reprimías con la dignidad que te quedaba en el cuerpo, en el miserable cuerpo que temblaba, liberado de tu control. No golpeen por golpear. Pedía una voz por encima de aquellos bloques humanos, a cuyos ojos no te atrevías a mirar porque veías en ellos lo peor, el fingimiento del odio, el odio más temible, el odio incapaz de compasión. Luego no has querido censar los destrozos, incluso has tratado de olvidar los dientes que has escupido y que luego has buscado como si necesitaras un imprescindible recuerdo de ti mismo, algo que poder acunar, desde la locura asumida de la desesperación. Ese diente que ha convivido contigo tantos años, que se ha asomado a todo el canibalismo de tu vida y tu historia, ese diente lo barrerá algún día una escoba indiferente y acostumbrada a los restos de esta habitación reservada a la infamia. Pero hasta te hacen daño las grandes palabras, como si tu cerebro estuviera recubierto de una piel demasiado sensible para las grandes palabras. Amigos, amigos de Nueva York. ¿Qué estáis haciendo? ¿Cómo es posible que Ross y los otros no hayan revuelto cielo y tierra hasta encontrarme? ¿Cómo es posible que no hayan adivinado lo ocurrido y hayan forzado una intervención de la embajada? Por un momento has censado los destrozos que puedes ver en tu cuerpo y se ha asomado la idea de que quedarán para siempre impunes, ocultos por el destrozo total de la muerte. Por suerte has imaginado tu muerte en relación con las que viste durante la guerra de España y te ha parecido que era la muerte de otros, una muerte construida para otros, quizá para ocultar también una tortura sufrida por otros. Una tortura que tú a veces contemplaste con asco, pero cubriéndola con tu autoridad. Vascos, vascos de Nueva York, ¿qué estáis haciendo? Os veo bajo una inmensa ikurriña al viento que balsamiza mis ojos, como trapo cálido que al revolotear buscara precisamente mi mirada. Mi primera ikurriña la recibí a escondidas en el campo de fútbol de Amurrio, en tiempos de la dictadura de Primo de Rivera, y quien me la dio la acompañó de una significación fatal, escóndela, me dijo, escóndela, me insistió. Vascos de Nueva York. Reconocer que somos vascos es la primera línea de nuestro catecismo nacional. Vascos de Estados Unidos, ¿qué hacéis por mí? ¿Qué haces tú, Patxi Abrisketa, que acabas de obtener la ciudadanía norteamericana? ¿Y tú, José Ramón Estella, qué puedes hacer por mí desde la jefatura de la Sección latinoamericana de la Voz de América? Tú, Estella, conoces muy bien el final que puede esperarme, tú has vivido aquí en Santo Domingo, has dirigido aquí el diario *La Opinión*. ¿Qué puedes hacer por mí, José Ramón? Por Dios, hazlo pronto. Y tú, Roberto Echeverría, tan metido en tus negocios y poderes del dinero, ¿reservarás un rincón de tu presupuesto mental a este compañero de cazuelas del Jai Alai? ¿Recuerdas aquel día en que en tu apartamento de Forest Hills acabamos llorando después de tanto cenar, de tanto recordar, de tanto cantar el *Ume eder bat?* Hasta tu mujer extranjera cantaba y lloraba. Y vosotros, profesores, compañeros de oficio, compañeros, Soledad Carrasco, Margarita Ucelay, Amador Marín desde tu Rockefeller Center,

¿qué puedes hacer por mí desde el Rockefeller Center? ¿Por qué me ha sonado siempre con tanta enjundia, como algo cargado de poder, lo que en definitiva no es otra cosa que una plaza donde los ciudadanos se disfrazan de patinadores sobre hielo? Patinadores sobre hielo. Y Alberto Uriarte, director del centro vasco, ciudadano norteamericano, ¿qué haces? ¿Qué me haces? Y ahora te hablo a ti, Aguirre, por Dios, sácame de aquí, moviliza a quien sea pero sácame de aquí. No me regatees, Lendakari, esto no es un partido de fútbol, dejándome atrás en tu carrera no vas a conseguir nada. Díselo, Irala, no os paséis de calculadores, de posibilistas, moved cielo y tierra. Padre, tú eres lo único que me queda en el mundo. Nunca nos hemos entendido pero te lo pido, sácame de aquí, por lo que más quieras, por si algo te dice todavía la memoria de mi madre, sácame de aquí, pídeselo a Franco, pídeselo a quien sea, pero sácame de aquí. Y cuando estás a punto de recuperar la conciencia, tus límites y con ello un pánico lúcido, algo parecido a un bulto humano parece avanzar hacia la zona iluminada, pero se detiene, aún te conceden más tiempo y te preparas para un interrogatorio en el que no tienes nada que ocultar, en el que nada quieres ocultar, en el que te preguntan por preguntarte, como si fuera un rito ultimado en sí mismo. ¿Qué quieren saber? No. No quieren saber. Entonces, ¿por qué te interrogan? Que no se repita lo de la mesa, esa horrible tabla en la que te atan desnudo, en la que solo la cabeza se mueve para gritar y rebotar en el vacío, cuando vierten el agua fría parsimoniosamente por tu geografía desnuda y luego un silencio, solo roto por tus ruegos y tus gemidos que preparan los gemidos reales, cuando te aplican la picana en el sexo y el cuerpo se levanta imposiblemente, rebotando como una masa opaca al compás de tus propios aullidos. Has aprendido a distinguir los dos estilos, uno de ellos apenas te roza el glande o el escroto y el punto de dolor parece como una pinza que tirara de tu sexo, el otro aplica el instrumento presionando contra tu miembro y entonces tu miedo es casi superior a tu dolor, como si el miedo se convirtiera en dolor o el dolor en materia del miedo. Y tus gritos. Jamás te ha-

192

bías oído a ti mismo gritando, incluso dudas que seas tú mismo el que lanza esos alaridos afónicos, rotos al principio, tal vez los contengas, y luego llenos de aire sucio, como ondas que suben por la luz hacia las supremas negruras del techo. Gritos de animal aterrado, no de animal humillado. ¿Por qué no te sientes humillado? ¿Por qué has perdido el sentido de la humillación? Jesús Galíndez. Nadie te llama aquí por tu nombre para reconocerte, para afirmarte, Jesús, te gustaría que alguien te llamara ahora, Jesús, para dar paso a una pregunta, a un deseo. Jesús, ¿tienes hambre? Jesús, ¿vienes a dar una vuelta? Jesús, como te llamaría una madre, una mujer, un amigo. No te sientes tú mismo, ni siquiera sabes dónde estás, te han dicho que es la cárcel privada de Trujillo, pero esta habitación puede estar en cualquier sótano del mundo, en cualquier momento, porque el tiempo lo marcan los acosos, tiempo de sufrir, tiempo de recelar, y cuando te dejan dormir se agolpan los sueños a un cristal desde el que te miran sin tocarte, rostros distorsionados. Amurrio, Madrid, Santo Domingo, Nueva York contemplando el espectáculo de tu destrucción. Y entre los rostros el de Angelito. ¿Qué hacía Angelito en la habitación del 30 Fifth Avenue? Ahora ves nítidamente su rostro, su gesto de zozobra, como avisándote sin avisarte, como no participando pero participando en la escena. ¿Dónde estará Angelito? Tal vez lo hayan secuestrado también a él y paralelamente a tus gritos crezcan otros en una habitación cercana igual a esta. Has reconstruido imágenes rotas de un largo viaje, intentos de ser consciente de pronto interrumpidos, un rostro y un olor, rostro de médico, olor a hospital, el cloroformo cuyo solo recuerdo te produce arcadas, pero no puedes vomitar, ni orinar, ni cagar sin que ellos lo vean, sobre esa vieja lata de conserva sobre la que vierten de vez en cuando un paquete de serrín, ¿cada mañana? Será el serrín como un reloj de arena que te marca los días. ¿Cuántas veces te han cambiado el serrín? ¿Cinco? ¿Cincuenta? ¿Quinientas? Y ni siquiera puedes recrearte en este descanso, porque has de mantener los ojos clavados en esa campana luminosa que de pronto será invadida por ellos, avanzando hacia ti con nuevos designios de dolor, despreocupados del efecto de sus golpes, como si a nadie, y nunca, debieran rendir cuentas de las roturas de tu cuerpo. A nadie. Nunca. Eres hombre muerto, Jesús Galíndez, y has de prepararte para dar cara a tu muerte, para que tu gesto refleje la responsabilidad de tu muerte, para que se enfrenten a la dignidad de tu muerte. Y hay que reprimir ese quejido de animal amenazado que te sube del estómago cuando presientes la muerte, como la presiente la vaca nada más entrar en el matadero. Ahí está. Un cuerpo bajo la luz, un rostro nuevo seccionado por una mano a modo de visera, para adivinarte al otro lado de la claridad.

—¿Está ahí?

—Sí, está ahí. No se ha ido. No se va a ir, tranquilo.

Alguien se ríe y el hombre avanza ahora más seguro, para descubrirte cuando deja la luz a su espalda.

—¿Jesús Galíndez? ¿Es usted Jesús Galíndez?

Pronuncia como un español, hueles en él a un español que trata de disimular un azoramiento cuando te descubre al fin y repasa con los ojos todos tus destrozos.

—Hombre de Dios, cómo se ha puesto.

—Cómo me han puesto.

El hombre cabecea y busca algo donde sentarse para quedar más cerca de tu estatura derrumbada. Atraviesa el haz de luz uno de los matarifes con un taburete en las manos y lo coloca tras las piernas del recién llegado. Se sienta. Te mira y luego abre una cartera de la que saca papeles, los ojea y te mira, los papeles hablan de ti y él trata de comprobar si lo que lee se corresponde con ese animal despedazado en el que te han convertido.

—¿Es usted español?

—Soy yo el que hace las preguntas. Sería todo más fácil si usted se ofreciera a colaborar. Es usted español, y aunque sea enemigo de España llega un momento en el que el ciudadano más desalmado siente la llamada de la patria.

—Por Dios, si es usted español ayúdeme. Vea cómo me han puesto. Todo esto es ilegal. He sido secuestrado. Me han torturado. Tengo muy buenas relaciones en Nueva York y a estas horas debe haber estallado un escándalo.

—Le aseguro que los escándalos no me afectan. Me limito a cumplir con mi deber. Me han ordenado que le haga algunas preguntas.

—¿Quién?

—Le voy a hacer las preguntas.

Pero no las hace, porque le parece imposible que sea lógico hacerte preguntas. Puede ser un funcionario curtido y agresivo, pero no tanto como para asumir de pronto tu espectáculo, y vuelve la cabeza, su cara casi toda tan ocupada por una barba espesa, recién afeitada, y grita hacia el otro lado de la cortina luminosa.

—¿Tiene que estar en el suelo mientras le interrogo?

De nuevo un bulto atraviesa la frontera y lleva entre las manos una caja de madera, la coloca a tu lado, mete sus manos agresivas en tus axilas y te alza como si no tuvieras peso para dejarte caer sentado en la caja. Suspira de satisfacción el hombre de la barba espesa, te reconoce ahora como un interrogado lógico y se siente satisfecho de la mejora de tu condición. Aún hará algo más por ti. Del bolsillo de su chaqueta de cuadros príncipe de Gales saca un arrugado paquete de cigarrillos y te tiende uno.

—¿Fuma?

—Habitualmente no, pero fumaré.

Te tienta una gesticulación convencional, normal, fumar un cigarrillo, que alguien te lo encienda, aunque le tiemble la mano y deba asegurarla con la otra. El humo que sale de tu boca es el primer juego que te permites en esta larga noche. La voz del otro suena ahora normal, tranquilizada por su muestra de misericordia, redimido de la culpa de complicidad con tu situación.

—Sería interesante que usted nos contestara algunas preguntas.

—¿A quién?

—Limítese a contestar si sabe o puede o quiere. No le perjudicará. Al contrario.

–¿Podrá sacarme de aquí? ¿Podrá impedir que sigan torturándome?

–No exagere, una buena hostia se le escapa a cualquiera. Sin duda es español.

Solo un español puede pensar que una buena hostia se le escapa a cualquiera.

–Ante todo he de decirle que no somos responsables de su actual situación.

–¿Quiénes son ustedes? ¿Quién no es responsable de mi actual situación?

–Me limito a saber las preguntas que debo hacerle.

–Si le contesto, ¿me sacará de aquí? Solo pido que me den un estatuto de prisionero normal, que me metan en una cárcel, que me vea un juez, aunque sea un juez dominicano, pero un juez.

–No puedo prometerle nada concreto. Simplemente, si colabora, lo tendremos en cuenta.

–¿Qué quiere usted saber?

–Datos sobre las actividades antiespañolas de los grupos del exilio de Nueva York.

–No hay datos ocultos.

–Hay datos ocultos, por ejemplo, las relaciones de ustedes, los del PNV, con el Departamento de Estado. Nos consta que ustedes suscribieron un acuerdo con la administración Roosevelt, mantenido durante el gobierno de Truman, por el que en su día serían asistidos por Estados Unidos en un intento de recuperar el control político del País Vasco.

–Fue un plan abandonado incluso antes del ingreso de la España franquista en la ONU.

–No empecemos. No hay otra España que la franquista. Pero ustedes siguen teniendo un estatuto especial. Estados Unidos son nuestros aliados, pero lo cortés no quita lo valiente y siguen manteniendo elementos de presión contra el gobierno español para negociar con nosotros en mejores condiciones.

–¿Es usted un representante oficial del gobierno español?

–No.

—Entonces, ¿a quién representa?

—Repito que solo yo hago preguntas.

—Yo no puedo contestar sin saber a quién contesto y qué uso se hará de lo que contesto. Ha de sacarme de aquí. Una vez fuera le haré un informe concreto.

—No puedo sacarlo de aquí.

—¿Quién puede sacarme de aquí?

—No lo sé.

—¿Qué gano contestándole? ¿Me va usted a torturar? Yo a ellos les contesto cuando me torturan.

—Hombre de Dios, yo no soy un torturador, ni creo que le hayan torturado. Me han dicho que usted opuso resistencia.

—¿Resistencia? ¿A qué? ¿A una detención ilegal? ¿A un secuestro? ¿Cómo puede ofrecer resistencia un hombre narcotizado?

—Solo puedo prometerle que haré todo lo posible para que se legalice su detención.

—¿Ha pedido usted la orden judicial de detención?

—No.

—¿Ni siquiera la ha reclamado el embajador en Washington o el embajador aquí, en República Dominicana?

—No me informan de las actividades de los embajadores.

—¿Quién es usted?

—Un paisano. Aunque solo fuera por esto debería usted confiar en mí.

—¿Es usted vasco?

—No. No importa de dónde yo sea.

—Algo tenemos en común, yo nunca he sido un antiespañolista radical. He vivido casi toda mi vida en Madrid. Por lo que tengamos en común se lo pido. Sáqueme de aquí.

—No puedo.

—Entonces sería absurdo que me prestara a un interrogatorio.

—Puedo contribuir a que ellos no se enfurezcan.

—Lo cual quiere decir que también puede contribuir a que se enfurezcan.

—Yo no he dicho eso.

Hay irritación en su voz por el papel que le revelas. Sin duda hasta ese momento tenía una inmejorable opinión de sí mismo y tú se la discutes insensatamente.

–Tiene usted aspecto de ser buena persona.

–No creo ser una mala persona.

–¿No le parece elemental lo que le pido? ¿Que me saquen de aquí antes de empezar a colaborar?

–No entra en mis atribuciones decir lo que es sensato o no es sensato.

–Entonces, no.

–Cuando yo me vaya su suerte estará echada.

–Entonces antes de irse míreme bien y no olvide este cuadro.

–He pasado una guerra y he visto situaciones peores. Yo mismo pasé una situación parecida en una checa de ustedes.

–Yo no he tenido nunca una checa.

–Usted fue corresponsable de la barbarie roja.

–Y usted de la otra, una barbarie que ha durado siglos.

–No le han tratado demasiado mal, aún le queda lengua.

–¿Quiere verla?

Y abres la boca tratando de que entre tus labios se asome como una acusación tu lengua magullada, ensangrentada, le escupirías incluso las costras de sangre coagulada de tu boca si pudieras, pero él ha fruncido primero los ojos, luego los ha cerrado y ha bajado la vista hacia los papeles reagrupados y vueltos a introducir en la cartera.

–Cada cual tiene el final que se merece.

Ahora está de espaldas y le pedirías, por favor, se lo ruego, quédese, mientras esté usted aquí no me pegarán. Pero nada dices porque el hombre tiene una espalda de mármol y ese mármol se adentra en la luz y reconquista la sombra original, donde se convierte en bulto dialogante, rumores que te llegan fragmentados pero suficientes. He hecho cuanto he podido. Ya le hemos dicho que es un pendejo sin remedio. Hay quien solo escarmienta a palos. Nunca podrá decirse que no lo intenté. Se lo ablandaremos hasta dejarle como un conejillo. No me hago responsable de lo que pase. Usted a lo suyo, compadre, y nosotros a lo nuestro. Aún, aún estarías a tiempo de gritarle por favor, por favor, no se vaya, pero sabes que solo aumentaría tu humillación y no tu esperanza. Gritas: ¡Estados Unidos pedirá explicaciones por este atropello!, pero dudas que te hayan oído, que desde esta distancia tu voz sea algo más que el gruñido de una fiera sin lenguaje. El gozne de una puerta, una apertura hacia un espacio iluminado, se ha marchado porque la puerta vuelve a cerrarse a sus espaldas y cuando lo compruebas también tú cierras los ojos para abrigar las lágrimas contenidas, compañeras, un cuerpo cálido que te acompaña cuando te recuperas al margen de los ladridos, los golpes, las descargas. Te subes a las rodillas de tu abuelo sentado sobre una poderosa raíz de la colina de Larrabeode, contemplando el valle de terciopelo verde donde Amurrio es un caserío reducido como una miniatura, hacia el norte los montes de Undio, un dique providencial para los fríos norteños, un motivo de orgullo que la geología presta a tu abuelo. Los montes de Undio nos abrigan y nos protegen, por eso este valle es cálido si lo comparamos con otros valles de Euzkadi y hasta crecen las vides y los frutales. Los vascos hemos aprendido a mirar al cielo desde la angostura de los valles, Jesús, y por eso nos gusta trepar por las colinas para tratar de tocarlo. Fíjate, Jesús, en cuántos apellidos vascos terminan en Mendi, monte en castellano, y es que no hay valles sin montes y a ellos subimos para nuestras romerías y nuestras fiestas. Un filósofo francés muy importante, que se llamaba Voltaire» decía que éramos «... *un petit peuple qui danse aux pieds des Pyrénées»*, curioso que se quedara con esa imagen de los vascos bailando, porque bailarines somos, Jesús, que en cuanto suena un txistu a mí se me van los pies. Tenía razón Voltaire, Jesús, porque los vascos bailamos no solo cuando estamos en plena porrusalda o en el aurresku, sino también cuando jugamos a la pelota en el frontón o cuando nos bailan las olas en el Cantábrico al salir de pesca. Nos gusta bailar para superar con el movimiento la angostura de los valles. Nuestros bailes son ágiles, bailes de hombres ágiles pero ceremoniosos, como en la ezpata-dantza, en la que los bailarines son guerreros que enarbolan las espadas y las banderas sobre sus cabezas y al final alzan en alto el cuerpo del guerrero muerto, acercándolo al cielo, Jesús, siempre al cielo, un cielo de dioses y de brujas. Jamás hemos distinguido demasiado el signo de los dioses o los brujos, porque nuestros akelarres eran sobre todo lugares y motivos de fiesta y liberación. En Euzkadi nunca entraron las bárbaras costumbres cristianas, ni el tormento ni la Inquisición, y solo nos enseñaron a luchar defendiendo los límites de nuestros montes, nunca más allá. Siempre hemos dudado que hubiera un más allá aunque nuestros marinos hayan sido los primeros en dar la vuelta a la Tierra, como si la pusieran en duda. El contacto físico con tu abuelo era un contacto con la tierra, a través de sus rodillas notabas el pulso de la tierra. Espiras un aire amargo concentrado y sin quitar la vista de la puerta iluminada de la tortura te rearmas la moral recordando a aquel compañero de San Juan de Luz, aquel que se tiró por la ventana para evitar la repatriación a la España de Franco y desde el río, con el agua al cuello y en pleno invierno vio cómo detenían a toda su familia y solo salió de allá para destruir papeles comprometedores, que os comprometían a todos, en un acto de generosidad que tú deberías devolverle. Canturreas *Somos soldados vascos* o *Gernikako Arbola*, pero el temple te durará una vez más lo que tarden en arrojarte en tu desnuda realidad. Has llegado incluso a suponerles compasión en el fondo de sus ojos mientras te golpeaban, a suponer que tenían sus razones, a suponer tu propia culpabilidad. Será que tienes los sesos ablandados por los golpes o por este calor pringoso que ya habías olvidado, un calor que anulas recordando la nieve o las primeras sensaciones de frío en Madrid, cuando llegaba octubre y de la sierra bajaban los finos vientos de las nieves eternas. O aquella nieve de febrero de 1939, en el caserón donde esperabas el primer destino en el campo de prisioneros de Argelès. Sin ni una manta, con un duro republicano en el bolsillo, con las heladas estrellas por techo y todo el cuerpo lleno de derrota y soledad, a la doble sombra de los centinelas senegaleses o la sombra simple de los soldados franceses. En uno de ellos creíste adivinar una complicidad atávica y él te miraba como si te descubriera.

200

Era un vasco francés y cuando, en la duda de creértelo, le preguntaste ¿Euskalduna?, él te abrazó mientras musitaba con voz entrecortada Bai, ¿zu? Gracias a él te permitieron bajar hasta Bourg-Madame a cambiar tu único duro, nueve francos, nueve francos en pan y vino. La explosión de polvorines en Puigcerdà, al otro lado de la frontera, te avisaba de que la guerra no había terminado, de que nunca deberías darla por terminada, y esa esperanza alimentó tu cautiverio de siete meses, tu huida a pie en busca de la familiaridad táctil de los valles del País Vasco francés. Burdeos. El consulado dominicano, el retrato del Benefactor. No, no es el presidente, es el Benefactor. Nueve francos en pan y vino. Lo que darías ahora por comer pan en libertad y beber vino alegre, en una comunión contigo mismo, y no esos potajes aguados donde flota la yuca como un quiste o esas sopas de pan con huevo podrido, agrias por el queso, pestilentes por el hedor de un aceite de maní rancio. Y de pronto te estalla la cabeza o estalla la habitación, porque una luz cenital anula el efecto de la campana de luminosidad blanca y os descubre a todos, cada cual en su sitio. Derrumbado en el suelo, apenas alzado sobre uno de tus codos, ves que son cinco los que aguardan en el otro extremo de la habitación, convertida en una caja de verde deslucido, con la pintura llena de desconchados y chorretes de humedad verde oscura, bajo un techo ennegrecido por polvo y telarañas solidificados. El oficial habla con respeto a los dos militares recién llegados, uno de ellos escucha con atención lo que le dice, afirmando con todas las redondeces de su cara y su cuerpo, un puro amasijo de bultos. El otro en cambio oye sin escuchar y te clava desde lejos su alta mirada parapetada por dos lentes oscuros y redondos. Esa cara alargada hasta el triángulo, esos labios y ese bigote finos, bajo el alero de la gorra, que abriga un cerebro calculador, en la cumbre de una estatura esbelta, lo más opuesto al militar dominicano habitual, esa mirada y esa mueca impasible mientras la mano acaricia un puñalito que pende del cinto. Te estremeces al identificarlo, es Arturo Espaillat, el actual valido para los negocios sucios, recién nombrado cónsul en Nueva York y delegado ante las Naciones Unidas, el único oficial dominicano graduado en West Point, un alambre helado que flagela cuando Trujillo le pide que flagele. Escucha desde el poder y desde su estatura las explicaciones de tu capitán torturador, un bisbiseo al que responde con periódicas afirmaciones, mientras el otro casi se descoyunta de tanto decir que sí, que sí, que claro, y son partes de ti mismo lo que están intercambiando, lo que has dicho, lo que no has podido o sabido decirles. Espaillat, ciprés más que sombra de Trujillo, por su reserva e inteligencia reprimida, ciprés que hacía sombra a Trujillo, según empezaban a divulgar los maledicentes, y a cada maledicencia el lugarteniente se veía obligado a demostrar mayores fidelidades, a ser más sucio, más cruel. El Benefactor le había infiltrado en los grupos antitrujillistas en el exilio y consiguió meterse en la partida de Víctor Durand, un recalcitrante y veterano *condottiero* democrático del Caribe. Con él desembarcó municiones en un punto de la costa dominicana para entregarlas a grupos de resistencia del interior, pero en la costa los esperaba la policía secreta al mando de Augusto Sebastián, un español exiliado cuya crueldad había sido tan evidente durante la guerra civil española como en sus servicios sucios a Trujillo. Sebastián mimó la celada y cuando tuvo a Durand en su poder le castró sobre la playa y dejó que se desangrara, luego se revolvió hacia el joven Espaillat y no reconociendo su condición de infiltrado ordenó que le dieran una paliza hasta convertirle en una masa sangrienta. Te resulta difícil imaginarte a ese esbelto militar, elástico y alámbrico, convertido en pulpa sangrienta de guerrillero. Tras cuatro meses de hospital, Espaillat pidió permiso a Trujillo para volver al campo de operaciones y el viejo se regocijaba interiormente ante la venganza presentida. Espaillat se hizo amante de la cocinera de Sebastián, vestido con ropas de campesino, un campesino esbelto y alámbrico que adquiría con el disfraz la inocencia de los campos y las lluvias. Luego había contado a los oficiales que le reían la hazaña que lo difícil era montar a la cocinera, de cómo apestaba. Tanto superó los ascos que consiguió rendirla de cansancio sexual y así pudo esperar agazapado el regreso de Sebastián al hogar, el despido de la escolta, el cansino remonte de la escalera hacia el dormitorio y el sueño reparador. Allí le esperaba este oficial, allí le esperaba el estilete que te mira a distancia, para golpearle, atontarle, maniatarle y ayudarle luego a despertar para que comprendiera lo difícil de su situación. El relato de Espaillat había rebasado las fronteras de la isla y circulado por entre el exilio neoyorquino. Cuando recobró el sentido, Sebastián estaba atado, amordazado y sentado en una silla frente a un espejo, de cuerpo entero, para que pudiera contemplar la totalidad de su destrucción. Tres cabos de mecha fulminante le rodeaban la cabeza y uno solo habría bastado para segar una palmera. Sebastián lo sabía, insistía Espaillat, con sus ojos me decía que lo sabía, pero me creí en la obligación de explicárselo, como si le estuviera dando una lección a un recluta novato. Esto es una espoleta graduada a tres minutos, conectada a un pistón no eléctrico. Ya sabe lo que es la mecha fulminante, hermano. Cuando explote dentro de tres minutos su cabeza va a traspasar el techo. Quizá un techo como este, un techo sucio que succiona la cabeza viscosa del dinamitado. Espaillat había encendido la espoleta y aún se detuvo para contemplar los efectos de la amenaza en el cuerpo impotente del sicario. Carajo, los ojos se le salían de las órbitas, pero de pronto se le cerraron los párpados y hubiera ido a parar al suelo de no estar atado, bien atadito. Le zarandeé y fue inútil. Se había muerto de un soponcio, pero a pesar de que estaba muerto, muerto de miedo, no di marcha atrás. Tenía que volar y voló. Desde el campo oí la explosión y vi o soñé cómo la cabeza de Sebastián traspasaba el tejado en busca del cielo o del infierno. Pero fijaos que todo lo hice sin mentarle a la madre, porque el hombre que amenaza se pierde por las palabras y si hay muchas palabras no llega a los hechos. Espaillat el Navajita, la leyenda del torturador con su propia navaja. Espaillat, el que de pronto decide abandonar a sus compañeros, paralizarles la conversación cuando le ven avanzar hacia ti, atravesar la sala enorme desde tu perspectiva y detenerse a dos pasos de tu cuerpo semiderrumbado.

—Siéntese.

Es una orden y como tal la tomas. Has de elegir entre el taburete abandonado por el español y el cajón y eliges el cajón de madera, humildemente, para que tu humildad desarme la cólera presentida. Espaillat no se sienta. Te tiende un recorte de periódico y ordena tan serena como inapelablemente:

—Lea.

«El general Espaillat, que todavía no alcanza los treinta y seis años, fue miembro de la promoción del cuarenta y tres de West Point. En el día de la desaparición de Galíndez, estaba en Ciudad Trujillo sirviendo como subsecretario de Defensa, aunque ya tenía en el bolsillo el nombramiento de cónsul general en Nueva York y representante en las Naciones Unidas. A raíz de la desaparición del profesor viajó a Nueva York para ofrecer la interpretación oficial trujillista del caso. El general Espaillat es un hombre alto, delgado y desgalichado, dueño de un fino y largo bigote. Ha declarado formalmente que la idea de que los dominicanos hayan "despachado" a un hombre en las calles de Nueva York es descabellada.»

—¿Sabe usted cómo me llaman?

—No.

—El Navajita. Cada cual lo interpreta a su modo y a mí me dejan frío las interpretaciones. Hay quien dice que yo mato a mis adversarios con una navaja, pero en realidad el apodo se debe a que me gusta saltar directamente al corazón de cualquier problema o situación. No hay ningún dominicano que pueda probar que yo le torturé, ninguna familia dominicana puede esgrimir que alguno de sus miembros muriera a mis manos. Aquí nos conocemos todos y mi familia es una de las más antiguas y poderosas de la isla. Nos conocemos todos, trujillistas y antitrujillistas. El otro día me encontré por la calle al padre de un joven detenido comunista, un escritor con futuro si deja el comunismo y se dedica a lo suyo, y me preguntó por su hijo. Yo le dije lo que digo a todos, que si no ha hecho nada lo soltarán en tres días. Ese es mi proceder, fijo e inalterable. Piense en lo que le he dicho y considere su situación. Usted evidentemente es un retenido ilegal y si nos hemos atrevido a dar este paso es porque razones de Estado se superponen a nuestro tradicional respeto a los derechos humanos. Le están buscando en Nueva York, por América, por el océano, casi todo el mundo cree que usted ha sido cocido en las calderas del barco dominicano *Fundación* y que yo personalmente le tiré a la caldera. Llevaré el *Fundación* a Nueva York para que examinen las calderas. Ni rastro de usted, y mientras tanto se borrarán todas las pistas que conducen a esta habitación. Yo no le he metido en el horno, Galíndez. Cría fama y échate a dormir. Usted sabe que no es cierto. Usted sabe que está aquí, pero también sabe que se encuentra en una difícil situación.

—¿Por qué? ¿Por qué toda esta brutalidad? ¿Qué clase de poder me supone?

—El poder de insultar y denigrar a nuestro Benefactor. El poder de hinchar la cabeza a los yanquis para que nos retiren su apoyo. El poder de conspirar con esos demócratas de la Legión del Caribe, Figueres, Betancourt, Muñoz Marín y demás ralea. Usted se ve frecuentemente con Muñoz Marín y Figueres.

—Son contactos derivados de mi representación del pueblo vasco en el exilio. En Puerto Rico hay muchos vascos.

—No se me cierre, que le vamos a hacer salir de donde se esconde. Si usted se cierra aquí, entre estas cuatro paredes, adopta la estrategia del avestruz. Oculta la cabeza pero le vemos el culo, profesor.

—Medio mundo me está buscando.

—No tanto y no por mucho tiempo.

—No me pueden hacer desaparecer.

—Le gustan a usted las historias de acción, supongo. Desde la guerra de España usted ha sido un hombre de acción. Supongo que conoce mis hazañas, las verdaderas o las inventadas. Pero le voy a contar una que seguro le emociona, porque tiene que ver con su Legión del Caribe. El Jefe me ordenó que me infiltrara en uno de sus comandos que operaba en un punto al sur de Río Grande que no voy a desvelarle, no porque piense que algún día usted pueda hacer uso de ese dato, sino porque nunca me gusta localizar mis acciones. Todo el planeta es mi territorio cuando tengo que defender a mi patria y mi Generalísimo. Teníamos la información de un convoy de doce camiones llenos de municiones distraídas de los embarcos para la guerra de Corea, estaban almacenados, iban a pasar a manos de la Legión del Caribe para venir a tocar las pelotas a los dominicanos. Usted ya sabe cómo terminan esas expediciones. Si entran en la República los molemos a palos. Si los desgraciados tratan de refugiarse en Haití, allí se los comen. Más de un fugitivo político ha ido a parar a la olla de un negro haitiano. Bien. Yo entré en contacto con el comando de la Legión y me hice pasar por antitrujillista, hasta ganarme la confianza de un alemán que lo dirigía. Una noche salimos al mar en una motora para establecer un contacto. Yo volví a puerto. El alemán no. La policía me detuvo y me puso perdido de tanta mierda y tanta pregunta. A mí que me registren. Yo no me he puesto al alemán. Pero las cosas no iban bien y una amiga mía, una putita a la que había tratado en las semanas anteriores, se encargó de buscar un cadáver anónimo para hacerlo pasar por alemán. Usted es europeo y sabe que en Europa una operación así hubiera sido imposible. En el Caribe todo es posible. Mi amiga hizo lo que pudo pero solo encontró el fiambre de un indito pequeño y escuchimizado y yo desde la cárcel le pedí dejara que el cadáver se pudriera un poquito, sin llegar al desecho, solo que hediera y luego me lo metiera en el ataúd con unos cuantos sacos de piedra para que pareciera contener a un alemán pesadote y no a un indito que seguro había muerto de hambre. Echaba tanta peste el ataúd que el cónsul alemán pidió que no lo abrieran, le bastó el certificado del médico del hospital, paro cardíaco, el alemán había muerto de paro cardíaco. Y me salió barato, porque le dije a Rosita, vigila que me salga barato. Los servicios secretos dominicanos tenemos que usar la imaginación donde no llega el dinero. El dinero nos lo gastamos comprando el silencio de los poderosos. Nosotros luchamos con una mano y con la otra llenamos el buche de altísimos políticos, incluso en Estados Unidos. Es la estrategia del pobre. Ya tiene un cuadro completo de la situación y hágase una composición de lugar. ¿Qué papel representa usted en todo esto?

—No lo sé.

–El peor.

–Soy agente del FBI, fui colaborador de la OSS y después de la CIA. No me van a abandonar.

–Es posible. La verdad es que no sabíamos qué grado de compromiso tenía usted con los servicios secretos yanquis, pensábamos que era el habitual entre algunos exiliados a cambio de protección. Comprobaremos si son ciertos los rumores que corren, pero por comprobar y preparar mejor las explicaciones. Las cosas ya han llegado demasiado lejos y no pueden volver atrás. En cierta ocasión coloqué ante un espejo a un hombre que iba a morir, para que pudiera contemplar su propia muerte. Yo le he puesto el espejo para que usted se vea, profesor, y piense en eso mientras los acontecimientos se suceden, especialmente en las próximas horas.

Ha girado sobre sus talones, en un tic militar que no le corresponde, y ha vuelto a su grupo original, que le esperaba respetuosamente para recuperar el hilo de la conversación, que a él sigue sin interesarle, desde una estatura que le permite controlar el más allá de la puerta abierta, que a ti te está vedado. Y desde esa atalaya está en condiciones de exclamar, como en un grito de alerta militar, ¡Atención!, y los demás se ponen rígidos primero y luego buscan la simetría de la alineación, formando un pequeño pasillo humano ante la puerta.

–¡Atención! ¡El Generalísimo!

Y tu corazón cae hacia un abismo de fondo presentido, lleno de peñascos rompedores o de estacas puntiagudas, y en la caída la última conversación con Espaillat se fragmenta, se convierte en titulares escandalosos que se remueven por tu cerebro, mientras imaginas antes de verla la entrada del Generalísimo.

–¡Atención! ¡El Generalísimo!

Desde que Espaillat lo ha proclamado hasta que Trujillo aparezca en el dintel tienes tiempo de recordar todos vuestros escasos pero intensos encuentros. Baile español, baile, y te ves a ti mismo bailando la ezpata-dantza desde la posición de partida, arrodillado y cuando te alzas llevas en tus manos el cadáver del guerrero muerto. Tú mismo.

—¡Atención! ¡El Generalísimo!

Y entra él, casi ocultando, con su anchura aumentada por los brazos abiertos, al militar que suda y porfía con un sillón entre sus brazos. Han de ayudarle en su carga, y mientras los tres porteadores remueven sus seis patas por la habitación buscando el lugar donde Trujillo quiere asiento, te olvidas de él, distraído por una peripecia física que incluso puede parecerte cómica.

—¡Pónganlo a un ladito! Donde pueda verle pero no tenga que olerle.

Y ni te mira. Cruza saludos y gravedad con el comité de recepción y avanza hacia el sillón, en el que se sienta con cuidado, pregonando voluntad de sentarse, de posesión, de autocontrol. Ahí lo tienes. Como si fuera el retrato del consulado de Burdeos descolgado y sentado para ti, ahí lo tienes, todo para ti el Benefactor y Padre de la Patria Nueva, tú todo para él. Sigue Trujillo distrayendo la mirada en una minuciosa observación de la estancia y algo le complace, porque sus mejillas casi dejan paso a una sonrisa, pero la suspende y de pronto te echa encima sus ojos grandes y carbónicos, helados, como dos balas de pistola negra.

—Procedan.

El oficial, el hombre que te aterraba hasta hace unos minutos, se adelanta y casi te parece un aliado en relación a la cólera caliente y oscura que presientes en el cuerpo de Trujillo o a la crueldad helada de Espaillat, situado tras el respaldo de la silla que contiene a su amo. El oficial lleva entre sus manos algo que es tuyo, un ejemplar mecanografiado de *La era de Trujillo* y lo sostiene con un celo especial, el que se tiene ante un material explosivo o ante una víscera recién arrancada o a punto de injertar. Una víscera. Tu corazón. Tu corazón está aterrado y en su temor a morir se revuelve en la caja de tu pecho magullado.

—Respetuosamente, excelentísimo señor.

Y empieza a leer, según unos puntos señalados por largas tiras de papel que irán cayendo al suelo como pétalos de la rosa de la muerte.

Siempre que me relaciono con una mujer se casa con otro. La frase podría ser de Woody Allen, pero es de Jesús Galíndez, señorita. Te sorprendió el nombre de Woody Allen en aquellos labios tan ancianos, labios que musitan más que hablan, como musitan los recuerdos de Galíndez, recuerdos políticos, personales casi no me quedan. Digamos, señorita, que Galíndez se alineaba en las posiciones más sociales, vamos a llamarle sociales, del PNV, lo que tenía mérito en una época de enfebrecido nacionalismo y de fuertes razones para separarnos de las posiciones socialistas y comunistas. Sí. Sí. Ya sé que este aspecto lo trata Gregorio Morán en *Los vascos. Los españoles que dejaron de serlo*. Sí. Este chico sabe mucho de vascos. Tal vez demasiado. Con los años hemos cambiado, pero entonces todos éramos muy sabinistas y no siempre se comprendieron las advertencias de Galíndez, incluso alguien pidió su cabeza cuando leyó aquellas cartas o ciertas consideraciones en los artículos, como que el PNV había descuidado las realidades sociales, mientras el PSOE, por ejemplo, iba en sentido contrario, descuidaba las razones patrióticas y solo se justificaba por las sociales. Una afirmación de Galíndez fue muy seriamente discutida por la plana mayor en el exilio. El exilio nos ha hecho mucho bien, fíjese si era suicida el hombre, y añadía, la derrota y la ocupación, que en muchos aspectos pueden dejar efectos funestos perdurables, nos han vuelto a abrir la puerta de los Pirineos, nos han lanzado hacia Europa y el mundo entero, al que siempre pertenecimos. Y otras, otras que también levantaron muchas ronchas y alguna acusación de mestizaje original, como la de que ser vasco no supone superioridad alguna sobre los demás pueblos o que no hay que ser solo anticomunista como una coartada religiosa, fundamentalista dirían ahora, o cuando advierte que el patriotismo no puede confundirse con el movimiento de una clase privilegiada, por patriotas que sean algunos de sus componentes. Usted tiene una mentalidad de fin de siglo, de fin de segundo milenio, señorita, pero piense que estas palabras estallaban en los años cuarenta, a pocos años y pocos kilómetros de la derrota más amarga del pueblo vasco. Sin embargo, nadie creyó en la posibilidad de que Galíndez fuera un infiltrado comunista y que hubiera huido al Este, como insinuaba el informe Ernst y toda la campaña de intoxicación de los trujillistas y su lobby americano. No hay misterio. Galíndez no fue el agente doble o triple, taimado, camaleonesco que han dibujado los que estaban interesados en dibujarlo. Se encontró dinero en su cuenta corriente, pero era dinero del partido. De hecho, su actividad principal era canalizar el dinero americano del PNV, no «blanquearlo», como se ha dicho, «blanquear» es cosa de mafiosos. De ahí el cierto misterio con el que la dirección rodeó la circunstancia de su desaparición y su martirio. Pero fíjese usted en la correspondencia con Landáburu, que supongo habrá consultado. Frecuentemente se refiere a los problemas que tiene para que le renueven la residencia en Estados Unidos. ¿Hubiera tenido esos problemas un superagente secreto? Era un informante menor, como buena parte de los asilados en USA, obligados a pagar el diezmo del asilo demostrando que se estaba contra las soluciones totalitarias. Piense que Galíndez se movía en unos Estados Unidos abanderados de la guerra fría, la guerra de Corea, el puente aéreo de Berlín, el atentado puertorriqueño contra Truman. De Galíndez se dijo que era comunista, pero también se dijo que era homosexual y que había desaparecido por un lío de pantalones. No se le conocían relaciones femeninas estables, aunque era encantador con las mujeres. No, no creo esa historia del hijo con la dominicana, siempre me ha parecido una historia calcada de lo de la Virgen María y el Espíritu Santo, y usted perdone si le suena a irreverencia, pero solo un católico a machamartillo como yo se la puede permitir. ¿Es usted católica? Mormona. Pues ya es ser, ya. No, el honor de Galíndez siempre estuvo a salvo y el lehendakari Aguirre lo puso más a salvo todavía cuando declaró: Del honor de Galíndez respondo yo, fíjese, señorita, del honor de Galíndez respondo yo. No dijiste al viejo superviviente, achicado por la mantita a cuadros y las luces tenues de una mañana de invierno en San Juan de Luz, que Aguirre había hecho lo menos que podía hacer. Él había implicado a Galíndez en todas sus aventuras, en todos sus vencimientos, así en Santo Domingo como en Nueva York y solo fue desoído por el empecinamiento del profesor cuando se trató de publicar su tesis sobre Trujillo. Se llegó a decir, señorita, que Galíndez había sido visto en La Habana cuando la liberó Castro y que se fugó con un millón de dólares en un submarino ruso, y un corresponsal franquista en Nueva York comparó a Galíndez con un playboy, con Porfirio Rubirosa, Casares se llamaba ese elemento, Manuel Casares, no recuerdo para qué diario escribía, da lo mismo, en aquellos años todos los diarios de España eran lo mismo. La actitud del gobierno español fue vergonzosa. No movió un dedo a su favor y todos los que movió los dedicó a correr la cortina de la confusión para que no se viera el aspecto real del crimen de Estado, tal vez haya un dossier en el Ministerio de Asuntos Exteriores, por entonces el embajador en Washington era José María de Areilza, y en la ONU Lequerica, vaya tándem de vascos, el joven galápago y el viejo galápago, dos galápagos vascos. Galíndez había sido una de las bestias negras en el período en el que los franquistas querían ser admitidos en la ONU, era uno de los más enfrentados a esa idea, jamás la admitió, y fíjese usted en ese texto tan melancólico que escribió en la Navidad de 1955, tres meses antes de su martirio, fíjese qué tristeza hay en esas pocas líneas, es la tristeza de Galileo diciendo *Eppur si muove*. Las naciones del mundo habían aceptado la

211

contaminación franquista, en la ONU, en la sede de las Naciones Unidas. Era un rebelde, un rebelde interior con la apariencia de un *gentleman,* lea ese texto, señorita, léalo, ahí tiene a todo Galíndez. Qué fácil sería acomodarse a muchos convencionalismos, ¡las glorias de España, la sacrosanta religión de nuestros mayores, el respeto a los pudientes! Quisiera tener dinero, mucho dinero, pero sería para dar la batalla a todos ellos. Sus salones me asquean y salgo amargado. Mi gente es la gente del pueblo, la que canta y ríe espontáneamente, la que siente sin prejuicios, la sincera. Los salones de sociedad me asfixian, con sus abrazos y aplausos mentirosos que untan la daga con vaselinas de lisonjas. Esta noche he tenido que oír cantar las glorias de Cortés y Pizarro, «que nos legaron la raza, la sangre y la religión», al representante de un país donde millones de indios son esclavos. ¿Esa es la religión de nuestros mayores, la religión de Cristo? He oído a otros exhortarme a olvidar lo que nunca se puede olvidar, porque grabado está en la sangre de mis hermanos, los que cayeron en las montañas de Euzkadi. Sería sarcástico acceder. No creo en esas mentiras. Aspiro a algo que no es mentira. Las primeras canas asoman ya a mis sienes, la juventud se va. Pero seguiré luchando, aunque nadie me crea, aunque nadie me siga. Me seguirán mis recuerdos y mis anhelos. Anhelos de no sé qué. A veces sueño despierto, sueño antes de que el otro sueño de verdad me haga olvidar todo, hasta mi soledad. Sueño que combato contra los molinos de viento, sueño con una justicia que llevo en mi corazón, la justicia que yo identifico con Dios, un Dios que no está en las iglesias doradas de los cardenales que ensalzan al poderoso, un Dios que hallo a solas en las montañas y en las pequeñas iglesitas donde no va nadie. Soy vasco. Algunos se ríen, otros me odian. Es todo lo que me queda cuando el desaliento me domina y camino por las calles a la deriva. Soy vasco y allá lejos hay un pueblo al que pertenezco. Yo no soy nada, un amasijo de pasiones y anhelos sin calmar. Pero soy parte de ese pueblo. Al que veo en mis sueños despierto, le veo vestido de gudari camino de la montaña, le veo en las romerías y, al caer la tarde por una estrada, le veo en el esfuerzo del frontón y en los pescadores que salen a la mar, le veo cantando y rezando, le veo en la continuidad de los siglos. Estoy solo, solo con mis angustias. Pero seguiré adelante, aunque nadie me comprenda en esta Babilonia. Y algún día me tenderé a dormir junto al chopo que escogí en lo alto de la colina, en un valle solitario de mi pueblo, a solas con mi tierra y mi lluvia. Estas me comprenderán al fin. Perdone que me emocione cada vez que leo estas líneas, señorita. No sé si están bien escritas o no, pero nos llegan al alma a todos los vascos que vivimos el exilio. Yo las relaciono con el desánimo de Jesús cuando vimos cómo Franco se ponía bajo el palio del Vaticano y bajo el palio de los americanos y bajo el palio de la ONU. Fue como si Hitler y Mussolini hubieran sido rehabilitados, apenas diez años después del final de la Segunda Guerra Mundial. Aquel ingreso no impidió que Galíndez se quedara solo ante sus verdugos y que la diplomacia franquista se desentendiera de la suerte de aquel justo. Al fin y al cabo Galíndez era un vencido de la guerra civil. No sé qué hizo la diplomacia española. No sé qué hizo de malo, porque de bueno, nada, previsiblemente nada. Sr. Don Francisco Fernández Ordóñez, Ministerio de Asuntos Exteriores. Madrid. Excmo. Sr. Ministro. Soy una becaria norteamericana que reside en España con motivo de una fase investigadora de mi tesis doctoral sobre el profesor Jesús Galíndez, exiliado vasco, secuestrado en Nueva York el 12 de marzo de 1956 por un comando trujillista y desaparecido. Me consta que obra en poder del ministerio bajo su dirección un dossier sobre aquellos hechos y sería para mí de sumo interés consultarlo, habida cuenta de que han pasado más de treinta años de aquellos sucesos y ya han ingresado definitivamente en lo histórico. Me dirijo aun a sabiendas de que es excesiva la osadía de mi carta, pero le ruego que me facilite la posibilidad de acceder a niveles inferiores que me abran las puertas del archivo del ministerio. Queda a la espera de sus nuevas. Eso está hecho, Muriel, ya me dirás tú quién va a poner pegas a una consulta de algo que pasó en los tiempos de Amenofis Segundo. Ya he hablado con un par de amiguetes del ministerio y eso está hecho. Mrs. Muriel Colbert. Distinguida señora, he recibido su carta del pasado mes de octubre en la que me explica sus proyectos de investigación que juzgo muy interesantes. Le comunico que no hay la menor objeción por mi parte para que realice su consulta, en el caso de que realmente exista ese dossier sobre Jesús Galíndez y los lamentables hechos que usted describe. Para acelerar los trámites le encarezco que se ponga en contacto con la jefa del Archivo General y Biblioteca de este Ministerio, D.a M.a José Lozano Rincón. Confiando en que encuentre suficiente material para su libro, le envío un cordial saludo. Francisco Fernández Ordóñez. La señora o señorita Lozano Rincón parece cercana a la jubilación y flota en una nube de color rosa cuando se entera que el señor ministro la ha mencionado.

–¿Habla de mí en la carta?

Se la tiendes.

–Es verdad, sabe mi nombre, aquí lo pone. D.ª M.ª José Lozano Rincón. Esa soy yo.

–Sí. Es usted.

–Y el señor ministro sabe que existo, que existe esta sección dentro del ministerio.

–Por lo visto lo sabe.

Te mira con aprecio y un cierto agradecimiento. Por un momento la has sacado de ese universo de archivos y legajos y la has transportado a los pisos superiores de este caserón herreriano, una mezcla, que fue armónica, de mármoles, sillares de piedra, bajo las crudas luces indirectas de neones escondidos en rectángulos cenitales. La planta baja estaba ocupada por cientos de muebles de desguace, cajas de envíos de material de oficina a todos los horizontes consulares, mesas de exposición bajo cuyos cristales aparecen incunables de tratados de paz y de anexión, tal vez aquí desde el origen de la función de este edificio palacio del marqués de Santa Cruz. Parece un ministerio de un país en retirada, no importa de dónde, tal vez de su pasado, en pleno inventario de sus muebles viejos, de sus burocracias marchitas. Luego, en la sala de consulta del archivo, estudiantes o estudiosos, la parsimonia de los funcionarios, recién salidos ellos también de los archivadores donde duermen los funcionarios.

Legajo R 4850 - Expediente 51. Actividades en América del vasco exiliado Jesús de Galíndez Suárez.

Legajo R 3733 - Expediente 71. Expedición del título de Licenciado en Derecho al vasco exiliado Jesús de Galíndez Suárez.

Legajo R 5596 - Expediente 15. Desaparición en Nueva York de Jesús de Galíndez Suárez.

Legajo R 5979 - Expedientes 30 y 31. Desaparición en Nueva York del vasco exiliado Jesús de Galíndez Suárez.

—Solo hasta mil novecientos sesenta y dos, señorita. Solo se puede consultar lo que no está bajo secreto administrativo.

Te ha advertido la directora, disuadiéndote de que fueras más allá de la puerta de la ciudad prohibida.

—Tengo suficiente.

Solo querías captar el tono de una información. ¿Cómo comentaba la diplomacia española el drama de Galíndez, de aquel hijo pródigo que no había aceptado el paraíso franquista? Tú eres el investigador 2059, año 1988, y como tal te identificas cada vez que pides un legajo y lo devuelves. En el primero una copia de un artículo de Galíndez sobre cuestiones vascas, del año 1951, y traspapelado un informe del embajador en Lima, Antonio Gullón, sobre los ecos de la desaparición de Galíndez. En agosto de 1956, un hombre acaba de esfumarse tras la puerta del martirio más atroz y un compatriota, un embajador español, lo pone en duda desde la asepsia diplomática y se refiere a él como «Agente del llamado gobierno vasco en el exilio», autor de constantes ataques al Régimen, ignorante sistemático de la gran obra que el Régimen ha realizado en pro de la conservación de las costumbres del pueblo vasco. En otra delgada carpeta el certificado del envío de su titulación académica, previa al drama, cuando Galíndez trata de reconstruir su identidad de profesor para conseguir trabajos en el exilio. Y de pronto las carpetas se hinchan y asistes a un doble relato: el dramático, incluso sensacionalista, de los recortes de prensa y las cartas profilácticas de casi todos los embajadores dirigidas al director gene-

215

ral de Política Exterior. Se hacen portavoces del eco que en cada país americano despierta la desaparición de Galíndez y portavoces también de la ceremonia de la confusión trujillista. La prensa forcejea con el misterio o lo aumenta, como las aparentemente bien intencionadas informaciones del *Diario de Nueva York,* en lengua castellana, dirigido por Ross, el hombre que debía conectar con Galíndez al día siguiente de su desaparición, que tardó en conectar con su vacío y que desorientó más que orientó cuando puso a la opinión pública en las falsas pistas de un Galíndez secuestrado y transportado por mar. ¿Por qué había confiado Galíndez en Ross, aquel antiguo mercenario de Trujillo, que le había montado el diario *El Caribe,* su instrumento de propaganda? También hay notas de información diplomática, directas o asumiendo declaraciones de oficiantes en la ceremonia de la confusión. El caso del exrepublicano y comunista español. 7 de septiembre de 1956, ya no quedaba nada de Galíndez, pero el Departamento Jurídico del Comité Anticomunista, New Orleans, Louisiana, asegura que Galíndez tiene una larga historia en Europa como comunista y criminal. Ficha convencional y oficial de Galíndez transmitida por la oficina de información diplomática. Fichero 927. Asunto: Personalidad de Jesús de Galíndez. Según datos que obran en este fichero, Jesús de Galíndez nació en 1915. Hizo sus estudios universitarios en la Universidad de Madrid, donde se graduó de licenciado en Derecho, en mil novecientos treinta y seis. Ocupó el puesto de abogado asesor de la Dirección de Prisiones, dependencia del Ministerio de Justicia del Gobierno rojo. Oficial auditor del Tribunal permanente del XI Cuerpo del Ejército de las Fuerzas Armadas rojas. Al terminar la contienda se fuga a Francia, en donde reside un año, y luego a la República Dominicana, donde pasó seis años. Desde 1946 residía en Nueva York, profesor de Derecho Internacional en la Universidad de Columbia y representante en Estados Unidos del gobierno vasco en el exilio. Tesorero de dicho gobierno para América Latina. Sus actividades docentes son varias: desempeñó funciones de auxiliar en la Universidad de Madrid, fue profesor titular de la Escuela Diplomática de la República Dominicana. Su producción literaria abarca ocho libros, de los cuales el último se publicó en Buenos Aires con el título *Estampas de la guerra*. Colaboró en *El Mercurio* de Chile, *El Tiempo* de Bogotá, *El Día* y *El País* de Montevideo, el *Comercio* de Lima y otros, Jesús de Galíndez fue asimismo observador permanente del gobierno de Euzkadi en las Naciones Unidas. Con fecha de 12 de marzo del corriente año se dio en la prensa la noticia de su desaparición. Madrid, 13 de junio de 1956. Eso era todo. Pero te reconcilia con el anónimo autor de la nota su neutralidad, su condición de relator casi objetivo de un currículum, sin añadirle adjetivos ideológicos, salvo cuando califica de rojo al bando vencido en la guerra civil. ¿Quién redactó esta nota tan poco franquista en unos tiempos tan franquistas? Luego la danza de los embajadores, insistente Gullón desde Lima, aunque cada vez menos ideologizado, tal vez más sobrecogido por la evidencia del drama. Las gestiones del cónsul Presilla desde Nueva York para que se le autorice a ayudar al padre de Galíndez en la búsqueda de la sombra de su hijo, con la recomendación de un sacerdote llamado Lobo. Prudencia, Presilla, al Gobierno español no le interesa verse implicado en el caso. Martín Artajo. La prudencia que exhibe Areilza desde la embajada en Washington, cartas de notario distante que relata las fluctuaciones del caso como si las leyera en la prensa. Como continuación a mi despacho n.° 143 de fecha enero 29, adjunto tengo el honor de remitir a V. E. recorte aparecido en la prensa de Nueva York de fecha 19 de febrero de 1957 en el que se da cuenta de que el Ministerio de Justicia de la República Dominicana ha presentado una queja al Ministerio de Relaciones Exteriores de su país por la actitud del encargado de Negocios norteamericano en Ciudad Trujillo, relacionada con el fallecimiento del piloto norteamericano Gerald Murphy en extrañas circunstancias y que pudiera tener relación con la desaparición del profesor de la Universidad de Columbia Jesús de Galíndez. Dios guarde a V. E. muchos años. El embajador de España. José M.ª de Areilza. La embajada española en Santo Domingo pide informes sobre el pasado rojo de Galíndez y a partir de este punto dos embajadores se suceden, y dos estilos de conducta. Un tal Merry del Val te va desvelando su distancia elegante de la barbarie trujillista, sin traicionar la profilaxis diplomática, pero sin cebarse en la carne ausente de Galíndez, aunque sospecha que «... Galíndez vio un filón de oro en la publicación de su libro de denuncia contra Trujillo», y cualquiera puede deducir que fue a la muerte cegado por el brillo del oro. Pero Merry no llega a la repugnante complicidad objetiva de un tal Sánchez Bella. ¿Quién fue Sánchez Bella? Insidioso, trujillista a fuer de ser franquista, odiando a Galíndez por el simple hecho de ser un problema diplomático, molesto por todo lo que molestara a Trujillo. Merry ha asumido la posibilidad de que Galíndez se haya ausentado por desequilibrio mental o por cualquier otro aspecto de desaparición voluntaria, pero Sánchez Bella lo descalifica como enemigo político, acusa a los que acusan a Trujillo, valora el informe Ernst como objetivo e independiente aunque por él haya pagado el dictador 150.000 dólares, el informe Ernst, aquí estaba también una copia mecanografiada del informe Ernst enviado por Sánchez Bella, situando a Galíndez en todas partes menos en la muerte, y una foto de Ernst, que parece un doble de Truman, con la bien pagada responsabilidad facial de un abogado bien pagado, por quien sea. De vez en cuando se asoma Galíndez a estos expedientes, en recortes de periódicos amarillentos que lo elevan desde los fondos marinos, como en este de 6 de junio de 1956, con las facciones más gruesas que en sus fotos dominicanas, con pajarita, sobre un subtítulo que dice «Recibe *in absentia* doctorado Filosofía de Columbia». 6.178 estudiantes se han graduado, 6 de junio de 1956, solo faltaba Galíndez. Columbia, universidad fundada en 1793. Es el rostro de un hombre seguro de tener rostro, como si se hubiera hecho la foto de doctor antes de serlo. Una petición confidencial del gobierno dominicano al español para que le respalde en la interpelación sobre Galíndez que el embajador uruguayo piensa llevar a la ONU. Recuerden la malevolencia internacional que en el pasado se dirigió contra el gobierno franquista y ahora sobre el dominicano. La solidaridad de los tiranos. Y otra vez Sánchez Bella. Pero ¿quién diablos era ese hombre? Lamentando la política izquierdista de Estados Unidos en la investigación del caso Galíndez que ya es el caso Murphy y el caso De la Maza, en la carrera imparable de Trujillo en el exterminio de los exterminadores, un exterminador elimina a otro exterminador y esa larga mano alcanzaría a Espaillat, exiliado en Canadá, suicidado en 1967, ya muerto su patrón. Tanto ruido por la desaparición de un «oscuro profesor». Sánchez Bella *dixit*. Y más cruel aún otro embajador, Spottorno, desde Haití, que pone profesor entre comillas y le llama personajillo, el embajadorcillo llama personajillo a un desaparecido, teóricamente compatriota, y añade que fue un «insignificante pelele utilizado a dos bandas, por Aguirre y los separatistas y por los antitrujillistas». Una investigadora no puede indignarse, no puede cerrar la carpeta como tú la has cerrado, ni abrirla con esta sensación de vergüenza profesional. Lautaro Silva, un escritor anticomunista chileno, que presume de ser las tres cosas, escritor, chileno y anticomunista, declara que *La era de Trujillo* fue escrita realmente por Pablo Neruda, Juan José Arévalo, expresidente comunista de Guatemala, y Vittorio Codovila, agente italiano de la Komintern. Galíndez solo escribió veinte páginas. Ni diecinueve ni veintiuna, veinte páginas. Espaillat, recién nombrado cónsul en Nueva York, enseña las calderas del *Fundación* para que busquen restos de Galíndez, allí supuestamente arrojado vivo. Un anónimo fogonero ha posado para la historia con una sonrisa que repite el círculo oscuro de la caldera abierta. Y todos los sobornados para la confusión han visto a Galíndez en Cuba, en Budapest, en España, en Latinoamérica. Dos años de silencio y rebrota el caso Murphy, de nuevo las carpetas se hinchan, de nuevo el baile verbal de los embajadores con su lengua en formol o en alcohol o en agua oxigenada según su compromiso con la muerte. Pero mientras tanto un presbítero, desde Managua, ha escrito una refutación de *La era de Trujillo,* Antonio Bonet se llama, está escrita en 1957 y pretende viajar a España para investigar la infancia y juventud del pecador Galíndez, pecador contra el cristianismo, contra el Benefactor. ¿Quién remite el libro de Bonet a la Dirección General de Política Exterior? A dos manos, Sánchez Bella y Areilza, cada cual con su estilo. Ross, Ross siempre ayudando sin ayudar, haciéndose eco de que Galíndez fue lo que pudo haber sido y no fue y trasladando a la opinión una oferta de la Mafia: por 50.000 dólares está dispuesto a revelar la verdad, toda la verdad del caso Galíndez. Toda la información la conoces, la has rumiado como una vaca durante cuatro años, y solo te fascina cómo queda objetivada en estas carpetas, contagiada de toda la rutina y la penumbra de este caserón herreriano. Incluso te familiarizas con los nombres de embajadores que van cambiando de destino americano y de Uruguay pasan a Caracas, como Saavedra, aunque leyendo sus informes de pronto uno se te clava en los ojos como una gillette. ¿No le llamaban a Espaillat el Navajita o el Gillette? Saavedra informa que los hermanos Vicioso, dos militares e intelectuales dominicanos que han escogido la libertad, informan sobre el final exacto de Galíndez. Fue estrangulado, estrangulado, estrangulado, señor Sánchez Bella, estrangulado, señor Sánchez Bella, en un campamento militar, el campamento 18 de diciembre, después de ser torturado salvajemente y finalmente enterrado en una playa situada junto al campo de tiro. Conocías el dato pero ahora lo ves transcrito directamente, directamente interpretado, no es un *flashback*, o lo es, pero te hace viajar hacia atrás, no es el tiempo el que viene a buscarte y te duele el cuello, te duele el cuerpo de Galíndez bajo las paletadas de arena, aunque sepas que no fue enterrado, que es un muerto sin sepultura, entregado a la voracidad de los tiburones trujillistas pertenecientes al elenco de sicarios de Trujillo. Y por fin Sánchez Bella al parecer se ha enterado de qué ha pasado, de en qué país está ejerciendo de embajador. Trujillo ya ha hecho desaparecer a Galíndez, al piloto americano Murphy que lo ha transportado desde Nueva York, al piloto dominicano capitán De la Maza que ha sido el brazo derecho de Espaillat en el secuestro. El suegro de De la Maza se llama Rúa, es español, ha pedido protección a Sánchez Bella porque se siente amenazado, le consta que su yerno no se ha suicidado en la celda, tiene una carta autógrafa que desmiente la carta pretendidamente autógrafa en la que se anuncia el suicidio. Ciudad Trujillo. República Dominicana. Política. Muy confidencial y reservado. Asunto: muerte de dos aviadores y conexión con el caso Galíndez: «Esta Embajada ha procurado mantenerse al margen de este complicado y grave asunto, en el que se han enfrentado, de una parte, el gobierno dominicano, y de otra, como era de esperar, una nueva campaña internacional contra el Régimen»... «Hay que suponer que el embajador norteamericano Pheiffer –amigo de Trujillo y participante en los grandes negocios de este– no ha podido detener la investigación y campaña iniciada en su ausencia por el encargado de Negocios a.i. de Estados Unidos, Richard H. Stephens, un puritano de la "democracy".» Se te ve el plumero, Sánchez Bella, lo que más te molesta de este asunto es que aún queden *puritanos de la democracia,* no que hayan asesinado a Galíndez, a Murphy, a De la Maza. «El sábado 2 de febrero llegó a Ciudad Trujillo el calígrafo español a que se refirió el Despacho n.° 60 de 30 de enero de 1957. Se trataba del catedrático de Historia Universal de la Universidad de Madrid D. Manuel Ferrandis Torres, a quien había buscado el cónsul dominicano en Madrid y puesto en un avión en el término de 48 horas. El Sr. Ferrandis no tenía idea alguna del tipo de documento que iba a estudiar, suponiendo se trataba de algún documento histórico. Llegó al aeropuerto y fue prácticamente "secuestrado" por el decano de Filosofía y Letras Sr. Fabio Mota (masón destacado) y por el Sr. Elpidio Beras, procurador (fiscal) de la República, quienes no le dejaron ni un solo minuto libre, planeándole incluso excursiones a la playa, salidas a clubes nocturnos con el evidente –e innecesario– propósito de que el Sr. Ferrandis no estableciera un normal e insoslayable contacto con la Embajada de España en el curso del cual se le indicara qué tipo de trabajo iba a realizar. El Sr. Ferrandis facilitó –sin saberlo– esta misión de los Sres. Mota y Beras suplicando se le permitiera realizar su trabajo inmediatamente, ya

221

que tenía que regresar a Madrid en tres o cuatro días. El domingo 3 le entregaron los documentos a estudiar.» A Sánchez Bella le molesta que el grafólogo no cumplimente al embajador de España y le exige días después que se presente en la embajada. «... El Sr. Ferrandis se presentó por la tarde del mismo día en la residencia de la Embajada. En el curso de un almuerzo al día siguiente nos informó detalladamente de todo cuanto se le preguntó. Resumen: "Me han dado *a)* una carta de un suicida y *b)* una instancia a Hacienda, una carta familiar, una tarjeta postal, preguntándome si la persona que escribió *b)* escribió también *a)*. Después de un profundo estudio mi conclusión es terminante: sí. Ignoro toda circunstancia sobre las personas, los hechos y las implicaciones. Mi trabajo es estrictamente científico." Esta terminante conclusión del Sr. Ferrandis ha de ser considerada con toda clase de reservas, puesto que existen hechos que parecen irrebatibles y que están en pugna con esta versión tan satisfactoria para las autoridades dominicanas. Cabe suponer que al Sr. Ferrandis se le hayan presentado documentos escritos por la misma mano y presentándolos como de De la Maza; cabe –con todos los respetos para el Sr. catedrático de Historia– dudar de su calificación técnica para un estudio grafológico, considerando también que la grafología no es ciencia exacta.» No hay duda, el señor embajador se va enterando de cómo las gasta el amigo dominicano, sobre todo cuando Rúa, el desconsolado suegro, le enseña una carta de De la Maza, una carta que no promete suicidios, y a continuación pide asilo en la embajada. Se va espabilando usted, embajador. «... la Prensa norteamericana publicó noticias conectando la muerte de De la Maza y Murphy con la de Galíndez. En esta Embajada se conoce únicamente a este respecto la prensa que llega por valija diplomática desde Puerto Rico, ya que la censura es estrechísima y –como sabe V. E.– es habitual que esta Policía viole la correspondencia de las Embajadas, con pérdidas de cartas, poca limpieza en el cierre de las violadas, e incluso con el cínico señalamiento de párrafos determinados por el lápiz del censor, que a continuación hace llegar la carta a su destinatario. La versión de *Time* de 11 de febrero (Anejo n.º 1) parecía descubrir una versión que era la que esta Embajada había intuido un mes antes con muy pocos elementos de juicio y que se consignó en el Despacho n.º 43 de 15 de enero: Murphy y De la Maza estaban complicados en el transporte a la República Dominicana de alguien relacionado con la desaparición de Galíndez, probablemente un rojo español apodado el Cojo que vivía en Ciudad Trujillo con el nombre supuesto de "Sastre Arranz" o algún otro...» «... Seguramente como reacción airada a estas noticias de la prensa internacional, el diario oficioso *El Caribe* de 8 de febrero publicó dos noticias, en apariencia independientes pero que —en este medio reducido donde todos se conocen— constituían un ataque al Sr. Rúa por medio de un cínico alarde de difícil comprensión y de imposible justificación. Estas dos noticias eran: 1) Una carta anónima contra Rúa llamándole "timador", "vil estafador", "empedernido salteador", etc., en la sección llamada *Foro Público* que —como V. E. conoce— dirige de cerca el propio Trujillo y que constituye el temor diario de todo habitante de este país, que lee cada mañana dicha sección para ver si su nombre está incluido en ella. 2) Un comunicado del procurador de la República en el que se da cuenta de que "vistas las especulaciones que tanto en el exterior como en círculos extranjeros de nuestro propio país se han hecho circular" con respecto al suicidio de De la Maza, se había ordenado una nueva autopsia del cadáver, anunciándose que el informe "científico" sería hecho público más adelante. Se citaba a un médico norteamericano y otro peruano entre los doctores que practicaron la autopsia...» «... la autopsia fue una farsa macabra e incomprensible. El teniente coronel del Arma de Ingenieros del Ejército español Sr. Urarte, que trabaja en esta República en un alto cargo técnico de la Secretaría de Obras Públicas, se presentó espontáneamente en esta Embajada para declarar lo siguiente, haciendo ver que si ello fuera conocido por la Policía dominicana le costaría la vida, apreciación sobre la que no cabe la menor duda: "Vivo en la misma casa que el patólogo peruano Dr. J. R. Ravens, médico en el Seguro Social dominicano. Ravens se encontraba días pasados en Estados Unidos de vacaciones con su esposa, que es norteamericana, cuando recibió telegráficamente 1.400 dólares con la orden de regresar inmediatamente a Ciudad Trujillo. Lo hizo así y lo recibió Trujillo. Estuvo invisible dos o tres días y al cabo de ellos reapareció en su domicilio, abatidísimo y en un gran estado de nerviosismo, llegando a desahogarse conmigo confesando que De la Maza había sido torturado, que tenía balazos de dos calibres en el costado y que se pretendía que certificase el suicidio por asfixia."» «En esta innecesaria y torpe farsa se complicó además a un médico norteamericano, el doctor William A. Morgan, amigo personal de Trujillo y asociado a él en empresas limpias. Morgan –con simpatías y prestigio profesional en la República Dominicana– fue llamado para que certificase también el suicidio de De la Maza, negándose a ello; pero hacia el 15 de febrero parece ser que no solo se plegaba sino que inducía a hacerlo a Ravens. De ser así, deben de mediar grandes sumas de dinero.» «Aquí termina lo declarado por el teniente coronel Urarte. Hasta la fecha no se ha hecho público el informe "científico" de la autopsia.»

«*Nuevas torpezas.* – Los días 13 y 14 aparecen en *El Caribe* ridículas noticias sobre la reaparición de Galíndez en México (Despacho n.º 70 de 13 de febrero de 1957). Los periodistas chilenos Lautaro Silva y M. C. Meneses, autores de ese bulo, se encontraban por aquellos días en el lujoso Hotel Jaragua de Ciudad Trujillo y estoy en disposición de decir que algunos insensatos trujillistas proyectaban prepararles un gran acto público donde "explicasen" su "encuentro" con Galíndez en México hace unos días, oponiéndose a tal insensatez Prats Ramírez, presidente de la Junta Central del Partido Dominicano, y algunos otros trujillistas.

»*Sobre el Cojo.* – Desde hace casi un año se menciona a un exiliado español apodado el Cojo como complicado en la desaparición de Galíndez, individuo buscado por la policía de Estados Unidos, Puerto Rico, Cuba, Venezuela, etc. El *Time* de 11 de febrero de 1957 le llamaba Francisco Martínez Jara. Se recordó en esta Embajada que la de España en Haití había informado hacía tiempo sobre un individuo llamado Martínez Jara, exiliado rojo de pésimos antecedentes y que había entrado en la República Dominicana. Supo entonces esta Embajada que Martínez Jara vivía en Ciudad Trujillo con un sueldo de colaborador en la empresa de radio y televisión La Voz Dominicana, propiedad del general Arismendi Trujillo, hermano del Generalísimo. Buscados los antecedentes, puede identificarse a Martínez Jara como el Cojo, complicado en la desaparición de Galíndez y posible ejecutor del mismo. Se adjuntan como Anejo n.º 3 los antecedentes que figuran en esta Embajada.

»*Time* de 11 de febrero daba la noticia de que la mujer del Cojo había muerto en Ciudad Trujillo en agosto en accidente de automóvil y el propio Cojo había desaparecido. Nada se indica sobre el hijo de ambos.

»*Rúa entrega en esta Embajada un autógrafo de su yerno De la Maza.* – El día 25 de febrero *Time* y *Life* publican reportajes sobre la desaparición de Galíndez y sus consecuencias ulteriores (Anejo n.º 4) dando a entender que Murphy trajo al primero a la República Dominicana secuestrado en un avión alquilado para tal fin. Sin darle estas noticias –que indudablemente no conoce– se advirtió reiteradamente a Rúa que había una enorme atención internacional sobre el caso de su yerno y que extremase toda prudencia ya que su vida y la de su familia podían ser puestas en juego por intereses internacionales deseosos de producir un escándalo. Rúa prometió actuar así rigurosamente. Un episodio ajeno a este asunto pero que prueba los procedimientos de estas autoridades aumentó la alarma de Rúa, quien espontáneamente depositó en esta Embajada un autógrafo de su yerno De la Maza –documento por el que tanto interés mostraron los americanos– que actualmente se encuentra en la caja fuerte de esta Embajada bajo sobre cerrado y lacrado, como todo lo referente a este asunto. (El episodio en cuestión: El pasado diciembre, un gobernador de provincia había pasado de su alto cargo a la cárcel mediante un Decreto aparecido en esta prensa. Posteriormente fue condenado a un año de cárcel.

El pasado día 18 de febrero fue sacado de ella –según una fortuita confidencia llegada a esta Embajada– y el 19 murió en "accidente de automóvil" en una carretera del país, con su chofer. Sería imposible creer estas monstruosidades si esta Prensa no las hiciera públicas.)» «... El secretario de esta Embajada, Sr. Ortiz Armengol, se vio sorprendido por una llamada telefónica personal del Sr. Balaguer por la que este le rogaba que le visitase inmediatamente en su despacho oficial. Como V. E. conoce, don Joaquín Balaguer será elegido en el próximo mes de mayo vicepresidente de la República y es la máxima figura civil de este Gobierno. Intelectual, dirige personalmente la prensa, ejecutando las directrices de Trujillo y es una persona absolutamente desconocida para el gran público, ya que apenas figura en la prensa y en la vida oficial externa. En este día 19 de febrero el Sr. Balaguer informó a nuestro secretario de Embajada que el padre Posada había hablado poco antes con el Generalísimo Trujillo y que por encargo de este informaba que el Sr. Rúa nada tenía que temer. Puntualizó que el Gobierno dominicano consideraba al diplomático Stephens como hostil, a diferencia del embajador Pheiffer, quien había sido un buen amigo de los dominicanos. Finalmente solicitó el Sr. Balaguer se averiguase por la Embajada de España si el Sr. Rúa trabajaba por cuenta de los norteamericanos y les vendía información, rogando que este extremo se averiguase como cosa de interés para la Embajada de España pero sin que Rúa supiese a quiénes les interesaba confirmar este extremo. El Sr. Ortiz Armengol contestó al Sr. Balaguer en estos términos; sobre los que había recibido previamente mis instrucciones: a) La Embajada de España no tenía absolutamente ningún interés en el asunto Murphy-De la Maza, salvo la atención que forzosamente había de prestar hacia la posición del español Sr. Rúa. b) De ninguna manera se haría el juego a los enemigos exteriores de la República Dominicana (queriendo significar así lo que era cierto: que no se iba a colaborar con los norteamericanos en la investigación). c) La Embajada deseaba saber si –caso de que el Sr. Rúa y su familia aceptasen la autenticidad de la carta atribuida

226

a De la Maza– se encontraría por parte del Gobierno dominicano una actitud de olvido y una garantía de que el Sr. Rúa no
sería atacado en la prensa o de otra forma. Se recordaban las
garantías dadas semanas antes por el secretario de Relaciones
Exteriores y ratificadas en la entrevista en curso por el propio
señor Balaguer. Contestó el Sr. Balaguer que se agradecería que
el Sr. Rúa aceptase los hechos y que se agradecía a la Embajada
de España su actitud de no hacer juego a las fuerzas internacionales interesadas en producir un escándalo. A continuación se
llamó a la Embajada al Sr. Rúa, preguntándosele discretamente
si estaba al servicio de terceros, lo negó rotundamente. Preguntado si estaba dispuesto a comprar su tranquilidad propia y la
de su familia a cambio de la difícil admisión de la presunta carta de su yerno, resolvió aceptar, causándose a sí mismo y a su conciencia una gran violencia, pero con la justa retribución de que
en el periódico se desmintieran los "Foros" publicados contra
él. Se acordó gestionarlo así, recordándole una vez más que
todo este asunto estaba produciendo una violenta campaña
contra el Gobierno dominicano de la que podía resultar ser la
primera y más fácil víctima. Reiteró por centésima vez su actitud de prudencia extrema y de reserva extrema. Por indicación
de la Embajada el Sr. Rúa fue a visitar al procurador general el
día 21 de febrero, firmando una declaración aceptando la versión oficial, momento tristísimo y el más amargo de su vida, según expresó horas después en la Embajada. Informó el Sr. Rúa
que el asunto se iba complicando pues su hija, la viuda de De
la Maza, había sido demandada por la familia de Murphy por la
cantidad de 50.000 dólares, basándose en que De la Maza había dado muerte a Murphy. Era el abogado de esta petición el
dominicano Sr. Cruz Ayala, abogado muy afín a la Embajada de
Estados Unidos en Ciudad Trujillo.

»*Consideraciones finales.* – Hasta el momento no ha aparecido en esta prensa una rectificación de los insultos contra Rúa, y
cuando el Sr. Ortiz Armengol llamó discretamente la atención
del Sr. Balaguer en una ocasión posterior, el Sr. Balaguer contestó con evasivas. El Sr. Rúa viene constantemente a esta Em-

bajada recordando su "derecho" a la reparación pública. Asegura que, con ocasión de una de sus visitas el juez de Instrucción que instruye su "causa" por estafas, el propio juez, Sr. Cabral Noboa, le prometió que en cuatro o cinco días aparecería en el periódico la reparación moral de Rúa, visto que había aceptado el suicidio de su yerno. Es lamentable pero cierto que el Sr. Rúa sigue siendo molestado por estas autoridades con fútiles pretextos. (El 7 de marzo un telegrama del procurador fiscal Sr. Aristy Ortiz le ordena comparecer para que cumpla sus obligaciones con el Sr. Milciades Mejía Carrasco, abonando lo que debe a este señor. Dice el Sr. Rúa que este Mejía es un policía que en horas libres le pintó unas puertas y unos muebles y que le pagó el trabajo pero que ahora reclama haber pintado un coche del Sr. Rúa, extremo que este niega. Comparece Rúa ante el procurador fiscal pero no Mejía. El día 8 recibe Rúa otro telegrama conminándole a cumplir sus obligaciones en el término de ocho días.) Con ocasión de almorzar en esta Embajada el procurador general Sr. Francisco Elpidio Beras, intercedí amistosamente en favor del Sr. Rúa. El Sr. Beras me indicó que el Sr. Rúa fuese a verle personalmente, sin que hasta la fecha sepa el resultado de esta entrevista. En todo este grave asunto destacan las increíbles torpezas y excesos de esta Policía, la incomprensible política de atacar injustamente a una persona a la que conviene tener tranquila y conforme y –sobre otra consideración– la dureza de la política represiva de este Régimen, en la que no se conoce un caso de perdón. Me permito significar a V. E. la extrema importancia de que este despacho no sea conocido sino muy limitadamente, ya que en ello va implicada la vida de varios españoles residentes en la República Dominicana. Este ejemplar ha sido mecanografiado por el secretario de la Embajada y queda en caja fuerte en un sobre cerrado y lacrado después de haber destruido en él los nombres propios. Dios guarde a V. E. muchos años.»

Te duelen los ojos. Notas unas agujetas espirituales, las agujetas de las grandes derrotas de la inteligencia. El señor embajador contribuye a que Trujillo disponga de la complicidad aterrorizada de la familia De la Maza y a cambio se garantiza, todo lo que puede garantizar un tirano vesánico, la seguridad de algunos ciudadanos españoles. El señor embajador sabe quién es el Cojo, pero no hila fino, no se ha dado cuenta de que la supuesta esposa del Cojo, muerta en un accidente de tráfico, es Gloria Viera, muerta sola, dentro de un coche, no sabiendo conducir. Es lógico, aquel que no sabe conducir un día u otro se estrella. Tampoco sabe que el hijo de Gloria Viera será presentado como hijo de Galíndez, aún ejerce como hijo de Galíndez, como lo único que ha sobrevivido a Galíndez. De toda la historia, carpetas cerradas, solo te balsamiza el hervor de los ojos la piedad diplomática que el cónsul Presillas dedicó al viejo Galíndez, a ese anciano alto para su tiempo y para la estatura media de los españoles de la mitad de siglo, al que conservas en la retina de un recorte del *Diario de Nueva York,* domingo 9 de marzo de 1958. Dos años después de la pérdida de su hijo, los padres de Galíndez guardan luto riguroso. ¿Padres de Galíndez? La anciana que camina por la calle de su casa a la compra es la madrastra de Galíndez y ni ella ni su marido han querido declarar nada en directo, porque el corresponsal supone lo que piensan, lo que sienten, lo que callan. Pero ahí está el Dr. Galíndez, delgado como un chopo, estilizado por un largo gabán negro y un sombrero igualmente negro, a punto de subirse a un taxi negro que reproduce en el ángulo del guardabarros que muestra la fotografía una gigantesca «E» de España. ¿Cómo es el Dr. Galíndez?, se pregunta el corresponsal. Alto, delgado, de pocas carnes y pellejo flácido, que se le arruga en la cara y en las manos. Tiene una mirada penetrante y un diálogo a veces suave, a veces duro. Va siempre vestido de negro por la muerte de su hijo y, estamos seguros, morirá vestido de negro. A pesar de su edad, representa unos setenta y cinco años, trabaja intensamente, quizá para embotarse el cerebro de quehaceres y evitar pensar, que para él no es sino recordar. «Fue horrible –nos dice el buen anciano–, ha sido el golpe más doloroso de mi vida. Aún no me he repuesto. ¿Cómo puede comprenderlo? Y lo peor es que siempre me vuelven los recuerdos. Es una pesadilla que nunca desaparece. Fue hace dos años y lo tengo presente como si hubiera sucedido ayer, hoy mismo incluso. Le ruego por favor que no ahonde más en la herida.» Número 10 de la calle Cava Baja, donde vas en cuanto sales de este ministerio herreriano, aquí estuvo la clínica de los doctores Galíndez, padre e hijo, el hijo hermanastro de Jesús, el muchacho que fue a verle a Nueva York a recibir una lección de exilio que nunca olvidaría. Clientela humilde, de pueblerinos, describe el corresponsal del diario, cincuenta pesetas la visita, la primera, veinticinco las sucesivas. La familia Galíndez no vivía allí, sino en Villanueva 29, una de las casas más antiguas del barrio de Salamanca, y allí están los balcones regulares fotografiados, cerrados a cal y canto, solo una vez el fotógrafo sorprendió a la criada de los Galíndez, asomada a la calle, sobre la baranda, una palma seca de Domingo de Ramos atravesando la herrería del balcón. «Los inquilinos del inmueble –dos ilustres familias de marinos, el padre del actual ministro de Educación Nacional, dos pintores y algunas familias acomodadas– aprecian y respetan la caballerosidad y cordialidad del Dr. Galíndez. Todas las mañanas, hacia las nueve, sale de su domicilio. En la puerta le espera su hijo, don Fermín, con su Seat negro, y le conduce a la clínica. Sobre la una y media hace el recorrido inverso, come y pasa luego a la consulta particular. Esta se compone de visitantes distinguidos que pagan también unos honorarios más altos. Muchas tardes los doctores Galíndez van al Asilo de San Rafael, del que don Jesús es oculista honorario y don Fermín oculista de número.» Sales del ministerio por la puerta que da a la calle del Salvador, Atocha arriba hasta encontrar otra vez la plaza de la Provincia, la fachada de este palacio de 1636, construido bajo el reinado de Felipe IV, el ritmo de pórticos de plaza de pueblo anclado en el centro del Madrid de los Austrias, pórticos que se prolongan o reaparecen cuando se abre la perspectiva de la plaza Mayor. ¿Dónde empieza la plaza de la Provincia y termina la de Santa Cruz? Al comienzo de tu estancia en Madrid eras una esclava del mapa, sobre todo cuando te orientabas dentro de esta elipse, de este balón de rugby del Madrid viejo, como un quiste de historia dentro de la ciudad hinchada. En cinco centímetros de mapa el consultorio del padre de Galíndez, el ministerio donde Galíndez descansa en la paz de las carpetas y la casa de Ricardo en la plaza Mayor, su «picadero de soltero», dicen todos tus amigos, hasta que se «casó» contigo. Tal vez estuviste casada con el reverendo O'Higgins, hasta que el reverendo O'Higgins te encontró en la cama con un reverendo más prometedor, que sin duda hubiera llegado a obispo de la Iglesia mormona de no haber sucumbido a los pecados de tu carne, tan joven era tu carne, tan adolescente que solo la recuerdas como una pobre carne sometida a toda la vergüenza de la secta y sobre todo a la vergüenza «... de tu anciano padre» como le llamaban todos los que recriminaban, para envejecer aún más tu vergüenza. Conseguiste que te alejaran de aquella caverna poblada por desterrados de la ciudad de los santos, Salt Lake City, en un viaje desmitificador, a la inversa del que emprendiera Richard F. Burton en 1860. Tu amante gimoteaba por teléfono y acabó colgando los hábitos y dedicándose a vender bungalows en California. Luego el encuentro con Norman, primero en Nueva York, luego en Yale, cuando te colocó bajo su protección y lejos de la desesperación de aquel fotógrafo chileno e inmaduro, fugitivo del terror de Pinochet. No te afectaba el sufrimiento ajeno, tal vez porque toda tu sensibilidad para el sufrimiento la había ocupado «... tu anciano padre», que, según los cronistas, había envejecido treinta años en pocas horas cuando tú diste el escándalo del que aún se habla en todo Utah. Apenas un cordón umbilical con tu hermana Dorothy, a la que primero pedías perdón carta tras carta y a la que acabaste por solo pedirle los documentos que necesitabas para tus estudios y tus becas y una correcta administración de la soledad profunda de tu cuerpo y tu inteligencia. Hasta que encontraste a Galíndez, bajo las aguas del Caribe y de la memoria, como si te llamara a ti, a su madre, a Euzkadi, a una patria vaginal, una patria, un valle. ¿Qué te liga a Ricardo? Te lo preguntas cuando ya casi tienes la mano en el pomo de la puerta de la agencia de viajes de la calle Mayor, por si la pregunta va a impedir tu decisión, pero no la impide porque ya has obedecido la orden de empujar y te has sentado ante un muchacho convencional.

–Madrid-Santo Domingo. ¿Ida y vuelta?

¿Ida y vuelta? Ricardo te ha dado su hospitalidad, su joven generosidad, su entusiasmada fogosidad de adolescente maduro halagado por un trofeo anglosajón y pelirrojo: tú. Se ha defendido de tu voracidad, pero le temes perdedor en una batalla que tú no has planteado, que él ha planteado contra sí mismo o quizá contra Galíndez y esa dura historia de España que rechaza, que odia, que teme como una herencia que no se merece.

–¿Ida y vuelta? ¿Quiere pasar a otro país desde Santo Domingo? Ida son ciento cinco mil, en cambio ida y vuelta mejora sensiblemente siempre que permanezca en el país quince días. ¿Desea hotel en Santo Domingo y estancia en La Romana? Es lo que suelen quedarse los turistas.

–Ida.

–¿Solo ida?

–Ida y deje abierto el billete para que decida adónde voy después.

–Le va a salir el doble de caro, pero usted es la perfecta viajera. A mí me gustaría viajar así.

Suspiró resignado y se aplicó en el ordenador, esclavizado por los ritmos interiores de la máquina. Pagas con la tarjeta de un crédito que la Holyoke y tu hermana mayor van alimentando de vez en cuando, más la Holyoke que tu hermana mayor, y escondes más que guardas el billete, lo escondes de Ricardo puerilmente o de ti misma, más puerilmente todavía. Tal vez para decírselo o para compensarle caminas calle Montera arriba, Gran Vía, Barquillo hasta la plaza del Rey y allí te quedas a las puertas del Ministerio de Cultura, todavía en la duda de si le esperas, le olvidas o le reclamas. Ricardo coge el primer ascensor que encuentra y desde que brota parece un colegial sonriente porque su madre ha ido a buscarle al colegio antes de la hora de salida. No te besa porque nunca te besa en el ministerio, pero te acaricia el brazo que te coge mientras te insta a que salgáis a la plaza.

—Tenemos telepatía. Pensaba ¿qué es lo que más ilusión te haría ahora? Que me viniera a buscar la yanqui y largarme a comer como Dios manda, un corderazo, medio corderazo, algún plato de esos que vosotros solo coméis el Día de Acción de Gracias. No veas tú la mañana que nos ha dado el ministro. Es un tío legal, pero acaba de aterrizar no solo en el ministerio sino en España y cuando abre la boca se cree que tiene siempre delante a un periodista de *Le Nouvel Observateur.* ¿Tienes tanta hambre como yo?

—Es difícil que ningún ser humano tenga tanta hambre como tú.

—Venga. Que la vida es breve.

Contemplas cómo se traga un platazo de sólido arroz a la aragonesa, una auténtica jota recia cargada de chorizo, y tú apenas pellizcas media ración de ternasco que te queda en la garganta como un tapón, y entre bocado y bocado él habla pero te observa, inquieto por tu silencio, al que no quiere conceder importancia.

—¿Qué has hecho esta mañana, bonita?

—He ido a Exteriores, como decís vosotros.

—¿Galíndez?

—¿A qué si no?

—¿Interesante?

—Ilustrativo. Galíndez era un vencido. Un desaparecido pero un vencido. He terminado.

—¿Qué has terminado?

—Todo lo que podía ofrecerme Europa sobre Galíndez. Ahora me queda Santo Domingo.

—He pensado en eso. En ese viaje que me anunciaste a Santo Domingo. Tengo mis planes.

—¿Qué planes?

—Para Semana Santa podré distraer unos días. Me los deben de vacaciones y tú ya sabes que España no existe durante esos puentes. Podríamos aprovechar un largo puente para ir juntos a Santo Domingo. Yo me baño, tomo el sol, vacío la isla de cocos y tú investigas.

–Demasiado tarde.

–¿Qué quiere decir demasiado tarde?

–Compréndelo. Ahora estoy caliente.

–Yo también estoy caliente. ¿Vamos a casa?

–Burro. Eres un burro. Ahora tengo la sensación de que tengo el asunto bien cogido, no puedo esperar a Semana Santa.

Deja de comer y se limita a escarbar entre los restos del arroz, escarba con el tenedor y con los ojos.

–¿Cuándo te vas?

–Pasado mañana.

–¿Pasado mañana?

Es pregunta pero también hay indignación, perplejidad, una angustia que le descompone el rostro.

–¿Y me lo dices así?

–Cuanto antes mejor.

–¿Cuántos días?

–No lo sé.

–¿No lo sabes?

–No. Tampoco sabía cuántos días iba a estar en España y ya llevo aquí seis meses, merodeando, dando vueltas y sabiendo que mi sitio ahora está en Santo Domingo.

Se ha levantado bruscamente y con las rodillas empuja la mesa, que se te clava en el estómago. El dolor te hace cerrar los ojos y no ves cómo se marcha, cómo salva el obstáculo de la mesa y gana la puerta en tres zancadas. Te irías tras él pero alguien ha de pagar. Luego le esperarás hasta la madrugada, difícilmente concentrada en las notas que has tomado en el ministerio, en las fotocopias, tratando de imaginar físicamente a Sánchez Bella. ¿Quién será ese Sánchez Bella? Recuerdas algunas fotos de Areilza ahora, pulcro anciano, un conde, un auténtico conde situado incluso por encima del bien y del mal del franquismo que representaba y luego rechazó. «A efectos informativos me complazco en pasar adjunta a manos de V. E. la crónica especial de J. Castilla que sobre "El dolor de la familia Galíndez" ha publicado el *Diario de Nueva York* de ayer domingo 9 de marzo. En el artículo de referencia se ofrece a los lectores una descripción de la personalidad y modo de vida del Dr. don Jesús Galíndez y su esposa, padres del desaparecido profesor de la Universidad de Columbia. Dios guarde a V. E. muchos años. El embajador de España. José M.ª de Areilza.» Distancia diplomática y error. La diplomacia española no había tenido tiempo de enterarse que Galíndez era huérfano de madre. A las tres de la madrugada te duermes. A las cuatro te despiertas para comprobar que Ricardo aún no ha vuelto, ni volverá hasta la noche del día siguiente. Triste y cansado, pero con ganas de pasar contigo la última noche, y antes de que empiece a compadecerse le preguntas:

—¿Quién era Sánchez Bella?

—Lo recuerdo vagamente. Un señor muy gordo, que según parece fue ministro de Información. Un cenizo, un carcamal de la hostia. Creo. Pero no te fíes de mi memoria. Ya sabes que yo no tengo la memoria que a ti te interesa. ¿A qué hora te vas?

—Temprano.

—He pedido la mañana. Te acompañaré al aeropuerto.

Y pellizca con los ojos la maleta que has dejado junto a la Brother minúscula que te acompaña desde hace cuatro años.

—¿Te lo llevas todo?

—Bien poco es.

—Podrías dejar algunas cosas aquí.

—Lo necesito todo.

No te pide que hagáis el amor. No duerme y tal vez busque en el techo el resumen de seis meses de relación.

—No tengo ninguna dirección tuya en Estados Unidos.

—Te dejaré una dirección de mi hermana, pero no es seguro que después vaya a mi país.

Se duerme agotado por una tristeza que te angustia pero que no necesitas. Ojalá todas las tristezas fueran como la de este muchacho de veintisiete años. Cuando le crees bien dormido, le acaricias la cara como si quisieras conservar memoria táctil de la máscara. Pero tus dedos te dicen que este muchacho no tiene máscara.

—Volveré, Ricardo, volveré.

Pero lo dices porque sabes que él no te escucha.

235

Desde la terraza parecía como si el jardín del hotel fuera una isla con una laguna interior, rodeada por el mejor césped de este mundo y palmeras enanas pero suficientes. La laguna interior se alimentaba de una cascada de agua a la espera del salto de Tarzán, rocas artificiales, cuevas artificiales, remansos artificiales donde las aguas tibias salían mediante chorros a presión. Más allá de la mancha vegetal, la franja de arenas blancas de Miami Beach y el Atlántico disfrazado de Caribe, incluso más azul verde que el mismísimo Caribe. Se tumbó en la hamaca de la terraza con cuidado para que no se le derramara ni una gota del daiquiri que acababan de servirle. Las pecas escapaban de su piel a manadas bajo la amenaza del sol, se las palpó mientras prometía apenas media hora de sol, media hora era suficiente para que adquiriera aspecto de cangrejo con las patas y las pinzas quebradas. Pero nadie le quitaría la satisfacción de esa primera media hora de sol, de esos tres primeros daiquiris que había encargado al camarero con un cuarto de hora de diferencia.

–Tres daiquiris sucesivos, cada quince minutos.

El rectángulo del catálogo de propaganda del Fontainebleau Hilton le alivió la intromisión del sol en los ojos y le ayudó a encontrar una atención que le distrajera del miedo a la insolación. Se volcó hacia el suelo de la terraza para coger un bolígrafo y anotó en el margen blanco del catálogo todos los servicios

236

del hotel que iba a utilizar, desde el baño en la piscina hasta el partido de squash, desde la sauna hasta la actuación de Debbie Reynolds con quien se había topado ante la mirada curiosa del *bell captain*. Debbie parecía una viejecita restaurada en tecnicolor. La recordaba en *Tammy, muchacha salvaje* y se recordaba a sí mismo fascinado por la ternura de aquella adolescente aparente y sobre todo por la ternura de la canción que recorría toda la película como una balada melancólica. Debbie conservaba los mohines de su juventud, era lo único que conservaba de su juventud, aunque no debía ser tanta su decadencia como para haber sido contratada por el Fontainebleau Hilton.

—Mr. Robards, su segundo daiquiri.

Guiñó el ojo al camarero. Se notaba que era un hotel caro, él sabía apreciar los hoteles caros, porque no siempre la Agencia le alquilaba por su cuenta hoteles de aquel precio. Solo si lo exigía el guión y en el guión figuraba Mr. Robert Robards, propietario de una industria de material deportivo de Seattle, la mejor industria en su especialidad en quinientas millas a la redonda, especialmente dedicada a la exportación de material deportivo a China. Una de las conversaciones que le salían mejor, casi mejor que la de Nueva Inglaterra, Eliot, Melville especialmente dedicada a profesores investigables de la Ivy League, era la que hacía referencia a China, uno de los vicios informativos de su juventud, seducido por una película de Clark Gable y Jean Harlow en la que a Gable le aplican la bota malaya y ni frunce el ceño. Suda un poco, eso es todo. Ensayaba en los aviones el papel de vendedor de material deportivo, pegando la hebra lo quisiera o no su compañero de asiento y ofreciendo siempre la sorpresa de sus elogios a China, el principal mercado extranjero de sus productos.

—¿Y qué deporte practican los chinos?

—Todos.

—¿Todos?

A nadie le cabía en la cabeza que los chinos hicieran deporte, como no fueran la gimnasia y las reverencias.

—Qué poco sabemos de los chinos.

237

Exclamó en voz alta y con un deje de relativo remordimiento. Con los ojos cerrados veía el culito de Debbie Reynolds cuando era una pollita, se llamaba Susana y tentaba a los hombres, sobre todo al pobre Glenn Ford. Mujeres como Debbie Reynolds no deberían envejecer, su vejez nos envejece. ¿Cómo sería Debbie Reynolds desnuda? Como una niña con bastante pecho o como una mujer reducida a escala, más bien una mujer reducida a escala, con todas sus formitas en pequeñito, los pechitos, el culito, el conejito, pero todo jugoso, esas porciones jugosas de mujer, como algunos bistecs cuando los cortas con un cuchillo dentado y enseñan sus carnes jugosas, rosadas, como el interior de una vagina fresca. El culito de Debbie Reynolds necesitaba el pantalón tejano, las faldas le sentaban mal a Debbie Reynolds porque se le veían las piernas demasiado cortas y la pantorrilla musculada, pantorrilla de bailarina. Siempre le habían gustado las mujeres miniatura y en cambio se había casado tres veces con mujeres tan enormes como él. Una mujer grande acaricia con una mano grande y plantea muchos problemas en la cama, sobre todo si no tiene un sexto sentido para saber qué se le pide con una sola mirada o con la simple presión de un dedo. Su primera mujer era un tronco y hacerla cambiar de postura requería una explicación previa, como si le estuviera leyendo un manual de instrucciones de bricolaje. En cambio Alma, la segunda, era una maravilla. Bastaba que le presionaras con un dedo en la cadera, pero en la zona ya casi cular, para que se pusiera a cuatro patas con el conejo abierto, se lo abría ella misma con dos dedos y movía el culo como una gallina. Se imaginaba a Debbie Reynolds moviendo el culito como una gallina, como una gallinita, tris tras, mientras volvía la cabecita hacia él, le guiñaba el ojo y sacaba una lengua enorme con la que se relamía los labios. Las mujeres pequeñas bien formadas han de tener una lengua grande, grande pero tierna, no como la de su tercera mujer que parecía una lima de hierro, una lengua terrible que le erosionó toda la dentadura, empeñada como estaba en sustituir al dentista en sus raspados de dientes y encías. Se imaginaba a Debbie de espaldas, desnuda, ensartándose progresivamente en su pene entre uys y ays de satisfacción. Del catálogo de mujeres alquiladas de su memoria emergían sobre todo una mexicana de un burdel de Acapulco que se enroscaba a su cuerpo rosado y pecoso como una serpiente, y alguna asiática de Singapur, Bangkok o tal vez Saigón, aunque en Saigón el sexo le producía más crispación que placer. Ya tenía a Debbie Reynolds ensartada, la misma Debbie Reynolds de las películas en tecnicolor, antes de que la abandonara Eddie Fischer por culpa de Liz Taylor. La había visto en la recepción, una Debbie envejecida, quizá aún fuera apetitosa desnuda, pese a que las mujeres cuando envejecen tienen el pellejo flotante sobre las carnes, como si fuera la piel de otra persona que se han puesto para no enseñar las carnes en descomposición. Notó la hinchazón del sexo y se sentó medio ciego por el peso del sol sobre los párpados, ceguera que se acentuó cuando se metió en la suite, en busca del lavabo, donde se masturbó cuidadosamente sobre la taza del sanitario. Aunque empezó la masturbación con el desnudo pequeño y sonriente de Debbie en el interior de sus ojos cerrados, cuando le venía el orgasmo aparecía el cuerpo enorme y desnudo de Alma. Es un homenaje, un homenaje a lo mucho que me hiciste disfrutar, Alma. Volvió a la terraza para contemplar la promesa de los cuerpos que empezaban a repartirse en torno a la laguna o sobre el césped o formando una hilera de desnudos camino de la parcela de playa correspondiente al hotel. En el inmediato horizonte del mar habían aparecido jinetes de surfing, velas tricolores hinchadas por una brisa tibia que llegaba hasta su piel como una propuesta de vida y juventud aunque se sentía vaciado, cansado por el esfuerzo de la masturbación. Descolgó el albornoz blanco corto del cuarto de baño y se echó una toalla al hombro. Encontró otros cómplices de su aventura en el ascensor y se observaron con la reserva convencional de compañeros de ascensor, acentuada por la semidesnudez. Entre el pasaje hacia las aguas iba una mujer horrible con la cabeza llena de rulos, la piel llena de crema y las piernas llenas de varices, una mujer que hablaba con impertinencia a su compañero, un imbécil que estaba sin estar en el ascensor, como si tuviera el espíritu en otro elevador y con otra mujer. Se ofreció a los que suponía mirones del jardín con el mejor de sus andares, alzando los hombros y subrayando el ritmo de sus zancadas a pesar del esplendor cilíndrico de su cuerpo. Escogió una tumbona vacía y le pidió al mozo que se la rebozara con dos toallas. Se tumbó cara al suelo para contemplar mejor el panorama humano, mientras arrancaba briznas de hierba aún frescas por el riego o la humedad de la brisa marina. La laguna se había llenado de bañistas, algunos se situaban bajo la cascada y la atravesaban entre risotadas y advertencias a sus acompañantes. Todo el mundo representaba la farsa de la felicidad en libertad y solo las muchachas a la medida de Miami parecían autocontener su esplendor dorado, como hechas de un material precioso apenas cubierto por sujetadores pretexto y tangas restallantes sobre la piel frontal del culo. Arrastró la tumbona bajo la sombra de una palmera y censó los cuerpos que alcanzaba su vista. Al rato había seleccionado a cuatro mujeres estimulantes, tres mujeres y una muchacha, todas acompañadas, porque nunca había detectado a una mujer estimulante que no fuera acompañada. ¿Dónde ocultan las mujeres espléndidas su soledad? ¿O es que no la tienen? ¿Se estaba comportando como un perfecto comerciante extravertido de Seattle o como un tímido, mirón exprofesor de aprendidas y perdidas sabidurías asomado a la excepción de la norma de la vida? Tumbado se sentía aplastado por su propia edad, como si la asumiera, y escogió levantarse para reconocerse y que le reconocieran el poder de su cuerpo. Corrió atléticamente hasta el borde de la piscina laguna y se arqueó en un salto de rana, para introducirse en las aguas como un perfecto estilete. Olían a cloro caro, a un cloro mejor que los cloros de las piscinas deportivas, como la de las instalaciones del Soho a las que iba a nadar para mantenerse en forma. Alguien podría estar contemplando sus evoluciones y extremó el rigor de sus brazadas, las alternancias de los estilos, para terminar en una docena de briosas arremetidas de mariposa que le llevaron al pie de la cascada. Desde allí contempló la perpendicular del desplome de las aguas, se zambulló y atravesó el final de la cortina rota pero aún pesada cuando la sintió sobre los riñones al acabar de atravesarla y emergió en una gruta donde dos niños buscaban inexistentes cangrejos con una red sostenida por un palo. Protegido por la caverna se sentía cansadamente feliz, todo su cuerpo casi sexagenario oxigenado por el esfuerzo, el milagro del calor a pocas horas de vuelo de Nueva York, una sensación de que había burlado la lógica de las estaciones, una total capacidad de olvido de quién era y para qué estaba en Miami. Se sentía a sí mismo, desnudamente, sin adjetivos, sin nombres falsos, y pronunció su nombre auténtico, Alfred, una, dos, tres, diez veces, protegido por el ruido de las aguas desplomadas. Se izó a pulso sobre las piedras de la cueva y siguió el sendero subterráneo que llevaba al aire libre y a los jacuzzis excavados en la roca. Las aguas cálidas llegaban a la cintura de los que permanecían sentados en los bancos interiores y buscó un asiento para su cuerpo, enfrentado a una pareja ensimismada en su luna de miel, sin duda su primera luna de miel. Por doquier salían chorros de agua que impactaban contra los cuerpos sumergidos, deformando la piel y las carnes y llevándose células muertas a sumideros invisibles. Estaba a gusto y la pareja se besaba. En un momento dado el hombre le enfrentó los ojos mientras la muchacha le succionaba los labios y él le guiñó un ojo con la complicidad que le hubiera demostrado el mejor comerciante de productos deportivos de Seattle. Pero el hombre estaba avergonzado por el largo beso de la mujer y la apartó suavemente, sin que ella lo entendiera hasta que razonó la presencia del intruso y lo examinó críticamente, como a un mirón demasiado viejo para sentirse halagada. Luego se puso en pie sin soltar una de las manos de su hombre y le forzó a seguirle fuera de aquel *ménage à trois*. Tenía las piernas demasiado largas para el cuerpo, pero un culito adorable, respingón como una repisa sobre la que poder dejar un cachete o un vaso de ron Collins. No estuvo solo demasiado tiempo, la mujer con rulos del ascensor se situó al borde de la bañera mientras descabalgaba de sus altos tacones forrados de toalla y recibía las disculpas

241

de su marido por un agravio reciente y abstracto. Se metió en la bañera entre agravios nuevos y disculpas del marido felpudo, que buscó acomodo más cerca de él que de su mujer. Guiñó el ojo al hombre y a la mujer, cuyo rostro se transformó para convertirse en el de una diosa encantada por el homenaje. Nada tenía que ver aquella expresión de anciana starlette desdeñosa que hacía algunos segundos dedicaba a su marido. Salió de la bañera con sed de bebida larga, pero cargada, y buscó con los ojos el chiringuito convencionalmente tropical en el que se preparaba la alquimia de los cocktails. Movía la coctelera un negro de cabeza apepinada y le pidió la especialidad del día.

–No la hay. Pero toda la semana la dedicamos a Cocktails de Hollywood.

–¿Qué es eso?

–Cocktails que les gustan a los artistas.

–¿Y cómo se sabe eso?

–Aquí está escrito.

Le enseñó vagamente con la cabeza un recetario deslucido que colgaba de un clavo inserto en la columna de tronco sobre la que se mecía el techado de palmas secas.

–¿Cuál me propone?

–Me da lo mismo.

–Dígame un nombre.

–Un Tarzán. Tiene mucho éxito.

–¿Qué lleva eso?

–Alimenta mucho. Lleva rodajas de plátano, unas gotas de jarabe de menta, media medida de whisky, un cuarto de ginebra, un cuarto de cuantró, hielo, se bate bien y ya está.

–Venga. ¿Qué puedo comer con eso?

–Tengo unos *beachcomber* a medio preparar. Son emparedados de ensalada de pollo.

–Póngame un par y un Tarzán. ¿Por qué se llama Tarzán?

–Debía gustarle a Tarzán. O quizá lo inventó Tarzán.

–Probablemente.

El sándwich valía once dólares noventa y cinco centavos y le dio un vuelco en el estómago, hasta que recordó que tenía todos los gastos pagados. Se comió entonces el emparedado con renovada satisfacción y repasó todas las promesas de felicidad gratuita que le reservaba el hotel. Esto no es un cocktail, esto es un postre, masculló cuando masticó las rodajas de plátano que habían quedado en el fondo del vaso, con los restos de hielo y el eco del sabor de la menta dominando sobre cualquier sabor o aroma. Volvió a la barra y le habían cambiado al negro.

—Hágame otro cocktail de Hollywood, pero sin tropiezos. Quiero beberme un cocktail, no comérmelo.

Al negro no le había gustado su tono pero estaba acostumbrado a que no le gustara el tono de los clientes.

—¿Un Tyrone Power?

—¿No tiene nada más joven?

—Me parece que el más joven es el Robert Taylor.

—¿Es que los actores más jóvenes no beben?

—Beben zumo de naranja y esnifan cocaína.

—A ver, un trago largo y seco.

—Un Boris Karloff. Hielo, un toque de Dubonnet, un tercio de ron, otro de coñac y otro de limón, hielo y una corteza de limón.

—Será terrorífico. Venga.

Pero el negro no sabía quién era Boris Karloff, solo sabía qué era el cocktail Boris Karloff. Se sintió más entonado y con la cabeza y los ojos llenos de generosidad. No había comido excesivamente como para impedirse ir a la sauna a limpiarse los poros antes de un descanso sobre las finas sábanas de su cama. Recompuso su andar y recuperó el hotel para descender a los niveles de las saunas y los masajes. Una hispana, pequeña, morena, bien formada pero con la desenvoltura de una blanca, le seleccionó una sauna solitaria. Se sentó desnudo con la espalda apoyada en la pared de tablas contemplando los carbones humeantes cada vez que vertía sobre ellos un cucharón de agua. Fuera por el espectáculo del agua o por el mucho líquido que había bebido sintió ganas de orinar, y cuando ya se alzaba para anudarse la toalla en torno de la cintura e ir en busca del lavabo, sus ojos se detuvieron en los carbones recién rociados y contuvo su salida de la sauna. Por la mirilla comprobó que nadie se acercaba y luego se inclinó apresurado sobre los carbones y meó largamente aunque a trompicones, porque de vez en cuando le cortaba el chorro la amenaza de los pasos en el exterior. Casi no tuvo tiempo de sentirse aliviado cuando empezó a emerger del carbón humillado un hedor a podrido y a ácido que ofendió sus propias narices, y lejos debió llegar el hedor porque cuando reflexionaba perplejo sobre la estrategia más conveniente a seguir, se abrió de par en par la puerta de su alquilado reino y la alarmada hispana con la nariz arremangada exclamaba:

–¿Qué ha pasado aquí? La peste llega hasta la recepción.

–No sé. Pensaba llamarla. De pronto ha empezado a salir un hedor insoportable. Tal vez se haya mezclado excremento de algún animal en el carbón.

–Aquí no hay animales. Usted se ha meado.

La fulmina con la mirada pero se deja fulminar. Ella le mira a la cara desafiadoramente y luego al instrumento de la catástrofe ecológica escondido tras la toalla.

–El carbón no está aquí para que los clientes se meen.

–¿Ha bebido unas copas de más?

–El que ha bebido unas copas de más ha sido usted. Salga enseguida que enviaré a alguien para que limpie esto.

La obedeció con los pies, aunque en el rostro conservara la indignación que le provocaba su osadía, y le dio la espalda caminando dignamente hacia la salida, como si le dejara en exclusiva aquel subsuelo de podredumbre, al que ella permanecería atada toda la vida, hasta que se convirtiera en una vieja, asquerosa, encorvada mestiza oxidada por el reuma. La premonición de una vejez miserable de la hispana consoló al hombre mientras reprimía cualquier asomo de complejo de culpa. Era imposible que sus orines olieran de aquella manera y a saber de qué asqueroso árbol había salido aquel carbón, aunque era inconcebible que un hotel tan caro utilizara carbones menores. Se tumbó en la cama para recuperar la serenidad y dejó que la televisión le ofreciera imágenes y sonidos de fondo que no percibía voluntariamente. Pronto le entró la risa ante el recuerdo de las maneras de la mucama.

–Parecía MacArthur bombardeando Corea del Norte. Era una payasa.

Gritó varias veces la palabra payasa y como nadie se la contestara se fue a duchar, se secó el cuerpo meticulosamente y lo perfumó con una botella spray que había comprado en el aeropuerto. Se puso unos pantalones a cuadros verdes y blancos, una guayabera violeta y zapatos deportivos. Comprobó si la pistola seguía en el fondo de su maletín y dudó en cogerla, aunque la obligación de cobijarla en la chaqueta o bajo la chaqueta le hizo desistir y se metió en el bolsillo una navaja con resorte. Don Angelito no sería temible a sus setenta años largos, lo temible podían ser las circunstancias que rodeaban al viejo bastardo, *la piraña de Miami,* como le llamaban en el departamento. Aún faltaba una hora para la cita y decidió recorrer el hotel de arriba abajo comprobando que la realidad respondiera a la propaganda de los catálogos. Todo brillaba y era nuevo en ese subtrópico de lujo, en comparación con la herrumbre y descuido que cubre las cosas y los paisajes en los trópicos y subtrópicos pobres en cuanto el subdesarrollo se convierte en una pátina irrecuperable. Se sentía orgulloso de que Miami fuera así, y el Fontainebleau y el escaparate de hoteles rascacielos ofrecidos al Atlántico como una ofrenda de autohomenaje americano. Desde la azotea más alta contempló el desierto oceánico, apenas surcado por borrosos barcos lejanos, y luego en la calle anduvo a lo largo de la avenida Collins, primero hacia el norte en busca del Indian Greek y los muelles para lujosas embarcaciones particulares. Le apetecía avanzar a lo largo del canal en dirección a Surfside, pero desanduvo lo andado y callejeó al sur del hotel, atraído por los pequeños hoteles para viudas, expuestas en porches abalconados donde lucían sus penúltimas permanentes y las joyas que les habían comprado sus maridos antes de dejarles la vejez resuelta en un Miami menor. Era como recorrer galerías y galerías de condenados a muerte disfrazados para el disimulo del sacrificio, aunque tenía el consuelo de que él no dejaría ninguna viuda con la pensión acondicionada para que fuera a agonizar larga, mansamente en Miami. Regresó al

245

hotel, y cuando el reloj le avisó de que eran las cinco menos cuarto y tras una vacilación en el hall de recepción, decidió subir a su habitación, ponerse la pistola sobaquera, la chaqueta verde con ribetes de jugador de golf, y descendió en el ascensor para ir a buscar la terraza del *snack bar* donde se empezaban a servir cocktails a media tarde y sonaba una orquestina de latinos a cuyo son bailaban parejas no disuadidas por el sol rabioso en su próximo poniente. Buscó la mesa más esquinada, con la espalda en la baranda y todas las demás mesas al alcance de su mirada. Pasaban los hospedados como intrusos en un escenario que solo les correspondía a él y a don Angelito, como sustituyendo o impidiendo la llegada del viejo. Pero eran las cinco y cuarto, la hora convenida, sentenciaron sus ojos, cuando sobre el último escalón de la escalera descendente apareció un viejo delgado y pequeño, cubierto con un sombrero de paja y examinando el ámbito con sus ojos protegidos por unas gafas de montura de oro. Se introdujo el hombrecillo entre las mesas con un caminar eléctrico, como si desde algún centro de su cuerpo algo o alguien dictara órdenes a sus piernas obedientes una décima de segundo después de que el cerebro insinuara la dirección del movimiento. Mientras caminaba, el viejo eliminaba objetivos, y cuando lo reconoció nadie podía adivinar que se acercaba a él con algunas dudas, no fiándose de la capacidad de su memoria para adaptarse al deterioro del tiempo.

—¡Robards! Benditos los ojos.

—Voltaire, llega usted como un reló.

Se habían entrelazado los brazos y se miraban desde la terrible desigualdad de los casi treinta centímetros que separaban a Robards de Voltaire. Alguna cabeza se molestó en atender aquel encuentro, pero pronto lo abandonaron porque el dúo se instaló frente al mar, prescindiendo del entorno y estableciendo una conversación que a nadie interesaba.

—Creía que me habían olvidado.

—Es usted inolvidable, don Angelito.

—Siga llamándome Voltaire, de lo contrario podría escapársele delante del camarero y en Miami todo el mundo tiene cuatro orejas y cuatro ojos. Ya me parece una imprudencia que me haya citado al aire libre.

–¿No exagera?

–¿Mucho tiempo sin venir por Miami?

–Veinte años.

–El tiempo suficiente para estar en una ciudad desconocida. Yo estoy aquí desde antes de que pusieran las calles y me cuesta, cada día me cuesta más entender adónde va esta ciudad. Creí que me habían olvidado. Hace cinco años me dirigí a la Compañía y les pedí una ayuda. No me basta con las comisiones que me pagan por los informes que de vez en cuando paso. Me los pagan a precio de viejo, a precio de jubilado, y en cambio nadie me reconoce los servicios prestados. El día en que me caiga, en que me hunda, ese día no consto en ningún libro, en ninguna nómina, y mis vecinas tendrán que llevarme a la caridad pública, con la poca caridad pública que hay en esta ciudad. ¿Qué va a ser de mis gatos? Al menos que me dejen pudrirme en mi casa para que los gatos se me coman, pobrecitos, de algo han de vivir.

–Tomo buena nota.

–Con que tome nota ya me basta. Pero no creo en más promesas.

–También yo tengo mis dudas. No tengo todos los cabos atados y últimamente me dieron un susto cuando me pasaron el balance del estado de mi jubilación asistida. Creía que me faltaban solo cuatro años de cotización y me faltan ocho.

–Cuando prometen todo es fácil. Cuando han de cumplir empiezan las dificultades. ¿Hará usted algo por mí?

–Me parece que empieza por el final, Voltaire.

–Yo sé muy bien por dónde he de empezar, pero no tema, al final volveré a recordárselo. Y ahora soy todo oídos.

–El caso Rojas.

–Rojas otra vez. Es el muerto sin sepultura. Es como una maldición. Cuando no se entierra a un cadáver, anda errante y reaparece cuando menos lo esperas. En mala hora lo tiraron a los tiburones, porque vive en cada tiburón y de pronto se levanta como un hombre, sale del mar y vuelve a la tierra a buscarnos. A veces tengo el sueño de Rojas saliendo del mar cubierto de algas y lodos marinos, con los ojos vacíos pero orientados hacia mí. Lo que mal empieza mal acaba, y si yo hubiera sabido en qué iba a consistir aquella chapuza no me habría metido en ella. Se lo dije mil veces a Espaillat cuando vino aquí de cónsul: el cadáver tenía que haber aparecido en un basurero del extrarradio de Nueva York, por uno de los solares de Harlem. Lo que no se podía hacer era esfumarlo como a los dioses o como a los reyes en las leyendas. Un día volverá, como en las leyendas del trópico, y nos sacará los ojos, a usted no, porque no llegó a conocerle, pero a mí me correrá a bastonazos el jodido vasco. ¿Qué quieren de mí? ¿No hice lo suficiente? A mi edad me he especializado en cubanos y haitianos, sobre todo en haitianos, porque los cubanos ya están metidos en el tejido de la ciudad, para siempre. Ellos creen que no, que un día volverán a La Habana, pero yo sé que no, aunque caiga Castro, no volverán. Les pasará lo mismo que a mí, que no sabrán de dónde son y serán de todas partes y de ninguna. A veces me digo, Voltaire, Voltaire, ¿adónde regresarías si pudieras regresar? Y es tremendo, porque no tengo adónde regresar. ¿A España, la tierra de mi madre? ¿A Cuba, la de mi padre? A donde fuiste feliz, Voltaire, me repito una y otra vez, pero ¿dónde fui feliz? ¿Usted lo sabe? Yo no. Tal vez me gustaría volver a ser corresponsal de guerra y en la misma guerra, la de España, pero es una trampa que me tiendo a mí mismo. Era joven. Pero probablemente no era feliz.

Observaba de reojo el efecto que su monólogo causaba en el gringo, y cuando comprendió que estaba fatigándolo, se pasó la mano por los ojos sin quitarse las gafas y pareció acuciado por un irreprimible deseo de concretar.

—Pero usted no ha venido para oír las cuitas de un viejo que tiene miedo a serlo aún más. ¿Qué cuadro me han pintado y qué pinto yo en ese cuadro?

—El caso Rojas. Temimos que resucitara cuando llegara la revolución, perdón, la democracia a España, y entre otros partidos fue rehabilitado el PNV. Nadie movió un dedo por resucitar el caso. Se limitaron a homenajear a Galíndez y solo hace poco, muy poco, le erigieron un monumento en su pueblo, bueno, en lo que él consideraba su pueblo.

–Amurrio.

–Suena parecido. Los nombres españoles me matan y los vascos aún más. Me parecen pedradas.

–Amurrio, si lo sabré yo. Mi mamá era oriunda del valle del Bidasoa y Amurrio está más al sur, en la provincia de Vitoria.

–Así será si usted lo dice. Parecía que definitivamente el caso Galíndez estaba cerrado cuando sonaron señales de alarma. Alguien estaba persiguiendo al viejo Ernst para que declarara, hablaba con los descendientes de Porter para que hicieran lo mismo, removía los expedientes públicos del FBI. Detectada la alarma, se buscó al causante. Una profesora subalterna de Yale, aconsejada por un antiguo conocido de la Agencia, el clásico agitador con guantes, profesor de Yale que había dirigido a su alumna y amante al caso Rojas. Una investigación académica, pero por el camino empezaban a levantarse suspicacias. ¿Sabe cuántos responsables o corresponsables de la solución final de Rojas siguen con vida? Unos diez, diez a pesar de la matanza sistemática de implicados que Trujillo realizó en vida. Si el caso se reabre puede peligrar el equilibrio político en Santo Domingo y al lado tenemos Haití, donde la situación no está clara, eso sin contar implicaciones norteamericanas que convierten el caso otra vez en una cuestión de Estado, como en mil novecientos cincuenta y seis. Muerto Trujillo en mil novecientos sesenta y uno, temimos que el caso se reabriera, pero entonces el peso político de los implicados dominicanos aún era muy fuerte, entre otras cosas Espaillat estaba vivo y Balaguer, responsable de la justicia dominicana en el momento de la desaparición de Rojas, iba a ser nada menos que el heredero político de Trujillo. Pero ahora la situación ha cambiado. La sombra del miedo al dictador ha desaparecido y la investigadora se aproxima a República Dominicana. Hay demasiadas ganas de hablar. De resucitar al muerto, ni siquiera por intención políti-

249

ca, sino por juego, por jugar a resucitar muertos. Los efectos indirectos pueden ser catastróficos.

—¿Quién será el guía de esa mujer por la República Dominicana?

—Un escritor excomunista, propietario de una editorial, José Israel Cuello.

—El hijo de don Antonio Cuello, un eminente profesor.

—Ese será.

—¿La mujer ya ha llegado a Santo Domingo?

—No. Aún está en España, pero su próxima etapa es Santo Domingo. Ahí será vigilada muy de cerca, pero no debemos dejar que se sienta a sus anchas, hay que distraerla, ganar tiempo. Hay que alejarla de Santo Domingo, pero no ahora, porque podría recelar, sino cuando esté allí y precisamente en relación con algo o alguien que descubra allí. Ese algo o alguien le llevará a usted, aquí, en Miami.

—Otra vez el viejo Voltaire empaquetando el cuerpo de Rojas, el cuerpo devuelto por las olas del Atlántico. Me entristece. Aún respeto su amistad y su memoria. Le conocí en la guerra de España y a él le hacía gracia que yo fuera medio vasco y medio moreno. ¿Qué he de hacer ahora?

—Usted aparecerá como un íntimo amigo de Galíndez, como su hombre de confianza y su enlace fundamental con los servicios secretos norteamericanos. Por lo tanto está en condiciones de revelarle aspectos muy sórdidos del personaje, los más sórdidos de sus trabajos como informador contrarrevolucionario. Usted ha de plantearle un dilema moral. Si tira adelante su investigación, Rojas quedará cubierto de mierda ante la Historia.

—¿Qué más le da? Es una investigadora, el resultado de la investigación no le incumbe.

—Es algo más que una investigadora. Se ha enamorado del mito Galíndez, es una reivindicadora. Está dispuesta a alzar el cadáver por encima de todas las cabezas para que sea contemplado por todo el universo. Usted precisamente debe ir a por ese punto flaco. Ha de describir a un Rojas impresentable.

—Contradictorio.

—Impresentable.

—No me creerá.

—Confiamos en sus virtudes.

El viejo estudiaba el océano y ya veía en él el dibujo de sus futuras representaciones, incluso se movían sus labios traduciendo el diálogo imaginario que ya empezaba a sostener con aquella mujer.

—¿Cómo se llama esa mujer?

—Muriel, Muriel Colbert. Tiene unos treinta y cinco años, no ha tenido una carrera brillante, es de origen mormón, su familia aún vive en Salt Lake, dentro del reducto mormón, del corazón de la secta. Ella no ejerce. Es una radical, pero le digo lo de los mormones porque suelen ser gente extraña, imprevisible, como toda minoría a la defensiva.

—¿Es bonita?

—Tal vez, no es mi tipo. Alta, delgada, pelirroja, con muchas pecas, en las fotografías parece una de esas jóvenes granjeras perdidas en un mundo de ciudades.

—Muriel es un nombre precioso, aunque me suene a Muriel, el puerto en el que Castro embarcó a esos piojosos anticastristas, que vaya jugada nos hizo el caballo. Nos llenó esto de criminales, sobre todo a nosotros, a los viejos de Miami, los que estábamos aquí cuando aún no habían puesto las calles. Yo me vine definitivamente a Miami al regreso de la campaña de Europa y alternaba Santo Domingo y Miami, los servicios especiales que me encargaban Driscoll y Butler. Driscoll estaba más en contacto con Rojas, y Butler, conmigo. Butler era el agregado naval en la embajada de Santo Domingo y quien realmente informaba a los jefes de aquí, en los primeros años cuarenta. Murió al final de la guerra del Pacífico. Perseguía rojos españoles en Santo Domingo y le mataron los fascistas japoneses en el Pacífico. Traté a Rojas en aquellos años acogiéndome a nuestro encuentro y amistad en la guerra de España, luego fui a Europa a ver cómo la acababan de liberar, me instalé en Miami, me pidieron que interviniera en la operación de convencer a Rojas de que no publicara su libro, como a Pepe Almoina, y me utilizaron para que el grupo entrara en el apartamento de Rojas sin que él se alarmara. Luego pedí, pedí a usted mismo, cuando le encargaron la parte oculta del iceberg, que yo no volviera a intervenir.

–Pero cada vez que ha reasomado, le hemos utilizado.

–Ahora no. Estoy cansado y además el asunto Rojas incluso me aburre.

–Hace un rato parecía interesado, incluso he creído percibir que ya barajaba algunas ideas.

–Ha percibido mal. Además estoy resentido. La Agencia me ha tratado mal. Ya le he contado. No tengo dónde caerme muerto.

–Haré todo lo posible, Voltaire.

–Miami es muy duro. Usted es un hombre cultivado. Usted es de los que saben que en Miami han vivido Sandburg y Capote, pero si dices estos nombres en público se piensan que estás mencionando a dos lugartenientes del Comandante Cero o de Capone. Aquí se sienten felices porque en Minnesota están a veinte grados bajo cero y mientras tanto en Miami estamos a veintinueve sobre cero. Ese es su orgullo fundamental. El orgullo climático. Viven como los pobladores de una postal de *souvenir* ektachrome y todos creen estar rodeados de bañistas preciosas, de esas bañistas que solo se ven en Miami. Quien tiene cultura lo disimula. Yo me gano la vida metiendo un poco de cultura en las emisoras anticastristas, pero me aceptan como un chalado y para que no se diga que solo hablan de política. De vez en cuando me voy a una librería muy bonita y muy completa que hay en Coral Gables, se llama Books and Books, miro las novedades, acaricio las tapas y los lomos de los libros, no los compro porque no tengo bastante dinero y porque soy más partidario de saberes enciclopédicos que de novedades. Pero sé qué es la cultura, es decir, aquí soy un marciano. Quien me viera actuar podría pensar que soy un emperador, el emperador de la calle Ocho. Pero tengo dentro de mí un disgusto, un disgusto muy grande porque mis condiciones no son aprovechadas.

–Adónde va a parar, Voltaire.

—Reflexione, que usted puede hacerlo, no es como esos subalternos zoquetes que tienen por aquí. Se me pide un trabajo superespecializado. No se trata de hacer un seguimiento o de redactar un informe. He de representar un papel, he de hacer de actor y además me he de escribir la comedia, he de escribir yo la pieza.

—La pieza está escrita hace más de treinta años.

—No. Esta parte no. Y para que la pieza pueda funcionar ha de intervenir todo lo que sé, de este asunto y de todos los asuntos, porque un diálogo con esa señorita no será un diálogo con una planchadora haitiana o con el veterinario cubano de mis gatos. Será un diálogo cuidadoso para que yo pueda sonsacar y convencer. Eso no lo hace cualquiera.

—Por eso recurrimos a usted, don Voltaire. También yo debo prepararme los temas. Cada vez hay que ponerse más al día, hay más elementos, más difíciles de memorizar. Y no crea que estamos demasiado bien pagados. Este hotel es una excepción, pero casi siempre hemos de justificar nuestros gastos hasta extremos miserables.

—El Estado es muy mal patrón. Solo hay un patrón peor que el Estado. El propio padre.

Cabeceó Robards convencido.

—A mí no ha de convencerme. Yo empecé esto por la aventura, porque entre enseñar literatura o hacer historia preferí hacer historia, o entre escribir poesía o vivirla prefiero vivirla.

—Muy bonita esa imagen, Robards, muy bonita.

—¿Y acaso no vivimos poéticamente? ¿Usted y yo?

—Según se mire.

—¿No abrimos cada mañana una página en blanco y solo tenemos veinticuatro horas para escribirla?

—Había olvidado su vena poética, Robards. Ahora recuerdo qué grata era siempre la plática con usted y qué raro me sonaba que usted recitara versos, en aquellos años en los que en el negocio había gente muy dura, muy dura, que hacían como Goering, cuando oían la palabra cultura se sacaban la pistola. ¿Hará lo que pueda por mí?

–¿Qué quiere?

El viejo cerró los ojillos y escrutó la faz de Robards, como paralizando su capacidad de mentir o de creer que sus mentiras iban a ser aceptadas.

–Quiero una paga fija de dos mil quinientos dólares al mes y una plaza asegurada en la residencia Hartley cuando ya no pueda valerme por mí mismo. Con derecho a conservar mis gatos. En el caso de que mis gatos me sobrevivan, serán ingresados en el Parque del Buen Amigo, una residencia de animales realmente ejemplar. Por escrito.

–Por escrito, ¿qué?

–Todo.

–¿Lo de los gatos por escrito?

–Lo más escrito. Eso me interesa por encima de cualquier cosa.

El hombre se recostó en el sillón y heló la mirada sobre el viejo, pero el hombrecillo seguía escrutándole la cara, casi palpándosela con los ojos, para eliminar cualquier posibilidad de máscara.

–¿Cómo quiere que pida una jubilación para gatos? ¿Se imagina usted una petición así por escrito?

–Mi problema es atender a la señorita. El suyo, darme alguna satisfacción.

–Puede estudiarse.

–Estudien lo que quieran pero antes de que yo deba intervenir.

Se levantó de un impulso y saludó con una inclinación de cabeza eléctrica, y ya emprendía la marcha cuando le detuvo la voz de Robards.

–Sabe que podemos obligarle.

La nuez del pescuezo subió y bajó, pero la cabeza no se volvió, aunque el cuerpo se había detenido, como esperando que el otro prosiguiera su amenaza.

–La Agencia es implacable cuando tiene memoria y puede utilizarla.

El viejo se volvió con la barbilla temblorosa y escupió las palabras.

—Ya solo tengo miedo a mi propia memoria. Métanse su memoria en el culo. Hace diez, quince años aún me habría atormentado que se conocieran algunos aspectos de mi vida. Ahora se han muerto todos los que estaban interesados por mi aspecto. Soy el único dueño de mi aspecto, el único responsable de mi cara y de mi culo. Señor.

Y el último salivazo había sido precisamente el tratamiento. Señor. Persiguió con la mirada la retirada del viejo y reprimió el impulso de seguirlo para acorralarlo un poco y fulminarlo hasta el acobardamiento. Se había escapado para no demostrar su debilidad, no como prueba de su fortaleza. El viejo maricón se había escapado sin su patada en la bragueta, en aquella bragueta de marica baboso. Apuntó unas notas en una servilleta de papel y se la metió en el bolsillo superior de la chaqueta como si fuera un pañuelo paloma, incluso le daba una nota de elegancia. La silla que había dejado el viejo no tardó en ser ocupada. Le molestó que el hombre se sentara sin cubrir el expediente de una presentación.

—Estás flaco, Brigges, pero no eres invisible.

—¿Por qué habría de ser invisible?

—Nadie nos ha visto juntos hasta ahora para que te sientes a mi lado con tanta familiaridad.

—Me he sentado con naturalidad, no es lo mismo. Amigo, vaya sitio te han buscado. Yo no he estado nunca en un hotel como este. Hago esta plaza al menos tres veces al mes y siempre me meten en hoteles de tres estrellas de la Little Havana. Esto es trabajar. ¿Qué ha dicho el viejo?

—Pone pegas. Quiere un sueldo fijo, pensión, para él y para sus gatos.

—Nos saldrá más barato que si la hubiera pedido para sus putitos. No es que se haya regenerado, es que ya solo le sirve para mear.

—Le he advertido, le he recordado lo de los expedientes y no me parece que le importe. Demasiado viejo para apreciar una buena reputación.

—Pon por escrito sus peticiones, primero que actúe y luego ya veremos.

—Quiere un compromiso por escrito y antes de actuar.

—Le voy a convertir el pescuezo en un alambre. El otro día ya estuve a punto de hacerlo cuando nos encontramos en el Barnacle. Es un sabelotodo de mierda que mira a los demás por encima del hombro. Le voy a ahorcar a todos los gatos para que se le acaben las preocupaciones. Mejor, primero le ahorcaré a uno para que se sienta advertido y como siga pejiguero se los iré ahorcando todos, uno a uno.

—Deja en paz a los gatos. Os indico qué documentación quiere, la firma la Compañía o quien pueda firmarla como entidad social, la firma él, se queda tranquilo y sanseacabó. Este expediente no va a durar eternamente. Aunque lo parece.

—No sé de qué va, ni me importa. Solo sé que se llama caso Rojas 5075, no necesito saber más. Me paso el día ante el ordenador grabando informes en clave y ya tengo el culo con la forma del asiento de mi silla giratoria. No sé cómo se fían todavía de esa momia.

—Era un artista.

—Un marica con plumas de music hall. ¿Has visto cómo se mueve, cómo camina? Parece Fred Astaire con artritis. ¿No me pagas una copa?

—Es lo más lógico.

Deseó que el otro tomara una copa corta para que acabara cuanto antes la obligación de su compañía y de cualquier conversación. No tenían los mismos propósitos, y la visión del mar desde la terraza le indujo a informarle sobre lo ocurrido días atrás, el caso de las mujeres martinicanas lanzadas al mar dentro de cajones que casi no flotaban por un capitán negrero dedicado al tráfico de inmigrantes.

—En el Krome concentran a todos los inmigrantes ilegales detenidos. Los hay de treinta y cinco países, treinta y cinco países americanos que quieren vaciarse a costa nuestra, sobre todo caribeños y centroamericanos, pero también colombianos, peruanos, bolivianos. Al sur de Río Grande empiezan los muertos de hambre y como sigan metiéndose aquí dentro, los muertos de hambre vamos a ser nosotros. Incluso llegan desde el sudeste asiático, y casi siempre las Bahamas es la base de cualquier intento de llegar hasta aquí. Hay buques negreros que nunca llegan a esta playa y el mar se encarga de devolver los cadáveres. Los cadáveres no ocupan espacio, pero sí se convierten en un expediente. Papeles, papeles, papeles. Los mejores capitanes son los de Gran Caimán y Nassau, son auténticos especialistas en este tráfico. Si las cosas van bien, desembarcan la mercancía. Si van mal, a nadar. Y esos pobres diablos casi nunca saben nadar. Si no saben ganarse la comida en sus países, ¿cómo van a saber nadar?

Se ha acabado la bebida y tal vez desea otra que nadie le ofrece, tampoco nadie contesta a su monólogo y el sol ya es solo un resplandor anaranjado, el resto de sí mismo. Se levanta y le tiende la mano para ser estrechada.

—Adiós, Mr. Robards, quedamos a la espera de sus instrucciones. Nuestro departamento en Nueva York les dará curso lo antes posible.

—En eso confío, tal vez mañana ya las tenga en orden.

—¿Qué tal por Seattle?

—Frío. Mucho frío.

—Miami es otra cosa. Cuando ustedes en Seattle van con abrigos y pasamontañas aquí nos bañamos en el mar.

—No saben la suerte que tienen.

Ya está solo y tiene hambre. Se encamina al comedor, cada pareja en su isla, con las velas encendidas, la piel igualmente encendida por soles demasiado intensos y recientes, conversaciones relajadas, duramente entrenados para asumir el paraíso. La carta que le ofrecen apesta a extranjerismos, la desecha y pide un New York Steak Sirloin con mucha guarnición.

—¿Podría indicarme qué guarnición prefiere?

—Todas.

Se dice que el mar le ha abierto el apetito, pero se añade que nunca ha necesitado del mar para tener apetito. La misma actuación de Debbie, está anunciada para las diez y media y gana tiempo bajando hasta la playa y subiendo a la pasarela de madera elevada que recorre la línea aparentemente sin final de Miami Beach. Hay parejas detenidas arrullándose, jóvenes que caminan como si se entrenaran para una prueba de marcha atlética y viudas, viudas, viudas de permanente plateada, en racimos, de dos en dos, solas extasiadas por la brisa y la cola de la luna en el agua. Parece una cometa, dicen, es como una cometa, como una cometa a medio izar. La luna tiene sombras que la dotan de apariencia de máscara ¿para ocultar qué? La otra cara. Aún falta una hora muerta y tonta para que comience el espectáculo y la consume tumbado en su cama, con la cabeza ladeada para ver *Tambores lejanos* en la televisión, asomado a una experiencia demasiado repetida, un paisaje móvil del que no le interesa lo que pase en él, como si estuviera contemplando el movimiento de los peces de colores en una pecera iluminada. Imagina una cuerda tendida desde el lavabo hasta la cabecera de su cama y de ella cuelgan todos los gatos de don Angelito, adelgazados por la muerte, hay qué ver cómo adelgaza la muerte a los gatos, y a los conejos, como si fueran animales llenos de fingimiento de tamaño, llenos de aire. Repasa su aspecto en el espejo y se piropea, bien, muy bien, Alfred o Edward, la noche es tuya. ¿O eres Robert? Robert, eres Robert, comerciante de Seattle, y has de pasar la noche que viviría Robert Robards, comerciante de Seattle. Mañana se levantaría temprano y redactaría el primer informe del encuentro con don Angelito, pero ahora Debbie Reynolds le esperaba y confiaba en que le hubieran seleccionado una buena mesa. Los recepcionistas son animales sensibles a las propinas de cincuenta dólares. La mesa está en cuarta línea, algo arrinconada, pero con buena perspectiva de la pista.

—Deje una botella de bourbon, una cubitera llena de hielo y un vaso.

—¿Le va bien el Roses?

—El que sea.

La luz ha borrado las arrugas del rostro de Debbie y solo los pellejos que le cuelgan a partir de los sobacos traicionan el disimulo óptico. Pero se mueve con agilidad, así en las piernas como en los ojos, capaces de guiñar al mismo tiempo a los cuatro puntos cardinales. Hace su papel de niña pizpireta envejecida, baila como una profesional bien entrenada y solo la voz tiene un fondo de metal opaco, ya no es aquella voz de colegiala de *Tammy, muchacha salvaje*. Pero canta la canción porque él la pide en una nota que le da al camarero, y no es la única nota que pide la misma canción, todas salidas de las mesas ocupadas por los más veteranos del lugar. Casi no hay jóvenes. Y las escasas parejas jóvenes que han venido sonríen como si estuvieran en un museo de memorias ajenas. Dos bises. Un recorrido centelleante por entre las mesas lanzando guiños, besos con la punta de los labios, besos directos al borde de las bocas masculinas, solo al borde y luego un sprint de gacelita hacia los camerinos retorciéndose violentamente de vez en cuando para ofrecer el rostro alegrado por el triunfo y la despedida. La salida hacia el camerino está al lado de su mesa y Debbie se vuelve al público, inclinándose, situando su breve tórax volcado a medio metro de la cabeza llena de bourbon del hombre. El tórax y la cara denunciados por la cercanía y por la luz. Una capa de maquillaje en la que se han sublevado todas las arrugas hasta convertir la sonrisa en una mueca dolorosa.

—Respetuosamente, excelentísimo señor. Se trata de informar, ponderar y ejecutar según hechos probados que se reducen a uno previo, fundamental, final, capital: la alevosía y mala intención con que el acusado, Jesús Galíndez Suárez, de origen español, exiliado político producto de la victoria del Generalísimo Franco contra el comunismo ateo, acogido en un día a la generosidad de los corazones y pechos dominicanos y sobre todo a la generosidad del primero de los dominicanos, el Jefe Supremo del Ejército y la Armada, Hijo benemérito de la República, Generalísimo de los ejércitos, Benefactor de la patria y Padre de la Patria Nueva, primer dominicano entre todos los primeros dominicanos, máximo Libertador de América desde los tiempos de Bolívar, Su Excelencia Rafael Leónidas Trujillo. Fue el corazón generoso de nuestro caudillo el que en su día se abrió de par en par ante el espectáculo de los desastres de la guerra de España y dejó entrar en la República a cientos de fugitivos, algunos venturosamente incorporados al quehacer patrio, otros yacentes ya en el más sagrado suelo dominicano, pero algunos, una minoría reducida, hay que reconocerlo, sembradores del huevo de la serpiente, de la serpiente de la corrupción y la conjura, del comunismo y de la venta de la patria dominicana. Si abierto estuvo el corazón del Jefe para todos, sin preguntarles qué hablaban ni de qué hablaban, más aún para hombres como Jesús Galíndez Suárez, dotado por la Providencia de las luces que hacen a los hombres inteligentes y en disposición de orientar su inteligencia hacia la Verdad, la Bondad, la Belleza. No fue ese el destino de la inteligencia del acusado. Él mismo era serpiente sembradora de huevos y burló la confianza de los buenos dominicanos, estableciendo redes de subversión que alteraron la pacífica vida de los dominicanos, fue uno de los principales instigadores de todos los conflictos laborales y subversivos que dividieron a los dominicanos en los años cuarenta y que obligaron a una sana política de hostigamiento y expatriación, porque por encima de cualquier otro valor, incluso del generoso valor de asilo, está el de la salud de la patria, el del Bien Común de los dominicanos. No contento con la cizaña que había sembrado entre nosotros, pasó Galíndez con su diabólica inteligencia a otros destinos, en otro país y consciente de que ese país, Estados Unidos de América, valedor de la libertad universal, era el principal respaldo de nuestra política, se dedicó a minar la confianza que las instituciones norteamericanas sienten por nuestro Benefactor y su ingente e inapelable obra: la República Dominicana actual, en paz y progreso, libre y próspera. En repetidas ocasiones ha criticado, oralmente y por escrito, la política de buena amistad que Estados Unidos practica con los pueblos amigos del Continente Americano y entre ellos el nuestro, bastión estimado contra la penetración comunista. Ha respaldado las acciones derrotistas desde el exterior y ha alentado las que se realizaban aquí, aquí mismo, por minorías aisladas y alucinadas, con el seso sorbido por habladores de la calaña de Galíndez Suárez, emborrachadores de palabras, matadores con palabras, matones de palabra. Pues bien, excelentísimo señor, sabe Su Excelencia mejor que nadie cuánta paciencia aplicó a ese hostigamiento, qué poco daño causaban a nuestra feliz convivencia las patas de esas moscas o el aguijón de esos mosquitos. Pero no contento con una actitud generalizada de franco odio a quien le había dado amor, Jesús Galíndez quiso rematar su obra y redactó esta ignominia, este abyecto, bajo, degenerado, infame, perruno, despreciable, prostituido, repugnante, sucio libelo cuyo simple manoseo, aunque obligado, me lleva al vómito y solo la disciplina que me impone el mandato inapelable de Su Excelencia me fuerza a tocarlo y leerlo en las partes que más demuestran su suciedad e ingratitud. Partes difíciles de escoger, Excelencia, porque todo el libro es una talentosa, hay que reconocerlo y por eso agravarlo, construcción de mentira y calumnia contra el Benefactor, su obra y su familia. No hay que ir muy lejos. Nada más empezar ya insinúa que Su Excelencia inició su ascenso traicionando al general Horacio Vázquez y poniéndose de acuerdo con los rebeldes mandados por el licenciado Estrella Urdía, en el movimiento nacional del veintitrés de febrero de mil novecientos treinta. Y enseguida, enseguidita, emprende el acusado la retahíla de afrentas contra el Benefactor, iniciada de esta guisa y con la mala intención de basarse en fuentes, en lo que él llama fuentes, alimentadas por el odio al trujillismo. Así escribe: «La diferencia se hace notar bien pronto; el método de lucha electoral es bien distinto. En cualquiera de los libros escritos contra Trujillo se puede leer la relación de atropellos y asesinatos que a partir de ese momento cometieron los esbirros de Trujillo, y es tristemente célebre la reputación lograda por "la 42", mandada por un oficial llamado Miguel Ángel Paulino». Y a partir de esta afrentosa tergiversación, documentada por enemigos del trujillismo, una serie de inventarios de asesinatos arrojados sobre la figura egregia del Benefactor como basura. Así se refiere más tarde a la matanza sistemática de todos los enemigos políticos, con una coletilla sabrosa que no me resisto a leer: «Los fugitivos del terror que volvieron, volvieron en un féretro y entonces Trujillo les rindió honores póstumos». No tengo palabras, Generalísimo, para glosar esta apostilla que trata de ensuciarle dos veces, como asesino y como cínico desalmado. Basura que no cae solo sobre el Benefactor, sino también sobre los miembros más inocentes de su ejemplar familia, sin vacilar en manchar la frente pura de un niño, un niño como Rafael Leónidas Trujillo Martínez, Ramfis, nuestro Ramfis, orgullo de la juventud dominicana.

—Deje un momento a la familia, capitán. Déjela para el final, que entonces ya me encargaré yo del pendejo. Lo de mi familia es pleito mío, lo que afecta a la Patria es pleito de todos.

Te deja para el final y mientras habla el improvisado fiscal, con las manos relavadas después de haberte torturado, asistes a la farsa como si fueras parte y espectador, con opinión sobre aciertos y desaciertos en lo que dice, cómo lo dice, en lo que escribiste, cómo lo escribiste.

–¿Me permite Su Excelencia pasar a relatar las infamias sobre Lina Lovatón?

–La señorita Lovatón nunca fue miembro de mi familia, por lo tanto, capitán, está en su derecho de hablar de ese asunto, pues nada tengo que ocultar.

–Pues bien, el interfecto alude descaradamente a las relaciones que Su Excelencia tuvo con Lina Lovatón, reina que fue del Carnaval de mil novecientos treinta y siete. Maliciosamente, Galíndez reseña que al tiempo de la proclamación de la señorita Lovatón como reina del Carnaval, Su Excelencia ha recibido las llaves de la ciudad y ha recibido, al igual que su virtuosa esposa y su santa madre, los títulos de «Grandes y Únicos Protectores de la ciudad», al tiempo que Ramfis Trujillo...

–La familia nada, capitán, carajo.

–Es que es obligatorio referirse a ello para que tenga sentido lo que prosigue.

–Prosiga.

–Menciona que fue nombrado Ramfis, el hijo de Su Excelencia, Príncipe Favorito, y que se inaugura un obelisco junto al mar conmemorativo del primer aniversario del cambio de nombre de Santo Domingo por Ciudad Trujillo, en reconocimiento a los méritos sin par de Su Excelencia. Y concluye el encausado con toda la malicia: «El mismo periódico, en su edición del ocho de febrero y en primera página con extraordinarios titulares, reseña los actos de la coronación de Lina y del baile oficial en palacio. El reinado de Lina continúa hasta la fecha en una quinta de Miami.» No se detiene ahí la alevosía, sino que a pie de página censura que nuestra prensa aún elogie hoy a la que fue reina de nuestra belleza, de la belleza de la mujer dominicana, en términos líricos: «El poder seductor de Anacaona, la reina poetisa de Jaragua, perdura en su mirada como un embrujo inmortal, como un encanto remoto...»

—Se ve que al pendejo no le van las mujeres, será maricón. ¿Le han mirado bien los huevos?

—Sí, Excelencia, los tiene, chiquitines y pegaditos al culo, como los tigres, pero los tiene.

Esperan a que se ría Trujillo para reírse, todos lloran de risa, y cuando alguno amaina de sus hilarantes carcajeos, otros lo suben de tono porque el dictador aún conmueve su cuerpo con risotadas falsamente contenidas. Se arrepiente el dictador de tanta frivolidad y le basta una mirada para que vuelva a la sala la gravedad de un tribunal.

—Lo critica todo, Excelencia. Desde el lema que sintetiza la raíz cristiana de su mandato, «Dios y Trujillo», hasta la manera de defender la democracia, como las presiones que según el acusado usted dirigió contra Periclito Franco, amenazando a su padre don Pericles, como si el árbol frondoso de don Pericles fuera un rehén para su hijo comunista en el exilio. Critica que los dominicanos desfilaran ante Su Excelencia y que en la cola del entusiasmo popular marcharan ordenados judíos y exiliados españoles, en reconocimiento de la magnanimidad asiladora de Su Excelencia. Y dice más, vanagloriándose de que él no acudiera al primer desfile: «Yo me libré del primer desfile por haber llegado dos semanas después; en los años sucesivos tuve que participar en otros desfiles. Mis compañeros me contaron la regocijante... (insisto, Excelencia, en el adjetivo, regocijante) impresión que les produjo; fue su primera impresión del Régimen de Trujillo.»

—Con lo hermoso, sincero, espontáneo que fue todo aquello.

—Fue lo más hermoso que ha vivido esta República en la calle. Sobre todo el primero, que fue el más espontáneo.

Se ha atrevido a hablar el oficial menor y gordo y Espaillat lo baña con una mirada helada, de luna de mala leche, antes de que Trujillo se revuelva y le afrente.

—¿Dice usted, coronel, que los demás no fueron espontáneos? ¿Cuándo pedí yo que se me homenajeara? ¿Cuántas veces no fui yo mismo quien prohibió homenajes porque es virtud de un gobernante distinguir cuando le lavan el culo de cuando le dan por culo?

—Excelencia, no era mi intención. Hablaba del entusiasmo, del entusiasmo popular.

Casi diríase que ha adelgazado en diez segundos y que ha perdido la morenez mestiza, tal vez porque se ha agrandado tanto el blanco de sus ojos que le ocupan toda la cara.

—Prosiga, capitán, que hay lenguas blandas también entre mi gente.

Y prosigue, uno por uno, los datos de tu memorial de agravios contra la dictadura, tu reseña de la memoria colectiva de todo un pueblo.

—Y este hijo de puta lo fue apuntando todo mientras estaba aquí, comiendo nuestro pan, bebiendo nuestro roncito. Ya era entonces el alacrán que prepara el aguijonazo.

—No se puede explicar de otra manera, Excelencia, porque los datos más abundantes llegan hasta el momento de su partida.

—Pero aún si hubiera incubado todo este odio después... Lo incubó mientras le vestíamos y le dábamos de comer, a él y a toda la chusma de exiliados, quitándonos el pan y el abrigo de nuestra boca y nuestros cuerpos.

—Así fue, Jefe.

—Y tengo pruebas, tengo pruebas que daré a conocer al mundo entero de que este hijo de la gran puta, pocos meses antes de marcharse de la República, le escribió a Troncoso pidiéndole quince mil pesos para hacer un trabajo sobre las leyes laborales dominicanas, lea, lea esta carta y antes diga a todo el mundo quién firma, lea la firma, cien veces si es necesario.

—Jesús Galíndez Suárez.

—Repita.

—Jesús Galíndez Suárez.

—Lea de aquí hasta aquí, oficial.

—«... Deseoso de corresponder a la acogida que he recibido del gobierno y pueblo dominicanos y de contribuir con mi humilde aporte al auge que he observado en este hospitalario país, encumbrado a altos niveles de cultura y de progreso por los afanes y desvelos de su ilustre presidente, Generalísimo doctor Rafael Leónidas Trujillo Molina, a quien admiro y respeto por sus elevados ideales democráticos y sus dotes de genial estadista, así como por la generosa hospitalidad que ha brindado a los españoles exiliados, me dirijo a Vd. para exponerle que según he podido advertir existe, como fruto de las preocupaciones del Generalísimo por mejorar las condiciones de vida de la clase trabajadora, un gran número de disposiciones legales relativas a la materia laboral que, por su importancia y con el fin de facilitar su mejor conocimiento a los obreros y patronos, deberían estar recopiladas en un volumen, trabajo para cuya realización ofrezco mis servicios a esa Secretaría de Estado...» Con todo respeto, no puedo seguir, Jefe, tanto cinismo me seca la garganta.

–Diez mil pesos le adelantamos y se fugó con los diez mil pesos para poder vomitar mierda sobre nosotros desde Estados Unidos.

¿De qué carta hablan? ¿Cuándo has escrito tú esa carta? Pero Trujillo no te da tiempo a protestar. Arrebata la carta de manos del oficial y le invita con un gesto a que prosiga desguazando tu obra. Calumnia por calumnia. Asesinatos, desapariciones, corrupciones. Cierras los ojos a cada cita, porque sientes como si te clavases tú mismo un clavo en cada elemento de enumeración, un clavo parsimoniosamente introducido en tu cerebro como en la novela de Alarcón. Quisieras sacártelo. Decir que exageran lo negativo, que también hay valoraciones positivas, pero te detiene ese muro de nada que han establecido ante ti, todo ocurre más allá de ese muro y tú eres el espectador de tu propia condena. Antes de que el relator hable, rememoras tu libro y tus labios serían capaces de adelantarse como en un calco previo a lo que van a escoger los labios gruesos del oficial, sobre los que se cierne un bigote recortado de cerdas alámbricas. El dictador se revuelve en su asiento cuando se alude a sus riquezas acumuladas y en cambio se limita a sonreír flotante y despectivo cuando tú, tú, Jesús Galíndez, escribes sobre sus megalomanías.

266

—Los enanos creen que las lombrices son gigantes. Vuelva al capítulo del peculado, capitán, que ahí la caga el jodido vasco.

Y empieza el listado de sus apropiaciones, monopolizador de la extracción y comercialización de la sal a través de la Compañía Salinera C. por A.; administrada por un norteamericano que le servía de hombre de paja. Monopolio de los seguros mediante la Compañía de Seguros San Rafael, dirigida por un tío de Trujillo, el muy digno y honorable Teódulo Pina Chevalier. La leche...

—¿La leche también, capitán?

—También la leche, y acusa a La Fundación, la finca situada en San Cristóbal, de ser el centro de su monopolio.

—Habría que darle un vasito de leche al jodido vasco para que la pruebe.

—Ha sido alimentado hasta la hartura, Generalísimo.

—Pues que le den más leche. La leche tiene mucho alimento, leche. Mucha leche.

—Y asegura que usted le robó el monopolio del tabaco a los concesionarios anteriores, que controla la Compañía Anónima Tabacalera, así como la lotería e industrias del aceite, la cerveza, los zapatos, la industria maderera, la producción del arroz, el azúcar, la industria naviera, la aviación, los bancos.

—Dígame algo sabroso, capitán. Algo que me haga reír.

—Que usted condiciona los premios de lotería para que le toquen a sus lameculos.

—¿Dice lameculos?

—Viene a decirlo, Excelencia. No lo dice expresamente así, pero casi. Y toda la información infamante la saca de un libro sin decoro, de *Una satrapía en el Caribe,* escrito por el seboso Almoina, con el seudónimo de Gregorio R. Bustamante.

—Cría cuervos. Ya le daré yo a ese gallego lo que se merece.

—Pasando por alto el capítulo del nepotismo y los insultos dirigidos a su familia, termina diciendo que usted ha hecho las leyes a su medida y que estimula la adulación y el servilismo.

—Ya me calenté, capitán, y no siga leyendo, porque aún me calentaría más y es tiempo de que intervenga. Adulación y servilismo. Vamos por partes. Para empezar, todo el peculado que se me atribuye quizá sea cierto, pero ¿realmente es mío? ¿No trabaja todo el pueblo dominicano gracias a mi trabajo, a negocios que yo he sabido vertebrar para que formen el esqueleto de la economía de la patria? ¿Dónde estaban antes esas industrias? En manos extranjeras, y ahora están en mis manos, en manos dominicanas. ¿Me como yo todo lo que produzco?, ¿me lo como yo? Díganmelo ustedes con sinceridad, prescindan de quién soy, es más, dimito, en estos momentos dimito. Espaillat, que conste mi dimisión.

—Sí, Excelencia.

—Dimito de todo, del ejército, de la República, de todo. Ahora soy Rafael Leónidas Trujillo, aquí, aquí sentado y con dos cojones de caballo, cojones como el que más. Ya soy un ciudadano más. Ahora pueden decirme lo que quieran. A ver, usted, ¿me como yo todo lo que produzco?

El oficial gordo ha salido de su boquiabierta escucha para cuadrarse, dar un paso al frente y casi doblar una rodilla.

—Le ruego, mi Generalísimo, que no dimita.

—No me lo discuta. Dimito y procedamos.

—Si usted no estuviera donde está, nosotros seríamos los que no tendríamos qué comer.

—Ya lo oyen. Es la voz de la gente sencilla, no estos huevones que tienen la cabeza llena de agua, de agua sucia. Yo hago producir. Yo soy el motor de la economía dominicana y así nos va. En cuanto a servilismo. A ver qué tiene que decir ese sabio del servilismo.

—Que usted utiliza técnicas de Hitler y Stalin para llenarles el cerebro a los dominicanos y por eso van por las calles gritando su nombre, Excelencia. Y que incluso en la puerta del manicomio de Nigua se colocó un rótulo que decía: «Todo se lo debemos a Trujillo», como si el estar loco también se lo debieran a usted, Benefactor.

—Hijo de la gran puta, hasta con mis sentimientos por los locos y los ñajos hace escarnio.

Se contiene, entre el respeto silencioso, grave, de todos los presentes, se contiene y por primera vez y en esa mirada resume todas las razones de las que se ha ido cargando, haciendo buena una de las máximas más serviles que tú citas en el libro y en la que no ha reparado, el jefe es justo hasta cuando castiga. Te mira y no dice nada. Calcula el silencio, se le impone tal vez como una solución para todas las palabras que tiene acumuladas, que tú presientes detrás de esa cara impasible, contenidas para el asalto en sus ojos como pistolas que ahora son totalmente tus fiscales, a los que te entrega porque sabes que son para ti, que te están concediendo la definitiva audiencia.

–Señor Jesús Galíndez Suárez. ¿Es usted, supongo, Jesús Galíndez Suárez?

–Sí, Excelencia.

–Excelencia. Llámeme lo que piensa. Llámeme pendejo si es que tiene huevos.

–No pienso eso, Excelencia.

–Póngase en pie, al menos, por un respeto.

Y te pones en pie por primera vez en no sabes cuántos cambios de serrín, maravillado de que las piernas te aguanten aunque te tiemblan, enflaquecidas por dentro de las perneras manchadas por tu sangre, tus babas, tus lágrimas, tus orines, tu mierda seca.

–He de decirle que nací honrado, nieto de un militar español y entroncado con un marqués de Francia. Y que he leído que usted sostiene lo que dicen mis enemigos, que mi abuelo fue un policía español y mi madre oriunda de haitianos. No tengo por qué pleitear sobre mis orígenes con un malnacido como usted pero ya empezamos bien, porque usted me ofende desde mis raíces. Solo por eso ya merecería que le colgara por los cojones hasta que le saliera por ahí el buche. ¿Qué le he hecho yo para tanto odio?

–Permítame que le diga, Generalísimo, con todo respeto, que en ese mismo libro, en el mismo libro que ha leído el capitán, hay muchas observaciones a favor de usted. He resaltado el mantenimiento del orden, el progreso material, el progreso cultural, el progreso cultural, por ejemplo. Usted, Excelencia, ha conseguido un aumento extraordinario de plazas escolares, ha luchado muy fuerte contra el analfabetismo. Usted partió de un índice de analfabetismo de un setenta y cinco por ciento, ha creado la Orquesta Sinfónica, la Biblioteca de la Universidad; el embellecimiento de Santo Domingo, perdón, de Ciudad Trujillo, los murales de Vela Zanetti, por ejemplo, son magníficos y hablan de su espíritu de promoción artística. Y en los aspectos políticos es posible comprender que usted en gran parte se ha visto obligado a ser duro, no es fácil gobernar a un pueblo subdesarrollado, con una tradición belicosa, asediado por los otros pueblos del Caribe, también por los haitianos. Reconozco que no es fácil, Generalísimo. Cito también muy elogiosamente a don Joaquín Balaguer, que ha dicho «se desterraron para siempre los hábitos sediciosos y el espíritu levantisco de los dominicanos». No todo es negativo, Excelencia. Es un trabajo científico, una simple tesis doctoral que no tendrá más eco que la opinión de cuatro opositores y algunos especialistas. Nada importante, Excelencia, se lo aseguro.

–No tiene nada que asegurarme. Yo ya sé que su libro es una basura que no va a tener ninguna influencia. A Rafael Leónidas Trujillo no le hacen temblar los libros. Pero, a mí, como hombre me jode que un pelagatos me humille en lo más sagrado, en mi estirpe. Calle y escuche, que ahora hablo yo.

Se sacó unas gafas del bolsillo superior de la chaqueta, se las caló como si temiera hacerse daño al ponérselas y del mismo bolsillo extrajo un papel que desdobló con parsimonia humedeciéndose con la lengua los dos dedos que utilizó en la manipulación.

–Vamos a ver cómo está lo de la familia y empecemos por mi hermano, Héctor Bienvenido *Negro* Trujillo, al que según usted yo hice capitán como quien hace una pajarita de papel y jefe de Estado Mayor en once años, de la nada militar a jefe de Estado Mayor. ¿Desconoce usted que hay gente con dotes naturales de mando? ¿No las tengo yo? ¿No las hemos podido heredar de nuestro abuelo, el militar español? De mi hija Flor de Oro Trujillo dice que es mulata, que tiene un gran atractivo sexual, atractivo sexual, señores, una grosería, una grosería porque podía haber dicho de ella que era linda, que es linda, pero no, al señor profesor le parece que tiene atractivo sexual, como si fuera una puta, porque son las putas las que tienen atractivo sexual. Y repite y repite hasta marear al loro que mi Flor de Oro se ha casado siete veces, siete veces, para que se vea que es coño fácil, que es puta que tiene gran atractivo sexual. De Radhamés y Angelita, mis dos hijos pequeños, hijos del alma, hijos que quiero porque aún los tengo tiernos en los ojos. Estos son legítimos, según usted estos son legítimos. Vamos ganando algo. De Angelita dice que es muy bonita, me gusta más, sí señor, ya no tiene atractivo sexual como su hermana, es solo bonita. Le gustan mis hijas, profesor, se nota. Angelita es bonita y Radhamés un niño malcriado, al que yo disfrazo de mariscal y se convierte en el hazmerreír de España en mi viaje a la madre patria. No es que usted se merezca una explicación, pero si yo nombré mayor honorario del ejército a mi Radhamés cuando cumplió diez años no lo hice porque soy un pollino y pueda creer que mi hijo pueda ser un oficial a los diez años, por más talento militar instintivo que tenga, que lo tiene. Lo hice como podía regalarle un aeroplano o lo que me saliera de las bolas y también para que el pueblo se encariñara con el ejército a través de mis niños, porque el pueblo quiere a mis hijos, los adora. De mis otros hermanos dice que me entran o no me entran según mis lunas, que los subo y los bajo a capricho. Insinúa que yo maté o hice suicidar a mi hermano Aníbal Julio, porque estaba loco, según usted estaba como un chivo en los últimos años de su vida y yo lo maté para que no se comiera los mocos en público, supongo, porque por cosas así se mata a los hermanos. De mi hermano Petán se insinúa que era un inútil, mi otro hermano Pipí queda claro que fue un ladrón, al menos entiendo yo cuando usted dice que se dedica «... a negocios poco limpios». De los otros hermanos sobrantes, pues eso, las sobras de su malicia, de su inquina. Y no se los voy a tener en cuenta. Le rebajo dos hermanos. Como no le tengo en cuenta que meta en el saco a mis tíos, mis sobrinos y le agradezco que no haya ido a por mis primos, mis tataranietos. Pero está feo, comprenda usted que está feo que insinúe que mi sobrino Virgilito atracó un banco, o permitió que atracaran un banco, como si fuera cómplice y recibiera una parte del botín. Cuñados, sí, había olvidado a mis cuñados. Poca cosa. Dice que los asciendo mucho. Se ve que no es posible ascender a los cuñados. Como yo soy un pollino, mis cuñados y cuñadas también son unos pollinos y cuando les nombro esto y aquello es para disimular que rebuznan. Por lo visto. Bien, profesor. Ni sobrinos, ni hermanos, ni cuñados, ni que mi hija Flor de Oro tenga atractivo sexual o mi Radhamés sea un payasito se lo voy a tener en cuenta. Pero es que usted se ha puesto en la boca a mi mujer, a mi madre, a mi padre, a mi Ramfis, y como usted en la boca lleva mierda, pues con la mierda en su boca y su pensamiento se han quedado. De mi padre dice que tuvo líos con tribunales, que le llamaban Dallocito por lo mucho que pleiteaba y era pleiteado y que lo saqué en los sellos con sombrero jipijapa, como si fuera un destripaterrones. Lo saqué con sombrero jipijapa porque lo llevaba y cada vez que veía un sello con la efigie de mi padre se me nublaban los ojos de lágrimas, y con mis lágrimas no se juega, de mis lágrimas no se ríe nadie. A mi madre la deja en paz, aunque insinúa lo de la mulatez, lo de los haitianos, para ponerme en evidencia e insultarla indirectamente. Vamos acercándonos a lo más sagrado, miserable. Ya estamos con mis mujeres, con mi supuesta amante, la Lovatón, a la que usted llama favorita, es decir, puta, y de la que dice que me la saqué de debajo para que quedara debajo de mi hermano. Muy bonito, profesor, muy fino el argumento. De mi primera mujer dice que no hay forma de encontrar noticias de ella, porque por lo visto hice un puchero haitiano y me la comí, me la comí, sí, un muerto de hambre como yo no tenía nada que comer y mira, una mulatona blandita, tierna, pues al puchero, al estómago y a cagarla. Luego no fui suficiente hombre para preñar a mi segunda esposa Bienvenida Ricardo, fíjense bien, amigos, el general Trujillo estaba seco y no pudo preñar a Bienvenida, aunque luego tuviera la tira de hijos con la chocha de María Martínez y

272

una hija con la misma Bienvenida. Porque mi mujer es chocha, ¿no? Usted lo dice. Dice que le escribían las «meditaciones morales» publicadas en *La Nación,* pero no pone el nombre del escritor de verdad, porque no quiere comprometerle, porque es ese sapo de Almoina que aquí me lamía el culo con sus dos lenguas y en cuanto salió de Santo Domingo se dedicó a vejarme con sus dos lenguas. A usted le consta que se lo inventó Almoina para rebajarme, ya aquí, cuando era mi paje, el paje de mi hijo Ramfis, en Ciudad Trujillo. Y mi María no solo es tonta, lela, mema, embustera, puesto que miente aceptando que otros escriban lo que ella firma, sino que además era una puta y la que fue puta lo es toda la vida, como su santa madre, profesor Galíndez. Y ahora llegamos al meollo, al tuétano del hueso o del huevo, que suenan casi igual.

Se ha levantado y ves sin acabar de creer lo que ves cómo saca un pistolón del cinto, avanza hacia ti y los demás se retiran con una prudencia premonitoria, diluidas en su rostro las carcajadas de claque, incluso algunos aplausos discretos con los que han ido jaleando entusiasmados la pieza oratoria del Generalísimo.

—Quiero que vea esta pistola y que empiece a temblar pensando en lo que un malvado como yo puede hacer con esta pistola en la mano. Y te voy a decir, te tuteo porque ya te has caído del usted, ya te has caído de cualquier posible respeto, hijo de puta, y te lo voy a decir porque no vas a salir vivo de esta habitación. De María Martínez Alba dices que estuvo casada con un cubano y que de él tuvo a mi Ramfis y que yo me tragué al hijo que no era mío cuando se la quité al cubano. Es tan asqueroso que ensucies a la madre de mis hijos, a mí mismo y sobre todo a Ramfis que casi no tendría que seguir hablando y meterte ya de una vez el balazo entre esos dos ojos de cagado que pones. Pero como eres un profesor y los profesores se pasan la vida buscando la verdad, voy a contarte una historia que refleja mi dignidad. Yo tenía amores con la que luego fue mi mujer y no podía divulgarlo porque estaba casado, porque era muy hombre y no tenía bastante con la gansa Bienvenida, que era más estéril que una higuera estéril. Y le hice un hijo a María, con un par de cojones, que es con lo que se hacen los hijos, y le puse un marido cubano de tapadera para que no fuera su nombre de boca en boca, ni Ramfis padeciera esa vergüenza cuando tuviera uso de razón. Yo he hecho de Ramfis mi orgullo y el orgullo de mi pueblo. Fíjate, vasco, en mil novecientos treinta y tres, cuando Ramfis tenía cuatro años de edad, le nombré coronel del Ejército, ¿se hace eso por alguien que no sea tu hijo? Y yo no me casé por la Iglesia con su madre hasta un año después. Era una señal. Una señal que enviaba a todas las cabezas sucias como la tuya de que Ramfis era mi hijo. Y fue mi orgullo, porque en mil novecientos cuarenta y tres dejó de lado los galones honoríficos que yo le puse y se metió en la Academia Militar, de cadete, y fue de los mejores, como estaba obligado a serlo por ser hijo de quien era. Y me estudió Derecho y llegó a los más altos grados del ejército por méritos propios, un joven, un joven dorado, sin las angustias que yo tuve para tirar el país adelante, viviendo su vida plenamente, un número uno, un número uno en las armas y en las mujeres, en los carros y en los aviones, un digno hijo de Rafael Leónidas, pruebas, pruebas sobre pruebas de que solo podía ser hijo de Rafael Leónidas. Sobre su pecho están las condecoraciones que más queremos, la Orden de Trujillo, la de Duarte, la de Colón, medallas al Mérito Militar, al Mérito Naval, al Mérito Aéreo, al Mérito Policial... ¿Se las he puesto yo? Mentira. A mí me venían los subalternos con las órdenes de ascenso o de concesiones de honores y yo las tiraba al suelo. Hasta diez veces me pusieron sobre la mesa la orden de nombramiento como jefe de Estado Mayor en mil novecientos cincuenta y cuatro. Quiero que hables tú, Espaillat, tú que eres hombre de West Point, sobre las cualidades militares de Ramfis.

Espaillat habla sin moverse, sin mover casi un músculo de la cara, ni los labios.

–Un número uno, Excelencia. Usted lo ha dicho. Dotes naturales y constante propósito de superación. Él está organizando la Aviación Militar Dominicana.

—Repite, Arturo.

—Dotes naturales y continuo espíritu de superación. Un número uno. Nato.

—Sabe lo que sabe por saberlo, y además lo que yo le he enseñado. Yo le he enseñado a no fiarse de nadie, ni de los allegados ni de los aliados, ni siquiera de los gringos, porque esos saben más que el lápiz y en cualquier negocio se cogen la masa y te dejan el hueso. Estoy dolorido con ellos porque permiten que en su suelo crezcan sabandijas como esta, y Ramfis, mi futuro, el futuro de Santo Domingo, ha de saberlo. Han sido los mismos Estados Unidos los que han dado una imagen falsa de mi hijo, como si fuera uña y carne con Porfirio Rubirosa y solo viviera para divertirse y airearse el carajo. Al mozo le van las hembras y yo le he pasado más de una vez las que me sobraban y las que no le he pasado me las ha quitado, como una que me levantó, por aquí, en San Cristóbal, que me dolió primero la afrenta pero luego pensé, de tal palo tal astilla y que todo quede en casa. Los gringos han denigrado a mi hijo y le trataron como a un mestizo cuando fue a estudiar a la escuela militar de Leavenworth y el muchacho alternaba los estudios con hembras como la Kim Novak o la Zsa Zsa Gabor, bajo el consejo de su cuñado, el golfo de Porfirio. Y cuando me harté de que la prensa le pusiera verde, negro y de todos los colores, le hice venir y le dije, vente porque aquí tú serás más grande que todos los gringos que tratan de calumniarte. Dile a este mal nacido, Espaillat, por qué la tomaron los gringos con mi hijo.

—Por envidia, Excelencia.

—¿Por qué tú saliste con bien de West Point y mi hijo no pudo con la escuela?

—A mí me consideraban uno más, Excelencia, y a su hijo le exigían la conducta de un heredero.

—De un príncipe.

—De un príncipe, Excelencia. Ramfis no fracasó en Estados Unidos, le hicieron fracasar, porque siempre les interesa tener un pie en el cuello del aliado.

—Esas palabras me hacían falta, Arturo. Pero un pie, no lo

que me pone este sapo, esa pata de sapo que ha querido ponerme encima. Yo he atado a mi hijo corto, aunque parezca lo contrario, y le he sacado los malos amigos a bastonazos, aunque fuera mi yerno, Porfirio, el que estuvo casado con esa a la que tú encuentras atractivo sexual. Una vez le pegué un bastonazo en la cabeza a ese pendejo porque solo hacía que meter a mi hijo en juergas y hacerle perder el tiempo y los estudios. Y aunque se me caiga la baba cuando le veo galopar en el Polo, con una estampa que ninguno de la familia hemos tenido, ni tendremos, también sé exigirle que esté a la altura de todo lo que algún día será suyo, porque está preparado desde la cuna para lo que sea, desde la cuna, desde el momento en que su madre lo parió gracias a este carajo.

Con la mano que no aguanta la pistola se ha tocado el bulto del sexo y te devuelve la atención que parecía no prestarte.

–No he querido jamás insinuar que Ramfis no fuera hijo de su Excelencia.

–Abre la boca.

–No ha sido una observación malévola, Excelencia.

–Calla y abre la boca o te parto los dientes con el cañón de la pistola.

Abres la boca y clavas los ojos paralizados en los ojos planetarios del viejo que se acercan con su cara, con su cuerpo, con su brazo que empuña la pistola y te introduce el cañón contra la lengua hinchada para que escojas entre el dolor y el miedo, y es el miedo el que castañetea con tus dientes en torno al cilindro mientras se difunde por la saliva un sabor a metal y grasa rancia, sin ojos suficientes para los ojos de tu verdugo o su mano que se crispa como un puño soldado con la culata y el gatillo. No tienes otro horizonte que esa cara de viejo colérico hasta la locura o ese puño que al moverse remueve todos los dolores y las sangres de tu boca, y si tratas de hablar el cañón se introduce más hasta cosquillearte la campanilla. Bastaría un fruncido de esas cejas para que a su movimiento se disparara la pistola y dejarías de querer vivir a pesar de esta escena de pesadilla, en el pensamiento de que termine en algún momento, gritando incoherencias rotas por el intruso que ocupa tu boca, peticiones de piedad y razón más allá de ese viejo, dirigidas incluso a los otros matarifes, un confuso fondo del que no sale ni el rastro de una respiración.

—Calla y aprieta los dientes en torno al cañón. Piensa que me basta apretar el gatillo para que te explote la cabeza como una sandía. No mereces vivir. Te lo descuento todo menos que hayas puesto en duda mi hombría, la honradez de mi mujer, el linaje de Ramfis. Puedo esperar así una hora, aún tengo el pulso de un hombre joven y puedo estar así una hora, dos, las que hagan falta hasta que te mueras de miedo, hasta que desees que dispare para terminar de una vez.

Pero de pronto retira la pistola de un tirón y se te va un grito y otro diente salta como una esquirla de ti mismo, mientras por el túnel abierto que ha dejado la pistola te entra el aire y te sale un ahogo histérico que te derrumba entre gemidos que ya no controlas.

—Mírenle cómo se retuerce. Estos solo son valientes con la pluma en la mano. Prosiga, capitán. Recítele la cartilla y dicte sentencia.

La espalda se aleja y se convierte otra vez en el rostro de la amenaza cuando el dictador se deja caer en el asiento.

—Ya no soy joven para estas violencias. Prosiga, oficial, y terminemos cuanto antes.

A los demás les cuesta recuperar su papel, pero el oficial al fin acierta cuando Espaillat le dedica una mueca que es una orden. El capitán se cuadra y da dos pasos hacia tu cuerpo derrumbado.

—Póngase en pie y no se me orine encima en estos momentos tan trascendentales para usted.

Pero no puedes alzarte y han de ser de nuevo las cuatro manazas de los sicarios más baratos las que te alcen y te aguanten, porque en cuanto abandonan tus axilas te desmoronas como si estuvieras roto por dentro y por fuera.

—Aguántenle, que no me gusta dictar sentencia a los felpudos. Generalísimo. General Espaillat, mis conclusiones no son mías, sino que se extraen de las que el mismo encausado establece al final de su libro. En su palabra son afirmaciones denigrantes para nuestro Benefactor y se convierten por ello en pruebas acusatorias en sí mismas, que no tengo por qué probar porque están escritas y escritas por el mismo encausado. Sin más preámbulos. Dice el encausado: 1.º El Régimen de República Dominicana es una Dictadura, o más bien una Tiranía de tipo personal. 2.º Tiene como característica específica –común a casi todos los regímenes dictatoriales de Latinoamérica– el adoptar apariencias constitucionales democráticas que en la práctica se pervierten (elecciones, Congreso, Tribunales, reformas constitucionales, etc.). 3.º Tiene de común con otros regímenes dictatoriales clásicos la supresión de libertades políticas y el uso del Ejército como principal fuerza de apoyo. 4.º En ciertos aspectos ha adoptado métodos modernos de los regímenes totalitarios, como es el partido único, los sindicatos gubernamentales y la técnica de la propaganda, pero carece de un programa y base doctrinal. 5.º Procura adaptarse a las corrientes internacionales del mundo occidental, aunque no las sienta. Al mismo tiempo está directamente presionado y a su vez presiona en el turbulento mundo político del mar Caribe. 6.º En los últimos años está utilizando el «anticomunismo» como justificación, sin perjuicio de haber jugado con los comunistas años atrás, evolución también común a otros gobiernos latinoamericanos. 7.º Desde el punto de vista humano completan este cuadro la megalomanía de Trujillo, su peculado y nepotismo y la adoración y el servilismo entre sus favoritos de turno. Al mismo tiempo Trujillo cuida mucho de que ninguno de ellos perdure en sus puestos. 8.º Como todo régimen de fuerza, ha mantenido el orden y ha conseguido ciertos progresos, especialmente de tipo material. 9.º Este progreso no beneficia por igual a toda la población y está compensado con creces por su degradación física. 10.º El futuro del país pudiera ser caótico, por no existir fuerzas político-sociales ni instrumentos democráticos que faciliten una sucesión normal al desaparecer el tirano. Y los comunistas pudieran aprovechar esa situación a su favor. Hasta aquí ha abierto la boca el pez y por la boca muere el pez. No hay otro posible veredicto que el de culpabilidad, culpabilidad de delito de lesa majestad.

—De lesa majestad.

Refunfuña el Generalísimo, con el cuerpo cansado acogido a la estructura del sillón, todos los pliegues de su cara caídos, también los ojos, como si tu cansancio fuera su cansancio.

—Léame otra vez el punto diez, capitán.

Mientras lo lee y el dictador escucha, notas que algunas fuerzas acuden en tu ayuda, las piernas te sostienen, las telarañas del terror han abandonado tus ojos, sientes cansancio y alivio, como después de un bombardeo, después de un bombardeo en el frente del Ebro, cuando ya la guerra estaba perdida y la propia muerte enseñaba su rostro inútil. Algo ya estaba muerto, la causa por la que luchabas, tú mismo en parte, como ahora. Ya estás muerto, Jesús Galíndez, y no podrán matarte más de lo que te han matado.

—¿Puedo hablar?

Se han sorprendido, detenido en sus gestos cansinos y ya retóricos. Te devuelven, se devuelven curiosidad y algo de inquietud y recelo.

—Habla, vasco, habla.

—No sé cuánto tiempo me queda de vida. De hecho ya estoy muerto y quisiera dejar alguna cosa en claro. Soy representante ante el Departamento de Estado del gobierno vasco en el exilio y desempeño algunos trabajos de información en los servicios secretos de Estados Unidos. Soy vasco, profesor, escritor, y si ejerzo como político es porque la historia de mi país me ha obligado. Por esa historia estoy aquí, víctima de la lucha por la democracia, y expreso mi protesta por el trato inhumano que se me ha dado.

Todos callan a la espera de que el dictador te fulmine sin moverse, pulse un resorte de aire y algo te destruya a distancia o tú mismo te descompongas como un producto de insospechable, hiriente osadía. Todo tu cuerpo se balancea a causa de un miedo controlado, controlable, mientras el viejo te dedica ahora un ojo más abierto que otro.

—No saques ahora los cojones que ya no tienes. Espaillat, que todo se haga según lo convenido.

Se levanta y avanza hacia la puerta como si recuperara el sentido de sí mismo y de su prisa, entre espacios que le abren los otros con una precipitación desacompasada, menos Espaillat, que sigue a su estela y detiene su salida en la habitación cuando pregunta a sus espaldas.

—No he entendido bien qué quiere decir que todo se haga según lo convenido.

Trujillo se revuelve, en un impulso ágil excesivo para su edad y para su peso, y ahora taladra a Espaillat con sus ojos indignados.

—Por los diez puntos ya ha cobrado y por lo de Ramfis que le den chalina.

Y al marcharse desocupa la habitación del miedo, aunque su voz resuena alejándose.

—Chalina a dos manos. No lo olviden.

Espaillat lo dirá desde el umbral y no sabes si te mira o mira al vacío, si te ve vivo o te ve muerto, aunque no comprendes pero intuyes el sentido de la palabra chalina.

—Ya han oído.

Ya han oído, ya han oído, ya sobra por lo tanto su presencia, cualquier pregunta que te hagan, cualquier respuesta que se te ocurra, es el silencio de la derrota final, el que sentías en los campos de Aragón, cuando vestido de teniente aprovechabas la tregua de la noche para aguardar la definitiva derrota del amanecer, con la mente ya puesta en la huida y en la recuperación. Aquella noche te vinieron a ver Basaldúa y algunos soldados paisanos de la desarticulada Brigada Vasca y con ellos y Angelito, disfrazado como siempre de corresponsal de guerra, de corresponsal de la guerra de los bóers, se rió alguno, porque Angelito llevaba salacot y una pajarita de topos amarillos, un producto exótico en el final de una guerra de la que ya habían huido los mirones exóticos. Los mirones son los primeros en desaparecer, como Espaillat, y solo quedaban sus compañeros de largas jornadas o lo que fueran, entre cambio y cambio de serrín. Aquella noche meabais a unos metros del Ebro contra unos zarzales y alguien dijo *Heriotzak ez gaitu bildurtzen...* La muerte no nos asusta, pero meaba quien lo decía a toda velocidad, para recuperar cuanto antes la loma de camuflaje. Ahora puedes decir desde una serenidad que es tu propia materia desesperada *heriotzak ez gaitu bildurtzen* y lo sientes, lo suscribes, lo expulsas con tus ojos hacia los tres matarifes que se han quedado y ya no te miran, ni siquiera con sorna. La luz cenital destruye el claroscuro de la tragedia, los que van a matar y el que debe morir, esa es toda la función que resta. Pero ¿cómo? Que le den chalina. A dos manos. No te atreves a preguntar qué muerte es esa, porque amas el valor recién adquirido y temes que al preguntar se te quiebre, porque asome el instinto de vida por una rendija que tú no controles y ellos aún no hayan abierto con sus torturas. Es preferible no preguntar el instrumento de la muerte y en cambio insistir en su finalidad, apoderarte de tu finalidad, no dejar sitio para la suya, simplemente inmolarte en el altar de su tirano porque has puesto en duda su hombría o el honor de un hijo despreciable. A medida que comparas lo que te han hecho sufrir con la causa real aumenta tu indignación, desaparecen los complejos de miedo y culpa por la razón política y te exaspera morir por una riña de taberna, porque has llamado cabrón a alguien demasiado cabrón para asumirlo. Insultas a Trujillo con una voz mental y con los ojos que escupen su imagen, en flashes que recuerdan sus bravatas de hace unos minutos. Me matas por tus cuernos, le dices, pero yo muero por la libertad, por la libertad que ha dado sentido a veinte años de mi vida y por la libertad de haber escrito lo que me salía del alma y de mi moral de la historia. Y tienes poemas, poemas tuyos para encorajarte hasta sentir una extraña fiebre.

> Libertad, Libertad cara bandera
> de los pueblos esclavos y oprimidos,
> supremo galardón de los vencidos,
> meta de aquel que lucha porque espera.

O no, nada de abstracciones. Has de cantar a Euzkadi, a tu madre, a tu amante profunda.

> Euzkadi, patria querida, adorada,
> negros crespones te enlutan hoy día.
> Y tu martirio en lenta agonía
> grita tu gesta a la Tierra asombrada.
> De tus campos, villas, campiña arrasada
> huyó el trabajo, huyó la alegría,
> solo el recuerdo de tu valentía
> plaza en la historia te da destacada.
> No sufras más, el futuro te espera,
> que las naciones que mueren luchando
> siempre retoñan con fuerza y vigor.
> No te han vencido, traición fue rastrera
> y tu victoria está cerca, forjando
> la están hoy día tus hijos con valor.

A Basaldúa le gustaban tus poemas, pero Angelito arrugaba la nariz y decía que eran más emocionales que buenos. Los españoles no sabéis hacer poesía, dejad la poesía para nosotros los americanos. ¿Qué hacías con ellos, Angelito? Y de pronto comprendes que te mueres dejando sueltos a muchos más asesinos de los que están en esta habitación. Minerva Bernardino, Espaillat, Félix Bernardino, Gloria Viera, el Cojo, los rostros confusos del secuestro, Angelito. Quedarán impunes y además nunca sabrás qué papel representaron. El único papel claro es el tuyo.

—Capitán, por favor, atiéndame.

El capitán se acerca, te mira demasiado a los ojos como para hacerlo serenamente y por eso le tiembla la mano cuando te ofrece un cigarrillo.

—¿Qué está pasando fuera? ¿Hay mucho escándalo por mi desaparición?

—Pronto pasará.

—¿Por qué me han torturado si no querían saber nada, si mi suerte ya estaba echada?

—El Generalísimo dio las órdenes. Que me lo castiguen, como a los toros, dijo, que luego ya vendré yo con la espada. Mire, profesor, no tengo nada personal contra usted, ni estos dos tampoco.

Los otros dos asienten a distancia y ponen en sus ojos la inocencia más nueva del verdugo.

—Cumplimos órdenes, y ni siquiera sabemos quién le trajo aquí. En esta habitación se entra pero no se sale.

—¿No soy el primero?

—No.

—¿Y siempre se parecen las cosas, siempre se comportan ustedes de una manera parecida?

—Esta vez ha sido especial, ¿verdad, compadres?

—Muy especial.

Te dicen, sobre todo a ti, a ti, te dicen, casi al unísono, y te alientan.

—Usted ha sido el más diferente.

—Y además hasta ha venido el Jefe. Nunca baja.

Te valoran porque has movido al Jefe y porque la presencia del Jefe valora su trabajo.

—¿Le pondrán una medalla por esto, capitán?

—Yo las medallas las gano en el campo de batalla.

Por fin tienes fuerzas para expulsar la pregunta que te cierra el cuerpo dentro de un saco ceñido a tu garganta.

—¿Qué es la chalina, capitán?

Traga saliva y con el trago dice:

—La horca.

De un rincón de tu memoria de profesor asciende una ficha: según la ley sálica, el que descuelga a un ahorcado sin autorización del juez pagará una multa de 1.800 dineros o de 45 sueldos, o bien el que sin consentimiento del juez se atreva a desprender un cuerpo de la rama de que pende pagará una multa de 1.200 dineros o de 30 sueldos.

La lluvia nos ha limpiado y lavado,
el sol nos ha resecado y ennegrecido.

Urracas y cuervos nos han sacado los ojos,
nos han arrancado barba y cejas.

Preferible que le pidas unos versos prestados a Villon o que te des prisa en recordar, porque hasta la memoria van a quitarte y sientes insuficiente tu instinto de eternidad, tu fe en el más allá de los cristianos, aunque lo seas y hayas escrito y hablado repetidamente de tu fe, también has hablado de tu tradición y de tu raza. Como en un careo de película, ves desfilar los rostros deseados durante estos días, mientras caía el reloj de serrín, una y otra vez, y te parecen fotografías de un álbum olvidable. Es tu propia muerte la que contemplas en el espejo, pero ya no es la imagen destruida que pedía Espaillat, sino tu estatura plena, como cuando buscabas en el crepúsculo la señal de la derrota definitiva, allá en el Ebro. Y de pronto, cuando más entero te aguantas, te descubres dando vueltas a la caja asiento, a un ritmo rápido, como si escaparas sin escapar, ante la mirada esquinada y aún recelosa de tus matarifes.

–¿Puedo escribir a alguien?

–No.

¿De dónde me colgarán? En la Edad Media las horcas se formaban sobre pilares de piedra unidos por travesaños de madera de los que se colgaba a los condenados. Se situaba el montaje en medio del campo, cerca de las carreteras y preferentemente en cerros. El número de pilares variaba según la jerarquía del ajusticiado, el plebeyo a palo único y seco, el señor hidalgo dos pilares, y así iba subiendo, cuatro los barones, seis los condes, ocho los duques, y los del rey, ilimitados. Mas ¿cuándo fue ahorcado un rey? Y a ti a dos manos. Que mi cadáver tenga un excelente aspecto. ¿De dónde lo has sacado? ¿No era Durán, el compañero Durán, el capitán Durán, como tú flagelo de franquistas por los pasillos de la ONU, el que decía, si me matan, procurad que mi cadáver tenga un excelente aspecto? Mas de tu aspecto solo eres responsable hasta que te maten y has de decir algo importante, algo que no olviden, que te haga en su memoria vencedor de la muerte. Por ejemplo, en vasco.

—Gora Euzkadi Askatuta!*

Mas se creen que hablas solo y siguen en su conspiración a tres voces.

—Gora espainako langileak!**

Y ahora te miran como si estuvieras loco, un loco que da vueltas en torno a un invisible eje mientras pronuncias palabras que no entiendes.

—Nere herria da bakarrik ni juzga nazakeena!***

De reojo has visto cómo la cuerda ha aparecido entre ellos, mansa serpiente compartida, y tu pescuezo ayuda a la cabeza a mirar al cenit, por si ves la viga de la que vas a colgar. No hay viga y la cuerda sí existe, está en las manos de los dos monaguillos de la tortura, mientras el capitán remolonea y a la vez se aleja.

—¡No me vais a ahorcar! ¡Me vais a estrangular!

¿Quién ha gritado? ¿Eres tú quien ha gritado? Se te acercan y sabes que sigues gritando, que probablemente tú sigas gritando, aunque preocupado por el excelente aspecto de tu cadáver, necesariamente bueno para que mañana, cuando aparezca en las primeras páginas, Aguirre, Irala, Abrisqueta, Irujo, Monzón te saluden como a un patriota vasco y tu abuelo cabecee satisfecho sobre la colina de Larrabeode, tu grito nada tenga que ver con la capacidad que tienes para cantar, cantarte una canción de guerra.

> *Eusko gudariak gaya*
> *Euskadi askatzeko*
> *gerturik daukagu odola*
> *bere aldez emateko.*

Sí. Somos soldados vascos que liberamos Euzkadi y por su causa estamos dispuestos a verter nuestra sangre. Mas no será

---

* ¡Viva Euzkadi libre!
** ¡Vivan los trabajadores de España!
*** ¡Solo mi pueblo puede juzgarme!

sangre. Será aire. Aire pestilente, podrido, que no te deja preguntarles cuando se te acercan ya decididos a acabar cuanto antes. Y ellos te dicen:

–Tranquilo, será más fácil.

Y quisieras discutirles su punto de vista o cantar la canción o mirarte al espejo, por última vez. Pero ya te han echado el lazo al cuello, y cuando pides tiempo y una explicación, les ves los rostros congestionados. De una diferente congestión a la tuya. Piensas. Pero te dices: Esto es la asfixia.

De pronto has recuperado esa penumbra amarilla del trópico pobre, de noche, Panamá, hace demasiados años. Ahí la tienes, en cuanto salgas de la isla luminosa del Sheraton y busques la línea del mar en este barrio indefinido de casas que parecen abandonadas sin estarlo. A veces se imponen las luces poderosas de las pantallas de televisión, pero predominan esas bombillas mortecinas de luminosidad amarilla o esos neones nerviosos, diríase que envejecidos. Oscurecidas las pieles oscuras, abaratadas las texturas de los vestidos y los cuerpos, hasta la vegetación parece empobrecida por la noche, como si fuera una vegetación de segunda mano para un trópico que no llega a la plenitud del mejor color. Santo Domingo. Desde la ventana de la habitación puedes elegir el ascua de luz de la piscina iluminada en torno de la que circula como una serpiente la colonia de gringos maltratados por el sol y los daiquiris, pajizos, encendidos, amorfos, tu gente, y más allá el color real de la noche que sube. Hasta aquí no te llega ni el olor a la barbacoa, ni el de las vegetaciones macilentas en los jardines de hotelitos mortecinos ni la vegetación lujosa del Jaragua, para yanquis más isleños que los dominicanos. Le he montado un pequeño encuentro con intelectuales locales, algunos conocieron a Galíndez, aunque trataron de olvidarlo después y ahora yo se lo he recordado. A José Israel Cuello le regocija el escalofrío que ha provocado tu llegada a Santo Domingo. Ha telefoneado a más de cuatro y todos tenían algo mejor que hacer, por ejemplo, no venir. José Israel es un caribeño moreno y chaparro, con los ojos grandes y negros y una ironía que se le derrama por toda la cara parapetada por un mostacho canoso.

–Don Gabriel, qué bueno que le encontré, don Gabriel. ¿Qué tal la salud? Eso es bueno. Le veo a usted otra vez peleón, que le leí un articulito muy duro contra quien yo me sé, y usted también, y le comenté a mi mujer, Lourdes, don Gabriel vuelve a estar peleón. Quien tuvo retuvo. Eso es. Favor que me hace. Le llamaba pues para saludarle, felicitarle y comunicarle que acaba de llegar una científica norteamericana en viaje de estudios, de investigación de la etapa dominicana de Galíndez. ¿No sabe usted a qué Galíndez me refiero?

Tapa José Israel el micrófono y guiña el ojo hacia ti y su mujer.

–Será pendejo. Le recuerdo el caso Galíndez, el vasco, usted estaba en la Procuraduría cuando lo secuestraron. Ahora recuerda. Eso es. Eso es, don Gabriel. No se acalore que yo nada presupongo, yo no voy por la vida con presupuestos, don Gabriel, y solo hago de intermediario entre la señorita y los que quieran ayudarla a hacer su trabajo. Pues si no puede ser, no puede ser, don Gabriel. Comprendo que sea un problema de memoria. Muchos saludos a doña Consuelo. De su parte.

Lourdes y José Israel conspiran sobre pasadas y próximas llamadas, te aseguran que luego sí vendrá gente y alguna muy sabrosa, insiste Cuello con los ojos abiertos a todo lo que él ya ve y tú aún no. Le recuerdas en la descripción que de él hace Manuel de Jesús Javier García en «Mis veinte años en el Palacio Nacional junto a Trujillo y otros gobernantes dominicanos». Glosa la explosión de bombas a comienzos de 1960, en el seno de una campaña de protesta lanzada por el clandestino Movimiento Revolucionario 14 de junio. El Dictador ha liberado a algunos de sus responsables y los convoca ante su presencia en el Palacio presidencial, «... fue recibiéndolos en grupos pequeños para leerles la cartilla; dejaban de conspirar o les iba a partir el pescuezo. En el fondo fue esto lo que dijo, aunque duró poco la expresión. En la primera reunión con los conjurados lo que más exasperó su ánimo fue la expresión burlona y desafiante de José Israel Cuello Hernández, un inquieto estudiante de Ingeniería y Arquitectura que aún no había cumplido los veinte años, y de la doctora Asela Morel, uno de los médicos jóvenes más notables de la época. ¿Ustedes se fijaron –dijo Trujillo en tono colérico dirigiéndose a sus acompañantes– la forma en que estaba ese par de sinvergüenzas? El carajito ese del hijo de Antonio Cuello, fabricante de bombas y agitador belicoso, lo más sonriente y burlón, como quien ha hecho una gran hazaña. Se ha salvado por ser hijo de quien es. Antonio Cuello, uno de los hombres más íntegros y respetables del país. Por eso lo aprecio y lo distingo». Más de veinte años después, José Israel Cuello en persona conserva la sorna en la mirada y la emplea para decirte que todo eso es casi una leyenda. «Yo no recuerdo muy bien si sonreía, lo dudo, porque la procesión iba por dentro y con aquel carajón te la jugabas. Cuando bajábamos las escaleras en el palacio notabas las miradas de Trujillo y sus gorilas clavadas en el cogote, no hacía falta volverse para notarle el acecho. Mi padre me iba diciendo en voz baja, tranquilo, tranquilo, y me cogía del brazo como para que no me traicionara con un gesto que pusiera nerviosa la mirada de Trujillo, allí arriba, en lo alto de la escalera. Pero ahora todo el mundo se inventa secretas resistencias contra Trujillo y en aquellos años muy pocos se atrevían a plantarle cara al viejo, ni siquiera en el año sesenta, cuando ya estaba en plena decadencia y quizá condenado a muerte sin saberlo. O sí, sí lo sabía.» Y se ha guardado para sí el secreto de su afirmación mientras insistía en las convocatorias telefónicas. «¿Don Ariel Liñán? ¿Qué es de su vida, compadre? Le prometo que será lo primerito que haré, en cuanto me lleve, que le tengo curiosidad yo a cuanto usted ha dicho. Pero le llamaba, don Ariel, porque ha llegado a Santo Domingo una importante profesora americana...» Te ha ascendido, ni eres importante, ni ya eres profesora, pero Cuello y Lourdes te van metiendo en el zurrón supervivientes de los años de Galíndez, gentes que pueden poner música de merengue en Santo Domingo a tus letras austeras y severas, todavía encerradas en su contorno de fichas. Pero el que más podría hablar, concluye Israel cuando ya tiene el zurrón lleno, es Balaguer, es el que más sabe, sí, Balaguer, el presidente. Nos hemos tomado la libertad de pedirle una audiencia en su nombre, el no ya lo tenemos. Se te han abierto los ojos tanto como los de José Israel. ¿Cómo es posible que Balaguer te reciba, uno de los encubridores más directos del secuestro y el asesinato de Galíndez? ¿El hombre que ordenó destruir los archivos del trujillismo, especialmente los del Servicio de Inteligencia Militar? ¿Acaso no era secretario de Estado para la Presidencia, es decir, un directísimo colaborador de Trujillo cuando se produjo el secuestro de Galíndez? ¿Ignora usted que a fines de 1956, cuando estaba en alza la campaña norteamericana de denuncia contra Trujillo por la desaparición de Galíndez, Balaguer acusó de falsedad al mismísimo *New York Times* y le reprochó que se preocupara por un vasco comunista que había ordenado ejecutar a once obispos, once, durante la guerra de España? ¿Sabe usted cómo llega a calificar Balaguer a Galíndez? «Galíndez era personalmente un bandido y políticamente un comunista.» Así lo transcribió el diario *El Caribe* el 31 de mayo de 1956. Has utilizado nerviosamente las fichas más dominicanas, que salen de tu bolso casi al mismo tiempo que las palabras de tu boca. Tal vez hayas impresionado a Lourdes, aunque parece atareada con los preparativos de la cena que seguirá al encuentro, pero no a Cuello, es difícil impresionar a este hombre, que ha sido secretario general del PC en unos tiempos en que con ello se jugaba la vida, en contacto con el coronel Caamaño, exiliado en Cuba y que ahora te ha declarado de buenas a primeras su escepticismo. Si la ayudo es porque me gusta que una gringa se apropie de una memoria que no le pertenece, pero nadie va a hacer justicia. ¿Qué quiere decir hacer justicia treinta años después? Sin contestar directamente a tu diatriba contra Balaguer, Cuello se ha limitado a rebuscar un libro en la estantería de su despacho y te ha dejado sobre la mesa *La palabra encadenada* de Balaguer. El señor presidente también escribe, no es Vargas Llosa, pero también escribe, y achica los ojos para buscar una página al parecer hecha a tu medida. Fíjese, fíjese con qué asepsia menciona a Galíndez de pasada, como si fuera un apéndice del caso De la Maza, y aun ni siquiera se compromete él sancionando los hechos, los deja en boca de Trujillo cuando se le queja amargamente de la conjura internacional contra su persona. Galíndez le aprieta el zapato y el pescuezo al señor presidente, no sé si por lo que hizo o por lo que no hizo. Pero ¿quién hizo algo realmente contra Trujillo? Los muertos. Se pregunta y se contesta José Israel Cuello. Allí están los muertos, en las páginas de Balaguer que lees con avidez en busca de un pronunciamiento, por pequeño que sea, sobre Galíndez. Nada. Casi nada. Es Trujillo el que habla de Galíndez como «... un refugiado español que hasta el día en que salió voluntariamente de este país gozó sin reservas de la hospitalidad dominicana. Pero ¿qué tiene que ver este gobierno con un crimen realizado en un país extranjero, y en un país donde todos los días desaparecen centenares de personas sin que a nadie se le ocurra convertir el caso de ninguna de ellas en un problema internacional?». Discretamente, Balaguer deja a Galíndez en boca de Trujillo, solo de Trujillo, y él en cambio se ceba con el dictador denunciando su doblez, capaz de sorprenderse en público de crímenes que ha ordenado en privado. Cuando asesinó a las tres hermanas Mirabal fingiendo un accidente en la carretera, Luperón, días después, hizo detener su propio coche en el lugar y comentó a su acompañante: «Aquí fue donde murieron las hermanas Mirabal. Que Dios las tenga en su gloria.» Cuando para tapar la muerte de Galíndez mata a Murphy y para tapar la de Murphy hace ahorcar a Octavio de la Maza, y hasta su adorado hijo Ramfis cree en su complicidad en el asesinato de su compañero de juergas, Trujillo convoca a su corte y al propio Ramfis y se saca de encima a empellones la sombra del ahorcado: «¿Qué interés podría tener el gobierno en disponer de la vida de uno de sus más fieles pilotos?» Mientras tanto los correveidiles del Benefactor propagaban por Ciudad Trujillo que De la Maza había asesinado a Murphy indignado por sus requerimientos homosexuales y que después se había suicidado abrumado por la culpa. Balaguer testimonia sobre el refinamiento progresivo del matarife. «El día antes de suprimir al licenciado Diógenes del Orbe, lo designó procurador general de la Vega. Marrero Aristy fue asesinado por los esbirros de Johnny Abbes García horas después de que Trujillo lo recibiera en su despacho de Palacio para ratificarle su confianza. En la tarde del crimen, a una hora en que ya Marrero había sido seguramente arrojado por el precipicio en que su cadáver fue hallado junto al de su chofer, Trujillo entró en mi despacho para preguntarme por la víctima. Luego hizo la misma pregunta al periodista colombiano Osorio Lisarazo, quien trabajaba en una habitación inmediata a la mía en la segunda planta del Palacio Nacional, en ambas ocasiones se mostró sorprendido de que el secretario Marrero, quien despachaba sobre materias publicitarias durante las horas de la tarde en una oficina situada en la misma ala del Palacio, no hubiera asistido a sus labores ni hubiera llamado para justificar su ausencia. Al día siguiente, mientras almorzábamos con Trujillo en el comedor de la tercera planta, sonó el teléfono y el coronel Luis Rafael Trujillo se levantó de la mesa para recibir la llamada. Cuando volvió al comedor anunció escuetamente que Marrero había sido hallado muerto en el camino de Constanza. La noticia fue recibida en medio de un silencio sombrío. Trujillo comentó poco después el hecho con las siguientes palabras: "¡Qué accidente tan raro! ¿Qué andaría buscando Marrero por Constanza?" Se te escapa una carcajada y a Cuello le gusta que te rías. ¿Qué se le va a hacer, vamos a ponernos a llorar? Lourdes tenía que ir a televisión para su programa sobre pautas, usos y costumbres del lenguaje y te ofrece salir ante las cámaras como reclamo de tu investigación. «La verá mucha gente, igual se desatan los recuerdos y las lenguas.» Te ha llevado en su coche, sin perder jamás su sonrisa ni su amable compostura criolla. Te habla de años de lucha, cuando José Israel estaba metido en un montón de cosas en las que podía perder la cabeza. Ahora somos observadores. No, no son los años. Es todo lo que hemos aprendido. La política en estas tierras puede ser dramática, pero nunca pierde el carácter de espectáculo tropical. Y a continuación el espacio de divulgación gramatical de doña Lourdes Camilo de Cuello, buenas mañanitas, Lourdes. ¿De qué va a ir hoy? De diminutivos precisamente. Pues qué bien, con lo que me gustan a mí los diminutivos. Advertimos a nuestros queridos telespectadores que, de la mano de doña Lourdes, contamos hoy con la presencia de una eminente investigadora científica norteamericana que ha llegado a Santo Domingo para estudiar, cómo no, pero no para estudiar cualquier cosa, sino para investigar nada más y nada menos que la vida de un desaparecido, de un desaparecido español en misteriosas circunstancias, allá por los años del trujillato. Casi nada. De momento, los dejo con la excelente compañía de doña Lourdes Camilo de Cuello. Lourdes ha recordado un encuentro con alguien en el transcurso de una Feria del Libro de Frankfurt... «... una joven dominicana casada con un alemán, llena de optimismo y deseosa de saber todo lo que pasa en el país. Gina Cucurrullo es su nombre, autora de un estudio sobre museos y sus usos educativos. Tanto ella como Magaly de Kampur, agregada cultural de nuestra embajada en Bonn, estuvieron compartiendo con nosotros en el pabellón de República Dominicana, trabajando con nosotros todo un día. De repente Gina me recordaba cómo hablaban los personajes de algunas de nuestras novelas. Y al recordarlos se lamentaba de pasar mucho tiempo sin oír nuestras expresiones. Le hacía falta nuestro propio vocabulario. Ello me trajo a la memoria ese maravilloso libro que escribiera don Ramón Emilio Jiménez, *El lenguaje dominicano*. Lo tengo en su edición de 1941. ¿Usamos los diminutivos de forma particular? Veamos qué nos dice don Ramón Emilio. Asegura que el sufijo más utilizado por nosotros para formar diminutivos es *ito,* dándole al nombre o al adjetivo connotaciones diferentes. Nuestro "viejito" suele expresar, además, cariño; o "ahorita" dentro de un momento o hace un momento. Y nuestro "cafecito", al cual le damos un toque de afecto, sensualidad y sonoridad con el diminutivo, no importa que lo tomemos en taza grande. De igual manera resulta "un regalito", "un dulcito" o "mi negrito". O aquello de "Está vivito y coleando" o la respuesta a "¿Y ya no bebe?", "Él se tira todavía su traguito". Pero también puede expresar aumento. Cuando una cosa es muy negra decimos "negrecita". O un camino "derechito". Damos un "paseíto" o tomamos un "vinito", no importa la cantidad. Dice don Ramón Emilio que llegamos a poetizar hasta el nombre de la Virgen de la Altagracia, a quien llamamos "La chiquitica de Higüey", con gran cariño, fe y esperanza en ella. Pues qué bueno que esté entre nosotros esta ilustre profesora, y denos ahora un resumen chiquitito sobre el motivo de su viaje a Santo Domingo». Mientras tú te esforzabas en hacer un resumen de la vida y escasos milagros de Jesús Galíndez, la curiosidad de la presentadora iba en aumento, qué bien, la historia de Galíndez no le suena a guerra del Peloponeso, pero ha sido una falsa impresión, porque al final, cuando se han apagado los focos y has dejado de estar «en pantalla», te ha preguntado muy interesada por la marca de perfume que usas. «Huele buenecito, buenecito.» Mientras José Israel ultima la puesta en escena de esta tarde, Lourdes te invita a comer en un restaurante de la zona colonial, a pocos metros del Alcázar de Colón, de la luminosidad dorada de los restos de una monumentalidad de la conquista. En la penumbra refrescante del comedor, mientras desmigas más que comes un pescado con coco, Lourdes te ultima el retrato político de la isla. Balaguer será la continuidad hasta que se muera. El viejo galápago ni hace ni deja hacer, pero tal vez sea eso lo que la gente prefiera, mientras los progresistas se dividen y despedazan, ahora de palabra, y la izquierda padece la misma falta de modelos que en cualquier otro lugar de la tierra. Quién lo iba a decir. Los yanquis vigilan de cerca esta reserva turística que jamás ha sustituido en su querencia a lo que representó Cuba hasta la llegada del castrismo. Vienen a desintoxicarse de abundancia en las playas del norte y del nordeste, consumiendo el excedente sensorial de estas tierras y estas gentes. Lourdes te habla como si tú no fueras una yanqui y no sabes si agradecérselo o deprimirte. ¿Qué eres tú? ¿Qué cultura te cobija? ¿A la sombra de qué memoria colectiva crece tu memoria rota, balance ya de una juventud insuficiente? Tu marido abandonado o abandonante es casi un resto de naufragio, de museo interior. Tu amante chileno exiladísimo está en la sala de antropología sentimental de ese museo, como tu familia mormona, y solo tu padre, tu terrible padre, figura en una sala aparte a la que acudes de vez en cuando para quedarte triste o perpleja o echarte a reír por tantas tonterías que llegaron a ser cadenas de tu vida. Cuando sales del museo de tu vida insuficiente, entras en la Biblioteca Galíndez y ni siquiera el esfuerzo sobre este puzle te llevará a la reencarnación de tu deseo profundo. Lo más que conseguirás será imaginarle hasta las últimas consecuencias de la imaginación, calcar su vida con una rebelde tinta simpática que aparece y desaparece y te recuerda que eres una intrusa en la vida de Galíndez o en la historia de España, de los vascos, de Santo Domingo. Haga una siesta, de lo contrario llegará deshecha a la noche y José Israel suele montar escenificaciones muy intensas. Le dices que prefieres callejear a pesar del calor, que no es peor que el de Madrid en agosto, y te deja discretamente sola después de haberte insinuado que estaba a tu disposición como guía sin que te dieras por aludida. Calle El Conde arriba, calle El Conde abajo, tus pies buscan sobre el desigual empedrado de las aceras las huellas que Galíndez dejó en sus paseos entre colores y olores parecidos, agigantados por su nariz de europeo fugitivo y por la virginidad de los trópicos en los años cuarenta. O tal vez te condiciona la rememoración de todas las películas que tus paisanos han hecho a costa del *typical* caribeño: *Tener o no tener*. ¿Por qué a veces la imagen de Humphrey Bogart se te superpone sobre la de Galíndez? ¿Hasta qué punto no te estarás contando una película? Luego en Lovatón 8 escrutas la fachada del chalet que parapetó buena parte de su vida en Santo Domingo y recibes un mensaje telúrico de desarraigo, se apodera de ti una voluntad de huida unida a la sensación de estar de paso que supones fue la vivencia dominante en Jesús Galíndez mientras estuvo en esta ciudad. Pero él llevaba el País Vasco en el cerebro y tú ni siquiera llevas la piel de tu último amante, Ricardo, pobre Ricardo, seducido y abandonado. El taxista te deja en la esquina ahora casi desierta de algunos de los encuentros de Galíndez con su contacto del espionaje yanqui y solo hay una negra columpiándose en un balancín, viendo sin ver, acumulando imágenes sin clasificarlas, a diferencia de ti, constantemente aplicada a clasificar lo que ves, lo que sabes, lo que sientes, como si todo lo redujeras a fichas del espíritu. Hay un contraste entre lo rutinario de este viaje, una fase más de una larga investigación, y la sensación que tienes de estar dando un salto hacia una orilla desconocida, tal vez sea la angustia por lo que pueda pasar con la beca, las amenazas que te ha transcrito Norman, pobre Norman, siempre tendrá alma de animal doméstico, aunque se disfrace de Supermán media hora del día, como si fuera media hora de gimnasia sueca para envejecer con dignidad, media hora de imaginación crítica, de memoria o de deseo crítico, solo media hora, una terapia para seguir siendo animal doméstico. Al menos tú no has sido un animal doméstico. En aquel viejo Santo Domingo, Galíndez debía recibir de las inmediatas piedras de la iglesia de Altagracia o del hospital de San Nicolás de Bari la impresión de pasado monumental desnudo en la iglesia, arruinado en el hospital, una arqueología bajo la amenaza de la venganza del trópico contra las piedras demasiado rotundas. Calle Lovatón abajo hacia el Panteón Nacional o calle Lovatón arriba, hacia la iglesia de las Mercedes. Son edificios hermosos pero exiliados en el tráfico, con los que Galíndez debió de establecer una especial relación de afecto. El sol se ceba cruelmente contra las fachadas rebozadas de blanco de las calles que conducen al Alcázar y un sudor pegajoso y salado te empapa hasta detenerte y ansiar el aire acondicionado del Sheraton. A los yanquis siempre os queda el recurso de volver al Sheraton o al Hilton. En todas partes se ha construido algún refugio contra la realidad al que podáis volver, al que vuelves sobre la parsimonia de un taxi de cuya radio sale una canción de El Puma. Se eterniza el recorrido, la espera del ascensor, la longitud del pasillo, y te zambulles en la atmósfera prefabricada de tu habitación como el náufrago del desierto cuando llega al oasis. Te has despellejado de tu ropa sudada y te has palpado desnuda y húmeda, extrañamente fría, con la recia piel de pelirroja humillada por la humedad del trópico. Sobre la cama, tan larga como eres, ¡qué larga eres!, se quejaba Ricardo, te acaricias como si fueras tu mejor amiga, pero no lo eres. Te has despertado dos horas después con la angustia enquistada de llegar tarde a alguna parte, pero el reloj te ha dado tiempo, mucho tiempo para ponerte el biquini, bajar a la piscina y practicar los cuatro estilos como si estuvieras examinándote de natación escolar. Te persiguen algunas miradas oscuras de hombres oscuros y macizos y de mujeres oscuras y gordas y en cambio la mayoría gringa que se baña en las copas de sus combinados afrutados apenas si repara en ti. Para ellos eres un punto más en la retícula de su propio turismo y desconocen tu apuesta con la vida y la muerte de un hombre que carece hasta de sepultura. Es entonces cuando comprendes la razón de ser de tu largo viaje, ese secreto casi exclusivo, que solo compartes funcionalmente, como si Galíndez a veces fuera un oso de peluche, un animal sintético, compañero de cama al que agarrarse cuando llegan los sueños o las pesadillas. Atardece y estás en paz con el calor de tu piel y el frío de tus pensamientos. Te pones sobre el cuerpo desnudo un vestido de una pieza, color malva, que te ciñes a la cintura con un cordón dorado y calzas sandalias doradas para pisar las aceras interiores del Sheraton en busca de la línea del mar y de las exposiciones callejeras de los pintores haitianos, la única emigración que Santo Domingo ha aceptado siempre de la vecina Haití porque la ha convertido en un reclamo turístico. Las pinturas se amontonan y se valoran según las firmas y los tamaños y la cantidad de materia plástica que han requerido las acumulaciones de vegetación, frutas, animales y negros que recorren senderos cárdenos entre selvas claras. Ni un blanco, ni siquiera en un rincón del cuadro. Para los pintores naïfs haitianos, los blancos solo son compradores de sus cuadros, nunca protagonistas de su pintura ritualista. Le regalarás uno a Ricardo. ¿Cuándo se lo darás? ¿Volverás a España? Si alguna vez volvieras buscarías el refugio de los Migueloa, el bosque modificado, o la estela sonora de la canción de Laboa. No, no debe asustarte el invierno, aunque ahora sea verano, porque el presente permanece en el futuro, como una cadena, como una cadena quieta, y tampoco deben asustarte los futuros fríos, al amanecer, los campos encharcados, cuando todo parece una naturaleza sin vida, porque el corazón conserva la luz de los soles que se fueron y en los ojos permanecen los recuerdos del pasado, tampoco debe asustarte la muerte porque los sarmientos traerán el vino nuevo y nuestro presente asentará el mañana de los otros. Ya tienes motivos para llorar por dentro, pero aún te provocas más llanto con la última estrofa, no me entristece recoger las últimas flores del jardín, el andar sin aliento más allá de todo límite, buscando una razón, el humillar todos los sentidos a la luz del atardecer, ya que la muerte trae consigo un sueño que apaciguará los sueños para siempre. José Israel Cuello te sorprende ante el helado de leche de guanábana y un vaso de bourbon alargado por el hielo y el agua. ¿Ya empieza a entonarse? La noche es larga. Lourdes nos espera en el Instituto Dominicano de Cultura Hispánica, haremos el acto en el jardín y luego tenemos una cena en casa. Prepárese a creer solo la mitad de lo que le digan, he convocado a gente interesante, pero también a algunos galápagos del trujillismo pasados al balaguerismo. Te recita una lista de convocados y aceptantes en la que te suena el nombre de Palazón. ¿No colaboró con Galíndez en su etapa de asesor jurídico laboral? Sí. Era un joven revolucionario que luego renegó de su revolucionarismo y se pasó a Trujillo. Con los años se ha quedado en el famoso justo término medio. Luego, ya de vuelta al hotel, recuperarás tus papeles «dominicanos» para encontrar la fotocopia de un artículo de Palazón publicado a raíz de la desaparición de Galíndez e intencionadamente enviado por Sánchez Bella al director general de Política Exterior. «Galíndez, el católico sin escapulario. Su labor de corrupción política en nuestro medio. Por José Miguel Palazón». «Se cuenta que el doctor Antonio Román Durán, comunista español que decía ser médico psiquiatra, cuando se disponía a abandonar la República Dominicana, en busca de climas políticos más gratos a su sensibilidad marxista, le dijo con una sonrisa de esperanza al "camarada"

José Antonio Bonilla Asiles: "Nos vamos; pero la semilla está prendida."

»Román Durán y Bonilla Asiles se encontraron luego en Guatemala, en donde aquella "semilla" ofrecía con prodigalidad su fruto agrio de discordias sociales y de perturbaciones interamericanas. Al estrecharse las manos burguesas con pretensiones proletarias, como agentes del mismo gobierno comunista que entonces dolía a la notable tierra del Quetzal, tuvieron que celebrar, complacidos, la frase con que secretamente sellaron su despedida en Ciudad Trujillo.

»La frase, desgraciadamente, tenía su carga de trágica certidumbre: la semilla comunista estaba prendida.

»Cuando el oleaje de la tormenta española arrojó hasta nuestras playas la inmigración de refugiados españoles era justo pensar que estos pagarían, si no con gratitud al menos con respeto y comedimiento, la hospitalidad que se les brindaba en su hora más aciaga.

»Con las honrosas excepciones de los españoles que con cariño y respeto recíprocos convivieron con nosotros, algunos de los cuales han permanecido confundidos armónicamente con el pueblo dominicano, la resaca española nos dejó lo peor: políticos, comunistas y anarquistas, a quienes la tragedia emponzoñó viejos odios y rencores.

»Los comunistas vinieron directamente a lo suyo. En París, antes de marchar hacia la República Dominicana, recibieron las últimas consignas de la Tercera Internacional Comunista.

»Unos, obreros y agricultores para el mejor cumplimiento de las instrucciones secretas, marcharon hacia el este de la República, y se establecieron en la colonia agrícola de Pedro Sánchez, sabedores de antemano de que en la zona oriental existían grandes asentamientos de trabajadores en factorías azucareras. Bajo la pantalla de una labor artística y cultural, cumplieron su cometido. Estudiantes como Roberto McCabe Aristy y Dato Pagán Perdomo y obreros como Justino José del Orbe quedaron envenenados para siempre por el virus marxista que les fue inyectado entonces.

»Otros, los llamados intelectuales, lograron filtrarse en nuestra secular universidad. Su misión era sencilla en apariencia; de complicados y nefastos resultados en sus previsibles consecuencias: catequizar en el dogma del marxismo a jóvenes estudiantes universitarios.

»Penoso es tener que confesar que en su tarea antidominicana y criminal, los comunistas españoles encontraron la complicidad secreta de un traidor dominicano: J. A. Bonilla Atiles, quien en su culpable duplicidad política −loas y alabanzas a Trujillo en la prensa y en la tribuna, en una fase pública de su actividad; y en la secreta, cenagoso contubernio con los enemigos de la patria, la religión y el hogar dominicanos− encontró el auxilio de un joven catedrático, el doctor Moisés Bienvenido Soto Martínez, pariente y protegido suyo, quien después de realizar su labor embarcó hacia Puerto Rico, y participó luego en la trama de Cayo Confites.

»Entre esos falsos intelectuales españoles se encontraba Jesús Galíndez o Jesús de Galíndez, como se hizo llamar luego en los Estados Unidos de América; pero a quien por su constante histrionismo y por su afán exhibicionista, el humor público bautizó con el remoquete de "payaso vasco".

»Arribó Galíndez a tierra dominicana, sin más equipaje ni recursos que el traje sucio y deshilachado que mal cubría su cuerpo.

»Encontró en tierra dominicana lo mismo que los demás refugiados españoles, que por mor de los generosos y ecuménicos sentimientos del Generalísimo Trujillo fueron abrigados por nuestra hospitalidad, todo cuanto un ser humano podía desear para reconstruir su rota existencia, para que renaciera en su espíritu la perdida alegría de vivir: pan, techo, cariño, consideraciones, sentido de la importancia personal.

»Agradeció todo esto Galíndez, con la gratitud que es típica en los comunistas.

»Jesús Galíndez llevaba su propia autobiografía a cuestas. Aquellos que le conocimos −de esto podemos ofrecer fidelísimo testimonio cuantos entonces frecuentábamos círculos universi-

300

tarios e intelectuales– llegamos a sentir que la presencia de Galíndez se hacía cada vez más intolerable por su vanidad desbridada, por su yoísmo narcisista, por su megalomanía, que no sabíamos si derivaba de un concepto totalmente equivocado de sí mismo, o de una inferiorización –error de un espíritu desequilibrado– que hacía de aquellas personas que tuvimos el deshonor de conocerle y de tratarle.

»Galíndez se decía sencillo. Una sonrisa interior provocaba oírle hablar de sus hazañas en la guerra, apenas igualadas por las del Cid y don Pelayo. Claro que de sus crímenes de comunista, entre los cuales se contaban los once mitrados que masacró en España, jamás dijo una palabra.

»Hablaba de su honestidad. Pues bien, de todos es sabido el fraude, que por unos cuantos pesos cometía, como autor principal junto con estudiantes mediocres, a quienes con la ayuda de diccionarios y de otros catedráticos, tan poco escrupulosos como él, les redactaba las tesis y seminarios que debían presentar en las Facultades de Filosofía y Letras y de Derecho.

»Alardeaba de su catolicismo fervoroso. Nadie jamás le vio con un escapulario en la mano, ni entrar en una iglesia, ni musitar una oración. En cambio, no solo se hizo culpable de abominables crímenes en España en la persona de indefensos sacerdotes, sino que en nuestro medio arrancó criminalmente su fe religiosa a muchos jóvenes estudiantes, cuando inyectó en sus espíritus el virus marxista. Lo del catolicismo de Galíndez es una de las tantas añagazas de que se valen los comunistas para capitanear grupos y auparse a puestos directivos en asociaciones, a veces las más alejadas de toda militancia política.

»Los vascos son de sentimientos católicos. El que a sí mismo se había designado "Jefe del grupo vasco en la República Dominicana", ¿cómo podía decir que lo era, si no proclamaba su catolicismo, tan falso como que tan sagrado sentimiento no puede coexistir con la doctrina satánica del comunismo?

»Por último, Galíndez se proclamaba, con prosopopeya de colegial, "demócrata liberal". ¡Un comunista!

»Personero del régimen imperialista más cruel y arbitrario

de todo el planeta, Jesús Galíndez, o Jesús de Galíndez, se presentaba como un hombre sencillo, honesto, católico y demócrata. Y sin embargo, en nuestro medio, dejó el rastro pestilente de su ideología marxista, negación de toda sencillez, de toda honestidad, de todo catolicismo y de toda democracia.

»En la Universidad de Santo Domingo cumplió Galíndez las consignas comunistas que trajo de París. Y las cumplió cabalmente.

»Jóvenes estudiantes como Francisco Alberto Henríquez Vázquez (a) Chito, Félix Servicio Ducoudray Mansfield, María Herminia Ornes Coiscou (Maricusa), Rafael Moore Garrido y otros fueron fanatizados en el comunismo por el artero catedrático, que como "vasco, sencillo, honesto, católico y demócrata" podía pasar, sin que nadie sospechase ni confundiese, entre la gente decente de la República, que ingenuamente le hizo puesto a su lado.

»Dijimos que nadie jamás vio a Galíndez en una iglesia.

»Pero las autoridades dominicanas pudieron comprobar que era un asiduo concurrente a los conciliábulos secretos en los que el mal llamado "Partido Revolucionario Democrático Dominicano" y la alocada "Juventud Revolucionaria" fraguaban los planes terroristas más descabellados.

»Jesús Galíndez era el mentor de esos jóvenes, el corruptor de tanto espíritu virgen, perdido para siempre para el estudio y para el trabajo honesto, al conjuro del calor morboso del comunismo de un hombre que, llamándose a sí mismo representante del pueblo vasco, no mancilla, pero sí insulta una de las colectividades más rancias, nobles y virtuosas de Europa.

»Comunista, a Jesús Galíndez, en vez de amor y gratitud, odio le inspiró el pueblo que ha soldado su pensamiento y su acción al pensamiento y a la acción de su gran Líder, el Generalísimo Trujillo, para construir una vibrante unidad de fuerza contra la cual se han estrellado y continuarán rompiéndose las embestidas del comunismo. Necesitaban a la República Dominicana como base indispensable para convertir el Caribe en un lago soviético. Trujillo los hizo fracasar. Eso no lo perdonarán los comunistas, llámense Galíndez, Arciniegas u Ornes Coiscou.

»Por eso a los dominicanos nos tiene sin cuidado cuanto hayan dicho o puedan decir los comunistas en su lenguaje rastrero y libeloso. Por eso, porque son comunistas.»

Cuando avanzabais hacia el Instituto Dominicano de Cultura Hispánica, este artículo era un impreciso montón de párrafos inconexos, para de pronto convertirse en la presencia exacta de su autor treinta años después. Es ese anciano pulcro y cortés que te han presentado en cuarto o quinto lugar, en el ambicioso zaguán de entrada del caserón colonial, entre otras presentaciones del criollismo cultural, familiares algunos de los Cuello, todos presentes en el quehacer intelectual y periodístico de Santo Domingo. Aquel es el pretendido hijo de Galíndez. Y tus ojos viajan a una velocidad superior a la normal para encontrar a un treintañero de mediana estatura, algo recio, ceremonioso y emocionado por este acto que va a dignificar la memoria de mi padre, pronuncian sus labios, aunque quizá no lo digan sus ojos. En el jardín, encajonado por los rotundos sillares de la casona, a la sombra inutilizada por la noche de las palmeras, se han dispuesto hileras de sillas plegables en las que van tomando asiento los convocados y sus abanicos. La noche y el calor están altos, lo compruebas cuando quieres superar tu razonamiento, sentada en la presidencia, junto a dos de los oradores, Cuello y una autoridad cultural local. A tu izquierda un pupitre aguarda futuras oratorias y a ti te toca empezar tras un breve preámbulo que te presenta como una empecinada defensora de la memoria de Galíndez, reclamo ante el que asiente la cabeza redonda y la mirada plana de su supuesto hijo. A ti te toca. Se apodera de ti el embarazo de un examen, la duda de que pueda interesarles lo que a ti te interesa, la sensación de que, salvo para los más viejos, Galíndez es una mínima sombra de las crueldades del trujillismo que solo vivieron en la infancia o la adolescencia. Pero quizá haya sido la crueldad más exportada, y poco a poco te serena y ratifica el interés que demuestran sus caras y te escuchas a ti misma casi creyendo en lo que dices.

Omites nombres para no herir tal vez a algunos de los presentes, posibles colaboradores en la cacería, aunque fuera como ojeadores, o sus descendientes. La ética de la resistencia, concluyes, es algo más que una situación historificada. Es un principio, una actitud ante el poder, porque el poder es connaturalmente sospechoso, y no digo esto como un eco del pensamiento anarquista, sino como una constatación empírica. Todo poder tiende a ensimismarse y a autolegitimarse desde ese ensimismamiento, aunque sea el poder democrático. Era una de las tesis preferidas de Norman, la primera que te inculcó, y le gustó al público, que aireó la noche con sus aplausos. Y Palazón te estrecha la mano efusivamente al tiempo que se levanta, deja que amainen los aplausos y va a su vez hacia el pupitre sobre el que dispone algunas cuartillas. Se calza las gafas, levanta el brazo derecho, retiene la respiración y finalmente irrumpe en el ámbito con una voz demasiado enérgica para sus setenta años cumplidos. Vengo a glosar la memoria de un hombre ejemplar, uno de aquellos españoles que vinieron a sembrar la semilla de la democracia que inútilmente habían tratado de cultivar en su propia patria. Y lo puedo hacer yo porque tuve el honor de conocer a aquel gran hombre, en mi condición de joven abogado que de alguna manera participó en las huelgas del azúcar de 1945 y que a la larga costarían la marcha de aquel gran vasco, Jesús de Galíndez. Trabajé a su lado y me transmitió la seriedad y la seguridad de un luchador histórico, de un luchador indesmayable, titánico, colosal... colosal... colosal... La voz de Palazón ha perdido fuerza. Su brazo corta la noche con menos brío, paulatinamente, hasta dejar de ser aspa y convertirse en garra aferrada al pupitre. También su otra mano se adhiere al pupitre mientras el cuerpo primero se arquea, reteniendo el aire, rompiendo la palabra colosal que sus labios ahora apenas musitan. Estás fascinada por el arranque y por este repliegue sobre sí mismo del viejo superviviente, pero de pronto captas que no es un recurso gestual, lingüístico, lo que le encoge, le encorva sobre la mesa, porque el cuerpo empieza a ladearse hacia la izquierda y algo parecido a un estertor sale de sus labios, lo suficientemente claro como para que te levantes y llegues a él a tiempo de frenar su derrumbamiento. No puedes con este cuerpo casi muerto y pides con los ojos ayuda, la voz no acude, la voz la tienes impedida bajo una capa de angustia. Otros brazos te ayudan a frenar la caída de Palazón y entre ellos y los tuyos le trasladáis a una silla, donde queda como un pelele roto, con la boca torcida y la mirada perdida en alguna galaxia que vosotros no veis. Hay más silencio que urgencia a su alrededor, y cuando tú reclamas un médico, no hay excesivos apresuramientos, como si también esto hubiera estado previsto o fuera previsible. Pero alguien ha sido diligente para reclamar una ambulancia, mientras tus manos deshacen la corbata del viejo suavemente jadeante, le abren la camisa para verle una respiración entrecortada y adquiere sentido la palabra que repetidamente se pronuncia a tus espaldas. Una hemiplejía. La ambulancia llega con una lentitud tropical, y sobre la camilla el viejo Palazón es un animal herido y asustado que pide piedad a su propia biología. Pero no hay emociones solidarias entre los asistentes y una voz, una voz cuyo propietario no delimitas, declama. O ha sido la venganza de Trujillo o la de Galíndez. Incluso hay sonrisas leves en algunos rostros, y cuando tú insinúas la necesidad de suspender el acto, ir al hospital, hacer algo que os permita salir de este escenario de vudú, recibes una amable denegación, sobre todo del segundo orador, de parecida edad a la de Palazón y más preocupado por lo que va a decir que por lo que acaba de pasar. Y mágicamente las gentes vuelven a sus sillas, la situación a su lógica, el orador a su ansiada proclama de fidelidad a la memoria de Galíndez, tú a la presidencia del acto, mientras la ambulancia atraviesa blanda la noche blanda transportando a un hombre que puede morir porque ha hecho trampas a su propia memoria. El orador está brillante, eficaz y cáustico y en ningún momento se refiere al reciente accidente. Tampoco hay excesivos comentarios cuando el público se convierte en gentes dialogantes que comentan el interés de tu trabajo y lo excesivamente olvidado que está Jesús Galíndez, aunque se le diera su nombre primero a una calle pequeña y luego a otra con más

305

posibles en el ensanche Ozama. ¿Aún no la ha visitado? No he tenido tiempo, acabo de llegar. ¿Dispone de muchos días? Tendría que viajar por la isla, ir hacia las playas de Guayacanes y después subir hacia San Pedro de Macorís y La Romana o atravesarla en busca de la zona tabaquera. La frontera de Haití es muy hermosa y hay playas en el norte bien salvajes, que yo casi prefiero a las del oeste. Hay opiniones enfrentadas que os retienen y el último en reteneros es el hijo de Galíndez, esta vez sus manos están aún más calientes y sus ojos tratan de transmitirte una solidaridad hecha especialmente a la medida de tu propia solidaridad. Estoy emocionado por lo mucho que pelea usted por la memoria de mi padre. Te lo repite tres veces, mientras José Israel tira de ti cogiéndote suavemente por uno de los brazos. O nos vamos ahora o no nos vamos nunca, comenta aprovechando el despegue de Galíndez Jr. Lourdes ya está al volante del coche. Hay que pasar por el hospital, musita José Israel, y no se añaden más comentarios hasta que tú los provocas. ¿Por qué la frialdad de la gente? ¿Por qué han tardado tanto en reaccionar ante el ataque? Aquí todos nos conocemos, Muriel, y quien más quien menos pensaba que era lógico que Palazón había tentado demasiado a su propio cerebro, mintiendo a Galíndez o mintiendo a Trujillo. Defiendes a Palazón como si fuera necesario defenderle. Ha tenido el valor de asumir su pasado y le constaba que todos los allí presentes lo conocían. Esto es cierto, asienten Lourdes y José Israel. Es en el hospital donde percibes por primera vez esta penumbra amarilla del trópico pobre, en contraste con el esplendor diurno bajo las luces más totales. En la puerta de urgencias merodean los parientes de Palazón, están tristes pero gentiles, gentileza que te sorprende porque te consideras indirectamente culpable de lo sucedido. Sigue estabilizado. Dentro de lo malo no parece ser lo peor. A estas edades, las emociones... Es un diálogo convencional de hospital, velatorio o entierro. Este hombre puede morir esta noche y no es el que más debe merecerlo. Los verdugos directos estarán a estas horas contemplando la televisión, unificados por otra misma penumbra amarilla, y en cambio el que se ha roto es este viejo que ha vivido demasiado tiempo con dos verdades dentro, José Israel filosofaría luego camino de su casa. Se rompió, sí, se rompió, y es que el acto a la vez le hacía ilusión y le ponía nervioso. Asumió demasiada responsabilidad al prestarse a pasar por este trago. Los Cuello viven en una casona colonial en la que os esperaban parte de los asistentes al encuentro y amigos y familiares que comentaban sus incidencias cuando habéis llegado. Hay cierta curiosidad por lo que le haya podido ocurrir a Palazón pero mucha más por preguntarte cosas de tu trabajo, de España y sorprenderse por lo bien que hablas español. En Santo Domingo siempre hemos estado muy preocupados por nuestra habla, te ha comentado un profesor de universidad, porque tenemos el complejo de haber reducido demasiado nuestro vocabulario. El doctor Antonio Zaglul, un brillante comentarista de temas dominicanos, sostenía que cualquier orador dominicano, por más inteligencia que tuviera, siempre producía la impresión de que las palabras se le habían perdido por el área de Broca, la parte del cerebro donde residen los centros del lenguaje. Usted puede adivinar la profesión de la persona que habla porque recurre al vocabulario de su especialidad, si es médico utilizará vocablos médicos y si es político, del sector de políticos intitulados e indocumentados, utilizará palabras a las que les faltan letras, de tan gastadas como están. Los comunistas tienen un diccionario marxista que no llega a diez páginas, ¿no es verdad, José Israel? Las derechas son más honestas, como no se atreven a hablar se dedican a palear, son paleros porque son sordomudos. José Israel sonríe y te va abriendo frentes de conversación y vino o ron o whisky o zumos frutales y tú pasas de una a otra conversación, de una a otra bebida, hasta sentirte levitar en este espacio noble donde Lourdes y sus hijos, varones hechos a su imagen y semejanza, actúan de valedores de la sed y el apetito de aperitivo de los invitados. Algunos de los historiadores presentes se han acercado al tema Galíndez y se sorprenden cuando descubren que has leído trabajos como el de Miguel A. Vázquez, *Jesús de Galíndez «el Vasco»,* o las investigaciones de Bernardo Vega sobre la migración española de 1939 y los inicios del marxismo-leninismo en la República Dominicana. Es el propio Bernardo Vega el que te pasa sus últimas compilaciones de correspondencia trujillista, para demostrarte cuánto afectaba al tirano todo lo que pudiera afectar a Ramfis, sometido a tratamiento psiquiátrico como consecuencia de las revelaciones sobre su condición inicial de hijo natural del Jefe. Para Vega, ese fue el detonante de la obsesión criminal de Trujillo contra Galíndez. El dictador aún es una sombra presente, una sombra que a su vez pisa la sombra de la memoria de estos dominicanos cultos que hablan de él como el origen de una era en la que aún viven. Sus crueldades son ahora anécdotas, como ese uniforme de tirano, oficialmente decretado en 1947, con una casaca frac con realces en oro de doce kilos de peso y el bicornio con entorchados de oro y plumajes, diríase que de guacamayo, guantes de cabritilla, banda tricolor con colgantes de oro, zapatos de charol con hebilla de oro, ¿cómo podía soportar tanto peso y tanto brillo bajo el sol tropical? *Mi verso no tiene brillo / ni mi palabra emoción / al verme frente a Trujillo / que es más grande que Colón,* escribió un poeta español exiliado conmovido ante tanto brillo y plumaje. ¿Conoce usted ese artículo publicado en *La Nación* en que se compara a Trujillo con el Niño Jesús? No tiene desperdicio, se titula «El Milagro ha florecido» y describe la casa natal de Rafael Leónidas en San Cristóbal como el Portal de Belén: «En la naturaleza toda se produce una sensación de éxtasis... una extraña luz ultraterrena fulge sobre la casa antañona, sobre la casa olorosa a trabajo y a santidad... Aquella casa es nuestro Portal de Belén... 24 de octubre de 1891... El milagro se ha hecho carne de gloria... ¡Rafael Leónidas Trujillo y Molina ha nacido!» Los presentes se ríen con educación de su propio pasado, que se proyecta a través del vitalicio Balaguer como su propio presente. De ese pasado les llega el duelo Trujillo-Galíndez como un *fatum* al que no pudo escapar ni el propio Trujillo. ¿Galíndez? Galíndez es un misterio del comportamiento humano. Se interesan por la identidad ideológica de Galíndez y tienes que asumir tu condición de erudita algo alcoholizada, a estas alturas, de rones varios para recordarles un escrito de Galíndez de 1953, publicado en *Gernika,* en el que denuncia un vasquismo de caserío y fueros y reivindica la asimilación del obrero inmigrante porque muchos de ellos, aunque sus apellidos no tengan ninguna «k», aman a Euzkadi y pueden trabajar por su libertad y bienestar. Y añade Galíndez, la única manera de enfrentarse al comunismo es ofreciendo mejores soluciones y nosotros los vascos podemos basarlas en la tradición del pueblo, que hasta ahora vivió bastante bien, y entre nosotros la evolución puede evitar la revolución, a base de libertad. Interesante discurso. Esclarecedor. Y muy nuevo, muy nuevo en aquellos tiempos de fanatismo. José Israel sigue siendo una esfinge hasta que considera agotados los preámbulos y ayuda a Lourdes a meter a los invitados en un patio central donde espera el buffet de platos dominicanos y las mesas a disposición de los comensales. La bebida te ha encharcado el estómago y necesitas desecarlo, por lo que llenas hasta los bordes un plato con variedad de propuestas que Lourdes ha dejado sobre la mesa, habichuelas y arroz, lechón asado, empanadas de carne, ensaladas mixtas, pescado con coco, habas con dulce, casabés, los moros de gandules, el dulce de ajonjolí... Ese dulce debe comerlo sonriendo, porque se llama Alegría. Cultura y cortesía de criollos ilustrados, con un pasado progresista la mayoría, dulcemente aplatanado por los años y la laxitud melosa del trópico. La veo desconcertada, te dice de pronto Lourdes examinándote con sus bonitos ojos brillantes. Le confiesas que aún no has digerido lo ocurrido en el Instituto, la sensación de haber presenciado una fatalidad, algo que debía haber ocurrido tal como ha ocurrido, y la sorprendente pasividad de la gente. Esa es la palabra, pasividad, nos han acostumbrado a la pasividad. Hay una expresión dominicana que dice «estar chivo» y quiere decir mantener desconfianza hacia todo lo vivo y en todas las circunstancias, sobre todo en política, pero también en todo lo demás. Era una tendencia general heredada de nuestra propia historia que el trujillismo no hizo más que acentuar. Desconfiamos de las circunstancias, de las personas, de nosotros mismos. Pero sonríen. Claro que sonreímos. Ser desconfiado no impide ser amable, incluso con uno mismo. Se acerca José Israel y te inquiere tus planes para mañana, aunque te avisa que no precipites un programa, porque hoy habéis echado las redes y seguro que habrán entrado en ellas algunos peces. ¿Y si todo el mundo está chivo? ¿Cómo ha aprendido esta expresión? ¿Lourdes? Usted sabe muy bien que las personas y los pueblos pasan de un rasgo a su contrario. Se cuenta que cuando los españoles llegaron a estas islas encontraron unos perros mudos, no ladraban. Hace años, en la cárcel de La Cuarenta, donde mucha gente fue torturada y luego no salió viva, alguien había puesto un letrero que decía «El pez muere por la boca». Después del trujillismo no hubo apenas catarsis, porque pronto el trujillato se sucedió a sí mismo con la alianza entre Balaguer y los norteamericanos, pero tampoco ha permanecido el mismo miedo que, por ejemplo, vivimos los de mi generación, ni el mismo miedo, ni el mismo valor. Alguien hablará. Estoy convencido de que algunos peces entrarán en la red. En un rincón del patio un grupo ríe hasta las lágrimas los chistes que cuenta el gordo Freddy, un personaje popular en la televisión y amigo de la Cuello. Te acercas y sus chistes tienen en el fondo la melancolía de todos los chistes, se cuenten donde se cuenten, los cuente quien los cuente. José Israel te propone el regreso al hotel adivinando que tu cansancio es superior a tu cortesía y por el camino te exime de hablar dándote algunas explicaciones sobre los asistentes al encuentro y a la cena. Están todos en la órbita progresista, pero con diferentes memorias, y a todos los une la sensación de que hay mucho que hacer y no saben cómo, pero no nos haga caso, el doctor Zaglul escribió que todos los dominicanos éramos unos paranoicos y que gracias a ser paranoicos habíamos sobrevivido. Es la desconfianza de la que le hablaba. Si leemos una noticia en un periódico donde se cuenta que alguien ha muerto, lo primero que pensamos es: le han matado. Fulano se ha ahogado, no, le han ahogado. Zutano se ha ahorcado, no, le han ahorcado. Y es que a lo largo de nuestra historia nos han matado más que nos hemos muerto. Aquí empleamos una expresión que refleja el recelo, decimos que nos quieren «poner un gancho». ¿Tender una trampa? Quizá sea esa la expresión. Hacer una jugada. Quizá. El propio Zaglul cuenta que durante un tiempo fue director de un manicomio, allí había locos encerrados desde antes de 1930, desde antes de la llegada de Trujillo, y sin embargo ninguno de ellos hablaba de política libremente. Todos, incluso los locos, tenían miedo de que les pusieran el gancho. Pero cuando se supera esa prevención, se pasa a su contrario. El deseo de liberarse de la paranoia denuncia la propia paranoia. Recuerdas un fragmento de conversación que José Israel no ha ultimado, al referirse a Trujillo, algo así como que el dictador temía por su vida, temía que le pusieran un gancho. A José Israel le gusta que asimiles tan rápidamente los giros dominicanos de los que te abastece y con mucho gusto vuelve a la frase que dejó inconclusa. Después de un día entre nosotros la entenderá mejor y además hace referencia a dos paranoicos ilustres, el propio Trujillo y Balaguer. Ocurrió a fines de los cincuenta. Trujillo estaba acosado por la oposición interior y exterior, las últimas derivaciones del caso Galíndez, Murphy, De la Maza, y ya había perdido el respaldo de los norteamericanos. Imagine la escena, en un ascensor del Palacio Nacional, las dos tortugas, Trujillo la tortuga dura y Balaguer, la tortuga blanda. Trujillo estaba ensimismado y sin venir a cuento trazó un semicírculo con la mano, un semicírculo alrededor de su cuello, y exclamó: «Yo no creo más que en esto.» O matas o te matan. Había elaborado una filosofía que le daría la razón. José Israel te ha acompañado hasta la recepción para comprobar si ha llegado algún aviso. Tres. Le tiendes las notas y las examina. José Rivera Maculeto, Dante Laforja Camps, Lucy de Silfa. Sonríe y toma nota de los nombres en un papel que ha sacado del bolsillo de la chaqueta. Te devuelve los avisos y comenta que recibas a Lucy de Silfa, es la exesposa de Silfa y seguro que conoció bien a Galíndez en Nueva York. A los otros dos los desconoce y quiere hacer averiguaciones. ¿Me quieren poner un gancho? Por qué no. Mañana por la mañana quieres ir a visitar la calle dedicada a Jesús Galíndez y consigues que José Israel se despreocupe y te deje ir en taxi. Luego en la habitación es cuando has rebuscado entre las notas el artículo de Palazón y lo has leído, casi paladeado con todas las miradas posibles, la de la memoria de esta noche, la de la erudita que sigue el rastro de Galíndez desde hace años, la de cualquier persona con miedo al miedo de los demás. Te has asomado a la baranda de tu terraza y abajo aún merodean, ebrios o excitados, los turistas protagonistas de la barbacoa de todos los jueves, según reza un cartel en recepción. Es la única luz viva en cien kilómetros a la redonda, el resto es una penumbra amarilla que salpica la geografía de la ciudad y la penumbra amarilla que te ha devuelto a la puerta de urgencias del hospital. Has llamado por teléfono para interesarte por el estado del señor Palazón. Una amiga, una amiga extranjera. El señor Palazón descansa. Duerme reparadoramente.

Dama Blanca, yo me preocupo por tu futuro y tú te vas de pendoneo, para que un día de estos te preñe un gatazo facineroso, con carajito rosadito, y te deje hecha un *ecce homo,* dama blanca, o mejor dicho, una virgen, una virgencita coronada por las espinas y la sangre, como te dejó el Hércules de doña Veneciana, que un poco más te saca un ojo, que hay gatos que, más que joder, devoran. Y si te dejan preñada a mí no vengas con las crías, que aquí no cabe ni un gato más, aunque sea tuyo. Ya te he consentido seguir siendo fértil, la única princesa no capada de este reino, y por ser tú, mi preferida, porque me apetece que me des nietos, pero no continuamente, Dama Blanca, que yo ya voy no para viejo sino para muerto, y ¿quién cuidará de todas vosotras, insensatas? ¿Quieren contestarme, desagradecidas? ¿Acaso no saben que yo estoy metido en un trabajo muy, muy arriesgado precisamente pensando en su futuro, en el tuyo, Dama Blanca, pero también en el de todas ustedes? Si un día el viejo Voltaire se muere, las correrán a escobazos o a cosas peores, a balazos, toda esa pandilla de marielitos de mierda con gusto al gatillo y a la caza. ¿Qué les parece el Parque del Buen Amigo? ¿A que no habían pensado en eso? Allí las tratarán como a princesas y no les faltará de nada mientras vivan, dentro de unas reglas, eso sí, porque no se crean que todo va a ser como aquí, que me hacen lo que les sale de la madriguera, desagradecidas, la que me montaron el otro día porque tronó y se pusieron nerviosas. Pero lo de internarlas en el Parque del Buen Amigo solo se producirá en el caso de mi óbito, porque de seguir yo con vida y mermadas mis facultades para darles de comer y limpiarlas o incluso para comer yo solo y ser capaz de limpiarme a mí mismo, primero pasaríamos por la residencia Hartley, que es un gozo de hermosura, esa casa colonial llena de viejos ricos como faraones y como faraones enterrados en el lujo en compañía de sus animales preferidos. Pero ojo, mucho ojo, porque el viejo Voltaire tiene mucha paciencia y mucha bondad, pero se le acaba, como a todo ser humano se le acaba, y no tiren tanto de la cuerda, que puede romperse. Y sobre todo tú, Dama Blanca, que de ser mi preferida puedes pasar al más duro destierro. ¿A que te echo de la mesa y te meto en el frigorífico para que veas lo que puede ser el infierno de los gatos? Me pegaría a mí mismo por haberte dicho esta salvajada, pero es que me sacas de mis casillas con tanto desdén y tanto hacer lo que te pida el cuerpo.

—¿Está rezando, don Voltaire?

—Estoy educando a estas gatitas, que me han salido muy pendejas.

—Es que se le oye como una letanía, como una cosa de cura, don Voltaire.

—Se oye lo que se quiere oír y si en vez de tener medio cuerpo asomado a la ventana lo tuviera donde está el otro medio, yo podría hablar con mis gatos sin que espiaran mis vecinos.

—¿Espiar yo? Es que usted más que hablar predica.

—Y usted ladra.

Cerró la contraventana don Voltaire y amortiguó el crecimiento airado de las voces de la vecina.

—¿Qué le pasa al viejo loco? Cambia de luna como quien cambia de canal de televisión.

Borracha de mierda, borracha de mierda, que solo el olor de tus ingles consigue superar el de tu sobaco, comemierda, desperdicio de clínica, desperdicio de cocina, de letrina, desperdicio, desperdicio, desperdicio. Machacaba don Voltaire las penumbras en las que se había sumido, ajenas las gatas a su indignación, especialmente Dama Blanca, que se lamía una pata y se la pasaba luego por detrás de la oreja desentendida de la tormenta interior de su dueño. Me va a dar algo, que me va a dar. Abandonó el comedor y Dama Blanca dejó su desdeñosa *toilette* para seguirle hasta el dormitorio. Entornó don Voltaire el postigo para tamizar la luz, se descalzó y perdieron seguridad los pasos con los que se acercó a la cama para instalarse en su centro y yacer como una pluma depositada en un almohadón. A su lado trepó Dama Blanca y tras husmearle optó por convertirse en ovillo de gato pegado a un costado de Voltaire, mientras los demás miembros de la colonia penetraban en la habitación y buscaban rincones propicios o habituales para meditar, dormir, relavarse o jugar con sombras que solo ellos veían. El viejo se tapaba los ojos con una mano exánime y con la otra buscaba la textura del pelo de la gata, que cerraba los ojos a cada caricia.

–¿Quieres que te cante una de esas canciones que tanto te gustan? ¿Me prometes que no volverás a escaparte y a darme los disgustos que me das? Que sea la última vez. Te voy a cantar aquella canción que dice: «¡Me gusta mi novia! ¿Por qué?: / por muchas cosas. / Me gusta el salero, ¡y olé!, / que tiene al andar.»

Se había excitado don Voltaire y movía los brazos y piernas al compás de la canción con susto para la gata, que escapó en busca de una zona alejada de los aspavientos de su dueño. Tranquilizado el cantor, trató de restablecer contacto con el animal y al no hallarlo se incorporó sobre sus codos e inspeccionó los cuatro puntos cardinales de la habitación.

–¿Dónde te has metido? Ven, ven, Dama Blanca, te cantaré una canción más suavecita.

Pero la gata no solo no le hizo caso sino que abandonó la estancia y don Voltaire se dejó caer empapado de tristeza. Sus labios canturreaban: «No doy un paso más, / alma triste que hay en mí, / me siento destrozado, / murámonos aquí. / ¿Pa qué seguir así, / padeciendo a lo faquir, / si el mundo sigue igual? / La gente me ha engañao / desde el día en que nací, / las hembras se han burlado, / la vieja... la perdí. / ¿No ves que estoy en yanta /

y vandao por ser un gil? / Cacha el bufoso y... ¡chao!... / ¡Vamos a dormir! / No tengo ni rencor / ni veneno ni es maldad, / son ganas de olvidar, / terror al porvenir. / Me han dado vuelta a mirar / y el pasao me hace reír. / ¡Las cosas que he soñao! / ¡Me cache en die, qué gil! / Plantate aquí no más, / alma otaria que hay en mí. / ¿Con tres por qué pedir? / Más vale no jugar. / Si a un paso del adiós / no hay un beso para mí, / cachá el bujoso y... ¡chao!, ¡vamos a dormir!». La canción le entristeció los ojos hasta la llorera y se dejó llevar el viejo por la aflicción hasta el nacimiento de un llanto roto, interrumpido por palabras de autocompasión, llamamientos a la madre y al padre, a fotografías que se le rompían en los ojos, que se le mojaban en los ojos antes de sumergirse en aguas mezcla de olvido y recuerdo. Será la muerte un sumergirse, lentamente, mientras los otros bogan por un mar sin orillas, recitó don Voltaire, y el alma de poeta sustituyó al alma de llorón y cuando más buscaba imágenes afortunadas con las que impresionar a sus gatos no preferidos, pero sí más felices, el llamado ronco del portero automático le hizo añicos el zoo de cristal de lágrimas que aún tenía en los ojos y en la cabeza. Lo que había sido depresión ya era recelo, tardó el viejo en reaccionar. Pero cuando lo hizo saltó con ligereza impropia y se fue a la cómoda en busca de la pistola mientras repetía un inaudible ya va, ya va que le marcaba el ritmo de su búsqueda. Se la metió entre el cinturón y la camisa en el costado y llegó al interfono situado junto a la puerta.

–¿Quién es?

–¿Vive aquí Voltaire O'Shea Zarraluqui?

–Vive.

–Traigo un mensaje y espero respuesta.

–Póngase en el centro del patio interior, que yo pueda verle.

–OK.

Un negrazo, un negrazo yanqui con más casco que cara, un mensajero con la marca de la Compañía en el pecho de una camiseta amarilla. Se calzó Voltaire, se puso la chaqueta y acomodó la pistola en uno de sus bolsillos. Ya va, ya va, que no le dejan a uno ni descansar, ni ensoñar, ni estar triste, joputas. Estaba el mocetón en jarras más allá de la puerta cerrada y al verle despegó una mano para enseñarle el sobre con el mensaje. Abrió un breve resquicio el viejo, lo suficiente para pasar el brazo izquierdo, mientras la otra mano acariciaba la fría piel acanalada de la culata. Ya poseedor del mensaje, cerró la puerta. «Urgente. Asunto seguro y disposiciones subalternas. Fergusson and Brothers, Abogados. 4 posmeridian, 63 NE 125th Sr. Robards.»

—¿Qué respuesta espera?

—Si puede ir le acompaño. Falta media hora.

No tenía suficiente cara el negro como para que Voltaire captara una respuesta que no daban los labios.

—¿Me va a llevar en moto? ¿Cree usted que yo tengo edad para yincanas?

—Le esperan en un coche, un Ford beige. Dos manzanas más allá, en esta misma calle.

El negrazo le enseñaba ahora una tarjeta donde le bastó leer un nombre: Development Agency.

—Denme tiempo para vestirme, no voy a ir enseñando las vergüenzas.

Misión cumplida, el mensajero dio una vuelta completa sobre sí mismo y se marchó contoneándose. Voltaire pensó que era un maleducado pero tenía caderas de potro y remontó los escalones hasta su casa. Corrigió su atuendo ante el espejo y distribuyó algo de maquillaje por las arrugas del rostro, se echó colirio en los ojos y, cuando ya se marchaba, Dama Blanca buscó el contacto con sus perneras.

—¿Ahora te acuerdas? ¿Quieres hacer las paces? Ya hablaremos largamente en cuanto vuelva. Y nada de escaparse.

Salió a la calle, vio a lo lejos el coche aparcado junto a la acera, tratando de percibir cuántos iban en él. Uno solo y conduciendo y no era uno, sino una, porque solo una mujer podía llevar aquella melena rubia y lacia. Se tranquilizó, pero aún dio un rodeo para distinguir al conductor desde la otra acera. Era una mujer, blanca y muy rubia, tal vez demasiado blanca y demasiado rubia, que ya había adivinado su presencia al otro lado de la calle y le sonreía propiciamente.

317

–¿Es usted Voltaire O'Shea?

–Vuélvalo a decir, mi amor, que en su boca suena muy bonito.

Lo repitió ella sin ascender la sonrisa a la categoría de carcajada y, algo envarado por su escaso éxito, tomó asiento Voltaire junto a la rubia. Durante todo el viaje le contestó con monosílabos y sonrisas. La última quizá la más amplia y duradera.

–¿Me espera usted?

–No es mi problema. Supongo que otros le atenderán.

Ante Voltaire se alzaba un edificio de oficinas de medio pelo, un edificio maltratado por los climas y escasamente cuidado al que él no hubiera ido a buscar un abogado. La negra recepcionista tenía estatura de watusi.

–Cómo has crecido, mi amor, desde el último día que te vi.

–¿Me conoce?

–No. Pero seguro que de haberte conocido te habría dicho lo mismo.

Masculló la muchacha algo ininteligible y le abrió marcha hasta una oficina tan convencional que hasta tenía el espejo de la puerta biselado. En el despacho un calvito rubianco amestizado consultaba los papeles sorprendidos en una carpeta abierta y Robards desparramaba su anatomía por un extraño asiento que parecía una hoja de col morada, en una mano sostenía un vaso largo lleno de bourbon con hielo y solo utilizaba un dedo de la otra para hurgarse el interior de una oreja. La puerta se cerró a espaldas de Voltaire y ninguno de los dos hombres le dedicó especial atención. El calvito extendió un brazo y le mostró otra hoja de col morada para que se sentara.

–Me da miedo. Parece una planta carnívora y yo soy muy pequeñito.

El calvito prosiguió el examen de los papeles y Robards le dedicó una mueca que podía ser amable. Había perdido la relajación y se inclinó hacia el cuerpecillo de Voltaire, achicado en el seno del sillón que le engullía.

–Cuando consiga estabilizarse empezaremos a hablar. El tiempo apremia.

318

—Esto no es un asiento, es un pantano.

Recurrió Voltaire a la provisional solución de sentarse en el borde y evitar las arenas movedizas del interior y dedicó a Robards la mejor de las atenciones.

—Sus deseos se han cumplido.

—¿Todos?

—Todos. Si no recuerdo mal eran paga vitalicia de dos mil quinientos dólares...

—Qué miseria.

—Usted fijó la cantidad. Sigamos. Plaza en la residencia Hartley en caso de no poder valerse por sí mismo. Protección a sus gatos, que podrán vivir con usted en la residencia Hartley y cuando usted fallezca pasarán al Parque del Buen Amigo, donde serán atendidos hasta su defunción.

Robards volvió la mirada hacia el hombre ensimismado de detrás de la mesa y convocó su atención.

—Ahora le toca a usted, Mr. Fergusson.

Se puso una sonrisa de hielo en los labios delgados y sin mirarlos empezó a leer un documento.

«En Miami, a tantos de tantos, de una parte la empresa Development Agency y de otra Voltaire O'Shea Zarraluqui residente en etc., etc.

»Acuerdan que, en concepto de compensación por los trabajos aportados por Mr. Voltaire O'Shea a la Agencia, esta se compromete a garantizarle el pago total de una póliza de seguros que le permita el cobro de dos mil quinientos dólares mensuales.

»En el caso de que Mr. O'Shea sea considerado incapaz de cuidar de sí mismo, será ingresado en la Residencia Hartley de Tamiani Park, en compañía de los animales domésticos de su propiedad, con gastos a cargo de D. A.

»La Agencia se compromete igualmente a que una vez fallecido Mr. O'Shea los animales domésticos que le sobrevivan ingresen en el Parque del Buen Amigo, donde serán atendidos hasta su muerte.

»En Miami, a tantos de tantos...»

—¿Puedo leerlo yo?

El calvo le tiró el papel y Voltaire lo cazó al vuelo. Lo examinó casi pegándoselo a las pestañas y cabeceó contrariado.

—Dos mil quinientos dólares hoy pueden ser una miseria mañana. Quiero que se tenga en cuenta aumentarlos según la inflación.

—No hay problema.

Se anticipó Robards a los reparos del abogado.

—¿Eso es todo?

—No. Aquí hay gato encerrado.

—Nunca mejor dicho, don Voltaire.

—Muy gracioso, pero no me gusta la manera de tratar el asunto de mis animalitos. Ustedes proponen que los animales domésticos que me sobrevivan ingresen en el Parque del Buen Amigo hasta su muerte.

—Es lo que usted había pedido.

—Tal y como está redactado, ustedes pueden asesinar a mis gatos.

—No tenemos un interés especial. ¿Tú lo tienes, Henry?

—No puedo opinar sin conocer a esos gatos.

—Quiero que se complemente el documento, insistiendo en que esos animales han de seguir viviendo, que nadie pueda matarlos.

—¿Qué le parece añadir natural, añadir la palabra natural a muerte?

—«... los animales domésticos que le sobrevivan ingresarán en el Parque del Buen Amigo, donde serán atendidos hasta su muerte natural.» Así. Así está mejor.

—¿Quiere usted añadir alguna cláusula especial, por ejemplo qué tipo de alimentación, peinado o manicura hay que suministrar a esos gatos?

—Voltaire, Henry no se ríe de usted, pero comprenda que nos ha obligado a hacer un contrato tan atípico que puede entrar en la historia de los contratos privados.

—Hay que tener buenos sentimientos con los animales. Son los únicos bichos inocentes.

—¿Correcto todo, Voltaire?

320

El viejo volvió a leer concienzudamente el texto y dio su aprobación con un cabezazo enérgico.

—Henry firma en nombre de la sociedad, tiene poderes.

—¿Puedo ver esos poderes?

—Henry, los poderes.

El calvo le tendió un documento al que Voltaire dedicaría los siguientes diez minutos. El abogado se había desentendido de la lectura del viejo y Robards parecía pensar en cualquier cosa menos en lo que estaba ocurriendo allí.

—Quiero el sello de la Sociedad en el documento y quiero verlo en el original y en la copia.

Henry firmó el original y dos copias y lo selló.

—Una para el registro, otra para usted y la restante para la AFD.

—¿Tranquilo, Voltaire?

—He vendido mi primogenitura por un plato de lentejas.

—Llegamos a una edad en la que la primogenitura ya no vale nada. Afortunado usted que acaba de garantizarse un plato de lentejas hasta el último día.

—Los gatos, me preocupan los gatos. Son mi responsabilidad. Les he mantenido en la condición de animales domésticos, muy mimados, y no sobrevivirían ni un día en esta ciudad, abandonados. No quiero ni pensarlo. Mi pobre Dama Blanca.

Robards dirigió un levantamiento de ceja a Henry y el otro abandonó la habitación inclinando la cabeza al pasar ante Voltaire. El viejo acercó su cara a la de Robards para poder bajar la voz.

—Con esta gente de la nueva generación no me entiendo. No tienen sangre en las venas, ni cerebro, son todos hijos de la computadora que los parió. No tienen ideas ni principios, y en esta ciudad hay una colección completa y los peores son los *Yuccas*, los jóvenes empresarios o ejecutivos cubanoamericanos. Esos son unos fanáticos nuevos ricos jóvenes. Dicen que son los constructores de un nuevo país, pero todo se va a la mierda, y usted perdone, Robards, pero le hablo desde la autoridad que me otorga conocer Miami desde antes de que pusieran las calles. Usted ya me entiende. Si te crees la revista de los *Yuccas*, el

Miami Mensual, esto es Jauja. Pero esto no es Jauja. Esta es la zona más insana de Estados Unidos, la más insana y la más bronceada, para disimularlo. Donde hay más obesos, Robards, de la mierda y las grasas que comen los cubanos, los negros, los haitianos. Y también donde hay más muertos de hambre de lo poco o lo nada que comen muchos negros y muchos haitianos. Y sida, de tanto maricón blandengue que hay y de tanto haitiano, que dicen que el sida lo traen los haitianos y tanto se dice que las autoridades ya no los meten en el censo de afectados del sida para que no haya linchamientos. Y cáncer de piel, cáncer de piel entre esa humanidad dorada que toma el sol todo el año, sobre todo las pollitas con la tanga, todas esas, cancerosas antes de que lleguen a los cuarenta años. En este paraíso no hay nada, ni siquiera hay agua. El otro día dijeron por La Cubana que en el año dos mil Florida sería el tercer estado de la Unión, pero no habría ni para llenar un bidet. Y cada día más inmigrados. No hay quien los pare. Ni poniendo alambradas eléctricas en todo el contorno de la península.

—Le veo muy pesimista, don Voltaire.

—Estoy cansado. Me gustaría cambiar de mercado.

—¿Marchar de Florida?

—No. Cambiar de gente. Ya estoy harto de moverme entre cubanos y haitianos. No se necesita saber más. Los cubanos no son un enigma, son casi los dueños o lo serán. Y los haitianos serán sus criados. Diez, veinte años. Para entonces no quedará ideología y no tendrá sentido mantener estos portaaviones de penetración hacia Cuba o Haití. Ya se sabe todo. Cuando me meto en sus ambientes soy como un *bobby* inglés haciendo una ronda rutinaria.

—¿Y qué le gustaría hacer?

—Que me dieran a los colombianos o a los bolivianos. Pero a los peces gordos. Yo tengo cultura para alternar con la élite del narcotráfico y no con la chusma de sus matarifes, que son los más crueles de esta selva. Esa gente se alía con quien sea. Aquí se vienen los ricos de Colombia y Bolivia a vigilar desde lejos sus propiedades y las guerrillas que quieren quitárselas.

Ahí los tiene, en sus casas de Cayo Biscayne con los bidets y los dientes chapados en oro, con las esmeraldas y las cocaínas circulando por toda clase de rutas secretas. En estas mansiones de la avenida Brickell, ahí, ahí me gustaría entrar, y estaría a la altura de las circunstancias porque tengo modales y he sido un señor toda mi vida. Estoy harto de tanta chusma barata y quisiera meterme entre la chusma cara. Si usted se colocara en el centro de la Bahía Biscayne estaría en el eje de la batalla por el poder entre la Miami judía de Palm Beach y la Miami de los ricos hispanos. Por ahí pasan toda clase de contrabandos y al viejo Voltaire le siguen dando las migajas. Acabarán ganando los hispanos ricos, sobre todo si además son judíos. Y empiezan a estar gallitos, como el loco Estrella, ese que aparece en televisión hablando siempre en español, se niega a hacerlo en inglés y se burla de los yanquis, diciendo que antes de que llegaran los cubanos a Miami esto era un villorrio. Tal vez, pero era un villorrio tranquilo. ¿No había estado usted en Miami antes de que llegaran estos?

–Sí. Usted sabe muy bien que sí. Aquí funcionó una estación de la Compañía, la JMWAVE, que ayudaba a coordinar las acciones en toda América Latina. Las oficinas estaban instaladas en la base de la Fuerza Aérea de Homestead, pero cada vez que pasaba por aquí tenía mi contacto en la playa, me cultivaba, según usted, el cáncer de piel. Básicamente nada ha cambiado. La Compañía sigue funcionando aquí con los objetivos del comienzo: acumular información sobre la inmigración, organizar acciones paramilitares de infiltración y huidas de Cuba. Pero a veces desde Miami se han coordinado acciones en otros países del Sur, en Uruguay, por ejemplo, por eso sigue siendo tan importante que gente como usted siga vigilando de cerca. No se pueden improvisar los buenos especialistas.

–Cuba se pudrirá sola o no se pudrirá, pero ya no interesa a Estados Unidos, solo interesa conservar la apariencia de que interesa, y los cubanos americanos hacen muy bien la comedia de esa dependencia, cuando van por las calles cantando:

Reagan, Reagan,
que Dios te bendiga.
Reagan, Reagan,
May God Bless you.

Así, en español y en inglés, o cuando montan manifestaciones anticomunistas inútiles y se desgañitan gritando ¡Viva Granada libre! ¡Viva Nicaragua libre! ¡Viva Cuba libre! ¡Viva Reagan! Pero todo son palabras para ocultar su definitiva instalación, nunca volverán a Cuba y si vuelven será para el desfile de la liberación y luego se volverán aquí. Me gustaría a mí ver a todos los hampones cubanoamericanos adaptándose, aunque sean ricos, a las formas de vida de un país subdesarrollado. Me cansa esta chusma, Robards, y quisiera cambiar.

—Yo tampoco puedo cambiar.

—Pero usted es un alto funcionario y yo un simple colaborador.

Robards parecía acorralado por la indignación vital de Voltaire. Cavilaba y a veces daba la razón con la cabeza o volcaba el cuerpo cuando quería abrir una brecha para sus palabras en el frente torrencial verbal del viejo.

—Yo también quisiera cambiar, Voltaire. Mi vocación frustrada es la de profesor de universidad o la de escribir poemas o novelas, pero llega un momento en que ya no puedes volver atrás. Es el problema de los hombres de acción que venimos de la teoría, cuando volvemos a ella siempre nos parece insuficiente. En cierta ocasión tomé contacto con un pediatra español que se había hecho dirigente del Partido Comunista. Él desconocía mi condición de agente y se creyó mi pretexto. Estaba realizando un trabajo sobre el crecimiento de la resistencia antifranquista en España. El pediatra me confesó que a veces se reconocía cansado, pero que cada vez que desempolvaba los libros y se imaginaba tocando la tripita a un niño para descubrir la enfermedad, le venían mareos. En diez años una especialidad se vuelve irreconocible para el especialista que la ha abandonado.

324

—Pero yo no quiero abandonar mi especialidad, quiero cambiar de clientela.

—Yo a veces he ido más allá, he querido desertar. Dejarlo todo, pero he visto el cuadro de algunos colegas que lo han hecho y luego se reconcomen toda la vida, no saben situarse en su justo lugar y o viven en la nostalgia de la acción o en el miedo de que la Agencia vaya a por ellos y los liquide.

—Roma no paga a leales, es mucho más justo que Roma no paga a traidores. Y aun hablar con usted es un placer, pero ese contacto que me han dado, ese pelirrojo sin sustancia, es un analfabeto, hasta hay que explicarle qué quiere decir cada una de las letras de las siglas.

—Algo cuadrado, pero no es mal tipo.

—Y esos jóvenes, esos jóvenes no se conmueven ante nada. No tienen ni idea de mi currículum, y no voy a ir todo el día con mi historial en la mano. Es decepcionante. Con esta gente de la nueva generación no me entiendo. No tienen sangre en las venas. Ni cerebro. Son todos hijos de la computadora que los parió.

—Tengo una sensación parecida, Voltaire, aunque me resulta difícil llamarle Voltaire, así en privado, don Angelito.

—Le insisto. Cualquier filtración podría arruinar mi trabajo.

—Poco trabajo va a quedarle, Voltaire. Yo me acogería a este retiro y trataría de vivir tranquilamente los años que le queden.

—Me distrae. Oír, provocar, fisgar, es media vida para mí. Por muy viejo que sea el gato conserva el olfato para los ratones.

—Me gusta verle tan animado, porque nuestro asunto se acelera. Ha de entrar en contacto con la chica. Aquí. Eso puede dar aliciente a sus trabajos rutinarios.

—¿Está ella aquí?

—No, pero sí muy cerca. En Santo Domingo, hay que hacerla venir aquí, y ya hemos preparado todo para que usted intervenga en el momento propicio.

—¿Cuándo será eso?

—Esta noche. A las once en punto usted llamará al teléfono de Santo Domingo que consta en el dossier, es el del Sheraton.

La chica ya estará tocada. Ya presentirá incluso que usted la va a llamar.

—No me gusta.

—¿Qué es lo que no le gusta?

—No llevo yo la iniciativa. Me lo dan todo recortado y yo solo debo pegarlo.

—Menos que eso.

—No me gusta. Yo en lo mío soy un artista.

—Voltaire. No podemos tener paciencia. Yo tampoco puedo tener paciencia. Llevo este asunto pegado en la planta de mi zapato desde hace treinta años, como un chicle masticado, y no por mí. Atienda bien. Usted la llama esta noche y le asegura que usted tiene la pieza clave en el enigma Galíndez y que es imprescindible que usted hable con ella, tan imprescindible como que salga de Santo Domingo cuanto antes. Luego podrá volver pero ya sabiendo lo que usted le ha dicho. Es importante que salga de Santo Domingo con nombre supuesto y sin que le diga nada a nadie. Para ello usted le infundirá sospechas de todos los que la rodean, incluso de los que la han invitado y la guían por la ciudad. Ha de asegurarle que su marcha no se notará porque solo permanecerá unas horas en Miami. Ya le proporcionamos un intento de explicación. Estúdielo. Nos consta que usted aprende rápido. Ha de citarla en el final de la calle Lake, en la esquina en que tropieza con el Morningside Park. Hablen y caminen. Luego busquen algún lugar desde el que pueda telefonearme para decirme cómo van las cosas, pero sobre todo que no decaiga la conversación. Mantenga usted su interés, si no por Galíndez, interés por usted. Es usted una persona interesante, Voltaire.

—No me ha de enseñar mi oficio. Tengo tantas vidas que contarle que alguna será interesante.

—Ha de destruir a Galíndez. Esa muchacha lo ha convertido en un ídolo, ha de salir de Miami con los pedazos del ídolo hechos cascotes dentro de la cabeza.

—¿Eso es todo?

—¿Le parece poco?

—Me conoce mal, Robards o como se llame. Me he pasado toda la vida interpretando, tanto que ya no sé muchas veces quién soy yo, yo mismo. Cuando esa muchacha se vaya de Miami habrá sustituido a Galíndez por mí. Yo tengo algo que ella busca como un material precioso y se lo daré a espuertas, con generosidad, hasta saciarla.

—¿Qué es lo que usted tiene en tamañas cantidades?

—Memoria. He vivido las últimas glorias y las últimas mierdas absolutamente románticas.

—¿Galíndez era un romántico?

—Evidente. Y yo también. Y usted. Nos hemos jugado nuestro destino y al mismo tiempo nos hemos dejado llevar por él.

—¿Todo ha sido una sucesión de juegos?

—De apuestas. Riesgos y miedo. Yo seguiré en esto mientras pueda. Tendría usted que verme domando, como un domador, a la misma gente a la que estoy vaciando. Sé lo que me van a decir y lo que me pueden decir. Además sé cómo es esa chica, me parece haberla conocido desde hace años, muchos años. Pertenece a un tipo humano que ha existido siempre y que siempre ha acabado mal. Los inocentes, los pobres inocentes, atrapados en la viscosidad de su propia inocencia. Los santos laicos. Frágiles. Tienen abiertas todas las puertas de sus casas y de sus cuerpos.

Robards cogió una carpeta negra del sobre de la mesa y se la entregó a Voltaire.

—Aquí están todas las instrucciones masticadas. Se las aprende y luego las destruye. Puede marcharse.

—¿Me dejan, así?, ¿tirado?

—Le acompañarán.

—Quisiera consultarle al menos qué papel es el más aconsejable. ¿Conoce a la mujer?

—Personalmente no. Pero abra la carpeta. Hay unas cuantas fotografías.

Se puso el viejo la carpeta abierta sobre las rodillas y buscó bajo los folios escritos por cualquier maldita computadora las fotos que prometían el primer encuentro con Muriel.

–Parece un anuncio de norteamericana media. De universitaria norteamericana media. Es alta, demasiado alta. Me ponen nervioso las mujeres altas. Piernas largas, cabeza pequeña, o quizá lo parezca porque tiene la cabeza alargada, quizá no sea tan pequeña. ¿Dónde están tomadas estas fotografías?

–En España, casi todas, hay algunas fotos anteriores, incluso la de promoción del colegio y de la universidad. Pero las que interesan son las de España. Detrás está escrito el lugar donde se hicieron.

Muriel en un bosque, quizá sea la cima de una montaña, junto a una piedra ovalada en la que hay algo escrito. Monumento a Galíndez, colina de Larrabeode, Amurrio, Álava, España. Muriel saliendo de un restaurante con un muchacho moreno que le hace arrumacos y ella aparta la cara divertida. Salida restaurante La Ancha, Madrid. Muriel caminando sola por una calle bajo la solana. Salida del Archivo del Ministerio de Asuntos Exteriores. Muriel en la plaza Mayor de Madrid, posando sin ganas de posar. Otra vez con el muchacho en un auto de choque. Verbena de San Antonio, Madrid.

–¿Esto es todo? ¿No han conseguido alguna foto con contactos? ¿Quién es este chico?

–Lea el informe; ha sido su amante español. Un funcionario del Ministerio de Cultura, socialista, socialista moderado. No nos constan contactos más aclaradores, pero puede tenerlos. En España todo está muy mezclado y el propio Partido Socialista está infestado de ex comunistas, algunos de esos ex pueden seguir siendo comunistas. Los contactos norteamericanos se reducen a un antiguo profesor, un compañero de viaje de los rojos, pero neutralizado. No nos consta que tuviera otros contactos porque Muriel tiene el historial en blanco hasta que nos llega la primera señal de alarma. Un contacto con un editor vasco, de Vitoria, que le proporciona relaciones con supervivientes vascos del exilio. También con el gobernador civil de Burgos, que conoce a Vela Zanetti, un pintor español exiliado a la República Dominicana. Luego la información se multiplica y cuando intentamos reconstruir el pasado aparece una becaria

328

norteamericana típica que se aprovecha de la generosidad de nuestro sistema para dedicarse a la investigación, a todo le llaman investigación.

—¿Es una roja?

—Por las conversaciones detectadas, no exactamente, al menos de una manera consciente, pero piensa y actúa como una roja.

—Ángel mío. Aún quedan gentes así. Qué pena me dan. Había intuido que sería así, exactamente así. ¿Qué le parece si le hablo como un abuelo, ese abuelo que todos hemos deseado tener? Incluso yo, que he tenido tantos abuelos como personajes he adoptado. Seguro que no los tienen todos en sus ficheros.

—Tenemos los que nos interesan.

—Le diré: Muchacha, no seas ingenua. Galíndez pertenece a unos años en los que todos nos creíamos con el derecho de matar. No merece la compasión que tú le dedicas. Además fue un confidente, y nada hay tan sucio como un confidente. De aquella época pocos somos los que hemos sobrevivido con la conciencia limpia, esa conciencia limpia que solo tienen los perdedores. No hay éxito comparable al del exilio, ha dicho un gran escritor cubano exiliado, y solo los que permanecimos en el exilio exterior o interior hemos salvado la integridad, que es lo que vale. Y a partir de aquí me lanzaré a contarle todos los trabajos de Galíndez para los servicios secretos yanquis.

—Excelente, ya habla usted como si nunca hubiera pertenecido a los servicios secretos yanquis.

—Es mi mejor papel. Aquí lo he ensayado mil veces cuando trataba de infiltrarme entre los haitianos, eran los únicos exiliados izquierdosos que llegaban a Miami. ¿Sabe usted por qué me sale tan bien este papel? Porque lo llevo dentro. Usted también lo lleva dentro. Su contrario. Como el verdugo lleva dentro a su víctima y el guardia de prisión a sus presos.

—Guarde sus argumentos para Muriel, le van a hacer falta. Es una muchacha tozuda.

—Si me falla esta línea argumental tengo otra preparada. ¿Va a tirar usted de la manta para que Galíndez quede como lo que era y se destruya el mito? ¿Le va a hacer esa faena a su adorado Galíndez? Su comportamiento tal vez pueda entenderse a la luz de aquellos tiempos, ¿pero ahora? Para comprender un país hay que comer su pan y beber su vino y para comprender la historia hay que haberla sufrido, haber luchado dentro de ella.

–Suerte, Voltaire.

–¿Me echa? ¿Quiere dejarme así, tirado?

–Le acompañarán, ya se lo he dicho.

–Pero yo necesito ensayar.

–Ensaye ante sus gatos.

–¿No volveremos a vernos?

–No. No creo. Nuestra relación depende de la duración de esta historia. Tengo ganas de cerrarla para siempre. Ha sido un placer volver a verle, don Angelito, y permita que le llame por su nombre de guerra, porque es el que más me acerca a usted.

–Algún día escribiré sobre esta historia.

–No sea insensato. Espere a que se mueran todos los implicados.

–¿Yo mismo?

Robards se encogió de hombros y se puso en pie. A su lado el viejo era una miniatura delicada. No se contentó Voltaire con estrechar la mano del gigante, sino que se abrazó a él, consiguiendo apenas abarcar la cintura con sus bracitos. Palmeó los riñones de Robards a la espera de que el otro correspondiera al abrazo, pero solo recibió la respuesta de una palma de la mano que le apartaba suavemente mostrándole el desconcierto crispado en el rostro del yanqui.

–Los viejos nos enternecemos fácilmente.

–Eso me han dicho.

Estaban solitarios los pasillos, ningún ruido de máquina indicaba trabajo, aunque fuera lejano, y ni siquiera le despidió la watusi. En la puerta le esperaba la conductora menos sonriente, incluso malhumorada.

–Si me dicen que me esperaba usted hubiera bajado antes.

–¿Al mismo sitio?

—No. Sea buena chica y no se enfade con este viejo gomoso que la mira como un pulpo, porque el deseo sobrevive a la potencia, como ya dijo el gran Shakespeare. Ha de dar un rodeo, pero ¿me puede dejar en el Miami Jai Alai? Eso está cerca del aeropuerto en la NW 37 Avenue, es un rodeo, pero una vez en coche...

La mujer resopló contra su flequillo y extremó la cara de pocos amigos, pero el coche obedeció al deseo de Voltaire, que se cobijó en el sillón de piel y cruzó las manos sarmentosas sobre la bragueta.

—Qué gran verdad, qué gran verdad.

Ella no parecía interesada por saber a qué verdad se refería y Voltaire examinó de reojo el efecto que producían sus palabras pronunciadas con énfasis.

—Qué triste es la condición del hombre, en la que el deseo sobrevive a la potencia.

Ninguno. Ningún efecto. Incluso parecía no oírle. Como pareció no escuchar su ceremonioso agradecimiento cuando le dejó bajo el rótulo iluminado del frontón. La última inclinación de despedida de Voltaire la dirigió al coche, que culeaba nervioso calle arriba, y tras la reverencia Voltaire dedicó un corte de mangas tan rotundo a la desdeñosa rubia que tuvo que acariciarse el brazo para aplacar su dolor.

—¿Tíquet de show?

—¿Tengo yo cara de pagar treinta dólares por la asquerosa cena que me van a dar? ¿No me conoces, hermano?

—Pase, don Voltaire, pero un día podría quedarse a cenar.

—Eres lo que comes, como dijo Aristóteles. Me tomaré un juguito y veré la partida.

—Y no apostará.

—El juego envilece al hombre, Dantón.

El gigante negro oriundo de Camagüey le dejó pasar y la mirada de Voltaire compuso el aspecto de un exigente cliente que observa lo que le ofrecen desde la desconfianza de que no va a estar a la altura de sus deseos. Tras el protector de malla metálica, cuatro mocetones vestidos de blanco, con fajas rojas dos de ellos y negras los otros, pelean contra una pelota que parece de piedra. Chiquito de Beasain I y Palero III contra Aristarain y Amescua, le informa un viejo achinado con la voz nasal de cubano. El recogedor de apuestas permanece en pie en la segunda fila vuelto hacia los espectadores y la mirada de Voltaire le rebasa para que no le distraiga de las evoluciones de los jugadores.

–Lástima, ya no hay jugadores como los de mi tiempo. Chiquito de Anoeta. Lo suyo no eran manos, eran pedruscos que humillaban la pelota y la dejaban hecha una morcilla.

–¿De qué siglo me habla usted, compadre?

–Del diecinueve. Fíjese cómo saltan, parecen antílopes.

Pero sus pupilas se encariñaban con el escorzo del pelotari al quedar ingrávido cuando la pelota ha salido de su mano y va a estrellarse contra el frontón que se queja. Y ese vencimiento del cuerpo cuando la pelota queda como muerta y la mano ha de remontarla como una pala, un corpachón vencido para alzarse luego como una máquina de músculo, de fuerza. Qué hombrones, qué hombrones. No tienen armonía pero sí fuerza.

El compadre le mira de reojo, pero se queda prendido de la cháchara del viejo.

–Estoy harto de verlo en su salsa, hermano en los frontones del País Vasco o de Navarra. Cada pueblo tiene su frontón de piedra y desde chicos los vascos le dan a la pelota y así consiguen ser los mejores del mundo.

–¿De qué me habla, compadre? ¿Dónde está eso?

–En España.

–Eso es Europa. España está cerca de Alemania, ya lo sé, pero yo creía que este era un juego latino.

–Qué leche, latino. Es un juego vasco, aunque lo jueguen gentes de todos los países, hasta filipinos, porque lo exportamos los españoles cuando éramos los dueños del mundo.

–¿Eso fue en el siglo diecinueve?

–Dejémoslo en el diecinueve.

–A mí me gusta este juego desde chico, pero no sabía que era español.

—Vasco, es vasco.

Caviló el chino cubano sobre las diferencias entre ser vasco y español pero decidió que tenía que escoger entre seguir atendiendo a aquella enciclopedia viviente o atender la partida y escogió lo segundo. Los ojos de Voltaire habían rodeado de un círculo a Amescua, la recia estampa de aquel moreno al que le sobraba un pelo negro y sudado que le convertía la cabeza cuadrada en un penacho y bajo la tela blanca de los pantalones se le adivinaba el muslo justo de músculos a la vez sólidos y alargados de saltarín y de pelotari obligado a sentirse de pie sobre la tierra, cuando la pelota viene con una velocidad asesina. Voltaire se recostó en el respaldar de la grada y quedó en éxtasis o en somnolencia, con los ojitos corriendo a la velocidad de los jugadores. El otro no le oía, pero él marcaba las diferencias entre las distintas modalidades de juego, hasta veintisiete, hasta veintisiete especialidades aunque los lerdos solo distinguen los tres géneros de pelota a mano, pala o cesta punta. A mí que me den el juego a mano, el cesta punta parece un juego de mancos y la pala rompe la armonía del gesto, la bronca armonía de juego que traduce el alma de una raza. Este deporte lo trajeron marinos vascos, cuando estas costas aún vivían de los restos de naufragios y de los atraques de barcos de largas singladuras, se lo digo yo, que soy ciudadano viejo de Miami, no un recién llegado. Rebotó la pelota contra la pared, hizo un extraño y Amescua no la encontró en su camino y, como si la esperara como contención para su impulso, no pudo evitar trompicarse y caer sobre la pista, por la que deslizó su cuerpo sudado como si patinara. La masa de hombre se convirtió en una geografía de músculos en lucha, los que prolongaban el desliz y los que trataban de frenarlo, y cuando el atleta detuvo su marcha y levantó un brazo como saliendo del pozo de su impotencia, Voltaire creyó ver una escultura en movimiento y exclamó en voz baja tres veces, hombrón, hombrón, hombrón, que hueles a alcanfor, porque alguna vez en su vida había tenido junto a sí a un pelotari que olía a alcanfor. Si sus ojos se deleitaban con los movimientos de los jugadores, los oídos recibían la reverberación de los murmullos de los asistentes, las voces de pasmo o ánimo, la queja del frontón o el chillido truculento de la cinta metálica que denunciaba el límite del golpe fallido. Se ha acabado el partido y Voltaire sigue en su éxtasis, del que sale para comentar con su vecino el resultado, pero su vecino es ese animal pesado que remonta las gradas en busca del bar y a su alrededor solo hay espacios vacíos y corros que comentan los próximos partidos. Bajo su brazo está la negra carpeta que le reclama vigilar el tiempo. Dispone del suficiente para volver a casa, estudiar el informe y preparar el primer acto, esa llamada telefónica de la que dependerá el resto de la representación.

—¿Ya se va, Voltaire?

—Solo he venido a descansar los ojos.

—A usted le descansa que otros se cansen.

—Eso será, Dantón, pero a ver si traéis a jugadores de verdad. Solo me ha gustado Amescua. ¿Es nuevo?

—Hace nueve años que no veo un partido, Voltaire. O se está en la puerta o se está dentro. No sé cómo jugará ese Amescua, ni si le quedan fuerzas para jugar, porque siempre lleva colgadas cuatro o cinco viudas de esas que llegan en autocar, desde el Fontainebleau, el Copacabana, el Sheraton. Creo que se gana más plata fuera de la pista que dentro. Deben jugar partidas de frontón en las suites de los hoteles, con las viudas. Ellos ponen las bolas y las viudas las manos.

Las carcajadas de Dantón le siguieron calle abajo, mientras reclamaba un taxi enfurecido por la zafiedad del portero. Conservó en su retina los movimientos de los jugadores, en sus oídos la sonoridad ahogada del frontón, en sus manos el tacto de la carpeta, no ya el de su superficie de plástico, sino el tacto de la vida, del movimiento pasado y futuro que llevaba dentro, como si la muchacha fuera una pequeña presencia que rebullía en su encierro provisional. Se sentía en tensión como un animal cazador y estaba a la vez alegre e inquieto, concentrado en la pieza teatral que iba a estrenar, escrita, dirigida e interpretada por él mismo, a partir de una rudimentaria idea inicial en la que había intervenido toda la Agencia. Como si llevara un secreto sagrado en su cuerpo y en su cerebro, se metió en el snack bar de Carmen por un pasillo humano especialmente abierto para él casi sin reparar en que Carmen reclamaba su atención desde detrás del mostrador.

—¿Ha visto a Olokun, don Voltaire?

—¿De qué me habla?

—Qué hombre tan olvidadizo, pues no me ha asustado el otro día con los santos africanos y ahora no me reconoce a Olokun, el dios que más miedo me da, Voltaire.

—No se puede ver a Olokun sin morir.

—Es que tiene usted carita de muerto, Voltaire, de muerto en éxtasis, pero de muerto.

—Vengo de hacer negocios.

—Pues buenos negocios serán.

—Muy buenos. Pronto prosperaré y me verás pasar ante la puerta de esta pocilga en un landó tirado por dos caballos.

—¿Qué es un landó, Voltaire?

—Un coche, un coche tirado por dos caballos, de esos coches que solo llevan los príncipes. Me verás pasar en lo alto del coche como si fuera un mariscal haitiano, Carmen.

—¿Y no puede ser un mariscal cubano?

—Haitiano, haitiano, me gustan más los uniformes de los militares haitianos.

—¿De qué negocio se trata, don Voltaire?

—Negra cotorrera, a ti te iba a decir yo mi secreto. Ponme un juguito de papaya.

Se lo puso, se lo bebió Voltaire a sorbos de jilguero, dejó un billete sobre el mostrador, no esperó el cambio y subió escaleras arriba hasta llegar a la puerta convertida en muro de maullidos en cuanto los gatos notaron la llave en la cerradura. Se le liaron entre las piernas como si fueran uno solo, como si todos juntos compusieran una serpiente, menos Dama Blanca, que le esperaba acomodada sobre el tapete de la mesa comedor. Buscó en el frigorífico la lata de la comida para las gatas y la repartió en los pocillos que marcaban los diferentes rincones de la habitación, reservando las cucharadas más llenas para el plato

335

de cristal situado sobre la mesa del que comía Dama Blanca. Se sentó a la mesa, ante la carpeta abierta, e hizo la primera lectura de las instrucciones. Luego repasó las fotografías morosamente, convocó la presencia física de Muriel Colbert, ante la que se interpuso la presencia y el roce de Dama Blanca pateando los folios y las fotografías.

–Cuidado, Dama Blanca, que aquí está nuestro futuro.

Iba a rechazar al gato cuando lo pensó mejor y le dejó hacer mientras declamaba en honor de la mujer de la fotografía.

–Nada más verla he descubierto en usted la imagen de la eterna juventud del mundo. Sin personas como usted el mundo habría desaparecido hace tiempo, y se lo hubiera merecido. En usted me reconozco a mí mismo, recupero a aquel jovenzuelo idealista que se apuntaba a todas las causas nobles del mundo. ¿Sandino? A Nicaragua, a luchar junto a Sandino. ¿La guerra de España? A España, a luchar junto a la República. ¿El fascismo internacional? A la Resistencia francesa, incluso llegué a estar en la yugoslava, para impedir el avance del fascismo. No pasarán. No pasarán. Y aparentemente no pasaron. Dígame una causa justa del universo, en los últimos cincuenta años y en todas ellas aparecerá el que le está hablando. Soy de la madera de los rebeldes eternos, como esos beneméritos yanquis que cuando tenían veinte años lucharon en España en la Brigada Lincoln y ahora, a los setenta o a los ochenta, aún suscriben las luchas contra la agresión a Nicaragua. Y aquí, aquí mismo, en el centro del Imperio, desde las luchas de los puertorriqueños por la independencia, hasta los *black panthers* o el Ejército Simbiótico, siempre han contado conmigo. Por eso, desde esta estatura moral, la única que tiene un viejo tan chiquito como yo, la puedo ayudar, hija mía, qué digo yo hija mía, si usted pudiera ser mi nieta, de no haber sacrificado en aras de la historia el derecho a tener una familia, una espléndida nieta como usted. ¿Qué tal, Dama Blanca? Reconoce que te he sorprendido. Reconoce que hay una cierta magia en todo lo que he dicho. Y luego le cogeré una mano, blandamente, pero transmitiendo el cariño de un anciano que ya no tiene ni siquiera tiempo para morir, y le diré: ha seguido usted una estrella equivocada. La historia es tan injusta con sus mejores servidores que es preciso seleccionar muy meticulosamente los salvamentos del naufragio. Usted cree haber cogido a tiempo la memoria de un mártir, antes de que se la tragaran las aguas del océano del olvido, pero se ha equivocado de náufrago. ¿Qué tal? ¿No te parece un poco afectado? Es cierto, lo es, pero ella espera ese estilo afectado, es el estilo de mi tiempo. Quizá debería fingir una precisión basada en el dato, un estilo de reportaje. Anote esta fecha: cuatro de marzo de mil novecientos cuarenta y uno. Galíndez me confiesa que pasa información a la embajada americana. ¿Lugar? Un café de la calle Colón. ¿Hora? Las siete en punto de la tarde, lo recuerdo porque recuerdo todas mis catástrofes. No. Si quieres utilizar un estilo de reportaje, aquí te vas, aquí te pierdes con lo de las catástrofes. O un estilo u otro. Mal asunto los híbridos. En el primer estilo, Dama Blanca, me noto más cómodo, aunque tal vez sea solo una cuestión de entonación. Si entono como si no hablara enjundiosamente, no parecerá que hable enjundiosamente. He de conseguir recitar a Shakespeare como si fuera un viejo alumno del Actor's Studio, pero con la ternura hacia ella, hacia ella siempre, de un abuelo. He aquí los tres puntos cardinales: retórica, entonación natural y ternura de abuelo. Escucha, escucha, Dama Blanca, a ver si ahora me sale más convincente, pero primero voy a cenar algo, *mens sana in corpore sano*.

Sacó del frigorífico pedazos de apio, zanahoria, tomate, media cebolla. Lo depositó todo en el fondo de un vaso triturador, añadió una cucharada de sal de apio y conectó el aparato. Mientras se licuaba el contenido, cortó un pedazo de queso fresco y lo puso sobre un plato, espolvoreando sobre él un pellizco de pimienta, hierbas aromáticas, regado todo con un hilillo de aceite. Paró la máquina, se llenó un vaso con el contenido y montó la mesa con manteles y cubierta para dejar entre los dos alabarderos de acero inoxidable el desolado plato y el vaso lleno de un líquido tornasol. Comía queso y bebía zumo, previo el trámite de limpiarse los labios con una servilleta limpia. Cuando acabó la cena se preparó una infusión de hojas de menta, raíz de valeriana, hojas de naranjo, flores de tila, de manzanilla, y se bebió dos tazas edulcoradas con miel.

—En paz con el cuerpo, amigas mías, he de comunicaros que hoy ha sido un gran día para todos nosotros. Nuestro futuro está asegurado. Podemos envejecer tranquilamente, sin miedo a la crueldad con la que suelen terminar las vidas de los hombres y los gatos abandonados. Aunque hay que procurar que no crezca la colonia, por lo que me veré obligado, Dama Blanca, a castrarte, por tu bien. Mas no temas. No lo hará un veterinario cualquiera. Me han hablado de un veterinario de Tampa a cuya puerta hacen cola los animales más distinguidos de Florida. Inútil es deciros, porque os conozco, que administréis sabiamente el bien que os pertenece. Os sé ansiosas, pero alguien tiene que conservar la lucidez en esta familia y ese alguien seré yo. Continuaré alimentándoos con productos Crisps y solo en ocasiones singulares os compraré pescado fresco y no a todas, porque algunas de vosotras no sabéis ya paladear nada que no sean esos alimentos que los hombres han hecho para vosotras, sin que nadie les haya visto probarlos a ellos. Pero es que sois así, así sois, y no voy a ser yo quien cambie vuestros gustos.

Recogió platos, tazas y el vaso y sobre la recuperada desnudez de la mesa, solo habitada por el tapete y por Dama Blanca, volvió a abrir la carpeta, a escrutar los rasgos de Muriel y a preguntarse, como todas las noches, si era normal que se quedara dormido sobre todo cuando se acodaba sobre la mesa, bajo la hipnosis de la campana de luz que descendía de la lámpara cenital. Trató de levantarse y forzar su desvelo conectando la televisión, pero ya era tarde y le pudo el sueño, del que salió minutos después con sobresalto. Se había cerrado la noche sobre las vegetaciones del patio interior y consultó el reloj. Suspiró aliviado, aún le quedaba media hora para preparar la llamada y la dedicó a dar vueltas alrededor de la mesa recitando su prevista intervención y ante una duda corrió hacia las estanterías de sus enciclopedias: «... el 3 de octubre de 1968, Belaúnde Terry fue depuesto por un golpe militar dirigido por el general Velasco Alvarado, el cual, tras disolver la Asamblea Nacional, puso en marcha un régimen militar de carácter nacionalista y reformista». Tres de octubre de 1968. Tres de octubre de 1968. Tres de octubre de 1968. «¿Qué hacía usted el 3 de octubre de 1968, señorita? No es una pregunta gratuita. Yo volaba hacia Lima, Perú, nada más enterarme de que Velasco Alvarado había dado un golpe progresista, que abriría las puertas a la regeneración revolucionaria del continente americano. Allí estaba yo, como siempre, y así colaboré con el general hasta que fue desbordado por los acontecimientos. Aún conservo una carta entrañable del general. Mírela, se la dejo leer a usted, y aquí en Miami no se la puedo dejar leer a nadie.» A continuación fue al dormitorio y del fondo de uno de los cajones de la mesa de noche sacó un hato de papeles envejecidos. Los comprobó uno a uno hasta suspirar aliviado. Sí, allí estaba la carta de Velasco Alvarado. Pero el reloj ya le marcaba urgencias. Debía llamar a Santo Domingo, hotel Sheraton. Teléfono (809) 685-5151.

No esperabas una calle tan tropical y tan ordenada a la vez, una media calle, en realidad, situada entre Club de Leones y Curazao, en el ensanche Ozama, atravesado el río por el puente Duarte. ¿Quién era Duarte? ¿Quién dio el nombre al puente que te lleva a esta emoción parapsicológica, como si esperaras encontrar a Galíndez aquí en Santo Domingo, rondando la calle de su nombre, como si le perteneciera, como si fuera fruto de la inversión de su muerte? «Balaguer le subió la categoría de la calle. Primero le habían dado una más corta y luego fue Balaguer quien le ascendió y le dio esa calle. Es un barrio residencial donde viven antiguos militares de alta y media graduación ya retirados. No sería extraño que allí viviera algún directo responsable del asesinato. Balaguer lo sabe todo y le gusta lanzar indirectas, es una broma, pero también una indirecta. Cuidado, que le he puesto a tu calle el nombre de tu víctima.» El humor de José Israel desconcierta más por teléfono. Cara a cara el brillo de sus ojos te anuncia la construcción de la broma o del sarcasmo. Por teléfono te cuesta convenir en que se puede ironizar a costa del vudú mental del señor presidente. Los rótulos lo dicen: Calle Jesús de Galíndez. Es su calle, como aquel ridículo monumento de la colina de Larrabeode es su monumento, y compararás el esplendor antidramático de esta calle en el ensanche Ozama con el dramático paisaje del valle de Amurrio, sobre el que aún gravita la mirada de niño de Jesús y la nostalgia de toda una vida de exilio. Por el borde de las tapias asoman las jacarandás, las plataneras y los flamboyanes, árboles de fuego coronados por flores como ascuas, y entre las vegetaciones, las rejas historiadas, las tapias, al fondo bungalows o remedos de casas coloniales como una isla bien conservada entre la decrepitud que invade incluso el lujo en el trópico. Cierras los ojos, intentas conectar con la parte de ti misma que ya es Jesús Galíndez. Y no le encuentras, no está en ti, porque no está en esta calle, por más rótulo que le hayan puesto. Tal vez si te asomas al Malecón, o mejor aún, a la avenida George Washington y miras hacia alta mar, hacia la fosa donde los tiburones se cebaron con los desaparecidos de Trujillo, tal vez de ahí sí te venga algún mensaje de Jesús, pero no en este cercado remanso de paz donde reposa la élite del Régimen, tan superador de sus orígenes que le permite a Balaguer dar el nombre de una calle a una de sus víctimas, aunque él solo participara de pensamiento, palabra u omisión. Haces alguna foto para poder enseñárselas. ¿A quién? ¿A quién va a ser? Norman queda distante, necesariamente distante, y ahora estas fotografías solo las entendería Ricardo, o Galíndez. Jesús y Ricardo, a eso se reduce tu carnet de baile, un muerto y un joven amante despechado al que probablemente nunca volverás a ver. Pero si has hecho estas fotos ha sido para enseñárselas, como ocurría a veces después de una separación, cuando viajabas sola y de pronto veías las cosas en función del otro, el último otro con el que habías compartido la búsqueda de todo, de nada, de un cepillo de dientes, de la felicidad, del orgasmo, del autobús. Pero antes de irte aún recorrerás la calle, dos, tres veces, mientras el taxista sentado sobre su coche se corta las uñas, primero con los dientes y luego con unas tijeritas cuidadosamente guardadas en una funda de gamuza, como si fueran un tesoro. «¿Cómo se llaman esas flores lilas y azules? Flor de la pasión. ¿Y esas? Orquídeas, señorita. ¿Nunca le han regalado una orquídea?» A la media hora solo persigues nombres de flores y de árboles y de vez en cuando tus ojos tropiezan con el rótulo de la calle: Jesús de Galíndez, un rótulo ausente de él, una calle de la que él está ausente. Y regresas al hotel porque te aguarda la primera cita del día. Lucy de Silfa, la exmujer del líder antitrujillista de Nueva York con el que Galíndez compartió confidencias y secretos de la relación con el Departamento de Estado. Te gustaría envejecer como lo ha hecho esta mujer, conservando armonía entre su esqueleto joven, que le permite movimientos adolescentes y cuerpo breve pero entero, como no suelen ser los cuerpos viejos. Le queríamos, sí, le queríamos todos porque Jesús se hacía querer. Mis hijos lloraron cuando supieron que no le volverían a ver y a pesar de los años que han pasado su recuerdo permanece tan vivo en mí como si le viera ahora, con la cara inclinada como predispuesto siempre a escuchar, las piernas cruzadas, las manos sobre las rodillas, siempre tan espectador, tan observador. Eran muy amigos con mi marido, le consultó la tesis, se intercambiaban libros; recuerdo que era muy meticuloso con los libros, tanto si se los prestaban a él como si él los prestaba. Era un hombre íntegro. Impactante, sí, realmente podía gustar a las mujeres, aunque era muy discreto. Falso, falso que fuera mujeriego. Falso que no nos alarmáramos ante su desaparición porque le supusiéramos metido en algún lío de faldas. Para que conozca mejor a Jesús, le explicaré una anécdota. En nuestro círculo había una muchacha muy dada a presumir de lo que tenía y de lo que no tenía e iba a por Jesús, se notaba, tal vez por su condición de solterón, no sé. Siempre se sentaba delante de él con las piernas cruzadas, las faldas cortas o subidas sobre los muslos, para excitarle. Usted que es mujer ya me entiende. Pues una vez, tan pesada se puso, que Jesús cambió de asiento para no secundar el espectáculo. Estaba casado, casado con su causa. Podía tener cuatro y cinco reuniones en una noche. No, no era receloso, no era un desconfiado, pero no tomaba confianzas, no sé si me explico, era el invitado ideal, el que ayudaba y escuchaba, el que jamás imponía una opinión o un criterio, y solo se apasionaba cuando aparecía la cuestión vasca. Llegó a hacer de nosotros unos vasquistas convencidos, y Nicolás, mi exmarido, y yo, nos hacíamos muchas bromas sobre esto. En nosotros confiaba, tanto que le consultó a mi marido todo lo referente a la visita del Cojo, de Martínez Jara, un personaje siniestro que rondaba en Nueva York en torno a él, siguiendo las consignas de Bernardino, de Espaillat, del propio Trujillo. Todos estábamos amenazados, lo sabíamos, y el asesinato de Requena fue una advertencia. Galíndez pidió protección a la policía y cuando venía a nuestra casa, antes de salir de la suya nos avisaba por teléfono, por si acaso le sucedía algo por el camino. Es cierto. Los españoles nunca le hicieron demasiado caso, son muy suyos, especialmente eran muy suyos los de aquel grupo de Nueva York. Habían hecho la guerra civil, la habían perdido y consideraban que ya habían cumplido y especialmente a los latinoamericanos del Caribe nos veían como a un grupo folklórico, y los crímenes de Trujillo tan folklóricos como su asesino. Jesús era muy religioso, mucho, bueno, al menos iba a misa. ¿Confidente de los servicios secretos? Es aquí cuando el monólogo inducido de Lucy de Silfa se detiene, te mira franca pero algo duramente a los ojos y contesta con energía: ¿y quién no lo era? ¿Cómo hubiéramos podido sobrevivir en Nueva York, acusados por los servicios secretos y criminales de Trujillo, presionados por la embajada y el consulado, si no hubiéramos colaborado con el FBI o con la CIA? Era algo que había que pagar y que tratabas de hacer salvando la dignidad, protegiendo lo que realmente valía la pena defender, en nuestro caso la llegada de la democracia a República Dominicana, en el de Jesús, la liberación del País Vasco. Los americanos llamaban a todas las puertas y luego el que abría podía decidir y nadie estaba demasiado enterado de lo que pasaba cuando el agente americano franqueaba la entrada y la puerta se cerraba detrás de él. Es casi la misma respuesta de Emilio González. Cuando Jesús desapareció pasé unos días como alelada, tratando de compensar la congoja de mi hijo, que le solía llamar Papi Galíndez. Tenía un especial hacer con los niños, los hacía suyos. Mi hijo le adoraba. Era un hombre generoso. No tenía ni un minuto para sí, tal vez por eso su vida privada no sea un misterio, simplemente no existía. Era un hombre cultivado, experto en derecho, y no solo español, dominaba también el derecho norteamericano y el de otros pueblos de América, además estaba bien relacionado y era muy audaz en sus contactos con las autoridades norteamericanas, por eso le buscaban todos los grupos de exiliados latinos y él se convertía en su asesor cultural y legal, no por ganas de abarcar, sino porque le llevaba a ello su sentido de la solidaridad. Esa sería la palabra. Era un hombre solidario con todas las causas justas y su vida tenía sentido precisamente por eso. Lo mataron aquí, sí. Siempre ha circulado, en voz baja, que fue en una cárcel privada de Trujillo, a unos diecisiete kilómetros de Santo Domingo, camino de Yaguate, pero Trujillo podía convertir en impune cualquier chapuza, nadie levantaba la voz y aún ahora hay muchas muchas personas que podrían aclarar qué sucedió con Jesús a partir de aquel 12 de marzo de 1956. No han pasado tantos años, al menos para la memoria de un horror como aquel, de una injusticia como aquella. Me he enterado de su estadía aquí por la televisión y por el periódico de esta mañana, que comenta el encuentro de ayer en el Instituto. Quise asistir a la reunión pero tenía trabajo. Tome mis señas. No sé mucho, pero todo cuanto pueda recordar ahora, a partir de esta conversación, lo pongo a su disposición, es como si su llegada hubiera removido los posos y con los posos la memoria y las lágrimas. Recuerdo que Nicolás lloró como pocas veces le he visto llorar cuando se confirmó la fechoría cometida contra Jesús. Yo a veces aún tengo la sensación de que le voy a ver aparecer por mi casa de Broadway, con su sonrisa y su gentileza, siempre cargado de noticias y proyectos, aunque en los últimos años estuvo más pesimista, mejor dicho los últimos meses. La entrada del gobierno franquista en la ONU fue para él un golpe bajo. Era un soñador, a pesar de todas las escamas que le habían crecido a lo largo de una historia tan dura. Os despedís como dos viudas del mismo marido y necesitas darte un baño en la piscina para que el masaje del agua te aclare no las ideas sino los sentimientos. Recuerdas una conversación con Norman sobre la personalidad, su teoría de que la personalidad es como una sucesión de fotogramas de todas las posibles actitudes que has asumido a lo largo de una vida y de pronto te fijas en una, la escoges y esa será tu personalidad dominante, la que crees tener, porque los otros seguirán asumiendo, reteniendo la que ellos escogen, y así te encuentras con todos los Galíndez posibles: el duro ejecutor de la República, el zascandil de Ayala, el noble patriota de los exiliados vascos, el hombre secreto y lúcido de Emilio González, el superagente taimado del libro de Unanue, ese *chevalier servant* que te ha descrito Lucy de Silfa, y probablemente Jesús era todos estos posibles tipos y ninguno de ellos. Tal vez conservó siempre una zona reservada al niño con complejo de autocompasión por su madre desconocida y su tierra lejana y usurpada. ¿Qué tipo escogió en el momento de su muerte? Te gustaría trasladarte hasta esa mazmorra como una Verónica y aplicar la toalla sobre su rostro para grabar el rictus sincero del que va a morir. ¿Es sincero ese rictus? ¿Acaso la cultura no nos ha educado para escoger el rictus de la muerte, incluso la última frase? ¿Qué gritaría el ser humano sin cultura ante la presencia de la muerte? Un alarido, el lenguaje más sincero, el alarido o en su defecto la tristeza biológica del resignado que abre las puertas del cuerpo a la muerte desde la melancolía postrante, con los ojos interiores cerrados ante lo inevitable. El agua de la piscina te contiene las lágrimas, buceas como renunciando a la realidad del día y de la tierra y cuando emerges se ha quedado en las aguas tu angustia, como una suciedad viscosa del alma, y allí te espera la verticalidad de un camarero que ha descubierto el punto exacto de tu emersión.

–¿Miss Colbert, miss Muriel Colbert?

–Sí.

–Un señor la reclama. Dice que había concertado una cita con usted.

–¿Está en recepción?

–No. Está ahí, junto a la barra. Es aquel de la chaqueta azul.

El velo de las aguas que aún llevas en los ojos te impide verlo con claridad. Luego te secas los ojos con el albornoz, te lo pones y aguardas el resultado de la conversación del camarero con el desconocido. Se despega y avanza hacia ti. Es un hombre

345

de unos cincuenta años, o los aparenta. Le cuesta encontrar la fórmula de presentación y la suple con una inclinación y un besamanos impropio de una piscina. Para ocultar tu azoramiento le propones tomar una copa sentados bajo el parasol. Él pide un ron añejo de Macorís y le va la bebida a su rostro enjuto, marcado por la viruela que incluso le ha taladrado una parte del párpado izquierdo. La vi en televisión, señorita, y creo que puedo serle útil. No tanto como otras personas, pero creo poder serle útil. Se detiene, piensa, recuerda tal vez su preparada intervención y finalmente se decide.

—Yo estaba allí. Me refiero a que yo estaba allí cuando llegó el hombre enfermo, ese que usted busca, el español. Jesús Galíndez, don Jesús de Galíndez. Yo estaba allí, sí. Cumpliendo mi servicio militar. Tenía veinte años.

Es como si se abriera ante ti la puerta que lleva a la cámara final de esta pirámide de recorridos secretos. ¿Su nombre? José Rivera Maculeto, para servirle. Le dejé una nota ayer en la recepción. ¿Usted estaba allí? ¿Qué quiere decir allí?

—Es largo de contar, aunque quizá sería necesario que luego hablara usted con alguien que le podrá profundizar lo que yo le cuente.

—¿Se llamaba Dante Laforja ese otro?

—No, no tengo el gusto. No. Vayamos pasito a pasito, si le parece. No soy un hombre de palabra fácil y me aturullo con facilidad si se rompe el discurso. ¿Puedo pedir otro roncito? La invito yo, señorita, es por si le ofende un hombre bebedor. Cada mañana me tomo dos o tres palitos, es que tengo la tensión baja y así me crezco. Resulta que yo estaba ese día de servicio en la prisión llamada Kilómetro Nueve y nos llegó un paquete en una ambulancia, bueno, un paquete era un prisionero. Este debía ser muy especial porque cuidaron de que no hubiera gente en el patio, solo unos soldados que venían en el mismo vehículo, pero yo estaba bruñendo pistolas en la armería y desde allí era fácil seguir lo que pasaba en el patio. Descargaron a un hombre que parecía muerto, pero que no lo estaba, porque cuando sus piernas tocaron suelo intentó apoyarse en ellas, pero se caía, se caía de malito que estaba, supuse, y además vestía demasiado abrigado, como si llegara de otras tierras donde hacía frío. Me chocó precisamente el vestuario, creo que incluso llevaba abrigo. Usted ya sabe cómo son las personas. Bastó tanto secreto para que procurara saber de qué iba todo aquel meneo y a los pocos minutos todo el personal sabía que era un preso especial que traían de Montecristi. No sé si usted sabe que en Montecristi hay un aeropuerto, y luego se supo que allí lo habían descargado. Era Galíndez, don Jesús de Galíndez.

—¿Le vio usted?, ¿pudo hablar con él?

—No, qué va. Imposible. Yo era un simple guardia, pero hasta a los simples guardias nos llegaban los rumores y supimos que era un preso especial, muy especial, de esos presos a los que el Jefe les tenía ganas, muchas ganas. Uno o dos días después, creo que fue al día siguiente, pero no me aclaro, volvieron a limpiar el patio de gente, para que no hubiera testigos, pero luego se escucharon tantos estrellones de puertas de carros, tantas voces de alerta que todos supusimos que había llegado el Jefe en persona. Seguro. Eso pude confirmarlo después. El Jefe fue a ver al preso. Dicen que le preguntó: ¿Tú eres el pendejo de Jesús Galíndez? El otro no le contestó, o porque no podía o porque no quiso, aunque, póngase en su pellejo, seguro que no podía, porque al Jefe nadie le callaba una respuesta sin exponerse a cualquier cosa. Y así fue. Me contaron que el Benefactor lo pateó.

—¿Le pegó patadas?

—Sí, puntapiés y cosas así. No sé cuánto duró la cosa. Luego el Jefe se marchó rodeado del mismo secreto.

—¿Supieron qué había pasado con el prisionero?

—Solo supimos que le habían dado chalina, pero no sé si en la misma prisión o en otro sitio.

—¿Qué quiere decir dar chalina?

—Ahorcar, o estrangular. El resultado es el mismo.

Lo has leído, lo sabías, pero la referencia de un testigo casi directo te convierte la saliva en un tapón doloroso en la garganta.

—Ya ve usted. Yo me he prestado a decir lo que sé, aunque

aún podría crearme problemas porque ha sobrevivido alguna gente de la que rondó a aquel hombre. Pero muchos más han muerto. Yo no soy un hombre ilustrado para recordar los nombres de los principales implicados, muchos de ellos luego asesinados, pero tengo un contacto que está dispuesto a hablar con usted y explicarle toda la trama.

–¿Aquí en Santo Domingo?

–Sí, pero en un lugar discreto y siempre que usted venga ahora mismo conmigo y nadie se entere. Usted se irá de la isla, pero nosotros nos quedaremos. ¿Comprende?

–¿Por qué se ha decidido a venir?

–A veces hablamos de todo aquello. No fue un muerto más. Los sucesos se encadenaron y el asesinato de Galíndez le costó el poder y la vida a Trujillo, pocos años después. Yo me he movido, me he movido mucho, hace tiempo. Cuando pensamos que las cosas podían cambiar. Nunca he tenido mando, eso no, pero he colaborado.

–¿Con Caamaño? ¿Con Bosch?

–Sí, también con ellos, aunque eran dos iluminados, ya se ha visto, hay que ser más realista. Pero sí, colaboré con Caamaño, incluso durante su intento de invasión. Me quedé rodeado en un cerco y caminé cuarenta kilómetros a pie por las lomas de Ocoa, hasta encontrar un lugar seguro, en casa de mi padrino. Un balaguerista conocido. De una manera o de otra siempre hay que esconderse entre las piernas de Balaguer. ¿Puede venir conmigo ahora mismo, señorita? Mi contacto puede arrepentirse. Yo le he convencido. Mi coronel, es un coronel, es la gran oportunidad de quedarse en paz con su memoria y de contribuir a que esta señorita llegue al fondo. ¿Me comprende? Y el coronel me ha dicho que sí. Es un coronel retirado que ahora se dedica a negocios de tabacos en la Zona Franca de Puerto Plata, pero casi siempre está por aquí. Sus hijos y sus yernos le llevan los negocios. Es un hombre principal, muy principal.

–¿Qué intervención tuvo en todo aquello?

–Él contará lo que quiera contar, pero insisto, nadie debe conocer este contacto.

—¿Puedo vestirme?

—Claro, señorita, pero no llame a nadie por teléfono. El coronel puede saberlo.

—¿El coronel controla los teléfonos del hotel?

—El coronel puede saberlo y cuando lleguemos a la casa puede estar cerrada. Después de hablar con él, usted decidirá. Él necesita conocerla, verla, antes de decidirse a hablar.

Te has visto con los ojos puestos en el teléfono, y al teléfono mirabas cuando has salido de tu habitación. En la recepción has pensado fingir que firmabas alguna factura y dejarle algún recado a José Israel o a Lourdes, pero el hombre te marcaba de cerca y había demasiada luz en el trópico como para diluirte, como diluyeron a Galíndez en la Quinta Avenida de Nueva York.

—¿Puedo dejar una nota diciendo que me he ido con usted?

—Eso sí, siempre que no ponga adónde.

«José Israel, me voy con José Rivera Maculeto para establecer un contacto sobre el asunto que nos interesa. Le llamaré en cuanto regrese.»

—Es mi primo, Juan de Dios, yo no tengo carro.

El chofer se parece a tu acompañante, aunque sin marcas de viruela. No conoces lo suficiente Santo Domingo para saber por dónde te llevan cuando abandonas las avenidas que dan al mar y se adentran por un barrio lleno de gentes y algarabías, de almacenes tenebrosos a pesar de la invasión de la luz y olores a frutos recalentados por el sol. El coche se detiene ante el portal de una vieja casa de dos pisos, en la planta baja el rótulo: «Desabollado general». Un taller mecánico, con la fachada en dos bandas, amarilla y azul. Rivera te precede por una escalera de madera, con baranda de hierro pesado y trabajado, y abre de un empujón una puerta móvil sobre la que aparece el rótulo «Tabaquería Areces». Casi toda la recepción la ocupa una mulata joven, culona, desganada y a la vez atareada. Sí, el coronel está y les espera. Carteles de anuncio de tabacos Areces. Mapas de las zonas tabaqueras de la isla, en una vitrina las variantes de puros y cigarrillos fabricados, cubiertas de tiempo y polvo, momificadas. Un ventilador reparte el aire estancado en un despacho cerrado, en beneficio de un hombre gordo esparcido sobre un sillón de madera, giratorio, ante él una mesa llena de papeles aparentemente olvidados desde hace años, en uno de sus gruesos dedos brilla un poderoso anillo con todo el oro y los diamantes de este mundo, ahumado por el humo del puro de medio quilo que entra y sale de sus labios caídos y violáceos. Color de tabaco tiene el coronel Areces bajo sus cabellos plateados y planchados, especialmente sobre las orejas, y sus manos son más oscuras, de esas manos que una estrecha la tuya y la otra te ofrece asiento, respaldadas por una voz cuartelaria que se come las últimas sílabas de sus palabras.

–Hubiera querido recibirla en mi casa, pero tengo urgentes pedidos que atender y muchos problemas que usted no entendería. ¿Qué sabe de tabacos? Nada. Si le molesta apago el cigarro. Muchas gracias. Me pone nervioso la gente que odia el tabaco y lo convierte en una causa patriótica. El otro día tuve un altercado en un avión yanqui. Volaba yo hacia Virginia para apalabrar una partida de capas y me puse a fumar mi cigarro Obús en la zona reservada para fumadores. Otros fumaban sus cigarrillos y yo mi cigarro. ¿Y no me viene un gringo a decirme que contamino? Era uno de esos gringos que se pasan de listos y te hablan con la voz suavecita, con la voz de pato Donald suavecita, y te dan lecciones de modos porque nos toman por indios o por esclavos africanos. Y yo le dije que mi cigarro me lo fumaba porque contaminaba menos que los cigarrillos de otros viajeros. Vino la azafata. El *steward.* El copiloto. Y yo seguí fumando mi tabaco. Si quieren que deje de fumar me abren la portezuela y me tiran al vacío, y al gringo le dije que se pusiera a hacer de pato Donald en tierra, de hombre a hombre, que le iba a balear y me lo iba a convertir en un cenicero. No tuvo redaños luego en el aeropuerto, aunque yo le esperé a pie firme y con otro Obús en mi boca. ¿No fuma usted? Tengo unos panatelas cortos especiales para mujeres, del más fino tabaco del Cibao, tabaco de olor, suavecito, bien suavecito para que no se les abronque la voz a las mujeres. Aquí se hace muy buen tabaco, muy buen tabaco y muy malas capas, y por la capa mueren los cigarros, porque en cuanto se deslía ya no hay quien se lo fume y le queda a uno en la boca una serpentina. Pero la raza del tabaco es buena, sea de olor o sea criollo, sea de la variedad de Amarillo Parado, de Chago Díaz o de Piloto cubano. Las capas, ese es el problema para que el tabaco dominicano compita con el jodío tabaco cubano en los mercados internacionales. Y eso que el tabaco empezó aquí, no en Cuba. Qué lástima que no tenga tiempo de acompañarla por las zonas de producción, el noroeste, el norte, el noreste, la zona central, es un viaje muy lindo por las provincias de Santiago, Espaillat, La Vega, Puerto Plata, Valverde, Montecristi, Samaná, San Cristóbal.

A ti los nombres que te suenan te evocan a Galíndez. Montecristi, el puerto de llegada, Espaillat, la provincia que lleva el nombre de la hacendada familiar del urdidor del secuestro, San Cristóbal, uno de los lugares candidatos al asesinato de Galíndez, y crees que el coronel ha captado el impacto particular de los nombres que pronunciaba.

—Váyase ligero, Rivera, que se acabó el tema del tabaco y vamos a lo nuestro. Dígale a Gladys que no me pase llamadas, a no ser que me llegue un pedido de la cadena Hilton.

Y se echó a reír con todos los amontonamientos y pliegues de su carne.

—Si me llega un pedido de la Hilton, lo siento por usted, señorita, pero tiene prioridad. Lo vengo esperando desde hace diez años, desde que me metí en esto cuando salí del ejército. ¿Sabe por qué me metí? Pues porque no me gustaba el tabaco dominicano que había en el mercado, menos el que ha conseguido elaborar un tal Cerdán, un español de Santiago de los Caballeros que se los hace a la medida de su gusto. Yo me dije: si eso lo ha conseguido un español también puede conseguirlo un dominicano. Compré una plantación, monté una pequeña fábrica y me fui en busca de un buen tabaquero y le dije: maestro, vamos a morir en el empeño. Usted me va haciendo mezclas y yo las voy probando, cuando encuentre el puro que me gusta me paro, usted anota las proporciones y a seguirlas hasta que me muera o hasta que le balee el día en que se equivoque en la fórmula. Y así lo hice. Fumé en dos semanas más cigarros que Churchill durante toda la vida, o que Castro hasta que se hizo mariquita y dejó de fumar. ¿Qué quiere que le cuente, hija? ¿Sabe dónde se ha metido? Los teléfonos de Santo Domingo no hablan de otra cosa, solo los teléfonos. Tiene usted un aspecto cariñoso y a mí me gusta que las mujeres sean mujeres y no marimachos. ¿Por qué le interesa ese vasco de los cojones?

–Es una tesis, un trabajo científico. Es como si hubiera escogido la vida de Duvalier o de Pancho Villa.

–Un trabajo científico. La ciencia me gusta. La ciencia siempre me ha gustado porque ha ayudado a que el hombre sea menos animal de lo que es. Pero Galíndez no fue la pieza importante que todos creen. Ahora todo el mundo gallea y le han dedicado hasta novelas radiales al vasco, pero la muerte del vasco no tuvo importancia. De haberse contentado Trujillo matando al vasco, nada habría pasado, ni siquiera él habría muerto de mala manera. El error empezó cuando se mandó matar a Murphy, eso echó encima a los americanos, sobre todo a partir de la campaña Porter. Y luego matar a Octavio de la Maza para tapar el crimen de Murphy, eso nos echó encima a la familia De la Maza, y el hermano de Octavio fue el que tramó el asesinato de Trujillo. ¿Sabe usted cuántos muertos reúne esta historia? Apunte, señorita: Galíndez, el vasco, muerto en la cárcel del Kilómetro Nueve; Murphy, el piloto que lo trajo desde Nueva York, asesinado en el cuartel general de la Policía; De la Maza asesinado en prisión, ahorcado después de obligarle a firmar una carta que ni siquiera había leído; el Dr. Rivera, el médico que drogó a Galíndez y le acompañó durante el viaje, luego se deprimió el pobretico y le dieron cianuro para sacarle de la depresión y suicidarle; Gloria Viera, la supuesta amante del Galíndez, pero en realidad amante del Cojo, apareció muerta como consecuencia de un accidente de carro y no sabía conducir; a todas las mujeres les deberían quitar el carnet de conducir; su «chulo», el Cojo, uno de los implicados en planear el secuestro, desapareció un buen día, ascendió a los cielos, como la Virgen, o bajó a la fosa marina donde se lo comieron los tiburones. Pero antes de morir aún tuvo tiempo de balear en México al traidor Almoina, después de haberlo planchado con un automóvil. ¿Conoce usted el caso? Claro que lo conoce. Almoina era un gallego reservón que jugaba con dos caras, con una le lamía todo lo que hubiera que lamer al dictador y a su familia y con la otra escribía una obra infamante, *Una satrapía en el Caribe,* pretendiendo esconderse bajo el seudónimo de Gregorio Bustamante. Para disimular llega a insultarse a sí mismo varias veces a lo largo del libro, «... ese miserable gallego Almoina», pero Trujillo sabía que Bustamante y Almoina eran la misma persona y esperó pacientemente, más pacientemente que con Galíndez, y eso es lo que me extraña, aunque se dice que fingió perdonarle la vida al gallego a cambio de escribir una refutación de *La era de Trujillo* del vasco. Finalmente no esperó más y el cuatro de mayo de mil novecientos sesenta lo mandó atropellar y balear en la capital de México, repito, primero lo planchó un carro y luego bajó un cojo y lo baleó. No quiero que usted tenga una mala impresión de mí, señorita, pero se lo tenía merecido, porque no está bien jugar con dos caras, con dos caras tan duras como la de Almoina.

–Era un superviviente.

–Un mal superviviente.

–Había conocido a Galíndez desde el exilio en Burdeos y tal vez solo tratara de salvar las dos vidas y una vez muerto Galíndez no quiso ensuciar su memoria.

–Lea *Una satrapía en el Caribe.* Es un libro sucio, desleal, esa es la palabra.

Le dices que lo has leído, fichado incluso, aunque no parece haber entendido qué quiere decir «fichar un libro», y ante tus ojos se desploman las fichas, las suciedades vertidas por Almoina contra Trujillo: su mujer, harta de comer carne, se había convertido en moralizadora; a Trujillo le gustaba exhibirse desnudo después del baño para que la corte de aduladores exclamara ¡qué cuerpo!, ¡qué blancura de piel!, ¡qué formas!, ¡qué musculatura! ¡Así se explica que las mujeres no resistan al Jefe!

¡El Jefe es un gallo, estuvo con dos mujeres toda una noche y las dejó agotadas!; era un sanguinario capaz de exterminar a doce mil haitianos, de degollarlos, sin que se moviera ni un músculo de alma; un aprovechado de los inmigrados, de aquellos cinco mil españoles que llegaron a Santo Domingo en 1940, de los que solo quedaban cien siete años después, tan despavoridos huían de las condiciones de poder de aquel salvaje, salvo casos de judas como «... el indigno Almoina». Se insultaba a sí mismo creyendo refugiarse en una coartada salvadora y Trujillo dejó que creyera en su táctica de avestruz, hasta que fue a por él.

–Fue a por él, lo planchó y lo baleó, sí, señorita. Y en este caso lo justifico. Yo habría hecho lo mismo, y considero el caso Almoina por separado del de Galíndez. Pero no he terminado el inventario de las muertes que acompañaron la desaparición de Galíndez. Espaillat, Arturo Espaillat, el Navajita, ese fue el cerebro del secuestro, perdió el poder político tras el asesinato de Trujillo, se exilió y luego apareció suicidado en Canadá. Alguien, al enterarse del asesinato de Trujillo el treinta de mayo, comentó: ¡Qué lástima, se murió el mejor de los Trujillo! No diré yo lo mismo, pero los que heredaron el poder no fueron más misericordiosos. El asesinato de Trujillo cerraba el círculo vicioso abierto por la muerte de Galíndez, por tantas muertes de las que ya le he hablado, a las que hay que añadir la de piezas menores, testigos del despegue del avión de Murphy en Estados Unidos o de su aterrizaje en Montecristi, peones. Pero analice usted la lista y vea que no se anduvieron por las ramas y que algunos crímenes fueron horrorosos. El de Galíndez no puedo contárselo, al detalle, quiero decir, pero el de Murphy sí. ¿Quiere que se lo cuente?

Sus ojos son casi ranuras trazadas por la perspicacia, el sarcasmo y la agresión del humo del cigarro. Ha sembrado su monólogo de referencias tan concretas que te invita a asumirlo como protagonista o al menos como testigo cercano de tan larga, tenaz matanza, aunque marque distancias y solo se recree en la ejecución de Almoina. Para él, el gallego equívoco no es otra cosa que un miserable merecedor de morir dos veces. Para ti es una figura trágica, un empleado de correos gallego hijo de un médico de Lugo, afiliado al Partido Socialista, perdedor menor de una guerra mayor, universitario tardío, especialista en erasmismo, amigo más o menos de Sánchez Albornoz al que conoció en Burdeos, alto, moreno, te lo han descrito los pocos que lo recuerdan, muy alto, muy moreno, y te imaginas su largo cuerpo aplastado por los neumáticos, su morenez agujereada por los balazos que daban al asesinato el pulso de una mano humana aferrada a la culata, al final de un largo brazo, el largo brazo de Trujillo. Pero tus ojos se levantan desde esa piltrafa rota caída sobre el asfalto más sucio de este mundo y atienden el movimiento de los labios de Areces, empeñados sin esperar tu respuesta en el relato de los últimos minutos de la vida del piloto Murphy. Te coloca ante un hombre abandonado, acorralado en su celda, sin comprender cómo ha podido dejar de ser un huésped mimado de honor del lujoso hotel Jaragua, un asesor especial al que van a encargar una línea de aviones comerciales dominicanos, para convertirse en este animal rodeado de matarifes displicentes. Lo llevaron a una celda solitaria de la Sección de Robos y allí estaban dos policías y los oficiales Soto Echavarría y Hart Dottin. De pronto Murphy leyó la sentencia de muerte en los ojos de los policías y trató de escapar, y cuando se le echaron encima y le derribaron empezó a gritar.

—Como un puerco en el matadero, señorita, unos gritos que te helaban la sangre o te la encendían, una de dos, como se le enciende la sangre al matarife y termina cuanto antes con el animal. Le golpearon con un madero en la cabeza y entre un policía y un sargento le dieron chalina, es decir, le ataron una soga al cuello y tiraron con todas sus fuerzas. Luego metieron el cadáver en un jeep y lo llevaron hasta la costa, donde solían hacer este tipo de operaciones, frente al matadero municipal. Le abrieron el estómago con un machete para que no flotara y para que los tiburones se dieran el banquete cuanto antes. A los tiburones les gustan las entrañas, mucho más que las piernas y los brazos, y ya ve usted en las películas cómo se comen sobre

355

todo las piernas y los brazos. Los del cine no saben de eso. Si aún le quedan ganas de saber más cosas, yo me he calentado, señorita, y cuando un dominicano calienta la lengua es difícil pararla. Usted me cae bien, me ha entrado bien y además me gusta colaborar con la ciencia, que tanto ha hecho por el género humano. ¿Quiere un refresco? ¿Una Coca con un traguito? Así me gusta.

Ha pegado un puñetazo en el interfono y ha proclamado a voz en grito su deseo de que le traigan dos Coca-Colas muy cargadas de ron. Tengo la lengua pegada al paladar, como esos malformados que nacen con la lengua soldada. La mulata ha conseguido introducir el culazo repisa en la habitación y además la bandeja con dos vasos largos. Ni te ha mirado. Ha entrado y se ha ido con el mismo cansancio.

—Yo era entonces un joven oficial, algo parrandero y compañero de juerga de muchos de los que le he mencionado. Octavio de la Maza, por ejemplo, o el propio Soto Echavarría, un hombre disciplinado que está presente en el asesinato de Murphy y, ojo, también en el de Octavio. Todo se lo cocieron los del servicio secreto y Balaguer tuvo mucho cuidado en borrar las pruebas entre mil novecientos sesenta y mil novecientos sesenta y ocho, cuando ya los gringos se cansaron de seguirle la pista al caso, porque todos los caminos iban a parar a lo que Balaguer había ocultado y a Soto Echavarría. Pero volvamos atrás, señorita, porque un trabajo científico debe poner las cosas en orden y no en desorden. ¿Sabe usted quién es Alberto Sayán de Vidaurre? Pues un fino intelectual colaborador del reverendo Óscar Robles Toledano, cónsul de la República en Nueva York en el año de gracia de mil novecientos cincuenta y cinco. Sayán de Vidaurre se entera de que el vasco está cociendo la tesis contra Trujillo y no se sabe cómo memoriza incluso fragmentos, vaya usted a saber qué gentes se movían alrededor del vasco como para que esos fragmentos llegaran al consulado dominicano. El reverendo era más trujillista que Trujillo y con lágrimas en los ojos y en la máquina de escribir redacta un informe o se lo hace redactar a Minerva Bernardino, hermana del

356

tremebundo Félix Bernardino, y ese informe carta llega a Trujillo, que se demuda y nos demuda a todos. Yo andaba por allí, por palacio, de ayudante de no sé qué ayudante de un ayudante de su hijo, el Medallitas, y hasta a mí llegaron los berridos del Jefe. Pero allí a su lado estaba el hombre frío y calculador que le dijo: Jefe, déjemelo a mí. Y ese hombre frío, Espaillat, le pide a Robles Toledano que trate de sobornar a Galíndez para que no siga adelante con su trabajo y empieza el corredero de emisarios. Gloria Viera, el Cojo, Almoina, el propio FBI, que advierte a Galíndez de los riesgos que corre. Y el vasco que se vuelve borrico y no cede, que escribe la tesis y que la presenta y que va a publicarla. La orden del viejo es tajante. Que me traigan a ese pendejo, a ese hijo de la gran puta y me lo dejen a mí, no a un don nadie, a mí, para que sepa con quién se ha metido. No se preocupe, Generalísimo, que eso está hecho. Espaillat. Espaillat siempre tenía hielo en la cabeza, era tan alto que tenía la cabeza nevada, con nieves perpetuas. Y se lo montó. Vaya si se lo montó. Apunte a los principales implicados y qué hizo cada cual. No se lo canto por orden alfabético porque mi cabeza no da para tanto. No me grabe. Eso sí que no, pero apunte. ¿Tiene con qué?

Tenías con qué aunque el pulso no te acompañaba. Ninguno de los nombres te es desconocido. Todos o casi todos tienen su ficha. Lo nuevo es el hilo interno del relato, esta narración oral que el coronel dicta como si hubiera estado presente en todos los hechos, sin pronunciarse, sin sancionarlos. Fracasado el sector diplomático, Óscar Robles Toledano, Minerva Bernardino, Sayán de Vidaurre, los emisarios, Espaillat prepara el secuestro en colaboración con Frank, el exagente del FBI, que solo tuvo que pagar quinientos dólares por el secuestro y asesinato de Galíndez. Los demás no pagaron ni un dólar, aunque a muchos les costó la vida. Junto a Frank, el detective privado Schamahl, el que enlaza a Frank con Murphy e interviene el teléfono de Galíndez para grabar sus conversaciones y estar al tanto de sus idas y venidas. Al Cojo se le encarga que deje Estados Unidos lleno de pistas falsas que distraigan a la opinión so-

357

bre el verdadero destino de Galíndez. El ayudante de Espaillat, teniente Emilio Ludovino Fernández, hoy flamante dirigente de un partido democrático, en su día colaboró en la organización del secuestro de Galíndez y en la celada que se tendió a Murphy; el teniente Shultheiss, de la policía de Nueva York, colaboró en la destrucción de Galíndez y se dice que fue quien proveyó a Frank del documento de registro y detención que engañó a Galíndez y le obligó a abrir la puerta de su departamento; Félix Bernardino, hermano de Minerva y colaborador directo del secuestro; el capitán Logroño, el oficial dominicano que recibe el bulto Galíndez en Montecristi y se lo pasa al general Trujillo Reinoso, sobrino del Benefactor, para que le lleve el paquete por aire hasta Santo Domingo y luego a la cárcel del Kilómetro 9; el pobre Logroño, señorita, no pudo soportar la presión de los interrogatorios de los agentes norteamericanos y trató de suicidarse, pero en este país no se suicida nadie, le suicidan; los doctores, señorita, los doctores, Rivera, el que acompaña a Galíndez desde Nueva York, y Ramón Reyes Fernández, el teniente médico de Montecristi que coge el testigo de la mano de Rivera y acompaña a Galíndez hasta Ciudad Trujillo, cuidando que no se muera por el camino, porque el Jefe lo quería vivito y coleando, Ramón Soto Echavarría, ese sabe todo lo que debe saberse del asesinato de Murphy y el FBI iba a por él pero Balaguer se lo metió bajo las faldas. Tenía un buen equipo Soto Echavarría, como para echar a correr si te los encontrabas en un descampado. Anote, anote, la fauna. Un zoo completo: el policía Barrientos, el coronel Santos Brito, Aguilar, alias Oché, un exboxeador gagá que fue ascendido a teniente poco después de los asesinatos de Galíndez, Murphy y De la Maza. Llegó muy lejos, llegó a ser el más sangriento sicario de Belisario Peguero, jefe de la policía. Y si quiere empezamos con la trama americana, con las estribaciones del lobby trujillista. Stanley Ross, el editor del *Diario de Nueva York,* supuesto amigo de Galíndez, pero encubridor del secuestro y uno de los que más contribuyeron a desorientar a los que buscaban al vasco; Charles Alton McLaughlin, un excoronel de aviación, cubrió la desaparición de Murphy mientras transportaba a Galíndez, y los que cuelgan, que son peces gordos y a tanto no llego, pero hay quien llega. La trama dominicana apenas si cuenta, entre los que fueron asesinados y los que están medio muertos por la edad. Hay que contar con encubridores, como el propio Balaguer o Troncoso o Manuel de Moya, o H. Cruz Ayala, y los diplomáticos yanquis de la época, demasiado untados por Trujillo, y los diplomáticos españoles que no quisieron ni enterarse de lo que pasaba, hasta que el suegro de De la Maza les pidió refugio y se lo sacaron de encima. Pero la trama americana, esa es la importante y llega muy arriba. ¿Cómo se habría atrevido Trujillo a una operación semejante si no se hubiera considerado altamente protegido en Estados Unidos? Luego salieron los nombres de Ernst, el abogado que elaboró el informe trujillista, y Roosevelt, el hijo del presidente y de Eleanor, que no había heredado la repugnancia a las dictaduras que tuvieron sus padres. Pero no, si quiere hacer un trabajo científico no se conforme con estos nombres. Si es usted una científica, una buena científica yanqui, nada tiene que hacer aquí, en República Dominicana. Trujillo está muerto y Espaillat también, y Arturo sabía de todo esto más que el propio Trujillo. El Jefe daba las patadas, pero Arturo le escogía las botas más adecuadas para darlas. Balaguer, ese cierra el triángulo y es un muerto en vida. Dicen que está ciego. Siempre lo estuvo para lo que no le interesaba ver. Y ha borrado todas las pruebas de la trama dominicana. ¿Está asustada?

Impresionada. Estás sorprendida porque los hechos pueden resumirse, de la misma manera que el argumento de cualquier novela cabe en quince líneas, y eso en las novelas que tienen argumento. Todos esos nombres son fichas, fichas que has ido coleccionando durante años, pero en boca del coronel adquirían su verdadera condición de víctimas o verdugos, y el coronel se reservaba simplemente la de testigo o relator sin revelar de qué parte estaba. Probablemente entonces estaba de parte de sus amigos, esos a los que invoca por su nombre, Octavio, Arturo, y ahora no está de parte de nadie, ni siquiera de ti.

—Me ha prestado un gran servicio, coronel.

—¿Está usted segura? Bien, si ya lo sabe todo, le voy a dar un buen consejo. Déjelo correr. Cuando mataron a Trujillo dispersaron a su familia y trajeron la democracia vigilada, hubo un doble juego, muy típico de los yanquis. Mientras una parte de los servicios secretos luchaba por investigar la verdad de lo sucedido, otra parte trabajaba para borrar las pocas pruebas que quedaban. Después de la guerra mundial, el Departamento de Estado perseguía nazis infiltrados en la administración y la otra parte los infiltraba porque necesitaba la técnica, la experiencia de los nazis para combatir el comunismo. Ustedes son así. Tienen de todo. La luz y las tinieblas, en perfecto equilibrio, y nosotros nos quedamos con la sangre, la basura, la mierda, somos su cloaca, les prestamos verdugos y asesinados y luego aún pretenden hacer un Núremberg a propósito de Galíndez y Murphy... Un poco de seriedad, gringos. Un poco de seriedad. Cuando Trujillo frenaba la conspiración comunista en el Caribe, Trujillo era buenísimo, pero cuando aquel moreno se creyó que era un aliado, de tú a tú, y empezó a tomar decisiones como la de desprenderse de los tibios, de gentes como Betancourt o Muñoz Marín, entonces viene el Tío Sam con los escrúpulos y le recuerda al aliado que es un súbdito. Y como el aliado les sigue tocando los cojones, pues a por él. Ellos lo hicieron, ellos lo destruyeron. ¿Murphy? Un pretexto. ¿Galíndez?, menos que eso. ¿Me va a hacer caso? ¿Se va a ir con la linterna a su tierra?

—Más o menos intuyo adónde me va a llevar esa linterna. Pero he venido aquí no solo en busca de los criminales, sino sobre todo de la atmósfera que rodeó a Galíndez en sus últimos momentos.

—La atmósfera.

—Si pudiera recuperaría el aire que respiraba, la manera de respirarlo.

—¿Y eso es científico? Mejor que vaya a una vidente, igual le consigue el número de teléfono de Galíndez.

Estaba decepcionado, pero aún conservaba curiosidad por

tu capacidad de reacción y le has dicho que te maravillaba su poder de síntesis, no tanto, sin embargo, como la sensación que te había comunicado de haber vivido cuanto había relatado, la familiaridad con que hablaba de los principales protagonistas de la tragedia. Desde muy joven, señorita, desde muy joven tuve que asumir responsabilidades de mando y de información que quizá estaban por encima de mis capacidades, pero les hice frente, y quizá no salga en las fotografías principales del trujillato, pero yo estaba allí, obedeciendo y mirando y grabando en mi cabeza lo que me mandaban y lo que veía. Ramfis me distinguía con su confianza y si luego no hice la carrera que me merecía fue por la confianza que en vida me dispensó Ramfis, no su padre. Y ser amigo de Ramfis significaba ser amigo de Octavio, de Octavio de la Maza, su compañero de parrandas, su amigo del alma, tanto que Ramfis nunca perdonó a su padre, señorita, ni la sombra, ni la más mínima sombra de sospecha de que hubiera tenido algo que ver con su muerte.

—¿Se puede visitar la prisión del Kilómetro Nueve?

Se te ha escapado casi la pregunta, le has roto el discurso, y tras una mirada indignada ha suspirado resignadamente, ah, ya veo, ya veo, es usted insistente, ya veo que va a seguir mirando debajo de las alfombras dominicanas. Y en vano le has dicho que te interesa todo cuanto afecta a Galíndez, que nada de lo suyo te es ajeno. Pero has dejado de interesarle, aunque lamenta que ni su tiempo ni el tuyo permitan un viaje hacia La Vega, donde tiene las plantaciones y la factoría de tabaco, aunque los almacenes terminales de expedición estén en Puerto Plata. Sobre su tiempo ocupadísimo nada sabes, de la misma manera que él nada sabe de tu tiempo. Te está diciendo que te marches y finges urgencias que él comprende y acepta.

—Pero no se vaya de aquí tan flaca ni tan blanca. Báñese. Tome el sol y báñese, que las pecosas son muy bonitas cuando el sol les repinta las pecas.

De un puñetazo ha puesto en marcha el interfono, pero sigue sin fiarse de él y grita. ¡Rivera! ¡Rivera! ¿Dónde coño te has metido, Picado? Y Rivera entra y se inclina como diciendo a sus órdenes, mientras la mole se levanta y todas las carnosidades se inclinan ante ti, la mano del anillo refulgente coge tu mano y recibes el hálito de una respiración forzada sobre el dorso. Rivera y su primo se sientan delante y te ofrecen una cerveza helada que sacan de una pequeña nevera de hielo picado situada tras el cambio de marchas. Estaba sulfuroso el jefe pero no le haga caso, señorita, igual pasa de un estado a otro en una mañana y vuelve a pasarse, no hay que hacerle caso. Ya en el hotel, Israel te esperaba a solas con sus reflexiones y te ha dedicado una mirada aliviada cuando te ha visto aparecer por la puerta giratoria. Me ha dejado esperando, Muriel. Le hablas del encuentro con Rivera y Areces, nadie te ha advertido que lo ocultes después de haberse producido, y Cuello se desconcierta.

—No es que conozca a todos los coroneles o excoroneles, pero ese no me suena. Y el picadito, tampoco. Uno siempre subestima el territorio de la República y piensa que conoce a todo el mundo.

Israel ha localizado a la viuda y el hijo de Martínez Ubago, el que sucedió a Galíndez en la representación del PNV, pero no podrán recibirte hasta el anochecer. Israel te propone relajarte, te acompaña a la playa de Boca Chica, te das un baño en el mar, coméis un guisado de tortuga y volvéis con el fresquito, al atardecer, para atender el compromiso con María Ugarte, la viuda, y Martínez Ubago hijo. Pasáis por la Editorial Taller a recoger a Lourdes. Mientras la esperáis, José rumia lo que le has contado y no está de acuerdo ni con el coronel ni con la situación. Ha querido presumir de protagonista histórico, ese coronel, o quizá vivió lo que ha contado, como tanta gente. Las dictaduras son panteístas, el dictador consigue depositar un pedacito de sí mismo en todos los demás. Cuando José Israel os ha visto predispuestas para la escapada, el baño y la tortuga, ha desertado.

—Ya son dos y no me pide el cuerpo a mí el baño. Distráiganse y déjenme a mí haciéndome millonario y luchando por las culturas.

No le ha gustado a Lourdes el embarque, pero se lo toma

con paciencia tropical. Pues te convendría moverte, José Israel, pero el hombre se ha sentado ante su procesador de textos e interroga a la máquina con la misma cara de sorna con que interroga a su historia o a la vida y Lourdes lo deja por imposible. Es la primera salida de Santo Domingo capital que haces y Lourdes te resume la ciudad, el país, el nordeste turístico, adonde llegan las inversiones yanquis, la zona tabaquera, la frontera maldita con Haití y esa paranoia de isleños que los fuerza al viaje para escapar de la claustrofobia de la isla. Y sin embargo la añoran en cuanto se han separado de ella dos semanas, a pesar de una historia de crueldades que les ha dado de lleno: el trujillato, la sucesión de Balaguer, las esperanzas revolucionarias de Bosch y Caamaño fallidas, el país invadido por los marines norteamericanos y otra vez Balaguer, el eterno, el subdemócrata vitalicio, el posdictador vitalicio, siempre con sus prefijos para poder ser entendido y calificado. Lourdes tiene una cabeza de estatua dominicana, en el caso de que los dominicanos tuvieran estatuas. Un resumen de razas compone este rostro armónico coronado por un pelo cortado aparentemente a lo chico, pero corregido por la curvatura sobre la frente, y le dices que te gusta su corte de pelo y se echa a reír porque no esperaba tu comentario, porque la has acostumbrado a preguntas políticas o históricas y de pronto descubre que eres una mujer como ella, que la miras como solo puede mirar una mujer a otra mujer. Luego os bañaréis en un mar verde, blanco, caldoso, lento, hasta encontrar una profundidad que permita la natación, y te entregas a la búsqueda de la profundidad con su frescor. Pero tal vez has escogido un estilo de natación poco conveniente. El *crawl* invita a pensar. Los brazos pueden marcar el ritmo del pensamiento y los pies lo impulsan. Y así te ves a ti misma nadando en aguas llenas de naufragios humanos, Galíndez uno más, unas millas más al sur, parte de sus restos pueden haberse convertido en fondo marino para siempre, materia orgánica confundida con los corales y los misteriosos posos del mar. Y a tus oídos sumergidos llegan las sonoridades de tus brazadas como si fueran chasquidos de palabras y hasta crees oír pala-

363

bras, llamadas que vienen del fondo del mar y solo vienen de dentro de ti. Emerges, para notar que tus pies solo tocan el suelo de puntillas, y aun sumergiéndote ligeramente. Lourdes nada plácidamente de espaldas, con el rostro feliz, los ojos cerrados, y no ve al pasar a tu lado la ansiedad que ha convertido tu respiración en un ronquido. Empiezas a nadar hacia la playa, pero en cuanto tus pies tocan fondo, prefieres avanzar corriendo, como si te repugnara meter la cabeza en aguas que te parecen sangrientas y llenas de ecos ahogados. La simpatía de Lourdes, el estofado de tortuga, la cerveza, el ron, el café te han sacado de dentro los temblores y hasta has pensado en Ricardo, en su reacción ante el estofado de tortuga. ¿Qué sabe usted del estofado de tortuga, don Ricardo? Lo suficiente como para preferir el de ternera. Esa hubiera sido la respuesta de Ricardo y te ríes.

–¿He dicho algo que te divierta?

–No. He recordado a un amigo.

–Si nos vestimos aún tenemos tiempo de costear y así podrás ver un poco más del país. No todo van a ser viejos galápagos del trujillato tan estofados como esta tortuga.

Luego el paisaje y la alta hora del atardecer te han llenado de plenitud, o quizá solo lo haya conseguido una digestión afortunada del poco estofado de tortuga que has probado y en cambio de la espléndida ensalada de frutas de la que has repetido.

–No pasemos de San Pedro de Macorís, porque regresaríamos tarde. Pero es una lástima, un poco más arriba está La Romana. Es la zona preferida por los turistas.

–En San Pedro de Macorís tenía Galíndez contactos. Y había una célula fuerte de comunistas españoles.

–También la hubo de comunistas dominicanos.

–¿Qué queda de ellos?

–Poca cosa. Esta es una zona difícil para el comunismo y la gente se apunta a otro tipo de radicalismo, todos los partidos de izquierda están en crisis, desunidos, peleados. José Israel no quiere meterse en ese gallinero y considera liquidado el modelo cubano y condenado al fracaso el de Nicaragua. Y además esto es una isla. Esto siempre es una isla, pienses en lo que pienses, consideres lo que consideres.

Entrabais en Santo Domingo y ante un semáforo os ha asaltado un enjambre de niños limpiadores de parabrisas. Lourdes los ha dejado hacer, pero en el coche más próximo, un coche alemán de importación, un criollo malcarado y con sombrero de paja ha rechazado el asalto del niño mendigo limpiador.

—Es que está sucio, señor.

—Tú sí que estás sucio.

Y lo estaba, con la suciedad de un niño que no merece ser llamado sucio. Se te ha encendido la sangre y has estado a punto de asomar la cabeza por la ventanilla y cagarte en sus muertos, como se hubiera cagado Ricardo, como se caga la gente en España, seriamente, nada más y nada menos que en sus muertos. Pero eres una extranjera, también aquí y ni siquiera te queda el derecho de ser solidaria con los mendigos en contra de sus señores. A ellos los une la dialéctica de la nacionalidad, y a ti te separan todas las extranjerías. José Israel os esperaba bajo un poniente anaranjado que daba decadencia imperial a las arqueologías de la conquista. Los Martínez Ubago viven en un barrio residencial céntrico, en un pequeño chalet, que en Madrid llamarían hotelito, con un breve jardín alrededor y ese aire de desgaste tropical que tienen todas las construcciones no monumentales, todas las construcciones que no tienen vocación de pirámides. María Ubago es una anciana que aún conserva restos de su esplendor rubio, en su cabellera de trenzado historiado, y una gran curiosidad por ti, como si fueras la enviada de un pasado que creía muerto. El hijo está prudente o receloso. Aún no es un viejo. Es un hombre maduro que conserva musculatura histórica en tensión, que aún conoce la medida del peligro y recuerda calculadoramente, como te recibe y te introduce en una vivienda en la que tanto él como su madre te parecen dos exiliados interiores. Os meten en un dormitorio, ajenos a otros pobladores de la casa que están viendo la televisión en una deslucida penumbra y sentada doña María en la cama, su hijo a su lado, vosotros donde podéis, Martínez Ubago recompone sus recuerdos de niño, de adolescente, y su madre recuerda sobre todo a su padre, al médico de Sabana de la Mar que se ganó el afecto de las clases populares, pero no su dinero. El hijo recuerda a Galíndez desde su estatura de niño y su presencia epistolar cuando comunicaba con su padre, el heredero del cargo de responsabilidad de los nacionalistas vascos en Santo Domingo. Su padre tuvo que atravesar varias veces el alambre funambulero entre su amistad con el odiado Galíndez y la necesidad de defender los intereses de la comunidad vasca. Los recuerdos de la viuda van todos detrás de su marido y Galíndez es un personaje dentro de una fotografía en un día feliz de exilio, los vascos reunidos para cantar, porque lo que le gustaba a mi marido era el orfeón y a él dedicó buena parte del ocio, allá en Sabana de la Mar. ¿Galíndez? Martínez Ubago hijo es un hombre maduro pero tímido, o tal vez se haya sentido demasiado abrumado por la historia a la que le han nacido. Él no eligió ser un niño exiliado, crecer a la sombra del miedo a Trujillo y del odio al franquismo, hacerse adulto en el recelo de ser heredero de una razón náufraga en una isla del Atlántico, sin poder sentirse nunca ni español, ni vasco, ni dominicano del todo. Simplemente, un niño Robinson atrapado en una memoria que no era rigurosamente la suya. Lo adivinas cuando te cuenta vacilantemente su operación de identificación del cadáver de Galíndez. Su padre la había practicado por su cuenta cada vez que le llegaba la noticia de que habían aparecido restos humanos sin identificar, pero a él le tocó, ya muerto Trujillo, ir a la Sala de Disección de la Escuela de Medicina a repasar uno por uno cadáveres en formol que un forense con visión de futuro había conservado ocultos, para algún día ajustar las cuentas a la crueldad de Trujillo.

—Eran los muertos en la invasión de Luperón de mil novecientos cuarenta y nueve. Revolucionarios cazados a tiros y a palos, nada más desembarcar.

Tal vez haya perdido la capacidad de emocionarse o tal vez aún esté sorprendido de que toda esa memoria no haya sido inútil. Te ofrece cartas de Galíndez a su padre, como quien te ofrece lo mejor de su propia arqueología, y la conversación deriva hacia los cuarenta años largos de exilio y distancia que ya nadie le devolverá ni les reconocerá. El retrato de Galíndez es el más propicio. Era tan alegre, dirá María Ugarte, y el hombre lo reconstruye más a partir de los recuerdos ajenos y de las fotografías que de su experiencia propia, pero tiene de Galíndez un recuerdo propicio, suave, el hombre de la capital que de vez en cuando traía consignas y noticias de una próxima caída del franquismo a medida que los aliados avanzaban por los cuatro horizontes de la tierra y el mar. Es ella la más ilusionada en que si alguna vez pones por escrito esta noche, este encuentro, este trasvase de nostalgia, ella pueda leerlo y te da sus señas escritas en una letra caligráfica, educada veinte años, cuarenta años antes de que tú nacieras, una letra para cartas de náufragos, metidas en una botella de verde opaco, casi negro, a la sombra de la mortecina penumbra tropical. Cuando salís, los otros pobladores de la casa nada dicen ni os dicen. O han aprendido a no autodestruirse compartiendo una memoria cruel o destruyen negándose a asumirla. Estás triste, porque es triste esta estampa de Robinsones en un dormitorio tan cargado de cosas y ausencias como cualquier dormitorio español. Te despides de José Israel y Lourdes, que te prometen conseguir la ruta del sacrificio, acercarte mañana a las posibles ubicaciones del martirio de Galíndez. Les has dicho que no deseas cenar, que aún tienes la tortuga en el galillo, que debes ordenar tus notas, pero quieres llegar al hotel por si se han concretado las alusiones del coronel. Otra vez la barbacoa pone aromas de cremaciones en tu terraza y la música de una orquestina regala a tus compatriotas enrojecidos la ilusión de que es posible el paraíso. La piscina es una gema iluminada por luces subacuáticas y te tirarías desde la terraza, de no mediar cinco pisos, como una «clavada», en busca del frescor y las transparencias de unas aguas que nada esconden. Es entonces cuando alguien llama a tu puerta con los nudillos y vas a abrirla cuando tus pies tropiezan con un papel que han pasado por debajo de la puerta. Mientras lo recoges, retardas el abrir, y cuando lo haces solo te aguarda el pasillo vacío. Cierras y pones la aldaba de seguridad. «Según lo convenido, se pondrán en contacto con usted. Siga las instrucciones sin variar ni una coma. No salga de la habitación hasta que reciba el llamado.» Firmaba: «Dante Laforja Camps». El que faltaba. Ya estás en el centro de un triángulo compuesto por el coronel, el picado de viruela y este enigmático Laforja Camps que te anuncia mensajes prodigiosos. Mientras los aguardas, pones por escrito tus impresiones del día y no sabes cómo concretar la angustia, el ataque de angustia padecido en el mar. Estás en una isla, te dices, y participas de esa sensación de horizonte cerrado de la que te hablaba Lourdes. Ni siquiera en una isla. Estás en un país que es media isla, y en estas divagaciones que te distraían más que te cansaban, el teléfono ha repicado como un intruso. ¿Es usted la doctora Colbert? Es una voz que parece fingida, como la de un viejo con voz infantil o la de un niño con voz de viejo. Me parece que estoy en posesión de datos que le interesan, de datos que son un puente definitivo entre lo que pasó en Santo Domingo y lo que pasó aquí, en Estados Unidos, concretamente en Miami, donde se organizó el plan de qué hacer con Rojas. Ya sabe de qué le hablo. Pero es imprescindible, para su seguridad, que venga cuanto antes a Miami y que nadie se entere de su salida de Santo Domingo. Todo está preparado para que su ausencia no se note. ¿Y mis amigos de la isla? Vendrán a buscarme mañana. Todo está previsto. Baje a recepción y encontrará a su nombre una serie de documentos que se lo facilitarán todo. Solo le doy un dato. Me juego el pellejo y me llamo Angelito. ¿No se ha encontrado nunca mi nombre a lo largo de la investigación? Entonces la voz ha desaparecido, ha sonado una fuerte aspiración de aire y el viejo ha cantado: *Eusko gudariak gara / Euskadi askatzeko / gerturik daukagu odola / bere aldez emateko...* Salga a la terraza. El Sheraton no es de mis tiempos, pero más o menos sé dónde está ubicado. Casi enfrente de donde está el hotel, yo he pasado muchas veces con Rojas, hablando de Euzkadi. Yo estaba allí cuando vinieron. Allí. Sí. En el allí que está usted imaginando. En el número 30 de la Quinta Avenida. ¿Es suficiente? Baje a recepción. Solo tiene que bajar a recepción y seguir las instrucciones. El clic te ha devuelto a la sensación de realidad y por un instante no has podido salir del ámbito de ensoñación creado en torno al teléfono. Tal vez esa voz, esa voz prefabricada, al servicio de un inglés latino, de pronto interrumpida por frases españoles perfectas, casi sin ceceo ni seseo. Aún tratas de imaginar al que te ha llamado cuando estás ante el recepcionista y le pides si hay algún mensaje para ti. El recepcionista te tiende un grueso sobre que guardaba bajo el mostrador, no en tu casillero.

–Me han dicho que bajaría usted ahora mismito a buscarlo.

No lo abres hasta estar en tu habitación, cerrada y bien cerrada por dentro con el aldabonazo de seguridad. Abres el sobre y de él sale un billete de ida y vuelta Santo Domingo-Miami, un día, un día de luz y tal vez definitivo. Un billete a nombre de Gertrud Driscoll y junto al billete un pasaporte con tu fotografía, un plano de Miami, una indicación del lugar del encuentro y una advertencia: Sobre todo no diga nada al matrimonio Cuello, no es por la seguridad de usted, es por la de sus amigos y la nuestra. Invente una excusa y sáqueselos de encima. Dígales que se va a la playa. Pasado mañana, usted y todo estará en su sitio.

La mujer ha llegado a la hora esperada. Robards finge leer el *Miami Herald* y los ojos le bailan sobre una encuesta a propósito de la legitimidad de la acción de los contra en Nicaragua. Legítima. Por una abrumadora mayoría. Es una muchacha, casi a punto de dejar de ser una muchacha, le ayuda a conservar la imagen, la esbeltez de su tórax alargado, de su cintura estrecha, aunque se adivinen caderas poderosas, bien movidas por unas piernas largas, llenas de pecas, como los brazos y la cara ovalada y alargada bajo la fluorescencia de los cabellos pelirrojos mal ajustados, que le forman una aureola al contraluz del aeropuerto. Se comporta como cualquier viajero que desconoce este aeropuerto, pero conoce otros, los pies la empujan por un recorrido convencional, pero los ojos persiguen las variantes o se recrean en las sorpresas de este aeropuerto nuevo, primer escaparate de una ciudad turística. Robards la sigue y piensa en ese cuerpo que avanza con ligereza y en lo que puebla esa cabeza, por si algún recelo la contamina o avanza con la seguridad con que los iluminados caminan hacia trampas que ellos mismos se han tendido. Cuando llegue a la parada de taxis se le adelantarán dos taxistas y le ofrecerán su vehículo, y escoja el que escoja habrá escogido el que le interesa a Robards. En cuanto Muriel sube al taxi, Robards va en busca de un coche aparcado y se desentiende del destino de la muchacha. Ella ha dado la dirección al taxista, pero queda lejos. La ventaja que tenemos es que está casi en línea recta, primero por la Robert Frost y luego subir un tramo por la Federal. Muriel emplea el recorrido en volver a imaginar el lugar y al personaje de su cita. Será un lugar solitario, porque de lo contrario le habrían dado más indicaciones, y él ha de ser un viejo, probablemente un viejo sórdido. Tuerto por ejemplo. Y se echa a reír, con la complicidad del conductor, que la secunda sin saber por qué. En el recodo de Lake Rd el pequeño coche parece vacío y abandonado, pero en su interior el viejo figurita aguanta su barbilla sobre un bastón de caña con el puño de cuerno, gafas de sol negras hasta la ceguera y un sombrero jipijapa ladeado sobre la puntiaguda oreja derecha.

–Pase, señorita. La estaba esperando.

La mujer ha despedido el coche junto a Lake Sabal, llega acalorada por quince minutos de retraso y doscientos metros corridos a paso de marcha. El viejo está frío y seguro, ella balbucea disculpas y trata de plegar su largo cuerpo a las dimensiones del coche.

–No se preocupe por el retraso. Para mí ha sido muy cómodo, para usted muy incómodo.

Soy una estúpida, insiste ella, porque ha pensado que el aeropuerto estaba más cerca y se ha demorado, se ha quedado encantada en el aeropuerto, como si nunca hubiera viajado en avión.

–Es un aeropuerto muy lindo. Uno de los más modernos de Estados Unidos. Observará que le hablo en español, la lengua de mi mamá, porque el tema que nos ocupa y nos preocupa es mejor tratarlo en español. Ante todo, mi gracia, don Angelito, aunque le revelo que por aquí se me conoce como Voltaire O'Shea Zarraluqui. Los hombres de mi ralea llega un momento en que olvidamos nuestro nombre real. Pero Angelito vale, así me llamó Jesús durante casi los veinte años en que nos relacionamos. Una larga historia de amor y odio que empieza en la guerra de España y termina el día en que me vi obligado a aceptar lo que no quería aceptar. ¿Le gustan los gatos, señorita?

–Adoro a los animales.

–Eso revela un buen corazón. La persona que no ama a los animales no es de fiar. Yo ahora soy un hombre retirado, pendiente de mis gatos y de escribir unas memorias que ya he prometido a Lee Goerner, un editor de Nueva York que nunca habla, del que se asegura que no ha pronunciado media docena de palabras desde hace veinte años. Es un gran amigo mío. Uno de los hombres que mejor conocen mi vida, y me ha perseguido durante años rogándome que escribiera mis memorias. La última reunión la tuvimos en el hotel Doral, de la Séptima Avenida, en Nueva York. Casi me arrancó el compromiso y sin decir nada, él. Yo en cambio sí hablé, de *baseball*. Y eso que no entiendo de *baseball*. No sé si usted entiende la complicada psicología de Lee Goerner. Pero él insiste en que yo soy uno de los mejores testigos de la historia del Caribe en los últimos cincuenta años y es cierto, no voy a engañarle con una falsa modestia.

–Me muero de calor aquí dentro.

–Es un día de bochorno. Miami es terrible cuando se levanta la humedad.

–Ya que mantenemos las puertas cerradas podríamos poner el aire acondicionado. ¿Tiene las llaves?

El viejo pareció desconcertarse, pero volvió a momificar lo que le quedaba de cara visible y afirmó tajantemente:

–Yo no sé lo que es tocar una llave de coche. No sé conducir. Me traen y me llevan. Michael se ha marchado porque yo no quería testigos y se ha llevado las llaves.

–Tampoco podemos bajar los cristales.

–Tampoco.

–Podríamos dejar un par de puertas abiertas.

El viejo hace un amplio ademán magnánimo para que la mujer abra las puertas que quiera. Carraspea y se quita las gafas de sol. Hay una cierta humedad en sus ojos, ternura cuando recorren la geografía de la muchacha y se detienen en sus ojos azules emergentes en el mar de su cara llena de islotes pecosos.

–Se acerca usted mucho a la mujer que yo había imaginado.

–¿Cómo me había imaginado?

–Como una de esas gringas que van siempre reclamando. El sufragio universal, Sacco y Vanzetti, la guerra de España, contra la bomba atómica, contra la intervención en Nicaragua, a favor del aborto. Y me la podía imaginar muy bien porque yo soy uno de los suyos y es que nada más verla he visto en usted la imagen de la eterna juventud del mundo. Sin personas como usted el mundo habría desaparecido hace tiempo, y se lo hubiera merecido... En usted me reconozco a mí mismo, recupero a aquel jovenzuelo idealista que se apuntaba a todas las causas nobles de la tierra. ¿Sandino? A Nicaragua a luchar contra los caciques y los yanquis. ¿La guerra de España? A España, al lado de la República. ¿El fascismo internacional? Pues Angelito a la Resistencia francesa, incluso me fui hasta Yugoslavia jugándome el pellejo, a echarle una mano a Tito. No pasarán. No pasarán. Y aparentemente no pasaron, pero pasaron. El fascismo está en todas partes, incluso en el fondo de nuestros corazones. Yo se lo he dicho más de una vez a Pasionaria: Dolores, no pasaron por la puerta del centro, pero se metieron por las traseras. ¿Qué hace Pasionaria? Sé que viene usted de Madrid y me han dicho que está muy acabadita. Bien. Dígame una causa justa del universo, en los últimos cincuenta años, y en todas estuvo Voltaire, perdón, don Angelito. Soy de la madera de los rebeldes eternos, como esos beneméritos yanquis que cuando tenían veinte años lucharon en la guerra de España en la Brigada Lincoln y a los setenta o a los ochenta aún hacen campañas como «¡Fuera las manos de Nicaragua!». Somos una raza, una raza del espíritu, la raza de los emancipadores. Ya era un viejo y me fui a Perú a ayudar en la experiencia socializadora de mi general Velasco Alvarado. Lea esta emocionada carta que me dirigió. Y aquí, aquí, en este jodío país que usted tan bien conoce, en el centro del Imperio y del sistema, yo he estado junto a los puertorriqueños contra los yanquis y ayudé a los del Ejército Simbiótico y a los *black panthers*. Estas son mis credenciales y por eso, desde esta estatura moral, la única que puede tener un viejo tan chiquito como yo, la puedo ayudar, hija mía, qué digo yo hija mía, si usted pudiera ser mi nieta de no haber sacrificado yo en aras de la historia el derecho a tener una familia. Una espléndida nieta como usted. Perdone que me emocione, pero la edad nos ablanda los músculos y sobre todo el de las lágrimas. Pero dígame, muchacha, ¿sabe dónde se ha metido?

La muchacha sigue sin recuperar el aplomo en la voz ni en las ideas. Le molesta el encierro, y mientras escucha, sus ojos se revuelven dentro de la jaula del coche, como buscando un resorte que lo descapote, que haga desaparecer todo lo que los separa de la vegetación del parque, del canal, que recorte un islote urbano, anodino, con aspecto de islote artificial.

–¿Es indispensable que hablemos aquí dentro?

–De momento, sí. Mientras nos metamos en materia. Luego, cuando hayamos creado el marco de discusión, entonces ya podremos hablar con tranquilidad y aunque nos escuchen no dominarán el hilo del asunto.

–¿Quién va a escuchar?

–¿En qué año fue secuestrado Galíndez? No. No me lo diga. Doce de marzo de mil novecientos cincuenta y seis. Han pasado unos treinta años. Imagine usted que en aquella operación participaron veinte o treinta personas que podían tener entre veinte y ochenta años. Vaya eliminando, hija mía, compórtese como la vida o como un matasanos y llegará a la conclusión de que aún están en activo implicados que entonces tenían entre veinte y cincuenta años y que hoy están entre los cincuenta y los ochenta. ¿Va comprendiendo? Personajes como Espaillat, Trujillo, De la Maza, Murphy, esos ya están en el infierno o en el limbo y en todas las páginas de los libros que se han dedicado al caso Galíndez. Pero nunca se destapó del todo la trama yanqui y nunca quedó claro el papel desempeñado por la CIA, por ejemplo. Mientras el FBI se tomó muy a pecho investigar la desaparición de uno de sus agentes, Rojas, es decir, Galíndez, la CIA estuvo más preocupada en ayudar a Trujillo a salir del mal paso, hasta que el muy chulo se cargó a Murphy y se echó encima al senador del pueblo de Murphy, que los yanquis son así. Son capaces de partir la cabeza del mundo a hachazos en defensa de los intereses de uno de sus electores. Es la mentalidad del buen vendedor, siempre al lado de los clientes. ¿Qué tal el coronel Areces? Un gran tipo. Nos respetamos, y eso que empezamos a militar en bandos diferentes, yo como agente de la Legión del Caribe, junto a Betancourt, a Gómez Marín, a Figueres, a Castro, y él en los servicios secretos trujillistas. Nos encontramos en Maracaibo en el año... ¡Memoria! ¡Memoria! ¿Dónde te has ido? Shakespeare tenía mucha razón cuando decía que la memoria no siempre está a la disposición de nuestros recuerdos, o algo así. Coincidimos allí Areces y yo, en bandos separados, y tuvimos que negociar algo delicado. Enseguida me di cuenta de que estaba hablando con un hombre que deseaba un puente y se lo tendí, de plata. ¿Una persona refinada e inteligente como usted puede servir a un dictador tan zafio? Yo me temía que echara mano de la pistola, porque estos militares dominicanos se encabronan con mucha facilidad, pero no, bajó los ojos y con eso me lo dijo todo. Dos horas después era mío, es decir, era de los nuestros, y ahora sigue perteneciendo a la red. No estoy en condiciones de revelarle de qué red se trata, pero sí de asegurarle que vigilamos todos los movimientos reaccionarios de América Central, desde esta atalaya de Miami, porque Miami es la capital de la exportación de la reacción. Yo conozco muy bien muy bien esta ciudad, porque cuando yo llegué aquí, como quien dice, aún no estaban puestas las calles, y a usted le daría asco ver, oír en esta ciudad, la Babilonia de la contrarrevolución americana. Yo podía haber escogido, a mi edad, sentirme como un exiliado interior, ya sabe usted que no hay éxito comparable al del exilio, como dijo el poeta. Pero he elegido combatir, combatir, combatir, como he hecho toda mi vida. He sido el sostén de los grupos haitianos más radicales, de los intentos de penetración de agentes castristas en los grupos de marielitos, de todo lo que usted pueda imaginar. Fíjese cómo es esta ciudad, este portaaviones nuclear yanqui, que hace tiempo se estrenó aquí la obra de una cubana que vive en Nueva York y si vive en Nueva York por algo será. Se llama Dolores Prida y es izquierdista la señora, aunque no un calco del castrismo, ya me entiende. Se programó la obra en un festival de teatro cubano, aquí en Miami, y fue tal la reacción que hubo de ser retirada del cartel. Y ha sido esa chusma marielita la que ha cambiado el talante de esta ciudad, la ciudad de Sandburg, de Capote, la ciudad en la que muchos jubilados y profesionales judíos fugitivos del norte y de talante liberal tuvieron esa tendencia a lo largo de los años sesenta. Tan fuerte fue la Nueva Izquierda aquí que era el grupo dominante en las escuelas y en las universidades, hasta que estos anticastristas de mierda o estos contra piojosos la corrompieron. Hace poco estaba yo hablando con un doctor, un doctor no recuerdo en qué, pero me parece que no era un doctor en Medicina, y me dijo que las escuelas de Miami eran las mejores de la Unión. ¿Por qué?, le pregunté. Porque no hay ni un izquierdista. ¿Quiere un comentario más triste? ¿Qué sería del mundo sin un izquierdista? ¿Cómo puede haber una ciudad sin un izquierdista? Si don José Martí levantara la cabeza, él que tanto había trabajado por aquí entre cubanos fugitivos del imperialismo español, para concienciarles antes de la guerra de Independencia patria... Le cuento todo esto para que comprenda que no me he rendido, a pesar de que estoy en el peor paisaje para un rojo de toda la vida como yo. Pero ¡ea! Valor. Nunca escogimos el camino más fácil. ¿No es verdad, Muriel?

–¿Quién es Areces? ¿Qué hace en Santo Domingo? No parece un conspirador en activo. Más bien un hombre de negocios.

–Cumple mis órdenes.

Muriel contempló al viejo valorativamente. Se había puesto otra vez las gafas y afinaba el hociquillo para dar mayor rigidez a su expresión después de la frase pronunciada.

–Tengo sobre él un ascendiente moral, y en cuanto me llegaron informaciones sobre su caso, me puse inmediatamente a trabajar. Hace unas semanas usted recibió una carta de su director de trabajo, Norman Radcliffe, en la que le pedía que cambiara de tema de investigación. ¿No es cierto?

–Sí. Pero no sé cómo usted puede saber esto.

—Le sorprenderán muchas más cosas. Esa carta le fue dictada a Norman Radcliffe por la Compañía. Le agarraron bien agarrado amenazándole con cosas de dinero, porque se acaba de casar y a su edad ha procreado, el insensato, y está atrapado, tan atrapado que obedeció lo que le mandaron.

La muchacha parece tener aún más ganas de salir del coche, como si de pronto hubiera de replantearse todo lo que ha sucedido, acorralada por el espacio interior y por el espacio de sus recuerdos reordenados en una fracción de segundo.

—Yo estoy de acuerdo con esa petición de que no prosiga su tesis, pero por razones radicalmente diferentes. Ellos quieren proteger a los que asesinaron a Galíndez, especialmente a la alta cumbre que une la responsabilidad dominicana y la norteamericana. Yo, a pesar de que no se lo merecía, quiero proteger a Galíndez y el prestigio del nacionalismo vasco, porque el nacionalismo vasco es hoy en día una de las fuerzas de transformación de este mundo acobardado o adormilado. Tenga paciencia. Relájese. Voy a hacerle un resumen de los hechos y luego saldremos a dar un paseíto, incluso a tomar un juguito, yo, y usted, un buen trago, y largo, porque va a necesitarlo.

Se ha desalivado el viejo la boca, se ha relajado y ha creado espacio y tiempo suficientes para una larga explicación. La muchacha se rinde y se recuesta contra el respaldo.

—Recuerde esta fecha: cuatro de marzo de mil novecientos cuarenta y uno. Galíndez me confiesa, en Santo Domingo, sus contactos informativos con la embajada norteamericana. ¿Lugar? Un café de la calle Conde, cerca de un hotelito donde aún vivía Galíndez antes de encontrar apartamento en la calle Lovatón. Hora. Las siete en punto de la tarde. Llegó en una moto, una moto que se había comprado de segunda mano. A veces daba risa, porque era desgarbado y se cubría con un salacot para protegerse del sol, y eso que él se burlaba de mí cuando yo me ponía salacot durante la guerra civil española. Lo recuerdo perfectamente porque recuerdo todas mis catástrofes, la única que he olvidado es que me he vuelto viejo. De buenas a primeras yo no reacciono y hasta hoy me parece lógico. Los norteamericanos son aliados del bando democrático y hay que ganar la guerra al Eje. Pero luego empiezo a atar cabos. ¿Qué información pasas? ¿De los nazis de por aquí? ¡Pero si son cuatro y el cabo! Yo ya me veo que no van por ahí las cosas y Jesús me esconde la cabeza, como si mirara la copa obsesionado. No es eso, ¿no? No. Y yo hablo y digo en voz alta lo que temo y él no lo desmiente. Está pasando información de los rojos, de los nuestros, y así empezaba una carrera que llevaba a la aparición de *Rojas, informante confidencial NY-5075*. Mi primera reacción fue levantarme de la mesa, pero él me contuvo. No seas tan simplón, espera. Aguirre lo ve bien, porque a cambio los americanos nos han prometido armar un ejército de gudaris, en cuanto la Guerra Mundial dé la vuelta, para invadir Euzkadi y proclamar un Estado independiente. Podía haber sido peor que llamaran a otra puerta, yo no pienso informarles de nada importante, y cuando algo sea de interés fundamental lo comunicaré, mejor, por eso te lo he revelado. Lo haré llegar a los comunistas a través de ti. Me tranquilicé y él también porque ya tenía dedos para hacer pajaritas de papel con las servilletas, o no, no eran pajaritas, eran animalitos. No recuerdo qué animalitos. Esta memoria... Lo que me dijo entonces fue parcialmente cierto, aquí le traigo una copia del informe Duggan, agregado legal de la embajada USA en Santo Domingo, enviado en junio de mil novecientos cuarenta y cuatro a Hoover, en el que elogia a Galíndez como informador, pero entonces Galíndez aún no es Rojas, NY-5075, entonces aún es el Informante Confidencial DR-10 e informa por igual al agregado naval o al legal, los dos agentes punta del servicio de información yanqui en Santo Domingo. Fíjese en este punto que le he recuadrado: «El informante confidencial DR-10 ha sido franco en admitir que él prefiere informar sobre los alemanes y otros integrantes del Eje que sobre las actividades de los comunistas. Esto es un tanto lamentable, ya que él cuenta con buenos contactos dentro de los comunistas españoles en la República Dominicana. De todas maneras, él ha brindado valiosa información sobre las actividades de los comunistas.» ¿Qué le parece? Por entonces le pagan setenta y cinco dólares mensuales y la cuenta de los viajes y viaja, mucho, por toda la República, tomando contacto con subinformadores. Luego llega a la República Dominicana el agente Driscoll y Galíndez cambia de código, pasa a ser Rojas-580-85 y su colaboración se intensifica. Lea ese otro parrafito que le he marcado, no tiene desperdicio, me parece estar viendo al mismísimo Jesús metido en todo eso. Es Driscoll el que escribe: «El contacto con este informante se establece únicamente bajo las más discretas circunstancias. La comunicación se efectúa una vez a la semana, normalmente los viernes por la tarde, en un lugar y hora previamente acordados. Ese lugar por lo general es un sitio aislado, y el contacto se realiza cuando anochece. El informante es recogido en un automóvil y frecuentemente se le entrevista mientras se conduce por las carreteras más desiertas en las afueras de Ciudad Trujillo. Nunca se puede establecer el contacto llamándolo a su residencia o al Ministerio de Asuntos Exteriores. En las ocasiones en que sea urgentemente necesario comunicarse con él, durante los días de trabajo, el informante puede ser localizado a las seis de la tarde, a la entrada del café Hollywood en la calle de El Conde. Como se trata de un individuo extremadamente regular en sus hábitos, él llega siempre a ese lugar, diariamente, a las seis de la tarde, aproximadamente, y estaciona su motocicleta frente al café Hollywood. El contacto deberá establecerse en ese lugar, dentro de las circunstancias, en la forma más discreta posible.»

El viejo ha retirado su cuerpecillo hasta esconderlo en el respaldo y desde allí ha observado la atenta lectura de la mujer, aunque de vez en cuando ella ha levantado la cabeza y le ha dirigido una mirada neutra.

—¿Le ha impresionado?

—Siga.

—Permítame que sea un poquito moroso, porque a mi edad no se puede emplear la velocidad ni siquiera en el hablar. No me voy a detener en tonterías, en minucias sobre las actividades de Galíndez en Santo Domingo. De pronto Jesús se desgasta con motivo de la huelga del azúcar y Aguirre le plantea

trasladarse a Nueva York para ayudarle y con el tiempo susti-
tuirle en Columbia y al frente de la delegación vasca. Eso ya lo
sabe usted y no hay que insistir. Ya tenemos a Jesús en Nueva
York, aunque, por sus frecuentes viajes a Puerto Rico o a Costa Rica o a México o hacia América del Sur, a veces pasa por
Miami y yo, entre revolución y revolución, siempre he vuelto
a Miami. Es decir, que seguimos manteniendo relación. En mil
novecientos cincuenta, anote este año, Galíndez ya es un hombre plenamente introducido en Nueva York, bajo el padrinaje
de Aguirre e Irala, otro santón del PNV. Es un miembro habitual de las reuniones de los exiliados españoles y también de
los grupos radicales de latinoamericanos, sobre todo de puertorriqueños, dominicanos, venezolanos, cubanos. Entre los españoles tiene fama de ser nacionalista vasco a ultranza y un
poco cabeza de chorlito, pero de eso nada. En cambio entre los
grupos radicales latinos tiene el prestigio de un radical, casi un
comunista, y él a veces presume de querer hacer una síntesis de
lo más avanzado del cristianismo y del marxismo, con el permiso del FBI o de la CIA, es evidente, porque Galíndez fue
agente fijo del FBI a partir de mil novecientos cincuenta y colaboró con la CIA hasta que las relaciones se deterioraron pocos años después. Insisto en que Galíndez no ganaba un dólar
para sí. Él se mantenía con dificultades, y el dinero que apalea-
ba era del PNV, esa era otra parte de su trabajo, trasvasar el dinero del PNV. El angelito no era un suministrador de información del todo inocente. Me había engañado en aquella
primera revelación de mil novecientos cuarenta y uno, la noche
de la catástrofe, catástrofe que los años me han confirmado.
Por entonces ya es Rojas, el informante confidencial NY-5075,
se instala en el apartamento 15-F del 30 de la Quinta Avenida
y vive sobre la Delegación Vasca que dirigirá cuando primero
Aguirre y luego Irala vuelvan a Europa. Por entonces ya era evidente que los norteamericanos nunca armarían a un solo vasco,
o si lo armaran sería para una procesión, no para proclamar
una Euzkadi independiente. Y creo que Galíndez vivió desani-
mado en los últimos años, sobre todo a partir del acuerdo entre

el gobierno de Franco y el norteamericano, y no le digo ya cuando España es aceptada en la ONU. Pero no podía parar, y en los informes secretos del FBI figura como agente informador presente en cualquier follón que monten los exiliados latinos y no tan latinos: informa de sus contactos con Álvarez del Vayo, otro político exiliado español en claroscuro; asiste al Comité Unido de Refugiados Antifascistas, a las reuniones de veteranos de la Brigada Lincoln, a las concentraciones del Partido Norteamericano de los Trabajadores, es decir, los criptocomunistas, y transmite informes sobre los discursos de Robeson, por ejemplo, aquel gran cantante que tuvo que exiliarse a Canadá; se convierte en un informante de prestigio y se le asignan misiones especiales, como investigar la Liga Progresista de Jamaica, los Comités de Derechos Civiles, incluso espiar a agentes de la CIA altísimos y sospechosos como Figueres, el presidente de Costa Rica, o dar información sobre la evolución de Muñoz Marín, el líder del nacionalismo puertorriqueño moderado. Los puertorriqueños, como los dominicanos, llegaron a ser la gran especialidad de Galíndez, en unos tiempos en que estaban de moda, porque unos cuantos de ellos se pusieron bravos y se fueron a matar nada menos que al presidente Truman. Había mucho movimiento entonces para que conmutaran la pena de muerte de Óscar Collazo, el principal implicado en el atentado, y eso lo movían escritores como Isabel Cuchi o Luisa Amparo Quintero. Pues bien, Galíndez estaba allí y no solo para salir en la fotografía, sino para hacer informes que nadie como él habría podido hacer. Puertorriqueños y el Comité Conjunto de Refugiados Antifascistas, esas son sus dos principales dedicaciones, pero hay informes suyos sobre los mexicanos, los chilenos. Fíjese en este dato. Hoover tenía el cuerno apuntado hacia el Comité Conjunto de Refugiados Antifascistas, un nido de comunistas, y cuando esa investigación pasó al Departamento de Justicia, ordenó que se retirara a Galíndez a un segundo plano porque no quería que lo citaran a declarar como testigo y quedara quemado como informador. En mil novecientos cincuenta y cinco Galíndez ya está vigilando a Castro, dato que muchos ignoran, porque Castro aún aparece bajo la máscara de demócrata, junto a Figueres, Betancourt, Muñoz Marín, y no se quitó la máscara hasta que entró en La Habana cuatro años después. El último informe de Galíndez está fechado cinco días antes de su secuestro, el siete de marzo de mil novecientos cincuenta y seis. Es un informe rutinario sobre su trabajo como mirón en diferentes grupos. Bien. Ya tenemos el retrato del personaje, el retrato verdadero, y ahora voy a justificar lo que le dije por teléfono. Yo estaba allí el día de su detención.

Tomó aire y por un momento tuvo la impresión de que había burla en los ojos de la mujer. Volvió a examinar aquella mirada y solo encontró unos bonitos ojos azules pendientes de los suyos.

—Ya sé que tiene ganas de salir de aquí. En cuanto tengamos los datos saldremos por ahí a hacer las consideraciones morales. Las consideraciones morales no se cazan al vuelo. Los nombres sí. Jesús me había convocado aquella tarde en su apartamento, cuando hubiera regresado de la universidad, y me dijo que necesitaba contraatacar la presión trujillista, disponer de información sobre los norteamericanos manipulados por Trujillo que luego salían en su defensa cuando el *New York Times,* el *Time* o *Life* lo ponían verde y lo ridiculizaban. Estuvimos charlando una media hora y noté que yo le era necesario, como si se sintiera un poco solo en aquel doble o triple juego que sostenía. Hablamos del desfile de hispanos para pocos días después, de España, del País Vasco, de lo que siempre hablábamos cuando nos encontrábamos, y en estas que llaman a la puerta, directamente, sin el intermedio del portero. Jesús sale y cuando vuelve me comunica un poco alterado, pero no demasiado, que me vaya, o mejor, se lo repiensa y me dice: Quédate aquí que yo salgo con gente que ha venido a buscarme y es mejor que no te asocien conmigo. Dentro de un rato, tú te vas y me localizas cuando tengas la información que te he pedido. Le obedezco pero abro suavemente la puerta que él ha cerrado y veo que le esperan un par de tipos con caras de polizontes, pero bueno, con caras de polizontes de cine, como si fueran polizontes, hijos de padre y madre polizonte. Pero Jesús ni parecía nervioso y pensé: los contactos. Estos son los contactos y no quiere que los vea. Olvidé aquella peripecia hasta días después, cuando estalló el escándalo de su desaparición y yo me disponía a pasarle la lista del lobby trujillista en Estados Unidos.

–Qué mala suerte. Tal vez si hubiera recurrido a usted antes se habría salvado.

–Sin duda. No lo ponga en duda. Porque la lista era preocupante: desde el mayor general George Olmstad, exjefe del programa de asistencia militar a República Dominicana, hasta el hijo de Roosevelt, pasando por el ayudante militar de Truman, Joseph G. Freeney. Había fuertes aportaciones económicas de Trujillo a la campaña electoral de Eisenhower, como después las hubo a la de Nixon. Pero la trama trujillista era especialmente fuerte en la Cámara de Representantes, y en el Senado contaba nada más y nada menos que con John McCormack, el líder de la mayoría, un ditirámbico cantor de Trujillo como «baluarte del anticomunismo en América». Por eso no es de extrañar que el informe Ernst, abogado en contacto con Roosevelt Jr., fuera una pieza clave en la campaña de desorientación sobre el paradero de Jesús, y muchos medios de comunicación ladraron en esa dirección porque por allí iba la voz de su amo. De hecho, Trujillo tenía bien amarradas a las fuerzas políticas norteamericanas desde el comienzo de su carrera, a pesar de que algunos políticos honestos como Summer Wells le habían puesto el veto desde la matanza de los doce mil haitianos en los años treinta. Probablemente le detestaban pero lo necesitaban como uno de los centinelas del Caribe, demasiado sangriento para su gusto, pero sin duda eficaz. Trujillo, y la mayor parte de los trujillistas, eran germanófilos de corazón, pronazis, pero el Jefe sabía que no podía despegarse de los yanquis sin jugarse el poder y la vida y se jactaba de ser una pieza clave para que los nazis no se apoderaran del Caribe. Durante la guerra tuvo buenos amigos en Washington que defendieron esta tesis, como Davies, exembajador yanqui en Moscú, o Nelson Rockefeller, detrás de los intereses de la United Fruit Company en toda América, o Cordel Hull, invitado de honor varias veces en Santo Domingo, cargado de regalos, con una calle dedicada a él. Compró a embajadores, a procuradores generales, a senadores, a representantes norteamericanos o a sus esposas, por medio de regalos de *Las mil y una noches*. A la mujer de Cordel Hull le regaló un collar de perlas de ensueño, y cuando le fallaban los políticos, o por si le fallaban, entonces recurría a los militares yanquis, a los que era muy fácil vender su papel de centinela del Caribe. Pagaba cada año cien mil dólares, cien mil dólares de los años cuarenta o cincuenta, a una agencia norteamericana ubicada en Nueva York para que le hiciera la propaganda en Estados Unidos y en toda América Latina. ¿Sabía usted que Trujillo, aquel pedazo de analfabeto, fue nombrado doctor *honoris causa* por la Universidad de Pittsburgh? Lo más curioso es que los sobornos que pagó para conseguir el título los sacó de unos fondos especiales que los judíos norteamericanos le habían dado para que acogiera a judíos europeos fugitivos del terror nazi. Comprenda usted la profundidad de las raíces del mal en esta tierra, aquí mismo, las responsabilidades que existieron y aún existen para explicar cómo Trujillo consiguió ser quien fue y durante tanto tiempo. En mi cabeza tengo esta historia negra. Y en mi corazón.

—Me sorprende que sabiendo usted tantas cosas haya permanecido en silencio tantos años.

—Aquí empieza quizá el tema real de nuestra entrevista. El silencio. Le confieso que me inquietaba mucho este encuentro. Me la había imaginado y la imaginación no me ha engañado. Es usted una mujer leal y enamorada, enamorada de la verdad y de la justicia, como yo toda la vida. Para usted Galíndez es la víctima de una conjura terrible, monstruosa y es cierto. Pero Galíndez se ha beneficiado de un interés que quizá no merecía, y lo digo en el buen y en el mal sentido de la palabra.

El viejo tiende una mano, mientras con los ojos tímidos pide permiso para apoyarla cariñosa pero firmemente sobre un brazo de la mujer.

—Ya no me queda mucho tiempo, ni siquiera para morir,

quizá ya esté muerto y desde esta autoridad y de la complicidad en tantas creencias compartidas, le puedo decir, hija mía, que ha escogido usted una estela equivocada. La historia es tan injusta con sus mejores servidores que es preciso seleccionar muy meticulosamente los salvamentos de náufragos. Usted cree haber cogido a tiempo la memoria de un mártir, antes de que se la traguen las aguas del océano del olvido, pero se ha equivocado de naufragio, y permítame que le hable tan líricamente, pero yo pertenezco a la era del bolero y no lo puedo evitar ni en las situaciones más dramáticas. Usted se ha equivocado de náufrago y me gusta que se ría, me gusta mucho que la haga reír lo del bolero, mucho, porque así salimos, usted y yo, de la atmósfera cerrada de este ataúd lleno de recuerdos mutuos. Antes de salir, sin embargo, quiero lanzar la última sentencia directa, clara, sincera. Ultimar la investigación sobre lo sucedido en aquel mes de marzo de mil novecientos cincuenta y seis no va a reportar ningún beneficio a Jesús, al contrario. Las nuevas generaciones no entenderán su doble o su triple juego y algunas estatuas que le han construido a lo largo de América pueden estallar en mil pedazos. Yo no quiero vivir para verlo. Usted será la responsable de esos cascotes. Hasta ahora he hablado yo, ahora le tocaría a usted.

La mujer ha salido del coche, se despereza, mira hacia los cuatro horizontes como si se sintiera desorientada. Voltaire aguarda unos minutos a que regrese y finalmente se decide a salir. Imita sus gestos de desentumecimiento, incluso finge dar unos saltitos de atleta precalentándose.

—Es incómodo pero es seguro. En cierta ocasión estaba yo trabajando en Yucatán y me adivinaron una conversación por el movimiento de los labios. Eran los tiempos tenebrosos sobre Guatemala, cuando se preparaba la caída de Arbenz. Lástima que tenga que marcharse hoy, porque Miami, si prescinde de sus habitantes, es una ciudad linda. Un día u otro estallará porque se está llenando de caníbales. Este parque es muy bonito, tiene una piscina junto al mar y una rampa para esquí acuático. A mí me gusta venir a veces a ver a esta gente joven, qué acrobacias me hacen, madrecita mía, qué escorzos. Da gloria verles convertidos en taladradoras humanas y con ese gesto tan recatado con el que aguantan el tirante de la canoa sobre las partes, con perdón. Es de una belleza que de haberla conocido los griegos la habrían esculpido y no al tontorrón del discóbolo, que parece un novillo a punto de embestir. Lástima de ciudad, quién la ha visto y quién la ve. ¿Sabe usted cuándo empezó a estropearse todo? Pues en mil novecientos sesenta y dos, en diciembre de mil novecientos sesenta y dos. Había fracasado la invasión de Cuba, la operación de Bahía Cochinos, y buena parte de los supervivientes vinieron a parar aquí y montaron una manifestación en el estadio de la Orange Bowl. Cuarenta mil histéricos que, de haberse quedado en Cuba pegando tiros, de otra manera hubieran ido las cosas, pero los corrió el comandante y vinieron aquí a llorarles a los yanquis. Y acudió Kennedy y su señora y montaron el paripé, porque a Kennedy le habían colado la invasión de Cuba por entre las piernas. «Yo os aseguro que esta bandera será devuelta a la Brigada en una Habana libre», dijo el presidente agitando una bandera de la Brigada que le habían regalado, y lo dijo en español, madre mía, la que se armó, y luego subió la Onassis, bueno, la que sería Onassis, Jacqueline, y en español, mejor que el de su marido, dijo que hablaría a su niño, John-John, del valor de los brigadistas cubanos que habían tratado de liberar a su patria. Luego, si te he visto no me acuerdo. Hace unos años los veteranos de la Brigada quisieron recuperar la bandera y nadie sabía dónde estaba, si Jacqueline se había hecho un camisón con la bandera o si John-John se la ponía como chilaba cuando iba por las islas griegas. Finalmente la encontraron en una cajita en el sótano de la Biblioteca Kennedy de Waltham, eso está por Massachusetts. Pues entonces, en mil novecientos sesenta y dos, empezó la leyenda de Miami como portaaviones hacia Cuba y esto se hizo irrespirable.

–Usted bien respira.

–Yo me he acostumbrado a respirar hasta en las cloacas. A mí el aire de la putrefacción del capitalismo me vivifica. Pero no quiero hablar más, viejo charlatán, con mucho placer la escucho, señorita. Pregúnteme, que aún sé cosas que ni sé que sé y usted seguro puede iluminarme mucho. ¿Qué piensa hacer?

La muchacha camina marcando semicírculos, ora con una pierna, ora con otra, dibujando sobre la acera los círculos rotos de un pensamiento que merodea, que no se atreve a concretar.

—Me sorprende esta entrevista.

—Adelante. ¿Por qué?

—Esa visión de Galíndez como confidente de los servicios secretos ya se conocía, yo ya la conocía.

—Seguro, pero no con la crudeza con que yo se la he expuesto.

—Incluso con esa crudeza. *El caso Galíndez* de Manuel de Dios Unanue es una apuesta por esa tesis y aporta casi la misma documentación que usted ha utilizado.

—¿Unanue? ¿Ese es de nuestra quinta?

—No. No es de su quinta. Es el director de un diario de habla hispana de Nueva York, cubano de origen vasco.

—No me acuerdo de este chico.

—Yo ya conocía ese retrato de Galíndez, y lo tengo asumido por muy crudo que sea. Unos acentúan sus trazos, otros los rebajan. No me importa.

El viejo parece haber recibido un golpe moral y detiene el caminar de su acompañante con un suave apretón de una mano sobre su brazo.

—No me diga eso. ¿Cómo puede decirme eso?

—Es cierto que muchos exiliados fueron informantes de los servicios secretos norteamericanos, a cambio de favores personales o de favores a su causa. Puede que Galíndez fuera uno de los segundos, y si lo hizo fue con la total aprobación de sus jefes. Ni siquiera pensaba que aquello hiciera daño al comunismo, le parecía meramente retórico todo lo que él hacía en aquella Babel y solo le interesaba que avanzara la reivindicación vasca. Era un alienado, es cierto, pero yo no le escogí porque fuera un profeta puro, sino porque era un profeta impuro.

—Qué lindo eso de profeta puro y de profeta impuro, señorita, qué lindo. Me emociona.

—Puede ser cierto que hasta cinco días antes de su secuestro siguió trabajando como informador, a pesar de la amargura de la comprobación de todas las traiciones que la política exterior yanqui había cometido con los exiliados, porque salió de la depresión y pensó que se había perdido una batalla, no la guerra. Pero ya empezaba a confiar más en su futuro como profesor de la Columbia, en ese título que le iban a entregar el seis de junio y que se lo entregaron en ausencia, preludio de una carrera universitaria que había interrumpido la guerra de España. Es decir, admito que estamos ante un hombre que pasa del romanticismo al cálculo, una y otra vez, y que visto desde fuera parece un tanque avanzando hacia sus objetivos. Pero hay que leerle, especialmente sus pésimas poesías.

—Pésimas, sí, señorita, un horror, un auténtico horror.

—Hay que leerle para comprobar esa continuada lucha interior entre su claridad y sus tinieblas. Eso es lo que fascina del personaje. No es un justo a la manera de Camus, a la manera como Camus quiso codificarlos y sancionarlos.

—En eso estoy de acuerdo, nada que ver Galíndez con ese justo que usted tan bien conoce, nada que ver.

—Es un, no sé, un español, un tipo muy español, que puede tener veintitrés horas diarias de mezquindad o crueldad y de pronto una hora en la que se juega la vida por un pájaro o por media idea o por media palabra. Si hubiera sido un hombre tan previsible no le habrían secuestrado. Hubiera atendido a todos los emisarios que le pidieron el manuscrito, que le ofrecieron incluso mucho dinero para la época. ¿Por qué se negó? ¿Por qué se enfrentó a Trujillo e inició el mismo camino que le llevaba a la destrucción?

—A eso sí que puedo contestarle. Y no solo le diría que era muy vasco, muy cabezón, y no olvide usted que estos vascos se matan cortando troncos o arrastrando piedras para demostrar que son más fuertes que Dios. También le diré que Galíndez nunca supuso que Trujillo se atreviera a tanto.

—Había asesinado a Requena poco tiempo antes.

—Pero él era el representante de un gobierno en el exilio, en

388

Nueva York, profesor de la Columbia, reconocido en todos los cenáculos. ¿Cómo se va atrever ese moreno a ponerme la mano encima? Pero el moreno se la puso y lo cogió como un pajarito, piú piú piú. No midió sus fuerzas, hija mía, eso es todo. Igual le pasó a Almoina. Se creía seguro en México y un buen día bajó el Cojo de un taxi o de yo qué sé y me lo dejó hecho un colador. En plena Ciudad de México.

—Y luego está el sacrificio. Cuando ya no era dueño de su elección y estaba bajo las botas de Trujillo. Daría mi vida por haberle acompañado en ese momento, por sentir todo lo que él sintió resumiendo su vida y afrontando la muerte, con la dignidad de un simple hombre que asume la de una causa en la que participan miles de hombres.

—¿Y después qué, Muriel? Cuando se haya comunicado con el profeta, ¿qué? Otra cosa es que usted tenga finalidades superiores. Eso lo aceptaría. Por ejemplo, que resucitar a Galíndez sea un factor de intervención política que vaya más allá. Por ejemplo, en el pulso entre el gobierno español y ETA. O aquí provocar la reaparición de complicidades que pueda poner en entredicho a figuras todavía presentes en la vida americana. O en Santo Domingo. Muy interesante su contacto en Santo Domingo con José Israel Cuello, un joven muy brillante, bueno, fue un joven muy brillante, hijo de don Antonio, un verdadero patriarca de la enseñanza. José Israel fue comunista, aunque creo que ahora no lo es. ¿Qué piensa usted de los comunistas?

—Nunca he pensado sobre los comunistas. A veces he encontrado comunistas, más en mis trabajos o lecturas que en mi vida.

—¿No cree usted que es una causa aplazada pero que un día rebrotará?

—No lo sé. Ni me interesa demasiado.

—Si le interesa conectar con los comunistas de verdad, en Santo Domingo, el propio Areces podrá facilitarle el contacto. No es que él sea comunista, pero es un radical muy bravo, que a mí me desborda por la izquierda.

—No. No me interesa contactar con los comunistas.

–O aquí, aunque va a estar pocas horas. Tal vez le interese ver a alguien. Yo puedo abrirle todas las puertas. Las principales y las traseras.

–He venido a verle a usted. Pero creo que usted aún no me ha dicho todo lo que iba a decirme.

Voltaire ha guiñado los ojos y ha pasado el brazo por la cintura de la mujer.

–Tenemos todo el día por delante hasta que usted tome el avión. Vamos a beber y a comer algo, usted todo lo que quiera, yo poquito y despacito porque el hombre es lo que come. Por aquí hay un establecimiento no muy bueno, pero limpio y tranquilo, y además tienen teléfono y podré llamar preguntando por mis gatos. Tengo cinco gatos, bueno, cuatro gatas y una Reina de los Gatos, Dama Blanca, se llama, y tendría usted que verla, una gata blanca con el morrito rosa. Es mi preferida. Come a mi lado. Duerme en mi cama. Solo le falta el habla.

La mujer insiste en recordarle un fragmento de su monólogo, en el que hacía alusión a Galíndez y los muñecos, a Galíndez cuando se ensimismaba y dibujaba y recortaba animales. ¿Qué animales eran? ¿No serían gatos? No, no eran gatos. Pero algo parecido. ¿Ardillas? ¿Eran ardillas, Voltaire, zopenco? Perdone que utilice más el nombre Voltaire porque es el nombre público aquí en Miami.

–¡Conejos! ¡Por fin! ¡Por fin, señorita, eran conejos, siempre dibujaba conejos! Y cuando se embriagaba, bueno, cuando bebía unas copas de más, siempre cantaba la misma canción.

–¿Una canción vasca?

–Nada de eso, aquella canción francesa, *«Alouette, gentille alouette; alouette, gentille alouette...».* Mire, de pronto me ha venido un recuerdo concreto. Una fiesta, una fiesta en Nueva York, en la delegación vasca. Allí se habían disfrazado todos, más o menos, recuerdo que Galíndez me parece que iba de mozo vasco, con faja y un bigotillo, me parece que pintado. También estaba por allí Aguirre con esa cara de pedazo de vasco que Dios le había dado e Irala y Yon Bilbao. También estaban los Uriarte, él disfrazado de médico y su mujer, una chica

muy guapa, de enfermera, y hasta había un *echao palante,* como .
dicen en España, que se había vestido de algo raro, una mezcla
de jeque árabe y de carmelita descalza con bigote. Qué fiesta,
madre mía, qué fiesta.

Don Angelito Voltaire O'Shea Zarraluqui canturreaba
Alouette y fingía bailarla sin levantar los pies del suelo, mecien-
do el cuerpo al ritmo de aquella canción de borrachos. Parecía
buscar algo con la mirada y encaminó sus pasos hacia un me-
rendero situado a medio camino entre el límite del parque y
donde comenzaba la línea del mar. Una construcción *art déco*
brotaba con su voluntad inacabada, rodeada de toronjos y
aguacates, de hibiscus gigantes y buganvillas que trepaban por
una de sus paredes hasta superponerse al tejado.

–Tiene sed, Muriel, tiene cara de tener sed. Pida un
planter's punch, que es muy agradable, yo me lo tomaría si no
me perjudicara a la presión. Es una bebida muy helada, de ron,
lima, azúcar y agua, o soda, mejor un poco de soda, que luego
rasca aquí en el cuello. Yo tornaría un cafetito sin cafeína.

El camarero es un latino que se pasa al castellano en cuanto
recibe el eco del razonamiento de Voltaire. Parece un refugio
en la selva, y este estilo tan bonito, tan de gángsteres de mi
tiempo, de mis buenos tiempos. Ahora los peores gángsteres de
Miami son los colombianos. Esos te hacen rodajas en vivo, con
una sierra eléctrica. Pero luego deja que el silencio y el cansancio se apoderen de la mesa, a la que llegan las dibujadas sombras filtradas por una celosía de madera. Mientras se evaporan
las palabras, también lo hace el calor del cuerpo de Muriel, em-
pujada por la bebida que traga con avidez.

–Tengo más sensación de calor aquí que en Santo Domingo.

–Es la humedad. De lo que me ha preguntado usted tan
prudentemente, y se lo agradezco, sí, es cierto. No le he dicho
todo lo que sé sobre Galíndez. No quería ser cruel. Esperaba
convencerla por su bien para que detuviera la investigación.

–No lo conseguirá. Le agradezco su intención pero no lo
conseguirá. Es como tratar de convencer a un científico que detenga un experimento, aunque sea peligroso.

–Tengo miedo. Por Galíndez, por usted. Tal vez todo se deba a que me hago viejo o al clima asfixiante de esta ciudad. Me siento rodeado y sin embargo cierro los ojos y le podría hacer una geografía de todas las tramas ocultas de Miami por barrios. Pero los abro y solo la veo como una ciudad militante, en la que a los traficantes de armas los llaman luchadores anticomunistas y en la que se glorifica a terroristas que han hecho volar aviones cubanos llenos de civiles. Su trabajo puede ser trágico, hija mía.

–Nada podrá detenerme.

–Tome, tome el *punch,* que está diciendo bébeme. Yo para eludir la tentación me iré a hacer mi llamada.

Aún distrajo el viejo un amago de caricia sobre los cabellos pelirrojos rebeldes que escapaban de las horquillas que Muriel reajustaba constantemente, como si sintiera que no controlaba su aspecto. Luego fue con un caminar cansino hasta la cabina del teléfono y se metió en ella. Se apoyó en la pared de madera para poder contemplar los movimientos de Muriel y sacó del bolsillo un papel con un número de teléfono apuntado. Lo marcó con rigidez en el dedo y en la mirada y, a las tres llamadas, la voz de Robards irrumpió rotunda en el auricular. Llevamos ya dos horas de plática y esta chica pertenece al reino mineral, más dura que una piedra. Nada la detendrá. Y eso que la he mantenido encerrada, plegada en la cajita del coche, para que se sintiera incómoda. Un viejo truco que me enseñaron en... No se impaciente, ya voy. Ya voy al grano. No le he dicho nada que ella no supiera, y lo que he inventado o pueda inventar, lo supone. No lo entiendo. Es algo más que un trabajo de investigación. No sé. Podría ser que fuera solo una liebre para que luego estallara el escándalo. No le he sacado ningún contacto. Puede tenerlos. Esta gente suele hacer las cosas bien, y cuando hay que ir por el mundo llevando un lirio en la mano son los que mejor van por el mundo con un lirio en la mano. Hay un silencio que inquieta a Voltaire. ¿Está usted ahí, Robards? Estoy. Y escuche bien lo que voy a decirle. Dele un poco más de conversación y sáquela del parque, como si volvieran hacia el lugar donde estaba el coche aparcado. Procure avanzar con ella a su derecha, obligándola a caminar por la calzada. Es lo correcto, Robards. Los hombres siempre han de ceder la derecha a las mujeres. Déjese de historias. Haga lo que le he dicho, dentro aproximadamente de una hora. Pase lo que pase usted siga su camino.

—Mis gatos, mis gatos. Yo siempre me reía de esos padres que cuando han dejado a sus hijos en casa padecen y piensan que todos los males se ciernen sobre sus ridículos tesoros. Pero desde que tengo gatos, no vivo. Siempre estoy pendiente de lo que han hecho, de si alguien les quiere hacer daño, con lo salvaje que es la gente en esta ciudad. Todo en orden. Dama Blanca le envía un beso para usted. No me lo ha dicho pero me consta. Dama Blanca se habría enamorado de usted, le gustan las pelirrojas como a mí, Muriel. En confianza, ahora que ya no pleiteamos, que todo está claro entre nosotros. ¿Qué hace una mormona como usted en estos lances? Me hizo tanta gracia saber que usted era de religión mormona que me dije, en cuanto la veas se lo vas a preguntar. ¿Cuántos mormones quedan en Estados Unidos? ¿Mil? ¿Dos mil?

—Unos cuatro mil. Lo que a usted le hace gracia a mí me intriga. ¿Cómo supo usted lo de Norman, cómo sabe ese dato que yo no llevo escrito en parte alguna?

—¡Se sorprende! ¡Aún tiene capacidad de sorpresa después de todo lo que ha investigado! ¿Quién podría ser yo, el personaje misterioso que la cita, que le suministra un pasaporte falso, un billete de avión, este encuentro?

—Solo se me ocurre una interpretación, tan evidente que casi me da reparo creerla. Que usted es un agente del gobierno, del mismo tipo de los que fueron a ver a Norman. Pero me parece gratuito que me hayan hecho venir. Retorcido. Este contacto lo hubiéramos podido tener en Santo Domingo o en Madrid.

—Yo no puedo ir a Santo Domingo, por razones que no puedo revelarle.

—Otro cualquiera.

–Otro cualquiera no conocía a Galíndez como yo le cono-cí. No me defraude. ¿Por qué iba a ser todo tan obvio? ¿A lo largo de esta investigación no le han pasado a usted cosas casi mágicas? Por ejemplo. Ha recibido colaboraciones insospecha-das. Paquetes de libros. Folletos. Fotografías de Galíndez. El mismo contacto Cuello es sorprendente.

–Sí. Es cierto.

–Por el mundo aún funciona una internacional que nadie tiene censada, que no está en los libros. La internacional de los que comparten memorias vencidas y utopías frustradas. Y nos defendemos como podemos. La mayor parte somos viejos, ve-nimos de una época en la que los ajustes de cuentas eran a tiro limpio, pero ahora luchamos con otros procedimientos. Nos hemos perdonado incluso haber estado en bandos opuestos, pero nos duele este mundo desmemoriado que vive cada día como si no hubiera habido un día anterior. De no haber desa-parecido, el pobre Galíndez se habría encontrado a disgusto. No le voy a decir cuáles son mis lazos, pero no van por donde usted cree.

–Es igual. Como experiencia vale.

–¿La incluirá en su estudio?

–No. No creo.

–Perdone, pero de pronto me han entrado ganas de comer y voy a tomar cualquier cosa. Si me acompaña, luego puedo acercarla con el coche al aeropuerto. Michael ya estará de regre-so. Es mi secretario y guardaespaldas.

La mujer ha pedido otro combinado que ha tomado con lentitud, adecuando los sorbos al picoteo del viejo sobre un plato lleno de todos los vegetales de este mundo, comidos con la punta de la boca hocico, con aparente desgana, pero con los ojos buscando hasta el último rastro de alimento, ojos de ave de rapiña, de anciano con miedo a no comer lo suficiente. Para mí es como estar en casa. La presencia de Dama Blanca la susti-tuyo por la suya. También Dama Blanca se me sienta siempre de ese lado y yo como cosas parecidas. Muy poca carne. Pesca-do. Muchas verduras. Fruta escasa porque sube el azúcar. Beber poco porque sube la presión. Yo aplico el régimen Cary Grant, mi ídolo. ¿Ha pensado usted en qué tiempos tan curiosos hemos vivido? Todos nos comportábamos como revolucionarios feroces y en cambio nuestro ídolo era Cary Grant, un *gentleman* que no se tomaba nada en serio. Hasta la última brizna de hierba desaparece. Otro café descafeinado. El viejo mira el reloj. La mujer también, miméticamente, pero comprueba que no le queda mucho tiempo para coger el avión de vuelta a Santo Domingo.

–No se apure. Michael pondrá un imán en la punta del coche y llegaremos a tiempo al aeropuerto. ¡Maldita sea! Está usted en compañía del agente de la CIA más impresentable del universo. Me he descuidado la cartera y no llevo las tarjetas de crédito.

La mujer se apresura a pagar y saca la tarjeta de crédito.

–No. Pague con dinero, por favor. No ha de quedar constancia de su paso por Miami. Recuerde. Podría comprometer a mucha gente.

Salen a la calle, orillada por el césped, a la sombra de los aguacates, y Voltaire la toma por el brazo, la coloca a su derecha y le dice que caminará más cómoda por la calzada, para luego extasiarse al comentar las maravillas que el día le ha permitido y aún le permitirá. Tiene usted razón. Siga adelante. No me haga caso. La cobardía ha de ser cosa de viejos, nunca de jóvenes. La calle desciende y en el cambio de rasante, a sus espaldas, aparece el morro de un Chevrolet negro que ocupa todo el horizonte. El coche se desliza por la pendiente a marcha lenta, como si cuidara de no rebasar los bordes de la estrecha calzada y pisar el césped. La marcha disminuye cuando se acerca a Muriel y Voltaire, no lo suficiente como para que ella no perciba el ruido y se vuelva, dé un paso atrás hacia la hierba para permitir la circulación, con un brazo aún retenido por Voltaire. Pero el coche no pasa, se detiene y de él bajan dos tipos sonrientes que llevan una pregunta prendida en la intención del gesto. Muriel se distrae de esa pregunta porque nota cómo ha aumentado la presión de Voltaire sobre su brazo y cuando vuelve el rostro para pedir una explicación, ve la cara de un viejo horrible, una cara que tiembla por una emoción contenida, mientras los labios movilizan sonidos que no llegan a ser palabras, y cuando la mujer trata de entender esa conmoción, se siente apresada entre cuatro brazos fuertes que la levantan sin darle tiempo ni a indignarse. Quiere gritar por encima de su sorpresa, pero ¿qué? y ¿a quién?

—¡Voltaire!

Exclama por fin con el grito roto por la asfixia, y percibe claramente, casi en un primer plano detallado, cómo los labios del viejo dicen ¿Cómo se atreven?, mientras su rostro no expresa nada, ni su cuerpo se mueve, como si fuera un pasivo poste del que la aparta una fuerza incontestable que la arrastra hacia un sumidero. Y en cuanto Muriel está dentro, el coche pierde el sigilo y arranca como si no pudiera perder más tiempo, mientras a Voltaire le abandona poco a poco la rigidez, se repasa el cuerpo como si hubiera sido él quien hubiera recibido violencia y mira hacia los cuatro puntos cardinales de la soledad del parque. Se lo ha buscado, la muy imbécil. No se puede ir por la vida con esos humos y despreciando así a la gente. Yo estuve genial y cualquier público del mundo me habría aplaudido, pero ella venía con el ánimo preconcebido, como una turista que ya conoce cuatro tópicos y cree saber la historia entera. Pecosa asquerosa. Vas a aprender lo que es bueno, y por mí la historia de Galíndez ya puede pasar a la historia. Toda una vida, toda una vida con su sombra en los talones o siguiendo su sombra. La salida del parque le lleva al rincón donde aguardaba el coche del encuentro, pero no está allí y sorprendido repasa el horizonte en su busca. Tal vez me esperen más arriba, junto al ensanchamiento del canal. Dama Blanca, amigos, regreso a casa y ya no volveré a marcharme. Tenemos el porvenir asegurado, una imbecilidad que me hacía reír hasta que me di cuenta del poco porvenir que tenía por delante y de lo poco seguro que era. El coche estaba allí aparcado y Voltaire hizo una señal de llamada e inteligencia que surtió efecto. El automóvil arrancó y fue hacia él en el momento en que iba a desembocar en un cruce. Galíndez dibujaba conejos, siluetas de tipos vascos, siluetas de danzarines, especialmente en la danza de las espadas, la que termina alzando al guerrero muerto sobre los brazos de todos los danzarines, como elevándolo al cielo. El coche ha acelerado de pronto y ocupa todo lo que ven sus ojos, su morro ciego y duro que sofoca su grito de advertencia y lo embiste hasta convertirlo en un pelele que se levanta cuatro metros del suelo, un pelele lleno de huesecitos rotos, que suenan uno a uno cuando cae contra el asfalto y se abre el cráneo como si fuera un coco. Este sí. Este sí, me ha matado. Se comenta don Voltaire, cara al cielo, sin fuerzas para sacarse esa negrura helada de sobre los ojos. ¿Quién os dará de comer? ¿Cuándo se darán cuenta de que estáis encerradas y de que yo nunca volveré?

Le llamaban reverendo O'Higgins, pero era casi un niño. Qué suerte para nuestra familia, Muriel, emparentar con un reverendo, como tu padre, como tu abuelo. Y era sorpresa lo que había en los ojos del viejo reverendo ante el final feliz de aquella hija descreída, agnóstica, y cuando te aplicaba el adjetivo cerraba los ojos como conteniendo un infarto de miocardio potencial. El reverendo O'Higgins no era casi un niño, era un niño, y más que sexo pedía que le mecieras entre tus brazos largos, adosado a tu cuerpo pecoso inútilmente desnudo, día tras día, noche tras noche. Atribuía sus frecuentes impotencias a excesos pecadores de su juventud que no conseguías imaginar, y cuando buscaste asesoría y cobijo en Dorothy te contestó: «La suerte está echada, ¿quieres darle un disgusto de muerte a tu anciano padre?» Y en el adjetivo había socarronería, burla, porque en tu victoria sobre ella estaba tu derrota. Un reverendo llama a otro reverendo. Auclair era un especialista en simbología mormónica y quería dedicar toda su vida a interpretar a la luz de la modernidad todas las puerilidades interesadas en la minusvaloración de *El libro de Mormón*. No podemos fundamentar una religión que ni siquiera tiene doscientos años en una historia que parece un cuento para niños, entre otras cosas porque no lo es. Lo que había sido una provocación acogida con indignación por toda la comunidad de Salt Lake e incluso por los reductos supervivientes en otros estados y en Inglaterra, restos de los creyentes conseguidos en el desembarco mormón en Liverpool en 1837, se convirtió en esperanza de resurrección de la secta. Pronto tu propio padre y O'Higgins, entre otros, le secundaron, porque Auclair podía aportar la modernidad que vuestra religión necesitaba sin desnaturalizarse. Fueron largas sesiones de debate en vuestra casa de recién casados y Auclair olía a animal agresivo, animal que disponía para él solo de un amplio lecho que fue tomando cuerpo en tu cabeza angustiada. El propio O'Higgins te empujaba hacia él, tanto lo hizo que te metiste en la cama de Auclair y comprobaste su dureza como amante y su fanatismo como profeta. Estaba tan seguro de su vigor sexual como de su capacidad por renovar el mensaje de vuestros profetas. Las habladurías convirtieron a O'Higgins en un sabueso y no paró hasta que os encontró en la cama, enlazados por el cansancio, una sábana apenas os separaba de su desesperación, que se llevó consigo entre sollozos, para transportarla a casa de tu padre, de tu hermana, otra vez la bien casada, de las principales personalidades de la comunidad. Ya eras la vergüenza de la secta, la vergüenza de «... tu anciano padre», como lo clasificaron, ya para siempre, todos los que te calificaban. Pero conseguiste salir de aquel hoyo y esperabas que Auclair te buscara para emprender otra vida y solo lo hizo por teléfono, para gimotear y casi insultarte porque habías frustrado la carrera hacia el obispado del más prestigioso de los jóvenes reverendos de Salt Lake. Con el tiempo él acabó vendiendo bungalows en California, rico, y tú te hiciste una científica, una especialista en la conducta histórica, la relación entre Ética e historia, es decir, en definitiva, Muriel, el sentido convencional de la historia. Norman *dixit. Sic.* Sobre tu vida las sombras de una colección completa de hombres inmaduros que te eligieron y de pronto la reconstrucción en tu laboratorio de un hombre entero, dotado de todos los atributos para ser una tesis universitaria hecha a tu medida. Pero qué frío. Este frío. ¿Por qué te han preguntado por tu religión? ¿Por qué figura esa pregunta todavía en los cuestionarios? O tal vez buscaban un punto flaco en tu memoria, el punto que más te culpabiliza por el sufrimiento

399

causado al pobre reverendo Colbert, a tu anciano padre. Pero este frío es premonitorio. Es un frío causado por la sensación de vacío que te rodea, y de impotencia, el frío de aquellos años de búsqueda, de inacabables cartas culpabilizadas a Dorothy, hasta que superaste el complejo de Caín.

–Muriel, tengo frío, hace frío.

Desde la colina de Larrabeode se desplomaba la tarde sobre el valle de Amurrio y Ricardo insistía como un chiquillo irritado porque su madre no le hace caso.

–Muriel, por última vez, yo me voy.

Pero la piedra te llamaba desde su insignificancia, como único logro conseguido por Jesús de Galíndez de una autobiografía construida desde el instante en que supo que podía compadecerse de sí mismo porque era un huérfano y era vasco. He conseguido localizarte gracias a tu hermana, en Salt Lake, que como mormona es desconfiada. También Dorothy te lo había dicho alguna vez.

–Muriel, tengo frío, hace frío. Muriel, por última vez, yo me voy.

Cuando te quedabas encantada o angustiada ante lo bello y lo feo y ella quería volver a casa. Allí, tu padre dividía sus juicios, para ti eran los cariñosos, para Dorothy los elogiosos. Dorothy tenía la cabeza sobre los hombros y tú sobre las nubes. Muriel, desciende, el camino hacia Dios no pasa por despegarse de la tierra. Y en cambio a ti lo que más te maravillaba era el origen tabulador de vuestra religión, la más fabuladora de todas las religiones fabuladoras. La lectura de *El libro de Mormón* fue la de una hermosa superchería desde que tuviste capacidad de raciocinio y Dorothy de disimulo. A veces os comentabais fragmentos del libro sagrado de la Iglesia de los Santos de los Últimos Días, si estabais a solas, Dorothy era despectiva y cruel, no solo contra Joseph Smith o Bringham Young, sino contra vuestro padre y todos los hermanos en la fe. Pero ante tu padre Dorothy olvidaba el sarcasmo y dejaba que tú te estrellaras a solas con tus dudas y tus réplicas a la iluminada seguridad del reverendo Colbert. Ahora hasta resulta consolador imaginarte a Joseph Smith en el momento de recibir la revelación de una providencial historia de América unida por Israel a la historia del Mundo. De cuando llegaron a sus costas en el siglo V los jareditas, fugitivos del pueblo Jared desde los tiempos de la Torre de Babel. He aquí la primera oleada providencial de judíos fugitivos que se establecieron en estas tierras, procrearon, crecieron, degeneraron hasta enfrentarse entre ellos en una guerra civil. Pero el Dios de Jared y de América velaba por el destino de este injerto regenerador y hacia el 600 antes de Cristo hizo llegar a las costas de Chile a nuevos colonos procedentes de Jerusalén, y entre ellos nuestros hermanos con sus esposas, que fueron el origen de las dos razas principales de América: los *lamanitas,* descendientes de la pareja de piel oscura; los *nefitas,* descendientes de la pareja rubia y hermosa. Aunque de origen común, unos y otros vivieron en discordia continua, en un marco físico primero bucólico, pero luego sacudido por los terremotos que comenzaron paralelamente a la Crucifixión de Cristo a muchas millas de distancia, el último suspiro generó una ola progresiva de destrucción en círculos concéntricos crecidos desde el Gólgota, las tinieblas cayeron sobre América y con ellas el olvido de todo origen y toda religiosidad. Pero Cristo velaba por los más rubios y hermosos de sus primos americanos y se fue a América, donde cristianizó a los nefitas, pueblo de abeles que fatalmente sucumbiría ante los negros, salvajes descreídos lamanitas, hasta llegar al borde del exterminio en la batalla del monte Cumorah. Afortunadamente un superviviente, Mormón, recibió el encargo directo de Dios de escribir la historia de su pueblo y gracias a ese libro teníais memoria y futuro. Moroni, hijo de Mormón, enterró el libro sagrado en el monte Cumorah y allí quedó hasta que, cansado de vagabundear por los cielos, Moroni se apareció a Joseph Smith en 1831 y le reveló dónde estaba enterrado el libro de su padre. Junto al libro encontró unos lentes formados por dos piedras preciosas y solo con ellos se podía descifrar su mágico contenido. Smith, el astuto Smith, perdió el libro original, pero lo había memorizado tanto que pudo dictarlo y jamás concedió ni un instante de atención a los que le acusaron de haber plagiado una novela del pastor anglicano Salomon Spalding, muerto en 1816, en unos años y unas tierras en los que la difusión de las novelas dependía de la memoria o el olvido de las caravanas y de los pocos no analfabetos que estaban de paso. Según tu padre, desde 1831, año en que Smith recibe la revelación de que debe fundar la nueva Jerusalem en Kirtland, precisamente en Kirtland (Ohio), siempre hubo un Colbert a su lado, como lo hubo junto a Young cuando tuvo que dirigir la hégira del pueblo mormón americano hasta Salt Lake, en Utah, donde fundó una república, independiente durante ocho años.

—¿Religión?

—Ninguna.

—En la ficha consta: perteneciente a la Iglesia de los Santos de los Últimos Días.

—Es su ficha, es su problema.

Es un *nefita,* como los otros tres, aunque uno de ellos tiene rasgos de *lamanita,* quizá de origen latino o negroide. Este no, el que lleva la voz cantante es un nefita, al que delimitas en esta habitación verde, de un verde negro opaco, desnuda con la excepción de dos sillas y una lámpara colgante de campana, apagada ahora porque invaden la estancia las cuatro cortinas de luces de neón que marcan las cuatro junturas del eco. Por encima de la náusea del cloroformo que te vuelve de vez en cuando sientes la necesidad de mantenerte alerta, a pesar de que sea un nefita, de que te ofrezca tabaco y de que te pregunte por tu religión, por tu familia, no, no tengo relación de familia, ni siquiera saben dónde estoy, insistes, sin demasiada pasión, para que no adivine lo que realmente quieres conseguir, que tu destino no afecte al de la establecida Dorothy, sobre todo a Dorothy, que es tan previsible que no vale la pena conmocionarla por nada.

—Realmente nos evitaríamos muchas molestias usted y nosotros si quisiera colaborar. Precise sus contactos con Norman Radcliffe, las instrucciones que recibió de él. Igualmente en qué momento recibe la orden de meterse en el caso Rojas NY-5075 y quién se la da. Sus contactos en España, Estados Unidos, sur de Francia, Santo Domingo obedecieron, es evidente, a un plan preestablecido, de cara a organizar una conspiración contra la seguridad de Estados Unidos de América y de un país aliado y amigo, República Dominicana.

—Soy una historiadora de la conducta, mi trabajo se relaciona con la ética. Mi plan de investigación lo hice como pueden hacerlo miles de estudiosos como yo y sería pintoresco que a alguien que estudie el asesinato de Lincoln o el de Kennedy se le pueda acusar de organizar una conspiración contra la seguridad de Estados Unidos.

Pero el nefita insiste terco, sin pestañear, te recita una y otra vez lo que consta en una cuartilla que alguien le ha escrito, porque aunque la repite constantemente aún la lee con vacilación, tal vez porque sabe que lo que está diciendo es un simple pretexto para esta situación, un elemento para darle un mínimo de sentido lógico. Cuatro funcionarios interrogan a una mujer y han de justificar un secuestro, una ilegalidad.

—¿Dónde estoy?

—Sus preguntas serán contestadas cuando usted conteste las nuestras.

No hay violencia aparente. Les has dicho que tenías sed y no te han dado de beber. Que sientes náuseas y ni siquiera han movido un músculo de la cara. Quisieras que sus preguntas tuvieran más sentido porque te sentirías protegida, pero mientras sigan preguntando algo a lo que no puedas contestar, te sentirás amenazada, como el débil al que el bravucón le va dictando los motivos que tiene para golpearle como si fueran motivos que el otro le ha dado. Quisieras que hubiera algo misterioso, políticamente misterioso, en todo lo que has hecho, pero no hay nada, nada que puedas contestarles y si ellos lo saben, no comprendes el montaje de esta farsa, y si no lo saben estás igualmente condenada. A muerte. A desaparecer. En la caída te agarras a ramas imprevistas en el borde del acantilado, pero nada más cogerlas con las manos se te rompen: los Cuello ni siquiera saben que te has ido de Santo Domingo; Voltaire ha sido cómplice, el viejo grotesco; el camarero no conserva el res-

403

guardo de tu tarjeta de crédito. No existes en Miami. ¿Dónde existes?

–¿Estoy en Miami?

–Quizá sea más fácil que le dejemos el cuestionario y usted contesta por su cuenta, a solas, tranquilamente. No queremos presionarla. Háganoslo más fácil.

Te están interrogando con guantes de cirujano, incluso si te dejaran acercarte les olerías a profilaxis por encima de este hedor de cloroformo que te envuelve. Probablemente debe ser la hora de la comida, del bocadillo de hamburguesa y la Coca-Cola, y lo que interpretas como artimaña sea simplemente un fragmento de ritual, ese fragmento de ritual que todo matarife necesita para seguir matando: la hora de la comida.

–Tengo sed, mucha sed.

–Después.

Han abandonado la habitación, que a su marcha ha fingido no haberlos albergado nunca. Como si se hubieran ido cuatro fantasmas. De pronto se abre otra vez la puerta y entra uno de ellos, el menos nefita, el más moreno, lleva en la mano un vaso de cartón encerado lleno de agua. Te lo tiende y sonríe.

–Yo soy más blando, sobre todo con las mujeres, pero mi amigo se contiene, se contiene, no sé por cuánto tiempo. Hazme caso y acabemos cuanto antes. Si esto es duro para un hombre, imagina cómo será para una mujer. No nos obligues a pasarte a los otros. Ahora estás entre gente de los tuyos, pero luego vendrán los otros y será otra cosa.

Interrumpes el entrecortado beber de agua para preguntar con una inocencia no fingida: ¿Quiénes son los otros? No hay respuesta, solo un vacío de comunicación en esa mirada mecánica que ni siquiera agrede. No tengo nada que decir. Las preguntas que me hacen son absurdas. Todos mis contactos son de trabajo. Profesores, testigos de la vida de Galíndez, gentes que están al alcance de todos, de cualquiera de ustedes. El hombre ha cabeceado desilusionado.

–Lástima, quería darte una oportunidad.

Y tú has preguntado ¿qué oportunidad? cuando ya era una

espalda que te abandonaba, una espalda que ha vuelto a vaciar esta habitación con un portazo que te ha sonado a insulto. Pero no podrán anularte así como así. No estamos en 1956. No se puede borrar a un ser humano de la tierra sin que se sepa. Y si se sabe, ¿qué? Te quedas sin habla, sin grito, sin ideas y solo una angustia gaseosa se apodera de tu pecho y te sientas en el suelo, con los brazos te coges las rodillas y metes la cabeza en tu regazo en busca de un nombre al que puedas llamar. ¿Fue así? ¿Fue así, Jesús? Pero en tu caso había una provocación y en el mío todo parece un simple juego de reconstrucción, como esos paleontólogos que construyen con paciencia hueso a hueso el esqueleto de un dinosaurio. Y de pronto resulta que el dinosaurio está vivo, que el ejercicio conduce al sufrimiento, a la muerte. Si al menos pudieras rezar, pero vienes de una religión tan absurda que jamás has podido aceptar otra religión. Si al menos pudieras cantar un himno, lanzar un grito de desafío en nombre de una tierra, de una idea. Ni siquiera has combatido jamás del todo por una causa justa. Has aspirado con satisfacción el perfume de la protesta, pero jamás ha salido de ti misma. Con los ojos y las palabras has alentado todas las causas justas anteriores y posteriores a tu propia vivencia, pero nunca has sentido la comunión de los santos, la compañía invisible de los que estuvieran dispuestos a perder como tú o ganar como tú. Ni siquiera Galíndez es una causa clara. Ni siquiera Galíndez es un justo que te traspasa su aureola, sino un hombre contradictorio que alcanzó su máxima dignidad en una habitación como esta. Pero entonces, seguro que entonces él tuvo algo que cantar, algún discurso importante que hacerse. Tal vez entonó el himno de los gudaris en el último momento y gritó a sus verdugos una frase histórica que nunca se sabrá. ¿Qué vas a cantar tú, Muriel, que te haga compañía desde dentro y no sea cantar contra el miedo? Tenías que haberle insistido más al viejecillo en el porqué de tu fidelidad a Galíndez, una fidelidad quizá basada en la presunción de este momento, cuando no le podían salvar ni sus verdades, ni sus mentiras, ni Aguirre, ni Hoover, ni el mismísimo presidente Eisenhower. Solo le hubiera podido

405

salvar Trujillo y ni siquiera él, una vez desencadenada la locura del secuestro. Pero ¿dónde estás? ¿Adónde te han llevado? Cuando llegaste a Nueva York y cicatrizaron las heridas del escándalo de Salt Lake, aquel fotógrafo chileno te prestó el recurso a la compasión por otros, por él mismo y por Allende y por todos los chilenos, argentinos o uruguayos sacrificados en el altar del equilibrio universal. Interpretaba su propia pesadilla y a veces llegabais al éxtasis en el horror, pero otras veces él era simplemente un médium que te comunicaba con el horror, un horror tan primitivo que te parecía imposible en tu ámbito, un simple argumento de película reivindicativa de las catástrofes del Tercer Mundo, de otras razas. Y te llegó a cansar la irrecuperable complacencia en la derrota de aquel chileno. ¿Por qué no lo nombras si compartisteis casi todo, menos tu reserva, durante cuatro años? Enrique. Enrique. Ahora entraría en esta habitación y te diría: ¿Lo ves? Todo lo que yo te conté es comprobable. Vívelo. Vívelo intensamente y luego lo comentamos. Y se retiraría caminando de espaldas, con prudencia, para no hacer ruido y evitar la alerta de los verdugos. Nunca volverás a Chile, Enrique. Tal vez vuelvas a un lugar que lleve el mismo nombre, lleno de ideas y muertos enterrados, de paisajes humanos con los límites borrados para siempre, y no podrás apresar, ni siquiera en fotografía, el instante en que fuisteis felices y teníais esperanza. He vuelto a Chile, Muriel, y despacito las cosas van avanzando. Pinochet se tambalea. Allende será el nombre de una calle, incluso es posible que dentro de veinte años pongan su nombre al Palacio de la Moneda y yo haga la foto del día en que caiga la bandera y la placa aparezca como un final feliz de poema de Neruda. Hasta te habían llegado a cargar los poemas de Neruda, la impotencia de tanta lírica amenazante y amenazada. Pero ¿y los muertos sin sepultura y sin memoria? ¿Esa fosa común universal y secular que jamás se alza contra los asesinos, que solo pagan por los muertos con rostro, nombre y apellido? Muriel, los sueños, Muriel, entre los sueños de nuestra generación no figuraba el de la resignación. Hay que saber conformarse en un momento dado con lo que te han quitado del Todo para que no te dejen en la Nada. Esta vez la frase no era de Enrique, sino de Norman. Aquel Norman cansado que te fue a ver a Nueva York cuando tú empezabas a moverte entre los restos del exilio español, apenas unos pétalos secos conservados entre rascacielos. Oh, ciudad de sociólogos y de estudiantes de arquitectura, habías exclamado borracha desde la azotea intermedia del Empire, con un Norman aferrado a tu cintura para que no hicieras ninguna tontería. ¿Qué te ofrecieron a cambio de mí? ¿Acaso a los cincuenta años no eres ya responsable de tu cara, hijo de puta? Ya entonces era un Norman que recurría continuamente al quizá, sin embargo, no obstante, un desorientado sabio, desorientado en casi todo, menos en el camino que le llevaba de vuelta a la casa de la que nunca debería haberse movido. Al menos Ricardo no se había trazado nunca grandes itinerarios, incluso los despreciaba, le repugnaban los grandes gestos que obligan a gesticular a los otros por encima de sus posibilidades, los asesinatos larvados en las grandes palabras y pensamientos, la crueldad ejemplar de las heroicidades. Era un joven sensato y tierno al que le horrorizaban las tragedias. Pero tú, Norman. Tú las clasificabas, las investigabas, sacabas consecuencias sin perder la pipa ni la distancia histórica, sobre todo la distancia, Muriel, si pierdes la distancia te pierdes a ti misma. ¿Qué has hecho, Muriel? Esta pregunta suena en la boca de tu padre y te sirve para aquella estampa en la que estás desnuda en la cama, con un obispo mormón y casado, un ejemplo, hasta entonces, de la comunidad, como para la estampa de toda tu vida, o esta que compones ahora con el culo como una ventosa de frío y abandono contra este suelo de cemento, en una habitación que te encierra, pero que te ignora. Muriel, desde los tiempos de la fundación de la Nueva Jerusalem, los Colbert han marcado la ruta de la Iglesia de los Santos de los Últimos Días. ¿Por qué nos has avergonzado en lo más auténtico de nuestro linaje? ¿Qué has hecho, Muriel? ¿Tú también, Dorothy? La puerta se ha abierto y empuja dentro de la habitación su propio olor a metal verde. Los cuatro funcionarios entran uno tras otro. El más nefita se te acerca, te mira desde su estatura, ve que aún queda un poso de agua en el vaso y empuja el vaso con el pie para que se vuelque y derrame el agua.

—Será el último trago de agua que beberá hasta que conteste satisfactoriamente, y ahora póngase en pie. ¿Ha perdido el esqueleto? ¿Ha contestado el cuestionario?

El cuestionario. ¿Dónde está el cuestionario? No ha podido ir muy lejos dentro de la habitación y ahí está, confundiendo su color gris con el del pavimento. No, no le ha gustado al funcionario portavoz que te hayas olvidado de su formulario, él está aquí para que contestes este cuestionario, se ha formado en el programa de la JOT (Junior Officers Trainee), seis o nueve meses rodeado de catálogos de enemigos de América y de la Civilización Occidental, luego un año de formación militar, después una estancia en Washington, donde se inicia el aprendizaje del espionaje de los otros, y solo cuando hubiera demostrado su capacidad se le seleccionaría como agente para el extranjero o como burócrata que jamás se apartaría de la mesa de un despacho lleno de terminales. La JOT, en Quarters Eye, junto al río Potomac. Podrías decírselo, de pronto, para demostrarle que sabes tú más cosas de él que a la inversa. Tú sabes que él ha pasado por un polígrafo y de pronto se te ocurre agarrarte a esa palabra como un tablón de salvación que tal vez pueda sacarte de esta habitación.

—¿Por qué no me aplica el polígrafo? Usted sabe muy bien de qué se trata. Estoy dispuesta a que me apliquen el polígrafo.

—Usted no ha de enseñarnos lo que hemos de hacer. Cumpliría si contestara el cuestionario. Insisto en que ahora todo puede ser fácil.

Le has cogido el cuestionario sin violencia como si fuera la suya una oferta amable a tu favor y le has pedido algo con que escribir. Cuando concentras los ojos en las letras impresas la cabeza te da un vuelco, pero lo superas y atiendes un formulario que más parece destinado a la concesión de un pasaporte que a la concesión de la vida.

Nombre, apellidos, lugar habitual de residencia, fecha de

nacimiento, estado civil, religión, raza, ¿ha utilizado alguna vez otro nombre o identidad? ¿Ha pertenecido a alguna organización subversiva de las que figuran en las listas del Departamento de Justicia? ¿Ha sido comunista o ha pertenecido a alguna organización comunista? ¿Ha visitado alguna vez algún país extranjero? ¿Algún país comunista? ¿Ha tratado con algún funcionario de algún gobierno extranjero? ¿De algún gobierno comunista? ¿Ha trabajado alguna vez por cuenta de algún gobierno extranjero? ¿Por cuenta de algún servicio de inteligencia extranjero? ¿Por cuenta de un servicio de inteligencia comunista? ¿Ha tenido actividades homosexuales? ¿Ha consumido drogas?, ¿tranquilizantes?

–¿Qué tiene que ver con todo esto lo de las prácticas homosexuales?

Te ha arrancado el papel de las manos y ha repasado las preguntas, para contrariarse cuando ha llegado a lo de las prácticas homosexuales.

–No conteste a esta si no quiere. Es una fórmula.

Ya está. Le entregas un cuestionario lleno de noes. Pero los noes no le gustan. Chasquea la lengua fastidiado y mira a los otros poniéndolos por testigos de tu intransigencia. No, por lo visto no quieres entrar en razón. No quieres aceptar ni siquiera los mínimos que ellos quieren que aceptes. Piensas decirles: Díctenme la declaración. ¿Qué uso legal van a hacer de ella? Pero nada más pensarlo retiras de tu cerebro la oferta, porque los pone a ellos ante la evidencia del sinsentido de este encuentro y a ti ante la prueba de su único sentido. No saldrás viva de esta habitación. ¿Cuánto tiempo ha pasado desde el secuestro en el parque Morning Side? Nada más te han metido en el coche has notado sobre la nariz y la boca un pañuelo lleno de peste, y aunque has movido la cabeza como si hubiera enloquecido por su cuenta, la peste te ha ido penetrando como una nube en la cabeza hasta ocuparla y allí ha estado hasta que has despertado hoy, pero hoy es una palabra que tampoco tiene sentido. ¿Cuándo fue ayer? ¿Cuándo ha ocurrido todo esto? ¿Ha habido un Dr. Rivera? ¿Murphy? ¿Quién es De la Maza? ¿Te darán «chalina»? Estás rodeada de caucasianos, compatriotas, de contenidos funcionarios que están ganando tiempo, un tiempo que te regalan porque podrían sacar ahora mismo la pistola de la sobaquera y matarte. Aún no están saciados los tiburones que devoraron a Galíndez o tal vez se limiten a fundirte en cal viva o a echarte al mar con un bloque de hormigón atado a los pies o te abran el vientre para que no flotes y los tiburones acaben cuanto antes su trabajo. ¿Quién te dará el tiro de gracia? No crean el clima adecuado para dártelo, al contrario, parecen molestos burócratas frustrados porque el encuestado no colabora, no les dices lo que ellos necesitan que les digas, porque entonces podrían irse a casa, a tomarse su *hot dog*, su lata de cerveza, a pasear al perro, cortar el césped, darle una palmada en el culo a Nancy, jugar con el niño pequeño, ver un partido de *baseball* en la televisión. Y estás a punto de pedirle otro formulario y rellenarlo a lo que supondría su gusto y beneficio: ¿Ha utilizado alguna vez otro nombre o identidad? Sí. ¿Ha pertenecido a alguna organización subversiva de las que figuran en las listas del Departamento de Justicia? Sí, al Ejército Simbiótico de Liberación y organizaciones como Fuera las manos de Nicaragua. ¿Ha sido comunista o ha pertenecido a alguna organización comunista? Sí. ¿Ha visitado algún país extranjero? Sí, y también estuve en Disneylandia, de niña. ¿Algún país comunista? Albania, de incógnito. ¿Ha tratado con algún funcionario de algún gobierno extranjero? Fui amante del embajador soviético en Viena. ¿De algún gobierno comunista? Se deduce. ¿Ha trabajado alguna vez por cuenta de algún gobierno extranjero? De algún gobierno comunista. ¿De algún gobierno comunista? Lo dicho. ¿Por cuenta de algún servicio de inteligencia extranjero? He trabajado por cuenta de los más inteligentes servicios extranjeros. ¿Comunistas? Desde luego, no faltaría más. ¿Ha tenido actividades homosexuales? Sí, conmigo misma. ¿Ha tomado drogas? Las más baratas. ¿Tranquilizantes? Después de haber leído libros subversivos siempre he tenido la urgente necesidad de leer libros antisubversivos. ¿Cómo se puede contestar un cuestionario tan majadero como este? Pero mientras ellos consideren que debes contestarlo permaneceréis, en esta fase, permanecerás, y lo que ahora te da miedo es que ellos mismos decidan terminar con esta situación absurda, porque no tienen otra, de momento no tienes otra alternativa que esta situación absurda. Ahí están los cuatro, mirándote, parecen un conjunto vocal relajado a punto de empezar a cantar cualquier canción de los Platters o de los Delta Rhythm Boys, canciones antiguas, cuerpos jóvenes pero antiguos, atléticos, aunque parezcan disfrazados de rebajas de Macy's. Les dices que tienes que hacer tus necesidades y un brillo de atención pasa por los ojos grises mortecinos del portavoz. Se despega un miembro del cuarteto, el bajo cantante, y sale de la habitación para volver con una lata de aceite de girasol vacía, sin tapadera, llena de serrín. La coloca a tu lado y vuelve a integrarse en el cuarteto.

–¿Aquí? ¿En esto? ¿Para qué necesitan esta humillación?

La necesitan. Casi sonríen, mientras algunos cambian de postura, levemente, para no romper la armonía del conjunto.

–¿Traerán agua para lavarme? Supongo que me dejarán a solas.

No parecen interesarles tus preguntas. Dos de ellos se cansan de posar para el cuarteto y buscan la pared para apoyar la espalda, otro empieza a pasear por la habitación como un preso y el cuarto, el más nefita, sigue observándote como si fueras un animal a punto para el taxidermista. De sus labios saldrá el discurso más largo que le has oído hasta ahora, un discurso del que no podrá volverse atrás, con un lenguaje del que ya no podrá desprenderse, porque le ha ensuciado la boca, te ha ensuciado a ti, ha ensuciado todo lo que hay en esta habitación, incluso dirías que ha llenado de mierda la lata.

–Puedes cagarte encima si quieres, conejita. Estamos hechos a la mierda, y ya que no has colaborado, nosotros nos vamos a limitar a ver cómo cagas, cómo meas, cómo menstrúas como una cerda. Y cuando estés escocida te abres de piernas y puedes estar abierta de piernas días y días. Y te hacemos un favor no pasándote a los otros, porque ellos no tendrían tanto miramiento con una *rusky* de mierda como tú.

411

Uno de los apoyados en la pared ha dejado escapar una risita de refrendo y a ti te queda en la cabeza, en el rubor casi tirante de la piel, la agresión peor, la de que menstruarás como una cerda sobre este suelo de cemento, y tus ojos le dicen hijo de puta, en castellano, tres, cuatro veces, como lo hubiera podido pronunciar Ricardo en un momento de indignación, aunque de tus labios salga algo parecido a un sollozo que te comes, por miedo a que te vean descompuesta y se desencadene la crueldad, nunca la compasión. Buscas una brizna de solidaridad en el hombre moreno que te ha dado agua, pero está acariciando la pared con las uñas. Pero luego, como si recibiera las vibraciones de tu mirada llamada, se ha vuelto hacia ti.

–Estás jugando con fuego y con pólvora. Te estamos haciendo un favor. Si dejáramos a los otros, a los que están esperando ahí fuera, no serían tan complacientes. Aunque seas una roja, un enemigo de lo más sagrado de nuestro país, eres de los nuestros y te respetamos. ¿No te hemos respetado? ¿Sabes lo que harían esos en cuanto entraran? Te desnudarían para ver cómo estáis hechas las rojitas y solo que te pusieran uno de sus dedos encima te ibas a cagar, entonces sí que te ibas a cagar. Nosotros vamos a cumplir con nuestro trabajo y parte de ese trabajo es protegerte de ellos. Tú has costado una buena parte de presupuesto. No estás aquí por un capricho y has de ayudarnos a que todo acabe bien.

–Hablemos. Pero hablemos como personas civilizadas.

–Quiere hablar.

–Y como personas civilizadas.

Los mudos han dejado de serlo. Se han tensado y te miran con curiosidad burlona.

–Denme otro formulario. Lo llenaré de otra manera.

Tienen todos los movimientos programados. El que debía salir a buscar otro formulario ha iniciado el movimiento nada más tú acababas de hablar, mientras los otros cambiaban de posición, sin abandonar la distancia que os separa. El formulario ha llegado a tu mano con suavidad y otra vez el rotulador, que has cogido con una mano blanda. Lo has llenado fingiendo pensar las respuestas, pero sabías ya que ibas a contestar a todo que sí, les has devuelto una colección de síes que el portavoz ha repetido mentalmente, uno a uno, como si cada sí le proporcionara una idea diferente y le liberara de un pedazo de carga hasta convertirlo en ese hombre de aspecto amable que ha cabeceado afirmativamente y ha vuelto la cabeza a los otros en una muda advertencia. Y entonces se han puesto en movimiento, con la lección aprendida. Dos han salido de la habitación y han vuelto con un cubo de agua, una toalla y una toallita de papel impregnada en agua de colonia, dentro de un sobre de la Panam. Los cuatro entonces han abandonado la habitación y te han dejado a solas con la lata, tu cubo, tu toalla, y has acariciado primero tú la tela, para que luego ella acariciara tu cara, tus brazos, tu escote. Te has asegurado de que la puerta permaneciera cerrada, te has bajado las bragas, que han quedado en tu mano como un pedazo de papel mancillado, y te has sentado entre los cantos de la lata, sintiendo en tu carne la voluntad de herida de los bordes oxidados, y de ti ha caído una orina rabiosa, casi efervescente, engullida por el serrín como si fuera orina de gata, y has luchado por no defecar por no humillarte con tu propio olor compartido con ellos cuando regresen. Cuando llegue la noche. Si es que aún hay noche ahí fuera, si es que aún habrá una noche para ti. ¿Y si fuera ahora de noche? Te has lavado primero la cara, los brazos, en una comunicación casi religiosa, de bautismo, y luego te has puesto a horcajadas sobre el cubo manoteando jabón y agua contra tu ano, contra tu sexo, como si fueran de una persona que no te pertenece. Secarte ha sido un gozo y con la toalla húmeda te has refrigerado la cara, mientras buscabas en una silla refugio para tu nuevo cansancio, el que llega después de una tensión, a la espera de la próxima. Y ahí están. Se abre la puerta como una lámina fría y por ella entra uno, solo uno. Lleva tu formulario en una mano y en la otra un magnetofón. No es el portavoz, ni el lamanita. Es uno de los mudos. Parece un excampeón de esquí acuático algo calvo, de gestos sueltos y mirada sonriente que no rehúye el distanciado examen de tu letrina, mientras contiene el olisquear por si has pasado a mayores. Aproxima su silla a la tuya y deja el magnetofón conectado en el suelo.

–Puro trámite. Ha sido de mucha ayuda el que usted contestara finalmente con sinceridad. Ahora relájese y complemente el informe. Comprenderá que los síes no son suficientes. Es preciso decir algo más. Todo esto tiene nombres, nombres y apellidos. Vamos a empezar, repito que puede tomarse todo el tiempo que quiera y que cuanto más colabore, mejor para usted. ¿Está preparada para empezar?

–Sí.

–Bien. ¿Qué nombres ha utilizado y qué cambios de identidad?

Y te oyes a ti misma cantar el esbozo de una novela que podría haber sido la de tu vida. Mi nombre de guerra ha cambiado, pero el que más he utilizado ha sido el de Jezabel Morgan, y a veces Noemí Baker, casi siempre he aparecido como profesora de universidad, pero en ocasiones he sido comisionista de ventas de libros a domicilio o especialista en cursos para adultos retrasados, en escuelas de asistencia social. Me cambié el nombre por cuestiones familiares, primero, porque había tenido problemas con mi familia, historias de amores y religiones. El código de la Iglesia de los Santos de los Últimos Días es muy especial, muy difícil de disimular su cumplimiento cuando no se cree en él, y yo entré en conflicto ideológico con mi religión ya en los primeros cursos de la universidad. Luego los nombres supuestos me sirvieron cuando entré en contacto con movimientos sociales, lo que ustedes llaman movimientos subversivos y nosotros movimientos sociales. Sí, estuve afiliada al Ejército Simbiótico en sus últimas boqueadas, pero no fui un miembro muy activo, solo pertenecí a los comandos de información y no puedo rendir cuentas de qué se hizo con mi información, porque casi en seguida el Ejército fue desarticulado y me dediqué a trabajar en movimientos de profesores, sobre todo de hostigamiento a la política exterior de Estados Unidos, especialmente de solidaridad con los pueblos del Cono Sur de América Latina y luego con Nicaragua y a veces también con El Salvador, Cuba,

414

Guatemala, pero no podía dar abasto a tanto compromiso. No. No. Enrique Waksman Ortiz, mi fugaz marido, no pertenecía a un partido concreto. Yo era más militante que él, mantuve relaciones con el Partido Comunista americano, pero más como colaboradora, porque me parecía un partido anquilosado, inservible para la agitación a la que yo aspiraba, demasiado condicionado por la presión legal, social, política. Países extranjeros, los que me ha obligado a visitar mi trabajo sobre Galíndez, y una vez estuve en Yugoslavia, de turismo, para ver Split, me fascinaba la existencia de una ciudad construida a partir de las arquitecturas intocadas del emperador Diocleciano. Pero sí, tuve contactos con agentes de servicios secretos extranjeros, no directamente soviéticos, no, sobre todo con representantes de la Alemania Democrática, en España, sí, siempre me veía con representantes de la Alemania Democrática e incluso pedí ayuda para mi trabajo sobre Galíndez, por si era cierto que Galíndez hubiera sido un agente del KGB, incluso contemplé la posibilidad de que no hubiera sido asesinado y estuviera en cualquier país socialista con la identidad cambiada, previa operación de cirugía estética. No, no puede decirse que trabajara a cuenta de ningún gobierno extranjero, ni siquiera comunista, en el sentido material de la palabra, sino ideológico, sí, he comentado muchas veces con ellos los efectos políticos de mi trabajo. ¿Nombres? Tal vez sean supuestos. No les dirán nada. Bien, pues Böll, Handke entre los alemanes y algún soviético, es posible, sí, ahora recuerdo, Trífonov, Bulgákov, Guinzburg, Mielnekov. Yo no podía prestarles servicios relevantes porque no tengo acceso a áreas de seguridad.

–¿Estaría usted dispuesta a hacer las descripciones físicas de esos agentes?

–Les recuerdo muy vagamente.

–Haga un esfuerzo. Por ejemplo, Handke.

–Un rubianco, de cara larga, cabello lacio, me parece.

–¿Bulgákov?

–Grueso, muy eslavo, muy vitalista, como nos han presentado a los rusos en las películas.

–¿No trataron de catapultarla hacia zonas de seguridad de Estados Unidos, mediante contactos? A un nivel superior, muy superior.

–Debieron considerar que no serviría, que mi trabajo más eficaz lo iba a realizar en escenarios intelectuales.

–No es un escenario gratuito. De ahí nacen las ideas y luego las ideas mueven a los hombres.

–Desde luego.

–Yo creo en el derecho de todo el mundo a tener las ideas que quiera, si se las reserva para sí, sobre todo las que pueden afectar a la seguridad de mi país. El pensamiento no delinque. La acción sí.

–Es usted muy tolerante.

–Es un principio de nuestra cultura democrática, de la que usted no debió nunca apartarse. Y ahora quisiera que me aclarara algo más sus objetivos con respecto a la investigación de Galíndez. ¿Quién era el objetivo final del escándalo? ¿A por quién iban, tanto en Estados Unidos como en República Dominicana?

–El objeto.

–O el sujeto.

–O el sujeto.

Y te entra todo el cansancio por el fingimiento, la impresión de que es tan inútil como decir la verdad, dejas caer los brazos, el cuerpo, expulsas el aire que quisieras y no quisieras volver a inspirar. Le miras a los ojos y le dices mudamente: ¿Qué me preguntas? ¿Por qué me preguntas? ¿Para qué me preguntas?

–Lógicamente sus investigaciones apuntaban a una finalidad.

–La investigación en sí misma. No sabía muy claramente adónde iba a parar.

–No sabían.

–¿Por qué en plural?

–Hemos convenido en que usted investigaba en colaboración con servicios de inteligencia extranjeros y el propio Norman Radcliffe estaba en antecedentes de ello.

416

—Norman nunca supo de mis contactos.

—¿Trata de que me lo crea?

—Si nos vigilaban es fácil saberlo. Hemos cruzado correspondencia. Nos hemos visto en Nueva York.

—Tampoco nos constan los contactos con esos agentes, pero son fácilmente deducibles. Volviendo a esos agentes. Böll. Concentrémonos en Böll, por ejemplo. Descríbalo.

—Böll era un hombre alto y mayor, sobre los setenta años. Creo que había estado en Irlanda, hacía tiempo y durante una larga temporada, porque utilizaba con frecuencia referencias irlandesas. Sí, es extraño, o quizá las provoqué yo porque le hablé de Irlanda y él siguió la conversación, o quizá todo derivó de las bicicletas. Sí. Fue de las bicicletas. Nos vimos en un parque y él llegó en bicicleta. Me pareció un contacto muy poco normal y me comentó la afición que había adquirido por la bicicleta en Irlanda. No. Quizá no sea un tema de conversación entre conjurados, pero él lo secundó. Quizá nunca había estado en Irlanda. Él asiente, sonríe, se muestra tan comprensivo que acercas tu mano a su brazo, pero lo retira, y con él la sonrisa.

—Vamos a empezar a hablar en serio, Mrs. Colbert. Me ha explicado una buena lección de literatura alemana y soviética, o resulta que buena parte de la literatura alemana y soviética pertenece a los servicios secretos. No soy un especialista, pero usted debía considerar que en este caso la Compañía iba a delegar a gentes que estuvieran en condiciones de entender sus claves. No he leído ni un libro de ninguno de ellos, pero Böll es un escritor alemán ya muerto, y Handke aún vive, Bulgákov es un escritor muerto, los otros nombres no los identifico, pero me suenan, sobre todo Guinzburg. ¿Quería burlarse de nosotros?

—No sabía qué decirles. Esos contactos no existen. Nunca han existido.

Ha expulsado el aire con determinación y se ha puesto en pie tirando la silla al suelo, inconscientemente te has protegido el cuerpo con los brazos. No, no han existido. Nunca he pertenecido a nada de lo que he admitido en el cuestionario. Ha sido la insistencia de ustedes la que me ha forzado a decir mentiras. Se marcha hacia la puerta sin decirte nada y ya en el umbral te masculla que reflexiones, que te serenes y hagas una real composición de lugar, y ha insistido, real composición de lugar. Te levantas y recorres el perímetro de este calabozo sin ventanas, una, tres, seis veces hasta que te mareas y has de correr a una de las sillas para no desplomarte. Has de avisarles de que eres propensa a las lipotimias. ¿De qué has de avisarles? Has sido una estúpida. Has pensado que la historia no había pasado en balde y que eras la chica de América, la *superwoman* indestructible por los forajidos. He pensado en eso, Muriel. En ese viaje que me anunciaste a Santo Domingo. Tengo mis planes. Para Semana Santa podré distraer unos días. Me los deben de vacaciones y tú ya sabes que España no existe durante esos puentes. Podríamos aprovechar un largo puente para ir juntos a Santo Domingo. Yo me baño, tomo el sol, vacío la isla de cocos y tú investigas. ¿Qué quiere decir demasiado tarde? ¿Cuándo te vas? ¿Pasado mañana? ¿Y me lo dices así? ¿Cuántos días? ¿No lo sabes? Y aún sientes el dolor de su agresión aparentemente involuntaria, aquel canto de mesa que se te clavó en el estómago para facilitar su huida. Han pasado cinco días de esa secuencia, o no, no sabes cuántos días has estado dormida, cuánto ha costado traerte aquí. Tal vez estés, como Galíndez, en la República Dominicana, en San Cristóbal, tal vez Trujillo no haya muerto, sin duda no ha muerto del todo y provocó el otro día la hemiplejía a Palazón, mientras tejía a tu alrededor esta tela de araña. Si ya lo sabe todo, déjelo correr. Cuando mataron a Trujillo dispersaron a su familia y trajeron la democracia vigilada, hubo un doble juego, muy típico de los yanquis. Mientras una parte de los servicios secretos luchaba por investigar la verdad de lo sucedido, otra parte trabajaba para borrar las pocas pruebas que quedaban. Y tú le insististe a Areces que llegarías hasta el fin, que te interesaba la atmósfera, la atmósfera que rodeaba a Galíndez en sus últimos momentos. Si pudiera recuperaría el aire que respiraba, la manera de respirarlo. ¿Y eso es científico? Mejor que recurra a una vidente. Igual le consigue el número de teléfono de Galíndez. Y ahora tiene sentido la mirada aliviada de José Israel cuando te ve regresar al hotel, aunque no exteriorizara el motivo de su inquietud. No es que conozca a todos los coroneles y excoroneles, pero ese no me suena. Y el picadito ese, tampoco. Uno siempre subestima el territorio de la República y piensa que conoce a todo el mundo. Ese coronel ha querido presumir de protagonismo histórico, o quizá vivió lo que ha contado, como tanta gente. Las dictaduras son panteístas, el dictador consigue depositar un pedacito de sí mismo en todos los demás. La puerta sigue cerrada. Quizá no se abra nunca más. Te ilusiona la posibilidad de morir poco a poco, sin dolor, sin humillación, como una consecuencia de tu estupidez, de tu prepotencia. Solo que hubieras dejado una nota a los Cuello la historia cambiaría, y si se han atrevido a todo este montaje es porque les consta que nadie conoce tu paradero, ni tus movimientos desde que saliste de Santo Domingo. ¿Qué estará haciendo el miserable viejo? Sin duda conoció a Galíndez, pero no figura en las crónicas, es como un diablo que no sale reproducido en las fotografías, pero estaba allí, probablemente fuera el demonio particular de Galíndez. Le imaginas en un piso lleno de gatos y olor a excrementos de los animales, él como una isla de pulcritud maligna, escogiendo el punto donde clavar su aguijón venenoso. Don Angelito. Voltaire. Una historia llena de personajes que nunca fueron lo que aparentaban ser y que en cambio afirmaban ser de una pieza, como la historia que los había hecho. Pero de pronto hay muestras de actividad al otro lado de la puerta, se oyen voces y ruidos, como si los cuatro funcionarios hubieran perdido la estudiada calma y quisieran pasar a otra fase del interrogatorio. Incluso risas, sobre todo una risa en falsete te castiga, porque la supones dirigida contra ti y esa puerta se abrirá para dar paso a la tortura, a la bestialidad, a la muerte. Si se pudiera unificar este final con el de Jesús y llegar los dos unidos a la gran síntesis de la tierra y las aguas... Jesús está en la tierra y el mar, sus partículas deshechas por los tiburones, y el tiempo se ha convertido en materia y memoria de una comunidad. ¿Pero tú? No puedes aspirar a esa inmortalidad, a esa consoladora supervivencia, y cualquier posibilidad de abstracción se te rompe como un cristal frágil, cuando la puerta se abre de un empujón y penetran como bultos oscuros cuatro hombres nuevos y sobre todo uno de ellos es el signo mismo del final, el último sello sobre el expediente. Allí está Areces, más inmenso de lo que lo recordabas, con un Obús en la boca y el anillo en su mano tan grande como su cabeza empotrada en su cuerpo pirámide. Y el Picado. Y su primo, y un cuarto personaje del que solo conoces lo que presientes, que tiene el alma tan negra como los otros tres.

—Mírela, mi coronel, si es la flaquita del otro día.

—Hay peces que tienen ganas de ser pescados.

Esperas que se sume al grupo alguno de los funcionarios, pero la puerta ya se ha cerrado, definitivamente. Areces da la vuelta a la silla y deposita su corpachón apoyándolo con la barriga contra el respaldo. Se le ha apagado el puro, lo vuelve a encender con un mechero tan brillante como su anillo y paladea la primera bocanada de humo. No le gusta. Da la vuelta al puro y se mete la punta ígnea en la boca, sopla y una columna de humo sale por el otro extremo entre las risas de los otros tres.

—¿De qué se ríen, pendejos? Acaso no saben que el puro acumula nicotina y que es preciso abrirle vías soplando en sentido contrario, cuando se ha apagado, claro, solo cuando se ha apagado más de una vez. ¿Iba yo a tirar este Obús? ¿Para que ustedes lo cogieran, desgraciados? Como si no tuviera nada más que hacer, con el trabajo que tenemos delante. Y ahora le hablo a usted. Ya ve que con los suyos no le ha ido bien y con nosotros le va a ir peor. Ellos no se manchan las manos, porque ya cuentan con las nuestras, que son más oscuras. Cada cual con su papel, pero le aseguro que el nuestro lo haremos bien.

—Tiene cara de síncope la señorita.

—Lleva demasiada ropa encima.

—¡Qué flaquita tan exquisita!

—Le vamos a recrear la atmósfera que buscaba. No recuerdo el título de su trabajo, pero usted me dijo que iba buscando la atmósfera. No le va a faltar. Lástima que yo no viera el final de

Galíndez, pero asistí en primera fila al de Murphy y ya le dije que gritaba como un puerco en el matadero, y eso que era todo un pepilito. Ahora los jóvenes crecen más, en todas partes. Pero entonces Murphy era un tipito, un tipito bien puesto, y se descompuso y casi nos avergonzaba a todos, incluso el que le dio con el madero en la cabeza para que dejara de gritar como una marrana. Luego le dieron chalina y se lo llevaron cerca del mar, frente al Matadero. Le abrieron la barriga con un colín y lo echaron al mar para que los tiburones se lo comieran cuanto antes. La gente se cree que a los tiburones les gustan los brazos y las piernas, pero lo que más les gusta son las tripas. ¿No tiene demasiado calor, señorita? No sé cuánto rato conservará las formas, pero lleva demasiada ropa encima.

—¿La desnudamos, jefe?

—Ella, lo hará solita. Estas chicas de hoy en día saben situarse según las circunstancias. ¿No han sido ustedes, las mujeres yanquis, las que han creado ese lema tan peleón, en caso de violación no te resistas? No creo que haya violación ahora, ¿verdad, Rivera?

—No me gustan las flacas.

—Pero te vamos a moler, pendeja.

—Y además, nunca un ser humano se da tanta cuenta de qué poca cosa es como cuando está desnudo.

En cierto sentido, la carta amarga de Galíndez en su última Navidad neoyorquina puede ser la premonición de lo que sintió en este instante. Tuvo tu mismo miedo, estás segura, y solo pudo contar con el valor que le daba la investidura de una causa. Tú te desnudas porque no quieres que te desnuden. Miras sonriente a Areces porque no quieres que te vea llorar y cuando grites procurarás que sean alaridos, no le darás el gusto de articular compasiones. Pero te hubiera gustado que hubiera sido diferente, tender la mano como ahora haces, como una prolongación de tu cuerpo desnudo y tembloroso, y encontrar la mano de Jesús. No te atreves a cantar las estrofas rotas de sus canciones de patria y nostalgia, pero sí cantas en voz tan baja que no es voz, que es escritura en un papel secreto que ellos no pueden descubrir, ni romperte, la canción de Laboa, y te llevarías a Jesús hasta el bosque pintado por el hijo de los Migueloa, en comunión exacta con algún rincón del mundo, el bosque modificado, la realidad más física modificada, corregida, definitivamente humanizada. Si fuera lícito huir, si hubiera paz en algún lugar, no sería el amante de las flores que lindan la casa. No sería el miserable abatido por el dolor, hijo de la desesperanza, destinatario endurecido del grito. No sería para nadie causa de escándalo, ni planta desarraigada sembrada en tierra fría. Si estuviera permitido huir, si fuera posible romper la cadena, no sería un navegante impotente, carente de barco.

En la zona de luz los comensales viven la euforia de la sobremesa y en la de la penumbra se toman copas con cierta melancolía, especialmente el hombre cúbico y pelirrojo que tiene casi toda la pechera sobre la barra y contempla hipnotizado el puntillismo del lucerío de Brooklyn, más allá del East River, en el estrechamiento entre la Upper Bay y la Lower Bay. Cuatro dry martinis esperan el quinto que ya tiene en la punta de la lengua dirigida hacia un camarero presionado por el trabajo que ya no le ha hecho caso dos veces, prisionero de esa lógica íntima de los camareros que tienen programadas sus miradas, cada camarero reparte sus trabajos y sus miradas según un largo aprendizaje. Cada uno tiene su estilo. Este camarero rehúye sobre todo las confidencias del borracho, los efluvios líricos que le inspira el brillo metálico del río, la placidez con que una gabarra parece ir a ninguna parte y sobre todo la compensación del frío interior que le proporcionan los millones de puntos luminosos que parecen construir rascacielos de luciérnagas en la noche y sobre esta isla de tiempo del River Café, la cinta poética de ingeniería del puente de Brooklyn. ¿Por qué escribo poesía, se preguntaba Wallace Stevens? Y se contestaba: porque me veo impulsado por mi sensibilidad personal y porque a veces me canso de la monotonía de mi propia imaginación y parto en busca de la diversidad. Fíjese en el verbo, partir, partir en busca de. La poesía es un viaje. Y hasta el tercer martini el ca-

423

marero le seguía el discurso con una cierta sonrisa, pero no le secundó ya en el cuarto, entre otras cosas porque el hombre cavilaba y de pronto exclamó: ¡Ya lo tengo! Es de un trabajo de Stevens, *El elemento irracional de la poesía*. Las luciérnagas titilan a lo lejos y el quinto martini se le hace agua en los ojos. Le invito a uno. Beba por mí. He cumplido sesenta años. Prefiero un *bloodymary*. Pues un *bloodymary*. El camarero se combina el *bloodymary* y el hombre pasa su brazo por encima del mostrador y le detiene la marcha.

–¿Qué se puede hacer a los sesenta años?

–Me lo pensaré en el tiempo que me queda para llegar a esa edad.

–No. No le darán tiempo para pensar. La tendrá. Simplemente la tendrá, como una lápida. A partir de esa edad llevará usted una lápida a cuestas, en la que solo consta el nombre y el apellido, ni siquiera la graduación, como mandan los cánones de la Convención de Ginebra. ¿Usted sabe quién soy yo? ¿Sabe a qué me dedico? No. Ni le interesa, ni le importa. Pero yo iba para poeta, para profesor. Aquí donde me ve soy un hombre con cuerpo de hipopótamo y alma de rosita de pitiminí.

Hombre de cuerpo de hipopótamo y alma de rosita de pitiminí. Musitó varias veces hasta encontrar la musicalidad que le convenía. Las voces se habían convertido en una cortina que le sitiaba en su atolón de martinis y ya estaba cansado de entristecerse ante las melancolías de los luceríos. Otra gabarra, en sentido contrario, larga, con una pereza especial de río.

–Mañana me voy a mi cabaña. Quiero talar medio bosque. Hasta que no haya talado cien árboles no pienso descansar. He de probarme a mí mismo que aún puedo talar medio bosque.

El camarero está en el hemisferio occidental de la barra y los demás le son desconocidos. Da media vuelta y se considera lo suficientemente aplomado como para llegar hasta el coche sin tambalearse. El vehículo parece amenazado por un posible derrumbamiento del puente de Brooklyn, sacudido por las ráfagas de los coches que lo convierten en un objeto casi musical. Lleva los ojos húmedos y se le diluyen los semáforos, los co-

424

ches, los acantilados de los rascacielos, y empieza a llover con esa imprevisión manhattaniana que ha hecho próspero el negocio de paraguas de una tarde, de una hora, de tres manzanas. Llueve, llueve, sobre mi vida, llueve, llueve sobre mi vida, sobre mi vida escondida... Rechazó el poema que le pedía la lluvia y trató de llegar a casa cuanto antes para comer algo con lo que empapar el alcohol. Pero, una vez en casa, no va directamente a la cocina ni al frigorífico, sino que vacila y finalmente se aplica sobre las anchas estanterías llenas de libros que respaldan el mueble bar. Se alboroza ante el encuentro de un libro y al abrirlo le saltan unas hojas de papel amarillo que empieza a leer con tiento, sin saber a qué reino de la Tierra pertenecen las cuartillas. Sobre la mesa pone *El elemento irracional de la poesía,* de Wallace Stevens, un librillo delgado que ya no le interesa porque está cada vez más entregado a lo que dicen las cuartillas, en las que identifica su vieja máquina Brother de los primeros años de universidad: Mr. Berryman, el reconocimiento de su poesía ha sido tardío para sus méritos y hemos sido los estudiantes de nuestra generación los que hemos reivindicado su nombre al lado de Robert Lowell o Delmore Schwartz. ¿Puede cambiar su poesía a partir de este reconocimiento público? ¿Qué opina usted de lo que dijo Seyring, si Berryman no es el mejor poeta vivo de Estados Unidos, sin duda mantiene un segundo lugar junto a Lowell? ¿A usted le pasó lo mismo que a Eliot, Frost, Auden, es decir, primero fueron valorados en Inglaterra, tiene una explicación? ¿Es usted considerado un poeta confesional, como Sylvia Plath o Lowell? ¿Qué le parece esta etiqueta? ¿Son confesionales sus sonetos? Usted dijo que no era un escritor, que solo iba disfrazado de escritor, que en realidad era un erudito académico. ¿Qué quería decir con esto? Berryman nunca recibió este cuestionario de un joven estudiante, precoz en su admiración hacia un poeta minusvalorado a final de los años cuarenta, cuando el poeta debía tener treinta y cuatro, treinta y cinco años. ¿Dónde está esa brillantísima interpretación de Berryman sobre la canción de amor de J. A. Prufrock? *Como un paciente anestesiado sobre una mesa,* el tercer verso, y con este verso, decía Berryman, entra en la modernidad la poesía en lengua inglesa. Se da un palmazo en la cabeza, entusiasmado consigo mismo, y es entonces cuando recibe el aviso de su hambre. Del frigorífico saca un montón de rebanadas de pan de molde, pepinillos, mantequilla y un tubo de pasta de salmón. Corta el pepinillo a láminas y las encastilla entre las dos capas de mantequilla y pasta de salmón que untan dos rebanadas, aprieta la una con la otra, se mete el sándwich en la boca, y mientras lo mordisquea con la ayuda de una mano, con la otra construye otro bocadillo. Puede comerse el segundo en actitud de reposo y va hacia el sillón patriarcal, enfrentado a la pantalla de televisión. La lata de cerveza pierde su precinto y brota la espuma, derramándose en parte sobre la alfombra. El segundo bocadillo desaparece entre sus dientes y le queda una mano para recuperar sus apuntes y el libro de Stevens, pero el que quisiera tener en las manos es uno de Berryman. ¿Dónde está? ¿Dónde está ese ensayo sobre la canción de amor de J. A. Prufrock?

> Las he visto cabalgar hacia el mar sobre las olas
> peinando los blancos cabellos de las olas revueltas
> cuando el soplo del viento vuelve el agua blanca y negra.
> Nos hemos quedado en las cámaras del mar
> junto a las sirenas coronadas de algas rojas y pardas.
> Hasta que llegan voces humanas y nos ahogamos.

En el televisor Cary Grant tontea en torno de Katharine Hepburn y de sus labios sale un rotundo maricón, dirigido a Cary Grant. Berryman se suicidó en 1973. Por entonces ya no le afectaban tanto noticias como esta, que quizá le llegó en un rincón del golfo de México mientras husmeaba quién sabe qué parte del coño de América. Pero sintió un pellizco en el corazón por aquel miope de barba canosa que finalmente había conseguido el reconocimiento que él de muchacho ya le había otorgado. Recibir la noticia de la muerte de Berryman en el golfo, probablemente en Veracruz, ¿o fue en Tampico?, y sentirse definitivamente exiliado de una antigua ambición. Tal vez ahora que ha terminado el largo combate contra Galíndez y su sombra de muerto sin sepultura sería el momento de pedir el retiro y volver a ser una rata de biblioteca, incluso tratar de escribir todo lo vivido como si lo hubiera vivido otro. Su sangre ya no aceptaba ni el alcohol de la cerveza y cambió de sillón para tumbarse sobre el sofá y adquirir entonces la conciencia de que con la pensión no podría seguir pasando lo estipulado a sus exmujeres. Pero en cualquier caso se sentía tan descansado como inmotivado y por la grieta entre el relajamiento y el vacío se habían metido aquellos fantasmas literarios. Ahora al tonteo entre la Hepburn y Cary Grant se ha sumado James Stewart, y una morena pequeña y maciza a la que le levantaría las faldas, para ver si tiene uno de esos sexos peludos, anchos y largos, de un palmo cuadrado, uno de esos sexos que pueden untarse de pasta de cacahuete y lamerlos durante una tarde mientras ves un partido de *baseball* por televisión. Ha sonado el interfono y el hombre cúbico se ha puesto en pie como si el sofá le expulsara mediante un rotundo esfuerzo. Tarda en asociar el sonido a lo que va a suceder y mira el reloj, las dos de la madrugada, pero el interfono ha sonado y tiene que hacer lo que es preciso hacer cuando el interfono suena. Camina pesado y mareado por la brusquedad de su verticalidad hacia el teléfono interior y allí le espera impaciente la voz del portero.

–Es la tercera vez que llamo.

–Lo siento, estaba medio dormido.

–Yo estaba enteramente, enteramente dormido. Aquí tiene al mensajero. Está usted abonado a los mensajes a las dos de la madrugada.

–Lo siento.

–Yo también. ¿Le digo que suba?

–¿Lleva la credencial?

–Como siempre.

–Que suba.

Le espera con la puerta entreabierta, para ser el primero en ver sin ser visto, y ahí llega un insecto de cuero, con casco en la cabeza y gafas oscuras. Sobre el casco la credencial de la mensajería de la Compañía. No se dicen nada, tampoco sabe si es el mismo que le ha estado trayendo mensajes en los últimos treinta años. Quizá los insectos de cuero no mueran. Intercambian el sobre y el acuse de recibo y el mensajero se marcha, estudia sus pasos, le parece que camina igual que otras veces, igual que siempre. Debe ser el mismo. Los mensajes a estas horas siempre le sorprenden metabolizando una borrachera y va bajo el grifo del lavabo para helarse la nuca y la cabeza con el agua helada en las cañerías por el relente. Se seca la cabeza con cuidado, porque en ella se mezclan el dolor del alcohol, el del agua helada y el rebullir de las ideas que se reagrupan para interpretar el sentido de ese sobre. Lo ha dejado encima de la cama del dormitorio. Enciende una lamparilla y se tumba con el sobre cogido en una mano. Le quita la costra de lacre, lo abre y aparece la llamada de atención de siempre: Alto Secreto, pero bajo la llamada un lema que le hace incorporarse sobre los codos: Caso Rojas-5075. Hay una nota del gordo Somes: Lea con atención y conciba una estrategia. Coño con el gordo Somes, si hace dos semanas celebrabais el final de esta historia, frente a unos combinados en un bar para alpinistas enfrentado al achicado edificio de la ONU. Más allá de la nota de Somes, cinco folios de una carta, y nada más leer el nombre de la destinataria, nota que se le han pasado todos los dolores de cabeza y se cierne sobre el mensaje, como un alcotán.

Mrs. Dorothy Colbert
Brigham Street 435
Salt Lake City
Utah

Apreciada señora: Usted no me conoce de nada y por eso sin más preámbulos voy a decirle quién soy. Mi nombre es Ricardo Santos Migueloa, tengo veintisiete años, vivo en Madrid, soy español, en la plaza Mayor 46, 4.º 3.ª, distrito postal 28001. Casi desde el comienzo de la estancia de su hermana

428

Muriel en España estuve en relación con ella, hicimos una buena amistad y luego vivimos juntos durante varios meses hasta que ella partió en viaje hacia Santo Domingo hace dos meses. Un mes y medio después de su partida tuve conocimiento de su trágico fin, del hallazgo de su cadáver a la altura de San Pedro de Macorís, al parecer ahogada por un súbito mareo y sin pruebas externas de violencia, sanción que fue aceptada por el forense oficial y por un informe anatómico especial que pidió un ciudadano dominicano, José Israel Cuello, editor y conocido de Muriel, porque era uno de los que colaboraban en un trabajo que estaba realizando bajo la dirección de Norman Radcliffe, profesor de la Universidad de Yale. Si tuve noticia del trágico fin fue porque extrañado por su silencio, a pesar de que se marchó despidiéndose a la francesa, como quien dice, empecé a localizar a su contacto dominicano y finalmente pude establecer comunicación por télex con Editorial Taller y posteriormente hablé por teléfono con los señores Cuello, José Israel Cuello y Lourdes Camilo de Cuello, que me contaron que usted estuvo allí, haciéndose cargo de los restos de su hermana y del traslado de los mismos al panteón familiar de Salt Lake.

Hasta aquí nada hay que motive esta carta, pero en mis relaciones con los Cuello advertí una sombra de duda sobre que la muerte fuera producto de un accidente. Tal vez usted ignora esta prevención de los Cuello, porque la fueron construyendo después de su partida y solo se atrevieron a exteriorizarla cuando yo les insistí. Usted quizá no sepa que Muriel llevaba varios años investigando la vida, personalidad y asesinato de Jesús de Galíndez, un exiliado español, vasco, es decir, de una región del norte de España, que fue secuestrado en Nueva York en marzo de 1956 por un comando norteamericano y dominicano, trasladado a la República Dominicana y allí hecho desaparecer. Este trabajo era la razón de la vida de Muriel, por encima de todos, de usted, de su memoria, de mí mismo, y nos peleamos mucho cuando me dejó para irse a la República Dominicana sin darme tiempo a que pudiera acompañarla, retenido por mi trabajo. Olvidaba decirle que soy abogado, pero que trabajo de funcionario con ciertas responsabilidades en el Ministerio de Cultura de España.

Según los señores Cuello, hay una serie de circunstancias misteriosas que rodean la muerte de Muriel. El sigilo con el que desapareció tres días después de su llegada a la isla, dejando casi todo su equipaje en el hotel Sheraton, bajo el pretexto de que quería pasar un día de playa, tal vez para meditar las informaciones, muy intensas, que había recibido en Santo Domingo, de manos de los Cuello y otros contactos misteriosos que fueron los que hicieron sospechar. Según reveló Muriel, antes de desaparecer había tenido un contacto secreto con un tal coronel Areces que nunca ha existido, ni como coronel dominicano activo, ni como excoronel, ni siquiera como fabricante de tabacos, que fue la imagen que adoptó ante su hermana. Me parece que ya le informaron a este respecto, pero entonces los Cuello no disponían de informaciones complementarias que aumentaran su recelo. Por su cuenta y con la lógica prudencia, han ido haciendo investigaciones, porque se trata de personas de mucho prestigio en la isla y muy bien relacionadas, y han llegado a la conclusión de que Muriel abandonó la isla por avión el día de su desaparición, rumbo a Miami, según han podido deducir de la identificación de una pasajera que utilizó otro nombre, pero que era un calco de la pobre Muriel. La identificación de esa pasajera ha sido confirmada por las azafatas del vuelo, pero no en Miami, donde es difícil que los empleados del aeropuerto parasen atención en un turista concreto, por otra parte de aspecto tan americano como el de su hermana, a pesar de que era un mapa de pecas, como yo muchas veces le decía cuando la quería enfadar, cariñosamente. Si Muriel parte hacia Miami y luego aparece ahogada en las costas de Santo Domingo se plantean una serie de enigmas que me acongojan y no me dejan vivir desde que los conozco.

Podría conformarme con la conservación del hermoso recuerdo de los meses que compartimos, de los muchos bienes espirituales que su hermana me dejó, una mujer hermosa, profundamente hermosa, aunque entonces yo quizá no me diera cuenta de la profundidad de esa hermosura, de una pureza inmaculada, la pureza de los justos, palabra que ella tanto empleaba para los demás y que tanto le correspondía a ella misma. Pero no pienso conformarme con los recuerdos y le expongo mis propósitos. He solicitado una excedencia en mi trabajo y no me importa perderlo si la excedencia se cumple y he de seguir en mi empeño. Mañana viajo hacia Santo Domingo, donde me esperan los Cuello, y estudiaremos la situación in situ, dispuestos a actuar como acusación de parte para que se abra una investigación, aunque en este sentido sería más conveniente que usted la encabezara o respaldara la mía, por el vínculo familiar que la unía con Muriel. En cualquier caso, yo pienso seguir hasta el final me cueste lo que me cueste, y he comentado el caso con algunos de mis jefes, incluso con mandatarios de la seguridad y las relaciones exteriores españoles y al menos he encontrado una fría asesoría. También he hablado con amigos de los medios de comunicación de mi país, pidiéndoles momentáneamente reserva, pero también la seguridad de que si nuestras investigaciones descubren las anomalías que presuponemos, hagan estallar el escándalo que merecería tan bárbaro asunto. No estoy muy dotado para expresar mis sentimientos por escrito, en cambio Muriel sí tenía facilidad para decir hermosamente lo que pensaba, y por eso recurro a ella para decirle que he comprendido el sentido de su sacrificio. Sin gentes como Muriel todos los demás seguiríamos siendo unos miserables. Hay gente dotada para ser mejor que los demás.

En cuanto llegue a Santo Domingo me pondré en contacto con usted, una vez estudiada la situación. Incluso es posible que le llegue antes mi llamada que esta carta, pero quiero dejar constancia escrita de que me pongo en marcha. El recuerdo más hermoso que ahora tengo de Muriel fue el del día en que fuimos a ver el pequeño monumento que le han construido a Galíndez en su pueblo, Amurrio, sobre una colina que se llama Larrabeode, en la que han puesto un sencillo pedrusco con su nombre y poca cosa más. Para salir del paso, decía Muriel. Ella estaba allí arriba, sobre la colina, con las faldas al viento y convocando el espíritu de aquel pobre hombre. Parecía un personaje de tragedia empujado hacia su destino por los mismos vientos del valle de Amurrio que habían empujado a Galíndez. Me di cuenta entonces de que nunca sería mía del todo, es decir, y perdone la machada, de que yo nunca sería un hombre suficiente para detenerla, satisfacerla. Tuve celos y aquella noche, durante toda la noche, me porté como un imbécil. Son sensaciones íntimas que le expongo porque usted me acerca a Muriel y usted comparte con ella un pasado que también a mí me gustaría compartir.

Hasta pronto y quedo a su absoluta disposición,

RICARDO SANTOS MIGUELOA

Bien. Muy bien. Por lo visto da lo mismo darles sepultura o no dársela. El viejo Angelito atribuía la persistencia de aquella pesadilla a que el cuerpo de Galíndez nunca había sido encontrado y era un muerto sin sepultura. Somes estaba satisfecho del resultado de la operación Muriel. Ha aparecido el cuerpo, no hay signos de violencia y el procedimiento no hay que preguntárselo a Areces y los suyos, pero ha sido de una limpieza ejemplar. ¿Su Eminencia está contento? Su Eminencia nunca me dice si está contento o no, pero me aseguró que este era un libro cerrado. Muriel, Muriel, hiciste como Pulgarcito y dejaste pedacitos de pan para que los siguiera este muchacho, pobre muchacho. No escarmentáis. Nunca escarmentáis. Se lanza de la cama y se siente satisfecho por la recuperación de todos los equilibrios. Conciba una estrategia. Bajo la luz que culmina el espejo del lavabo examina las fotos adjuntas al dossier. Ricardo Santos Migueloa es ese muchacho de buena estatura, con cara de juerguista latino, que lleva a Muriel en brazos en la puerta de un bar o junto a una de esas terrazas mediterráneas de verano. En otra fotografía lee un periódico y no parece advertir la pre-

432

sencia de un fotógrafo. Otra foto con Muriel, pero la imagen de ella ya no le interesa. Los ojos desnudos de pestañas se engolosinan con los rasgos de Ricardo, antes de que empiecen a parpadear por el cansancio. Separó la pared del espejo, que se llevó prisionera su propia imagen, y allí apareció la caja fuerte empotrada. Pulsó la clave y se abrió la puertecilla movida por un disparador eléctrico. Depositó el nuevo dossier en el nicho abierto, sobre otras carpetas azules que estaban allí cuidadosamente apiladas. Distrajo la vista sobre el rótulo de la carpeta tapado por el sobre, reciente inquilino. Don Angelito. Mientras cerraba otra vez la caja pensaba que un día de estos debía destruir aquella carpeta o modificar su título. Por ejemplo: Don Angelito y gatos, Sociedad Limitada.

Villa Annalisa, Xàbia, verano 1989

Impreso en
Black Print CPI Ibérica, S. L.,
Torre Bovera, 19-25
08740 Sant Andreu de la Barca